HARRY POTTER AND THE Harry Potter™ PRISONER OF AZKABAN

ポッターと
アズカバンの囚人

J.K.ローリング 作

松岡 佑子 訳

ダン・シュレシンジャー 画

To Jill Prewett and Aine Kiely,
the Godmothers of Swing

First published in Great Britain in 1999
Bloomsbury Publishing Plc, 38 Soho Square, London W1D 3HB

Japanese edition first published in 2001

ISBN 978-4-915512-55-1

This book is published in Japan by arrangement with the author through the Christopher Little Literary Agency

ハリー・ポッターとアズカバンの囚人《しゅうじん》

【目次】

Harry Potter
and
the Prisoner of Azkaban

HARRY POTTER AND THE Harry Potter™ PRISONER OF AZKABAN

HARRY POTTER AND THE Harry Potter™ PRISONER OF AZKABAN

扉・イラスト　ダン・シュレシンジャー
Cover & Illustrations by Dan Schlesinger

第
1
章

CHAPTER ONE
Owl Post

ふくろう便

ハリー・ポッターはいろいろな意味で、きわめて普通ではない男の子だった。まず、一年中で一番嫌いなのが夏休みだった。第二に、宿題をやりたくてしかたがないのに、真夜中に、こっそりやらざるをえなかった。その上、ハリー・ポッターはたまたま魔法使いだった。

真夜中近く、ハリーはベッドに腹這《はらば》いになって、頭から毛布をテントのようにすっぽりかぶり、片手に懐中電灯《かいちゅうでんとう》を持ち、大きな革表紙《かわびょうし》の本（バチルダ・バグショット著《ちょ》「魔法史《まほうし》」）を枕《まくら》に立て掛《か》けていた。ちょうどいま、鷲羽根《わしばね》ペンのペン先でページを上から下へとたどり、宿題のレポートを書くのに役立ちそうなところを、眉根《まゆね》をよせて探しているところだった。「十四世紀《せいき》における魔女の火あぶりの刑《けい》は無意味だった――意見を述《の》べよ」という宿題だ。

それらしい文章が見つかり、羽根ペンの動きが止まった。ハリーは鼻に載《の》っている丸いメガネを押し上げ、懐中電灯を本に近よせてその段落《だんらく》を読んだ。

> 非魔法界《ひまほうかい》の人々（通常《つうじょう》マグルと呼ばれる）は、中世《ちゅうせい》においてとくに魔法を恐れていたが、本物を見分けることが得手《えて》ではなかった。ごく稀《まれ》に、本物の魔女や魔法使いを捕まえることはあっても、火刑《かけい》は何の効果《こうか》もなかった。魔女または魔法使いは初歩的な「炎凍結術《ほのおとうけつじゅつ》」を施《ほどこ》し、そのあと、柔《やわ》らかくくすぐるような炎の感触《かんしょく》を楽しみつつ、苦痛《くつう》で叫《さけ》んでいるふりをした。とくに、「変わり者のウェンデリン」は焼かれるのが

楽しくて、いろいろ姿を変え、自らすすんで四十七回も捕《つか》まった。

ハリーは羽根ペンを口にくわえ、枕の下からインク瓶《びん》と羊皮紙《ようひし》を一巻《ひとまき》取り出した。ゆっくりと、十分に注意しながらハリーはインク瓶のふたを開け、羽根ペンを浸《ひた》し、書きはじめた。ときどきペンを休めては耳をそばだてた。もしダーズリー家《け》の誰かがトイレに立ったときに、羽根ペンでカリカリ書く音を聞きつけたら、おそらく、夏休みの残りの期間を、階段下の物置《ものおき》に閉じ込《こ》められっぱなしで過ごすことになるだろう。

プリベット通り四番地のダーズリー一家こそ、ハリーがこれまで一度も楽しい夏休みを過ごせなかった原因だ。バーノン叔父《おじ》さん、ペチュニア叔母《おば》さんと息子《むすこ》のダドリーは、ハリーの唯一《ゆいいつ》の親戚《しんせき》だった。一家はマグルで、魔法に対してまさに中世そのものの態度をとった。ハリーの亡《な》くなった両親は魔女と魔法使いだったが、ダーズリー家の屋根の下では、けっして二人の名前を口にすることはなかった。何年もの間、ペチュニア叔母さんもバーノン叔父さんも、ハリーを極力虐《きょくりょくしいた》げておけば、ハリーから魔法を追い出すことができるかもしれないと望み続けてきた。それが思いどおりにはならなかったのが、二人の癪《しゃく》の種《たね》だった。ハリーがこの二年間をほとんどホグワーツ魔法魔術学校《まほうまじゅつがっこう》で過ごしたなどと、誰かに嗅《か》ぎつけられたらどうしようと、二人はいまや戦々恐々《せんせんきょうきょう》だった。しかし最近では、ダーズリー一家は、せいぜいハリーの呪《じゅ》文集《もんしゅう》や杖《つえ》、鍋《なべ》、箒《ほうき》を夏休みの初日に鍵《かぎ》を掛《か》けてしまい込《こ》むとか、ハリーが近所の人と話をするのを禁ずるくらいしか手がなかった。

ホグワーツの先生たちが休暇《きゅうか》中の宿題をどっさり出していたので、呪文集《じゅもんしゅう》を取り上げられてしまったのはハリーにとって大問題だった。レポートの宿題の中でもとくに意地悪《いじわる》なのが、「縮《ちぢ》み薬《ぐすり》」に関するもので、ハリーの一番の苦手《にがて》、スネイプ先生の宿題だった。レポートを書かなかった日には、ハリーを一ヵ月処罰《しょばつ》する口実ができたと大喜びすることだろう。そこで、ハリーは休みに入ってから最初の週にチャンスをつかんだ。バーノン叔父《おじ》さんもペチュニア叔《お》母《ば》さんもダドリーもみんな庭に出て、叔父さんの新しい社用車《しゃようしゃ》を(同じ通りの住人がみな気づくよう、大声で)誉《ほ》めそやしていたそのすきに、ハリーはこっそり一階に下り、階段下の物置《ものおき》の鍵をこじ開け、教科書を数冊引っつかみ、自分の寝室《しんしつ》に隠したのだ。シーツにインクの染《し》みさえ残さなければ、ダーズリー一家に、ハリーが夜な夜な魔法を勉強しているとは知られずにすむ。

ハリーは叔父、叔母とのいざこざを、いまはぜひとも避《さ》けたかった。二人がすでに険悪《けんあく》なムードになっていたからだ。休暇《きゅうか》が始まってから一週間目に、魔法使いからの電話がハリーにかかってきたという、たったそれだけの理由で。

ロン・ウィーズリーはホグワーツでのハリーの親友の一人で、家族は全員魔法使いという家柄《いえがら》だった。つまり、ロンはハリーの知らないことをたくさん知っていたが、電話というものは使ったことがなかった。バーノン叔父さんが電話を受けたのがなんとも不運だった。

「もしもし、バーノン・ダーズリーだが」

ハリーはその時たまたま同じ部屋にいたが、ロンの答える声が聞こえてきた時、身も凍《こお》る思いがした。

「もし、もし？　聞こえますか？　僕《ぼく》――ハリー――ポッター――と――話したい――の――ですけど！」

ロンがあまりの大声で叫《さけ》ぶので、バーノン叔父さんは跳《と》び上がり、受話器《じゅわき》を耳から三十センチも離《はな》して持ち、怒《いか》りと驚《おどろ》きの入り交《ま》じった表情で受話器を見つめた。

「だれだ！」

叔父さんは受話器の方向に向かって怒鳴《どな》った。

「君はだれかね？」

「ロン――ウィーズリーです！」

ロンも大声を返した。二人はまるでサッカー場の、端《はし》と端に立って話し合っているようだった。

「僕―ハリー―の―学校―の―友達―です」

バーノン叔父さんの小さな目がハリーのほうにぐるりと回った。ハリーはその場に根が生《は》えたように突っ立っていた。

「ここにはハリー・ポッターなど、おらん！」

怒鳴《どな》りながら、受話器が爆発《ばくはつ》するのを恐れるかのように、叔父《おじ》さんは今度は腕《うで》を伸ばしきって受話器を持っていた。

「何の学校のことやら、わしにはわからん！　二度と連絡《れんらく》せんでくれ！　わしの家族のそばによるな！」

叔父さんは毒《どく》グモを放《ほう》り投げるかのように、受話器を電話機に投げ戻《もど》した。

そのあとのやりとりは最悪中の最悪だった。

「よくもこの番号をあんな輩《やから》に――おまえと同類《どうるい》の輩に教えたな！」

バーノン叔父さんは、ハリーに唾《つば》をまき散らしながら怒鳴った。

ロンはハリーをトラブルに巻き込《こ》んだと悟《さと》ったらしい。それから一度も電話をかけてこなかった。ホグワーツ校でのもう一人の親友、ハーマイオニー・グレンジャーもまったく連絡してこなかった。ロンがハーマイオニーに電話をかけるなと警告《けいこく》したのかもしれない。だとしたら残念だ。ハーマイオニーはハリーの学年で一番の秀才《しゅうさい》だったが、両親はマグルで、電話の使い方はよく知っていたし、おそらくホグワーツ校の生徒だなんて電話で言ったりしないセンスは持っているはずだ。

そんなわけで、ハリーはもう五週間も魔法界の友達からは何の連絡もなく、今年の夏も去年と同じくらい惨《みじ》めなものになりつつあった。一つだけ去年よりましなのは、ふくろうのヘドウィグのことだ。友達に手紙を出すのにヘドウィグを使わないと誓《ちか》い、夜だけペットのヘドウィグを自由にしてやれた。バーノン叔父さんが折《お》れたのは、籠《かご》に閉じ込めっぱなしにするとヘドウィグが大騒ぎをしたからだ。

「変人のウェンデリン」についての箇所《かしょ》を書き終えたハリーは、また耳を澄《す》ませた。暗い家のしじまを破るのは、遠くに聞こえる、巨大ないとこダドリーの、ブーブーといういびきだけだった。もうだいぶ遅い時間に違いない。ハリーは疲れて目がむずがゆくなった。宿題は明日の夜仕上げよう……。

インク瓶《びん》のふたを閉め、ベッドの下から古い枕カバーを引《ひ》っ張《ぱ》り出して、懐中電灯《かいちゅうでんとう》や「魔法《まほう》史《し》」、それに宿題、羽根《はね》ペン、インクをその中に入れ、ベッドから出て、ベッド下の床板の緩《ゆる》んだ場所にその袋《ふくろ》を隠した。それから立ち上がり、伸びをして、ベッドの脇机《わきづくえ》に置いてある夜光時計《やこうどけい》で時間を確かめた。

午前一時だった。ハリーの胃袋《いぶくろ》が突然奇妙《とつぜんきみょう》に揺《ゆ》れた。気がつかないうちに、十三歳《さい》になってからもう一時間も経《た》っていた。

ハリーが普通でない理由がもう一つある。誕生日《たんじょうび》が待ち遠しくないのだ。ハリーは一度も誕生祝《いわ》いのカードをもらったことがなかった。ダーズリー一家はこの二年間、完全にハリーの誕生日を無視《むし》したし、三年目の今年も覚えているはずがない。

暗い部屋を横切り、ヘドウィグのいない大きな鳥籠《とりかご》の脇を通り、ハリーは開け放した窓辺《まどべ》へと歩いた。窓辺に寄《よ》り掛《か》かると、長いこと毛布《もうふ》の下に隠れていた顔に、夜風《よかぜ》がさわやかだった。ヘドウィグは二晩《ふたばん》も帰っていない。ハリーは心配してはいなかった――以前にもこのぐらい帰らなかったことがある――。でも、ヘドウィグに早く帰ってきてほしかった。この家で、ハリーの姿を見てもひくひく痙攣《けいれん》しない生き物は、ヘドウィグだけだった。

ハリーはいまだに年齢《ねんれい》のわりに小柄《こがら》でやせてはいたが、この一年で五、六センチ背が伸びていた。真っ黒な髪《かみ》だけは、相《あい》も変わらず、どうやっても頑固《がんこ》にくしゃくしゃしていた。メガネの奥《おく》には明るい緑の目があり、額《ひたい》には細い稲妻形《いなずまがた》の傷《きず》が、髪を透《す》かしてはっきり見えた。

ハリーはいろいろと普通ではなかったが、この傷はとくに尋常《じんじょう》ではなかった。十年間、ダーズリー夫妻《ふさい》は、この傷は、ハリーの両親が自動車事故で死んだ時の置き土産《みやげ》だと偽《いつわ》り続けてきた。実はリリーもジェームズ・ポッターも、車の衝突《しょうとつ》事故で死んだのではなかった。殺されたのだ。過去百年間でもっとも恐れられた闇《やみ》の魔法使い、ヴォルデモート卿《きょう》の手にかかったのだ。ハリーもその時襲《おそ》われたが、額に傷を受けただけでその手を逃《のが》れた。ヴォルデモートの呪《のろ》いは、ハリーを殺すどころか、呪った本人に撥《は》ね返り、ヴォルデモートは命からがら逃げ去った……。

しかし、ハリーはホグワーツに入学したことで、再びヴォルデモートと真正面から対決《たいけつ》することになった。暗い窓辺《まどべ》にたたずんで、ヴォルデモートと最後に対決した時のことを思い出すと、ハリーは、よくぞ十三歳《さい》の誕生日《たんじょうび》を迎《むか》えられたものだ、それだけで幸運だった、と思わざるをえなかった。

ハリーはヘドウィグがいないかと星空に目を走らせた。嘴《くちばし》に死んだネズミをくわえて、誉《ほ》めてもらいたくてハリーのところにスィーッと舞《ま》い降《お》りてきはしないか。家々《いえいえ》の屋根を何気なしに見つめていたハリーは、しばらくして何か変なものが見えるのに気づいた。

金色の月を背に、シルエットが浮かび、それが刻々《こっこく》と大きくなった。大きな、奇妙《きみょう》に傾いた生き物だった。羽撃《はばた》きながらハリーのほうへやってくる。ハリーはじっとたたずんだまま、その生き物が一段また一段と、沈むように降りてくるのを見つめていた。ハリーは窓の掛《か》け金《がね》に手をかけ、ピシャリと閉めるべきかどうか、一瞬《いっしゅん》ためらった。その時、その怪《あや》しげな生き物がプリベット通りの街灯《がいとう》の上をスィーッと飛び、ハリーは、その正体がわかって脇《わき》に飛びのいた。

窓からふくろうが三羽舞い降りてきた。そのうち一羽はあとの二羽に両脇を支えられ、気を失っているようだった。三羽のふくろうはハリーのベッドに**パサリ**と軟着陸《なんちゃくりく》し、真ん中の大きな灰色のふくろうはコテンと引っくり返って動かなくなった。大きな包みがその両脚《りょうあし》に括《くく》りつけられている。

ハリーはすぐに気づいた。――気絶《きぜつ》しているふくろうの名前はエロール、ウィーズリー家《け》のふくろうだ。ハリーは急いでベッドに駆《か》けより、エロールの脚に結びつけてある紐《ひも》を解《と》き、包みを取りはずし、それからエロールをヘドウィグの籠《かご》に運び込《こ》んだ。エロールは片目だけをぼんやり開けて、感謝《かんしゃ》するように弱々しくホーと鳴き、水をゴクリ、ゴクリと飲みはじめた。

ハリーは他のふくろうのところに戻《もど》った。一羽は大きな雪のように白い雌《めす》で、ハリーのふくろう、ヘドウィグだ。これも何か包みを運んできて、とても得意《とくい》そうだった。ハリーが荷を解《と》いてやると、ヘドウィグは嘴《くちばし》で愛情を込《こ》めてハリーを甘噛《あまが》みし、部屋の向こうに飛んでいってエロールのそばに収まった。

もう一羽は、きりっとした森ふくろうだ。ハリーの知らないふくろうだったが、どこから来たかはすぐわかった。三つ目の包みと一緒《いっしょ》に、ホグワーツの校章《こうしょう》のついた手紙を運んできたからだ。郵便物《ゆうびんぶつ》をはずしてやると、そのふくろうはもったいぶって羽毛《うもう》を逆立《さかだ》て、羽をぐっと伸ばして、窓から夜空へと飛び去った。

ハリーはベッドに座ってエロールの包みをつかみ、茶色の包み紙を破り取った。中から金色の紙に包まれたプレゼントと、生まれて初めての誕生祝《たんじょういわ》いカードが出てきた。微《かす》かに震《ふる》える指で、ハリーは封筒《ふうとう》を開けた。紙片《しへん》が二枚、ハラリと落ちた――手紙と、新聞の切り抜きだった。切り抜きはまぎれもなく魔法界の「日刊予言者新聞《にっかんよげんしゃしんぶん》」のものだった。なにしろ、モノクロ写真の人物がみな動いている。ハリーは切り抜きを拾い上げ、しわを伸ばして読みはじめた。

魔法省官僚《まほうしょうかんりょう》　グランプリ大当たり

魔法省・マグル製品不正使用取締局長《せいひんふせいしようとりしまりきょくちょう》、アーサー・ウィーズリー氏が、今年の「日刊予《にっかんよ》言者新聞《げんしゃしんぶん》・ガリオンくじグランプリ」を当てた。

　喜びのウィーズリー氏は記者に対し、「この金貨《きんか》は、夏休みにエジプトに行くのに使うつもりです。長男のビルがグリンゴッツ魔法銀行の『呪《のろ》い破《やぶ》り』としてそこで仕事をしていますので」と語った。

　ウィーズリー一家はエジプトで一ヵ月を過ごし、ホグワーツの新学期に合わせて帰国する。ウィーズリー家《け》の七人の子どものうち五人が、現在そこに在学中《ざいがくちゅう》である。


　ハリーは動く写真をざっと眺《なが》め、ウィーズリー家全員の写真を見て顔中に笑いが広がった。九人全員が大きなピラミッドの前に立ち、ハリーに向かって思いっきり手を振っている。小柄《こがら》で丸っこいウィーズリー夫人、長身で禿《は》げているウィーズリー氏、六人の息子《むすこ》と娘が一人、みんなが（モノクロ写真ではわからないが）燃えるような赤毛だ。真ん中に、ノッポで手足を持て余し気味《ぎみ》のロンがいた。肩にペットのネズミ、スキャバーズを載《の》せ、腕《うで》を妹のジニーに回している。

　ハリーは、金貨一山《きんかひとやま》に当選するのに、ウィーズリー一家ほどふさわしい人たちはいないと思った。ウィーズリー一家はとても親切で、ひどく貧しかった。ハリーはロンの手紙を拾い上げ、広げた。

ハリー、誕生日《たんじょうび》おめでとう！

ねえ、あの電話のことは本当にごめん。マグルが君にひどいことをしないといいんだけど。パパに聞いたんだ。そしたら、叫《さけ》んじゃいけなかったんじゃないかって言われた。

エジプトってすばらしいよ。ビルが墓地《ぼち》という墓地を全部案内してくれたんだけど、古代《こだい》エジプトの魔法使いがかけた呪《のろ》いって信じられないぐらいすごい。ママなんか、最後の墓地にはジニーを入らせなかったくらい。墓荒《はかあ》らししたマグルたちがミュータントになって、頭がたくさん生《は》えてきてるのやらなんやら、そんな骸骨《がいこつ》がたくさんあったよ。

パパが「日刊予言者新聞《にっかんよげんしゃしんぶん》」のくじで七百ガリオンも当たるなんて、僕《ぼく》、信じられなかった！　今度の休暇《きゅうか》で大方《おおかた》なくなっちゃったけど、僕に新学期用の新しい杖《つえ》を買ってくれるって。


ハリーはロンの古い杖がポキリと折れたあの時のことを忘れようにも忘れられなかった。二人でホグワーツまで車を飛ばせた時、校庭の木に衝突《しょうとつ》して折れたのだった。


新学期の始まる一週間くらい前にみんな家に戻《もど》ります。それからロンドンに行って、杖とか新しい教科書とかを買ってもらいます。その時君に会うチャンスがあるかい？

マグルに負けずにがんばれ！

ロンドンに出てこいよな。

追伸《ついしん》　パーシーは首席《しゅせき》だよ。先週パーシーに手紙が来たんだ。

ロンより

ハリーはもう一度写真に目をやった。パーシーは七年生、ホグワーツでの最終学年だったが、ことさら得意満面《とくいまんめん》に写っていた。きちんととかした髪《かみ》にトルコ帽《ぼう》を小粋《こいき》にかぶり、そこに「首席」バッジを留《と》めつけ、角縁《かくぶち》のメガネがエジプトの太陽に輝《かがや》いている。

ハリーはプレゼントの包みのほうに取りかかった。ガラスのミニチュア独楽《ごま》のようなものが入っていた。その下にロンのメモがもう一枚あった。

ハリー――これは携帯《けいたい》の「かくれん防止器《ぼうしき》」でスニーコスコープっていうんだ。胡散臭《うさんくさ》いやつが近くにいると光ってくるくる回りだすはずだ。ビルはこんなもの魔法使いのお上《のぼ》りさん用のちゃちな土産物《みやげもの》で、信用できないっていうんだ。だって昨日《きのう》の夕食の時もずっと光りっぱなしだったからね。だけど、フレッドとジョージがビルのスープにカブトムシを入れたのにビルは気づいてなかったんだ。

じゃあね――――ロン

スニーコスコープをベッド脇《わき》の小机《こづくえ》に置くと、独楽《こま》のように尖端《せんたん》でバランスを取ってしっかりと立った。夜光時計《やこうどけい》の針《はり》の光が反射《はんしゃ》している。ハリーはうれしそうに、しばらくそれを眺《なが》めていたが、やがてヘドウィグの持ってきた包みを取り上げた。

中身はまたプレゼントだった。今度はハーマイオニーからの誕生祝《たんじょういわ》いカードと手紙が、入っていた。

ハリー、お元気?

ロンからの手紙で、あなたの叔父《おじ》さんへの電話のことを聞きました。あなたが無事だといいんだけど。

私はいま、フランスで休暇《きゅうか》を過ごしています。それで、これをどうやってあなたに送ったらよいかわからなかったの——税関《ぜいかん》で開けられたら困るでしょう?——そしたら、ヘドウィグがやってきたの! きっと、あなたの誕生日に、いままでと違って、何かプレゼントが届くようにしたかったんだわ。あなたへのプレゼントは「ふくろう通信販売《つうしんはんばい》」で買いました。「日刊予言者新聞《にっかんよげんしゃしんぶん》」に広告《こうこく》が載《の》っていたの(私、新聞を定期購読《ていきこうどく》しています。魔法界での出来事《できごと》をいつも知っておくって、とてもいいことよ)。一週間前のロンとご家族の写真を見た? ロンたらいろんなことが勉強できて、私、ほんとに羨《うらや》ましい。——古代《こだい》エジプトの魔法使いたちってすばらしかったのよ。

フランスにも、いくつか興味《きょうみ》深い魔法の地方史があります。私、こちらで発見したことをつけ加えるのに、「魔法史《まほうし》」のレポートを全部書き替《か》えてしまったの。長すぎないといいんだけど。ビンズ先生がおっしゃった長さより、羊皮紙二巻《ようひしふたまき》分長くなっちゃって。ロンが休暇の最後の週にロンドンに行くんですって。あなたは来られる？　叔父さんや叔母《おば》さんが許してくださる？　あなたが来られるよう願っているわ。もし、だめだったら、ホグワーツ特急で九月一日に会いましょうね！

ハーマイオニーより　友情を込《こ》めて

追伸《ついしん》　ロンから聞いたけど、パーシーが首席《しゅせき》ですって。パーシー、きっと大喜びでしょうね。ロンはあんまりうれしくないみたいだけど。

ハリーはまた笑い、ハーマイオニーの手紙を脇に置いてプレゼントを取り上げた。とても重いものだった。ハーマイオニーのことだから、きっと難しい呪文《じゅもん》がぎっしり詰《つ》まった大きな本に違いない。――しかし、そうではなかった。包み紙を破ると、ハリーの心臓は飛び上がった。黒い滑《なめ》らかな革《かわ》のケースに銀文字で「箒磨《ほうきみが》きセット」と刻印《こくいん》されている。

「ハーマイオニー、ワーオ！」

ジッパーを開けながらハリーは小声で叫《さけ》んだ。

「フリートウッズ社製《せい》 高級仕上《こうきゅうしあ》げ箒柄磨《ほうきえみが》き」の大瓶《おおびん》一本、銀製のピカピカした「箒の尾鋏《おばさみ》」一丁《ちょう》、長距離《ちょうきょり》飛行のため箒にクリップで留《と》められるようになった小さな真鍮《しんちゅう》のコンパスが一個、それと、「自分でできる箒の手入れガイドブック」が入っていた。

ホグワーツの友達に会えないのもさびしかったが、加えて、一番恋しかったのはクィディッチだった。魔法界で一番人気のスポーツ——箒に乗って競技《きょうぎ》する、非常に危険《きけん》で、わくわくするスポーツだ。ところでハリーは、クィディッチの選手として非常に優秀《ゆうしゅう》で、今世紀最年少の選手としてホグワーツの寮代表《りょうだいひょう》選手に選ばれた。ハリーの宝物の一つが競技用箒「ニンバス2000」だった。

ハリーは革《かわ》のケースを脇《わき》に置き、最後の包みを取り上げた。茶色の包み紙に書かれたミミズののたくったような字は誰のものかすぐわかった。——これはホグワーツの森番、ハグリッドからだ。一番上の包み紙を破り取ると、何やら緑色で革のようなものがチラッと見えた。ところが、ちゃんと荷を解《と》く前に、包みが奇妙《きみょう》な震《ふる》え方をし、得体《えたい》の知れない中身が大きな音をたててパクンと噛《か》んだ。——まるで顎《あご》があるようだ。

ハリーは身がすくんだ。ハグリッドがわざと危険なものをハリーに送ってくるはずがない。しかし、ハグリッドには前歴《ぜんれき》がある。巨大蜘蛛《ぐも》と友達だったり、凶暴《きょうぼう》な三頭犬《さんとうけん》をパブで誰かから買ったり、違法《いほう》なのにこっそりドラゴンの卵《たまご》を小屋に持ち込《こ》んだり……。

ハリーは恐々《こわごわ》包みを突ついてみた。何やらがまたパクンと噛んだ。ハリーはベッド脇のスタンドに手を伸ばし、それを片手にしっかり握《にぎ》りしめ、高々と振り上げて、いつでも攻撃《こうげき》できるようにした。それからもう一つの手で残りの包み紙をつかみ、引きはがした。

コロリと落ちたのは――本だった。スマートな緑の表紙に鮮《あざ》やかな金の飾《かざ》り文字で、「怪物《かいぶつ》的《てき》な怪物の本」と書いてあるのが目に入るか入らないうちに、その本は背表紙《せびょうし》を上にしてヒョイと立ち上がり、奇妙な蟹《かに》よろしく、ベッドの上をガサガサ横這《よこば》いした。

「う、ワ」ハリーは声を殺して叫《さけ》んだ。

本はベッドから転《ころ》がり落ちてガツンと大きな音をたて、部屋の向こうにシャカシャカシャカと猛《もう》スピードで移動していった。ハリーはそのあとを音も立てずに追いかけた。本はハリーの机の下の暗いところに隠れている。ダーズリー一家が熟睡《じゅくすい》していることを祈《いの》りながら、ハリーは四つん這《ば》いになり、本のほうに手を伸ばした。

「アイタッ！」

本がハリーの手を噛み、パタパタ羽撃《はばた》いてハリーを飛び越《こ》し、また背表紙を上にしてシャカシャカ走った。ハリーはあちこち引《ひ》っ張《ぱ》り回された末、スライディングしてようやく本を押さえつけた。隣《となり》の部屋で、バーノン叔父《おじ》さんがグーッと眠たそうな大きな寝息《ねいき》をたてた。

ハリーが暴《あば》れる本を両腕《りょううで》でがっちり締《し》めつけ、急いで箪笥《たんす》の中からベルトを引っ張り出し、それを本にしっかり巻きつけてバックルを締めるまでを、ずっと、ヘドウィグとエロールがしげしげと見ていた。「怪物の本」は怒ったように身を震《ふる》わせたが、もうパタパタもパックンもできなかった。ハリーは本をベッドに投げ出し、やっとハグリッドからのカードに手を伸ばした。

よう、ハリー。誕生日《たんじょうび》おめでとう！
こいつは来学期役にたつぞ。いまはこれ以上は言わねえ。あとは会った時にな。
マグルの連中、おまえさんをちゃんと待遇《たいぐう》してくれてるんだろうな。
元気でな。
ハグリッド

ハグリッドが、噛《か》みつく本が役に立つなんて言うのは、なんだかろくなことにはならないような予感《よかん》がしたが、ハグリッドのカードをロンやハーマイオニーのと並べて立てながら、ハリーはますますにっこりした。残るはホグワーツからの手紙だけとなった。

いつもより封筒《ふうとう》が分厚《ぶあつ》いと思いながら、封を切り、中から羊皮紙《ようひし》の一枚目を取り出して読んだ。

拝啓《はいけい》
ポッター殿《どの》

新学期は九月一日に始まることをお知らせいたします。ホグワーツ特急《とっきゅう》はキングズ・クロス駅、九と四分の三番線から十一時に出発します。

三年生は週末に何回かホグズミード村に行くことが許されます。同封《どうふう》の許可証《きょかしょう》にご両親もしくは　保護者《ほごしゃ》の同意署名《しょめい》をもらってください。

来学期の教科書リストを同封いたします。

敬具《けいぐ》

副校長《ふくこうちょう》

ミネルバ・マクゴナガル

ハリーはホグズミード許可証を引《ひ》っ張《ぱ》り出して眺《なが》めた。もう笑えなかった。週末にホグズミードに行けたらどんなに楽しいだろう。そこが端《はし》から端まで魔法の村だということを聞いてはいたが、ハリーは一度もそこに足を踏《ふ》み入れたことはなかった。しかし、バーノン叔父《おじ》さんやペチュニア叔母《おば》さんに、いったいどう言ったら署名してもらえるっていうんだ？

夜光《やこう》時計を見ると、もう午前二時だった。

ホグズミードの許可証のことは目が覚めてから考えようと、ハリーはベッドに戻《もど》り、自分で作った日付表《ひづけひょう》の今日のところにバツ印をつけた。ホグワーツに戻《もど》るまでの日数がまた一日少なくなった。それからメガネをはずし、三枚の誕生祝《たんじょういわ》いカードのほうに顔を向けて横になったが、目は開けたままだった。

きわめて普通ではないハリーだったが、その時のハリー・ポッターは、みんなと同じような気持だった。生まれて初めて、誕生日がうれしいと思ったのだ。

第2章

CHAPTER TWO
Aunt Marge's Big Mistake

マージ叔母さんの大失敗

翌朝《よくあさ》、朝食に下りていくと、ダーズリー家《け》の三人はもうキッチンのテーブルの周《まわ》りに座って、新品のテレビを見ていた。居間《いま》にあるテレビとキッチンの冷蔵庫《れいぞうこ》との間が遠くて、歩くのが大変だと、ダドリーが文句《もんく》たらたらだったので、夏休みの「お帰りなさい」プレゼントに買ってあったものだ。ダドリーは夏休みの大半をキッチンで過ごし、豚《ぶた》のような小さな目はテレビに釘《くぎ》づけのまま、五重顎《ごじゅうあご》をだぶつかせてひっきりなしに何かを食べていた。

ハリーはダドリーとバーノン叔父《おじ》さんの間に座った。叔父さんはがっちり、でっぷりした大きな人で、首がほとんどなく、巨大な口髭《くちひげ》を蓄《たくわ》えていた。ハリーに、誕生日《たんじょうび》の祝いのひとつも言うどころか、ハリーがキッチンに入ってきたことさえ誰も気づいた様子がなかった。ハリーはもう慣れっこになっていて、気にもしなかった。トーストを一枚食べ、テレビをふと見ると、アナウンサーが脱獄囚《だつごくしゅう》のニュースを読んでいる最中だった。

「……ブラックは武器を所持《しょじ》しており、きわめて危険《きけん》ですので、どうぞご注意ください。通報用《つうほうよう》ホットラインが特設《とくせつ》されています。ブラックを見かけた方はすぐにお知らせください」

「ヤツが悪人だとは聞くまでもない」

バーノン叔父さんは新聞を読みながら上目使《うわめづか》いに脱獄囚の顔を見てフンと鼻を鳴らした。

「ひと目見ればわかる。汚《きたな》らしい怠《なま》け者め！　あの髪《かみ》の毛を見てみろ！」

叔父さんはじろりと横目でハリーを見た。ハリーのくしゃくしゃ頭はいつもバーノン叔父さんのイライラの種《たね》だった。テレビの男は、やつれた顔にまといつくように、もつれた髪がぼうぼうと肘《ひじ》のあたりまで伸びている。それに比べれば、自分はずいぶん身だしなみがよいじゃないかとハリーは思った。

画面がアナウンサーの顔に戻《もど》った。

「農林水産省《のうりんすいさんしょう》が今日報告《ほうこく》したところによれば――」

「ちょっと待った！」

バーノン叔父さんはアナウンサーをはったと睨《にら》みつけて噛《か》みつくように言った。

「その極悪人《ごくあくにん》がどこから脱獄したか聞いてないぞ！　何のためのニュースだ？　彼奴《きゃつ》はいまにもその辺に現れるかも知れんじゃないか！」

馬面《うまづら》でガリガリにやせているペチュニア叔母《おば》さんが、慌《あわ》ててキッチンの窓のほうを向き、しっかりと外を窺《うかが》った。ペチュニア叔母さんはホットラインに電話したくてたまらないのだとハリーにはわかっていた。なにしろ叔母さんは、世界一お節介《せっかい》で、規則《きそく》に従うだけの退屈《たいくつ》なご近所さんの粗探《あらさが》しをすることに、人生の大半を費《つい》やしているのだ。

「いったい連中はいつになったら**わかるんだ！**」

バーノン叔父さんは赤ら顔と同じ色の巨大な拳《こぶし》でテーブルを叩《たた》いた。

「あいつらを始末するには絞首刑《こうしゅけい》しかないんだ！」

「ほんとにそうだわ」

ペチュニア叔母さんは、お隣《となり》のインゲン豆の蔓《つる》を透《す》かすように目を凝《こ》らしながら言った。

バーノン叔父《おじ》さんは残りの茶を飲み干《ほ》し、腕時計《うでどけい》をチラッと見た。

「ペチュニア、わしはそろそろ出かけるぞ。マージの汽車は十時着《ちゃく》だ」

二階にある「箒磨《ほうきみが》きセット」のことを考えていたハリーは、ガツンといやな衝撃《しょうげき》とともに現実世界に引き戻《もど》された。

「マージ叔母《おば》さん？」ハリーの口から言葉が勝手に飛び出した。

「**マ、マージ叔母さんがここに来る？**」

マージ叔母さんはバーノン叔父さんの妹だ。ハリーと血のつながりはなかったが（ハリーの母親はペチュニアの姉だった）、ずっと「叔母さん」と呼ぶように言いつけられてきた。マージ叔母さんは田舎《いなか》にある大きな庭つきの家に住み、ブルドッグのブリーダーをしていた。大切な犬を放《ほう》っておくわけにはいかないと、プリベット通りにもそれほど頻繁《ひんぱん》に滞在《たいざい》するわけではなかったが、その一回一回の恐ろしさが、ありありとハリーの記憶《きおく》に焼きついていた。

ダドリーの五回目の誕生日《たんじょうび》に、「動いたら負け」というゲームでダドリーが負けないよう、マージ叔母さんは杖《つえ》でハリーの向こう脛《ずね》をバシリと叩《たた》いて、ハリーを動かした。それから数年後のクリスマスに現れた時は、コンピュータ仕掛《じか》けのロボットをダドリーに、犬用ビスケットを一箱《ひとはこ》ハリーに持ってきた。前回の訪問《ほうもん》は、ハリーがホグワーツに入学する一年前だったが、マージ叔母さんのお気に入りのブルドッグ、リッパーの前脚《まえあし》をうっかり踏《ふ》んでしまったハリーは、犬に追いかけられて庭の木の上に追い上げられてしまった。マージ叔母さんは真夜中過ぎほど笑う。

まで犬を呼び戻そうとしなかった。ダドリーはその事件を思い出すたびに、いまでも涙が出る

「マージは一週間ここに泊《とま》る」バーノン叔父さんが歯をむき出した。

「ついでだから言っておこう」叔父さんはずんぐりした指を脅《おど》すようにハリーに突きつけた。「マージを迎えに行く前に、はっきりさせておきたいことがいくつかある」

ダドリーがにんまりしてテレビから視線《しせん》を離《はな》した。ハリーが父親に痛めつけられるのを見物するのが、ダドリーお気に入りの娯楽《ごらく》だった。

「第一に」叔父さんは唸《うな》るように言った。「マージに話すときは、いいか、礼儀《れいぎ》をわきまえた言葉を話すんだぞ」

「いいよ」ハリーは気に入らなかった。「叔母さんが僕《ぼく》に話すときにそうするならね」

「第二に」ハリーの答えを聞かなかったかのように、叔父さんは続けた。

「マージはおまえの**異常さ**については何も知らん。何か――何か**キテレツ**なことは、マージがいる間いっさい起こすな。行儀《ぎょうぎ》よくしろ。わかったか？」

「そうするよ。叔母さんもそうするなら」ハリーは歯を食いしばったまま答えた。

「そして、第三に」

叔父さんの卑《いや》しげな小さな目が、でかい赤ら顔に切れ目を入れたように細くなった。

「マージには、おまえが『セント・ブルータス更生不能非行少年院《こうせいふのうひこうしょうねんいん》』に収容《しゅうよう》されていると

言ってある」

「なんだって？」ハリーは叫《さけ》んだ。

「おまえは口裏《くちうら》を合わせるんだ。いいか、小僧《こぞう》。さもないとひどい目に遭《あ》うぞ」

叔父《おじ》さんは吐《は》き捨《す》てるように言った。

ハリーはあまりのことに蒼白《そうはく》になり、煮《に》えくり返るような気持で、叔父さんを見つめ、座ったまま動けなかった。マージ叔母《おば》さんが一週間も泊《とま》る。――ダーズリー一家からの誕生《たんじょう》プレゼントの中でも最悪だ。バーノン叔父さんの使い古しの靴下《くつした》もひどかったけれど。

「さて、ペチュニアや」叔父さんはよっこらしょと腰を上げた。「では、わしは駅に行ってくる。ダッダー、一緒《いっしょ》に来るか？」

「行かない」父親のハリー脅《おど》しが終わったので、ダドリーの興味《きょうみ》はまたテレビに戻《もど》っていた。

「ダディちゃんは、叔母ちゃんが来るからカッコよくしなくちゃ」ダドリーの分厚《ぶあつ》いブロンドの髪《かみ》を撫《な》でながら、ペチュニア叔母さんが言った。

「ママが素敵《すてき》な蝶《ちょう》ネクタイを買っておいたのよ」

叔父さんはダドリーのでっぷりした肩を叩《たた》いた。

「それじゃ、あとでな」そう言うと、叔父さんはキッチンを出ていった。

ハリーは恐怖《きょうふ》で茫然《ぼうぜん》と座り込《こ》んでいたが、急にあることを思いついた。食べかけのトーストを放《ほう》り出し、急いで立ち上がり、ハリーは叔父さんのあとを追って玄関《げんかん》に走った。

バーノン叔父さんは運転用の上着を引っかけているところだった。

「**おまえを**連れていく気はない」

叔父さんは振り返ってハリーが見つめているのに気づき、唸《うな》るように言った。

「僕《ぼく》も行きたいわけじゃない」ハリーが冷たく言った。「お願いがあるんです」

叔父さんは胡散臭《うさんくさ》そうな目つきをした。

「ホグ――学校で、三年生は、ときどき、町に出かけてもいいことになっているんです」

「それで？」

ドアの脇《わき》の掛《か》け金《がね》から車のキーをはずしながら、叔父さんがぶっきらぼうに言った。

「許可証《きょかしょう》に叔父さんの署名《しょめい》が要《い》るんです」ハリーは一気に言った。

「なんでわしがそんなことせにゃならん？」叔父さんがせせら笑った。

「それは――」ハリーは慎重《しんちょう》に言葉を選んだ。

「マージ叔母さんに、僕があそこに行っているっていうふりをするのは、大変なことだと思うんだ。ほら、セントなんとかっていう……」

「セント・ブルータス更生不能非行少年院《こうせいふのうひこうしょうねんいん》！」

叔父さんが大声を出したが、その声にまぎれもなく恐怖《きょうふ》の色が感じ取れたので、ハリーはしめたと思った。

「それ、それなんだ」ハリーは落ち着いて叔父さんのでかい赤ら顔を見上げながら言った。

「覚えるのが大変で。それらしく聞こえるようにしないといけないでしょう？　うっかり口が滑《すべ》りでもしたら？」

「グウの音も出ないほど叩《たた》きのめされたいか？」

叔父《おじ》さんは拳《こぶし》を振り上げ、じりっとハリーのほうによった。しかしハリーはがんとしてその場を動かなかった。

「叩きのめしたって、僕《ぼく》が言っちゃったことを、マージ叔母《おば》さんは忘れてくれるかな」

ハリーが厳《いかめ》しく言った。

叔父さんの顔が醜悪《しゅうあく》な土気色《つちけいろ》になり、拳を振り上げたまま立ちすくんだ。

「でも、許可証《きょかしょう》にサインしてくれるなら」ハリーは急いで言葉を続けた。「どこの学校に行ってることになっているか、絶対《ぜったい》忘れないって約束するよ。それに、マグ――普通の人みたいにしてるよ、ちゃんと」

バーノン叔父さんは歯をむき出し、こめかみに青筋《あおすじ》を立てたままだったが、ハリーには叔父さんが思案しているのがわかった。

「よかろう」やっと、叔父さんがぶっきらぼうに言った。

「マージがいる間、おまえの行動を監視《かんし》することにしよう。最後までおまえが守るべきことを守り、話の辻褄《つじつま》を合わせたなら、そのクソ許可証とやらにサインしようじゃないか」

叔父さんはくるりと背を向け、玄関《げんかん》のドアを開け、思いっきりバシャーンと閉めたので、一番上の小さなガラスが一枚はずれ、落ちてきた。

ハリーはキッチンには戻《もど》らず、二階の自分の部屋に上がった。本当のマグルらしく振舞《ふるま》うなら、すぐに準備《じゅんび》を始めなければ。ハリーはしょんぼりと、プレゼントと誕生祝《たんじょういわ》いカードをのろのろ取り片づけ、床板の緩《ゆる》んだところに宿題と一緒《いっしょ》に隠した。それからヘドウィグの籠《かご》のところに行った。エロールはなんとか回復したようだった。二羽とも翼《つばさ》に頭を埋《うず》めて眠っていた。ハリーはため息《いき》をつき、ちょんと突ついて二羽とも起こした。

「ヘドウィグ」ハリーは悲しげに言った。

「一週間だけ、どこかに行っててくれないか。エロールと一緒に行けよ。ロンが面倒《めんどう》を見てくれる。ロンにメモを書いて事情《じじょう》を説明するから。そんな目つきで僕を見ないでくれよ」

――ヘドウィグの大きな琥珀色《こはくいろ》の目が、恨《うら》みがましくハリーを見ていた。

「僕のせいじゃない。ロンやハーマイオニーと一緒にホグズミードに行けるようにするには、これしかないんだ」

十分後、(脚《あし》にロンへの手紙を括《くく》りつけられた) ヘドウィグとエロールが窓から舞《ま》い上がり、かなたへと消えた。心底惨《みじ》めな気持で、ハリーは空《から》っぽの籠を箪笥《たんす》にしまい込《こ》んだ。しかし、くよくよしている暇《ひま》はなかった。次の瞬間《しゅんかん》、ペチュニア叔母さんの甲高《かんだか》い声が、下りてきてお客を迎《むか》える準備をしなさいと、二階に向かって叫《さけ》んでいた。

「その髪《かみ》をなんとかおし！」

ハリーが玄関《げんかん》ホールに下りたとたん、叔母《おば》さんがピシャッと言った。髪《かみ》を撫《な》でつけるなんて、努力する意味がないとハリーは思った。マージ叔母さんはハリーにいちゃもんをつけるのが大好きなのだから、だらしなくしているほうがうれしいに違いない。そうこうするうちに、外の砂利道《じゃりみち》が軋《きし》む音がした。バーノン叔父《おじ》さんの車が私道に入ってきたらしい。車のドアがバタンと鳴り、庭の小道を歩く足音がした。

「玄関のドアをお開け！」ペチュニア叔母さんが押し殺した声でハリーに言った。

胸の奥が真っ暗になりながら、ハリーはドアを開けた。

戸口にマージ叔母さんが立っていた。

バーノン叔父さんとそっくりで、巨大ながっちりした体に赤ら顔、それに叔父さんほどたっぷりしてはいないが、口髭《くちひげ》まである。片手にとてつもなく大きなスーツケースを下げ、もう片方の腕《うで》に根性悪《こんじょうわる》の老いたブルドッグを抱《かか》えている。

「わたしのダッダーはどこかね？」マージ叔母さんのだみ声が響《ひび》いた。「わたしの甥《おい》っ子ちゃんはどこだい？」

ダドリーが玄関ホールの向こうからよたよたとやってきた。ブロンドの髪をでかい頭にぺたりと撫でつけ、何重にも重なった顎《あご》の下からわずかに蝶《ちょう》ネクタイをのぞかせている。マージ叔母さんは、ウッと息が止まるほどの勢いでスーツケースをハリーの鳩尾《みずおち》あたりに押しつけ、ダドリーを片腕で抱きしめ、その頬一杯《ほおいっぱい》に深々とキスした。

　ダドリーが我慢《がまん》してマージ叔母さんに抱きしめられているのは、十分な見返りがあるからだと、ハリーにはよくわかっていた。二人が離《はな》れた時には、まぎれもなく、ダドリーのぶくっとした手に二十ポンドのピン札《さつ》が握《にぎ》られていた。

「ペチュニア！」と叫《さけ》ぶなり、ハリーをまるでコートかけのスタンドのように無視《むし》してその脇《わき》を大股《おおまた》に通り過ぎ、マージ叔母さんはペチュニア叔母さんにキスした。というより、マージ叔母さんが、大きな顎をペチュニア叔母さんの尖《とが》った頬骨《ほおぼね》にぶっつけた。

　今度はバーノン叔父さんが入ってきて、機嫌《きげん》よく笑いながら玄関のドアを閉めた。

「マージ、お茶は？　リッパーは何がいいかね？」叔父さんが聞いた。

「リッパーはわたしのお茶受《ちゃう》け皿からお茶を飲むよ」

　マージ叔母さんはそう言いながら、みんなと一緒《いっしょ》に一団となってキッチンに入っていった。玄関ホールにはハリーとスーツケースだけが残された。かといってハリーが不満だったわけではない。マージ叔母さんと離れていられる口実《こうじつ》なら、何だって大歓迎《だいかんげい》だ。そこでハリーはできるだけ時間をかけて、スーツケースを二階の客用の寝室《しんしつ》へ引《ひ》っ張《ぱ》り上げはじめた。

　ハリーがキッチンに戻《もど》った時には、マージ叔母さんは紅茶とフルーツケーキを振舞《ふるま》われ、リッパーは隅《すみ》のほうでやかましい音をたてて皿を舐《な》めていた。紅茶と涎《よだれ》が飛び散り、磨《みが》いた床に染《し》みがつくので、ペチュニア叔母さんが少し顔をしかめたのをハリーは見逃《みのが》さなかった。ペチュニア叔母さんは動物が大嫌いなのだ。

「マージ、ほかの犬は誰が面倒《めんどう》を見てるのかね？」叔父《おじ》さんが聞いた。

「ああ、ファブスター大佐《たいさ》が世話《せわ》してくれてるよ」マージ叔母《おば》さんの太い声が答えた。

「退役《たいえき》したんでね。何かやることがあるのは大佐にとって好都合《こうつごう》さ。だがね、年寄りのリッパーを置いてくるのはかわいそうで。わたしがそばにいないと、この子はやせ衰《おとろ》えるんだ」

ハリーが席に着くと、リッパーがまた唸《うな》りだした。そこで初めて、マージ叔母さんはハリーに気づいた。

「おんや！」叔母さんが一言《ひとこと》吠《ほ》えた。「おまえ、まだここにいたのかい？」

「はい」ハリーが答えた。

「なんだい、その『はい』は。そんな恩《おん》知らずなものの言い方をするんじゃない」

マージ叔母さんが唸るように言った。

「バーノンとペチュニアがおまえを置いとくのは、たいそうなお情《なさ》けってもんだ。わたしなら、お断《ことわ》りだね。**うちの**戸口に捨てられてたなら、おまえはまっすぐ孤児院《こじいん》行きだったよ」

ダーズリー一家と暮《く》らすより孤児院に行ったほうがましだと、ハリーはよっぽど言ってやりたかったが、ホグズミード許可証《きょかしょう》のことを思い浮かべて踏《ふ》み止《とど》まった。ハリーは無理《むり》やり作り笑いをした。

「わたしに向かって、小バカにした笑い方をするんじゃないよ！」

マージ叔母さんのだみ声が響《ひび》いた。

「この前会った時からさっぱり進歩がないじゃないか。学校でおまえに礼儀《れいぎ》のひとつも叩《たた》き込《こ》んでくれりゃいいものを」叔母さんは紅茶をガブリと飲み、口髭《くちひげ》を拭《ぬぐ》った。

「バーノン、この子をどこの学校にやってると言ったかね？」

「セント・ブルータス」叔父さんが素早《すばや》く答えた。「更生不能《こうせいふのう》のケースでは一流の施設《しせつ》だよ」

「そうかい。セント・ブルータスでは鞭《むち》を使うかね、え？」

テーブル越《ご》しに叔母さんが吠えた。

「エーッと――」

叔父さんがマージ叔母さんの背後からこくんと頷《うなず》いてみせた。

「はい」ハリーはそう答えた。それから、いっそのことそれらしく言ったほうがいいと思い、「しょっちゅうです」とつけ加えた。

「そうこなくちゃ」マージ叔母さんが言った。「ひっぱたかれて当然の子を叩かないなんて、腰抜《こしぬ》け、腑抜《ふぬ》け、間抜《まぬ》けもいいとこだ。十中八九《じっちゅうはっく》は鞭で打ちのめしゃぁいい。**おまえは**しょっちゅう打たれるのかい？」

「そりゃあ」ハリーが受けた。「なーんども」

叔母さんは顔をしかめた。

「やっぱりおまえの言いようが気に入らないね。そんなに気楽にぶたれたなんて言えるようじゃ、鞭の入れ方が足りないに決まってる。ペチュニア、わたしなら手紙を書くね。この子の場合には万力込《まんりきこ》めて叩《たた》くことを認めるって、はっきり言ってやるんだ」

バーノン叔父《おじ》さんは、ハリーが自分との取引《とりひき》を忘れては困ると思ったのかどうか、突然《とつぜん》話題を変えた。

「マージ、今朝のニュースを聞いたかね？　あの脱獄犯《だつごくはん》をどう思うね、え？」


マージ叔母《おば》さんがどっかりと居座《いすわ》るようになると、ハリーは、マージ叔母さんがいなかったときのプリベット通り四番地の生活が懐《なつ》かしいとさえ思うようになった。バーノン叔父さんとペチュニア叔母さんはたいていハリーを遠ざけようとしたし、ハリーにとってそれは願ってもないことだった。ところがマージ叔母さんは、ハリーの躾《しつけ》をああだこうだと口やかましく指図《さしず》するため、ハリーを四六時中《しろくじ》自分の目の届くところに置きたがった。ハリーとダドリーを比較《ひかく》するのもお楽しみの一つで、ダドリーに高価《こうか》なプレゼントを買い与えては、どうして僕《ぼく》にはプレゼントがないの？　とハリーが言うのを待っているかのように、じろりと睨《にら》むのが至上《しじょう》の喜びだった。さらに、ハリーがこんなろくでなしになったのはこれこれのせいだと、陰湿《いんしつ》な嫌味《いやみ》を投げつけるのだった。

「バーノン、この子ができ損《そこ》ないになったからといって、自分を責《せ》めちゃいけないよ」

三日目の昼食の話題だった。

「**芯《しん》から**腐《くさ》ってりゃ、誰が何をやったってだめさね」

ハリーは食べることに集中しようとした。それでも手は震《ふる》え、顔は怒りで火照《ほて》りはじめた。**何にも言うな。許可証《きょかしょう》を忘れるな、**ハリーは自分に言い聞かせた。**ホグズミードのことを考えるんだ。挑発《ちょうはつ》に乗っちゃだめだ——**。

叔母さんはワイングラスに手を伸ばした。

「ブリーダーにとっちゃ基本原則《げんそく》の一つだがね、犬なら例外なしに原則どおりだ。牝犬《めすいぬ》に欠陥《けっかん》があれば、その仔犬《こいぬ》もどこかおかしくなるのさ——」

とたんにマージ叔母さんの手にしたワイングラスが爆発した。ガラスの破片《はへん》が四方八方《しほうはっぽう》に飛び散り、マージ叔母さんは赤ら顔からワインを滴《したた》らせ、目をパチクリさせながらアワアワ言っていた。

「マージ！　大丈夫《だいじょうぶ》？」ペチュニア叔母さんが金切り声《かなきりごえ》をあげた。

「心配いらないよ」ナプキンで顔を拭《ぬぐ》いながら叔母さんがだみ声で答えた。「強く握《にぎ》りすぎたんだろう。ファブスター大佐《たいさ》のとこでも、こないだおんなじことがあった。大騒ぎすることはないよ、ペチュニア。わたしゃ握力《あくりょく》が強いんだ……」

それでも、ペチュニア叔母さんとバーノン叔父さんは、そろってハリーに疑《うたが》わしげな目を向けた。ハリーは、デザートを抜かして、できるだけ急いでテーブルを離《はな》れることにした。

玄関《げんかん》ホールに出て、壁《かべ》に寄《よ》り掛《か》かり、ハリーは深呼吸《しんこきゅう》した。自制心《じせいしん》を失って何かを爆発させたのは久しぶりだった。もう二度とこんなことを引き起こすわけにはいかない。ホグズミードの許可証《きょかしょう》がかかっているばかりではない。——これ以上事《こと》を起こせば、魔法省《まほうしょう》とまずいことになってしまう。

　ハリーはまだ半人前の魔法使いで、魔法界の法律《ほうりつ》により、学校の外で魔法を使うことは禁じられていた。実は、ハリーには前科《ぜんか》もある。つい一年前の夏、ハリーは正式な警告状《けいこくじょう》を受け取っている。プリベット通りで再び魔法が使われる気配を魔法省が察知《さっち》した場合、ハリーはホグワーツから退校処分《たいこうしょぶん》になるであろう、とはっきり書いてあった。

　ダーズリー一家がテーブルを離《はな》れる音が聞こえたので、ハリーは出会わないよう、急いで二階へ上がった。

　それから三日間、マージ叔母《おば》さんがハリーに難癖《なんくせ》をつけはじめたときには、ハリーは「自分でできる箒磨《ほうきみが》きガイドブック」のことを必死《ひっし》で考えて、やり過ごした。これはなかなかうまくいったが、そうするとハリーの目が虚《うつ》ろになるらしく、マージ叔母さんはハリーが落ちこぼれだと、はっきり口に出して言いはじめた。

　やっと、本当にやっとのことで、マージ叔母さんの滞在《たいざい》最終日の夜が来た。ペチュニア叔母さんは豪華《ごうか》なディナーを料理し、バーノン叔父《おじ》さんはワインを数本開けた。スープに始まり、サーモン料理に至《いた》るまで、ただの一度もハリーの欠陥《けっかん》が引き合いに出されることなく進んだ。レモン・メレンゲ・パイが出た時、バーノン叔父さんが穴あけドリルを製造《せいぞう》している自分の会社、グラニングズ社のことを、みんながうんざりするほど長々と話した。それからペチュニア叔母さんがコーヒーを入れ、バーノン叔父さんはブランデーを一本持ってきた。

「マージ、一杯《いっぱい》どうだね？」

マージ叔母さんはワインでもうかなり出来上《できあ》がっていた。巨大な顔が真っ赤《まっか》だった。

「それじゃ、ほんのひと口もらおうか」マージ叔母さんがクスクスッと笑った。

「もう少し……、もうちょい……、よーしよし」

ダドリーは四切れ目のパイを食べていた。ペチュニア叔母さんは小指をピンと伸ばしてコーヒーをすすっていた。ハリーは自分の部屋へと消え去りたくてたまらなかったが、バーノン叔父さんの小さい目が怒っているのを見て、最後までつき合わなければならないのだと思い知らされた。

「フーッ」

マージ叔母さんは舌鼓《したつづみ》を打ち、空《から》になったブランデー・グラスをテーブルに戻《もど》した。

「すばらしいご馳走《ちそう》だったよ、ペチュニア。普段《ふだん》の夕食はたいていあり合わせを炒《いた》めるだけさ。十二匹も犬を飼《か》ってると、世話《せわ》が大変でね……」

マージ叔母さんは思いっきりゲップをして、ツイードの服の上から盛《も》り上がった腹をポンポンと叩《たた》いた。

「失礼。それにしても、わたしゃ、健康な体格の男の子を見るのが好きさね」

ダドリーにウィンクしながら、叔母《おば》さんはしゃべり続けた。

「ダッダー、あんたはお父さんとおんなじに、ちゃんとした体格の男になるよ。ああ、バーノン、もうちょいとブランデーをもらおうかね」

「ところが、こっちはどうだい――」

マージ叔母さんは、ぐいとハリーのほうを顎《あご》で指《さ》した。ハリーは胃が縮《ちぢ》んだ。

「ガイドブックだ」ハリーは急いで思い浮かべた。

「こっちの子はなんだかみすぼらしい生まれ損《ぞこ》ないの顔だ。犬にもこういうのがいる。去年はファブスター大佐《たいさ》に一匹処分《しょぶん》させたよ。水に沈めてね。でき損ないの小さなやつだった。弱々しくて、発育不良さ」

ハリーは必死《ひっし》に十二ページを思い浮かべていた。「**後退を拒《こば》む箒《ほうき》を治《なお》す呪文《じゅもん》**」

「こないだも言ったが、要するに血統《けっとう》だよ。悪い血が出てしまうのさ。いやいや、ペチュニア、あんたの家族のことを悪く言ってるわけじゃない」

ペチュニア叔母さんの骨ばった手をシャベルのような手でポンポン叩《たた》きながら、マージ叔母さんはしゃべり続けた。

「ただあんたの姉《ねえ》さんはでき損ないだったのさ。どんな立派な家系《かけい》にだってそういうのがひょっこり出てくるもんさ。それでもってろくでなしと駆《か》け落ちして、結果はどうだい。目の前にいるよ」

ハリーは自分の皿を見つめていた。奇妙《きみょう》な耳鳴りがした。**柄《え》ではなく箒の尾をしっかりつかむこと**――たしかそうだった。しかし、ハリーにはその続きが思い出せなかった。マージ叔母さんの声が、バーノン叔父《おじ》さんの会社の穴あけドリルのように、グリグリとハリーにねじ込《こ》んできた。

「そのポッターとやらは」

マージ叔母さんは大声で言った。ブランデーの瓶《びん》を引っつかみ、手酌《てじゃく》でドバドバとグラスに注《そそ》いだ上、テーブルクロスにも注いだ。

「そいつが何をやってたのか聞いてなかったね」

叔父さんと叔母さんの顔が極端《きょくたん》に緊張《きんちょう》していた。ダドリーでさえ、パイから目を離《はな》し、ポカンと口を開けて親の顔を見つめた。

「ポッターは――働いていなかった」

ハリーのほうを中途半端《ちゅうとはんぱ》に見やりながら、叔父さんが答えた。

「失業者だった」

「そんなこったろうと思った！」

マージ叔母さんはブランデーをぐいっと飲み、袖《そで》で顎《あご》を拭《ぬぐ》った。

「文無《もんな》しの、役立たずの、ゴクつぶしのかっぱらいが――」

「違う」突然《とつぜん》ハリーが言った。周《まわ》り中がしんとなった。ハリーは全身を震《ふる》わせていた。こんなに腹が立ったのは生まれて初めてだった。

「ブランデー、もっとどうだね！」

叔父《おじ》さんが蒼白《そうはく》な顔で叫《さけ》び、瓶《びん》に残ったブランデーを全部マージのグラスに空《あ》けた。

「おまえは——」叔父さんがハリーに向かって唸《うな》るように言った。「自分の部屋に行け。行くんだ——」

「いーや、待っとくれ」

マージ叔母《おば》さんが、しゃっくりをしながら手を上げて制止《せいし》した。小さな血走った目がハリーを見据《みす》えた。

「言うじゃないか。続けてごらんよ。親が自慢《じまん》てわけかい、え？　勝手に車をぶっつけて死んじまったんだ。——どうせ酔《よ》っ払《ぱら》い運転だったろうさ——」

「自動車事故で死んだんじゃない！」ハリーは思わず立ち上がっていた。

「自動車事故で死んだんだ。性悪《しょうわる》の嘘《うそ》つき小僧《こぞう》め。きちんとした働き者の親戚《しんせき》に、おまえのような厄介者《やっかいもの》を押しつけていったんだ！」

マージ叔母さんは怒りで膨《ふく》れ上がりながら叫んだ。

「おまえは礼儀《れいぎ》知らず、恩《おん》知らず——」

マージ叔母さんが突然黙《とつぜんだま》った。一瞬《いっしゅん》、言葉に詰《つ》まったように見えた。言葉も出ないほどの怒りで膨れ上がっているように見えた。——しかし、膨れが止まらない。巨大な赤ら顔が膨張《ぼうちょう》しはじめ、小さな目は飛び出し、口は左右にギュウと引《ひ》っ張《ぱ》られてしゃべるどころではない。次の瞬間《しゅんかん》、ツイードの上着のボタンが弾《はじ》け飛び、ビシッと壁《かべ》を打って落ちた。――マージ叔母さんは恐ろしくでかい風船のように膨れ上がっていた。ツイードの上着のベルトを乗り越《こ》えて腹が突き出し、指も膨れてサラミ・ソーセージのよう……。

「マージ！」

叔父さんと叔母さんが同時に叫んだ。マージ叔母さんの体が椅子《いす》を離《はな》れ、天井《てんじょう》に向かって浮き上がりはじめたのだ。いまやマージ叔母さんは完全な球体《きゅうたい》だった。豚《ぶた》のような目がついた巨大な救命《きゅうめい》ブイさながらに、両手両足を球体から不気味《ぶきみ》に突き出し、息も絶《た》え絶《だ》えにパクパク言いながら、ふわふわ空中に舞《ま》い上がりはじめた。リッパーが転《ころ》がるように部屋に入ってきて、狂ったように吠《ほ》えた。

「やめろおおおおお！」

叔父さんはマージの片足を捕《つか》まえ、引っ張り下ろそうとしたが、自分のほうが床から持ち上げられそうになった。次の瞬間、リッパーが飛びかかり、叔父さんの足にガブリと噛《か》みついた。

止める間もなく、ハリーはダイニングルームを飛び出し、階段下の物置《ものおき》に向かった。ハリーがそばまで行くと、物置の戸が魔法のようにパッと開いた。数秒後、ハリーは重いトランクを玄関《げんかん》まで引っ張り出していた。それから飛ぶように二階に駆《か》け上がり、ベッドの下に滑《すべ》り込《こ》んで緩《ゆる》んだ床をこじ開け、教科書や誕生祝《たんじょういわ》いプレゼントの詰《つ》まった枕《まくら》カバーをむんずとつかんだ。ベッドの下から這《は》いずり出し、空《から》っぽのヘドウィグの鳥籠《とりかご》を引っつかみ、脱兎《だっと》のごとく階段を駆《か》け下りて、トランクのところに戻《もど》った。ちょうどその時、バーノン叔父《おじ》さんがダイニングルームから飛び出してきた。ズボンの脚《あし》のところがズタズタで血まみれだった。

「**ここに戻るんだ！**」叔父さんがなりたてた。「**戻ってマージを元どおりにしろ！**」

しかし、ハリーは怒りで前後の見境《みさかい》がなくなっていた。トランクを蹴《け》って開け、杖《つえ》を引《ひ》っ張《ぱ》り出し、バーノン叔父さんに突きつけた。

「当然の報《むく》いだ」ハリーは息を荒《あら》らげて言った。「身から出た錆《さび》だ。僕《ぼく》に近よるな」

ハリーは後ろ手でドアの取っ手をまさぐった。

「僕は出ていく。もうたくさんだ」

次の瞬間《しゅんかん》、ハリーはしんと静まり返った真っ暗な通りに立っていた。重いトランクを引っ張り、腋《わき》の下にヘドウィグの籠を抱《かか》えて。

第3章

CHAPTER THREE
The Knight Bus

夜の騎士バス

トランクを引きずり、息を弾《はず》ませながら、ハリーはいくつかの通りを歩き、マグノリア・クレセント通りまで来ると、低い石垣《いしがき》にがっくりと腰を下ろした。じっと座っていると、まだ収まらない怒りが体中を駆《か》け巡《めぐ》り、心臓が狂ったように鼓動《こどう》するのが聞こえた。

しかし、暗い通りに十分ほど独《ひと》りぼっちで座っていると、別な感情がハリーを襲《おそ》った。パニックだ。最悪の八方塞《はっぽうふさ》がりだ。真っ暗闇《くらやみ》のマグルの世界で、まったくどこに行く当てもなく、たった一人で取り残されている。もっと悪いことに、たったいま、本当に魔法を使ってしまった。つまり、ほとんど間違いなく、ホグワーツ校から追放《ついほう》される。「未成年《みせいねん》魔《ま》法使《ほうつか》いの制《せい》限事項令《げんじこうれい》」をこれだけ真正面から破れば、いまこの場に魔法省《まほうしょう》の役人が空から現れて大捕《おおと》り物になってもおかしくない。

ハリーは身震《みぶる》いし、マグノリア・クレセント通りを端《はし》から端まで見回した。いったいどうなるんだろう？　逮捕《たいほ》されるのかそれとも魔法界の爪弾《つまはじ》き者になるのだろうか？　ハリーはロンとハーマイオニーのことを思った。そしてますます落ち込《こ》んだ。罪人《つみびと》であろうとなかろうと、二人ならきっといまのハリーを助けたいと思うに違いない。でも、いまは二人とも外国にいる。ヘドウィグもどこかへ行ってしまって、二人とは連絡《れんらく》の術《すべ》もない。

それに、ハリーはマグルのお金をまったく持っていなかった。トランクの奥に入れた財布《さいふ》に、わずかばかり魔法界の金貨《きんか》があるが、両親が残してくれた遺産《いさん》はロンドンのグリンゴッツ魔法銀行の金庫に預けられている。このトランクを引きずって延々《えんえん》ロンドンまで行くのはとても無理《むり》だ。ただし……。

ハリーはしっかり手に握《にぎ》ったままになっている杖《つえ》を見た。どうせもう追放されたのなら（胸の鼓動が痛いほどに速くなっていた）、もう少し魔法を使ったって同じことじゃないか。ハリーには父親が遺《のこ》してくれた「透明《とうめい》マント」がある。――トランクに魔法をかけて羽のように軽くし、箒《ほうき》に括《くく》りつけ、「透明マント」をすっぽりかぶってロンドンまで飛んでいったら？　そうすれば金庫に預けてある残りの遺産を取り出せる、そして……無法者《むほうもの》としての人生を歩みだす。考えるだけでぞっとした。しかし、いつまでも石垣に腰掛《か》けているわけにはいかない。このままではマグルの警察《けいさつ》に見咎《みとが》められ、トランク一杯《いっぱい》の呪文《じゅもん》の教科書やら箒やらを持って、この真夜中に何をしているのか、説明に苦労するはめになる。

ハリーは再びトランクを開け、「透明マント」を探すのに中身を脇《わき》に押しのけた。――しかし、まだ見つからないうちにハリーは急に身を起こし、また周《まわ》りをキョロキョロと見回した。首筋《くびすじ》が妙《みょう》にチクチクする。誰かに見つめられているような気がする。しかし、通りには人っ子一人いない。大きな四角い家々のどこからも、一条《じょう》の明りさえ漏《も》れていない。

ハリーは再びトランクの上に屈《かが》み込んだ。が、とたんにまた立ち上がった。手には杖がしっかり握られている。物音がしたわけでもない。むしろ気配を感じた。ハリーの背後の垣根《かきね》とガレージの間の狭い隙間《すきま》に、誰かが、何かが立っている。真っ黒な路地《ろじ》を、ハリーは目を凝《こ》らして見つめた。動いてくれさえすればわかるのに。野良猫《のらねこ》なのか、それとも――何か別のものなのか。

「ルーモス！　光よ！」

呪文《じゅもん》を唱《とな》えると、杖の先に灯《あか》りが点《とも》り、ハリーは目が眩《くら》みそうになった。灯りを頭上に高々と掲《かか》げると、「2番地」と書かれた小石混じりの壁《かべ》が照らしだされ、ガレージの戸が微《かす》かに光った。その間にハリーがくっきりと見たものは、大きな目をギラつかせた、得体《えたい》の知れない、何か図体《ずうたい》の大きなものの輪郭《りんかく》だった。

ハリーは後ずさりした。トランクにぶつかり足を取られた。倒れる体を支えようと片腕《かたうで》を伸ばした弾《はず》みに、杖《つえ》が手を離《はな》れて飛び、ハリーは道路脇《わき》の排水溝《はいすいこう》にドサッと落ち込《こ》んだ。

耳をつんざくような**バーン**という音がしたかと思うと、急に目の眩むような明りに照らされ、ハリーは目を覆《おお》ったが……。

危機一髪《ききいっぱつ》、ハリーは叫《さけ》び声をあげて転《ころ》がり、車道から歩道へと戻《もど》った。次の瞬間《しゅんかん》、たったいまハリーが倒れていたちょうどその場所に、巨大なタイヤが一対、ヘッドライトとともにキキーッと停《と》まった。顔を上げると、その上に三階建ての派手《はで》な紫色のバスが見えた。どこから現れたものやら、フロントガラスの上に、金文字で「夜の騎士《ナイト》バス」と書かれている。

一瞬《いっしゅん》、ハリーは打ち所が悪くておかしくなったのかと思った。すると紫の制服《せいふく》を着た車掌《しゃしょう》がバスから飛び降《お》り、闇《やみ》に向かって大声で呼びかけた。

「『ナイト・バス』がお迎《むか》えにきました。迷子《まいご》の魔法使い、魔女たちの緊急《きんきゅう》お助けバスです。

杖腕《つえうで》をさし出せば参《さん》じます。ご乗車ください。そうすればどこなりと、お望みの場所までお連れします。わたしはスタン・シャンパイク、車掌として、今夜――」

車掌が突然黙《とつぜんだま》った。地面に座り込んだままのハリーを見つけたのだ。ハリーは落とした杖を拾い上げ、急いで立ち上がった。近よってよく見ると、スタン・シャンパイクはハリーとあまり年の違わない、せいぜい十八、九歳《さい》。大きな耳が突き出し、にきびだらけだった。

「そんなとこですっころがって、いってぇなにしてた?」スタンは職業口調《しょくぎょうくちょう》を忘れていた。

「転んじゃって」とハリー。

「なんでころんじまった?」スタンが鼻先《はなさき》で笑った。

「わざと転んだわけじゃないよ」

ハリーは気を悪くした。ジーンズの片膝《かたひざ》が破れ、体を支えようと伸ばしたほうの手からは血が出ていた。突然ハリーは、なんで転んだのかを思い出した。そして慌《あわ》てて振り返り、ガレージと石垣《いしがき》の間の路地《ろじ》を見つめた。「ナイト・バス」のヘッドライトがそのあたりを煌々《こうこう》と照らしていたが、もぬけの殻《から》だった。

「いってぇ、なに見てる?」スタンが聞いた。

「何か黒い大きなものがいたんだ」ハリーはなんとなく隙間《すきま》のあたりを指《さ》した。

「犬のような……でも、小山のように……」

ハリーはスタンのほうに顔を向けた。スタンは口を半開きにしていた。スタンの目がハリーの額《ひたい》の傷《きず》のほうに移っていくのを見て、ハリーは困ったなと思った。

「おでこ、それなんでぇ？」出し抜けにスタンが聞いた。

「何でもない」

ハリーは慌《あわ》ててそう答え、傷を覆《おお》う前髪《まえがみ》をしっかり撫《な》でつけた。魔法省《まほうしょう》がハリーを探しているかもしれないが、そうたやすく見つかるつもりはなかった。

「名めえは？」スタンがしつこく聞いた。

「ネビル・ロングボトム」ハリーは、一番最初に思い浮かんだ名前を言った。

「それで——それでこのバスは」ハリーはスタンの気を逸《そ》らそうと急いで言葉を続けた。「**どこにでも**行くって、君、そう言った？」

「あいよ」スタンは自慢《じまん》げに言った。「お望みしでえ。土の上ならどこでもござれだ。水ん中じゃ、なーんもできねえが。ところで」

スタンはまた疑《うたが》わしげにハリーを見た。

「**たしかに**このバスを呼んだな、ちげえねぇよな？　杖腕《つえうで》を突き出したな、ちげえねぇよな？」

「ああ」ハリーは短く答えた。「ねえ、ロンドンまでいくらかかるの？」

「十一シックル。十三出しゃぁ熱いココアがつくし、十五なら湯たんぽと好きな色の歯ブラシがついてくらぁ」

ハリーはもう一度トランクの中を引《ひ》っ掻《か》き回し、巾着《きんちゃく》を引き出し、銀貨《ぎんか》をスタンの手に押しつけた。それからヘドウィグの籠《かご》をトランクの上にバランスよく載《の》せ、二人でトランクを持ち上げ、バスに引っ張《ぱ》り上げた。

中には座席《ざせき》がなく、代わりに、カーテンの掛《か》かった窓際《まどぎわ》に、真鍮製《しんちゅうせい》の寝台《しんだい》が六個並んでいた。寝台脇《わき》の腕木《うでぎ》に蝋燭《ろうそく》が灯《とも》り、板張《いたば》り壁《かべ》を照らしていた。奥のほうに寝《ね》ている、ナイトキャップをかぶった小っちゃい魔法使いが寝言を言いながら寝返りを打った。――「ムニャ……ありがとう、いまはいらない。ムニャ……ナメクジの酢漬《すづ》けを作っているところだから」

「ここがおめえさんのだ」

トランクをベッド下に押し込《こ》みながら、スタンが低い声で言った。運転席のすぐ後ろのベッドだ。運転手は肘掛椅子《ひじかけいす》に座ってハンドルを握《にぎ》っていた。

「こいつぁ運転手のアーニー・プラングだ。アーン、こっちはネビル・ロングボトムだ」

アーニー・プラングは分厚《ぶあつ》いメガネを掛けた年配の魔法使いで、ハリーに向かってこっくり挨拶《あいさつ》した。ハリーは神経質《しんけいしつ》にまた前髪《まえがみ》を撫《な》でつけ、ベッドに腰掛けた。

「アーン、バス出しな」

スタンがアーニーの隣《となり》の肘掛椅子に掛けながら言った。

もう一度**バーン**というものすごい音がして、次の瞬間《しゅんかん》、ハリーは反動でベッドに放《ほう》り出され、仰向《あおむ》けに倒れた。起き上がって暗い窓から外を見ると、まったくさっきと違った通りを転《ころ》がるように走っていた。ハリーの呆気《あっけ》にとられた顔を、スタンは愉快《ゆかい》そうに眺《なが》めていた。

「おめえさんが合図《あいず》する前には、おれたちゃここにいたんだ。アーン、ここぁどこだい？ウェールズのどっかかい？」

「あぁ」アーニーが答えた。

「このバスの音、どうしてマグルには聞こえないの？」ハリーが言った。

「マグル！」スタンは軽蔑《けいべつ》したような声を出した。「ちゃーんと聞いてねえのさ。ちゃーんと見てもいねえ。なーんも、ひとーっつも気づかねえ」

「スタン、マダム・マーシを起こしたほうがいいぞ。まもなくアバーガブニーに着く」

アーニーが言った。

スタンはハリーのベッド脇《わき》を通り、狭い木の階段を上って姿が見えなくなった。ハリーはまだ窓の外を見ていた。だんだん心細くなってくる。アーニーのハンドルさばきはどう見てもうまいとは思えない。「ナイト・バス」はしょっちゅう歩道に乗り上げた。それなのに絶対衝突《ぜったいしょうとつ》しない。街灯《がいとう》、郵便ポスト、ゴミ箱、みんなバスが近づくと飛びのいて道を空《あ》け、通り過ぎると元の位置に戻《もど》るのだった。

スタンが戻ってきた。その後ろに旅行用マントに包《くる》まった魔女が緑色の顔を青くしてついてきた。

「マダム・マーシ、ほれ、着いたぜ」

スタンがうれしそうに言ったとたん、アーンがブレーキを踏《ふ》みつけ、ベッドというベッドは三十センチほど前につんのめった。マダム・マーシはしっかり握《にぎ》りしめたハンカチを口元に当て、危《あぶ》なっかしげな足取りでバスを降《お》りていった。スタンがそのあとから荷物を投げ降ろし、バシャンとドアを閉めた。もう一度**バーン**があって、バスは狭い田舎路《いなかみち》をガンガン突き進んだ。行く手の立ち木が飛びのいた。

ハリーは眠れなかった。バスがバーンバーンとしょっちゅう大きな音をたてなくても、一度に一〇〇キロも二〇〇キロも飛びはねなくても、眠れなかっただろう。いったいどうなるんだろう、ダーズリー家《け》ではマージ叔母《おば》さんを天井《てんじょう》から下ろすことができたんだろうか、という思いが戻ってくると、胃袋《いぶくろ》が引っくり返るようだった。

スタンは「日刊予言者新聞《にっかんよげんしゃしんぶん》」を広げ、歯の間から舌先《したさき》をちょっと突き出して読みはじめた。一面記事《いちめんきじ》に大きな写真があり、もつれた長い髪《かみ》の頰《ほお》のこけた男が、ハリーを見てゆっくりと瞬《まばた》きした。なんだか妙《みょう》に見覚えのある人のような気がした。

「この人！」一瞬《いっしゅん》、ハリーは自分の悩《なや》みを忘れた。「マグルのニュースで見たよ！」

スタンリーが一面記事を見て、クスクス笑った。

「シリウス・ブラックだ」スタンが頷《うなず》きながら言った。「あたぼうよ。こいつぁマグルのニュースになってらぁ。ネビル、どっか遠いとこでも行ってたか？」

ハリーが呆気にとられているのを見て、スタンはなんとなく得意げなクスクス笑いをしながら、新聞の一面をハリーに渡《わた》した。
「ネビル、もっと新聞を読まねぇといけねぇよ」
ハリーは新聞を蝋燭《ろうそく》の明りに掲《かか》げて読みはじめた。

ブラックいまだ逃亡中《とうぼうちゅう》

魔法省《まほうしょう》が今日発表したところによれば、アズカバンの要塞監獄《ようさいかんごく》の囚人《しゅうじん》中、最も凶悪《きょうあく》といわれるシリウス・ブラックは、いまだに追跡《ついせき》の手を逃《のが》れ逃亡中である。コーネリウス・ファッジ魔法大臣《まほうだいじん》は、今朝、「我々《われわれ》はブラックの再逮捕《さいたいほ》に全力であたっている」と語り、魔法界に対し、平静《へいせい》を保つよう呼びかけた。

ファッジ大臣は、この危機《きき》をマグルの首相に知らせたことで、国際魔法戦士連盟《こくさいまほうせんしれんめい》の一部から批判《ひはん》されている。

大臣は「まあ、はっきり言って、こうするしかなかった。おわかりいただけませんかな」と、いらつき気味《ぎみ》である。さらに「ブラックは狂っているのですぞ。魔法使いだろうとマグルだろうと、ブラックに逆《さか》らった者は誰でも危険にさらされる。私は、首相閣下《かっか》から、ブラックの正体は一言《ひとこと》たりとも誰にも明かさないという確約《かくやく》をいただいております。それに、なんですー―たとえ、口外《こうがい》したとしても、誰が信じるというのです?」と語った。

マグルにはブラックが銃《じゅう》（マグルが殺し合いをするための、金属製《きんぞくせい》の杖《つえ》のようなもの）を持っていると伝えてあるが、魔法界は、ブラックがたった一度の呪《のろ》いで十三人も殺した、あの十二年前のような大虐殺《だいぎゃくさつ》が起きるのではと恐れている。

ハリーはシリウス・ブラックの暗い影のような目を覗《のぞ》き込《こ》んだ。落ち窪《くぼ》んだ顔の中でただ一ヵ所、目だけが生きているようだった。ハリーは吸血鬼《きゅうけつき》に出会ったことはなかったが、「闇《やみ》の魔術《まじゅつ》に対する防衛術《ぼうえいじゅつ》」のクラスでその絵を見たことがあった。蝋《ろう》のように蒼白《そうはく》なブラックの顔は、まさに吸血鬼そのものだった。

「おっそろしい顔じゃねーか？」ハリーが読むのを見ていたスタンが言った。

「この人、**十三人も**殺したの？」

新聞をスタンに返しながらハリーが聞いた。

「**たった一つの呪文《じゅもん》で？**」

「あいな。目撃者《もくげきしゃ》なんてぇのもいるし。真っ昼《ぴる》間《ま》だ。てーした騒ぎだったなぁ、アーン？」

「あぁ」アーンが暗い声で答えた。

スタンはくるりと後ろ向きに座り、椅子《いす》の背に手を置いた。そのほうがハリーがよく見える。

「ブラックは『例《れい》のあのしと』の一の子分だった」スタンが言った。

「え？　ヴォルデモートの？」ハリーは何気なく言った。

スタンはニキビまで真《ま》っ青《さお》になった。アーンがいきなりハンドルを切ったので、バスを避《よ》けるのに農家が一軒《けん》まるまる飛びのいた。

「気はたしかか？」スタンの声が上《うわ》ずっていた。「なんであのしとの名めえを呼んだりした？」

「ごめん」ハリーが慌《あわ》てて言った。「ごめん。ぼ、僕《ぼく》──忘れてた──」

「忘れてたって！」スタンが力なく言った。「肝《きも》が冷えるぜ。まーだ心臓がドキドキしてやがら……」

「それで──それでブラックは『例のあの人』の支持者《しじしゃ》だったんだね？」

ハリーは謝《あやま》りながらも答えを促《うなが》した。

「それよ」スタンはまだ胸を撫《な》でさすっていた。

「そう、そのとおりよ。『例のあのしと』にどえらく近かったってぇ話だ……とにかく、ちいせえ『アリー・ポッター』が『例のあのしと』にしっぺ返ししたときにゃ」──ハリーは慌ててまた前髪《まえがみ》を撫《な》でつけた。──「あのしとの手下は一網打尽《いちもうだじん》だった。アーン、そうだったな？おおかたは、『例のあのしと』がいなくなりゃおしめぇだと観念《かんねん》して、おとなしく捕《つか》まっちまった。だーがシリウス・ブラックは違ったな。聞いた話だが、『例のあのしと』が支配するようになりゃ、ブラックは自分がナンバー・ツーになると思ってたってぇこった」

「とにかくだ、ブラックはマグルで混み合ってる道のど真ん中で追いつめられっちまって、そいでブラックが杖を取り出して、そいで道の半分ほどぶっ飛ばしっちまった。巻《ま》き添《ぞ》え食ったのは魔法使いが一人と、ちょうどそこにいあわせたマグル十二人てぇわけよ。しでえ話じゃぁねえか？　そんでもってブラックがなにしたと思う？」

スタンはひそひそ芝居《しばい》がかった声で話を続けた。

「何したの？」

「**高笑いしやがった**。その場に突っ立って、笑ったのよ。魔法省《まほうしょう》からの応援隊《おうえんたい》が駆《か》けつけてきた時にゃ、ヤツはやけにおとなしくしょっ引かれてった。大笑いしたまんまよ。――ったく狂ってる。なぁ、アーン？　ヤツは狂ってるなぁ？」

「アズカバンに入れられたとき狂ってなかったとしても、いまは狂ってるだろうな」

アーンが持ち前のゆっくりした口調《くちょう》で言った。

「あんなとこに足を踏《ふ》み入れるぐれぇなら、おれなら自爆《じばく》するほうがましだ。ただし、ヤツにはいい見せしめというもんだ……あんなことしたんだし……」

「あとの隠蔽工作《いんぺいこうさく》がてぇへんだったなぁ、アーン？　なんせ通りがふっ飛ばされちまって、マグルがみんな死んじまってよ。ほれ、アーン、なにが起こったってことにしたんだっけ？」

「ガス爆発だ」アーニーがブスッと言った。

「そんで、こんだぁ、ヤツが逃げた」スタンは、頬《ほお》の削《そ》げ落ちたブラックの顔写真をしげしげと見た。

「アズカバンから逃げたなんてぇ話は聞いたことがねぇ。アーン、あるか？　どうやったか見当もつかねぇ。おっそろしい、なぁ？　どっこい、あの連中《れんちゅう》、ほれ、アズカバンの守衛《しゅえい》のよ、あいつらにかかっちゃ、勝ち目はねぇ。なぁ、アーン？」

アーニーが突然身震《とつぜんみぶる》いした。

「スタン、なんか違うこと話せ。たのむからよ。あの連中、アズカバンの看守《かんしゅ》の話で、俺は腹下《はらくだ》しを起こしそうだよ」

スタンはしぶしぶ新聞を置いた。ハリーはバスの窓に寄《よ》り掛《か》かり、前よりもっと気分が悪くなっていた。スタンが数日後に「ナイト・バス」の乗客に何を話しているか、つい想像してしまう。

「『アリー・ポッター』のこと、きーたか？　叔母さんをふくらましちまってよ！　この『ナイト・バス』に乗せたんだぜ、そうだなぁ、アーン？　逃げよーって算段《さんだん》だったな……」

ハリーもシリウス・ブラックと同じく、魔法界の法律《ほうりつ》を犯《おか》してしまった。マージ叔母《おば》さんを膨《ふく》らませたのは、アズカバンに引《ひ》っ張《ぱ》られるほど悪いことだろうか？　魔法界の監獄《かんごく》のことは、ハリーは何も知らなかったが、他の人が口にするのを耳にしたかぎりでは、十人が十人、恐ろしそうにその話をした。森番のハグリッドはつい一年前、二ヵ月をアズカバンで過ごした。どこに連行《れんこう》されるか言い渡された時、ハグリッドが見せた恐怖《きょうふ》の表情を、ハリーはそう簡単に忘れることができなかった。しかも、ハグリッドはハリーが知るかぎり、もっとも勇敢《ゆうかん》な人の一人なのだ。

「ナイト・バス」は暗闇《くらやみ》の中を、周《まわ》りの物を蹴散《けち》らすように突き進んだ。――木の茂み、道路の杭《くい》、電話ボックス、立ち木――そしてハリーは、不安と惨《みじ》めさでまんじりともせず、羽布団《はねぶとん》のベッドに横になっていた。しばらくして、ハリーがココアの代金を払ったことを思い出したスタンがやってきたが、バスがアングルシーからアバーディーンに突然飛んだ時に、ココアをハリーの枕一杯《まくらいっぱい》にぶちまけてしまった。

一人、また一人と、魔法使いや魔女が寝間着《ねまき》にガウンをはおり、スリッパで上のデッキから下りてきて、バスを降《お》りていった。みんな降りるのがうれしそうだった。

ついにハリーが最後の乗客になった。

「ほいきた、ネビル」スタンがパンと手を叩《たた》きながら言った。「ロンドンのどの辺だい？」

「ダイアゴン横丁《よこちょう》」

「合点《がってん》、承知《しょうち》。しっかりつかまってな……」

バーン！

バスはチャリング・クロス通りをバンバン飛ばしていた。ハリーは起き上がって、行く手のビルやベンチが身をよじってバスに道を譲《ゆず》るのを眺《なが》めた。空が白みかけてきた。数時間は潜《ひそ》んでいよう。そしてグリンゴッツ銀行が開いたらすぐ行こう。それから出発だ。――どこへ行くのか、それはわからないが。

アーンがブレーキを思いっきり踏みつけ、「ナイト・バス」は急停車《きゅうていしゃ》した。小さな、みすぼらしいパブ、「漏《も》れ鍋《なべ》」の前だった。その裏《うら》にダイアゴン横丁《よこちょう》への魔法の入口がある。

「ありがとう」ハリーがアーンに言った。

ハリーはバスを降《お》り、スタンが、ハリーのトランクとヘドウィグの籠《かご》を歩道に降ろすのを手伝った。

「それじゃ、さよなら！」ハリーが言った。

しかし、スタンは聞いてもいなかった。バスの乗り口に立ったまま、「漏れ鍋」の薄暗《うすぐら》い入口をじろじろ見ている。

「ハリー、**やっと見つけた**」声がした。

ハリーが振り返る間もなく、肩に手が置かれた。と同時に、スタンが大声をあげた。

「おったまげた。アーン、来いよ。**こっち来て、**見ろよ！」

ハリーは肩に置かれた手の主《ぬし》を見上げた。バケツ一杯《いっぱい》の氷が胃袋《いぶくろ》にザザーッと流れ込《こ》んだかと思った。――コーネリウス・ファッジ、まさに魔法大臣《まほうだいじん》その人の手中に飛び込んでしまった。

スタンがバスから二人の脇《わき》の歩道に飛び降りた。

「大臣、ネビルのことをなーんて呼びなすった？」スタンは興奮《こうふん》していた。

ファッジは小柄《こがら》なでっぷりとした体に細縞《ほそじま》の長いマントをまとい、寒そうに、疲れた様子で立っていた。

「ネビル？」ファッジが眉《まゆ》をひそめながら繰《く》り返した。「ハリー・ポッターだが」

「ちげぇねぇ！」スタンは大喜びだった。「アーン！　アーン！　ネビルが誰か当ててみな！　アーン！　このしと、アリー・ポッターだ！　したいの傷《きず》が見えるぜ！」

「そうだ」ファッジが煩《わずら》わしそうに言った。

「まあ、『ナイト・バス』がハリーを拾ってくれて大いにうれしい。だが、私はもう、ハリーと二人で『漏れ鍋』に入らねば……」

ハリーの肩にかかったファッジの手に力が加わり、ハリーは否応《いやおう》なしにパブに入っていった。カウンターの後ろのドアから、誰かがランプを手に、腰を屈《かが》めて現れた。皺《しわ》くちゃの、歯の抜けたパブの亭主《ていしゅ》、トムだ。

「大臣、捕《つか》まえなすったかね！」トムが声をかけた。「何かお飲み物は？　ビール？　ブランデー？」

「紅茶をポットでもらおうか」ファッジはまだハリーを放《はな》してくれない。

二人の後ろから何か引きずるような大きな音と、ハァハァ、ゼイゼイが聞こえ、スタンとアーンがハリーのトランクとヘドウィグの籠を持って現れ、興奮してあたりを見回した。

「なーんで本名《ほんみょう》を教えてくれねぇんだ。え？　ネビルさんよ」

スタンがハリーに向かって笑いかけた。その肩越《ご》しに、アーニーのふくろうのようなメガネ顔が興味津々《きょうみしんしん》で覗《のぞ》き込んでいる。

「それと、トム、個室《こしつ》を頼む」ファッジがことさらはっきり言った。

トムはカウンターから続く廊下《ろうか》へとファッジを誘《いざな》った。

「じゃあね」ハリーは惨《みじ》めな気持でスタンとアーンに挨拶《あいさつ》した。

「じゃあな、ネビルさん！」スタンが答えた。

トムのランプを先頭に、狭い通路をファッジがハリーを追い立てるように進み、やがて小部屋にたどり着いた。トムが指をパチンと鳴らすと、暖炉《だんろ》の火が一気に燃え上がった。トムは恭《うやうや》しく頭を下げたまま部屋から出ていった。

「ハリー、掛《か》けたまえ」ファッジが暖炉のそばの椅子《いす》を示した。

暖炉の温《ぬく》もりがあるのに、ハリーは腕《うで》に鳥肌《とりはだ》の立つ思いで腰掛けた。ファッジは細縞《ほそじま》のマントを脱ぎ、脇《わき》にポンと放《ほう》り投げ、深緑色《ふかみどりいろ》の背広のズボンをずり上げ、ハリーの向かい側に腰を下ろした。

「私はコーネリウス・ファッジ、魔法大臣《まほうだいじん》だ」

ハリーはもちろん知っていた。一度見たことがある。ただ、その時は父の形見《かたみ》の「透明《とうめい》マント」に隠れていたので、ファッジはそのことを知るはずもない。

亭主《ていしゅ》のトムがシャツ襟《えり》の寝間着《ねまき》の上にエプロンをつけ、紅茶とクランペット菓子を盆《ぼん》に載《の》せて再び現れた。トムは、ファッジとハリーの間にあるテーブルに盆を置くと、ドアを閉めて部屋を出ていった。

「さて、ハリー」ファッジは紅茶を注《つ》いだ。

「遠慮《えんりょ》なく言うが、君のおかげで大変な騒ぎになった。あんなふうに叔父《おじ》さん、叔母《おば》さんのところから逃げ出すとは！　私はもしものことがと……だが、君が無事で、いや、なによりだった」

ファッジはクランペットを一つ取り、バターを塗《ぬ》り、残りを皿ごとハリーのほうに押してよこした。

「食べなさい、ハリー。座ったまま死んでるような顔だよ。さーてと……安心したまえ。ミス・マージョリー・ダーズリーの不幸な風船事件は、我々《われわれ》の手で処理《しょり》ずみだ。数時間前、『魔法《まほう》事故《じこ》リセット部隊』の二名をプリベット通りに派遣《はけん》した。ミス・ダーズリーはパンクして元どおり。記憶《きおく》は修正《しゅうせい》された。事故のことはまったく覚えていない。それで一件落着《いっけんらくちゃく》。実害《じつがい》なしだ」

ファッジはティー・カップを傾け、その縁越《ふちご》しにハリーに笑いかけた。お気に入りの甥《おい》をじっくり眺《なが》める伯父《おじ》さんという雰囲気《ふんいき》だ。ハリーはにわかには信じられず、何かしゃべろうと口を開けてはみたものの、言葉が見つからず、また口を閉じた。

「あぁ、君は叔父さん、叔母さんの反応が心配なんだね？　それは、ハリー、非常に怒っていたことは否定《ひてい》しない。しかし、君がクリスマスとイースターの休暇《きゅうか》をホグワーツで過ごすなら、来年の夏には君をまた迎《むか》える用意がある」

ハリーは詰《つ》まった喉《のど》をこじ開けた。

「僕《ぼく》、**いつだって**クリスマスとイースターはホグワーツに残っています。それに、プリベット通りには二度と戻《もど》りたくはありません」

「まあ、まあ、落ち着けば考えも変わるはずだ」ファッジが困ったような声を出した。「なんと言っても君の家族だ。それに、君たちはお互いに愛《いと》しく思っている。――アー――心の**ふかーい**ところでだがね」

ハリーは間違いを正す気にもならなかった。いったい自分がどうなるのかをまだ聞いていない。

「そこで、残る問題は――」

ファッジは二つ目のクランペットにバターを塗《ぬ》りながら言った。

「夏休みの残りの二週間を君がどこで過ごすか、だ。私はこの『漏《も》れ鍋《なべ》』に部屋を取るとよいと思うが、そして――」

「待ってください」ハリーは思わず尋《たず》ねた。「僕の処罰《しょばつ》はどうなりますか?」

ファッジは目をパチクリさせた。

「処罰?」

「僕、規則《きそく》を破りました!『未成年魔法使い《みせいねんまほうつか》いの制限事項令《せいげんじこうれい》』です!」

「君、君、当省《とうしょう》はあんなちっぽけなことで君を罰《ばっ》したりはせん!」

ファッジはせっかちにクランペットを振りながら叫《さけ》んだ。

「あれは事故だった！　叔母《おば》さんを膨《ふく》らました廉《かど》でアズカバン送りにするなんてことはない！」

これでは、ハリーがこれまで経験した魔法省《まほうしょう》の措置《そち》とは辻褄《つじつま》が合わない。

「去年、屋敷《やしき》しもべ妖精《ようせい》が叔父《おじ》さんの家でデザートを投げつけたというだけで、僕は公式《こうしき》警告《けいこく》を受けました！」ハリーは腑《ふ》に落ちない顔をした。

「そのとき魔法省は、僕があそこでまた魔法を使ったらホグワーツを退学《たいがく》させられるだろうと言いました」

ハリーの目に狂いがないなら、ファッジは突然《とつぜん》うろたえたようだった。

「ハリー、状況《じょうきょう》は変わるものだ……我々《われわれ》が考慮《こうりょ》すべきは……現状《げんじょう》において……当然、君は退学に**なりたい**わけではなかろう？」

「もちろん、いやです」

「それなら、何をつべこべ言うのかね？」ファッジはさらりと笑った。

「さあ、ハリー、クランペットを食べて。私はちょっと、トムに部屋の空《あ》きがあるかどうか聞いてこよう」

ファッジは大股《おおまた》に部屋を出ていき、ハリーはその後ろ姿をまじまじと見つめた。何かが決定的におかしい。ファッジが、ハリーの仕出《しで》かしたことを罰するために待ち受けていたのでなければ、いったいなんで「漏れ鍋」でハリーを待っていたのか？　それに、よくよく考えてみれば、たかが未成年《みせいねん》の魔法使用事件に、魔法大臣直々《まほうだいじんじきじき》のお出ましは普通ではない。

ファッジが亭主《ていしゅ》のトムを従えて戻《もど》ってきた。

「ハリー、十一号室が空《あ》いている。快適《かいてき》に過ごせると思うよ。ただ一つだけ、わかってくれるとは思うが、マグルのロンドンへはふらふら出ていかないでほしい。いいかい？　ダイアゴン横丁《よこちょう》だけにしてくれたまえ。それと、毎日、暗くなる前にここに戻ること。君ならわかってくれるね。トムが私に代わって君を監視《かんし》してるよ」

「わかりました」ハリーはゆっくり答えた。「でも、なぜ？――」

「また行方不明《ゆくえふめい》になると困るよ。そうだろう？」ファッジは屈託《くったく》のない笑い方をした。

「いや、いや……君がどこにいるのかわかっているほうがいいのだ……つまり……」

ファッジは大きな咳払《せきばら》いをすると、細縞《ほそじま》のマントを取り上げた。

「さて、もう行かんと。やることが山ほどあるんでね」

「ブラックのこと、まだよい報《しら》せはないのですか？」ハリーが聞いた。

ファッジの指が、マントの銀の留《と》め金《がね》の上をズルッと滑《すべ》った。

「何のことかね？　あぁ、耳に入ったのか。――いや、ない。まだだ。しかし、時間の問題だ。アズカバンの看守《かんしゅ》はいまだかつて失敗を知らない……それに、連中がこんなに怒ったのを見たことがない」

ファッジはブルッと身震《みぶる》いした。

「それではお別れしよう」

ファッジが手をさし出し、ハリーがそれを握《にぎ》った。ふとハリーはあることを思いついた。

「あのー、大臣？　お聞きしてもよろしいでしょうか？」

「いいとも」ファッジが微笑《ほほえ》んだ。

「あの、ホグワーツの三年生はホグズミード訪問《ほうもん》が許されるんです。でも僕《ぼく》の叔父《おじ》さんも叔《お》母《ば》さんも許可証《きょかしょう》にサインしてくれなかったんです。大臣がサインしてくださいませんか？」

ファッジは困ったような顔をした。

「あー」ファッジが言った。「いや、ハリー、気の毒《どく》だが、だめだ。私は君の親でも保護者《ほごしゃ》でもないので――」

「でも、魔法大臣です」ハリーは熱を込《こ》めた。「大臣が許可をくだされば――」

「いや、ハリー、気の毒だが、規則《きそく》は規則なんでね」ファッジはにべもなく言った。

「来年にはホグズミードに行けるかもしれないよ。実際《じっさい》、君は行かないほうがいいと思うが……そう……さて、私は行くとしよう。ハリー、ゆっくりしたまえ」

最後にもう一度にっこりし、ハリーと握手《あくしゅ》して、ファッジは部屋を出ていった。今度はトムがにこにこしながら近よってきた。

「ポッター様。どうぞこちらへ。お荷物のほうは、もうお部屋に上げてございます……」

ハリーはトムのあとについてしゃれた木の階段を上り、「11」と書いた真鍮《しんちゅう》の表示のある部屋の前に来た。トムが鍵《かぎ》を開け、ドアを開けてハリーを促《うなが》した。

部屋には、寝心地《ねごこち》のよさそうなベッドと磨《みが》き上げた樫材《かしざい》の家具が置かれ、暖炉《だんろ》の火が元気よく爆《は》ぜていた。洋箪笥《ようだんす》の上にチョコンと――。

「ヘドウィグ！」ハリーは驚いた。

雪のようなふくろうが嘴《くちばし》をカチカチ鳴らし、ハリーの腕にハタハタと舞《ま》い降《お》りた。

「本当に賢《かしこ》いふくろうをお持ちですね」トムがうれしそうに笑った。

「あなた様がお着きになって五分ほど経《た》ってから到着《とうちゃく》しました。ポッター様、何かご用がございましたら、どうぞいつでもご遠慮《えんりょ》なく」

トムはまた一礼すると出ていった。

ハリーは、ヘドウィグを撫《な》でながら、長いことぼーっとベッドに座っていた。窓の外で、空の色が見る見る変わっていった。深いビロードのような青から、鋼《はがね》のような灰色、そして、ゆっくりと黄金色《こがねいろ》の光を帯びた薄紅色《うすべにいろ》へと。ほんの数時間前にプリベット通りを離《はな》れたこと、学校を追放《ついほう》されなかったこと、あと二週間、まったくダーズリーなしで過ごせること、何もかも信じがたかった。

「ヘドウィグ、とっても変な夜だったよ」ハリーは欠伸《あくび》をした。

メガネもはずさず、枕《まくら》にコトンと倒れ込《こ》み、ハリーは眠りに落ちた。

第4章

CHAPTER FOUR
The Leaky Cauldron

漏れ鍋

初めて自由を手にしたものの、ハリーは奇妙《きみょう》な感覚に慣れるまで数日かかった。好きな時に起きて、食べたい物を食べるなんて、こんなことはいままでになかった。しかも、ダイアゴン横丁《よこちょう》から出なければ、どこへでも好きなところに行ける。長い石畳《いしだたみ》の横丁は世界一魅力的《みりょくてき》な魔法グッズの店がぎっしり並んでいるし、ファッジとの約束を破ってマグルの世界へさまよい出るなど、ハリーは露《つゆ》ほども願いはしなかった。

毎朝「漏《も》れ鍋《なべ》」で朝食を食べながら、他の泊《とま》り客を眺《なが》めるのがハリーは好きだった。一日がかりの買物をするのに田舎《いなか》から出てきた、小柄《こがら》でどこか滑稽《こっけい》な魔女とか、「変身現代《へんしんげんだい》」の最近の記事について議論《ぎろん》を戦わせている、いかにも威厳《いげん》のある魔法使いとか、猛々《たけだけ》しい魔法戦士、やかましい小人《こびと》、それに、ある時は、どうやら鬼婆《おにばば》だと思われる人が、分厚《ぶあつ》いウールのバラクラバ頭巾《ずきん》にすっぽり隠れて、生《なま》の肝臓《かんぞう》を注文していた。

朝食のあと、ハリーは裏庭《うらにわ》に出て杖《つえ》を取り出し、ゴミ箱の上の左から三番目のレンガを軽く叩《たた》き、少し後ろに下がって待つ。すると、壁《かべ》にダイアゴン横丁へのアーチ型《がた》の入口が広がる。

長い夏の一日を、ハリーはぶらぶら店を覗《のぞ》いて回ったり、カフェ・テラスに並んだ鮮《あざ》やかなパラソルの下で食事をしたりした。カフェで食事をしている客たちは、互いに買物を見せ合ったり(「ご同輩《どうはい》、これは望月鏡《ぼうげつきょう》だ――もうややこしい月図面で悩《なや》まずにすむぞ、なぁ?」)、シリウス・ブラック事件を議論したり(「わたし個人としては、あいつがアズカバンに連れ戻《もど》されるまでは、子供たちを独《ひと》りでは外に出さないね」)していた。もうハリーは、毛布に潜《もぐ》って、懐中電灯《かいちゅうでんとう》で宿題をする必要はなかった。フローリアン・フォーテスキュー・アイスクリーム・パーラーのテラスに座り、明るい陽《ひ》の光を浴《あ》び、店主のフローリアン・フォーテスキュー氏にときどき手伝ってもらいながら、宿題を仕上《しあ》げていた。店主は中世《ちゅうせい》の魔女火あぶりにずいぶん詳《くわ》しいばかりか、三十分ごとにサンデーを振舞《ふるま》ってくれるのだった。

グリンゴッツの金庫からガリオン金貨《きんか》、シックル銀貨《ぎんか》、クヌート銅貨《どうか》を引き出し、巾着《きんちゃく》を一杯《いっぱい》にしたあとは、一度に全部使ってしまわないようにするのに、相当の自制心《じせいしん》が必要だった。あと五年間ホグワーツに通《かよ》うのだ、呪文《じゅもん》の教科書を買うお金をダーズリーにせがむのがどんなに辛《つら》いことか考えろと、しょっちゅう自分自身に言い聞かせ、やっとのことで、純金《じゅんきん》の見事なゴブストーン・セットの誘惑《ゆうわく》を振りきった（ゴブストーンはビー玉に似た魔法のゲームで、失点するたびに、石がいっせいに負けたほうのプレイヤーの顔めがけて、いやな臭《にお》いのする液体《えきたい》を吹きかける）。それに、大きなガラスの球《たま》に入った完璧《かんぺき》な銀河系《ぎんがけい》の動く模型《もけい》も、たまらない魅力《みりょく》だった。これがあれば、もう「天文学《てんもんがく》」の授業《じゅぎょう》を取る必要がなくなるかもしれない。しかし、「漏れ鍋」に来てから一週間後のこと、ハリーの決意をもっとも厳《きび》しい試練《しれん》にかけるものが、お気に入りの「高級クィディッチ用具店」に現れた。

店の中で、何やら覗《こ》き込んでいる人集《ひとだか》りが気になって、ハリーもその中に割り込んでいった。興奮《こうふん》した魔法使いや魔女の中でぎゅうぎゅう揉《も》まれながら、チラッと見えたのは新しく作られた陳列台《ちんれつだい》で、そこにはハリーがいままで見たどの箒《ほうき》よりもすばらしい箒が飾られていた。

炎の雷《いかずち》・ファイアボルト

この最先端《さいせんたん》技術、レース用箒は、ダイヤモンド級硬度《こうど》の研磨仕上《けんましあ》げによる、すっきりと流れるような形状《けいじょう》の最高級トネリコ材の柄《え》に、固有《こゆう》の登録《とうろく》番号が手作業で刻印《こくいん》されています。尾の部分はシラカンバの小枝を１本１本厳選《げんせん》し、砥《と》ぎ上げて、空気力学的に完璧《かんぺき》な形状に仕上げています。このためファイアボルトは、他の追随《ついずい》を許さぬバランスと、針の先ほども狂わぬ精密《せいみつ》さを備《そな》えています。わずか10秒で時速240㎞まで加速できる上、止めるときはブレーキ力が大ブレークします。

お値段《ねだん》はお問い合わせください。

「まだ出たばかり……試作品《しさくひん》だ……」四角い顎《あご》の魔法使いが仲間に説明していた。

「世界一速い箒なんだよね、父さん？」ハリーより年下の男の子が、父親の腕《うで》にぶら下がりながらかわいい声で言った。

「アイルランド・インターナショナル・サイドから、先日、この美人箒《びじんぼうき》を七本もご注文いただきました！」店のオーナーが見物客に向かって言った。

「このチームは、ワールド・カップの本命《ほんめい》ですぞ！」

ハリーの前にいた大柄《おおがら》な魔女がどいたので、箒の脇《わき》にある説明書《せつめいがき》を読むことができた。

お値段はお問い合わせください……金貨《きんか》何枚になるのか、ハリーは考えたくなかった。こんなにほしいと思いつめたことは、一度もない。

――しかし、ニンバス２０００でいままで試合に負けたことはなかった。十分によい箒をすでに持っているのに、ファイアボルトのためにグリンゴッツの金庫を空《から》っぽにして何の意味がある？　ハリーは値段を聞かなかった。しかし、それからというもの、ファイアボルトがひと目見たくて、ほとんど毎日通いづめだった。

買わなければならない物もあった。薬問屋《くすりどんや》で「魔法薬学《まほうやくがく》」の材料を補充《ほじゅう》したし、制服《せいふく》のローブの袖丈《そでたけ》や裾《すそ》が十センチほど短くなってしまったので、「マダム・マルキンの洋装店《ようそうてん》――普段《ふだん》着《ぎ》から式服《しきふく》まで」に行って新しいのを買った。一番大切なのは、新しい教科書を買うことだった。新しく加わった二科目の教科書も必要だった。「魔法生物飼育学《まほうせいぶつしいくがく》」と「占い学《うらながく》」だ。

本屋のショーウィンドーを覗《のぞ》いて驚いた。いつもなら飾ってあるはずの、歩道用のコンクリートブロックほど大きい金箔《きんぱく》押しの呪文集《じゅもんしゅう》が消え、ショーウィンドーには、大きな鉄の檻《おり》があった。その中に、約百冊ほどの本が入っている。「怪物的《かいぶつてき》な怪物の本」だった。すさまじいレスリングの試合のように本同士《どうし》が取っ組み合い、ロックをかけ合い、戦闘的《せんとうてき》にかぶりつくというありさまで、本のページがちぎれ、そこいら中に飛び交《か》っていた。

ハリーは教科書のリストをポケットから取り出して、初めて中身を読んだ。「怪物的な怪物の本」は「魔法生物飼育学《まほうせいぶつしいくがく》」の必修本《ひっしゅうぼん》として載《の》っていた。ハグリッドが役に立つだろうと言った意味が初めてわかった。ハリーはほっとした。もしかしたら、ハグリッドがまた何か恐ろしいペットを新しく飼《か》い、ハリーに手伝ってほしいというのかもしれないと心配していたからだ。

フローリシュ・アンド・ブロッツ書店に入っていくと、店長が急いでよってきた。

「ホグワーツかね？」店長が出し抜けに言った。「新しい教科書を？」

「ええ。ほしいのは――」

「どいて」性急《せいきゅう》にそう言うと、店長はハリーを押しのけた。分厚《ぶあつ》い手袋をはめ、太いごつごつした杖《つえ》を取り上げ、店長は怪物本《かいぶつぼん》の檻《おり》の入口へと進み出た。

「待ってください」ハリーが慌《あわ》てて言った。「僕《ぼく》、それはもう持ってます」

「持ってる？」店長の顔に、たちまちほーっと安堵《あんど》の色が広がった。

「やれ、助かった。今朝はもう五回も噛《か》みつかれてしまって――」

ビリビリという、あたりをつんざく音がした。二冊の怪物本が、他の一冊を捕《つか》まえてバラバラにしていた。

「やめろ！　やめてくれ！」

店長は叫《さけ》びながら杖を鉄格子《てつごうし》の間から差《さ》し込《こ》み、絡《から》んだ本を叩《たた》いて引き離《はな》した。

「もう二度と仕入《しい》れるものか！　二度と！　お手上げだ！『透明術の透明本《とうめいいじゅつのとうめいぼん》』を二百冊仕入れたときが最悪だと思ったのに――あんなに高い金を出して、結局《けっきょく》どこにあるのか見つからずじまいだった……えーと、何かほかにご用は？」

「ええ」ハリーは本のリストを見ながら答えた。

「カッサンドラ・バブラッキーの『未来《みらい》の霧《きり》を晴《は》らす』をください」

「あぁ、『占《うらな》い学《がく》』を始めるんだね？」

店長は手袋をはずしながらそう言うと、ハリーを奥へと案内した。そこには、占いに関する本を集めたコーナーがあった。小さな机にうずたかく本が積み上げられている。「予知不能《よちふのう》を予知する――ショックから身を護《まも》る」「球《たま》が割れる――ツキが落ちはじめた時」などがある。

「これですね」店長が梯子《はしご》を上り、黒い背表紙《せびょうし》の厚い本を取り出した。「『未来の霧を晴らす』これは基礎的《きそてき》な占い術のガイドブックとしていい本です。――手相術《てそうじゅつ》、水晶玉《すいしょうだま》、鳥の腸《はらわた》……」

ハリーは聞いていなかった。別な本に目が吸いよせられたのだ。小さな机に陳列《ちんれつ》されている物の中に、その本があった。「死の前兆《ぜんちょう》――最悪の事態《じたい》が来ると知ったとき、あなたはどうするか」

「あぁ、それは読まないほうがいいですよ」

ハリーが何を見つめているのかに目を留《と》めた店員が、こともなげに言った。

「死の前兆があらゆるところに見えはじめて、それだけで死ぬほど怖《こわ》いですよ」

それでもハリーはその本の表紙から目が離《はな》せなかった。目をぎらつかせた、クマほどもある大きな黒い犬の絵だ。気味《きみ》が悪いほど見覚えがある……。

店員は「未来の霧を晴らす」をハリーの手に押しつけた。

「ほかには何か？」

「はい」

ハリーは犬の目から無理《むり》に目を逸《そ》らし、ぼーっとしたままで教科書リストを調べた。

「えーと――『中級変身術《へんしんじゅつ》』と『基本呪文集《じゅもんしゅう》・三学年用』をください」

十分後、新しい教科書を小脇《こわき》に抱《かか》え、ハリーはフローリシュ・アンド・ブロッツ書店を出た。自分がどこに向かっているかの意識もなく、「漏《も》れ鍋《なべ》」へ戻《もど》る道すがら、ハリーは何度か人にぶつかった。

重い足取りで部屋への階段を上り、中に入ってベッドに教科書をバサバサと落とした。誰かが部屋の掃除《そうじ》をすませたらしい。窓が開けられ、陽光《ようこう》が部屋に注ぎ込《こ》んでいた。ハリーの背後で、部屋からは見えないマグルの通りをバスが走る音が聞こえ、階下からはダイアゴン横丁《よこちょう》の、これもまた姿の見えない雑踏《ざっとう》のざわめきが聞こえた。洗面《せんめん》所の鏡に自分の姿が映《うつ》っていた。

「あれが、死の前兆のはずがない」鏡の自分に向かって、ハリーは挑《いど》むように語りかけた。

「マグノリア・クレセント通りであれを見た時は気が動転《どうてん》してたんだ。たぶん、あれは野良《のら》犬《いぬ》だったんだ……」

ハリーはいつものくせで、なんとか髪《かみ》を撫《な》でつけようとした。

「勝ち目はないよ、坊や」鏡がしわがれた声で言った。

矢のように日が経《た》った。ハリーはロンやハーマイオニーの姿はないかと、行く先々で探すようになった。新学期が近づいたので、ホグワーツの生徒たちが大勢、ダイアゴン横丁《よこちょう》にやってくるようになった。ハリーは「高級クィディッチ用具店」で、シェーマス・フィネガンやディーン・トーマスなど、同じグリフィンドール生に出会った。二人とも、やはり、ファイアボルトを穴のあくほど見つめていた。本物のネビル・ロングボトムにもフローリシュ・アンド・ブロッツ書店の前で出くわしたが、とくに話はしなかった。丸顔の忘れん坊のネビルは、教科書のリストをしまい忘れたらしく、いかにも厳《きび》しそうなネビルの「ばあちゃん」に叱《しか》られているところだった。魔法省《まほうしょう》から逃げる途中《とちゅう》、ネビルの名を騙《かた》ったことが、このおばあさんにバレませんように、とハリーは願った。

夏休み最後の日、明日になれば必ずホグワーツ特急でロンとハーマイオニーに会える。――そんな思いでハリーは目覚めた。着替《きが》えをすませ、最後にもう一度ファイアボルトを見ようと外に出た。どこで昼食をとろうかと考えていると、誰かが大声でハリーの名前を呼んだ。

「ハリー！　ハリー！」

振り返るとそこに、二人がいた。フローリアン・フォーテスキュー・アイスクリーム・パーラーのテラスに、二人とも座っていた。ロンはとてつもなくそばかすだらけに見えたし、ハーマイオニーはこんがり日焼《ひや》けしていた。二人ともハリーに向かってちぎれんばかりに手を振っている。

「やっと会えた！」ハリーが座ると、ロンがにこにこしながら言った。

「僕《ぼく》たち『漏《も》れ鍋《なべ》』に行ったんだけど、もう出ちゃったって言われたんだ。フローリシュ・アンド・ブロッツにも行ってみたし、マダム・マルキンのとこにも、それで――」

「僕、学校に必要なものは先週買ってしまったんだ」ハリーが説明した。「『漏《も》れ鍋《なべ》』に泊《とま》ってるって、どうして知ってたの？」

「パパさ」ロンは屈託《くったく》がない。ウィーズリー氏は魔法省《まほうしょう》に勤《つと》めているし、当然マージ叔母《おば》さんの身に起こったことは全部聞いたはずだ。

「ハリー、**ほんとに**叔母さんを膨《ふく》らましちゃったの？」

ハーマイオニーが大まじめで聞いた。ロンが爆笑《ばくしょう》した。

「そんなつもりはなかったんだ。ただ、僕、ちょっと――キレちゃって」

「ロン、笑うようなことじゃないわ」ハーマイオニーが気色《けしき》ばんだ。「ほんとよ。むしろハリーが退学《たいがく》にならなかったのが驚きだわ」

「僕もそう思ってる」ハリーも認めた。「退学処分《しょぶん》どころじゃない。僕、逮捕《たいほ》されるかと思った」ハリーはロンのほうを見た。

「ファッジがどうして僕のことを見逃《みのが》したのか、君のパパ、ご存知《ぞんじ》ないかな？」

「たぶん、君が君だからだ。違う？」

まだ笑いが止まらないロンが、たいていそんなもんだとばかりに肩をすぼめた。

「有名なハリー・ポッター。いつものことさ。叔母さんを膨らませたのが僕だったら、魔法省が**僕に**何をするか、見たくないなぁ。もっとも、まず僕を土の下から掘《ほ》り起こさないといけないだろうな。だって、きっと僕、ママに殺されちゃってるよ。でも、今晩《こんばん》パパに直接聞いてみろよ。僕たちも、『漏れ鍋』に泊るんだ！　だから、明日は僕たちと一緒《いっしょ》にキングズ・クロス駅に行ける！　ハーマイオニーも一緒だ！」

ハーマイオニーもにっこりと頷《うなず》いた。

「パパとママが今朝ここまで送ってくれたの。ホグワーツ用のいろんな物も、全部一緒にね」

「最高！」ハリーがうれしそうに言った。「じゃ、新しい教科書とか、もう全部買ったの？」

「これ見てくれよ」ロンが袋から細長い箱を引《ひ》っ張《ぱ》り出し、開けて見せた。

「ピカピカの新品の杖《つえ》。三十三センチ、柳《やなぎ》の木、ユニコーンの尻尾《しっぽ》の毛が一本入ってる。それに、僕たち二人とも教科書は全部そろえた」ロンは椅子《いす》の下の大きな袋を指《さ》した。「怪物本《かいぶつぼん》、ありゃ、なんだい、エ？　僕たち、二冊ほしいって言ったら、店員が半べそだったぜ」

「ハーマイオニー、そんなにたくさんどうしたの？」ハリーは、ハーマイオニーの隣《となり》の椅子を指差した。はちきれそうな袋が、一つどころか三つもある。

「ほら、私、あなたたちよりもたくさん新しい科目を取るでしょ？　これ、その教科書よ。『数占《かずうらな》い』、『魔法生物飼育学《まほうせいぶつしいくがく》』、『占《うらな》い学《がく》』、『古代《こだい》ルーン文字学《もじがく》』、『マグル学《がく》』――」

「なんで『マグル学』なんか取るんだい？」ロンがハリーにキョロッと目配《めくば》せしながら言った。「君はマグル出身じゃないか！　パパやママはマグルじゃないか！　マグルのことはとっくに知ってるだろう！」

「だって、マグルのことを魔法的視点《してん》から勉強するのってとってもおもしろいと思うわ」

ハーマイオニーが真顔《まがお》で言った。

「ハーマイオニー、これから一年、食べたり眠ったりする予定はあるの？」ハリーが尋《たず》ねた。ロンはからかうようにクスクス笑った。ハーマイオニーは、両方とも無視《むし》した。

「私、まだ十ガリオン持ってるわ」ハーマイオニーが財布《さいふ》を覗《のぞ》きながら言った。「私のお誕生日《たんじょうび》、九月なんだけど、自分でひと足早くプレゼントを買いなさいって、パパとママがお小遣《こづか》いをくださったの」

「素敵《すてき》な**ご本**はいかが？」ロンが無邪気《むじゃき》に言った。

「お気の毒《どく》さま」ハーマイオニーが落ち着きはらって言った。「私、とってもふくろうがほしいの。だって、ハリーにはヘドウィグがいるし、ロンにはエロールが――」

「僕のじゃない」ロンが言った。「エロールは家族全員のふくろうなんだ。僕にはスキャバーズきりいない」

ロンはポケットからペットのネズミを引《ひ》っ張《ぱ》り出した。

「こいつをよく診《み》てもらわなきゃ。どうも、エジプトの水が合わなかったらしくて」

ロンがスキャバーズをテーブルに置いた。スキャバーズはいつもよりやせて見えたし、ヒゲは見るからにだらりとしていた。

「すぐそこに『魔法動物ペットショップ』があるよ」

ハリーはダイアゴン横丁《よこちょう》のことなら、もう何でも知っていた。

「ロンはスキャバーズ用に何かあるか探せるし、ハーマイオニーはふくろうが買える」

三人はアイスクリームの代金を払《はら》い、道路を渡って「魔法動物ペットショップ」に向かった。中は狭苦《せまくる》しかった。壁《かべ》は一分《いちぶ》の隙《すき》もなくびっしりとケージで覆《おお》われていた。臭いがプンプンする上に、ケージの中でガーガー、キャッキャッ、シューシュー騒ぐのでやかましかった。カウンターの向こうの魔女が、二叉《ふたまた》のイモリの世話《せわ》を先客《せんきゃく》の魔法使いに教えているところだったので、三人はケージを眺《なが》めながら待った。

巨大な紫色のヒキガエルが一《ひと》つがい、ペロリペロリと死んだクロバエのご馳走《ちそう》を飲み込《こ》んでいた。大ガメが一頭、窓際《まどぎわ》で宝石をちりばめた甲羅《こうら》を輝《かがや》かせている。オレンジ色の毒《どく》カタツムリは、ガラス・タンクの壁面《へきめん》をヌメヌメとゆっくり這《は》い登っていたし、太った白ウサギはポンと大きな音をたてながら、シルクハットに変身したり、元のウサギに戻《もど》ったりを繰《く》り返していた。ありとあらゆる色の猫、ワタリガラスを集めたけたたましいケージ、大声でハミングしているプリン色の変な毛玉のバスケット。カウンターには大きなケージが置かれ、毛並《けな》みも艶《つや》やかなクロネズミが、ツルツルした尻尾《しっぽ》を使って縄跳《なわと》びのようなものに興《きょう》じていた。

二叉イモリの先客がいなくなり、ロンがカウンターに行った。

「僕《ぼく》のネズミなんですが、エジプトから帰ってきてから、ちょっと元気がないんです」

ロンが魔女に説明した。

「カウンターにバンと出してごらん」

魔女はポケットからがっしりした黒縁《くろぶち》メガネを取り出した。

ロンは内ポケットからスキャバーズを取り出し、同類《どうるい》のネズミのケージの隣《となり》に置いた。跳《と》びはねていたネズミたちは遊びをやめ、よく見えるように押し合いへし合いして金網《かなあみ》の前に集まった。

ロンの持ち物はたいていそうだったが、スキャバーズもやはりお下がりで（以前はロンの兄、パーシーのものだった）、ちょっとよれよれだった。ケージ内の毛艶《けづや》のよいネズミと並べると、いっそうしょぼくれて見えた。

「フム」スキャバーズを摘《つま》み上げ、魔女が言った。「このネズミは何歳《なんさい》なの？」

「知らない」ロンが言った。「かなりの歳《とし》。前は兄のものだったんです」

「どんな力を持ってるの？」スキャバーズを念入《ねんい》りに調べながら、魔女が聞いた。

「えーと――」ロンがつっかえた。実はスキャバーズは、これはと思う魔力の欠けらさえ示したことがない。魔女の目がスキャバーズのボロボロの左耳から、指が一本欠けた前足へと移った。それからチッチッチッと大きく舌打ちした。

「ひどい目に遭《あ》ってきたようだね。このネズミは」

「パーシーからもらった時からこんなふうだったよ」ロンは弁解《べんかい》するように言った。

「こういう普通の家《いえ》ネズミは、せいぜい三年の寿命《じゅみょう》なんですよ」魔女が言った。

「お客さん、もしもっと長持ちするのがよければ、たとえばこんなのが……」

魔女はクロネズミを指《さ》し示した。とたんにクロネズミはまた縄跳《なわと》びを始めた。

「目立ちたがり屋」ロンがつぶやいた。

「別なのをお望みじゃないなら、この『ネズミ栄養《えいよう》ドリンク』を使ってみてください」

魔女はカウンターの下から小さな赤い瓶《びん》を取り出した。

「オーケー。いくらですか？――**アイタッ！**」

ロンは身を屈《かが》めた。何やらでかいオレンジ色のものが、一番上にあったケージの上から飛び降《お》り、ロンの頭に着地したのだ。シャーッシャーッと狂ったように喚《わめ》きながら、それはスキャバーズめがけて突進《とっしん》した。

「**コラッ！　クルックシャンクス、ダメッ！**」

魔女が叫《さけ》んだが、スキャバーズは石鹸《せっけん》のようにつるりと魔女の手をすり抜け、無様《ぶざま》にベタッと床に落ち、出口めがけて遁走《とんそう》した。

「スキャバーズ！」

ロンが叫びながらあとを追って脱兎《だっと》のごとく店を飛び出し、ハリーもあとに続いた。

十分近く探して、やっとスキャバーズが見つかった。「高級クィディッチ用具店」の外にあるゴミ箱の下に隠れていた。震《ふる》えているスキャバーズをポケットに戻《もど》し、ロンは自分の頭をさすりながら体をシャンとさせた。

「あれはいったいなんだったんだ？」

「巨大な猫か、小さなトラか、どっちかだ」ハリーが答えた。

「ハーマイオニーはどこ？」

「たぶん、ふくろうを買ってるんだろ」

雑踏《ざっとう》の中を引き返し、二人は「魔法動物ペットショップ」に戻《もど》った。ちょうど着いた時に、中からハーマイオニーが出てきた。しかし、ふくろうを持ってはいなかった。両腕《りょううで》にしっかり抱きしめていたのは巨大な赤猫《あかねこ》だった。

「君、あの怪物《かいぶつ》を買ったのか？」ロンは口をあんぐり開けていた。

「この子、素敵《すてき》でしょう、ね？」ハーマイオニーは得意満面《とくいまんめん》だった。

見解《けんかい》の相違《そうい》だな、とハリーは思った。赤味がかったオレンジ色の毛がたっぷりとしてふわふわだったが、どう見てもちょっとガニ股《また》だったし、気難《きむずか》しそうな顔がおかしな具合につぶれていた。まるで、レンガの壁《かべ》に正面衝突《しょうとつ》したみたいだった。スキャバーズが隠れて見えないので、猫はハーマイオニーの腕の中で、満足げにゴロゴロ甘《あま》え声を出していた。

「ハーマイオニー、そいつ、危《あや》うく僕《ぼく》の頭の皮を剥《は》ぐところだったんだぞ！」

「そんなつもりはなかったのよ、ねえ、クルックシャンクス？」

「それに、スキャバーズのことはどうしてくれるんだい？」ロンは胸ポケットの出っ張《ぱ》りを指差《ゆびさ》した。「こいつは安静《あんせい》にしてなきゃいけないんだ。そんなのに周《まわ》りをうろうろされたら安心できないだろ?」

「それで思い出したわ。ロン、あなた『ネズミ栄養《えいよう》ドリンク』を忘れてたわよ」

ハーマイオニーは小さな赤い瓶《びん》をロンの手にピシャリと渡した。

「それに、**取り越《こ》し苦労**はおやめなさい。クルックシャンクスは私の女子寮《りょう》で寝《ね》るんだし、スキャバーズはあなたの男子寮でしょ。何が問題なの?　かわいそうなクルックシャンクス。あの魔女が言ってたわ。この子、もうずいぶん長ーいことあの店にいたって。誰もほしがる人がいなかったんだって」

「そりゃ不思議だね」ロンが皮肉《ひにく》っぽく言った。そして、三人は「漏《も》れ鍋《なべ》」に向かって歩きはじめた。

ウィーズリー氏が「日刊予言者新聞《にっかんよげんしゃしんぶん》」を読みながら、バーに座っていた。

「ハリー!」ウィーズリー氏が目を上げてハリーに笑いかけた。「元気かね?」

「はい。元気です」ハリーが答えた。三人は買物をどっさり抱《かか》えてウィーズリー氏のそばに座った。

ウィーズリー氏が下に置いた新聞から、もうおなじみになったシリウス・ブラックの顔がハリーをじっと見上げていた。

「それじゃ、ブラックはまだ捕《つか》まってないんですね?」とハリーが聞いた。

「ウム」ウィーズリー氏はきわめて深刻《しんこく》な表情を見せた。

「魔法省《まほうしょう》全員が、通常の任務《にんむ》を返上して、ブラック捜《さが》しに努力してきたんだが、まだ吉報《きっぽう》がない」

「僕たちが捕まえたら賞金《しょうきん》がもらえるのかな?」ロンが聞いた。

「また少しお金がもらえたらいいだろうなあ――」

「ロン、バカなことを言うんじゃない」よく見るとウィーズリー氏は相当緊張《きんちょう》していた。

「十三歳《さい》の魔法使いにブラックが捕《つか》まえられるわけがない。ヤツを連れ戻《もど》すのは、アズカバンの看守《かんしゅ》なんだよ。肝《きも》に銘《めい》じておきなさい」

その時ウィーズリー夫人がバーに入ってきた。山のように買物を抱《かか》えている。後ろに引き連れているのは、ホグワーツの五年生に進級する双子《ふたご》のフレッドとジョージ、全校首席《しゅせき》に選ばれたパーシー、ウィーズリー家《け》の末っ子で一人娘のジニーだった。

ジニーは前からずっとハリーに夢中《むちゅう》だったが、ハリーを見たとたん、いつもよりなおいっそうどぎまぎしたようだった。去年ホグワーツで、ハリーに命を助けられたせいかもしれない。真《ま》っ赤《か》になって、ハリーの顔を見ることもできずに「こんにちは」と消え入るように言った。一方パーシーは、まるでハリーとは初対面でもあるかのようにまじめくさって挨拶《あいさつ》した。

「ハリー、お目にかかれてまことにまことにうれしい」

「やあ、パーシー」ハリーは必死《ひっし》で笑いをこらえた。

「お変わりないでしょうね？」握手《あくしゅ》しながらパーシーがもったいぶって聞いた。なんだか市長にでも紹介《しょうかい》されるような感じだった。

「おかげさまで、元気です——」

「ハリー！」フレッドがパーシーを肘《ひじ》で押しのけ、前に出て深々とお辞儀《じぎ》をした。

「お懐《なつ》かしきご尊顔《そんがん》を拝《はい》し、なんたる**光栄**——」

「ご機嫌《きげん》うるわしく」フレッドを押しのけて、今度はジョージがハリーの手を取った。「恭悦《きょうえつ》至極《しごく》に存《ぞん》じたてまつり」

パーシーが顔をしかめた。

「いい加減《かげん》におやめなさい」ウィーズリー夫人が言った。

「お母上《ははうえ》！」フレッドが、たったいま母親に気づいたかのようにその手を取った。

「お目もじ叶《かな》い、なんたる幸せ——」

「おやめって、言ってるでしょう」

ウィーズリー夫人は空《あ》いている椅子《いす》に買物を置いた。

「こんにちは、ハリー。わが家のすばらしいニュースを聞いたでしょう？」

パーシーの胸に光る真新しい金バッジを指差《ゆびさ》し、ウィーズリー夫人が晴れがましさに胸を張《は》って言った。

「わが家の二人目の首席なのよ！」

「そして最後のね」フレッドが声をひそめて言った。

「そのとおりでしょうよ」ウィーズリー夫人が急にキッとなった。「二人とも、監督生《かんとくせい》になれなかったようですものね」

「なんで俺《おれ》たちが監督生なんかにならなきゃいけないんだい？」

ジョージが考えるだけで反吐《へど》が出るという顔をした。

「人生真っ暗じゃございませんか」

ジニーがクックッと笑った。

「妹のもっとよいお手本になりなさい！」ウィーズリー夫人はきっぱり言った。

「お母さん。ジニーのお手本なら、ほかの兄たちがいますよ」パーシーが鼻高々で言った。

「僕は夕食のために着替《きが》えてきます」

パーシーがいなくなるとジョージがため息をついてハリーに話しかけた。

「僕たち、あいつをピラミッドに閉じ込《こ》めてやろうとしたんだけど、ママに見つかっちゃってさ」

その夜《よ》の夕食は楽しかった。宿《やど》の亭主《ていしゅ》のトムが食堂のテーブルを三つつなげてくれて、ウィーズリー家《け》の七人、ハリー、ハーマイオニーの全員がフルコースのおいしい食事を次々と平らげた。

「パパ、明日、どうやってキングズ・クロス駅に行くの？」

豪華《ごうか》なチョコレート・ケーキのデザートにかぶりつきながら、フレッドが聞いた。


「魔法省《まほうしょう》が車を二台用意してくれる」ウィーズリー氏が答えた。

みんないっせいにウィーズリー氏の顔を見た。

「どうして？」パーシーが訝《いぶか》しげに聞いた。

「パース、そりゃ、君のためだ」ジョージがまじめくさって言った。「それに、小さな旗《はた》が車の前につくぜ。HBって書いてな――」

「――HBって『首席《しゅせき》』――じゃなかった、『石頭』の頭文字《かしらもじ》さ」

フレッドがあとを受けて言った。

パーシーとウィーズリー夫人以外は、思わずデザートの上にブーッと吹き出した。

「お父さん、どうしてお役所から車が来るんですか？」

パーシーがまったく気にしていないふうを装《よそお》いながら聞いた。

「そりゃ、私たちにはもう車がなくなってしまったし、それに、私が勤《つと》めているので、ご好意《こうい》で……」

何気ない言い方だったが、ウィーズリー氏の耳が真《ま》っ赤《か》になったのをハリーは見逃《みのが》さなかった。何かプレッシャーがかかったときのロンと同じだ。

「大助かりだわ」ウィーズリー夫人がきびきびと言った。

「みんな、どんなに大荷物なのかわかってるの？　マグルの地下鉄なんかに乗ったら、さぞかし見物でしょうよ……。みんな、荷造《にづく》りはすんだんでしょうね？」

「ロンは新しく買ったものをまだトランクに入れていないんです」

パーシーがいかにも苦難《くなん》に耐《た》えているような声を出した。

「僕《ぼく》のベッドの上に置きっぱなしなんです」

「ロン、早く行ってちゃんとしまいなさい。明日の朝はあんまり時間がないのよ」

ウィーズリー夫人がテーブルの向こう端《はし》から呼びかけた。ロンは、しかめっ面《つら》でパーシーを見た。

夕食も終わり、みんな満腹《まんぷく》で眠くなった。明日持っていくものを確かめるため、一人、また一人と階段を上ってそれぞれの部屋に戻《もど》った。ロンとパーシーはハリーの隣部屋《となりべや》だった。自分のトランクを閉め、鍵《かぎ》を掛《か》けたその時、誰かの怒《ど》鳴《な》り声が壁越《かべご》しに聞こえてきたので、ハリーは何事かと部屋を出た。

十二号室のドアが半開きになって、パーシーが怒鳴っていた。

「ここに、ベッド脇《わき》の机にあったんだぞ。磨《みが》くのにはずしておいたんだから――」

「いいか、僕は触《さわ》ってないぞ」ロンも怒鳴り返した。

「どうしたんだい？」ハリーが聞いた。

「僕の首席《しゅせき》バッジがなくなった」ハリーのほうを振り向きざま、パーシーが言った。

「スキャバーズのネズミ栄養《えいよう》ドリンクもないんだ」ロンはトランクの中身をポイポイ放《ほう》り出して探していた。「もしかしたらバーに忘れたかな――」

「僕のバッジを見つけるまでは、どこにも行かせないぞ！」パーシーが叫《さけ》んだ。

「僕、スキャバーズのほう、探してくる。僕は荷造りが終わったから」

ロンにそう言って、ハリーは階段を下りた。

もうすっかり明りの消えたバーに行く途中《とちゅう》、廊下《ろうか》の中ほどまで来た時、またしても別の二人が食堂の奥のほうで言い争っている声が聞こえてきた。それがウィーズリー夫妻《ふさい》の声だと、すぐにわかった。口げんかをハリーが聞いてしまったと、二人には知られたくない。どうしようとためらっていると、ふと自分の名前が聞こえてきた。ハリーは思わず立ち止まり、食堂のドアに近よった。

「……ハリーに教えないなんてバカな話があるか」ウィーズリー氏が熱くなっている。「ハリーには知る権利《けんり》がある。ファッジに何度もそう言ったんだが、ファッジは譲《ゆず》らないんだ。ハリーを子ども扱いしている。ハリーはもう十三歳《さい》なんだ。それに――」

「アーサー、ほんとのことを言ったら、あの子は怖《こわ》がるだけです！」

ウィーズリー夫人が激《はげ》しく言い返した。

「ハリーがあんなことを引きずったまま学校に戻るほうがいいって、あなた、本気でそうおっしゃるの？　とんでもないわ！　知らないほうがハリーは幸せなのよ」

「あの子に惨《みじ》めな思いをさせたいわけじゃない。私はあの子に自分自身で警戒《けいかい》させたいだけなんだ」ウィーズリー氏がやり返した。「ハリーやロンがどんな子か、母さんも知ってるだろう。二人でふらふら出歩いて――もう『禁《きん》じられた森』に二回も入り込《こ》んでいるんだよ！　今学期はハリーはそんなことをしちゃいかんのだ！　ハリーが家から逃げ出したあの夜、あの子の身に何か起こっていたかもわからんと思うと！　もし『夜の騎士《ナイト》バス』があの子を拾っていなかったら、賭《か》けてもいい、魔法省《まほうしょう》に発見される前にあの子は死んでいたよ」

「でも、あの子は死んでいませんわ。無事なのよ。だからわざわざ何も――」

「モリー母さん。シリウス・ブラックは狂人《きょうじん》だとみんなが言う。たぶんそうだろう。しかし、アズカバンから脱獄《だつごく》する才覚《さいかく》があった。しかも不可能といわれていた脱獄だ。もう三週間も経《た》つのに、誰一人、ブラックの足跡《あしあと》さえ見ていない。ファッジが『日刊予言者新聞《にっかんよげんしゃしんぶん》』に何と言おうと、事実、我々《われわれ》がブラックを捕《つか》まえる見込みは薄《うす》いのだよ。まるで勝手に魔法をかける杖《つえ》を発明するのと同じぐらい難しいことだ。一つだけはっきり我々がつかんでいるのは、ヤツの狙《ねら》いが――」

「でも、ハリーはホグワーツにいれば絶対《ぜったい》安全ですわ」

「我々はアズカバンも絶対間違いないと思っていたんだよ。ブラックがアズカバンを破って出られるなら、ホグワーツにだって破って入れる」

「でも、誰もはっきりとはわからないじゃありませんか。ブラックがハリーを狙ってるなんて――」

ドスンと木を叩《たた》く音が聞こえた。ウィーズリー氏が拳《こぶし》でテーブルを叩《たた》いた音に違いないとハリーは思った。

「モリー、何度言えばわかるんだね？　新聞に載《の》っていないのは、ファッジがそれを秘密《ひみつ》にしておきたいからなんだ。しかし、ブラックが脱走《だっそう》したあの夜、ファッジはアズカバンに視察《しさつ》に行ってたんだ。看守《かんしゅ》たちがファッジに報告《ほうこく》したそうだ。ブラックがこのところ寝言《ねごと》を言うって。いつもおんなじ寝言だ。『あいつはホグワーツにいる……あいつはホグワーツにいる』。ブラックはね、モリー、狂っている。ハリーの死を望んでいるんだ。私の考えでは、ヤツは、ハリーを殺せば『例《れい》のあの人』の権力《けんりょく》が戻《もど》ると思っているんだ。ハリーが『例のあの人』に引導《いんどう》を渡したあの夜、ブラックはすべてを失った。そして十二年間、ヤツはアズカバンの独房《どくぼう》でそのことだけを思いつめていた……」

沈黙《ちんもく》が流れた。ハリーは続きを聞き漏《も》らすまいと必死《ひっし》で、ドアにいっそうピッタリと張《は》りついた。

「そうね、アーサー、あなたが正しいと思うことをなさらなければ。でも、アルバス・ダンブルドアのことをお忘れよ。ダンブルドアが校長をなさっているかぎり、ホグワーツではけっしてハリーを傷つけることはできないと思います。ダンブルドアはこのことをすべてご存知《ぞんじ》なんでしょう？」

「もちろん知っていらっしゃる。アズカバンの看守《かんしゅ》たちを学校の入口付近に配備《はいび》してもよいかどうか、我々《われわれ》役所としても、校長にお伺《うかが》いを立てなければならなかった。ダンブルドアはご不満ではあったが、同意した」

「ご不満？　ブラックを捕《つか》まえるために配備されるのに、どこがご不満なんですか？」

「ダンブルドアはアズカバンの看守たちがお嫌いなんだ」

ウィーズリー氏の口調《くちょう》は重苦しかった。

「それを言うなら、私も嫌いだ……。しかしブラックのような魔法使いが相手では、いやな連中《れんちゅう》とも手を組まなければならんこともある」

「看守たちがハリーを救ってくれたなら――」

「そうしたら、私はもう一言《ひとこと》もあの連中の悪口は言わんよ」

ウィーズリー氏が疲れた口調《くちょう》で言った。

「母さん、もう遅い。そろそろ休もうか……」

ハリーは椅子《いす》の動く音を聞いた。できるだけ音をたてずに、ハリーは急いでバーに続く廊下《ろうか》を進み、その場から姿を隠した。食堂のドアが開き、数秒後に足音がして、ウィーズリー夫妻《ふさい》が階段を上るのがわかった。

「ネズミ栄養《えいよう》ドリンク」の瓶《びん》は、午後にみんなが座ったテーブルの下に落ちていた。ハリーはウィーズリー夫妻の部屋のドアが閉まる音が聞こえるまで待った。それから瓶を持って引き返し、二階に戻《もど》った。

フレッドとジョージが踊《おど》り場《ば》の暗がりにうずくまり、声を殺して、息が苦しくなるほど笑っていた。パーシーがバッジを探して、ロンとの二人部屋を引っくり返す大騒ぎを聞いているようだ。

「僕《ぼく》たちが持ってるのさ」フレッドがハリーに囁《ささや》いた。「バッジを改善《かいぜん》してやったよ」

バッジには「首席《しゅせき》」ではなく「石頭」と書いてあった。

ハリーは無理《むり》に笑ってみせ、ロンに「ネズミ栄養ドリンク」を渡すと、自分の部屋に戻って鍵《かぎ》を掛《か》け、ベッドに横たわった。

シリウス・ブラックは、僕を狙《ねら》っていたのか。それで謎《なぞ》が解《と》けた。ファッジは僕が無事だったのを見てほっとしたから甘《あま》かったんだ。僕がダイアゴン横丁《よこちょう》に留《とど》まるように約束させたのは、ここなら僕を見守る魔法使いがたくさんいるからだ。明日魔《ま》法省《ほうしょう》の車二台で全員を駅まで運ぶのは、汽車に乗るまでウィーズリー一家が僕の面倒《めんどう》を見ることができるようにするためなんだ。

隣《となり》の部屋から壁越《かべご》しに怒鳴《どな》り声が低く聞こえてきた。なぜか、ハリーはそれほど恐ろしいと感じていなかった。シリウス・ブラックはたった一つの呪《のろ》いで十三人を殺したという。ウィーズリー氏も夫人も、本当のことを知ったらハリーが恐怖《きょうふ》でうろたえるだろうと思ったに違いない。でも、ウィーズリー夫人の言うことにハリーも同感だった。この地上で一番安全な場所は、ダンブルドアのいるところだ。ダンブルドアはヴォルデモート卿《きょう》が恐れた唯一《ゆいいつ》の人物だと、みんないつもそう言っていたではないか？　シリウス・ブラックがヴォルデモートの右腕《みぎうで》なら、当然同じようにダンブルドアを恐れているのではないか？

それに、みんなが取り沙汰《ざた》しているアズカバンの看守《かんしゅ》がいる。みんなその看守を死ぬほど怖《こわ》がっている。学校の周《まわ》りにぐるりとこの看守たちが配備《はいび》されるなら、ブラックが学校内に入り込《こ》む可能性《かのうせい》はほとんどないだろう。

いや、ハリーを一番悩《なや》ませたのは、そんなことではない。ホグズミードに行ける見込《みこ》みがいまやゼロになってしまったことだ。ブラックが捕《つか》まるまでは、ハリーが城という安全地帯《あんぜんちたい》から出ないでほしいと、みんながそう思っている。それだけじゃない。危険《きけん》が去るまで、みんながハリーのことを監視《かんし》するだろう。

ハリーは真っ暗な天井《てんじょう》に向かって顔をしかめた。僕《ぼく》が自分で自分の面倒《めんどう》を見られないとでも思っているの？　ヴォルデモート卿の手を三度も逃《のが》れた僕だ。そんなに柔《やわ》じゃないよ……。

マグノリア・クレセント通りのあの獣《けもの》の影が、なぜか、ふっとハリーの心を過《よぎ》った。

「最悪の事態《じたい》が来ると知ったとき、あなたはどうするか……」

「僕は殺されたりしないぞ」ハリーは声に出して言った。

「その意気《いき》だよ、坊や」部屋の鏡《かがみ》が眠そうな声を出した。

第5章

CHAPTER FIVE
The Dementor

吸魂鬼

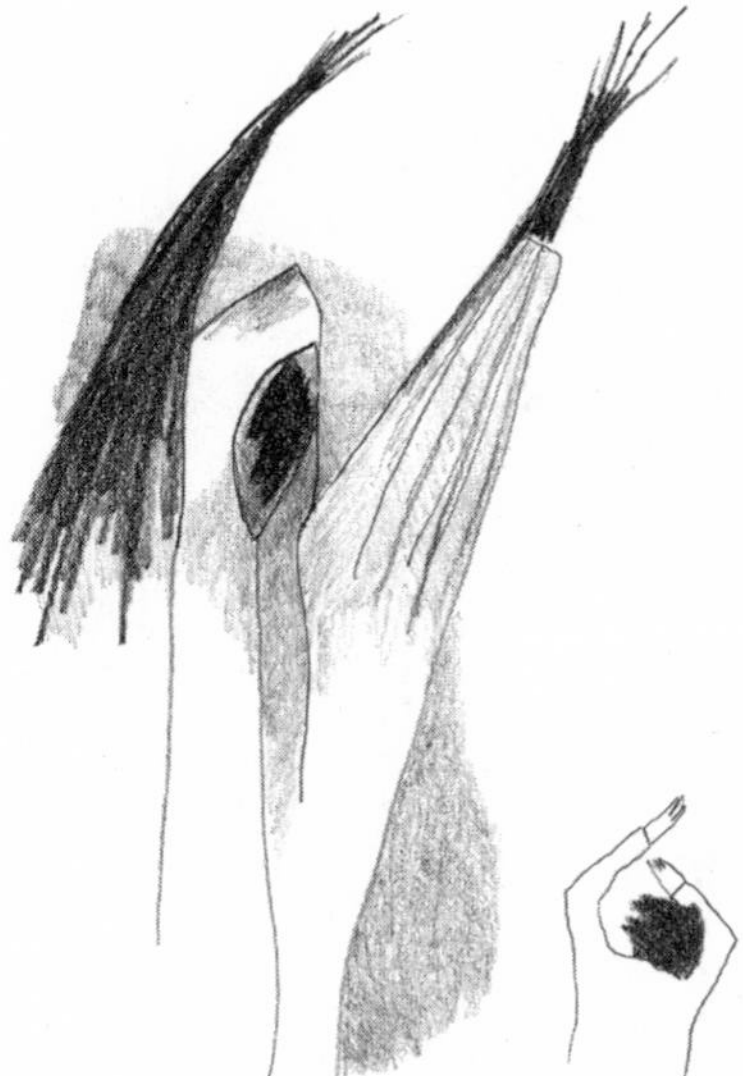

翌朝《よくあさ》、亭主《ていしゅ》のトムが、いつものように歯の抜けた口でにっこり笑いながら、紅茶を持ってハリーを起こしにきた。ハリーは着替《きが》えをすませ、むずかるヘドウィグをなだめすかして籠《かご》に入れた。ちょうどその時、ドアがバーンと開いて、トレーナーを頭からかぶりながら、ロンがイライラ顔で入ってきた。

「一刻《いっこく》も早く汽車に乗ろう。ホグワーツに行ったら、せめて、パーシーと離《はな》れられるしな。パーシーのやつ、今度は、ペネロピー・クリアウォーターの写真に僕《ぼく》が紅茶をこぼしたって責《せ》めるんだ」

ロンがしかめっ面《つら》をした。

「ほら、パーシーの**ガールフレンド**。鼻の頭が赤く染《し》みになったからって、写真の額《がく》に顔を隠しちまってさ……」

「話があるんだ」

ハリーはそう切り出したが、ちょうどフレッドとジョージが覗《のぞ》き込《こ》んだので話が途《と》切《ぎ》れた。二人はロンがパーシーをカンカンに怒らせたことを誉《ほ》めるために顔を覗かせたのだ。

朝食をとりにみんなで下りていくと、ウィーズリー氏が眉根《まゆね》をよせながら「日刊予言者《にっかんよげんしゃ》新聞《しんぶん》」の一面記事を読んでいた。ウィーズリー夫人はハーマイオニーとジニーに、自分が娘のころ作った「愛《あい》の妙薬《みょうやく》」のことを話していた。三人ともくすくす笑ってばかりいた。

「何を言いかけたんだい?」テーブルに着きながらロンが尋《たず》ねた。

「あとで」ちょうどパーシーが鼻息も荒く入ってきたので、ハリーは小声で答えた。

旅立《たびだ》ちのごたごた騒ぎで、ハリーはロンやハーマイオニーに話す機会《きかい》を失った。「漏《も》れ鍋《なべ》」の狭い階段を、全員のトランクを汗だくで運び出して出口近くに積み上げたり、ヘドウィグやら、パーシーのコノハズクのヘルメスが入った籠をそのまた上に載《の》せたりと、何やかやでそれどころではなかったのだ。山と積まれたトランクの脇《わき》に、小さな柳編《やなぎあ》みの籠が置かれ、シャーッシャーッと激《はげ》しい音を出していた。

「大丈夫《だいじょうぶ》よ、クルックシャンクス」

ハーマイオニーが籠の外から猫撫《ねこな》で声で呼びかけた。

「汽車に乗ったら出してあげるからね」

「出してあげない」ロンがぴしゃりと言った。

「かわいそうなスキャバーズはどうなる？　エ？」

ロンは自分の胸ポケットを指差《ゆびさ》した。ぽっこりと盛《も》り上がっている。スキャバーズが中で丸くなって縮《ちぢ》こまっているらしい。

外で魔法省《まほうしょう》からの車を待っていたウィーズリー氏が、食堂に首を突き出した。

「車が来たよ。ハリー、おいで」

旧型《きゅうがた》の深緑色《ふかみどりいろ》の車が二台停車《ていしゃ》していた。その先頭の車までのわずかな距離《きょり》を、ウィーズリー氏はハリーにつき添《そ》って歩いた。二台ともエメラルド色のビロードのスーツを着込んだ胡散臭《うさんくさ》い魔法使いが運転していた。

「ハリー、さあ、中へ」

ウィーズリー氏が雑踏《ざっとう》の右から左まで素早《すばや》く目を走らせながら促《うなが》した。

ハリーは後ろの座席《ざせき》に座った。間もなくハーマイオニーとロンが乗り込《こ》み、そして、ロンにとってはむかつくパーシーも乗り込んだ。

キングズ・クロス駅までの移動は、ハリーの「夜の騎士《ナイト》バス」の旅に比べれば、呆気《あっけ》ないものだった。魔法省《まほうしょう》の車はほとんどまともといってもよかった。ただ、バーノン叔父《おじ》さんの新しい社用車《しゃようしゃ》なら絶対《ぜったい》に通り抜けられないような狭い隙間《すきま》を、この車がすり抜けられることにハリーは気づいた。キングズ・クロス駅に着いた時は、まだ二十分の余裕《よゆう》があった。魔法省の運転手が、カートを探してきて、トランクを車から降《お》ろし、帽子《ぼうし》にちょっと手をやってウィーズリー氏に向かって挨拶《あいさつ》した。走り去った車は、なぜか信号待ちをしている車の列を飛び越《こ》して、一番前につけていた。

ウィーズリー氏は駅に入るまでずっと、ハリーの肘《ひじ》のあたりにぴったり張《は》りついていた。

「よし、それじゃ」ウィーズリー氏が周《まわ》りをちらちら見ながら言った。

「我々《われわれ》は大所帯《おおじょたい》だから、二人ずつ行こう。私が最初にハリーと一緒《いっしょ》に通り抜けるよ」

ウィーズリー氏は、ハリーのカートを押しながら、九番線と十番線の間にある柵《さく》のほうへぶらぶらと歩きながら、ちょうど九番線に到着《とうちゃく》した長距離列車《ちょうきょりれっしゃ》のインターシティ125号に、興味津々《きょうみしんしん》のようだった。おじさんはハリーに意味ありげに目配《めくば》せをし、何気なく柵《さく》に寄《よ》り掛《か》かった。ハリーもまねをした。

次の瞬間《しゅんかん》、ハリーたちは固い金属の障壁《しょうへき》を通り抜け、九と四分の三番線ホームに横様《よこざま》に倒れ込んだ。目を上げると、紅色《くれないいろ》の機関車、ホグワーツ特急が煙を吐《は》いていた。その煙の下で、ホーム一杯《いっぱい》に溢《あふ》れた魔女や魔法使いが、子どもたちを見送り、汽車に乗せていた。

ハリーの背後に突然《とつぜん》パーシーとジニーが現れた。息を切らしている。走って柵を通り抜けたらしい。

「あ、ペネロピーがいる！」パーシーが髪《かみ》を撫《な》でつけ、一段と頬《ほお》を紅潮《こうちょう》させた。胸に輝《かがや》くバッジをガールフレンドが絶対見逃《みのが》さないようにと、ふん反り返って歩くパーシーを見て、ジニーとハリーは顔を見合わせ、パーシーに見られないよう横を向いて吹き出した。

ウィーズリー家《け》の残りのメンバーとハーマイオニーが到着《とうちゃく》したところで、ハリーとウィーズリー氏が先頭に立って、後尾車両《こうびしゃりょう》のほうに歩いていった。満員のコンパートメントを通り過ぎ、ほとんど誰もいない車両を見つけ、そこにトランクを積み込み、ヘドウィグとクルックシャンクスを荷物棚《だな》に載《の》せた。それからウィーズリー夫妻《ふさい》に別れを告げるために、もう一度列車の外に出た。

ウィーズリーおばさんは子どもたち全員にキスをし、それからハーマイオニー、最後にハリーにキスした。ハリーはどぎまぎしながらも、おばさんにぎゅっと抱きしめられてとてもうれしかった。

「ハリー、むちゃしないでね。いいこと?」

おばさんはハリーを離《はな》したが、なぜか目が潤《うる》んでいた。それから巨大な手提《てさ》げカバンを取り出した。

「みんなにサンドイッチを作ってきたわ。はい、ロン……いいえ、違いますよ。コンビーフじゃありません……フレッド? フレッドはどこ? はい、あなたのですよ……」

「ハリー」ウィーズリー氏がそっと呼んだ。「ちょっとこっちへおいで」

おじさんは顎《あご》で柱のほうを示した。ウィーズリーおばさんを囲む群れを抜け出し、ハリーはウィーズリーおじさんについて柱の陰《かげ》に入った。

「君が出発する前に、どうしても言っておかなければならないことがある――」

ウィーズリー氏の声は緊張《きんちょう》していた。

「おじさん、いいんです。僕《ぼく》、もう知っています」

「知っている? どうしてまた?」

「僕――あの――おじさんとおばさんが昨日《きのう》の夜、話しているのを聞いてしまったんです。僕、聞こえてしまったんです」

それからハリーは慌《あわ》ててつけ加えた。

「ごめんなさい――」

「できることなら、君にそんな知らせ方をしたくはなかった」

ウィーズリーおじさんは気遣《きづか》わしげに言った。

「いいえ――これでよかったんです。本当に。これで、おじさんはファッジ大臣《だいじん》との約束を破らずにすむし、僕は何が起こっているのかがわかったんですから」

「ハリー、きっと怖《こわ》いだろうね――」

「怖くありません」ハリーは心からそう答えた。ウィーズリーおじさんが信じられないという顔をしたので、「**本当です**」とつけ加えた。

「僕、強がってるんじゃありません。でも、まじめに考えて、シリウス・ブラックがヴォルデモートより手強《てごわ》いなんてこと、ありえないでしょう？」

ウィーズリーおじさんはその名を聞いただけで怯《ひる》んだが、聞かなかったふりをした。

「ハリー、君は、ファッジが考えているより、何と言うか、ずっと肝《きも》が据《す》わっている。そのことは私も知っていた。君が怖がっていないのは、私としても、もちろんうれしい。しかしだ――」

「アーサー！」

ウィーズリーおばさんが呼んだ。おばさんは羊飼《ひつじか》いが群れを追うように、みんなを汽車に追い込んでいた。

「アーサー、何してらっしゃるの？　もう出てしまいますよ！」

「モリー母さん。ハリーはいま行くよ！」

そう言いながら、ウィーズリー氏はもう一度ハリーのほうに向き直り、声をいっそう低くして、急《せ》き込《こ》んでこう言った。

「いいかね、約束してくれ――」

「――僕《ぼく》がおとなしくして城の外に出ないってことですか？」ハリーは憂鬱《ゆううつ》だった。

「それだけじゃない」

おじさんはこれまでハリーが見たことがないような真剣《しんけん》な顔をしていた。

「ハリー、私に誓《ちか》ってくれ。ブラックを探したりしないって」

「えっ？」ハリーはウィーズリーおじさんを見つめた。

汽笛《きてき》がポーッと大きく鳴り響《ひび》いた。駅員たちが汽車のドアを次々と閉めはじめた。

「ハリー、約束してくれ」ウィーズリーおじさんはますます急き込んだ。「どんなことがあっても――」

「僕を殺そうとしている人を、なんで僕のほうから探したりするんです？」ハリーはきょとんとして言った。

「誓《ちか》ってくれ。君が何を聞こうと――」

「アーサー、早く！」ウィーズリーおばさんが叫《さけ》んだ。

汽車はシューッと煙を吐《は》き、動きだした。ハリーはドアまで走った。ロンがドアをパッと開け、一歩下がってハリーを乗せた。みんなが窓から身を乗り出し、ウィーズリー夫妻《ふさい》に向かって手を振り、汽車がカーブして二人の姿が見えなくなるまで手を振り続けた。

「君たちだけに話したいことがあるんだ」

汽車がスピードを上げはじめた時、ハリーは、ロンとハーマイオニーに向かって囁《ささや》いた。

「ジニー、どっかに行ってて」ロンが言った。

「あら、ご挨拶《あいさつ》ね」ジニーは機嫌《きげん》を損ね、ぷりぷりしながら離《はな》れていった。

ハリー、ロン、ハーマイオニーは誰もいないコンパートメントを探して通路《つうろ》を歩いた。どこも一杯《いっぱい》だったが、最後尾《さいこうび》にただ一つ空《あ》いたところがあった。

客が一人いるだけだった。男が一人、窓側《まどがわ》の席でぐっすり眠っていた。三人はコンパートメントの入口で中を確かめた。ホグワーツ特急はいつも生徒のために貸切《かしきり》になり、食べ物をワゴンで売りにくる魔女以外は、車中で大人《おとな》を見たことがなかった。

見知らぬ客は、あちこち継《つ》ぎの当たった、かなりみすぼらしいローブを着ていた。疲れ果てて、病んでいるようにも見えた。まだかなり若いのに、鳶色《とびいろ》の髪《かみ》は白髪《しらが》混じりだった。

「この人、誰だと思う？」窓から一番遠い席を取り、引き戸を閉め、三人が腰を落ち着けた時、ロンが声をひそめて聞いた。

「ルーピン先生」ハーマイオニーがすぐに答えた。

「どうして知ってるんだ？」

「カバンに書いてあるわ」

ハーマイオニーは男の頭の上にある荷物棚《だな》を指差《ゆびさ》した。くたびれた小振《こぶ》りのカバンは、きちんとつなぎ合わせた紐《ひも》でぐるぐる巻きになっていた。カバンの片隅《かたすみ》に、R・J・ルーピン教授《きょうじゅ》と、はがれかけた文字が押してあった。

「いったい何を教えるんだろ？」

ルーピン先生の青白い横顔を見て、顔をしかめながらロンが言った。

「決まってるじゃない」ハーマイオニーが小声で言った。

「空《あ》いているのは一つしかないでしょ？『闇《やみ》の魔術《まじゅつ》に対する防衛術《ぼうえいじゅつ》』よ」

ハリーもロンも、ハーマイオニーも、「闇の魔術に対する防衛術」の授業《じゅぎょう》を二人の先生から受けたが、二人とも一年しかもたなかった。この学科は呪《のろ》われているという噂《うわさ》が立っていた。

「ま、この人がちゃんと教えられるならいいけどね」ロンはだめだろうという口調《くちょう》だ。

「強力な呪いをかけられたら一発で参《まい》っちまうように見えないか？ところで……」

ロンはハリーのほうを向いた。

「何の話なんだい？」

ハリーはウィーズリー夫妻《ふさい》の言い合いのことや、いましがたウィーズリー氏が警告《けいこく》したことを全部二人に話した。聞き終わると、ロンは愕然《がくぜん》としていたし、ハーマイオニーは両手で口を押さえていた。やがてハーマイオニーは手を離《はな》し、こう言った。

「シリウス・ブラックが脱獄《だつごく》したのは、**あなたを**狙《ねら》うためですって？　あぁ、ハリー……ほんとに、ほんとに気をつけなきゃ。自分からわざわざトラブルに飛び込んでいったりしないでね。ね、ハリー……」

「僕《ぼく》、自分から飛び込んでいったりするもんか」ハリーは焦《じ》れったそうに言った。

「いつも**トラブルのほうが**飛び込んでくるんだ」

「ハリーを殺そうとしてる狂人《きょうじん》だぜ。自分から、のこのこ会いにいくバカがいるかい？」

ロンは震《ふる》えていた。

二人とも、ハリーが考えた以上に強い反応を示した。ロンもハーマイオニーも、ブラックのことをハリーよりずっと恐れているようだった。

「ブラックがどうやってアズカバンから逃げたのか、誰にもわからない。これまで脱獄《だつごく》した者は誰もいない。しかもブラックは一番厳《きび》しい監視《かんし》を受けていたんだ」

ロンは落ち着かない様子で話した。

「だけど、また捕《つか》まるでしょう？」ハーマイオニーが力を込《こ》めて言った。

「だって、マグルまで総動員《そうどういん》してブラックを追跡《ついせき》しているじゃない……」

「何の音だろう？」突然《とつぜん》ロンが言った。

小さく口笛《くちぶえ》を吹くような音が、微《かす》かにどこからか聞こえてくる。三人はコンパートメントを見回した。

「ハリー、君のトランクからだ」

ロンは立ち上がって荷物棚《だな》に手を伸ばし、やがてハリーのローブの間から「携帯《スニーコ》かくれん防止器《スコープ》」を引《ひ》っ張《ぱ》り出した。ロンの手のひらの上でそれは激《はげ》しく回転し、眩《まぶ》しいほどに輝《かがや》いていた。

「それ、**スニーコスコープ**？」

ハーマイオニーが興味津々《きょうみしんしん》で、もっとよく見ようと立ち上がった。

「ウン……だけど、安物《やすもん》だよ」ロンが言った。「エロールの脚《あし》にハリーへの手紙を括《くく》りつけようとしたら、めっちゃ回ったもの」

「その時何か怪《あや》しげなことをしてなかった？」ハーマイオニーが突っ込んだ。

「してない！　でも……エロールを使っちゃいけなかったんだ。じいさん、長旅《ながたび》には向かないしね。……だけど、ハリーにプレゼントを届けるのに、ほかにどうすりゃよかったんだい？」

「早くトランクに戻《もど》して」スニーコスコープが耳をつんざくような音を出したので、ハリーがルーピン先生のほうを顎《あご》で指《さ》しながら注意した。「じゃないと、この人が目を覚ますよ」

ロンはスニーコスコープを、バーノン叔父《おじ》さんのとびきりオンボロ靴下《くつした》の中に押し込んで音を殺し、その上からトランクのふたを閉めた。

「ホグズミードであれをチェックしてもらえるかもしれない」ロンが席に座り直した。

「『ダービシュ・アンド・バングズ』の店で、魔法の機械とかいろいろ売ってるって、フレッドとジョージが教えてくれた」

「ホグズミードのこと、よく知ってるの？」ハーマイオニーが意気込《いきご》んだ。

「イギリスで唯一《ゆいいつ》の完全にマグルなしの村だって本で読んだけど――」

「あぁ、そうだと思うよ」ロンはそんなことには関心がなさそうだ。「僕《ぼく》、だからそこに行きたいってわけじゃないよ。ハニーデュークスの店に行ってみたいだけさ！」

「それって、何？」ハーマイオニーが聞いた。

「お菓子《かし》屋さ」ロンはうっとり夢見る顔になった。

「なーんでもあるんだ。……激辛《げきから》ペッパー――食べると、口から煙が出るんだ。――それにイチゴムースやクリームがいっぱい詰《つ》まってる大粒《おおつぶ》のふっくらチョコレート――それから砂糖《さとう》羽根《はね》ペン、授業《じゅぎょう》中にこれを舐《な》めていたって、次に何を書こうか考えているみたいに見えるんだ――」

「でも、ホグズミードってとってもおもしろいところなんでしょう？」

ハーマイオニーがしつこく聞いた。

「『魔法《まほう》の史跡《しせき》』を読むと、そこの旅籠《はたご》は一六一二年の小鬼《こおに》の反乱で本部になったところだし、『叫《さけ》びの屋敷《やしき》』はイギリスで一番恐ろしい呪《のろ》われた幽霊屋敷《ゆうれいやしき》だって書いてあるし――」

「――それにおっきな炭酸《たんさん》入りキャンディ。舐めてる間、地上から数センチ浮き上がるんだ」ロンはハーマイオニーの言ったことを全然聞いてはいなかった。

ハーマイオニーはハリーのほうに向き直った。

「ちょっと学校を離《はな》れて、ホグズミードを探検《たんけん》するのも素敵《すてき》じゃない？」

「だろうね」ハリーは沈んだ声で言った。「見てきたら、僕《ぼく》に教えてくれなきゃ」

「どういうこと？」ロンが聞いた。

「僕、行けないいんだ。ダーズリー叔父《おじ》さんが許可証《きょかしょう》にサインしなかったし、ファッジ大臣《だいじん》もサインしてくれないいんだ」

ロンがとんでもないという顔をした。

「**許可してもらえないって？**　そんな――そりゃないぜ。――マクゴナガルか誰かが許可してくれるよ――」

ハリーは力なく笑った。グリフィンドールの寮監《りょうかん》、マクゴナガル先生はとても厳《きび》しい先生だ。

「――じゃなきゃ、フレッドとジョージに聞けばいい。あの二人なら、城から抜け出す秘密《ひみつ》の道を全部知ってる――」

「ロン！」ハーマイオニーの厳しい声が飛んだ。

「ブラックが捕《つか》まっていないのに、ハリーは学校からこっそり抜け出すべきじゃないわ――」

「ウン、僕が許可してくださいってお願いしたら、マクゴナガル先生はそうおっしゃるだろうな」ハリーが残念そうに言った。

「だけど、**僕たちが**ハリーと一緒《いっしょ》にいれば、ブラックはまさか――」

ロンがハーマイオニーに向かって威勢《いせい》よく言った。

「まあ、ロン、バカなこと言わないで」ハーマイオニーは手厳《てきび》しい。

ブラックは雑踏《ざっとう》のど真ん中であんなに大勢を殺したのよ。**私たちが**ハリーのそばにいれば、「ブラックが尻込《しりご》みすると、本気でそう思ってるの？」

ハーマイオニーはクルックシャンクスの入った籠《かご》の紐《ひも》を解《と》こうとしていた。

「そいつを出したらダメ！」

ロンが叫《さけ》んだが、遅《おそ》かった。クルックシャンクスがひらりと籠から飛び出し、伸びに続いて欠伸《あくび》をしたと思うと、ロンの膝《ひざ》に跳《と》び乗った。ロンのポケットの膨《ふく》らみがブルブル震《ふる》えた。ロンは怒ってクルックシャンクスを払いのけた。

「どけよ！」

「ロン、やめて！」ハーマイオニーが怒った。

ロンが言い返そうとしたその時、ルーピン先生がもぞもぞ動いた。三人は、ぎくりとして先生を見たが、先生は頭を反対側に向けただけで、わずかに口を開けて眠り続けた。

ホグワーツ特急は順調に北へと走り、外には雲がだんだん厚く垂《た》れ込《こ》め、車窓《しゃそう》には、一段と暗く荒涼《こうりょう》とした風景が広がっていった。コンパートメントの外側の通路《つうろ》では生徒が追いかけっこをして往《い》ったり来たりしていた。クルックシャンクスは空《あ》いている席に落ち着き、ぺちゃんこの顔をロンに向け、黄色い目をロンのシャツのポケットに向けていた。

一時になると、丸っこい魔女が食べ物を積んだカートを押して、コンパートメントのドアの前にやってきた。

「この人を起こすべきかなぁ？」

ルーピン先生のほうを顎《あご》で指《さ》し、ロンが戸惑《とまど》いながら言った。

「何か食べたほうがいいみたいに見えるけど」

ハーマイオニーがそっとルーピン先生のそばに行った。

「あの――先生？　もしもし――先生？」

先生は身じろぎもしない。

「大丈夫《だいじょうぶ》よ、嬢《じょう》ちゃん」

大きな魔女鍋《まじょなべ》スポンジケーキを一山《ひとやま》ハリーに渡しながら、魔女が言った。

「目を覚ました時、お腹《なか》がすいているようなら、わたしは一番前の運転士のところにいますからね」

「この人、眠ってるんだよね？」

魔女のおばさんがコンパートメントの引き戸を閉めた時、ロンがこっそり言った。

「つまり……死んでないよね。ね？」

「ない、ない。息をしてるわ」

ハリーがよこしたケーキを取りながら、ハーマイオニーが囁《ささや》いた。ルーピン先生は社交的《しゃこうてき》な道連《みちづ》れではなかったかもしれないが、コンパートメントにいてくれたことで役に立った。昼下がりになって、車窓《しゃそう》から見える丘陵《きゅうりょう》風景が霞《かす》むほどの雨が降《ふ》りだした時、通路《つうろ》でまた足音がした。ドアを開けたのは三人が一番毛嫌《けぎら》いしている連中だった。ドラコ・マルフォイと、その両脇《りょうわき》に腰巾着《こしぎんちゃく》のビンセント・クラッブ、グレゴリー・ゴイルだ。

ドラコ・マルフォイとハリーは、ホグワーツ特急での最初の旅で出会った時からの敵同士《かたきどうし》だ。顎《あご》の尖《とが》った青白い顔に、いつもせせら笑いを浮かべているマルフォイは、スリザリン寮生《りょうせい》だった。スリザリン寮代表のクィディッチ・チームではシーカーで、ハリーのグリフィンドール寮チームでのポジションと同じだ。クラッブとゴイルは、マルフォイの命令に従うために存在するかのような二人だった。両方とも筋肉隆々《きんにくりゅうりゅう》の肩幅《かたはば》ガッチリ体型《たいけい》で、クラッブのほうが背が高く、鍋底《なべぞこ》カットのヘアスタイルで太い首。ゴイルはたわしのような短く刈《か》り込《こ》んだ髪《かみ》で、長いゴリラのような腕《うで》をぶら下げていた。

「へえ、誰かと思えば」

コンパートメントのドアを開けながら、マルフォイはいつもの気取った口調《くちょう》で言った。

「ポッター、ポッティーのいかれポンチと、ウィーズリー、ウィーゼルのコソコソ君じゃあないか！」

クラッブとゴイルはトロール並みのアホ笑いをした。

「ウィーズリー、君の父親がこの夏やっと小金《こがね》を手にしたって聞いたよ。母親がショックで死ななかったかい？」

ロンが出し抜けに立ち上がった拍子《ひょうし》に、クルックシャンクスの籠《かご》を床に叩《たた》き落としてしまった。ルーピン先生がいびきをかいた。

「そいつは誰だ？」ルーピンを見つけたとたん、マルフォイが無意識《むいしき》に一歩引いた。

「新しい先生だ」

ハリーは、そう答えながら、もしかしたらロンを引き止めなければならないかもしれないと、自分も立ち上がっていた。

「マルフォイ、いま何て言ったんだ？」

マルフォイは薄青《うすあお》い目を細めた。先生の鼻先でけんかを吹っかけるほどバカではない。

「いくぞ」マルフォイは苦々《にがにが》しげにクラッブとゴイルに声をかけ、姿を消した。

ハリーとロンはまた座った。ロンは拳《こぶし》をさすっていた。

「今年はマルフォイにごちゃごちゃ言わせないぞ」ロンは熱くなっていた。「本気だ。僕《ぼく》の家族の悪口を一言《ひとこと》でも言ってみろ。首根《くびね》っこを捕《つか》まえて、こうやって――」

ロンは空《くう》を切るように乱暴《らんぼう》な動作をした。

「ロン」ハーマイオニーがルーピン先生を指差《ゆびさ》して、シッと言った。「**気をつけてよ……**」

ルーピン先生はそれでもぐっすり眠り続けていた。

汽車がさらに北へ進むと、雨も激《はげ》しさを増した。窓の外は雨足《あまあし》が微《かす》かに光るだけの灰色一色で、その色も墨色《すみいろ》に変わり、やがて通路《つうろ》と荷物棚《だな》にポッとランプが点《とも》った。汽車はガタゴト揺《ゆ》れ、雨は激しく窓を打ち、風は唸《うな》りをあげた。それでもルーピン先生は眠っている。

「もう着くころだ」

ロンが身を乗り出し、ルーピン先生の体越《ご》しに、もう真っ暗になっている窓の外を見た。ロンの言葉が終わるか終わらないうちに、汽車が速度を落としはじめた。

「調子いいぞ」

ロンは立ち上がり、そっとルーピン先生の脇《わき》をすり抜けて窓から外を見ようとした。

「腹ぺこだ。宴会《えんかい》が待ち遠しい……」

「まだ着かないはずよ」ハーマイオニーが時計を見ながら言った。

「じゃ、なんで止まるんだ？」

汽車はますます速度を落とした。ピストンの音が弱くなり、窓を打つ雨風《あめかぜ》の音がいっそう激しく聞こえた。

一番ドアに近いところにいたハリーが立ち上がって、通路の様子を窺《うかが》った。同じ車両《しゃりょう》のどのコンパートメントからも、不思議そうな顔が突き出していた。

汽車がガクンと止まった。どこか遠くのほうから、ドサリ、ドシンと荷物棚からトランクが落ちる音が聞こえてきた。そして、何の前触《まえぶ》れもなく、明りがいっせいに消え、あたりが急に真っ暗闇《くらやみ》になった。

「いったい何が起こったんだ?」ハリーの後ろでロンの声がした。

「イタッ!」ハーマイオニーが呻《うめ》いた。「ロン、いまの、私の足だったのよ!」

ハリーは手探《てさぐ》りで自分の席に戻《もど》った。

「故障《こしょう》しちゃったのかな?」

「さあ?……」

引《ひ》っ掻《か》くような音がして、ハリーの目にロンの輪郭《りんかく》がぼんやりと見えた。ロンは窓ガラスの曇《くも》りを丸く拭《ふ》き、外を覗《のぞ》いていた。

「なんだかあっちで動いてる。誰か乗り込《こ》んでくるみたいだ」ロンが言った。

コンパートメントのドアが急に開き、誰かがハリーの足の上に倒れ込んできて、ハリーは痛い思いをした。

「ごめんね!　なにがどうなったかわかる?　アイタッ!　ごめんね——」

「やあ、ネビル」ハリーは闇の中を手探《てさぐ》りでネビルのマントをつかみ、助け起こした。

「ハリー?　君なの?　どうなってるの?」

「わからない。座って——」

シャーーッと大きな鳴き声、続いて痛そうな叫《さけ》び声が聞こえた。ネビルがクルックシャンクスの上に座ろうとしたのだ。

「私、運転士のところに行って、何事なのか聞いてくるわ」ハーマイオニーの声だ。

ハリーはハーマイオニーが前を通り過ぎる気配を感じた。それからドアを開ける音、続いてドシンという音と、痛そうな叫び声が二人分聞こえた。

「だあれ？」

「**そっちこそ**だあれ？」

「ジニーなの？」

「ハーマイオニー？」

「何してるの？」

「ロンを探してるの――」

「入って、ここに座れよ――」

「ここじゃないよ！」ハリーが慌《あわ》てて言った。「ここは僕《ぼく》がいるんだ！」

「アイタッ！」ネビルだ。

「静かに！」突然《とつぜん》しわがれ声がした。

ルーピン先生がついに目を覚ましたらしい。先生のいる奥のほうで、何か動く音をハリーは聞いた。みんなが黙《だま》った。

柔らかなカチリという音のあとに、灯《あか》りが揺《ゆ》らめき、コンパートメントを照らした。ルーピン先生は手のひら一杯《いっぱい》に炎を持っているようだった。炎が先生の疲れたような灰色の顔を照らした。目だけが油断《ゆだん》なく、鋭《するど》く警戒《けいかい》していた。

「動かないで」

さっきと同じしわがれ声でそう言うと、先生はゆっくりと立ち上がり、手のひらの灯《あか》りを前に突き出した。

先生がドアにたどり着く前に、ドアがゆっくりと開いた。

ルーピン先生が手にした揺《ゆ》らめく炎に照らし出され、入口に立っていたのは、マントを着た、天井《てんじょう》までも届きそうな黒い影《かげ》だった。顔はすっぽりと頭巾《ずきん》で覆《おお》われている。ハリーは上から下へとその影に目を走らせた。そして、胃が縮《ちぢ》むようなものを見てしまった。マントから突き出している手。それは灰白色《かいはくしょく》に冷たく光り、穢《けが》らわしいかさぶたに覆われ、水中で腐敗《ふはい》した死骸《しがい》のような手……。

ほんの一瞬《いっしゅん》しか見えなかった。まるでその生き物がハリーの視線《しせん》に気づいたかのように、その手は黒い覆いの襞《ひだ》の中へ突如《とつじょ》引っ込《こ》められた。

それから頭巾に覆われた得体《えたい》の知れない何者かが、ガラガラと音を立てながらゆっくりとなが一く息を吸い込んだ。まるでその周囲から、空気以外の何かを吸い込もうとしているかのようだった。

ぞーっとするような冷気が全員を襲《おそ》った。ハリーは自分の息が胸の途中《とちゅう》でつっかえたような気がした。寒気《さむけ》がハリーの皮膚《ひふ》の下深く、潜《もぐ》り込んでいった。ハリーの胸の中へ、そしてハリーの心臓そのものへと……。

ハリーの目玉が引っくり返った。何も見えない。ハリーは冷気に溺《おぼ》れていった。耳の中に、まるで水が流れ込むような音がした。下へ下へと引き込まれていく。唸《うな》りがだんだん大きくなる……。

すると、どこか遠くから叫《さけ》び声が聞こえた。ぞっとするような怯《おび》えた叫び、哀願《あいがん》の叫びだ。誰か知らないその人を、ハリーは助けたかった。腕《うで》を動かそうとしたが、どうにもならない……。濃《こ》い霧《きり》がハリーの周《まわ》りに、ハリーの体の中に渦巻《うずま》いている――。

「ハリー！　ハリー！　しっかりして」誰かがハリーの頬《ほお》を叩《たた》いている。

「ウ、うーん？」

ハリーは目を開けた。体の上にランプがあった。床が揺れている――ホグワーツ特急が再び動きだし、車内はまた明るくなっていた。ハリーは座席から床に滑《すべ》り落ちたらしい。ロンとハーマイオニーが脇《わき》に屈《かが》み込《こ》んでいた。その上からネビルとルーピン先生が覗《のぞ》き込んでいるのが見えた。ハリーはとても気分が悪かった。鼻のメガネを押し上げようと手を当てると、顔に冷《ひ》や汗《あせ》が流れていた。

ロンとハーマイオニーがハリーを抱えて席に戻《もど》した。

「大丈夫《だいじょうぶ》かい？」ロンが恐々《こわごわ》聞いた。

「ああ」ハリーはドアのほうをチラッと見た。頭巾の生き物は消えていた。

「何が起こったの？　どこに行ったんだ――あいつは？　誰が叫《さけ》んだの？」

「誰も叫びやしないよ」ますます心配そうにロンが答えた。

ハリーは明るくなったコンパートメントをぐるりと見た。ジニーとネビルが、二人とも蒼白《そうはく》な顔でハリーを見返していた。

「でも、僕《ぼく》、叫び声を聞いたんだ――」

パキッという大きな音で、みんな飛び上がった。ルーピン先生が巨大な板チョコを割っていた。

「さあ」先生がハリーに特別大きいひと切れを渡《わた》しながら言った。「食べるといい。気分がよくなるから」

ハリーは受け取ったが食べなかった。

「あれはなんだったのですか？」ハリーがルーピン先生に聞いた。

「ディメンター、吸魂鬼《きゅうこんき》だ」

他のみんなにもチョコレートを配りながら、ルーピン先生が答えた。

「アズカバンの吸魂鬼《ディメンター》の一人だ」

みんないっせいに先生を見つめた。ルーピン先生は、空《から》になったチョコレートの包み紙をくしゃくしゃ丸めてポケットに入れた。

「食べなさい」先生が繰《く》り返した。

「元気になる。わたしは運転士と話してこなければ。失礼……」

先生はハリーの脇《わき》をゆらりと通り過ぎ、通路《つうろ》へと消えた。

「ハリー、ほんとに大丈夫《だいじょうぶ》？」ハーマイオニーが心配そうにハリーをじっと見た。

「僕《ぼく》、わけがわからない……何があったの？」ハリーはまだ流れている額《ひたい》の汗を拭《ぬぐ》った。

「ええ――あれが――あの吸魂鬼が――あそこに立って、ぐるりっと見回したの。……っていうか、そう思っただけ。だって顔が見えなかったんだもの……。そしたら――あなたが――あなたが――」

「僕、君が引《ひ》きつけか何か起こしたのかと思った」

ロンが言った。まだ恐ろしさが消えない顔だった。

「君、なんだか硬直《こうちょく》して、座席《ざせき》から落ちて、ひくひくしはじめたんだ――」

「そしたら、ルーピン先生があなたを跨《また》いで吸魂鬼のほうに歩いていって、杖《つえ》を取り出したの」ハーマイオニーが続けた。「そしてこう言ったわ。『シリウス・ブラックをマントの下に匿《かくま》っている者は誰もいない。去れ』って。でも、あいつは動かなかった。そしたら先生が何かブツブツ唱《とな》えて、吸魂鬼に向かって何か銀色のものが杖から飛び出して、そしたら、あいつは背を向けてすーっといなくなったの……」

「怖《こわ》かったよぉ」ネビルの声がいつもより上ずっていた。

「あいつが入ってきた時どんなに寒かったか、みんな感じたよね？」

「僕《ぼく》、妙《みょう》な気持になった」ロンが気味悪そうに肩を揺《ゆ》すった。「もう一生楽しい気分になれないんじゃないかって……」

ジニーはハリーと同じくらい気分が悪そうで、隅《すみ》のほうで膝《ひざ》を抱え、小声ですすり上げた。

ハーマイオニーがそばに行って、慰《なぐさ》めるようにジニーを抱いた。

「だけど、誰か——座席から落ちた？」ハリーが気まずそうに聞いた。

「ウウン」ロンがまた心配そうにハリーを見た。「ジニーがめちゃくちゃ震《ふる》えてたけど……」

ハリーには何がなんだかわからなかった。ひどい流感《りゅうかん》の病み上がりのように、弱り、震えていた。しかも恥ずかしくなってきた。他のみんなは大丈夫だったのに、なぜ自分だけがこんなにひどいことになったのだろう？

ルーピン先生が戻《もど》ってきた。入ってくるなり、先生はちょっと立ち止まり、みんなを見回して、ふっと笑った。

「おやおや、チョコレートに毒《どく》なんか入れてないよ……」

ハリーは一口《ひとくち》かじった。驚いたことに、たちまち手足の先まで一気に暖かさが広がった。

「あと十分でホグワーツに着く。ハリー、大丈夫《だいじょうぶ》かい？」ルーピン先生が言った。

なぜ自分の名前を知っているのか、ハリーは聞かなかった。

「はい」バツが悪くて、ハリーはつぶやくように答えた。

到着《とうちゃく》まで、みんな口数が少なかった。やっと、汽車はホグズミード駅で停車《ていしゃ》し、みんなが下車するのでひと騒動《そうどう》だった。ふくろうがホーホー、猫はニャンニャン、ネビルのペットのヒキガエルは帽子《ぼうし》の下でゲロゲロ鳴いた。狭いプラットホームは凍《こお》るような冷たさで、氷のような雨が叩《たた》きつけていた。

「イッチ（一）年生はこっちだ！」

懐《なつ》かしい声が聞こえた。ハリー、ロン、ハーマイオニーが振り向くと、プラットホームの向こう端《はし》にハグリッドの巨大な姿の輪郭《りんかく》が見えた。びくびくの新入生を、例年のように湖を渡る旅に連れていくために、ハグリッドが手招《てまね》きしている。

「三人とも元気かー？」

ハグリッドが群れの頭越《ご》しに大声で呼びかけた。三人ともハグリッドに手を振ったが、話しかける機会《きかい》がなかった。周《まわ》りの人波《ひとなみ》が、三人をホームから逸《そ》れる方向へと押し流していた。三人ともその流れについていき、凸凹《でこぼこ》のぬかるんだ馬車道《ばしゃみち》に出た。そこに、ざっと百台の馬車が生徒たちを待ち受けていた。馬車は透明《とうめい》の馬に引かれている、と、ハリーはそう思うしかなかった。なにしろ、馬車に乗り込んで扉《とびら》を閉めると、独《ひと》りでに馬車が走りだし、ガタゴトと揺《ゆ》れながら隊列《たいれつ》を組んで進んでいくのだ。

馬車は微《かす》かに黴《かび》と藁《わら》の匂《にお》いがした。チョコレートを食べてから、気分がよくなってはいたが、ハリーはまだ体に力が入らなかった。ロンとハーマイオニーは、ハリーがまた気絶《きぜつ》することを恐れているかのように、横目でしょっちゅうハリーを見ていた。

馬車は壮大《そうだい》な鉄の門をゆるゆると走り抜けた。門の両脇《りょうわき》に石柱があり、そのてっぺんに羽を生《は》やしたイノシシの像が立っている。頭巾《ずきん》をかぶった、聳《そび》え立つような吸魂鬼《ディメンター》がここにも二人、門の両脇を警護《けいご》しているのをハリーは見た。またしても冷たい吐《は》き気に襲《おそ》われそうになり、ハリーはボコボコした座席のクッションに深々と寄《よ》り掛《か》かり、門を通過《つうか》し終わるまで目を閉じていた。城に向かう長い上り坂で、馬車はさらに速度を上げていった。ハーマイオニーは小窓から身を乗り出し、城の尖塔《せんとう》や大小の塔がだんだん近づいてくるのを眺《なが》めていた。ついに、ひと揺れして馬車が止まった。ハーマイオニーとロンが降《お》りた。

ハリーが降りる時、気取った、いかにもうれしそうな声が聞こえてきた。

「ポッター、**気絶《きぜつ》した**んだって？　ロングボトムは本当のことを言ってるのかな？　本当に**気絶なんか**したのかい？」

マルフォイは肘《ひじ》でハーマイオニーを押しのけ、ハリーと城への石段との間に立ちはだかった。喜びに顔を輝《かがや》かせ、薄青《うすあお》い目が意地悪《いじわる》に光っている。

「失《う》せろ、マルフォイ」ロンは歯を食いしばっていた。

「ウィーズリー、君も気絶したのか？」マルフォイは大声で言った。「あのこわーい吸魂鬼《ディメンター》で、ウィーズリー、君も縮み上がったのかい？」

「どうしたんだい？」

穏《おだ》やかな声がした。ルーピン先生が次の馬車から降《お》りてきたところだった。

マルフォイは横柄《おうへい》な目つきでルーピン先生をじろじろ見た。その目でローブの継《つ》ぎはぎや、ボロボロのカバンを眺《なが》め回した。

「いいえ、何も——えーと——**先生**」

マルフォイの声に微《かす》かに皮肉《ひにく》が込《こ》められていた。クラッブとゴイルに向かってにんまり笑い、マルフォイは二人を引き連れて城への石段を上った。

ハーマイオニーがロンの背中を突ついて急がせた。生徒の群《むら》がる石段を、三人は群れに混《ま》じって上がり、正面玄関《げんかん》の巨大な樫《かし》の扉《とびら》を通り、広々とした玄関《げんかん》ホールに入った。そこは松明《たいまつ》で明々《あかあか》と照らされ、上階に通ずる壮大《そうだい》な大理石《だいりせき》の階段があった。

右のほうに大広間《おおひろま》への扉が開いていた。ハリーは群れの流れについて中に入った。大広間の天井《てんじょう》は、魔法で今日の夜空と同じ雲の多い真っ暗な空に変えられていたが、それをひと目見る間もなく、誰かに名前を呼ばれた。

「ポッター！　グレンジャー！　二人とも私《わたくし》のところにおいでなさい！」

二人が驚いて振り向くと、「変身術《へんしんじゅつ》」の先生でグリフィンドールの寮監《りょうかん》、マクゴナガル先生が、生徒たちの頭越《ご》しに向こうのほうから呼んでいた。厳格《げんかく》な顔をした先生で、髪《かみ》をきっちりと髷《まげ》に結《ゆ》い、四角い縁《ふち》のメガネの奥に鋭《するど》い目があった。人混《ひとご》みをかき分けて先生のほうに歩きながら、ハリーは不吉な予感がした。マクゴナガル先生はなぜか、自分が悪いことをしたに違いないという気持にさせる。

「そんな心配そうな顔をしなくてよろしい。――ちょっと私《わたくし》の事務室《じむしつ》で話があるだけです」

先生は二人にそう言った。

「ウィーズリー、あなたはみんなと行きなさい」

マクゴナガル先生がハリーとハーマイオニーを引き連れて、にぎやかな生徒の群れから離《はな》れていくのを、ロンはじっと見つめていた。二人は先生について、玄関ホールを横切り、大理石の階段を上がり、廊下《ろうか》を歩いた。

事務室に着くと、先生は二人に座るよう合図《あいず》した。小さな部屋には、心地よい暖炉《だんろ》の火が勢いよく燃えていた。先生は事務机の向こう側に座り、唐突《とうとつ》に切り出した。

「ルーピン先生が前もってふくろう便《びん》をくださいました。ポッター、汽車の中で気分が悪くなったそうですね」

ハリーが答える前に、ドアを軽くノックする音がした。校医のマダム・ポンフリーが気ぜわしく入ってきた。

ハリーは顔が熱くなるのを感じた。気絶《きぜつ》したのか、何だったのかは別にして、それだけでも十分恥ずかしいのに、みんなが大騒ぎするなんて。

「僕《ぼく》、大丈夫《だいじょうぶ》です。何にもする必要がありません」ハリーが言った。

「おや、またあなたなの?」

マダム・ポンフリーはハリーの言葉を無視《むし》し、屈《かが》み込《こ》んでハリーを近々と見つめた。

「さしずめ、また何か危険《きけん》なことをしたのでしょう？」

「ポッピー、吸魂鬼《ディメンター》なのよ」マクゴナガル先生が言った。

二人は暗い表情で目を見交《みか》わした。マダム・ポンフリーは不満そうな声を出した。

「吸魂鬼を学校の周《まわ》りに放《はな》つなんて」

マダム・ポンフリーはハリーの前髪《まえがみ》をかき上げて額《ひたい》の熱を測《はか》りながらつぶやいた。

「倒れるのはこの子だけではないでしょうよ。そう、この子はすっかり冷えきってます。恐ろしい連中ですよ、あいつらは。もともと繊細《せんさい》な者に連中がどんな影響《えいきょう》を及ぼすことか――」

「僕、繊細じゃありません！」ハリーは反発した。

「ええ、そうじゃありませんとも」

マダム・ポンフリーは、今度はハリーの脈を取りながら、上《うわ》の空で答えた。

「この子にはどんな処置《しょち》が必要ですか？」

マクゴナガル先生がきびきびと聞いた。

「絶対安静《ぜったいあんせい》ですか？　今夜は病棟《びょうとう》に泊《と》めたほうがよいのでは？」

「僕、**大丈夫です！**」

ハリーは弾《はじ》けるように立ち上がった。病棟に入院させられたとなればドラコ・マルフォイに何を言われるか、考えただけで苦痛《くつう》だった。

「そうね、少なくともチョコレートは食べさせないと」

今度はハリーの目を覗《のぞ》き込もうとしながら、マダム・ポンフリーが言った。

「もう食べました。ルーピン先生がくださいました。みんなにくださったんです」

ハリーが言った。

「そう。本当に？」マダム・ポンフリーは満足げだった。「それじゃ、『闇《やみ》の魔術《まじゅつ》に対する防《ぼう》衛術《えいじゅつ》』の先生がやっと見つかったということね。治療法《ちりょうほう》を知っている先生が」

「ポッター、本当に大丈夫なのですね？」マクゴナガル先生が念《ねん》を押した。

「**はい**」ハリーが答えた。

「いいでしょう。ミス・グレンジャーとちょっと時間割の話をする間、外で待っていらっしゃい。それから一緒《いっしょ》に宴会《えんかい》に参《まい》りましょう」

ハリーはマダム・ポンフリーと一緒に廊下《ろうか》に出た。マダム・ポンフリーはまだブツブツ独《ひと》り言《ごと》を言いながら医務室《いむしつ》に戻《もど》っていった。ほんの数分待っただけで、ハーマイオニーがなんだかひどくうれしそうな顔をして現れた。そのあとからマクゴナガル先生が出てきた。三人でさっき上ってきた大理石《だいりせき》の階段を下り、大広間《おおひろま》に戻《もど》った。

尖《と》んがり三角帽子《ぼうし》がずらりと並んでいた。寮《りょう》の長テーブルにはそれぞれの寮生が座り、テーブルの上に浮いている何千本という蝋燭《ろうそく》の灯《あか》りに照らされて、みんなの顔がチラチラ輝《かがや》いていた。くしゃくしゃな白髪《はくはつ》の小さな魔法使い、フリットウィック先生が、古めかしい帽子と三本脚《あし》の丸椅子《まるいす》を大広間から運び出していた。

「あー」ハーマイオニーが小声で言った。「組分けを見逃《みのが》しちゃった！」

ホグワーツの新入生は「組分け帽子」をかぶって、入る寮を決めてもらう。帽子が、一番ふさわしい寮の名前（グリフィンドール、レイブンクロー、ハッフルパフ、スリザリン）を大声で発表するのだ。マクゴナガル先生は教職員《きょうしょくいん》テーブルの自分の席へと闊歩《かっぽ》し、ハリーとハーマイオニーは反対方向のグリフィンドールのテーブルに、できるだけ目立たないように歩いた。大広間の後ろのほうを二人が通ると、周《まわ》りの生徒が振り返り、ハリーを指差《ゆびさ》す生徒も何人かいた。吸魂鬼《ディメンター》の前で倒れたという話が、そんなに早く伝わったのだろうか？

ロンが席を取っていてくれた。ハリーとハーマイオニーは、ロンの両脇《りょうわき》に座った。

「いったい何だったの？」ロンが小声でハリーに聞いた。

ハリーが耳打ちで説明をしはじめた時、校長先生が挨拶《あいさつ》するために立ち上がったので、ハリーは話を中断した。

ダンブルドア校長は相当の年齢《ねんれい》だったが、いつも偉大《いだい》なエネルギーを感じさせた。長い銀髪《ぎんぱつ》と顎鬚《あごひげ》は一メートルあまり、半月形《はんげつがた》のメガネを掛《か》け、鉤鼻《かぎばな》が極端《きょくたん》に折れ曲がっていた。しばしば、いまの時代のもっとも偉大な魔法使いと称《しょう》されていたが、しかしハリーはそれだからダンブルドアを尊敬《そんけい》していたのではなかった。アルバス・ダンブルドアは誰もが自然に信用したくなる気持にさせる。ハリーはダンブルドアがにっこりと生徒たちに笑いかけるのを見ながら、吸魂鬼がコンパートメントに入ってきた時以来初めて、心から安らいだ気持になっていた。

「おめでとう！」

ダンブルドアの顎鬚《あごひげ》が蝋燭《ろうそく》の光でキラキラ輝《かがや》いた。

「新学期おめでとう！　皆にいくつかお知らせがある。一つはとても深刻《しんこく》な問題じゃから、皆がご馳走《ちそう》でぼーっとなる前に片づけてしまうほうがよかろうの……」

ダンブルドアは咳払《せきばら》いしてから言葉を続けた。

「ホグワーツ特急での捜査《そうさ》があったから、皆も知ってのとおり、わが校は、ただいまアズカバンの吸魂鬼《きゅうこんき》、つまりディメンターたちを受け入れておる。魔法省《まほうしょう》のご用でここに来ておるのじゃ」

ダンブルドアは言葉を切った。ハリーはウィーズリー氏が言ったことを思い出した……。吸魂鬼が学校を警備《けいび》することを、ダンブルドアは快く思っていない。

「吸魂鬼たちは学校への入口という入口を堅《かた》めておる。あの者たちがここにいるかぎり、はっきり言うておくが、誰も許可《きょか》なしで学校を離《はな》れてはならんぞ。吸魂鬼は悪戯《いたずら》や変装《へんそう》に引っかかるような代物《しろもの》ではない。――『透明《とうめい》マント』でさえムダじゃ」

ダンブルドアがさらりとつけ加えた言葉に、ハリーとロンはちらりと目を見交《みか》わした。

「言い訳《わけ》やお願いを聞いてもらおうとしても、吸魂鬼には生来《せいらい》できない相談じゃ。それじゃから、一人ひとりに注意しておく。あの者たちが皆に危害《きがい》を加えるような口実を与えるではないぞ。監督生《かんとくせい》よ、男子、女子それぞれの新任《しんにん》の首席《しゅせき》よ、頼みましたぞ。誰一人として吸魂鬼といざこざを起こすことのないよう気をつけるのじゃぞ」

ハリーから数席離れて座っていたパーシーが、またまた胸を張《は》り、もったいぶって周《まわ》りを見回した。ダンブルドアはまた言葉を切り、深刻《しんこく》そのものの顔つきで大広間《おおひろま》をぐるっと見渡《みわた》した。誰一人身動きもせず、声を出す者もいなかった。

「楽しい話に移ろうかの」

ダンブルドアが言葉を続けた。

「今学期から、うれしいことに、新任《しんにん》の先生を二人、お迎《むか》えすることになった」

「まず、ルーピン先生。ありがたいことに、空席になっている『闇《やみ》の魔術《まじゅつ》に対する防衛術《ぼうえいじゅつ》』の担当をお引き受けくださった」

パラパラとあまり気のない拍手《はくしゅ》が起こった。ルーピン先生と同じコンパートメントに居合《いあ》わせた生徒だけが、ハリーも含《ふく》めて、大きな拍手をした。ルーピン先生は、一帳羅《いっちょうら》を着込《きこ》んだ先生方の間で、いっそうみすぼらしく見えた。

「スネイプを見てみろよ」ロンがハリーの耳元で囁《ささや》いた。

「魔法薬学《まほうやくがく》」のスネイプ先生が教職員《きょうしょくいん》テーブルの向こう側からルーピン先生のほうを睨《にら》んでいた。スネイプが「闇の魔術に対する防衛術」の席を狙《ねら》っているのは周知《しゅうち》の事実だった。それでも、頬《ほお》のこけた土気色《つちけいろ》の顔を歪《ゆが》めているスネイプのいまの表情には、スネイプが大嫌いなハリーでさえ、どきりとするものがあった。怒りを通り越《こ》して、憎《にく》しみの表情だ。ハリーにはおなじみの、あの表情、スネイプがハリーを見るときの目つきそのものだ。

「もう一人の新任《しんにん》の先生は」

ルーピン先生へのパッとしない拍手《はくしゅ》がやむのを待って、ダンブルドアが続けた。

「ケトルバーン先生は『魔法生物飼育学《まほうせいぶつしいくがく》』の先生じゃったが、残念ながら前年度末をもって退職《たいしょく》なさることになった。手足が一本でも残っているうちに余生《よせい》を楽しまれたいとのことじゃ。そこで後任《こうにん》じゃが、うれしいことに、ほかならぬルビウス・ハグリッドが、現職《げんしょく》の森番役に加えて教鞭《きょうべん》を取ってくださることになった」

ハリー、ロン、ハーマイオニーは驚いて顔を見合わせた。そして三人ともみんなと一緒《いっしょ》に拍手した。とくにグリフィンドールからの拍手は割れんばかりだった。ハリーが身を乗り出してハグリッドを見ると、夕日のように真《ま》っ赤《か》な顔をして自分の巨大な手を見つめていた。うれしそうにほころんだ顔も真っ黒なもじゃもじゃ髭《ひげ》に埋《うず》もれていた。

「そうだったのか！」ロンがテーブルを叩《たた》きながら叫《さけ》んだ。

「噛《か》みつく本を教科書指定《してい》するなんて、ハグリッド以外にいないよな？」

ハリー、ロン、ハーマイオニーは一番最後まで拍手し続けた。ダンブルドア校長がまた話しはじめた時、ハグリッドがテーブルクロスで目を拭《ぬぐ》ったのを、三人はしっかりと見た。

「さて、これで大切な話はみな終わった」ダンブルドアが宣言《せんげん》した。

「さあ、宴《うたげ》じゃ！」

目の前の金の皿、金の杯《さかずき》に突然《とつぜん》食べ物が、飲み物が現れた。ハリーは急に腹ぺこになり、手当たりしだいガツガツ食べた。

すばらしいご馳走《ちそう》だった。大広間《おおひろま》には話し声、笑い声、ナイフやフォークの触《ふ》れ合う音がにぎやかに響《ひび》き渡《わた》った。それでも、ハリー、ロン、ハーマイオニーは宴会《えんかい》が終わってハグリッドと話をするのが待ち遠しかった。先生になるということがハグリッドにとってどんなにうれしいことなのか、三人にはよくわかっていた。ハグリッドは一人前の魔法使いではなかった。三年生の時、無実の罪《つみ》でホグワーツから退校処分《たいこうしょぶん》を受けたのだ。ハリー、ロン、ハーマイオニーの三人が、一年前ハグリッドの名誉《めいよ》を回復《かいふく》した。

いよいよ最後に、かぼちゃタルトが金の皿から溶《と》けるようになくなり、ダンブルドアが皆寝《ね》る時間だと宣言し、やっと話すチャンスがやってきた。

「おめでとう、ハグリッド！」

三人で教職員《きょうしょくいん》テーブルに駆《か》けよりながら、ハーマイオニーが黄色い声をあげた。

「みんな、あんたたち三人のおかげだ」

テカテカに光った顔をナプキンで拭い、ハグリッドは三人を見上げた。

「信じらんねぇ……偉《えら》いお方だ、ダンブルドアは……。ケトルバーン先生がもうたくさんだって言いなすってから、まーっすぐ俺《おれ》の小屋に来なさった……こいつは俺がやりたくてたまんなかったことなんだ……」

感極《かんきわ》まって、ハグリッドはナプキンに顔を埋《うず》めた。マクゴナガル先生が三人にあっちに行きなさいと合図《あいず》した。

三人はグリフィンドール生に混《ま》じって大理石《だいりせき》の階段を上り、すっかり疲れ果てて、またまた廊下《ろうか》を通り、またまた階段を上がり、グリフィンドール塔《とう》の秘密《ひみつ》の入口にたどり着いた。ピンクのドレスを着た「太った婦人《レディ》」の大きな肖像画《しょうぞうが》が尋《たず》ねた。

「合言葉《あいことば》は？」

「道を空《あ》けて！　道を空けて！」後ろのほうからパーシーが叫ぶ声がした。

「新しい合言葉《あいことば》は『フォルチュナ・マジョール！　たなぼた！』」

「あーあ」

ネビル・ロングボトムが悲しげな声を出した。合言葉を覚えるのがいつもひと苦労なのだ。肖像画《しょうぞうが》の裏《うら》の穴を通り、談話室《だんわしつ》を横切り、女子寮《りょう》と男子寮に別れ、それぞれの階段を上がった。ハリーは螺旋《らせん》階段を上りながら、頭の中はただただ帰ってこられてうれしいという想《おも》いで一杯《いっぱい》だった。懐《なつ》かしい、円形の寝室《しんしつ》には四本柱《よんほんばしら》の天蓋《てんがい》つきベッドが五つ置かれていた。ハリーはぐるりと見回して、やっと我が家に帰ってきたような気がした。

第6章

CHAPTER SIX
Talons and Tea Leaves

鉤爪と茶の葉

翌朝《よくあさ》、ハリー、ロン、ハーマイオニーが朝食をとりに大広間《おおひろま》に行くと、最初にドラコ・マルフォイが目に入った。どうやら、とてもおかしな話をして大勢《おおぜい》のスリザリン生を沸《わ》かせているらしい。三人が通り過ぎる時、マルフォイはバカバカしい仕種《しぐさ》で気絶《きぜつ》するまねをした。どっと笑い声があがった。

「知らんぷりよ」ハリーのすぐ後ろにいたハーマイオニーが言った。

「無視《むし》して。相手にするだけ損……」

「あーら、ポッター！」

パグ犬のような顔をしたスリザリンの女子寮生《りょうせい》、パンジー・パーキンソンが甲高《かんだか》い声で呼びかけた。

「ポッター！　吸魂鬼《ディメンター》が来るわよ。ほら、ポッター！　うううううううう！」

ハリーはグリフィンドールの席にドサッと座った。隣《となり》にジョージ・ウィーズリーがいた。

「三年生の新学期の時間割だ」ジョージが時間割を手渡《てわた》しながら聞いた。

「ハリー、何かあったのか？」

「マルフォイのやつ」

ジョージの向こう隣に座り、スリザリンのテーブルを睨《にら》みつけながら、ロンが言った。

ジョージが目をやると、ちょうど、マルフォイが、またしても恐怖《きょうふ》で気絶するまねをしているところだった。

「あの、ろくでなし野郎」ジョージは落ち着いたものだ。「昨日《きのう》の夜はあんなに気取っちゃいられなかったようだぜ。列車の中で吸魂鬼がこっちに近づいてきた時、俺《おれ》たちのコンパートメントに駆《か》け込《こ》んできたんだ。なぁ、フレッド?」

「ほとんどお漏《も》らししかかってたぜ」フレッドが軽蔑《けいべつ》の目でマルフォイを見た。

「俺だってうれしくはなかったさ」ジョージが言った。「あいつら、恐ろしいよな。あの吸魂鬼ってやつらは」

「なんだか体の内側を凍《こお》らせるんだ。そうだろ?」フレッドだ。

「だけど、気を失ったりしなかっただろ?」ハリーが低い声で聞いた。

「忘れろよ、ハリー」ジョージが励《はげ》ますように言った。

「親父《おやじ》がいつだったかアズカバンに行かなきゃならなかった。フレッド、覚えてるか? あんなひどいところは行ったことがないって、親父が言ってたよ。帰ってきた時にゃ、すっかり弱って、震《ふる》えてたな……。やつらは幸福ってものをその場から吸い取ってしまうんだ。吸魂鬼ってやつは。あそこじゃ、囚人《しゅうじん》はだいたい気が狂っちまう」

「ま、俺たちとのクィディッチ第一戦のあとでマルフォイがどのくらい幸せでいられるか、拝見《はいけん》しようじゃないか」フレッドが言った。

「グリフィンドール対スリザリン。シーズン開幕《かいまく》の第一戦だ。覚えてるか?」

ハリーとマルフォイがクィディッチで対戦《たいせん》したのはたった一度で、マルフォイの完全な負けだった。少し気をよくして、ハリーはソーセージと焼トマトに手を伸ばした。

ハーマイオニーは新しい時間割を調べていた。

「わあ、うれしい。今日から新しい学科がもう始まるわ」幸せそうな声だ。

「ねえ、ハーマイオニー」ロンがハーマイオニーの肩越《ご》しに覗《のぞ》き込《こ》んで顔をしかめた。

「君の時間割、メチャクチャじゃないか。ほら――一日に十科目もあるぜ。そんなに**時間**があるわけないよ」

「なんとかなるわ。マクゴナガル先生と一緒《いっしょ》にちゃんと決めたんだから」

「でも、ほら」ロンが笑いだした。「この日の午前中、わかるか？　九時、『占《うらな》い学《がく》』。そして、その下だ。九時、『マグル学』。それから――」

まさか、とロンは身を乗り出して、よくよく時間割を見た。

「**おいおい**――その下に、『数占《かずうらな》い学《がく》』、**九時**ときたもんだ。そりゃ、君が優秀《ゆうしゅう》なのは知ってるよ、ハーマイオニー。だけど、**そこまで**優秀な人間がいるわけないだろ。三つの授業《じゅぎょう》にいっぺんにどうやって出席するんだ？」

「バカ言わないで。一度に三つのクラスに出るわけないでしょ」

ハーマイオニーは口早《くちばや》に答えた。

「じゃ、どうなんだ――」

「ママレード取ってくれない」ハーマイオニーが言った。

「だけど――」

「ねえ、ロン。私の時間割がちょっと詰《つ》まってるからって、あなたには関係ないでしょ？」

ハーマイオニーがぴしゃりと言った。

「言ったでしょ。私、マクゴナガル先生と一緒に決めたの」

その時、ハグリッドが大広間《おおひろま》に入ってきた。長い厚手木綿《モールスキン》のオーバーを着て、片方の巨大な手にケナガイタチの死骸《しがい》をぶら下げ、無意識《むいしき》にぐるぐる振り回している。

「元気か？」

教職員《きょうしょくいん》テーブルのほうに向かいながら、立ち止まってハグリッドが真顔《まがお》で声をかけた。

「おまえさんたちが俺《おれ》のイッチ番最初の授業《じゅぎょう》だ！　昼食のすぐあとだぞ！　五時起きして、何だかんだ準備《じゅんび》してたんだ……うまくいきゃいいが……俺が、先生……いやはや……」

ハグリッドはいかにもうれしそうにニコーッと笑い、教職員テーブルに向かった。まだケナガイタチをぐるぐる振り回している。

「何の準備をしてたんだろ？」ロンの声はちょっぴり心配そうだった。

生徒が各々《おのおの》最初の授業に向かいはじめ、大広間がだんだん空《から》になってきた。ロンが自分の時間割を調べた。

「僕《ぼく》たちも行ったほうがいい。ほら、『占い学』は北塔《きたとう》のてっぺんでやるんだ。着くのに十分はかかる……」

慌《あわ》てて朝食をすませ、フレッドとジョージにさよならを言って、三人は来た時と同じように大広間を横切った。スリザリンのテーブルを通り過ぎる時、マルフォイがまたもや気絶《きぜつ》するふりをした。どっと笑う声が、ハリーが玄関《げんかん》ホールに入るまで追いかけてきた。

城の中を通って北塔へ向かう道のりは遠かった。ホグワーツで二年を過ごしても、城の隅々《すみずみ》までを知り尽《つ》くしてはいなかった。しかも、北塔には入ったことがなかった。

「どっか――ぜったい――近――道が――ある――はず――だ」

七つ目の長い階段を上り、見たこともない踊《おど》り場《ば》にたどり着いた時、ロンがあえぎながら言った。あたりには何もなく、石壁《いしかべ》にぽつんと、だだっ広い草地の大きな絵が一枚かかっていた。

「こっちだと思うわ」右のほうの人気《ひとけ》のない通路《つうろ》を覗《のぞ》いて、ハーマイオニーが言った。

「そんなはずない」ロンだ。「そっちは南だ。ほら、窓から湖がちょっぴり見える……」

ハリーは絵を見物していた。太った灰色葦毛《あしげ》の馬がのんびりと草地に現れ、無頓着《むとんちゃく》に草を食《は》みはじめた。ホグワーツの絵は、中身が動いたり、額《がく》を抜け出して互いに訪問《ほうもん》したりする。ハリーはもう慣れっこになってはいたが、絵を見物するのはやはり楽しかった。まもなくずんぐりした小さい騎士《きし》が、鎧兜《よろいかぶと》をガチャつかせ、仔馬《こうま》を追いかけながら絵の中に現れた。鎧の膝《ひざ》のところに草がついているところからして、いましがた落馬《らくば》した様子だ。

「ヤーヤー！」ハリー、ロン、ハーマイオニーを見つけて騎士が叫《さけ》んだ。

「わが領地《りょうち》に侵入《しんにゅう》せし、ふとどきな輩《やから》は何者ぞ！　もしや、わが落馬を嘲《あざけ》りに来《きた》るか？　抜け、汝《なんじ》が刃《やいば》を。いざ、犬ども！」

小さな騎士が鞘《さや》を払い、剣《つるぎ》を抜き、怒りに跳《と》びはねながら荒々しく剣を振り回すのを、三人は驚いて見つめた。なにしろ剣が長すぎて、一段と激《はげ》しく振った拍子《ひょうし》にバランスを失い、騎士は顔から先に草地に突んのめった。

「大丈夫《だいじょうぶ》ですか？」ハリーは絵に近づいた。

「下がれ、下賤《げせん》のホラ吹きめ！　下がりおろう、悪党《あくとう》め！」

騎士は再び剣を握《にぎ》り、剣にすがって立ち上がろうとしたが、刃は深々と草地に突き刺《さ》さってしまった。騎士が金剛力《こんごうりき》で引いても、二度と再び抜くことはできなかった。ついに、騎士は草地にドッカリ座り込み、兜の前面を押し上げて汗まみれの顔を拭《ぬぐ》った。

「あの」騎士が疲労困憊《ひろうこんぱい》しているのに乗《じょう》じて、ハリーが声をかけた。

「僕《ぼく》たち、北塔《きたとう》を探してるんです。道をご存知《ぞんじ》ではありませんか？」

「探求《たんきゅう》であったか！」

騎士の怒りはとたんに消え去ったようだ。鎧をガチャつかせて立ち上がると、騎士は一声《ひとこえ》叫んだ。

「我《わ》が朋輩《ほうばい》よ、我《われ》に続け。求めよさらば見つからん。さもなくば突撃《とつげき》し、勇猛《ゆうもう》果敢《かかん》に果てるのみ！」

剣《つるぎ》を引《ひ》っ張《ぱ》り抜こうと、もう一度ムダなあがきをしたあと、太った仔馬《こうま》に跨《また》がろうとしてこれも失敗し、騎士《きし》はまた一声叫《ひとこえさけ》んだ。

「されば、徒歩《かち》あるのみ。紳士《しんし》、淑女諸君《しゅくじょしょくん》！　進め！　進め！」

騎士はガチャガチャ派手《はで》な音をさせて走り、額縁《がくぶち》の左側に飛び込《こ》み、見えなくなった。

三人は騎士を追って、鎧の音を頼りに廊下《ろうか》を急いだ。ときどき騎士が前方の絵の中を走り抜けるのが見えた。

「各々方《おのおのがた》ご油断召《ゆだんめ》さるな。最悪の時はいまだ至《いた》らず！」

騎士が叫んだ。フープスカート姿の婦人《ふじん》たちを描《えが》いた前方の絵の中で、驚き呆《あき》れる婦人方の真ん前に騎士の姿が現れた。その絵は狭い螺旋《らせん》階段の壁《かべ》に掛《か》かっていた。

ハリー、ロン、ハーマイオニーは息を切らしながら急な螺旋階段を上った。だんだん眩暈《めまい》がひどくなった。その時、上のほうで人声がした。やっと教室にたどり着いたのだ。

「さらばじゃ！」なにやら怪《あや》しげな僧侶《そうりょ》たちの絵に首を突っ込みながら、騎士が叫んだ。

「さらば、わが戦友《せんゆう》よ！　もしまた汝《なんじ》らが、高貴《こうき》な魂《たましい》、鋼鉄《こうてつ》の筋肉を必要とすることあらば、カドガン卿《きょう》を呼ぶがよい」

「そりゃ、お呼びしますとも」騎士がいなくなってからロンがつぶやいた。

「誰か変なのが必要になったらね」

最後の数段を上りきると、小さな踊《おど》り場《ば》に出た。他の生徒たちも大方《おおかた》そこに集まっていた。

踊り場からの出口はどこにもなかった。ロンがハリーを突ついて天井《てんじょう》を指差《ゆびさ》した。そこに丸い撥《は》ね扉《とびら》があり、真鍮《しんちゅう》の表札《ひょうさつ》がついている。

「シビル・トレローニー、『占《うらな》い学《がく》』教授《きょうじゅ》」ハリーが読みあげた。

「どうやってあそこに行くのかなぁ？」

その声に答えるかのように、撥ね扉がパッと開き、銀色の梯子《はしご》がハリーのすぐ足元に下りてきた。みんなしーんとなった。

「お先にどうぞ」ロンがニヤッと笑った。そこでハリーがまず上ることにした。

ハリーが行き着いたのはこれまで見たことがない奇妙《きみょう》な教室だった。むしろ、とても教室には見えない。どこかの屋根裏部屋《やねうらべや》と昔風《むかしふう》の紅茶専門店《せんもんてん》を掛け合わせたようなところだ。小さな丸テーブルがざっと二十卓《たく》以上、所狭《ところせま》しと並べられ、それぞれのテーブルの周《まわ》りには繻子張《しゅすば》りの肘掛椅子《ひじかけいす》やふかふかした小さな丸椅子が置かれていた。深紅《しんく》の仄暗《ほのぐら》い灯《あか》りが部屋を満たし、窓という窓のカーテンは閉めきられている。ランプはほとんどが暗赤色《あんせきしょく》のスカーフで覆《おお》われていた。息苦しいほどの暑さだ。暖炉《だんろ》の上にはいろいろなものがゴチャゴチャ置かれ、大きな銅のヤカンが火にかけられ、その火から、気分が悪くなるほどの濃厚《のうこう》な香《かお》りが漂《ただよ》っていた。丸い壁面一杯《へきめんいっぱい》に棚《たな》があり、埃《ほこり》をかぶった羽根《はね》、蝋燭《ろうそく》の燃えさし、何組ものボロボロのトランプ、数えきれないほどの銀色の水晶玉《すいしょうだま》、ずらりと並んだ紅茶カップなどが、雑然《ざつぜん》と詰《つ》め込まれていた。

ロンがハリーのすぐそばに現れ、他の生徒たちも二人の周《まわ》りに集まった。みんな声をひそめて話している。

「先生はどこだい?」ロンが言った。

暗がりの中から、突然《とつぜん》声がした。霧《きり》のかなたから聞こえるようなか細い声だ。

「ようこそ」声が言った。「この現世《うつしよ》で、とうとうみなさまにお目にかかれてうれしゅうございますわ」

大きな、キラキラした昆虫《こんちゅう》。ハリーはとっさにそう思った。トレローニー先生は暖炉《だんろ》の灯《あか》りの中に進み出た。みんなの目に映《うつ》ったのは、ひょろりとやせた女性だ。大きなメガネを掛《か》けて、そのレンズが先生の目を実物より数倍も大きく見せていた。スパンコールで飾《かざ》った透《す》き通るショールをゆったりとまとい、折《お》れそうな首から鎖《くさり》やビーズ玉を何本もぶら下げ、腕《うで》や手は腕輪《うでわ》や指輪《ゆびわ》で地肌《じはだ》が見えない。

「お掛けなさい。あたくしの子どもたちよ。さあ」

先生の言葉で、おずおずと肘掛椅子《ひじかけいす》に這《は》い上がる生徒もあれば、丸椅子に身を埋《うず》める者もあった。ハリー、ロン、ハーマイオニーは同じ丸テーブルの周りに腰掛けた。

「『占《うらな》い学《がく》』にようこそ」

トレローニー先生自身は、暖炉の前の、背もたれの高いゆったりした肘掛椅子に座った。

「あたくしがトレローニー教授《きょうじゅ》です。たぶん、あたくしの姿を見たことがないでしょうね。

ますの」

学校の俗世《ぞくせ》の騒がしさの中にしばしば降《お》りて参《まい》りますと、あたくしの『心眼《しんがん》』が曇《くも》ってしまいますの」

この思いもかけない宣告《せんこく》に、誰一人返す言葉もなかった。トレローニー先生はたおやかにショールをかけ直し、話を続けた。

「みなさまがお選びになったのは、『占い学』。魔法の学問の中でも一番難しいものですわ。はじめにお断《ことわ》りしておきましょう。『眼力《がんりき》』の備《そな》わっていない方には、あたくしがお教えできることはほとんどありませんのよ。この学問では、書物はあるところまでしか教えてくれませんの……」

この言葉で、ハリーとロンがニヤッとして、同時にハーマイオニーをチラッと見た。書物がこの学科にあまり役に立たないと聞いて、ハーマイオニーはひどく驚いていた。

「いかに優《すぐ》れた魔法使いや魔女たりとも、派手《はで》な音や匂《にお》いに優れ、雲隠《くもがく》れ術に長《た》けていても、未来の神秘《しんぴ》の帳《とばり》を見透《みす》かすことはできません」

巨大な目できらり、きらりと生徒たちの不安そうな顔を一人ひとり見ながら、トレローニー先生は話を続けた。

「かぎられたものだけに与えられる、『天分《てんぶん》』とも言えましょう。あなた、そこの男の子」

先生に突然話しかけられて、ネビルは長椅子から転《ころ》げ落ちそうになった。

「あなたのおばあさまはお元気？」

「元気だと思います」ネビルは不安にかられたようだった。

「あたくしがあなたの立場だったら、そんなに自信ありげな言い方はできませんことよ」

暖炉《だんろ》の火が、先生の長いエメラルドのイヤリングを輝《かがや》かせた。ネビルがゴクリと唾《つば》を飲んだ。トレローニー先生は穏《おだ》やかに続けた。

「一年間、占《うらな》いの基本的な方法をお勉強いたしましょう。今学期はお茶の葉を読むことに専念《せんねん》いたします。来学期は手相学《てそうがく》に進みましょう。ところで、あなた」

先生は急にパーバティ・パチルを見据《みす》えた。

「赤毛の男子にお気をつけあそばせ」

パーバティは目を丸くして、すぐ後ろに座っていたロンを見つめ、椅子《いす》を引いて少しロンから離《はな》れた。

「夏の学期には」トレローニー先生はかまわず続けた。「水晶玉《すいしょうだま》に進みましょう。――ただし、炎の呪《のろ》いを乗りきれたらでございますよ。つまり、不幸なことに、二月にこのクラスは性質《たち》の悪い流感《りゅうかん》で中断《ちゅうだん》されることになり、あたくし自身も声が出なくなりますの。イースターのころ、クラスの誰かと永久にお別れすることになりますわ」

この予告《よこく》で張《は》りつめた沈黙《ちんもく》が流れた。トレローニー先生は気にかける様子もない。

「あなた、よろしいかしら」

先生の一番近くにいたラベンダー・ブラウンが、座っていた椅子の中で身を縮《ちぢ》めた。

「一番大きな銀のティーポットを取っていただけないこと？」

ラベンダーはほっとした様子で立ち上がり、棚《たな》から巨大なポットを取ってきて、トレローニー先生のテーブルに置いた。

「まあ、ありがとう。ところで、あなたの恐れていることですけれど、十月十六日の金曜日に起こりますよ」

ラベンダーが震《ふる》えた。

「それでは、みなさま、二人ずつ組になってくださいな。棚から紅茶のカップを取って、あたくしのところへいらっしゃい。紅茶を注《つ》いでさし上げましょう。それからお座りになって、お飲みなさい。最後に滓《おり》が残るところまでお飲みなさい。左手でカップを持ち、滓をカップの内側に沿って三度回しましょう。それからカップを受け皿の上に伏《ふ》せてください。最後の一滴《いってき》が切れるのを待ってご自分のカップを相手に渡《わた》し、読んでもらいます。『未来《みらい》の霧《きり》を晴《は》らす』の五ページ、六ページを見て、葉の模様《もよう》を読みましょう。あたくしはみなさまの中に移動して、お助けしたり、お教えしたりいたしますわ。あぁ、それから、あなた――」

ちょうど立ち上がりかけていたネビルの腕《うで》を押さえ、先生が言った。

「一個目のカップを割ってしまったら、次のはブルーの模様《もよう》の入ったのにしてくださる？　あたくし、ピンクのが気に入ってますのよ」

まさにそのとおり、ネビルが棚に近よったとたん、カチャンと陶磁器《とうじき》の割れる音がした。トレローニー先生がほうきと塵取《ちりと》りを持って、すーっとネビルのそばにやってきた。

「ブルーのにしてね。よろしいかしら。……ありがとう……」

ハリーとロンのカップにお茶が注《つ》がれ、二人ともテーブルに戻《もど》り、火傷《やけど》するようなお茶を急いで飲んだ。トレローニー先生に言われたとおり、滓《おり》の入ったカップを回し、水気を切り、それから二人で交換《こうかん》した。

「よしと！」二人で五ページと六ページを開けながら、ロンが言った。

「僕《ぼく》のカップに何が見える？」

「ふやけた茶色いものがいっぱい」

ハリーが答えた。部屋に漂《ただよ》う濃厚《のうこう》な香料《こうりょう》の匂《にお》いでハリーは眠くなり、頭がぼーっとなった。

「子どもたちよ、心を広げるのです。そして自分の目で俗世《ぞくせ》を見透《みす》かすのです！」

トレローニー先生が薄暗《うすくら》がりの中で声を張《は》りあげた。ハリーは集中しようとがんばった。

「よーし。なんだか歪《ゆが》んだ十字架《じゅうじか》があるよ……」

ハリーは「未来《みらい》の霧《きり》を晴《は》らす」を参照《さんしょう》しながら言った。

「ということは、『試練《しれん》と苦難《くなん》』が君を待ち受ける――気の毒《どく》に――。でも、太陽らしきものがあるよ。ちょっと待って……これは『大いなる幸福』だ……それじゃ、君は苦しむけどとっても幸せ……」

「君、はっきり言うけど、心眼《しんがん》の検査《けんさ》をしてもらう必要ありだね」

ロンの言葉で、吹き出しそうになるのを、二人は必死《ひっし》で押し殺した。トレローニー先生がこっちのほうをじっと見たからだ。

「じゃ、僕の番だ……」

ロンがまじめに額《ひたい》に皺《しわ》をよせ、ハリーのカップをじっと見た。

「何か山高帽《やまたかぼう》みたいな形になってる」ロンの予言《よげん》だ。「魔法省《まほうしょう》で働くことになるかも……」

ロンはカップを逆《さか》さまにした。

「だけど、こう見るとむしろどんぐりに近いな……これはなんだろなぁ？」

ロンは「未来の霧を晴らす」をずっとたどった。

「たなぼた、予期《よき》せぬ大金。すげえ。少し貸してくれ。それからこっちにもなんかあるぞ」

ロンはまたカップを回した。

「なんか動物みたい。ウン、これが頭なら……カバかな……いや、羊かも……」

ハリーが思わず吹き出したので、トレローニー先生がくるりと振り向いた。

「あたくしが見てみましょうね」

咎《とが》めるようにロンにそう言うと、先生はすーっとやってきて、ハリーのカップをロンから素《す》早《ばや》く取り上げた。

トレローニー先生はカップを時計と反対回りに回しながらじっと中を見た。みんながしーんとなって見つめた。

「隼《はやぶさ》……まあ、あなたは恐ろしい敵《てき》をお持ちね」

「でも、誰でも**そんなこと**知ってるわ」

ハーマイオニーが聞こえよがしに囁《ささや》いた。トレローニー先生は、キッとハーマイオニーを睨《にら》んだ。

「だって、そうなんですもの。ハリーと『例《れい》のあの人』のことはみんな知ってるわ」

ハリーもロンも驚きと賞賛《しょうさん》の入り交《ま》じった目でハーマイオニーを見た。ハーマイオニーが先生に対してこんな口の利《き》き方をするのを、二人は見たことがなかった。トレローニー先生はあえて反論《はんろん》しなかった。大きな目を再びハリーのカップに戻《もど》し、またカップを回しはじめた。

「棍棒《こんぼう》……攻撃《こうげき》。おや、まあ、これは幸せなカップではありませんわね……」

「僕《ぼく》、それは山高帽だと思ったけど」ロンがおずおずと言った。

「髑髏《どくろ》……行く手に危険《きけん》が。まあ、あなた……」

みんながその場に立ちすくみ、じっとトレローニー先生を見つめる中で、先生は最後にもう一度カップを回した。そしてハッと息を呑《の》み、悲鳴《ひめい》をあげた。

またしてもカチャンと陶磁器《とうじき》の割れる音がした。ネビルが二個めのカップを割ったのだ。トレローニー先生は空《あ》いていた肘掛椅子《ひじかけいす》に身を沈《しず》め、ピカピカ飾りたてた手を胸に当て、目を閉じていた。

「おお――かわいそうな子――いいえ――言わないほうがよろしいわ――ええ――お聞きに

ならないでちょうだい……」

「先生、どういうことですか?」

ディーン・トーマスがすぐさま聞いた。みんな立ち上がり、そろそろとハリーとロンのテーブルの周《まわ》りに集まり、ハリーのカップをよく見ようと、トレローニー先生の座っている椅子に接近《せっきん》した。

「まあ、あなた」トレローニー先生の巨大な目がドラマチックに見開かれた。

「あなたにはグリムが取《と》り憑《つ》いています」

「何がですって?」ハリーが聞いた。

ハリーだけが知らないわけではないと、察《さっ》しはついた。ディーン・トーマスはハリーに向かって肩をすくめて見せたし、ラベンダー・ブラウンはわけがわからないという表情だった。しかし、他のほとんどの生徒は恐怖《きょうふ》のあまりパッと手で口を覆《おお》った。

「グリム、あなた、死神犬《しにがみけん》ですよ!」

トレローニー先生は、ハリーに通じなかったのがショックだったらしい。

「墓場《はかば》に取り憑く巨大な亡霊犬《ぼうれいけん》です! かわいそうな子。これは不吉な予兆《よちょう》――大凶《だいきょう》の前兆《ぜんちょう》――**死**の予告《よこく》です!」

ハリーは胃にグラッときた。フローリシュ・アンド・ブロッツ書店にあった「**死の前兆**」の表紙の犬――マグノリア・クレセント通りの暗がりにいた犬……ラベンダー・ブラウンも今度は口を両手で押さえた。みんながハリーを見た。いや、一人だけは違った。ハーマイオニーだけは、立ち上がってトレローニー先生の椅子《いす》の後ろに回った。

「死神犬《グリム》には見えないと思うわ」ハーマイオニーは容赦《ようしゃ》なく言った。

トレローニー先生は、嫌悪感《けんおかん》を募《つの》らせてハーマイオニーをじろりと品定《しなさだ》めした。

「こんなことを言ってごめんあそばせ。あなたにはほとんどオーラが感じられませんのよ。未来の響《ひび》きへの感受性《かんじゅせい》というものがほとんどございませんわ」

シェーマス・フィネガンは首を左右に傾けていた。

「こうやって見ると死神犬らしく見えるよ」シェーマスはほとんど両目を閉じていた。

「でもこっちから見るとむしろロバに見えるな」今度は左に首を傾けていた。

「僕《ぼく》が死ぬか死なないか、さっさと決めたらいいだろう！」

自分でも驚きながらハリーはそう言った。もう誰もハリーをまっすぐ見ようとはしなかった。

「今日の授業《じゅぎょう》はここまでにいたしましょう」

トレローニー先生が一段と霧《きり》のかなたのような声で言った。

「そう……どうぞお片づけなさってね……」

みんな押し黙《だま》ってカップをトレローニー先生に返し、教科書をまとめ、カバンを閉じた。ロンまでがハリーの目を避《さ》けていた。

「またお会いする時まで」トレローニー先生が消え入るような声で言った。

「みなさまが幸運でありますよう。ああ、あなた——」先生はネビルを指差《ゆびさ》した。「あなたは次の授業に遅れるでしょう。ですから授業についていけるよう、とくによくお勉強なさいね」

ハリー、ロン、ハーマイオニーは無言でトレローニー先生の梯子《はしご》を下り、曲がりくねった階段を下り、マクゴナガル先生の「変身術《へんしんじゅつ》」のクラスに向かった。マクゴナガル先生の教室を探し当てるのにずいぶん時間がかかり、「占《うらな》い術《じゅつ》」のクラスを早く出たわりには、ぎりぎりだった。

ハリーは教室の一番後ろの席を選んだが、それでも眩《まぶ》しいスポットライトにさらされているような気がした。クラス中がまるでハリーがいつ何時《なんどき》ばったり死ぬかわからないと言わんばかりに、ハリーをちらりちらりと盗《ぬす》み見ていた。マクゴナガル先生が「動物もどき《アニメーガス》（自由に動物に変身できる魔法使い）」について話しているのもほとんど耳に入らなかった。先生がみんなの目の前で、目の周《まわ》りにメガネと同じ形の縞《しま》があるトラ猫に変身したのを見てもいなかった。

「まったく、今日はみんなどうしたんですか？」

マクゴナガル先生は**ポン**という軽い音とともに元の姿に戻《もど》るなり、クラス中を見回した。

「別にかまいませんが、私《わたくし》の変身がクラスの拍手《はくしゅ》を浴《あ》びなかったのはこれが初めてです」

みんながいっせいにハリーのほうを振り向いたが、誰もしゃべらない。するとハーマイオニーが手を挙《あ》げた。

「先生、私たち、『占い学《うらながく》』の最初のクラスを受けてきたばかりなんです。お茶の葉を読んで、それで――」

「ああ、そういうことですか」マクゴナガル先生は顔をしかめた。

「ミス・グレンジャー、それ以上は言わなくて結構《けっこう》です。今年はいったい誰が死ぬことになったのですか?」

みんないっせいに先生を見つめた。

「僕《ぼく》です」しばらくしてハリーが答えた。

「わかりました」マクゴナガル先生は、きらりと光る目でハリーをしっかりと見た。

「では、ポッター、教えておきましょう。シビル・トレローニーは本校に着任《ちゃくにん》してからというもの、一年に一人の生徒の死を予言《よげん》してきました。いまだに誰一人として死んではいません。死の前兆《ぜんちょう》を予言するのは、新しいクラスを迎《むか》えるときのあの方のお気に入りの流儀《りゅうぎ》です。私《わたくし》は同僚《どうりょう》の先生の悪口はけっして言いません。それでなければ――」

マクゴナガル先生はここで一瞬《いっしゅん》言葉を切った。みんなは先生の鼻の穴が大きく膨《ふく》らむのを見た。それから先生は、少し落ち着きを取り戻《もど》して話を続けた。

「『占い学』というのは魔法の中でも一番不正確《ふせいかく》な分野の一つです。私《わたくし》があの分野に関しては忍耐《にんたい》強くないということを、皆さんに隠すつもりはありません。真の予言者《よげんしゃ》はめったにいません。そしてトレローニー先生は……」マクゴナガル先生は再び言葉を切り、ごく当たり前の調子で言葉を続けた。

「ポッター、私《わたくし》の見るところ、あなたは健康そのものです。ですから、今日の宿題を免除《めんじょ》したりいたしませんからそのつもりで。ただし、もしあなたが死んだら、提出《ていしゅつ》しなくても結構です」

ハーマイオニーが吹き出した。ハリーはちょっぴり気分が軽くなった。トレローニー先生の教室の、赤い仄暗《ほのぐら》い灯《あか》りとぼーっとなりそうな香水《こうすい》から離《はな》れてみれば、紅茶の葉の塊《かたまり》ごときに恐れをなすのはかえっておかしいように思えた。しかし、みんながそう思ったわけではない。ロンはまだ心配そうだったし、ラベンダーは「でも、ネビルのカップはどうなの？」と囁《ささや》いた。

「変身術《へんしんじゅつ》」の授業《じゅぎょう》が終わり、三人はどやどやと昼食に向かう生徒たちに混《ま》じって、大広間《おおひろま》に移動した。

「ロン、元気出して」

ハーマイオニーがシチューの大皿をロンのほうに押しながら言った。

「マクゴナガル先生のおっしゃったこと、聞いたでしょう」

ロンはシチューを自分の小皿に取り分け、フォークを手にしたが、口をつけなかった。

「ハリー」ロンが低い深刻《しんこく》な声で呼びかけた。

「君、どこかで大きな黒い犬を見かけたり**しなかったよ**ね？」

「ウン、見たよ」ハリーが答えた。「ダーズリーのとこから逃げたあの夜、見たよ」

ロンの取り落としたフォークがカタカタと音を立てた。

「たぶん野良犬《のらいぬ》よ」ハーマイオニーは落ち着きはらっていた。

気が触《ふ》れたのか、とでも言いたげな目つきで、ロンがハーマイオニーを見た。

「ハーマイオニー、ハリーが死神犬《グリム》を見たなら、それは――それはよくないよ。僕《ぼく》の――僕のビリウスおじさんがあれを見たんだ。そしたら――そしたら二十四時間後に死んじゃった！」

「偶然《ぐうぜん》よ！」ハーマイオニーはかぼちゃジュースを注《つ》ぎながら、さらりと言ってのけた。

「君、自分の言っていることがわかってるのか！」ロンは熱くなりはじめた。

「死神犬と聞けば、たいがいの魔法使いは震《ふる》え上がってお先真っ暗なんだぜ！」

「そういうことなのよ」ハーマイオニーは余裕《よゆう》しゃくしゃくだ。

「つまり、死神犬を見ると怖《こわ》くて死んじゃうのよ。死神犬は不吉な予兆《よちょう》じゃなくて、死の原因《げんいん》だわ！　ハリーはまだ生きてて、ここにいるわ。だってハリーはバカじゃないもの。あれを見ても、そうね、つまり『それじゃもう死んだも同然《どうぜん》だ』なんてバカなことを考えなかったからよ」

ロンは言い返そうと口をパクパクさせたが、言葉が出なかった。ハーマイオニーはカバンを開け、新しい学科、「数占《かずうらな》い学」の教科書を取り出し、ジュースの入った水差《みずさ》しに立て掛《か》けた。

「『占い学』って、とってもいい加減《かげん》だと思うわ」

読みたいページを探しながらハーマイオニーが言った。

「言わせていただくなら、当てずっぽうが多すぎる」

「あのカップの中の死神犬は全然いい加減なんかじゃなかった！」ロンはカッカしていた。

「ハリーに『羊だ』なんて言った時は、そんなに自信がおありになるようには見えませんでしたけどね」ハーマイオニーは冷静《れいせい》だ。

「トレローニー先生は君にまともなオーラがないって言った！　君ったら、たった一つでも、自分がクズに見えることが気に入らないんだ」

これはハーマイオニーの弱みを衝いた。ハーマイオニーは「数占い」の教科書でテーブルをバーンと叩《たた》いた。あまりの勢いに、肉やらにんじんやらがそこら中に飛び散った。

「『占い学』で優秀《ゆうしゅう》だってことが、お茶の葉の塊《かたまり》に死の予兆を読むふりをすることなんだったら、私、この学科といつまでおつき合いできるか自信がないわ！　あの授業《じゅぎょう》は『数占い』のクラスに比べたら、まったくのクズよ！」

ハーマイオニーはカバンを引っつかみ、つんつんしながら去っていった。

ロンはその後ろ姿にしかめっ面《つら》をした。

「あいつ、いったい何言ってんだよ！」ロンがハリーに話しかけた。

「あいつ、まだ一度も『数占い』の授業《じゅぎょう》に出てないんだぜ」

昼食のあと、城の外に出られるのがハリーにはうれしかった。昨日《きのう》の雨は上がっていた。空は澄《す》みきった薄《うす》ねずみ色だった。しっとりとして柔らかに弾《はず》む草地を踏《ふ》みしめ、三人は「魔法《まほう》生物飼育学《せいぶつしいくがく》」の最初の授業に向かっていた。

ロンとハーマイオニーは互いに口をきかない。ハリーも黙《だま》って二人の脇《わき》を歩き、禁《きん》じられた森の端《はし》にあるハグリッドの小屋をめざして、芝生《しばふ》を下っていった。いやというほど見慣《みな》れた三人の背中が前を歩いているのを見つけた時、ハリーは初めてスリザリンとの合同授業《ごうどうじゅぎょう》になるのだと気がついた。マルフォイがクラッブとゴイルに生き生きと話しかけ、二人がゲラゲラ笑っていた。何を話しているのかは、聞かなくてもわかる、とハリーは思った。

ハグリッドが小屋の外で生徒を待っていた。厚手木綿《モールスキン》のオーバーを着込《きこ》み、足元にボアハウンド犬のファングを従え、早く始めたくてうずうずしている様子で立っていた。

「さあ、急げ。早く来いや！」生徒が近づくとハグリッドが声をかけた。

「今日はみんなにいいもんがあるぞ！　すごい授業だぞ！　みんな来たか？　よーし。ついてこいや！」

ほんの一瞬《いっしゅん》、ハリーはハグリッドがみんなを「森」に連れていくのでは、とぎくりとした。ハリーは、もう一生分くらいのいやな思いを、あの森で経験《けいけん》した。ハグリッドは森の縁《ふち》に沿ってどんどん歩き、五分後にみんなを放牧場《ほうぼくじょう》のようなところに連れてきた。そこには何もいなかった。

「みんな、ここの柵《さく》の周《まわ》りに集まれ！」ハグリッドが号令《ごうれい》をかけた。

「そーだ――ちゃんと見えるようにしろよ。さーて、イッチ番先にやるこたぁ、教科書を開くこった――」

「どうやって？」ドラコ・マルフォイの冷たい気取った声だ。

「あぁ？」ハグリッドだ。

「どうやって教科書を開けばいいんです？」

マルフォイが繰《く》り返した。マルフォイは「怪物的《かいぶつてき》な怪物の本」を取り出したが、紐《ひも》でぐるぐる巻きに縛《しば》ってあった。他の生徒も本を取り出した。ハリーのようにベルトで縛っている生徒もあれば、きっちりした袋に押し込《こ》んだり、大きなクリップで挟《はさ》んでいる生徒もいた。

「だ、だーれも教科書をまだ開けなんだのか？」ハグリッドはがっくりきたようだった。

クラス全員がこっくりした。

「おまえさんたち、**撫《な》ぜりゃーよかったんだ**」ハグリッドは、当たり前のことなのに、とでも言いたげだった。

ハグリッドはハーマイオニーの教科書を取り上げ、本を縛りつけていたスペロテープをビリリと剥《は》がした。本は噛《か》みつこうとしたが、ハグリッドの巨大な親指で背表紙《せびょうし》をひと撫でされると、ブルッと震《ふる》えてパタンと開き、ハグリッドの手の中でおとなしくなった。

「ああ、僕《ぼく》たちって、みんな、なんて愚《おろ》かだったんだろう！」マルフォイが鼻先で笑った。

「**撫**《な》**ぜりゃーよかったんだ！** どうして思いつかなかったのかねぇ！」

「お……俺《おれ》はこいつらが愉快《ゆかい》なやつらだと思ったんだが」

ハグリッドが自信なさそうにハーマイオニーに言った。

「ああ、恐ろしく愉快ですよ！」マルフォイが言った。

「僕たちの手を噛《か》み切ろうとする本を持たせるなんて、まったくユーモアたっぷりだ！」

「黙《だま》れ、マルフォイ」

ハリーが静かに言った。ハグリッドはうなだれていた。ハリーはハグリッドの最初の授業《じゅぎょう》を
なんとか成功させてやりたかった。

「えーと、そんじゃ」ハグリッドは何を言うつもりだったか忘れてしまったらしい。

「そんで……えーと、教科書はある、と。そいで……えーと……こんだぁ、魔法生物《まほうせいぶつ》が必要
だ。ウン。そんじゃ、俺が連れてくる。待っとれよ……」

ハグリッドは大股《おおまた》で森へと入り、姿が見えなくなった。

「まったく、この学校はどうなってるんだろうねぇ」マルフォイが声を張《は》りあげた。

「あのウドの大木《たいぼく》が教えるなんて、父上《ちちうえ》に申し上げたら、卒倒《そっとう》なさるだろうなぁ――」

「黙れ、マルフォイ」ハリーが繰《く》り返し言った。

「ポッター、気をつけろ。吸魂鬼《ディメンター》がおまえのすぐ後ろに――」

「オォォォォォォー！」

ラベンダー・ブラウンが放牧場《ほうぼくじょう》の向こう側を指差《ゆびさ》して、甲高《かんだか》い声を出した。

ハリーが見たこともないような奇妙《きみょう》キテレツな生き物が十数頭、早足《はやあし》でこっちへ向かってくる。胴体《どうたい》、後脚《うしろあし》、尻尾《しっぽ》は馬で、前脚と羽、そして頭部は巨大な鳥のように見えた。鋼色《はがねいろ》の残忍《ざんにん》な嘴《くちばし》と、大きくギラギラしたオレンジ色の目が、鷲《わし》そっくりだ。前脚の鉤爪《かぎづめ》は十五、六センチもあろうか、見るからに殺傷力《さっしょうりょく》がありそうだ。それぞれ分厚《ぶあつ》い革《かわ》の首輪《くびわ》をつけ、それをつなぐ長い鎖《くさり》の端《はし》をハグリッドの大きな手が全部まとめて握《にぎ》っていた。ハグリッドは怪獣《かいじゅう》の後ろから駆《か》け足で放牧場に入ってきた。

「ドウ、ドウ！」

ハグリッドが大きくかけ声をかけ、鎖を振るって生き物を生徒たちの立っている柵《さく》のほうへ追いやった。ハグリッドが生徒のところへやってきて、怪獣を柵につないだ時は、みんながじわっと後ずさりした。

「ヒッポグリフだ！」

みんなに手を振りながら、ハグリッドがうれしそうに大声を出した。

「美しかろう、え？」

ハリーにはハグリッドの言うことがわかるような気がした。半鳥半馬《はんちょうはんば》の生き物を見た最初のショックを乗り越《こ》えさえすれば、ヒッポグリフの輝《かがや》くような毛並《けな》みが羽から毛へと滑《なめ》らかに変わっていくさまは、見応《みごた》えがあった。それぞれ色が違い、嵐《あらし》の空のような灰色、赤銅色《しゃくどういろ》、赤ゴマの入った褐色《かっしょく》、艶々《つやつや》した栗毛《くりげ》、漆黒《しっこく》など、とりどりだ。

「そんじゃ」ハグリッドは両手を揉《も》みながら、みんなにうれしそうに笑いかけた。

「もうちっと、こっちゃこいや……」

誰も行きたがらない。ハリー、ロン、ハーマイオニーだけは、恐々《こわごわ》柵《さく》に近づいた。

「まんず、イッチ番先にヒッポグリフについて知らなければなんねえことは、こいつらは誇《ほこ》り高い。すぐ怒るぞ、ヒッポグリフは。絶対《ぜったい》、侮辱《ぶじょく》してはなんねぇ。そんなことをしてみろ、それがおまえさんたちの最後の仕業《しわざ》になるかもしんねぇぞ」

マルフォイ、クラッブ、ゴイルは、聞いてもいなかった。何やらひそひそ話している。どうやったらうまく授業《じゅぎょう》をぶち壊《こわ》しにできるか企《たくら》んでいるのではと、ハリーはいやな予感《よかん》がした。

「かならず、ヒッポグリフのほうが先に動くのを待つんだぞ」ハグリッドの話は続く。

「それが礼儀《れいぎ》ってもんだろう。な？　こいつのそばまで歩いてゆく。そんでもってお辞儀《じぎ》する。そんで、待つんだ。こいつがお辞儀を返したら、触《さわ》ってもいいっちゅうこった。もしお辞儀を返さなんだら、素早《すばや》く離《はな》れろ。こいつの鉤爪《かぎづめ》は痛いからな」

「よーし――誰が一番乗りだ？」

答える代わりに、ほとんどの生徒がますます後ずさりした。ハリー、ロン、ハーマイオニーでさえ、うまくいかないのではと思った。ヒッポグリフは猛々《たけだけ》しい首を振りたて、たくましい羽をばたつかせていた。つながれているのが気に入らない様子だ。

「誰もおらんのか？」ハグリッドがすがるような目をした。

「僕《ぼく》、やるよ」ハリーが名乗り出た。

すぐ後ろで、あっと息を呑《の》む音がして、ラベンダーとパーバティが囁《ささや》いた。

「あぁぁー、だめよ、ハリー。お茶の葉を忘れたの！」

ハリーは二人を無視《むし》して、放牧場《ほうぼくじょう》の柵を乗り越えた。

「偉《えら》いぞ、ハリー！」ハグリッドが大声を出した。

「よーし、そんじゃ――バックビークとやってみよう」

ハグリッドは鎖《くさり》を一本解《ほど》き、灰色のヒッポグリフを群れから引き離《はな》し、革《かわ》の首輪《くびわ》をはずした。放牧場の柵の向こうでは、クラス全員が息を止めているかのようだった。マルフォイは意《い》地悪《じわる》く目を細めていた。

「さあ、落ち着け、ハリー」ハグリッドが静かに言った。

「目を逸《そ》らすなよ。なるべく瞬《まばた》きするな。――ヒッポグリフは目をしょぼしょぼさせるやつを信用せんからな……」

たちまち目が潤《うる》んできたが、ハリーは瞬きしなかった。バックビークは巨大な、鋭《するど》い頭をハリーのほうに向け、猛々しいオレンジ色の目の片方だけでハリーを睨《にら》んでいた。

「そーだ」ハグリッドが声をかけた。「ハリー、それでええ……それ、お辞儀《じぎ》だ……」

ハリーは首根《くびね》っこをバックビークの前にさらすのは気が進まなかったが、言われたとおりにした。軽くお辞儀し、また目を上げた。

ヒッポグリフはまだ気位《きぐらい》高くハリーを見据《みす》えていた。動かない。

「あー」ハグリッドの声が心配そうだった。「よーし――さがって、ハリー。ゆっくりだ――」

しかし、その時だ。驚いたことに、突然《とつぜん》ヒッポグリフが、鱗《うろこ》に覆《おお》われた前脚《まえあし》を折《お》り、どう見てもお辞儀だと思われる格好《かっこう》をしたのだ。

「やったぞ、ハリー！」ハグリッドが狂喜《きょうき》した。「よーし――触《さわ》ってもええぞ！　嘴《くちばし》を撫《な》ぜてやれ、ほれ！」

下がってもいいと言われたほうがいいご褒美《ほうび》なのにと思いながらも、ハリーはゆっくりとヒッポグリフに近より、手を伸ばした。何度か嘴を撫でると、ヒッポグリフはそれを楽しむかのようにとろりと目を閉じた。

クラス全員が拍手《はくしゅ》した。マルフォイ、クラッブ、ゴイルだけは、ひどくがっかりしたようだった。

「よーし、そんじゃ、ハリー、こいつはおまえさんを背中に乗せてくれると思うぞ」

これは計画外だった。箒《ほうき》ならお手の物だが、ヒッポグリフがまったく同じなのかどうか自信がない。

「そっから、登れ。翼《つばさ》のつけ根んとっからだ。羽を引っこ抜かねえよう気をつけろ。いやがるからな……」

ハリーはバックビークの翼のつけ根に足をかけ、背中に飛び乗った。バックビークが立ち上がった。いったいどこにつかまったらいいのかわからない。目の前は一面羽で覆われている。

「そーれ行け！」ハグリッドがヒッポグリフの尻をパシンと叩《たた》いた。

何の前触《まえぶ》れもなしに、四メートルもの翼がハリーの左右で開き、羽撃《はばた》いた。ヒッポグリフが飛翔《ひしょう》する前に、辛《かろ》うじて首の周《まわ》りにしがみつく間《ま》があった。箒とは大違いだ。どちらが好きか、ハリーにははっきりわかる。ヒッポグリフの翼はハリーの両脇《りょうわき》で羽撃き、快適《かいてき》とはいえなかったし、両脚《りょうあし》が翼に引っかかり、いまにも振り落とされるのではと冷や冷やだ。艶《つや》やかな羽毛《うもう》で指が滑《すべ》り、かといって、もっとぎゅっとつかむことなどとてもできない。ニンバス2000のあの滑《なめ》らかな動きとは違う。尻が翼に合わせて上下するヒッポグリフの背中の上で、いまやハリーは前にゆらゆら、後ろにぐらぐらするばかりだ。

バックビークはハリーを乗せて放牧場《ほうぼくじょう》の上空を一周すると、地上をめざした。ハリーはこの瞬間《しゅんかん》を恐れていた。バックビークの滑らかな首が下を向くと同時に、ハリーはのけ反るようにした。嘴の上を滑り落ちるのではないかと思った。やがて、前後ばらばらな四肢《しし》が、ドサッと着地する衝撃《しょうげき》が伝わってきた。ハリーはやっとのことで踏《ふ》み止《とど》まり、再び上体をまっすぐにした。

「よーくできた、ハリー！」

ハグリッドは大声を出し、マルフォイ、クラッブ、ゴイル以外の全員が歓声《かんせい》をあげた。

「よーしと。ほかにやってみたい者《もん》はおるか？」

ハリーの成功に励《はげ》まされ、他の生徒も恐々《こわごわ》放牧場《ほうぼくじょう》に入ってきた。ハグリッドは一頭ずつヒッポグリフを解《と》き放《はな》ち、やがて放牧場のあちこちで、みんながおずおずとお辞儀《じぎ》を始めた。ネビルのヒッポグリフは膝《ひざ》を折《お》ろうとしなかったので、ネビルは何度も慌《あわ》てて逃げた。ロンとハーマイオニーは、ハリーが見ているところで栗毛《くりげ》のヒッポグリフで練習した。

マルフォイ、クラッブ、ゴイルは、ハリーのあとにバックビークに向かった。バックビークがお辞儀したので、マルフォイは尊大《そんだい》な態度でその嘴《くちばし》を撫《な》でていた。

「簡単じゃぁないか」

もったいぶって、わざとハリーに聞こえるようにマルフォイが言った。

「ポッターにできるんだ、簡単に違いないと思ったよ。……おまえ、全然危険《きけん》なんかじゃないなぁ？」

マルフォイはヒッポグリフに話しかけた。

「そうだろう？　醜《みにく》いデカブツの野獣《やじゅう》君」

一瞬《いっしゅん》、鋼色《はがねいろ》の鉤爪《かぎづめ》が光った。マルフォイがヒッーと悲鳴《ひめい》をあげ、次の瞬間《しゅんかん》ハグリッドがバックビークに首輪《くびわ》をつけようと格闘《かくとう》していた。バックビークはマルフォイを襲《おそ》おうともがき、マルフォイのほうはローブが見る見る血に染《そ》まり、草の上で身を丸めていた。

「死んじゃう！」マルフォイが喚《わめ》いた。クラス中がパニックに陥《おちい》っていた。

「僕《ぼく》、死んじゃう。見てよ！　あいつ、僕を殺した！」

「死にゃせん！」ハグリッドは蒼白《そうはく》になっていた。

「誰か、手伝ってくれ。――この子をこっから連れ出さにゃー」

ハグリッドがマルフォイを軽々と抱《かか》え上げ、ハーマイオニーが走っていってゲートを開けた。マルフォイの腕《うで》に深々と長い裂《さ》け目があるのをハリーは見た。血が草地に点々と飛び散った。ハグリッドはマルフォイを抱え、城に向かって坂を駆《か》け上がっていった。

「魔法生物飼育学《まほうせいぶつしいくがく》」の生徒たちは大ショックを受けてそのあとをついていった。スリザリン生は全員ハグリッドを罵倒《ばとう》していた。

「すぐクビにすべきよ！」パンジー・パーキンソンが泣きながら言った。

「マルフォイが悪いんだ！」ディーン・トーマスがきっぱり言った。

クラッブとゴイルが脅《おど》すように力瘤《ちからこぶ》を作って腕《うで》を曲げ伸ばしした。

石段を上り、全員ががらんとした玄関《げんかん》ホールに入った。

「大丈夫《だいじょうぶ》かどうか、わたし見てくる！」パンジーはそう言うと、みんなが見守る中、大理石《だいりせき》の階段を駆け上がっていった。スリザリン生はハグリッドのことをまだブツブツ言いながら、地下牢《ちかろう》にある自分たちの寮《りょう》の談話室《だんわしつ》に向かっていった。ハリー、ロン、ハーマイオニーは、グリフィンドール塔《とう》に向かって階段を上った。

「マルフォイは大丈夫かしら？」ハーマイオニーが心配そうに言った。

「そりゃ、大丈夫《だいじょうぶ》さ。マダム・ポンフリーは切り傷《きず》なんかあっという間に治《なお》せるよ」

ハリーはもっとひどい傷を、校医《こうい》に魔法で治してもらったことがある。

「だけど、ハグリッドの最初の授業《じゅぎょう》であんなことが起こったのは、まずいよな？」ロンも心配そうだった。「マルフォイのやつ、やっぱり引っかき回してくれたよな……」

夕食の時、ハグリッドの顔が見たくて三人は真っ先に大広間《おおひろま》に行った。ハグリッドはいなかった。

「ハグリッドをクビにしたり**しないわよね？**」

ハーマイオニーはステーキ・キドニー・パイのご馳走《ちそう》にも手をつけず、不安そうに言った。

「そんなことしないといいけど」ロンも何も食べていなかった。

ハリーはスリザリンのテーブルを見ていた。クラッブとゴイルも混《ま》じって、大勢《おおぜい》が固まって何事かさかんに話していた。マルフォイがどんなふうに怪我《けが》をしたか、都合《つごう》のいい話をでっち上げているに違いない、とハリーは思った。

「まあね、休み明けの初日としちゃぁ、なかなか波乱《はらん》に富んだ一日だったと言えなくもないよな」ロンは落ち込《こ》んでいた。

夕食の後《のち》、混み合ったグリフィンドールの談話室で、マクゴナガル先生の宿題を始めたものの、三人ともしばしば中断《ちゅうだん》しては、塔《とう》の窓《まど》からちらちらと外を見るのだった。

「ハグリッドの小屋に灯《あか》りが見える」突然《とつぜん》ハリーが言った。

ロンが腕時計《うでどけい》を見た。

「急げば、ハグリッドに会いにいけるかもしれない。まだ時間も早いし……」

「それはどうかしら」

ハーマイオニーがゆっくりそう言いながら、ちらりと自分を見たのにハリーは気づいた。

「僕《ぼく》、**校内を歩く**のは許されてるんだ」ハリーはむきになった。

「シリウス・ブラックは、ここではまだ吸魂鬼《ディメンター》を出し抜いてないだろ？」

そこで三人は宿題を片づけ、肖像画《しょうぞうが》の抜け穴から外に出た。果たして外出していいものかどうか、完全に自信があったわけではないので、正面玄関《げんかん》まで誰にも会わなかったのはうれしかった。

まだ湿り気を帯びたままの芝生《しばふ》が、黄昏《たそがれ》の中でほとんど真っ黒に見えた。ハグリッドの小屋にたどり着き、ドアをノックすると、中から「入ってくれ」と呻《うめ》くような声がした。

ハグリッドはシャツ姿で、洗い込まれた白木《しらき》のテーブルの前に座っていた。ボアハウンド犬のファングがハグリッドの膝《ひざ》に頭を乗せている。ひと目見ただけで、ハグリッドが相当深酒《ふかざけ》していたことがわかる。バケツほどもある錫製《すずせい》のジョッキを前に、ハグリッドは焦点《しょうてん》の合わない目つきで三人を見た。

「こいつぁ新記録《しんきろく》だ」三人が誰かわかったらしく、ハグリッドがどんよりと言った。

「一日しかもたねえ先生なんざ、これまでいなかったろう」

「ハグリッド、まさか、クビになったんじゃ！」ハーマイオニーが息を呑《の》んだ。

「まーだだ」ハグリッドはしょげきって、何が入っているやら大ジョッキをぐいと傾けた。

「だけんど、時間の問題だわ、な。マルフォイのことで……」

「あいつ、どんな具合？」三人とも腰掛《こしか》けながら、ロンが聞いた。「大したことないんだろ？」

「マダム・ポンフリーができるだけの手当てをした」ハグリッドがぼんやりと答えた。「だけんど、マルフォイはまだ疼《うず》くと言っとる……包帯《ほうたい》ぐるぐる巻きで……呻《うめ》いとる……」

「ふりしてるだけだ」ハリーが即座《そくざ》に言った。

「マダム・ポンフリーなら何でも治《なお》せる。去年なんか、僕の片腕《かたうで》の骨を再生させたんだよ。マルフォイは汚《きたな》い手を使って、怪我《けが》を最大限に利用しようとしてるんだ」

「学校の理事《りじ》たちに知らせがいった。当然な」ハグリッドは萎《しお》れきっている。

「俺《おれ》がはじめっから飛ばしすぎたって、理事たちが言うとる。ヒッポグリフはもっとあとにすべきだった。……レタス食い虫《フロバーワーム》かなんかっから始めていりゃ……イッチ番の授業《じゅぎょう》にはあいつが最高だと思ったんだがな……みんな俺が悪い……」

「ハグリッド、悪いのは**マルフォイ**のほうよ！」ハーマイオニーが真剣《しんけん》に言った。

「僕たちが証人《しょうにん》だ」ハリーが言った。

「侮辱《ぶじょく》したりするとヒッポグリフが攻撃《こうげき》するって、ハグリッドはそう言った。聞いてなかったマルフォイが悪いんだ。ダンブルドアに何が起こったのかちゃんと話すよ」

「そうだよ。ハグリッド、心配しないで。僕たちがついてる」ロンが言った。

ハグリッドの真っ黒なコガネムシのような目の、目尻の皺《しわ》から、涙がポロポロこぼれ落ちた。ハリーとロンをぐいと引きよせ、ハグリッドは二人を骨も砕《くだ》けるほど抱きしめた。

「ハグリッド、もう十分飲んだと思うわ」ハーマイオニーは厳《きび》しくそう言うと、テーブルからジョッキを取り上げ、中身を捨てに外に出た。

「あぁ、あの子の言うとおりだな」ハグリッドはハリーとロンを放《はな》した。二人とも胸をさすり、よろよろと離《はな》れた。ハグリッドはよいしょと立ち上がり、ふらふらとハーマイオニーのあとから外に出た。水の撥《は》ねる大きな音が聞こえてきた。

「ハグリッド、何をしてるの？」ハーマイオニーが空《から》のジョッキを持って戻《もど》ってきたので、ハリーが心配そうに聞いた。

「水の入った樽《たる》に頭を突っ込《こ》んでたわ」ハーマイオニーがジョッキを元に戻した。

長い髪《かみ》と髭《ひげ》をびしょ濡《ぬ》れにして、目を拭《ぬぐ》いながら、ハグリッドが戻ってきた。

「さっぱりした」

ハグリッドは犬のように頭をブルブルッと振るい、三人もびしょ濡れになった。

「なあ、会いにきてくれて、ありがとうよ。ほんとに俺《おれ》――」

ハグリッドは急に立ち止まり、まるで、ハリーがいるのにはじめて気づいたようにじっと見つめた。

「おまえたち、いったい何しちょる。えっ？」

ハグリッドがあまりに急に大声を出したので、三人とも三十センチも跳《と》び上がった。

「ハリー、暗くなってからうろうろしちゃいかん！　おまえさんたち！　二人とも！　ハリーを出しちゃいかん！」

ハグリッドはのっしのっしとハリーに近づき、腕《うで》を捕《つか》まえ、ドアまで引《ひ》っ張《ぱ》っていった。

「来るんだ！」ハグリッドは怒ったように言った。

「俺が学校まで送っていく。もう二度と、暗くなってから歩いて俺に会いにきたりするんじゃねえ。俺にはそんな価値《かち》はねえ」

第7章

CHAPTER SEVEN
The Boggart in the Wardrobe

洋箪笥のまね妖怪

マルフォイは木曜日の昼近くまで現れず、スリザリンとグリフィンドール合同の「魔法薬学《まほうやくがく》」の授業《じゅぎょう》が半分ほど終わったころに姿を見せた。包帯《ほうたい》を巻いた右腕《みぎうで》を吊《つ》り、ふん反り返って地下牢《ちかろう》教室に入ってくるさまは、ハリーに言わせれば、まるで恐ろしい戦いに生き残った英雄気取りだ。

「ドラコ、どう？」

パンジー・パーキンソンが取ってつけたような笑顔で言った。

「ひどく痛むの？」

「ああ」

マルフォイは勇敢《ゆうかん》に耐《た》えているようなしかめっ面《つら》をした。しかし、パンジーが向こうを向いたとたん、マルフォイがクラッブとゴイルにウィンクしたのをハリーは見逃《みのが》さなかった。

「座りたまえ、さあ」スネイプ先生は気楽に言った。

ハリーとロンは腹立《はらだ》たしげに顔を見合わせた。遅れて入ってきたのが**自分たち**だったら、「座りたまえ」なんて言うどころか、厳罰《げんばつ》を科《か》したに違いない。スネイプのクラスでは、マルフォイはいつも、何をしてもお咎《とが》めなしだった。スネイプはスリザリンの寮監《りょうかん》で、たいてい他の生徒より自分の寮生を贔屓《ひいき》した。

今日は新しい薬で「縮《ちぢ》み薬《ぐすり》」を作っていたが、マルフォイはハリーとロンのすぐ隣《となり》に自分の鍋《なべ》を据《す》えた。三人とも同じテーブルで材料を準備《じゅんび》することになった。

「先生」マルフォイが呼んだ。「先生、僕《ぼく》、雛菊《ひなぎく》の根を刻《きざ》むのを手伝ってもらわないと、こんな腕なので――」

「ウィーズリー、マルフォイの根を切ってやりたまえ」

スネイプはこっちを見もせずに言った。ロンが赤レンガ色になった。

「お前の腕はどこも悪くないんだ」ロンが歯を食いしばってマルフォイに言った。

マルフォイはテーブルの向こうでニヤリとした。

「ウィーズリー、スネイプ先生がおっしゃったことが聞こえただろう。根を刻めよ」

ロンはナイフをつかみ、マルフォイの分の根を引きよせ、めった切りにした。根は大小不揃《ふぞろ》いに切れた。

「せんせーい」マルフォイが気取った声を出した。

「ウィーズリーが僕の根をめった切りにしました」

スネイプがテーブルにやってきて、鉤鼻《かぎばな》の上からじろりと根を見据《みす》えた。それからロンに向かって、油っこい黒い長髪《ちょうはつ》の下からニタリといやな笑い方をした。

「ウィーズリー、君の根とマルフォイのとを取り替《か》えたまえ」

「先生、そんな――！」

ロンは十五分もかけて、慎重《しんちょう》に自分の根をきっちり同じにそろえて刻んだばかりだった。

「**いますぐだ**」

スネイプは独特《どくとく》の危険極《きけんきわ》まりない声で言った。

ロンは見事に切りそろえた根をテーブルの向こう側のマルフォイへぐいと押しやり、再びナイフをつかんだ。

「先生、それから、僕《ぼく》、この『萎《しな》び無花果《いちじく》』の皮をむいてもらわないと」

マルフォイの声は底意地《そこいじ》の悪い笑いをたっぷり含んでいた。

「ポッター、マルフォイの無花果をむいてあげたまえ」

スネイプは、いつものように、ハリーのためだけにとっておきの、憎しみのこもった視線《しせん》を投げつけた。

ハリーはマルフォイの「萎び無花果」を取り上げ、ロンのほうはさっき台無《だいな》しにした根を自分が使うはめになり、何とかしようとしていた。ハリーはできるだけ急いで無花果の皮をむき、一言《ひとこと》も言わずにテーブルの向こうのマルフォイに投げ返した。マルフォイはいままでよりいっそうニンマリしていた。

「君たち、ご友人のハグリッドを近ごろ見かけたかい？」マルフォイが低い声で聞いた。

「君の知ったこっちゃない」ロンが目も合わさずに、ぶっきらぼうに言った。

「気の毒《どく》に、先生でいられるのも、もう長いことじゃあないだろうな」マルフォイは悲しむふりが見え見えの口調《くちょう》だ。「父上《ちちうえ》は僕の怪我《けが》のことを快く思っていらっしゃらないし――」

「いい気になるなよ、マルフォイ。じゃないと本当に怪我させてやる」ロンが言った。

「――父上は学校の理事会《りじかい》に訴《うった》えた。それに、魔法省《まほうしょう》にも。父上は力があるんだ。わかってるよねぇ。それに、こんなに長引く傷《きず》だし――」

マルフォイはわざと大きなため息をついてみせた。

「僕の腕《うで》、果たして元どおりになるんだろうか？」

「そうか、それで君はそんなふりをしているのか」

ハリーは怒りで手が震《ふる》え、手元が狂って、死んだイモムシの頭を切り落としてしまった。

「ハグリッドを辞《や》めさせようとして！」

「そうだねぇ」

マルフォイは声を落とし、ひそひそ囁《ささや》いた。

「ポッター、**それもあるけど**。でも、ほかにもいろいろいいことがあってね。ウィーズリー、僕のイモムシを輪切《わぎ》りにしろ」

数個先の鍋《なべ》で、ネビルが問題を起こしていた。「魔法薬《まほうやく》」の授業《じゅぎょう》ではネビルはいつも支離滅裂《しりめつれつ》だった。ネビルにとって、これが最悪の学科だ。恐怖《きょうふ》のスネイプ先生の前では、普段《ふだん》の十倍もへまをやった。明るい黄緑色になるはずだった水薬《みずぐすり》が、なんと――。

「オレンジ色か。ロングボトム」

スネイプが薬を柄杓《ひしゃく》で大鍋《おおなべ》からすくい上げ、それを上からタラタラと垂《た》らし入れて、みんなに見えるようにした。

「オレンジ色。君、教えていただきたいものだが、君の分厚《ぶあつ》い頭骸骨《ずがいこつ》を突き抜けて入っていくものがあるのかね？　我輩《わがはい》ははっきり言ったはずだ。ネズミの脾臓《ひぞう》は一つでいいと。聞こえなかったのか？　ヒルの汁《しる》はほんの少しでいいと、明確《めいかく》に申し上げたつもりだが？　ロングボトム、いったい我輩はどうすれば君に理解《りかい》していただけるのかな？」

ネビルは赤くなって小刻《こきざ》みに震《ふる》えている。いまにも涙をこぼしそうだった。

「先生、お願いです」ハーマイオニーだ。「先生、私に手伝わせてください。ネビルにちゃんと直させます——」

「君にでしゃばるよう頼んだ覚えはないがね、ミス・グレンジャー」

スネイプは冷たく言い放《はな》ち、ハーマイオニーはネビルと同じくらい赤くなった。

「ロングボトム、このクラスの最後に、この薬を君のヒキガエルに数滴《すうてき》飲ませて、どうなるか見てみることにする。そうすれば、たぶん君もまともにやろうという気になるだろう」

スネイプは、恐怖《きょうふ》で息もできないネビルを残し、その場を去った。

「助けてよ！」ネビルがハーマイオニーに呻《うめ》くように頼んだ。

「おい、ハリー」

シェーマス・フィネガンが、ハリーの真鍮《しんちゅう》の台秤《だいばかり》を借りようと身を乗り出した。

「聞いたか？　今朝の『日刊予言者新聞《にっかんよげんしゃしんぶん》』——シリウス・ブラックが目撃《もくげき》されたって書いてあったよ」

ば立てた。

「どこで？」

ハリーとロンが急き込《こ》んで聞いた。テーブルの向こうでは、マルフォイが目を上げて耳をそばだてた。

「ここからあまり遠くない」シェーマスは興奮気味《こうふんぎみ》だ。

「マグルの女性が目撃したんだ。もち、その人はほんとのことはわかってない。マグルはブラックが普通の犯罪者《はんざいしゃ》だと思ってるだろ？　だからその人、捜査《そうさ》ホットラインに電話したんだ。魔法省《まほうしょう》が現場《げんば》に着いた時にはもぬけの殻《から》さ」

「ここからあまり遠くない、か……」

ロンが曰《いわ》くありげな目でハリーを見た。ロンが振り返ると、マルフォイがじーっと見つめていた。

「マルフォイ、なんだ？　ほかに皮をむくものでもあるのか？」

マルフォイの目はギラギラと意地悪《いじわる》く光り、ハリーを見据《みす》えたままだった。テーブルの向こうから、マルフォイが身を乗り出した。

「ポッター、一人でブラックを捕《つか》まえようって思ってるのか？」

「そうだ、そのとおりだ」ハリーは無造作《むぞうさ》に答えた。

マルフォイの薄《うす》い唇《くちびる》が歪《ゆが》み、意地悪そうにほくそ笑《え》んだ。

「言うまでもないけど、」落ち着きはらってマルフォイが言った。

「僕《ぼく》だったら、もうすでに何かやってるだろうなぁ。いい子ぶって学校にじっとしてたりしない。ブラックを探しに出かけるだろうなぁ」

「マルフォイ、いったい何を言いだすんだ？」ロンが乱暴に言った。

「ポッター、**知らないのか？**」マルフォイは薄青《うすあお》い目を細めて、囁《ささや》くように言った。

「何を？」

マルフォイは嘲《あざけ》るように低く笑った。

「君はたぶん危ないことはしたくないんだろうなぁ。吸魂鬼《ディメンター》に任《まか》せておきたいんだろう？僕だったら、復讐《ふくしゅう》してやりたい。僕なら、自分でブラックを追いつめる」

「**いったい何のことだ？**」

ハリーが怒った。しかし、その時、スネイプの声がした。

「材料はもう全部加えたはずだ。この薬は服用《ふくよう》する前に煮込《にこ》まねばならぬ。グツグツ煮えている間、後片づけをしておけ。あとでロングボトムの薬を試《ため》すことにする……」

ネビルが汗《あせ》だくで自分の鍋《なべ》を必死《ひっし》で掻《か》き回《まわ》しているのを見て、クラッブとゴイルがあけすけに笑った。ハーマイオニーがスネイプに気づかれないよう、唇《くちびる》を動かさないようにしてネビルに指示を与えていた。ハリーとロンは残っている材料を片づけ、隅《すみ》のほうにある石の水盤《すいばん》のところまで行って手と柄杓《ひしゃく》を洗った。

「マルフォイは何を言ってたんだろう？」

怪獣像《カーゴイル》の口から吐《は》き出される氷のように冷たい水で手を洗いながら、ハリーが低い声でロンに話しかけた。

「なんで僕がブラックに復讐しなくちゃならないんだ？　僕にはなんにも手を出してないのに――まだ」

「でっち上げさ」ロンは強烈《きょうれつ》に言い放《はな》った。

「君に、何かバカなことさせようとして……」

まもなくクラスが終わるという時、スネイプが、大鍋のそばで縮《ちぢ》こまっているネビルのほうへ大股《おおまた》で近づいた。

「諸君《しょくん》、ここに集まりたまえ」スネイプが暗い目をギラギラさせた。

「ロングボトムのヒキガエルがどうなるか、よく見たまえ。なんとか『縮《ちぢ》み薬《ぐすり》』ができ上がっていれば、ヒキガエルはおたまじゃくしになる。もし、作り方を間違えていれば――我輩《わがはい》は間違いなくこっちのほうだと思うが――ヒキガエルは毒《どく》にやられるはずだ」

グリフィンドール生は恐々《こわごわ》見守り、スリザリン生は嬉々《きき》として見物しているように見えた。スネイプがヒキガエルのトレバーを左手で摘《つま》み上げ、小さいスプーンをネビルの鍋に突っ込み、いまは緑色に変わっている水薬《みずぐすり》を、二、三滴《てき》トレバーの喉《のど》に流し込んだ。

一瞬《いっしゅん》あたりがし一んとなった。トレバーはゴクリと飲んだ。と、**ポン**と軽い音がして、おたまじゃくしのトレバーがスネイプの手の中でくねくねしていた。

グリフィンドール生は拍手喝采《はくしゅかっさい》した。スネイプはおもしろくないという顔でローブのポケットから小瓶《こびん》を取り出し、二、三滴トレバーに落とした。するとトレバーは突然《とつぜん》元のカエルの姿に戻《もど》った。

「グリフィンドール、五点減点《げんてん》」スネイプの言葉でみんなの顔から笑いが吹き飛んだ。

「手伝うなと言ったはずだ、ミス・グレンジャー。授業終了《じゅぎょうしゅうりょう》」

ハリー、ロン、ハーマイオニーは玄関《げんかん》ホールへの階段を上った。ハリーはマルフォイの言ったことをまだ考えていたが、ロンはスネイプのことで煮《に》えくり返っていた。

「水薬《みずぐすり》がちゃんとできたからって五点減点か！　ハーマイオニー、どうして嘘《うそ》つかなかったんだ？　ネビルが自分でやりましたって、言えばよかったのに！」

ハーマイオニーは答えない。ロンが振り返った。

「どこに行っちゃったんだ？」

ハリーも振り返った。二人は階段の一番上にいた。クラスの他の生徒たちが二人を追い越《こ》して大広間《おおひろま》での昼食に向かっていた。

「すぐ後ろにいたのに」ロンが顔をしかめた。

マルフォイがクラッブとゴイルを両脇《りょうわき》に従えてそばを通り過ぎた。通りすがりにハリーに向かってほくそ笑んだ。

「あ、いた」ハリーが言った。

ハーマイオニーが少し息を弾《はず》ませて階段を上ってきた。片手にカバンを抱《かか》え、もう一方の手で何かをローブの前に押し込んでいる。

「どうやったんだい？」ロンが聞いた。

「何を？」二人に追いついたハーマイオニーが聞き返した。

「君、ついさっきは僕《ぼく》らのすぐ後ろにいたのに、次の瞬間《しゅんかん》、階段の一番下に戻ってた」

「え？」ハーマイオニーはちょっと混乱《こんらん》したようだった。

「ああ――私、忘れ物を取りに戻ったの。アッ、あーあ……」

ハーマイオニーのカバンの縫《ぬ》い目が破れていた。ハリーは当然だと思った。カバンの中に大きな重い本が、少なくとも一ダースはぎゅうぎゅう詰《づ》めになっているのが見えた。

「どうしてこんなにいっぱい持ち歩いてるんだ？」ロンが聞いた。

「私がどんなにたくさんの学科を取ってるか、知ってるわよね」

ハーマイオニーは息を切らしている。

「ちょっと、これ持ってくれない？」

「でもさ――」ロンが渡《わた》された本を引っくり返して表紙を見ていた。

「――今日はこの科目《かもく》はどれも授業《じゅぎょう》がないよ。『闇《やみ》の魔術《まじゅつ》に対する防衛術《ぼうえいじゅつ》』が午後あるだけだよ」

「ええ、そうね」

ハーマイオニーは曖昧《あいまい》な返事をした。それでもおかまいなしに全部の教科書をカバンに詰《つ》め直した。

「お昼においしいものがあるといいわ。お腹《なか》ぺこぺこ」そう言うなり、ハーマイオニーは大《おお》広間《ひろま》へときびきび歩いていった。

「ハーマイオニーって、何か僕《ぼく》たちに隠してると思わないか？」

ロンがハリーに問いかけた。

生徒たちが「闇《やみ》の魔術《まじゅつ》に対する防衛術《ぼうえいじゅつ》」の最初のクラスにやってきた時には、ルーピン先生はまだ来ていなかった。みんなが座って教科書と羽根《はね》ペン、羊皮紙《ようひし》を取り出し、おしゃべりをしていると、やっと先生が教室に入ってきた。ルーピンは曖昧《あいまい》に微笑《ほほえ》み、くたびれた古いカバンを先生用の机に置いた。相変《あいか》わらずみすぼらしかったが、汽車で最初に見た時よりは健康そうに見えた。何度かちゃんとした食事をとったかのようだった。

「やあ、みんな」ルーピンが挨拶《あいさつ》した。

「教科書はカバンに戻《もど》してもらおうかな。今日は実地《じっち》練習をすることにしよう。杖《つえ》だけあればいいよ」

全生徒が教科書をしまう中、何人かは怪訝《けげん》そうに顔を見合わせた。いままで「闇の魔術に対する防衛術」で実地訓練《くんれん》など受けたことがない。ただし、昨年度のあの忘れられない授業《じゅぎょう》、前任の先生がピクシー妖精《ようせい》をひと籠《かご》持ち込《こ》んで、クラスに解《と》き放《はな》したことを一回と数えるなら別だが。

「よし、それじゃ、」ルーピン先生はみんなの準備《じゅんび》ができると声をかけた。

「私についておいで」

なんだろう、でもおもしろそうだと、みんなが立ち上がってルーピン先生に従い、教室を出た。先生は誰もいない廊下《ろうか》を通り、角《かど》を曲がった。とたんに、最初に目に入ったのがポルターガイストのピーブズだった。空中で逆《さか》さまになって、手近の鍵穴《かぎあな》にチューインガムを詰《つ》め込んでいた。

ピーブズは、ルーピン先生が五、六十センチくらいに近づいた時、初めて目を上げた。そして、くるりと丸まった爪先《つまさき》をゴニョゴニョ動かし、急に歌いだした。

「ルーニ、ルーピ、ルーピン。バーカ、マヌケ、ルーピン。ルーニ、ルーピ、ルーピン――」

ピーブズはたしかにいつでも無礼《ぶれい》で手に負えないワルだったが、先生方にはたいてい一目《いちもく》置いていた。ルーピン先生はどんな反応を示すだろう、とみんな急いで先生を見た。驚いたことに、先生は相変わらず微笑んでいた。

「ピーブズ、わたしなら鍵穴からガムをはがしておくけどね」先生は朗《ほが》らかに言った。

「フィルチさんがほうきを取りに入れなくなるじゃないか」

フィルチはホグワーツの管理人《かんりにん》で、根性《こんじょう》曲がりの、でき損《そこ》ないの魔法使いだった。生徒に対して、いつもけんかを吹っかけるし、実はピーブズに対してもそうだった。しかし、ピーブズはルーピン先生の言うことを聞くどころか、舌を突き出して、ベーッとやった。

ルーピン先生は小さくため息をつき、杖《つえ》を取り出した。

「この簡単な呪文《じゅもん》は役に立つよ」先生は肩越《ご》しにみんなを振り返ってこう言った。

「よく見ておきなさい」

先生は杖を肩の高さに構《かま》え、「**ワディワジ！　逆詰《ぎゃくづ》め！**」と唱《とな》え、杖をピーブズに向けた。

チューインガムの塊《かたまり》が、弾丸《だんがん》のように勢いよく鍵穴《かぎあな》から飛び出し、ピーブズの左の鼻の穴に見事命中《めいちゅう》した。ピーブズはもんどり打って逆《さか》さま状態《じょうたい》から反転し、悪態《あくたい》をつきながらズーム・アウトして消え失《う》せた。

「先生、かっこいい」ディーン・トーマスが驚嘆《きょうたん》した。

「ディーン、ありがとう」ルーピン先生は杖を元に戻した。「さあ、行こうか」

みんなでまた歩きだしたが、全員が、冴《さ》えないルーピン先生を尊敬《そんけい》の眼差《まなざ》しで見つめるようになっていた。先生はみんなを引き連れて二つ目の廊下を渡《わた》り、職員室《しょくいんしつ》のドアの真ん前で立ち止まった。

「さあ、お入り」

ルーピン先生はドアを開け、一歩下がって声をかけた。

職員室は板壁《いたかべ》の奥の深い部屋で、ちぐはぐな古い椅子《いす》がたくさん置いてあった。がらんとした部屋に、たった一人、スネイプ先生が低い肘掛椅子《ひじかけいす》に座っていたが、クラス全員が列をなして入ってくるのをぐるりと見渡《みわた》した。目をギラギラさせ、口元には意地悪《いじわる》なせせら笑いを浮かべている。ルーピン先生が最後に入ってドアを閉めると、スネイプが言った。

「ルーピン、開けておいてくれ。我輩《わがはい》、できれば見たくないのでね」

スネイプは立ち上がり、黒いマントを翻《ひるがえ》して大股《おおまた》にみんなの脇《わき》を通り過ぎていった。ドアのところでくるりと振り返り、捨て台詞《ぜりふ》を吐《は》いた。

「ルーピン、たぶん誰も君に忠告《ちゅうこく》していないと思うが、このクラスにはネビル・ロングボトムがいる。この子には難《むずか》しい課題《かだい》を与えないようご忠告申し上げておこう。ミス・グレンジャーが耳元でひそひそ指図《さしず》を与えるなら別だがね」

ネビルは真《ま》っ赤《か》になった。ハリーはスネイプを睨《にら》みつけた。自分のクラスでさえネビルいじめは許せないが、ましてや他の先生の前でいじめをやるなんてとんでもない。

ルーピン先生は眉根《まゆね》をきゅっと上げた。

「術の最初の段階で、ネビルに僕《ぼく》のアシスタントを務《つと》めてもらいたいと思ってましてね。それに、ネビルはきっと、とてもうまくやってくれると思いますよ」

すでに真っ赤なネビルの顔が、もっと赤くなった。スネイプの唇《くちびる》がめくれ上がった。が、そのままバタンとドアを閉めて、スネイプは出ていった。

「さあ、それじゃ」

ルーピン先生はみんなに部屋の奥まで来るように合図《あいず》した。そこには先生方が着替《きが》え用のローブを入れる古い洋箪笥《ようだんす》がポツンと置かれていた。ルーピン先生がその脇《わき》に立つと、箪笥《たんす》が急にわなわなと揺《ゆ》れ、バーンと壁《かべ》から離《はな》れた。

「心配しなくていい」

何人かが驚いて飛びのいたが、ルーピン先生は静かに言った。

「中にまね妖怪《ようかい》――ボガートが入ってるんだ」

これは心配**するべき**ことじゃないか、とほとんどの生徒はそう思っているようだった。ネビルは恐怖《きょうふ》そのものの顔つきでルーピン先生を見た。シェーマス・フィネガンは、箪笥の取っ手がガタガタいいはじめたのを不安そうに見つめた。

「まね妖怪《ボガート》は暗くて狭いところを好む」ルーピン先生が語りだした。

「洋箪笥、ベッドの下の隙間《すきま》、流しの下の食器棚《しょっきだな》など。――私は一度、大きな柱時計の中に引っかかっているやつに出会ったことがある。**ここにいるのは**昨日《きのう》の午後に入り込んだやつで、三年生の実習《じっしゅう》に使いたいから、先生方にはそのまま放《ほう》っておいていただきたいと、校長先生にお願いしたんですよ」

「それでは、最初の問題ですが、まね妖怪のボガートとはなんでしょう?」

ハーマイオニーが手を挙《あ》げた。

「形態模写妖怪《けいたいもしゃようかい》です。私たちが一番怖《こわ》いと思うのはこれだと判断《はんだん》すると、それに姿を変えることができます」

「私でもそんなにうまくは説明できなかったろう」

ルーピン先生の言葉で、ハーマイオニーも頬《ほお》を染《そ》めた。

「だから、中の暗がりに座り込《こ》んでいるまね妖怪は、まだ何の姿にもなっていない。箪笥の戸の外にいる誰かが、何を怖がるのかまだ知らない。まね妖怪が独《ひと》りぼっちのときにどんな姿をしているのか、誰も知らない。しかし、私が外に出してやると、たちまち、それぞれが一番怖いと思っているものに姿を変えるはずです」

「ということは」

ネビルが怖くてしどろもどろしているのを無視《むし》して、ルーピン先生は話を続けた。

「つまり、初めっから私たちのほうがまね妖怪より大変有利な立場にありますが、ハリー、なぜだかわかるかな？」

隣《となり》のハーマイオニーが手を高く挙げ、爪先立《つまさきだ》ちでぴょこぴょこ跳《と》び上がっているそばで質問に答えるのは気が引けたが、それでもハリーは思いきって答えてみた。

「えーと――僕《ぼく》たち、人数がたくさんいるので、まね妖怪はどんな姿に変身すればいいかわからない？」

「そのとおり」

ルーピン先生がそう言い、ハーマイオニーはちょっぴりがっかりしたように手を下ろした。

「まね妖怪退治《ボガートたいじ》をするときは、誰かと一緒《いっしょ》にいるのが一番いい。向こうが混乱《こんらん》するからね。首のない死体に変身すべきか、人肉《じんにく》を食らうナメクジになるべきか？　私はまね妖怪がまさにその過《あやま》ちを犯《おか》したのを一度見たことがある。――一度に二人を脅《おど》そうとしてね、半身《はんしん》ナメクジに変身したんだ。どうみても恐ろしいとは言えなかった。

まね妖怪を退散《たいさん》させる呪文《じゅもん》は簡単だ。しかし精神力《せいしんりょく》が必要だ。こいつを本当にやっつけるのは、笑いなんだ。君たちは、まね妖怪に、君たちが滑稽《こっけい》だと思える姿をとらせる必要がある。

初めは杖《つえ》なしで練習しよう。私に続いて言ってみて……**リディクラス、ばかばかしい！**」

「リディクラス、ばかばかしい！」全員がいっせいに唱《とな》えた。

「そう。とっても上手《じょうず》だ。でもここまでは簡単なんだけどね。呪文だけでは十分じゃないんだよ。そこで、ネビル、君の登場《とうじょう》だ」

洋箪笥《ようだんす》がまたガタガタ揺《ゆ》れた。でも、ネビルのほうがもっとガタガタ震《ふる》えていた。まるで絞首台《こうしゅだい》に向かうかのように進み出た。

「よーし、ネビル。ひとつずつ行こうか。君が世界一怖《こわ》いものはなんだい？」

ネビルの唇《くちびる》が動いたが、声が出てこない。

「ん？　ごめん、ネビル、聞こえなかった」ルーピン先生は明るく言った。

ネビルはまるで誰かに助けを求めるかのように、きょろきょろとあたりを見回し、それから蚊《か》の鳴くような声で囁《ささや》いた。

「スネイプ先生」

ほとんど全員が笑った。ネビル自身も申《もう》し訳《わけ》なさそうにニヤッと笑った。しかしルーピン先生はまじめな顔をしていた。

「スネイプ先生か……フーム……ネビル、君はおばあさんと暮らしているね？」

「え――はい」ネビルは不安げに答えた。「でも――僕、まね妖怪がばあちゃんに変身するのもいやです」

「いや、いや、そういう意味じゃないんだよ」ルーピン先生が今度は微笑《ほほえ》んでいた。

「教えてくれないか。おばあさんはいつも、どんな服を着ていらっしゃるのかな？」

ネビルはきょとんとしたが、答えた。

「えーと……いっつもおんなじ帽子《ぼうし》。たかーくて、てっぺんにハゲタカの剥製《はくせい》がついてるの。それに、ながーいドレス……たいてい、緑色……それと、ときどき狐《きつね》の毛皮の襟巻《えりま》きしてる」

「ハンドバッグは？」ルーピン先生が促《うなが》した。

「おっきな赤いやつ」ネビルが答えた。

「よし、それじゃ。ネビル、その服装《ふくそう》を、はっきり思い浮かべることができるかな？　心の目で、見えるかな？」

「はい」

ネビルは自信なさそうに答えた。次は何が来るんだろうと心配しているのが見え見えだ。

「ネビル、まね妖怪《ボガート》が洋簞笥《ようだんす》からウワーッと出てくるね、そして、君を見るね。そうすると、スネイプ先生の姿に変身するんだ。そしたら、君は杖《つえ》を上げて——こうだよ——そして叫《さけ》ぶんだ。『リディクラス、ばかばかしい』——そして、君のおばあさんの服装に精神《せいしん》を集中させる。すべてうまくいけば、ボガート・スネイプ先生はてっぺんにハゲタカのついた帽子《ぼうし》をかぶって、緑のドレスを着て、赤いハンドバッグを持った姿になってしまう」

みんな大爆笑《だいばくしょう》だった。洋簞笥が一段と激《はげ》しく揺《ゆ》れた。

「ネビルが首尾《しゅび》よくやっつけたらそのあと、まね妖怪は次々に君たちに向かってくるだろう。みんな、ちょっと考えてくれるかい。何が一番怖《こわ》いかって。そして、その姿をどうやったらおかしな姿に変えられるか、想像《そうぞう》してみて……」

部屋が静かになった。ハリーも考えた……。この世で一番恐ろしいものはなんだろう?

最初にヴォルデモート卿《きょう》を考えた。——完全な力を取り戻《もど》したヴォルデモート。しかし、ボガート・ヴォルデモートへの反撃《はんげき》を考えようとしたとたん、恐ろしいイメージが意識《いしき》の中に浮かび上がってきた……。

腐《くさ》った、冷たく光る手、黒いマントの下にスルスルと消えた手……見えない口から吐《は》き出される、長いしわがれた息遣《づか》い……そして水に溺《おぼ》れるような、染《し》み込《こ》むようなあの寒さ……。

ハリーは身震《みぶる》いした。そして、誰も気づかなかったことを願いながら、あたりを見回した。

しっかり目をつぶっている生徒が多かった。ロンはブツブツ独《ひと》り言《ごと》をいっていた。「脚《あし》をもぎ取ってと」ハリーにはそれが何のことかよくわかった。ロンが最高に怖いのは蜘蛛《くも》なのだ。

「みんな、いいかい？」ルーピン先生だ。

ハリーは突然恐怖《とつぜんきょうふ》に襲《おそ》われた。まだ準備《じゅんび》ができていない。どうやったら吸魂鬼《ディメンター》を恐ろしくない姿にできるのだろう？　しかし、これ以上待ってくださいとは言えない。なにしろ、みんながこっくり頷《うなず》き、腕《うで》まくりをしていた。

「ネビル、私たちは下がっていよう」ルーピン先生が言った。「君に場所を空《あ》けてあげよう。いいね？　次の生徒は前に出るように私が声をかけるから……。みんな下がって、さあ、ネビルが間違いなくやっつけられるように――」

みんな後ろに下がって壁《かべ》にぴったり張《は》りつき、ネビルが一人、洋箪笥のそばに取り残された。恐怖《きょうふ》に青ざめてはいたが、ネビルはローブの袖《そで》をたくし上げ、杖を構《かま》えていた。

「ネビル、三つ数えてからだ」ルーピン先生が、自分の杖を洋箪笥の取《と》っ手《て》に向けながら言った。

「いーち、にー、さん、**それ！**」

ルーピン先生の杖の先から、火花がほとばしり、取っ手のつまみに当たった。洋箪笥が勢いよく開き、鉤鼻《かぎばな》の恐ろしげなスネイプ先生が、ネビルに向かって目をギラつかせながら現れた。

ネビルは杖を上げ、口をパクパクさせながら後ずさりした。スネイプがローブの懐《ふところ》に手を突っ込《こ》みながらネビルに迫《せま》った。

「リ、リ、リディクラス！」

ネビルは上《うわ》ずった声で呪文《じゅもん》を唱《とな》えた。

パチンと鞭《むち》を鳴らすような音がして、スネイプが躓《つまず》いた。今度は長い、レースで縁取《ふちど》りをしたドレスを着ている。見上げるように高い帽子《ぼうし》のてっぺんに虫食いのあるハゲタカをつけ、手には巨大な真紅《しんく》のハンドバッグをゆらゆらぶら下げている。

どっと笑い声があがった。まね妖怪《ボガート》は途方《とほう》にくれたように立ち止まった。ルーピン先生が大声で呼んだ。

「パーバティ、前へ！」

パーバティがきっとした顔で進み出た。スネイプがパーバティのほうに向き直った。またパチンと音がして、スネイプの立っていたあたりに血まみれの包帯《ほうたい》をぐるぐる巻いたミイラが立っていた。目のない顔をパーバティに向け、ミイラはゆっくりと、パーバティに迫《せま》った。足を引きずり、手を棒《ぼう》のように前に突き出して――。

「リディクラス！」パーバティが叫《さけ》んだ。

包帯が一本バラリと解《と》けてミイラの足元に落ちた。それに絡《から》まって、ミイラは顔から先につんのめり、頭が転《ころ》がり落ちた。

「シェーマス！」ルーピン先生が吠《ほ》えるように呼んだ。

シェーマスがパーバティの前に躍《おど》り出た。

パチン！　ミイラのいたところに、床まで届く黒い長髪《ちょうはつ》、骸骨《がいこつ》のような緑色がかった顔の女が立っていた――バンシーだ。口を大きく開くと、この世のものとも思われない声が部屋中に響《ひび》いた。長い、嘆《なげ》きの悲鳴《ひめい》。――ハリーは髪《かみ》の毛が逆立《さかだ》った。

「**リディクラス！**」シェーマスが叫んだ。

バンシーの声がガラガラになり、バンシーは喉《のど》を押さえた。声が出なくなったのだ。

パチン！　バンシーがネズミになり、自分の尻尾《しっぽ》を追いかけてぐるぐる回りはじめた。と思ったら――**パチン！**――今度はガラガラヘビだ。くねくねのたうち回り、それから――**パチン！**――血走った目玉が一個。

「混乱《こんらん》してきたぞ！」ルーピンが叫んだ。「もうすぐだ！　ディーン！」

ディーンが急いで進み出た。

パチン！　目玉が切断《せつだん》された手首になった。裏返《うらがえ》しになり、蟹《かに》のように床を這《は》いはじめた。

「**リディクラス！**」ディーンが叫んだ。

バチッと音がして、手がネズミ捕《と》りに挟《はさ》まれた。

「いいぞ！　ロン、次だ！」

ロンが飛び出した。

「**パチン！**」

何人かの生徒が悲鳴《ひめい》を上げた。毛むくじゃらの二メートル近い大蜘蛛《おおぐも》が、おどろおどろしく鋏《はさみ》をガチャつかせ、ロンに向かってきた。一瞬《いっしゅん》、ハリーはロンが凍《こお》りついたかと思った。すると――。

「リディクラス！」

ロンが轟《とどろ》くような大声を出した。蜘蛛の脚《あし》が消え、ゴロゴロ転《ころ》がりだした。ラベンダー・ブラウンが金切《かなき》り声《ごえ》を出して蜘蛛を避《よ》けた。足元で蜘蛛が止まったので、ハリーは杖《つえ》を構《かま》えた。が――。

「こっちだ！」急にルーピン先生がそう叫《さけ》び、急いで前に出てきた。

パチン！

脚なし蜘蛛が消えた。一瞬《いっしゅん》、どこへ消えたのかと、みんなキョロキョロ見回した。すると、銀白色《ぎんはくしょく》の玉がルーピンの前に浮かんでいるのが見えた。ルーピンは、ほとんど面倒《めんどう》くさそうに**「リディクラス！」**と唱《とな》えた。

パチン！

「ネビル！　前へ！　やっつけるんだ！」

まね妖怪《ボガート》がゴキブリになって床に落ちたところでルーピンが叫んだ。**パチン！**　スネイプが戻《もど》った。ネビルは今度は決然《けつぜん》とした表情でぐいと前に出た。

「リディクラス！」ネビルが叫んだ。

ほんの一瞬、レース飾《かざ》りのドレスを着たスネイプの姿が見えたが、ネビルが大声で「ハハハ！」と笑うと、まね妖怪は破裂《はれつ》し、何千という細い煙の筋《すじ》になって消え去った。

「よくやった！」全員が拍手《はくしゅ》する中、ルーピン先生が大声を出した。

「ネビル、よくできた。みんな、よくやった。そうだな……まね妖怪と対決したグリフィンドール生一人につき五点をやろう。――ネビルは十点だ。二回やったからね――。ハーマイオニーとハリーも五点ずつだ」

「でも、僕《ぼく》、何もしませんでした」ハリーが言った。

「ハリー、君とハーマイオニーはクラスの最初に、私の質問に正しく答えてくれた」

ルーピンはさりげなく言った。

「よーし、みんな、いいクラスだった。宿題だ。ボガートに関する章《しょう》を読んで、まとめを提《てい》出《しゅつ》してくれ……月曜までだ。今日はこれでおしまい」

みんな興奮《こうふん》してぺちゃくちゃ言いながら職員室《しょくいんしつ》を出た。しかし、ハリーは心が弾《はず》まなかった。ルーピン先生はハリーがまね妖怪と対決するのを意図的《いとてき》に止めた。どうしてなんだ？　汽車の中で僕が倒れるのを見たからなのか、そして僕があまり強くないと思ったのか？　先生は僕がまた気絶《きぜつ》すると思ったのだろうか？

誰も、何も気づいていないようだった。

「バンシーと対決するのを見たか？」シェーマスが叫んだ。

「それに、あの手！」ディーンが自分の手を振り回しながら言った。

「それに、あの帽子《ぼうし》をかぶったスネイプ！」

「それに、わたしのミイラ！」

「ルーピン先生は、どうして水晶玉《すいしょうだま》なんかが怖《こわ》いのかしら？」

ラベンダーがふと考え込《こ》んだ。

「『闇《やみ》の魔術《まじゅつ》に対する防衛術《ぼうえいじゅつ》』じゃ、いままでで一番いい授業《じゅぎょう》だったよな？」

カバンを取りに教室に戻《もど》る途中《とちゅう》、ロンは興奮《こうふん》していた。

「ほんとにいい先生だわ」ハーマイオニーも賛成《さんせい》した。「だけど、私もまね妖怪《ボガート》に当たりたかったわ――」

「君なら何になったのかなぁ？」ロンがからかうように笑った。

「成績《せいせき》かな。十点満点《まんてん》で九点しか取れなかった宿題とか？」

第8章

CHAPTER EIGHT
Flight of the Fat Lady

「太った婦人」の逃走

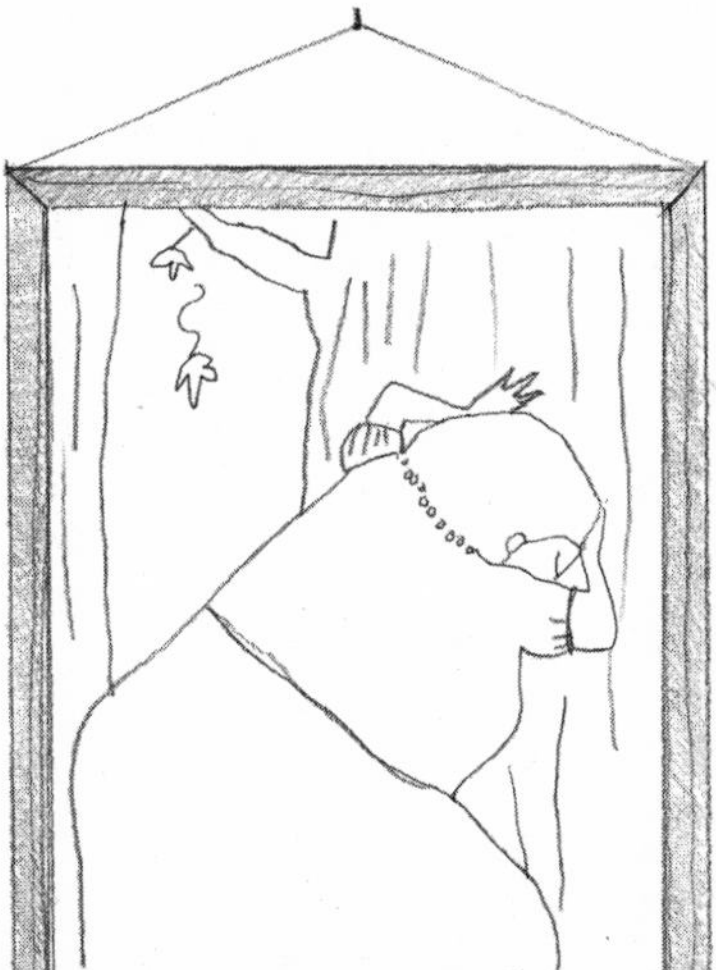

「闇《やみ》の魔術《まじゅつ》に対する防衛術《ぼうえいじゅつ》」は、たちまちほとんど全生徒の一番人気の授業《じゅぎょう》になった。ドラコ・マルフォイとその取り巻き連中のスリザリン生だけが、ルーピン先生の粗探《あらさが》しをした。

「あのローブのざまを見ろよ」

ルーピン先生が通ると、マルフォイは聞こえよがしのひそひそ声でこう言った。

「僕《ぼく》の家の『屋敷《やしき》しもべ妖精《ようせい》』の格好《かっこう》じゃないか」

しかし、ルーピン先生のローブが継《つ》ぎはぎだろうと、ボロだろうと、他には誰一人として気にする者はいなかった。二回目からの授業も、最初と同じようにおもしろかった。まね妖怪《ボガート》のあとは、赤帽鬼《レッドキャップ》で、血の匂《にお》いのするところならどこにでも潜《ひそ》む、小鬼《こおに》に似た性悪《しょうわる》な生き物だ。城の地下牢《ちかろう》とか、戦場跡《せんじょうあと》の深い穴などに隠れ、道に迷った者を待ち伏《ぶ》せて棍棒《こんぼう》で殴《なぐ》る。赤帽鬼が終わると、次は河童《カッパ》に移った。水に住む気味《きみ》の悪い生き物で、見た目は鱗《うろこ》のあるサルだ。何も知らずに池の浅瀬《あさせ》を渡《わた》る者を、水中に引《ひ》っ張《ぱ》り込《こ》み、水かきのある手で絞《し》め殺したくてうずうずしている。

他の授業も同じくらい楽しいといいのにとハリーは思った。「魔法薬《まほうやく》」の授業は最悪だった。スネイプはこのごろますます復讐《ふくしゅう》ムードだったが、理由は、はっきりしていた。まね妖怪がスネイプの姿になった、ネビルがそれにばあちゃんの服をこんなふうに着せた、という話が学校中に野火《のび》のように広がったからだ。スネイプにはこれがおもしろくもおかしくもない。ルーピン先生の名前が出ただけで、スネイプの目はギラリと脅《おど》すように光ったし、ネビルいじめはいっそうひどくなった。

ハリーはトレローニー先生の、あの息の詰《つ》まるような塔《とう》教室での授業にもだんだん嫌気《いやけ》がさしてきた。変に傾いた形や印を解読《かいどく》したり、先生がハリーを見るたびにあの巨大な目に涙をいっぱい浮かべるのを、なんとか無視《むし》しようと努力するのがうんざりだった。先生を崇拝《すうはい》に近い敬意《けいい》で崇《あが》める生徒もたくさんいたが、ハリーはトレローニー先生がどうしても好きになれない。パーバティ・パチルやラベンダー・ブラウンなどは、昼食時に先生の塔に入り浸《びた》りになり、みんなが知らないことを知ってるわよとばかりに、鼻持《はなも》ちならない得意顔《とくいがお》で戻《もど》ってくる。おまけにこの二人は、まるで臨終《りんじゅう》の床《とこ》についている人に話すように、ひそひそ声でハリーに話しかけるようになった。

「魔法生物飼育学《まほうせいぶつしいくがく》」の授業は、最初のあの大活劇《だいかつげき》のあと、とてつもなくつまらないものになり、誰も心《しん》から好きにはなれなかった。ハグリッドは自信を失ったらしい。生徒は毎回毎回、レタス食い虫《フロバーワーム》の世話《せわ》を学ぶはめになったが、こんなにつまらない生き物は、またとないに違いない。

「こんな虫を飼育《しいく》しようなんて**物好き**がいるかい？」

レタス食い虫のヌラリとした喉《のど》に刻《きざ》みレタスを押し込む、相《あい》も変わらぬ一時間のあと、ロンがぼやいた。

しかし、十月になると、ハリーは別のことで忙《いそが》しくなった。授業の憂《う》さを晴らす、楽しいことだった。クィディッチ・シーズンの到来《とうらい》だ。グリフィンドール・チームのキャプテン、オリバー・ウッドが、ある木曜日の夕方、今シーズンの作戦会議を招集《しょうしゅう》した。

クィディッチの選手は七人。三人のチェイサーがクアッフル（赤い、サッカーボールぐらいの球《たま》）でゴールを狙《ねら》う。ピッチの両端《りょうたん》に立つ約十五メートルの高さの輪《わ》の中にクアッフルを投げ込《こ》んで得点する。二人のビーターはがっちり重いバットを持ち、ブラッジャー（選手を攻撃《こうげき》しようとビュンビュン飛び回る二個の黒い重い球）を撃退《げきたい》する。キーパーは一人でゴールを守る。シーカーが一番大変で、金色の、スニッチという羽《はね》の生えた小さなクルミ大のボールを捕《つか》まえるのが役目だ。捕まえるとゲームセットで、そのシーカーのチームが一挙《いっきょ》に一五〇点獲得《かくとく》する。

オリバー・ウッドはたくましい十七歳《さい》。ホグワーツの七年生、いまや最終学年だ。暗くなりかけたクィディッチ競技場の片隅《かたすみ》の、冷え冷えとしたロッカー・ルームで、六人のチームメートに演説《えんぜつ》するオリバーの声には、何やら悲壮感《ひそうかん》が漂《ただよ》っていた。

「今年が最後のチャンスだ。――俺《おれ》の最後のチャンスだ――クィディッチ優勝杯獲得《ゆうしょうはいかくとく》の」

選手の前を大股《おおまた》で往《い》ったり来たりしながら、オリバーは演説した。

「俺は今年かぎりでいなくなる。二度と挑戦《ちょうせん》できない。グリフィンドールはこの七年間、一度も優勝していない。いや、言うな。運が悪かった。世界一不運だった。――怪我《けが》だ――去年はトーナメントそのものがキャンセルだ……」

オリバーはゴクリと唾《つば》を飲み込《こ》んだ。思い出すだけで喉《のど》に何かがつかえたようだった。

「しかしだ、わかってるのは、俺たちが**最高の――学校――一の――強烈《きょうれつ》な――チーム**だって――ことだ」

オリバーは一言《ひとこと》一言に、パンチを手のひらに叩《たた》き込んだ。おなじみの、正気とは思えない目の輝《かがや》きだ。

「俺たちには**とびっきりの**チェイサーが三人いる」オリバーは、アリシア・スピネット、アンジェリーナ・ジョンソン、ケイティ・ベルの三人を指差《ゆびさ》した。

「俺たちには**負け知らずの**ビーターがいる」

「よせよ、オリバー。照れるじゃないか」

フレッドとジョージが声をそろえて言い、赤くなるふりをした。

「それに、俺たちのシーカーは、**常に我《わ》がチームに勝利をもたらした！**」

ウッドのバンカラ声が響《ひび》き、熱烈《ねつれつ》な誇《ほこ》りの念《ねん》を込めてハリーをじっと見つめた。

「それに、俺だ」思い出したようにオリバーがつけ加えた。

「君もすごいぜ、オリバー」ジョージが言った。

「決めてるキーパーだぜ」フレッドが言った。

「要するにだ」オリバーがまた往ったり来たり歩きながら話を続けた。

「過去二年とも、クィディッチ杯に俺たちの寮《りょう》の名が刻《きざ》まれるべきだった。ハリーがチームに加わって以来、俺《おれ》は、いただきだと思い続けてきた。しかし、いまだ優勝杯《ゆうしょうはい》は我《わ》が手にあらず。今年が最後のチャンスだ。ついに我《われ》らがその名を刻《きざ》む最後の……」

ウッドがあまりに落胆《らくたん》した言い方をしたので、さすがのフレッドやジョージも同情した。

「オリバー、今年は俺たちの年だ」フレッドが言った。

「やるわよ、オリバー！」アンジェリーナだ。

「絶対《ぜったい》だ」ハリーが言った。

決意満々《けついまんまん》で、チームは練習を始めた。一週間に三回だ。日ごとに寒く、じめじめした日が増え、夜はますます暗くなった。しかし、泥《どろ》んこだろうが、風だろうが、雨だろうが、今度こそあの大きなクィディッチ銀杯《ぎんぱい》を獲得《かくとく》するという、ハリーのすばらしい夢には一点の曇《くも》りもなかった。

ある夜、練習を終え、寒くて体のあちこちが強《こわ》ばってはいたが、ハリーは練習の成果に満足してグリフィンドール談話室《だんわしつ》に戻《もど》ってきた。談話室はざわめいていた。

「何かあったの？」ハリーはロンとハーマイオニーに尋《たず》ねた。二人は暖炉《だんろ》近くの特等席《とくとうせき》で、「天文学《てんもんがく》」の星座図《せいざず》を仕上げているところだった。

「第一回目のホグズミード週末だ」

ロンがくたびれた古い掲示板《けいじばん》に貼《は》り出された「お知らせ」を指差《ゆびさ》した。

「十月末。ハロウィーンさ」

「やったぜ」ハリーに続いて肖像画《しょうぞうが》の穴から出てきたフレッドが言った。

「ゾンコの店に行かなくちゃ。『臭《くさ》い玉《たま》』がほとんど底をついてる」

ハリーはロンのそばの椅子《いす》にドサリと座った。高揚《こうよう》していた気持が萎《な》えていった。ハーマイオニーがその気持を察《さっ》したようだった。

「ハリー、この次にはきっと行けるわ。ブラックはすぐ捕《つか》まるに決まってる。一度は目撃《もくげき》されてるし」

「ホグズミードで何かやらかすほど、ブラックはバカじゃない」ロンが言った。

「ハリー、マクゴナガルに聞けよ。今度行っていいかって。次なんて永遠《えいえん》に来ないぜ——」

「**ロン！**」ハーマイオニーが咎《とが》めた。「ハリーは**学校内に**いなきゃいけないのよ——」

「三年生でハリー一人だけを残しておくなんて、できないよ」ロンが言い返した。

「マクゴナガルに聞いてみろよ。ハリー、やれよ——」

「うん、やってみる」ハリーはそう決めた。

ハーマイオニーが何か言おうと口を開けたが、その時、クルックシャンクスが軽《かろ》やかに膝《ひざ》に飛び乗ってきた。大きなクモの死骸《しがい》をくわえている。

「わざわざ僕《ぼく》たちの目の前でそれを食うわけ？」ロンが顔をしかめた。

「お利口《りこう》さんね、クルックシャンクス。独《ひと》りで捕まえたの？」ハーマイオニーが言った。

クルックシャンクスは、黄色い目で小バカにしたようにロンを見据《みす》えたまま、ゆっくりとクモを噛《か》んだ。

「そいつをそこから動かすなよ」ロンはイライラしながらまた星座図《せいざず》に取りかかった。

「スキャバーズが僕のカバンで寝《ね》てるんだから」

ハリーは欠伸《あくび》をした。早くベッドに行きたかった。しかし、ハリーも星座図を仕上《しあ》げなければならない。カバンを引きよせて、羊皮紙《ようひし》、インク、羽根《はね》ペンを取り出し、作業に取りかかった。

「僕のを写していいよ」

最後の星に、どうだ、とばかりに大げさに名前を書き、その図をハリーのほうに押しやった。

ハーマイオニーは丸写しが許せず、唇《くちびる》をぎゅっと結んだが、何も言わなかった。クルックシャンクスは、ぼさぼさの尻尾《しっぽ》を振り振り、瞬《まばた》きもせずにロンを見つめ続けていたが、出し抜けに跳《と》んだ。

「**おい！**」ロンが喚《わめ》きながらカバンを引っつかんだが、クルックシャンクスは四本脚《あし》の爪《つめ》全部を、ロンのカバンに深々と食い込ませ、猛烈《もうれつ》に引っ掻《か》きだした。

「**はなせ！　この野郎！**」ロンはクルックシャンクスからカバンをもぎ取ろうとしたが、クルックシャンクスはシャーッシャーッと唸《うな》り、カバンを引き裂《さ》き、てこでも離《はな》れない。

「ロン、乱暴しないで！」ハーマイオニーが悲鳴《ひめい》をあげた。

談話室《だんわしつ》の生徒がこぞって見物した。ロンはカバンを振り回したが、クルックシャンクスはぴったり張《は》りついたままで、スキャバーズのほうがカバンからポーンと飛び出した――。

「あの猫を捕《つか》まえろ！」ロンが叫《さけ》んだ。

クルックシャンクスは抜《ぬ》け殻《がら》のカバンを離れ、テーブルに飛び移り、命からがら逃げるスキャバーズのあとを追った。

ジョージ・ウィーズリーがクルックシャンクスを取っ捕まえようと手を伸ばしたが、取り逃した。スキャバーズは二十人の股《また》の下をすり抜け、古い整理箪笥《せいりだんす》の下に潜《もぐ》り込《こ》んだ。クルックシャンクスはその前で、急停止《きゅうていし》し、ガニ股《また》の脚を曲げて屈《かが》み込み、前脚を箪笥の下に差し入れて烈《はげ》しく掻いた。

ロンとハーマイオニーが駆《か》けつけた。ハーマイオニーはクルックシャンクスの腹を抱《かか》え、ウンウン言って引き離した。ロンはベッタリ腹這《はらば》いになり、さんざんてこずったが、スキャバーズの尻尾《しっぽ》をつかんで引《ひ》っ張《ぱ》り出した。

「見ろよ！」

ロンはカンカンになって、スキャバーズをハーマイオニーの目の前にぶら下げた。

「こんなに骨と皮になって！　その猫をスキャバーズに近づけるな！」

「クルックシャンクスにはそれが悪いことだってわからないのよ！」ハーマイオニーは声を震《ふる》わせた。「ロン、猫はネズミを追っかけるもんだわ！」

「そのケダモノ、何かおかしいぜ！」

ロンは、必死《ひっし》にじたばたしているスキャバーズを、なだめすかしてポケットに戻《もど》そうとしていた。

「スキャバーズは僕《ぼく》のカバンの中だって言ったのを、そいつ聞いたんだ！」

「バカなこと言わないで」ハーマイオニーが切り返した。「クルックシャンクスは臭《にお》いでわか
るのよ、ロン。ほかにどうやって――」

「その猫、スキャバーズに恨《うら》みがあるんだ！」

周《まわ》りの野次馬《やじうま》がクスクス笑い出したが、ロンはおかまいなしだ。

「いいか、スキャバーズのほうが先輩《せんぱい》なんだぜ。**その上、病気なんだ！**」

ロンは肩をいからせて談話室《だんわしつ》を横切り、寝室《しんしつ》に向かう階段へと姿を消した。

翌日《よくじつ》もまだ、ロンは険悪《けんあく》なムードだった。「植物学《しょくぶつがく》」の時間中も、ハリーとハーマイオニー
とロンが一緒《いっしょ》に「花咲《はなさ》か豆《まめ》」の作業をしていたのに、ロンはほとんどハーマイオニーと口を利《き》
かなかった。
豆の木からふっくらしたピンクの莢《さや》をむしり取り、中から艶々《つやつや》した豆を押し出して桶《おけ》に入れ
ながら、ハーマイオニーがおずおずと聞いた。
「スキャバーズはどう？」

「隠れてるよ。僕のベッドの奥で、震《ふる》えながらね」

ロンは腹を立てていたので、豆が桶に入らず、温室の床に散らばった。

「気をつけて、ウィーズリー。気をつけなさい！」

スプラウト先生が叫《さけ》んだ。豆がみんなの目の前でパッと花を咲かせはじめたのだ。

次は「変身術《へんしんじゅつ》」だった。ハリーは、授業《じゅぎょう》のあとで、ホグズミードに行ってもよいかとマクゴナガル先生に尋《たず》ねようと心を決めていたので、教室の外に並んだ生徒の一番後ろに立ち、どうやって切り出そうか、考えを巡《めぐ》らせていた。ところが、列の前のほうが騒がしくなり、そっちに気を取られた。

ラベンダー・ブラウンが泣いているらしい。パーバティが抱きかかえるようにして、シェーマス・フィネガンとディーン・トーマスに何か説明していた。二人とも深刻《しんこく》な表情で聞いている。

「ラベンダー、どうしたの？」

ハリーやロンと一緒《いっしょ》に騒ぎの輪《わ》に入りながら、ハーマイオニーが心配そうに聞いた。

「今朝、お家《うち》から手紙が来たの」パーバティが小声で言った。

「ラベンダーのウサギのビンキー、狐《きつね》に殺されちゃったんだって」

「まあ。ラベンダー、かわいそうに」ハーマイオニーが言った。

「わたし、うかつだったわ！」ラベンダーは悲嘆《ひたん》に暮れていた。

「今日が何日か、知ってる？」

「えーっと」

「十月十六日よ！　『あなたの恐れていることは、十月十六日に起こりますよ！』覚えてる？　先生は正しかったんだわ。正しかったのよ！」

いまや、クラス全員がラベンダーの周《まわ》りに集まっていた。シェーマスは小難《こむずか》しい顔で頭を振っていた。ハーマイオニーは一瞬躊躇《いっしゅんちゅうちょ》したが、こう聞いた。

「あなた――あなた、ビンキーが狐《きつね》に殺されることをずっと恐れていたの？」

「ウウン、**狐**ってかぎらないけど」

ラベンダーはぼろぼろ涙を流しながらハーマイオニーを見た。

「でも、ビンキーが死ぬことを**もちろん**ずっと恐れてたわ。そうでしょう？」

「あら」ハーマイオニーはまた一瞬間《ま》を置いたが、やがて――「ビンキーって**年寄り**ウサギだった？」

「ち、違うわ！」ラベンダーがしゃくり上げた。「あ、あの子、まだ赤ちゃんだった！」

パーバティがラベンダーの肩をいっそうきつく抱きしめた。

「じゃあ、どうして死ぬことなんか心配するの？」

ハーマイオニーが聞いた。パーバティがハーマイオニーを睨《にら》みつけた。

「ねえ、論理的《ろんりてき》に考えてよ」ハーマイオニーは集まったみんなに向かって言った。

「つまり、ビンキーは今日死んだわけでもない。でしょ？ ラベンダーはその知らせを今日受け取っただけだわ――」

ラベンダーの泣き声がひときわ高くなった。

「――それに、ラベンダーがそのことをずっと恐れていた**はずがないわ**。だって、突然《とつぜん》知ってショックだったんだもの――」

「ラベンダー、ハーマイオニーの言うことなんか気にするな」ロンが大声で言った。

「人のペットのことなんて、どうでもいいやつなんだから」

ちょうどその時、マクゴナガル先生が教室のドアを開けた。まさにグッド・タイミングだった。ハーマイオニーとロンが火花を散らして睨み合っていた。教室に入ってもハリーを挟《はさ》んで両側に座り、授業中《じゅぎょう》ずっと口も利《き》かなかった。

終業《しゅうぎょう》のベルが鳴ったが、ハリーはマクゴナガル先生にどう切り出すか、まだ迷《まよ》っていた。ところが、先生のほうからホグズミードの話が出た。

「ちょっとお待ちなさい！」みんなが教室から出ようとするのを、先生が呼び止めた。

「みなさんは全員私《わたくし》の寮《りょう》の生徒ですから、ホグズミード行きの許可証《きょかしょう》をハロウィーンまでに私《わたくし》に提出《ていしゅつ》してください。許可証がなければホグズミードもなしです。忘れずに出すこと！」

「あのー、先生、ぼ、僕《ぼく》、なくしちゃったみたい――」ネビルが手を挙《あ》げた。

「ロングボトム、あなたのおばあさまが、私《わたくし》に直送なさいました。そのほうが安全だと思われたのでしょう。さあ、それだけです。帰ってよろしい」

「いまだ。行け」ロンが声を殺してハリーを促《うなが》した。

「でも、ああ――」ハーマイオニーが何か言いかけた。

「ハリー、行けったら」ロンが頑固《がんこ》に言い張《は》った。

ハリーはみんながいなくなるまで待った。それからドキドキしながらマクゴナガル先生の机に近よった。

「何ですか、ポッター?」

ハリーは深ーく息を吸った。

「先生、叔父《おじ》、叔母《おば》が――あの――許可証《きょかしょう》にサインするのを忘れました」

マクゴナガル先生は四角いメガネの上からハリーを見たが、何も言わなかった。

「それで――あの――だめでしょうか――つまり、かまわないでしょうか、あの――僕がホグズミードに行っても?」

マクゴナガル先生は下を向いて、机の上の書類《しょるい》を整理《せいり》しはじめた。

「だめです。ポッター、いま私《わたくし》が言ったことを聞きましたね。許可証がなければホグズミードはなしです。それが規則《きそく》です」

「でも――先生。僕の叔父、叔母は――ご存知《ぞんじ》のように、マグルです。わかってないんです――ホグワーツとか、許可証とか」

ハリーのそばで、ロンが強くうなずいて助《すけ》っ人《と》をしていた。

「先生が行ってもよいとおっしゃれば――」

「私《わたくし》は、そう言いませんよ」マクゴナガル先生は立ち上がり、書類《しょるい》をきっちりと引き出しに収めた。

「許可証にはっきり書いてあるように、両親、または保護者《ほごしゃ》が許可しなければなりません」

先生は向き直り、不思議な表情を浮かべてハリーを見た。哀《あわ》れみだろうか？

「残念ですが、ポッター、これが私《わたくし》の最終決定です。早く行かないと、次のクラスに遅《おく》れますよ」


万事休《ばんじきゅう》す。ロンがマクゴナガル先生に対して悪口雑言《あっこうぞうごん》のかぎりをぶちまけたので、ハーマイオニーがいやがった。そのハーマイオニーの「これでよかったのよ」という顔がロンをますます怒らせた。一方ハリーは、ホグズミードに行ったらまず何をするかと、みんなが楽しそうに騒いでいるのをじっと耐《た》えなければならなかった。

「ご馳走《ちそう》があるさ」ハリーを慰《なぐさ》めようとして、ロンが言った。

「ね、ハロウィーンのご馳走が、その日の夜に」

「ウン」ハリーは暗い声で言った。「素敵《すてき》だよ」

ハロウィーンのご馳走はいつだってすばらしい。でも、みんなと一緒《いっしょ》にホグズミードで一日過ごしたあとで食べるほうがもっとおいしいに決まっている。誰が何と慰《なぐさ》めようと、独《ひと》りぼっちで取り残されるハリーの気持は晴れなかった。ディーン・トーマスは羽根《はね》ペン使いがうまかったし、許可証にバーノン叔父さんの偽《にせ》サインをしようと言ってくれた。しかし、ハリーはもう、マクゴナガル先生にサインがもらえなかったと言ってしまったので、この手は使えない。ロンは「透明《とうめい》マント」はどうか、と中途半端《ちゅうとはんぱ》な提案《ていあん》をしたが、ハーマイオニーに踏《ふ》みつぶされた。ダンブルドアが、吸魂鬼《ディメンター》は透明マントでもお見通《みとお》しだと言ったじゃない、とロンに思い出させたのだ。パーシーは慰《なぐさ》めにならない最低の慰め方をした。

「ホグズミードのことをみんな騒ぎたてるけど、ハリー、僕《ぼく》が保証《ほしょう》する。評判《ひょうばん》ほどじゃない」真顔《まがお》でそう言った。

「いいかい。菓子《かし》の店はかなりいけるな。しかし、ゾンコの『悪戯専門店《いたずらせんもんてん》』は、はっきり言って危険《きけん》だ。それに、そう、『叫《さけ》びの屋敷《やしき》』は一度行ってみる価値《かち》はあるな。だけど、ハリー、それ以外は、本当に大したものはないよ」

ハロウィーンの朝、ハリーはみんなと一緒《いっしょ》に起き、なるべく普段《ふだん》どおりに取りつくろって、最低の気分だったが、みんなと朝食に下りていった。

「ハニーデュークスからお菓子をたくさん持ってきてあげるわ」ハーマイオニーが、心底《しんそこ》気の毒《どく》そうな顔をしながら言った。

「ウン、たーくさん」ロンも言った。二人は、ハリーの落胆《らくたん》ぶりを見て、クルックシャンクス論争《ろんそう》をついに水に流した。

「僕のことは気にしないで」ハリーは精一杯《せいいっぱい》平気を装《よそお》った。「パーティーで会おう。楽しんできて」

ハリーは玄関《げんかん》ホールまで二人を見送った。管理人《かんりにん》のフィルチが、ドアのすぐ内側に立ち、長いリストを手に名前をチェックしていた。一人ひとり、疑《うたが》わしそうに顔を覗《のぞ》き込《こ》み、行ってはいけない者が抜け出さないよう、念入《ねんい》りに調べていた。

「居残《いのこ》りか、ポッター？」

クラッブとゴイルを従えて並んでいたマルフォイが、大声で言った。

「吸魂鬼のそばを通るのが怖《こわ》いのか？」

ハリーは聞き流して、独《ひと》り大理石《だいりせき》の階段を引き返した。誰もいない廊下《ろうか》を通り、グリフィンドール塔《とう》に戻《もど》った。

「合言葉《あいことば》は？」トロトロ眠っていた「太った婦人《レディ》」が、急に目覚めて聞いた。

「**フォルチュナ・マジョール、たなぼた**」ハリーは気のない言い方をした。

肖像画《しょうぞうが》がパッと開き、ハリーは穴をよじ登って談話室《だんわしつ》に入った。そこは、ぺちゃくちゃにぎやかな一年生、二年生で一杯《いっぱい》だった。上級生も数人いたが、飽《あ》きるほどホグズミードに行ったことがあるに違いない。

「ハリー！　ハリー！　ハリーったら！」

コリン・クリービーだった。ハリーを崇拝《すうはい》している二年生で、話しかける機会《きかい》をけっして逃《のが》さない。

「ハリー、ホグズミードに行かないんですか？　どうして？　あ、そうだ――」

コリンは熱っぽく周《まわ》りの友達を見回してこう言った。

「よろしかったら、ここへ来て、僕たちと一緒《いっしょ》に座りませんか？」

「アー――ううん。でも、ありがとう、コリン」

ハリーは、寄《よ》ってたかって額《ひたい》の傷《きず》をしげしげ眺《なが》められるのに耐《た》えられない気分だった。

「僕――図書室に行かなくちゃ。やり残した宿題があって」

そう言った手前《てまえ》、回れ右して肖像画《しょうぞうが》の穴に戻《もど》るしかなかった。

「さっきわざわざ起こしておいて、どういうわけ？」

「太った婦人《レディ》」が、出ていくハリーの後ろ姿に向かって不機嫌《ふきげん》な声を出した。

ハリーは気が進まないまま、なんとなく図書室のほうに向かったが、途中《とちゅう》で気が変わった。勉強する気になれない。くるりと向きを変えたそのとたん、フィルチと鉢合《はちあ》わせした。ホグズミード行きの最後の生徒を送り出した直後だろう。

「何をしている？」フィルチが疑《うたぐ》るように歯をむき出した。

「別に何も」ハリーは本当のことを言った。

「べつになにも！」フィルチはたるんだ頬《ほお》を震《ふる》わせて吐《は》き出すように言った。

「そうでござんしょうとも！　独《ひと》りでこっそり歩き回りおって。仲間の悪童《あくどう》どもと、ホグズミードで『臭《くさ》い玉《たま》』とか、『ゲップ粉《ごな》』とか、『ヒューヒュー飛行虫《ひこうちゅう》』なんぞを買いにいかないのはどういうわけだ？」

ハリーは肩をすくめた。

「さあ、おまえのいるべき場所に戻れ。談話室《だんわしつ》にだ」

ガミガミ怒鳴《どな》り、フィルチはハリーの姿が見えなくなるまでその場で睨《にら》みつけていた。

ハリーは談話室には戻らなかった。ふくろう小屋に行ってヘドウィグに会おうかと、ぼんやり考えながら階段を上った。廊下《ろうか》をいくつか歩いていると、とある部屋の中から声がした。

「ハリー？」

ハリーはあと戻りして声の主《ぬし》を探した。ルーピン先生が自分の部屋のドアの向こうから覗《のぞ》いている。

「何をしている？」ルーピン先生の口調《くちょう》は、フィルチのとはまるで違っていた。

「ロンやハーマイオニーはどうしたね？」

「ホグズミードです」ハリーは何気なく言ったつもりだった。

「ああ」ルーピン先生はそう言いながら、じっとハリーを観察《かんさつ》した。

「ちょっと中に入らないか？　ちょうど次のクラス用のグリンデローが届いたところだ」

「何がですって？」

ハリーはルーピンについて部屋に入った。部屋の隅《すみ》に大きな水槽《すいそう》が置いてある。鋭《するど》い角《つの》を生《は》やした気味の悪い緑色の生き物が、ガラスに顔を押しつけて百面相《ひゃくめんそう》をしたり、細長い指を曲げ伸ばししたりしていた。

「水魔《すいま》だよ」ルーピンは何か考えながらグリンデローを調べていた。

「こいつはあまり難《むずか》しくはないはずだ。なにしろ河童《カッパ》のあとだしね。コツは、指で絞《し》められたらどう解《と》くかだ。異常に長い指だろう？　強力だが、とても脆《もろ》いんだ」

水魔《グリンデロー》は緑色の歯をむき出し、それから隅《すみ》の水草の茂みに潜《もぐ》り込《こ》んだ。

「紅茶はどうかな？」ルーピンはヤカンを探した。「私もちょうど飲もうと思っていたところだが」

「いただきます」ハリーはぎごちなく答えた。

ルーピンが杖《つえ》で叩《たた》くと、たちまちヤカンの口から湯気《ゆげ》が噴《ふ》き出した。

「お座り」ルーピンは埃《ほこり》っぽい紅茶の缶《かん》のふたを取った。

「すまないが、ティー・バッグしかないんだ。——しかし、お茶の葉はうんざりだろう？」

ハリーは先生を見た。ルーピンの目がキラキラ輝《かがや》いていた。

「先生はどうしてそれをご存知《ぞんじ》なんですか？」

「マクゴナガル先生が教えてくださった」

ルーピンは縁《ふち》の欠けたマグカップをハリーに渡《わた》した。

「気にしたりしてはいないだろうね？」

「いいえ」一瞬《いっしゅん》、ハリーは、マグノリア・クレセント通りで見かけた犬のことを、ルーピンに打ち明けようかと思ったが、思い止《とど》まった。ルーピンに臆病者《おくびょうもの》と思われたくなかった。ハリーは「まね妖怪《ボガート》」にも立ち向かえないと、ルーピンにそう思われているらしいので、なおさらだった。

ハリーの考えていることが顔に出たらしい。

「心配事があるのかい、ハリー」とルーピンが聞いた。

「いいえ」

ハリーは嘘《うそ》をついた。紅茶を少し飲み、水魔がハリーに向かって拳《こぶし》を振り回しているのを眺《なが》めた。

「はい、あります」ハリーはルーピンの机に紅茶を置き、出し抜けに言った。

「先生、まね妖怪と戦ったあの日のことを覚えていらっしゃいますか？」

「ああ」ルーピンがゆっくりと答えた。

「どうして僕《ぼく》に戦わせてくださらなかったのですか？」ハリーの問いは唐突《とうとつ》だった。

ルーピンはちょっと眉《まゆ》を上げた。

「ハリー、言わなくともわかることだと思っていたが」

ルーピンはちょっと驚いたようだった。

ハリーは、ルーピンがそんなことはないと否定すると予想していたので、意表《いひょう》を衝《つ》かれた。

「どうしてですか?」同じ問いを繰《く》り返した。

「そうだね」ルーピンは微《かす》かに眉《まゆ》をひそめた。「まね妖怪《ボガート》が君に立ち向かったら、ヴォルデモート卿《きょう》の姿になるだろうと思った」

ハリーは目を見開いた。予想もしていない答えだったし、その上、ルーピンはヴォルデモートの名前を口にした。これまで、その名を口に出して言ったのは（ハリーは別として）、ダンブルドア先生だけだった。

「たしかに、私の思い違いだった」ルーピンはハリーに向かって顔をしかめたまま言った。「しかし、あの職員室《しょくいんしつ》でヴォルデモート卿の姿が現れるのはよくないと思った。みんなが恐怖《きょうふ》にかられるだろうからね」

「最初はたしかにヴォルデモートを思い浮かべました」ハリーは正直に言った。

「でも、僕《ぼく》——僕は吸魂鬼《ディメンター》のことを思い出したんです」

「そうか」ルーピンは考え深げに言った。「そうなのか。いや……感心したよ」

ルーピンはハリーの驚いたような顔を見て、ふっと笑みを浮かべた。

「それは、君がもっとも恐れているものが——恐怖そのもの——だということなんだ。ハリー、とても賢明《けんめい》なことだよ」

何と言ってよいかわからなかったので、ハリーはまた紅茶を少し飲んだ。

「それじゃ、私が、君にはまね妖怪と戦う能力がないと思った、そんなふうに考えていたのかい？」ルーピンは鋭《するど》く言い当てた。

「あの……、はい」急にハリーは気持が軽くなった。「ルーピン先生。あの、吸魂鬼のことですが――」

ドアをノックする音で、話が中断《ちゅうだん》された。

「どうぞ」ルーピンが言った。

ドアが開いて、入ってきたのはスネイプだった。手にしたゴブレットから微《かす》かに煙が上がっている。ハリーの姿を見つけると、はたと足を止め、暗い目を細めた。

「ああ、セブルス」ルーピンが笑顔で言った。

「どうもありがとう。このデスクに置いていってくれないか？」

スネイプは煙を上げているゴブレットを置き、ハリーとルーピンに交互《こうご》に目を走らせた。

「ちょうどいまハリーに水魔《グリンデロー》を見せていたところだ」

ルーピンが水槽《すいそう》を指差《ゆびさ》して楽しそうに言った。

「それは結構《けっこう》」水魔を見もしないでスネイプが言った。

「ルーピン、すぐ飲みたまえ」

「はい、はい。そうします」ルーピンが答えた。

「ひと鍋《なべ》分を煎《せん》じた」スネイプが言った。「もっと必要とあらば」

「たぶん、明日《あした》また少し飲まないと。セブルス、ありがとう」

「礼には及ばん」そう言うスネイプの目に、何かハリーには気に入らないものがあった。スネイプはにこりともせず、二人を見据《みす》えたまま、後ずさりして部屋を出ていった。

ハリーが怪訝《けげん》そうにゴブレットを見ていたので、ルーピンが微笑《ほほえ》んだ。

「スネイプ先生が私のためにわざわざ薬を調合《ちょうごう》してくださった。私はどうも昔から薬を煎《せん》じるのが苦手《にがて》でね。これはとくに複雑《ふくざつ》な薬なんだ」

ルーピンはゴブレットを取り上げて匂《にお》いを嗅《か》いだ。

「砂糖《さとう》を入れると効《き》き目《め》がなくなるのは残念だ」

ルーピンはそう言ってひと口飲み、身震《みぶる》いした。

「どうして――?」

ルーピンはハリーを見て、ハリーが聞きかけた質問に答えた。

「このごろどうも調子がおかしくてね。この薬しか効《き》かないんだ。スネイプ先生と同じ職場《しょくば》で仕事ができるのは本当にラッキーだ。これを調合できる魔法使いは少ない」

ルーピン先生はまたひと口飲んだ。ハリーはゴブレットを先生の手から叩《たた》き落としたいという、烈《はげ》しい衝動《しょうどう》にかられた。

「スネイプ先生は闇《やみ》の魔術《まじゅつ》にとっても関心があるんです」ハリーが思わず口走った。

「そう？」ルーピン先生はそれほど関心を示さず、もうひと口飲んだ。

「人によっては――」

ハリーはためらったが、高みから飛び降《お》りるような気持で思い切って言った。

「スネイプ先生は、『闇の魔術に対する防衛術《ぼうえいじゅつ》』の講座《こうざ》を手に入れるためなら何でもするだろうって、そう言う人がいます」

ルーピン先生はゴブレットを飲み干《ほ》し、顔をしかめた。

「ひどい味だ。さあ、ハリー。私は仕事を続けることにしよう。あとで宴会《えんかい》で会おう」

「はい」ハリーも空《から》になった紅茶のカップを置いた。

空のゴブレットからは、まだ煙が立ち昇っていた。

「ほーら。持てるだけ持ってきたんだ」ロンが言った。

鮮《あざ》やかな彩《いろど》りの菓子《かし》が、雨のようにハリーの膝《ひざ》に降《ふ》り注いだ。黄昏時《たそがれどき》、ロンとハーマイオニーは談話室《だんわしつ》に着いたばかりで、寒風《かんぷう》に頬《ほお》を染《そ》め、人生最高の楽しい時を過ごしてきたかのような顔をしていた。

「ありがとう」ハリーは「黒胡椒《くろこしょう》キャンディ」の小さな箱を摘《つま》み上げながら言った。

「ホグズミードって、どんなとこだった？　どこに行ったの？」

全部――答えはそんな感じだった。魔法用具店の「ダービシュ・アンド・バングズ」、悪戯《いたずら》専門店《せんもんてん》の「ゾンコ」、「三本の箒《ほうき》」では泡立《あわだ》った温《あたた》かいバタービールをマグカップで引っかけ、その他いろいろなところだった。

「ハリー、郵便局ときたら！　二百羽くらいふくろうがいて、みんな棚《たな》に止まってるんだ。郵便の配達《はいたつ》速度によって、ふくろうが色分けしてあるんだ！」

「『ハニーデュークス』に新商品のヌガーがあって、試食品《ししょくひん》をただで配ってたんだ。少し入れといたよ。見て――」

「私たち、『人食《ひとく》い鬼《おに》』を見たような**気がするわ**。『三本の箒』には、まったくあらゆるものが来るの――」

「バタービールを持ってきてあげたかったなあ。体が芯《しん》から温まるんだ――」

「あなたは何をしていたの？」ハーマイオニーが心配そうに聞いた。「宿題やった？」

「ううん。ルーピンが部屋で紅茶を入れてくれた。それからスネイプが来て……」

ハリーはゴブレットのことを洗いざらい二人に話した。ロンは口をパカッと開けた。

「**ルーピンがそれ、飲んだ？**」ロンは息を呑《の》んだ。「マジで？」

ハーマイオニーが腕時計《うでどけい》を見た。

「そろそろ下りたほうがいいわ。宴会《えんかい》があと五分で始まっちゃう……」

三人は急いで肖像画《しょうぞうが》の穴を通り、みんなと一緒《いっしょ》になったが、まだスネイプのことを話していた。

「だけど、もしスネイプが――ねえ――」

ハーマイオニーが声を落として、あたりを注意深く見回した。

「もし、スネイプが**ほんとに**そのつもり――ルーピンに毒《どく》を盛《も》るつもりだったら――ハリーの目の前ではやらないでしょうよ」

「ウン、たぶん」

ハリーが言った時には、三人は玄関《げんかん》ホールに着き、そこを横切り、大広間《おおひろま》に向かっていた。大広間には、何百ものくり抜きかぼちゃに蝋燭《ろうそく》が点《とも》り、生きたこうもりが群《むら》がり飛んでいた。燃えるようなオレンジ色の吹き流しが、荒れ模様《もよう》の空を模《も》した天井《てんじょう》の下で、何本も鮮《あざ》やかな海ヘビのようにくねくねと泳いでいた。

食事もすばらしかった。ハーマイオニーとロンは、ハニーデュークスの菓子《かし》ではちきれそうだったはずなのに、全部の料理をおかわりした。ハリーは教職員《きょうしょくいん》テーブルのほうを何度もちらちら見たが、ルーピン先生は楽しそうで、とくに変わった様子もなく、「呪文学《じゅもんがく》」のチビのフリットウィック先生と何やら生き生きと話していた。ハリーは教職員テーブルに沿ってスネイプへと目を移した。スネイプの目が、不自然なほどしばしばルーピン先生のほうをちらちら見ているようだが、気のせいだろうか？

宴《うたげ》の締《し》めくくりは、ホグワーツのゴーストによる余興《よきょう》だ。壁《かべ》やらテーブルやらからポワンと現れて、編隊《へんたい》を組んで空中滑走《かっそう》した。グリフィンドールの寮《りょう》つきゴースト、「ほとんど首無しニック」は、しくじった打ち首の場面を再現し、大受けした。

「ポッター、吸魂鬼《ディメンター》がよろしくってさ！」

みんなが大広間《おおひろま》を出る時、マルフォイが人混《ひとご》みの中から叫《さけ》んだ言葉でさえ、ハリーの気分を壊《こわ》せないほどその夜は楽しかった。

ハリー、ロン、ハーマイオニーは他のグリフィンドール生の後ろについて、いつもの通路《つうろ》を塔《とう》へと向かったが、「太った婦人《レディ》」の肖像画《しょうぞうが》につながる廊下《ろうか》まで来ると、生徒がすし詰《づ》め状態《じょうたい》になっているのに出くわした。

「なんでみんな入らないんだろう？」ロンが怪訝《けげん》そうに言った。

ハリーはみんなの頭の間から前のほうを覗《のぞ》いた。肖像画が閉まったままらしい。

「通してくれ、さあ」

パーシーの声だ。人波《ひとなみ》をかき分けて、偉《えら》そうに肩で風を切って歩いてくる。

「何をもたもたしてるんだ？　全員合言葉《あいことば》を忘れたわけじゃないだろう。――ちょっと通してくれ。僕《ぼく》は首席《しゅせき》だ――」

さーっと沈黙《ちんもく》が流れた。前のほうから始まり、冷気が廊下に沿って広がるようだった。パーシーが突然鋭《とつぜんするど》く叫《さけ》ぶ声が聞こえた。

「誰か、ダンブルドア先生を呼んで。急いで」

ざわざわと頭が動き、後列《こうれつ》の生徒は爪先立《つまさきだ》ちになった。

「どうしたの？」いま来たばかりのジニーが聞いた。

次の瞬間《しゅんかん》、ダンブルドア先生がそこに立っていた。肖像画のほうにさっと歩いていった。生徒が押し合いへし合いして道を空《あ》けた。ハリー、ロン、ハーマイオニーは何が問題なのかよく見ようと、近くまで行った。

「ああ、なんてこと――」ハーマイオニーが絶叫《ぜっきょう》してハリーの腕《うで》をつかんだ。

「太った婦人《レディ》」は肖像画から消え去り、絵はめった切りにされて、キャンバスの切れ端《はし》が床に散らばっていた。絵のかなりの部分が完全に切り取られている。

ダンブルドアは、無残《むざん》な姿の肖像画をひと目見るなり、暗い深刻《しんこく》な目で振り返った。マクゴナガル、ルーピン、スネイプの先生方が、ダンブルドア校長のほうに駆《か》けつけてくるところだった。

「『婦人《レディ》』を探さなければならん」ダンブルドアが言った。

「マクゴナガル先生。すぐにフィルチさんのところに行って、城中の絵の中を探すよう言ってくださらんか」

「見つかったらお慰《なぐさ》み！」甲高《かんだか》いしわがれ声がした。

ポルターガイストのピーブズだ。みんなの頭上をひょこひょこ漂《ただよ》いながら、いつものように、大惨事《だいさんじ》や心配事がうれしくてたまらない様子だ。

「ピーブズ、どういうことかね？」

ダンブルドアは静かに聞いた。ピーブズはニヤニヤ笑いをちょっと引っ込《こ》めた。さすがのピーブズもダンブルドアをからかう勇気はない。ねっとりした作り声で話したが、いつもの甲高《かんだか》い声よりなお悪かった。

「校長閣下《かっか》、恥ずかしかったのですよ。見られたくなかったのですよ。あの女はズタズタでしたよ。五階の風景画《ふうけいが》の中を走ってゆくのを見ました。木にぶつからないようにしながら走ってゆきました。ひどく泣き叫《さけ》びながらね」

うれしそうにそう言い、「おかわいそうに」と白々《しらじら》しくも言い添《そ》えた。

「『婦人《レディ》』は誰がやったか話したかね？」ダンブルドアが静かに聞いた。

「ええ、たしかに。校長閣下」大きな爆弾《ばくだん》を両腕《りょううで》に抱きかかえているような言い種《ぐさ》だ。

「そいつは、『婦人《レディ》』が入れてやらないんでひどく怒っていましたねえ」

ピーブズはくるりと宙返《ちゅうがえ》りし、自分の足の間からダンブルドアに向かってニヤニヤした。

「あいつは癇癪《かんしゃく》持ちだねえ。あのシリウス・ブラックは」

第9章

CHAPTER NINE
Grim Defeat

恐怖の敗北

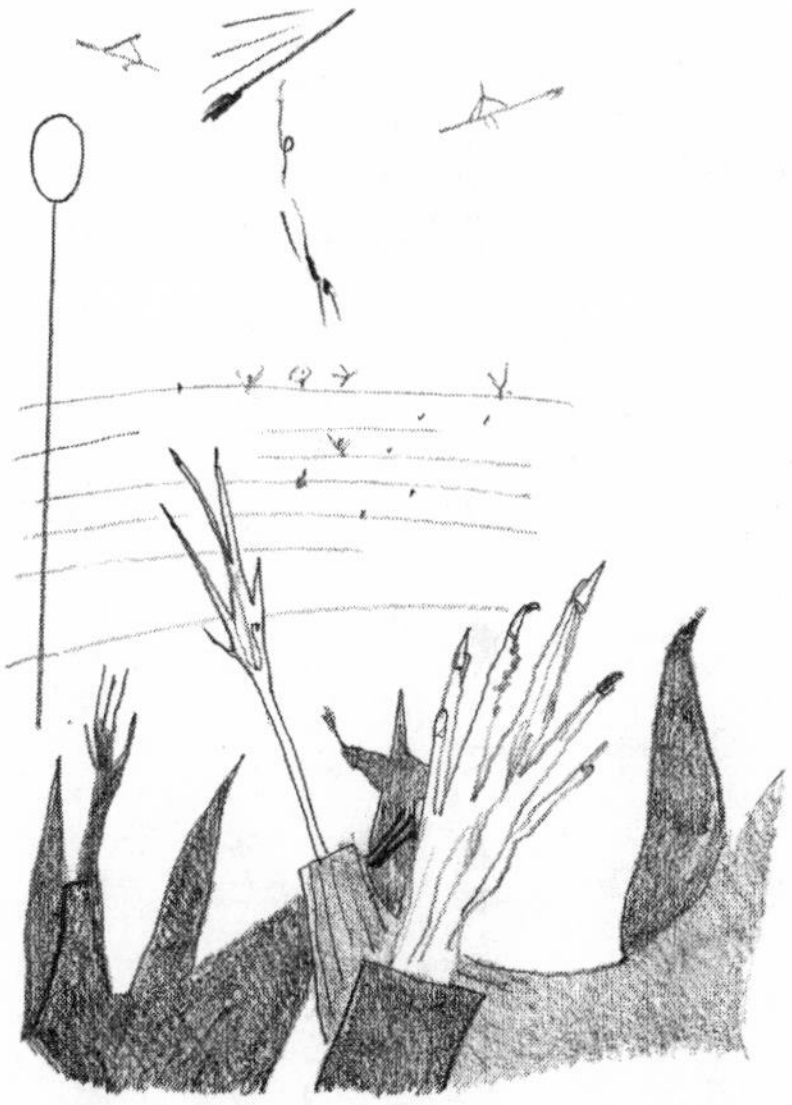

ダンブルドア校長はグリフィンドール生全員に、大広間《おおひろま》に戻《もど》るように言い渡《わた》した。十分後に、ハッフルパフ、レイブンクロー、スリザリンの寮生《りょうせい》も、みんな当惑《とうわく》した表情で、全員大広間に集まった。

「先生たち全員で、城の中をくまなく捜索《そうさく》せねばならん」

マクゴナガル先生とフリットウィック先生が、大広間の扉《とびら》という扉を全部閉めきっている間、ダンブルドア校長がそう告げた。

「ということは、気の毒《どく》じゃが、皆、今夜はここに泊《と》まることになろうの。皆の安全のためじゃ。監督生《かんとくせい》は大広間の入口の見張《みは》りに立ってもらおう。首席《しゅせき》の二人に、ここの指揮《しき》を任《まか》せようぞ。何か不審《ふしん》なことがあれば、直《ただ》ちにわしに知らせるように」

ダンブルドアは、厳《いか》めしくふん反り返ったパーシーに向かって、最後に一言《ひとこと》つけ加えた。

「ゴーストをわしへの伝令《でんれい》に使うがよい」

ダンブルドアは大広間から出ていこうとしたが、ふと立ち止まった。

「おお、そうじゃ。必要なものがあったのう……」

はらりと杖《つえ》を振ると、長いテーブルが全部大広間の片隅《かたすみ》に飛んでいき、きちんと壁《かべ》を背にして並んだ。もう一振《ひと》りすると、何百個ものふかふかした紫色の寝袋《ねぶくろ》が現れて、床一杯《いっぱい》に敷《し》き詰《つ》められた。

「ぐっすりおやすみ」

大広間を出ていきながら、ダンブルドア校長が声をかけた。たちまち、大広間中がガヤガヤうるさくなった。グリフィンドール生が他の寮生に事件の話を始めたのだ。

「みんな寝袋に入りなさい！」

パーシーが大声で言った。

「さあ、さあ、おしゃべりはやめたまえ！　消灯《しょうとう》まであと十分！」

「行こうぜ」ロンがハリーとハーマイオニーに呼びかけ、三人はそれぞれ寝袋をつかんで隅《すみ》のほうに引きずっていった。

「ねえ、ブラックはまだ城の中だと思う？」ハーマイオニーが心配そうに囁《ささや》いた。

「ダンブルドアは明らかにそう思ってるみたいだな」とロン。

「ブラックが今夜を選んでやってきたのはラッキーだったと思うわ」

三人とも服を着たままで寝袋に潜《もぐ》り込《こ》み、頬杖《ほおづえ》をつきながら話を続けた。

「だって今夜だけはみんな寮塔《りょうとう》にいなかったんですもの……」

「きっと、逃亡中《とうぼうちゅう》で時間の感覚がなくなったんだと思うな」ロンが言った。

「今日がハロウィーンだって気づかなかったんだよ。じゃなきゃこの広間を襲撃《しゅうげき》してたぜ」

ハーマイオニーが身震《みぶる》いした。周《まわ》りでも、みんなが同じことを話し合っていた。

「いったいどうやって入り込んだんだろう？」

「『姿現《すがたあらわ》し術《じゅつ》』を心得《こころえ》てたんだと思うな」ちょっと離《はな》れたところにいたレイブンクロー生が言った。「ほら、どこからともなく突如《とつじょ》現れるアレさ」

「変装《へんそう》してたんだ、きっと」ハッフルパフの五年生が言った。

「飛んできたのかも知れないぞ」ディーン・トーマスが言った。

「まったく。『ホグワーツの歴史《れきし》』を読もうと思ったことがあるのは、**私一人だけ**だっていうの？」

「たぶんそうだろ」とロンが言った。「どうしてそんなこと聞くんだ？」

「それはね、この城を護《まも》っているのは**城壁《じょうへき》だけ**じゃないってことなの。こっそり入り込《こ》めないように、ありとあらゆる呪文《じゅもん》がかけられているのよ。ここでは『姿現し』はできないわ。それに、吸魂鬼《ディメンター》の裏をかくような変装があったら拝見《はいけん》したいものだわ。校庭の入口は一つ残らず吸魂鬼が見張《みは》ってる。空を飛んできたって見つかったはずだわ。その上、秘密《ひみつ》の抜け道はフィルチが全部知ってるから、そこも吸魂鬼が見逃《みのが》してはいないはず……」

「灯《あか》りを消すぞ！」パーシーが怒鳴《どな》った。「全員寝袋《ねぶくろ》に入って、おしゃべりはやめ！」

蝋燭《ろうそく》の灯《ひ》がいっせいに消えた。残された明りは、ふわふわ漂《ただよ》いながら監督生《かんとくせい》たちと深刻《しんこく》な話をしている銀色のゴーストと、城の外の空と同じように星がまたたく魔法の天井《てんじょう》の光だけだった。そんな薄明《うすあか》りの中、大広間《おおひろま》にひそひそと流れ続ける囁《ささや》きの中で、ハリーはまるで静かな風の吹く戸外《こがい》に横たわっているような気持になった。

一時間ごとに先生が一人ずつ大広間に入ってきて、何事もないかどうか確かめた。やっとみんなが寝静《ねしず》まった朝の三時ごろ、ダンブルドア校長が入ってきた。ハリーが見ていると、ダンブルドアはパーシーを探していた。パーシーは寝袋の間を巡回《じゅんかい》して、おしゃべりをやめさせていた。パーシーはハリーやロン、ハーマイオニーのすぐ近くにいたが、ダンブルドアの足音が近づいてきたので、三人とも急いで狸寝入《たぬきねい》りをした。

「先生、何か手がかりは？」パーシーが低い声で尋《たず》ねた。

「いや。ここは大丈夫《だいじょうぶ》かの？」

「異常《いじょう》なしです。先生」

「よろしい。何もいますぐ全員を移動させることはあるまい。グリフィンドールの門番には臨時《りんじ》の者を見つけておいた。明日になったら皆を寮《りょう》に移動させるがよい」

「それで、『太った婦人《レディ》』は？」

「三階のアーガイルシャーの地図の絵に隠れておる。合言葉《あいことば》を言わないブラックを通すのを拒《こば》んだらしいのう。それでブラックが襲《おそ》った。『婦人《レディ》』はまだ非常に動転《どうてん》しておるが、落ち着いてきたらフィルチに言って『婦人《レディ》』を修復《しゅうふく》させようぞ」

ハリーの耳に大広間の扉《とびら》がまた開く音が聞こえ、別の足音が聞こえた。

「校長ですか？」スネイプだ。ハリーは身じろぎもせず聞き耳を立てた。

「四階はくまなく捜《さが》しました。ヤツはおりません。さらにフィルチが地下牢《ちかろう》を捜しましたが、そこにも何もなしです」

「天文台《てんもんだい》の塔《とう》はどうかね？　トレローニー先生の部屋は？　ふくろう小屋は？」

「すべて捜《さが》しましたが……」

「セブルス、ご苦労じゃった。わしも、ブラックがいつまでもぐずぐず残っているとは思っておらなかった」

「校長、ヤツがどうやって入ったか、何か思い当たることがおありですか？」

スネイプが聞いた。

ハリーは、腕《うで》にもたせていた頭をわずかに持ち上げて、もう一方の耳でも聞こえるようにした。

「セブルス、いろいろとあるが、どれもこれも皆ありえないことでな」

ハリーは薄目《うすめ》を開けて三人が立っているあたりを盗《ぬす》み見た。ダンブルドアは背中を向けていたが、パーシーの全神経《ぜんしんけい》を集中させた顔とスネイプの怒ったような横顔が見えた。

「校長、先日の我々《われわれ》の会話を覚えておいででしょうな。たしか――あー――一学期の始まった時の？」スネイプはほとんど唇《くちびる》を動かさずに話していた。まるでパーシーを会話から閉め出そうとしているかのようだった。

「いかにも」ダンブルドアが答えた。その言い方に警告《けいこく》めいた響《ひび》きがあった。

「どうも――内部の者の手引きなしには、ブラックが本校に入るのは――ほとんど不可能かと。我輩《わがはい》は、しかとご忠告《ちゅうこく》申し上げました。校長が任命《にんめい》を――」

「この城の内部の者がブラックの手引きをしたとは、わしは考えておらん」

ダンブルドアの言い方には、この件は打ち切りと、スネイプに二の句を継《つ》がせない、きっぱりとした調子があった。

「わしは吸魂鬼《ディメンター》たちに会いにいかねばならん。捜索《そうさく》が終わったら知らせると言ってあるのでな」とダンブルドアが言った。

「先生、吸魂鬼は手伝おうとは言わなかったのですか？」パーシーが聞いた。

「おお、言ったとも」ダンブルドアの声は冷《ひ》やかだった。

「わしが校長職《しょく》にあるかぎり、吸魂鬼にはこの城の敷居《しきい》は跨《また》せん」

パーシーは少し恥じ入った様子だった。ダンブルドアは足早《あしばや》にそっと大広間《おおひろま》を出ていった。スネイプはその場にたたずみ、憤懣《ふんまん》やる方《かた》ない表情で、校長を見送っていたが、やがて自分も部屋を出ていった。

ハリーが横目でロンとハーマイオニーを見ると、二人とも目を開けていた。二人の目に天井《てんじょう》の星が映《うつ》っていた。

「いったい何のことだろう」ロンがつぶやいた。

それから数日というもの、学校中シリウス・ブラックの話で持ちきりだった。どうやって城に入り込《こ》んだのか、話に尾ひれがついてどんどん大きくなった。ハッフルパフのハンナ・アボットときたら、「薬草学《やくそうがく》」の時間中ずっと、話を聞いてくれる人を捕《つか》まえては、ブラックは花の咲《さ》く灌木《かんぼく》に変身できるのだとしゃべりまくった。

切り刻《きざ》まれた「太った婦人《レディ》」の肖像画《しょうぞうが》は壁《かべ》から取りはずされ、代わりにずんぐりした灰色のポニーに跨《また》った「カドガン卿《きょう》」の肖像画が掛《か》けられた。これにはみんな大弱りだった。カドガン卿は誰かれかまわず決闘《けっとう》を挑《いど》んだし、そうでなければ、とてつもなく複雑《ふくざつ》な合言葉《あいことば》をひねり出すのに余念《よねん》がなかった。そして少なくとも一日二回は合言葉を変えた。

「あの人、超《チョー》狂ってるよ」シェーマス・フィネガンが頭にきてパーシーに訴《うった》えた。

「ほかに人はいないの?」

「どの絵もこの仕事を嫌《きら》ったんでね」パーシーが言った。「『太った婦人《レディ》』にあんなことがあったから、みんな怖《こわ》がって、名乗り出る勇気があったのはカドガン卿だけだったんだ」

しかし、ハリーはカドガン卿を気にするどころではなかった。いまやハリーを監視《かんし》する目が大変だった。先生方は何かと理由をつけてはハリーと一緒《いっしょ》に廊下《ろうか》を歩いたし、パーシー・ウィーズリーは（ハリーの察《さっ》するところ、母親の言いつけなのだろうが）、ハリーの行くところはどこにでもぴったりついてきた。まるでふん反り返った番犬のようだった。極《きわ》めつきは、マクゴナガル先生だった。自分の部屋にハリーを呼んだ時、先生があまりに暗い顔をしているので、ハリーは誰かが死んだのかと思ったぐらいだった。

「ポッター、いまとなっては隠していてもしょうがありません」

マクゴナガル先生の声は深刻《しんこく》そのものだった。

「あなたにとってはショックかもしれませんが、実はシリウス・ブラックは――」

「僕《ぼく》を狙《ねら》っていることは知っています」ハリーはもううんざりだという口調《くちょう》で言った。

「ロンのお父さんが、お母さんに話しているのを聞いてしまいました。ウィーズリーさんは魔法省《まほうしょう》にお勤《つと》めですから」

マクゴナガル先生はドキリとした様子だった。一瞬《いっしゅん》ハリーを見つめたが、すぐに言葉を続けた。

「よろしい！　それでしたら、ポッター、あなたが夕刻《ゆうこく》にクィディッチの練習をするのはあまり好《この》ましいことではない、という私《わたくし》の考えがわかってもらえるでしょうね。あなたとチームのメンバーだけがピッチに出ているのは、あまりに危険《きけん》ですし、あなたは――」

「土曜日に最初の試合があるんです！」ハリーは気を昂《たかぶ》らせた。

「先生、絶対《ぜったい》練習しないと！」

マクゴナガル先生はじっとハリーを見つめた。ハリーは、マクゴナガル先生がグリフィンドール・チームの勝算《しょうさん》に、大きな関心をよせていることを知っていた。そもそもハリーをシーカーにしたのは、マクゴナガル先生自身なのだ。ハリーは息を凝《こ》らして先生の言葉を待った。

「フム……」

マクゴナガル先生は立ち上がり、窓から雨に霞《かす》むクィディッチ競技場《きょうぎじょう》を見つめた。

「そう……まったく、今度こそ優勝杯《ゆうしょうはい》を獲得《かくとく》したいものです。……しかし、それはそれ、これはこれ。ポッター……私《わたくし》としては、誰か先生につき添《そ》っていただければより安心です。フーチ先生に練習の監督《かんとく》をしていただきましょう」

第一回のクィディッチ試合が近づくにつれて、天候《てんこう》は着実に悪くなっていった。それにもめげず、グリフィンドール・チームはフーチ先生の見守る中、以前にも増して激《はげ》しい練習を続けた。そして、土曜日の試合を控《ひか》えた最後の練習の時、オリバー・ウッドがいやな知らせを持ってきた。

「相手はスリザリンではない！」ウッドはカンカンになってチームにそう伝えた。

「フリントがいましがた会いにきた。我々《われわれ》はハッフルパフと対戦《たいせん》することになった！」

「どうして？」チーム全員が同時に聞き返した。

「フリントのやつ、シーカーの腕《うで》がまだ治《なお》ってないからと吐《ぬ》かした」

ウッドはギリリと歯軋《はぎし》りした。

「理由は知れたこと。こんな天気じゃプレイしたくないってわけだ。これじゃ自分たちの勝ち目が薄《うす》いと読んだんだ……」

その日は一日中強い雨風が続き、ウッドが話している間にも遠い雷鳴《らいめい》が聞こえてきた。

「マルフォイの腕は**どこも悪くない！**」ハリーは怒った。「悪いふりをしてるんだ！」

「わかってるさ。しかし、証明《しょうめい》できない」ウッドが吐《は》き捨てるように言った。

「我々がこれまで練習してきた戦略《せんりゃく》は、スリザリンを対戦相手に想定《そうてい》していた。それが、ハッフルパフときた。あいつらのスタイルはまた全然違う。あそこはキャプテンが新しくなった。シーカーのセドリック・ディゴリーだ――」

アンジェリーナ、アリシア、ケイティの三人が急にクスクス笑いをした。

「なんだ？」この一大事に不謹慎《ふきんしん》なと、ウッドは顔をしかめた。

「あの背の高いハンサムな人でしょう？」アンジェリーナが言った。

「無口で強そうな」とケイティが言うと、三人でまたクスクス笑いが始まった。

「無口だろうさ。二つの言葉をつなげる頭もないからな」

フレッドがイライラしながら言った。

「オリバー、何も心配する必要はないだろう？　ハッフルパフなんて、ひとひねりだ。前回の試合じゃ、ハリーが五分かそこいらでスニッチを取っただろう？」

「今度の試合は状況《じょうきょう》がまるっきり違うのだ！」ウッドが目をむいて叫《さけ》んだ。

「ディゴリーは強力なチームを編成《へんせい》した！　優秀《ゆうしゅう》なシーカーだ！　諸君《しょくん》がそんなふうに甘《あま》く考えることを俺《おれ》は恐れていた！　我々は気を抜いてはならない！　あくまで神経《しんけい》を集中せよ！　スリザリンは我々に揺《ゆ》さぶりをかけようとしているのだ！　我々は**勝たねば**ならん！」

「オリバー、落ち着けよ！」フレッドは毒気《どっけ》を抜かれたような顔をした。

「俺《おれ》たち、ハッフルパフのことをまじめに考えてるさ。**クソまじめさ**」

試合前日、風は唸《うな》りを上げ、雨はいっそう激《はげ》しく降《ふ》った。廊下《ろうか》も教室も真っ暗で、松明《たいまつ》や蝋燭《ろうそく》の数を増やしたほどだった。スリザリン・チームは余裕《よゆう》しゃくしゃくで、マルフォイが一番得意《とくい》そうだった。

「ああ、腕がもう少しなんとかなったらなぁ！」

窓を打つ嵐《あらし》をよそに、マルフォイがため息をついた。

ハリーの頭は明日の試合のことで一杯《いっぱい》だった。オリバー・ウッドが授業《じゅぎょう》の合間《あいま》に急いでやってきては、ハリーに指示を与えた。三度目のとき、ウッドの話が長すぎて、気がついた時にはハリーは「闇《やみ》の魔術《まじゅつ》に対する防衛術《ぼうえいじゅつ》」のクラスに十分も遅《おく》れていた。急いで駆《か》けだすと、後ろからウッドの大声が追いかけてきた。

「ディゴリーは急旋回《きゅうせんかい》が得意だ。ハリー、宙返《ちゅうがえ》りでかわすのがいい――」

ハリーは「闇の魔術に対する防衛術」の教室の前で急停止《きゅうていし》し、ドアを開けて中に飛び込《こ》んだ。

「遅れてすみません。ルーピン先生、僕《ぼく》――」

教壇《きょうだん》の机から顔を上げたのは、ルーピン先生ではなく、スネイプだった。

「授業は十分前に始まったぞ、ポッター。であるからグリフィンドールは十点減点《げんてん》とする。座れ」

しかしハリーは動かなかった。

「ルーピン先生は？」

「今日は気分が悪く、教えられないとのことだ」スネイプの口元に歪《ゆが》んだ笑いが浮かんだ。

「座れと言ったはずだが？」

それでもハリーは動かなかった。

「どうなさったのですか？」

スネイプはぎらりと暗い目を光らせた。

「命に別状《べつじょう》はない」別状があればいいのにとでも言いたげだった。

「グリフィンドール、さらに五点減点。もう一度我輩《わがはい》に『座れ』と言わせたら、五十点減点する」

ハリーはのろのろと自分の席まで歩いていき、腰を掛《か》けた。スネイプはクラスをずいと見回した。

「ポッターが邪魔《じゃま》をする前に話していたことであるが、ルーピン先生はこれまでどのような内容を教えたのか、まったく記録《きろく》を残していないからして――」

「先生、これまでやったのは、まね妖怪《ボガート》、赤帽鬼《レッドキャップ》、河童《カッパ》、水魔《グリンデロー》です」

ハーマイオニーが一気に答えた。

「これからやる予定だったのは――」

「黙《だま》れ」スネイプが冷たく言った。「教えてくれと言ったわけではない。我輩《わがはい》はただ、ルーピン先生のだらしなさを指摘《してき》しただけである」

「ルーピン先生はこれまでの『闇《やみ》の魔術《まじゅつ》に対する防衛術《ぼうえいじゅつ》』の先生の中で一番よい先生です」

ディーン・トーマスの勇敢《ゆうかん》な発言を、クラス中がガヤガヤと支持《しじ》した。スネイプの顔がいっそう威嚇的《いかくてき》になった。

「点の甘《あま》いことよ。ルーピンは諸君《しょくん》に対して著《いちじる》しく厳《きび》しさに欠ける。――赤帽鬼《レッドキャップ》や水魔《グリンデロー》など、一年坊主《ぼうず》でもできることだろう。我々《われわれ》が今日学ぶのは――」

ハリーが見ていると、スネイプ先生は教科書の一番後ろまでページをめくっていた。ここなら生徒はまだ習っていないと知っているに違いない。

「――人狼《じんろう》である」とスネイプが言った。

「でも、先生」ハーマイオニーは我慢《がまん》できずに発言した。

「まだ狼人間《おおかみにんげん》までやる予定ではありません。これからやる予定なのは、ヒンキーパンクで――」

「ミス・グレンジャー」スネイプの声は恐ろしく静かだった。

「この授業《じゅぎょう》は我輩が教えているのであり、君ではないはずだが。その我輩が、諸君に三九四ページをめくるようにと言っているのだ」

スネイプはもう一度ずいとクラスを見回した。

「**全員！　いますぐだ！**」

あちこちで苦々《にがにが》しげに目配《めくば》せが交《か》わされ、ブツブツ文句《もんく》を言う生徒もいたが、全員が教科書を開いた。

「人狼と真の狼《おおかみ》とをどうやって見分けるか、わかる者はいるか？」スネイプが聞いた。

みんなしーんと身動きもせず座り込《こ》んだままだった。ハーマイオニーだけが、いつものように勢いよく手を挙《あ》げた。

「誰かいるか？」

スネイプはハーマイオニーを無視《むし》した。口元にはあの薄《うす》ら笑いが戻《もど》っている。

「すると、何かね。ルーピン先生は諸君に、基本的な両者の区別さえまだ教えていないと――」

「お話ししたはずです」パーバティが突然《とつぜん》口を利《き》いた。

「わたしたち、まだ狼人間までいってません。いまはまだ――」

「**黙れ！**」スネイプの唇《くちびる》がめくれ上がった。

「さて、さて、三年生にもなって、人狼に出会っても見分けもつかない生徒にお目にかかろうとは、我輩は考えてもみなかった。諸君の学習がどんなに遅《おく》れているか、ダンブルドア校長にしっかりお伝えしておこう」

「先生」ハーマイオニーは、まだしっかり手を挙《あ》げたままだった。

「狼人間《おおかみにんげん》はいくつか細かいところで本当の狼と違っています。狼人間の鼻面《はなづら》は――」

「勝手にしゃしゃり出てきたのはこれで二度目だ。ミス・グレンジャー」冷《ひ》ややかにスネイプが言った。「鼻持《はなも》ちならない知ったかぶりで、グリフィンドールからさらに五点減点《げんてん》する」

ハーマイオニーは真《ま》っ赤《か》になって手を下ろし、目に涙をいっぱい浮かべてじっとうつむいた。クラスの誰もが、少なくとも一度はハーマイオニーを「知ったかぶり」と呼んでいる。それなのに、みんながスネイプを睨《にら》みつけた。クラス中の生徒が、スネイプに対する嫌悪感《けんおかん》を募《つの》らせたのだ。ロンは少なくとも週に二回はハーマイオニーに面と向かって「知ったかぶり」と言うくせに、大声でこう言った。

「先生はクラスに質問を出したじゃないですか。ハーマイオニーが答えを知ってたんだ！答えてほしくないんなら、なんで質問したんですか？」

言いすぎた、とみんながとっさにそう思った。クラス中が息をひそめる中、スネイプはじりじりとロンに近づいた。

「罰則《ばっそく》だ。ウィーズリー」スネイプは顔をロンにくっつけるようにして、するりと言い放《はな》った。

「さらに、我輩《わがはい》の教え方を君が批判《ひはん》するのが、再び我輩の耳に入った暁《あかつき》には、君は非常に後悔《こうかい》することになるだろう」

それからあとは、物音をたてる者もいなかった。机に座って教科書から狼人間に関して写しをした。スネイプは机の間を往《い》ったり来たりして、ルーピン先生が何を教えていたかを調べて回った。

「実にへたな説明だ……これは間違いだ。河童《カッパ》はむしろ蒙古《もうこ》によく見られる。……ルーピン先生はこれで十点満点中八点も？　我輩なら三点もやれん……」

やっとベルが鳴った時、スネイプはみんなを引き止めた。

「各自《かくじ》レポートを書き、我輩に提出《ていしゅつ》するよう。人狼《じんろう》の見分け方と殺し方についてだ。羊皮紙《ようひし》二巻《ふたまき》、月曜の朝までに提出したまえ。このクラスは、そろそろ誰かが締《し》めてかからねばならん。ウィーズリー、残りたまえ。罰則の仕方を決めねばならん」

ハリーとハーマイオニーは、クラスのみんなと外に出た。教室まで声が届かないところまでくると、みんな堰《せき》を切ったように、スネイプ攻撃《こうげき》をぶちまけた。

「いくらあの授業《じゅぎょう》の先生になりたいからといって、スネイプはほかの『闇《やみ》の魔術《まじゅつ》に対する防衛術《ぼうえいじゅつ》』の先生にあんなふうだったことはないよ。いったいルーピンに何の恨《うら》みがあるんだろう？　例の『まね妖怪《ボガート》』のせいだと思うかい？」ハリーはハーマイオニーに言った。

「わからないわ」ハーマイオニーが沈んだ口調《くちょう》で答えた。

「でも、ほんとに、早くルーピン先生がお元気になってほしい……」

五分後にロンが追いついてきた。カンカンに怒っている。

「聞いてくれよ。あの×××」(ロンがスネイプを「×××」と呼んだので、ハーマイオニーは「**ロン!**」と叫《さけ》んだ)「×××が僕《ぼく》に何をさせると思う? 医務室《いむしつ》のおまるを磨《みが》かせられるんだ。**魔法なしだぜ!**」ロンは拳《こぶし》を握《にぎ》りしめ、息を深く吸い込《こ》んだ。

「ブラックがスネイプの研究室《けんきゅうしつ》に隠れててくれたらなぁ。な? そしたらスネイプを始末《しまつ》してくれたかもしれないよ!」


次の日、ハリーは早々《はやばや》と目が覚めた。まだ外は暗かった。一瞬《いっしゅん》、風の唸《うな》りで目が覚めたかと思った。が、次の瞬間《しゅんかん》、首の後ろに冷たい風が吹《ふ》きつけるのを感じて、ハリーはガバッと起き上がった。——ポルターガイストのピーブズがすぐそばに浮かんでいて、ハリーの耳元に息を吹きつけていた。

「どうしてそんなことをするんだい?」ハリーは怒った。

ピーブズは頬《ほお》を膨《ふく》らませ、勢いよくもうひと吹きし、ケタケタ笑いながら吹いた息の反動で後退《こうたい》して、部屋から出ていった。

ハリーは手探りで目覚し時計を見つけ、時間を見た。四時半。ピーブズを罵《ののし》りながら、ハリーは寝返《ねがえ》りを打ち、眠ろうとした。しかし、いったん目が覚めてしまうと、ゴロゴロという雷《らい》鳴《めい》や、城の壁《かべ》を打つ風の音、遠くの「禁《きん》じられた森」の木々の軋《きし》み合う音が耳について振り払えない。あと数時間で、ハリーはこの風を突いて、クィディッチ・ピッチに出ていくのだ。ついにハリーは寝るのを諦《あきら》め、起き上がって服を着た。ニンバス2000を手にして、ハリーはそっと寝室《しんしつ》を出た。

寝室のドアを開けたとたん、ハリーの足元を何かがかすった。間一髪《かんいっぱつ》、屈《かが》んで捕《つか》まえたのはクルックシャンクスのぼさぼさの尻尾《しっぽ》だった。そのまま部屋の外に引《ひ》っ張《ぱ》り出した。

「君のことをロンがいろいろ言うのは、たしかに当たってると思うよ」

ハリーは、クルックシャンクスを怪《あや》しむように話しかけた。

「ネズミならほかにたくさんいるじゃないか。そっちを追いかけろよ。さあ」

ハリーは足でクルックシャンクスを螺旋《らせん》階段のほうに押しやった。

「スキャバーズには手を出すんじゃないよ」

嵐《あらし》の音は談話室《だんわしつ》のほうがはっきり聞こえた。試合がキャンセルになると考えるほどハリーは甘《あま》くはなかった。嵐だろうが、雷《かみなり》だろうが、そんな些細《ささい》なことでクィディッチが中止されたことはない。しかし、ハリーの不安感は募《つの》った。ウッドが以前廊下《ろうか》で、あれがセドリック・ディゴリーだと教えてくれた。五年生で、ハリーよりずっと大きかった。シーカーは軽くて素早《すばや》いのが普通だが、ディゴリーの重さはこの天候《てんこう》では有利かもしれない。吹き飛ばされてコースをはずれる可能性《かのうせい》が低いからだ。

ハリーは夜明けまで暖炉《だんろ》の前で時間をつぶし、ときどき立ち上がっては、性懲《しょうこ》りもなく男子寮《りょう》の階段に忍《しの》びよるクルックシャンクスを押さえていた。ずいぶん経《た》ってから、ハリーはもう朝食の時間だろうと思い、肖像画《しょうぞうが》の穴を一人でくぐっていった。

「立て！　かかってこい！　腰抜《こしぬ》けめ！」カドガン卿《きょう》が喚《わめ》いた。

「よしてくれよ」ハリーは欠伸《あくび》で応じた。

オートミールをたっぷり食べると少し生き返った。トーストを食べはじめるころには、他のチーム・メイトも全員現れた。

「今日はてこずるぞ」ウッドは何にも食べずにそう言った。

「オリバー、心配するのはやめて」アリシアがなだめるように言った。

「ちょっとぐらいの雨はへいちゃらよ」

しかし、雨は「ちょっとぐらい」どころではなかった。それでも、なにしろ大人気のクィディッチのことなので、学校中がいつものように試合を見に外に出た。荒れ狂う風に向かってみんな頭を低く下げ、競技場《きょうぎじょう》までの芝生《しばふ》を駆《か》け抜けたが、傘は途中で手からもぎ取られるように吹き飛ばされた。ロッカールームに入る直前、マルフォイ、クラッブ、ゴイルが巨大な傘をさして競技場に向かいながら、ハリーを指差《ゆびさ》して笑っているのが見えた。

チーム全員が紅《くれない》のユニフォームに着替《きが》えて、いつものように試合前のウッドの激励演説《げきれいえんぜつ》を待った。しかし、演説はなしだった。ウッドは何度か話しだそうとしたが、何かを飲み込《こ》むような奇妙《きみょう》な音を出し、力なく頭を振り、みんなについてこいと合図《あいず》した。

ピッチに出ていくと、風のものすごさに、みんな横様《よこざま》によろめいた。耳をつんざく雷鳴《らいめい》がまたしても鳴り渡《わた》り、観衆《かんしゅう》が声援《せいえん》していても、かき消されて耳には入らなかった。雨がハリーのメガネを打った。こんな中でどうやってスニッチを見つけられるというのか？

ピッチの反対側から、カナリア・イエローのユニフォームを着たハッフルパフの選手が入場した。キャプテン同士が歩みよって握手《あくしゅ》した。ディゴリーは微笑《ほほえ》んだが、ウッドは口が開かなくなったかのように頷《うなず》いただけだった。ハリーの目には、フーチ先生の口の形が、「箒《ほうき》に乗って」と言っているように見えた。ハリーは右足を泥《どろ》の中からズボッと抜き、ニンバス２０００に跨《また が》った。フーチ先生がホイッスルを唇《くちびる》に当て、吹いた。鋭《するど》い音が遠くのほうに聞こえた。

——試合開始だ。

ハリーは急上昇したが、ニンバスが風に煽《あお》られてやや流れた。できるだけまっすぐ箒を握《にぎ》りしめ、目を細め、雨を透《す》かして方向を見定めながらハリーは飛んだ。

五分もすると、ハリーは芯《しん》までびしょ濡《ぬ》れになり、凍《こご》えていた。他のチーム・メイトはほとんど見えず、ましてや小さなスニッチなど見えるわけがなかった。ピッチの上空をあっちへ飛び、こっちへ飛び、輪郭《りんかく》のぼやけた紅色やら黄色やらの物体の間を抜けながら飛んだ。いったい試合がどうなっているのかもわからない。解説者《かいせつしゃ》の声は風で聞こえはしなかった。観衆はマントや破れ傘に隠れて見えはしない。ブラッジャーが二度、ハリーを箒から叩《たた》き落としそうになった。メガネが雨で曇り、ブラッジャーの襲撃《しゅうげき》が見えなかったのだ。

時間の感覚がなくなった。箒をまっすぐ持っているのがだんだん難《むずか》しくなった。まるで夜が足を速めてやってきたかのように、空はますます暗くなっていった。二度、ハリーは他の選手にぶつかりそうになった。敵か味方かもわからなかった。なにしろみんなぐしょ濡《ぬ》れだし、雨はどしゃ降《ぶ》りだしで、ハリーには選手の見分けがつかなかった。

最初の稲妻《いなずま》が光った時、フーチ先生のホイッスルが鳴り響《ひび》いた。どしゃ降りの雨の向こう側に、辛《かろ》うじてウッドのおぼろげな輪郭《りんかく》が見えた。ハリーにピッチに下りてこいと合図《あいず》している。チーム全員が泥《どろ》の中にバシャッと着地した。

「タイム・アウトを要求した！」ウッドが吠《ほ》えるように言った。「集まれ。この下に——」

ピッチの片隅《かたすみ》の大きな傘《かさ》の下で、選手がスクラムを組んだ。ハリーはメガネをはずしてユニフォームで手早く拭《ぬぐ》った。

「スコアはどうなっているの？」

「我々《われわれ》が五十点リードだ。だが、早くスニッチを取らないと夜にもつれ込《こ》むぞ」とウッドが言った。

「こいつをかけてたら、僕《ぼく》、全然だめだよ」

メガネをブラブラさせながら、ハリーが腹立《はらだ》たしげに言った。

ちょうどその時、ハーマイオニーがハリーのすぐ後ろに現れた。マントを頭からすっぽりかぶって、なんだかにっこりしている。

「ハリー、いい考えがあるの。メガネをよこして。早く！」

ハリーはメガネを渡《わた》した。チーム全員がなんだろうと見守る中で、ハーマイオニーはメガネを杖《つえ》でコツコツ叩《たた》き、呪文《じゅもん》を唱《とな》えた。

「**インパービアス！　防水《ぼうすい》せよ！**」

「はい！」ハーマイオニーはメガネをハリーに返しながら言った。「これで水を弾《はじ》くわ！」

ウッドはハーマイオニーにキスしかねない顔をした。

「よくやった！」

ハーマイオニーがまた観衆《かんしゅう》の中に戻《もど》っていく後ろ姿に向かって、ウッドがガラガラ声で叫《さけ》んだ。

「オーケー。さあみんな、しまっていこう！」

ハーマイオニーの呪文《じゅもん》は抜群《ばつぐん》に効《き》いた。ハリーは相変《あいか》わらず寒さでかじかんでいたし、こんなに濡れたことはないというほどびしょ濡れだったが、とにかく目は見えた。気持を引きしめ、ハリーは乱気流《らんきりゅう》の中で箒《ほうき》に活《かつ》を入れた。スニッチを探して四方八方に目を凝《こ》らし、ブラッジャーを避《よ》け、反対側からシューーッと飛んできたディゴリーの下をかいくぐり……。

また雷《かみなり》がバリバリバリッと鳴り、樹木《じゅもく》のように枝分かれした稲妻《いなずま》が走った。ますます危険《きけん》になってきた。早くスニッチを捕《つか》まえなければ――。

ピッチの中心に戻《もど》ろうとして、ハリーは向きを変えた。そのとたんピカッときた稲妻がスタンドを照らし、ハリーの目に何かが飛び込んできた。――巨大な毛むくじゃらの黒い犬が、空をバックに、くっきりと影絵《かげえ》のように浮かび上がったのだ。一番上の誰もいない席《せき》に、じっとしている。ハリーは完全に集中力を失った。

かじかんだ指が箒の柄《え》を滑《すべ》り落ち、ニンバスはずんと一メートルも落下した。頭を振って目にかかったぐしょ濡れの前髪《まえがみ》を払い、ハリーはもう一度スタンドのほうをじっと見た。犬の姿は消えていた。

「ハリー！」グリフィンドールのゴールから、ウッドの振り絞《しぼ》るような叫《さけ》びが聞こえた。「ハリー、後ろだ！」

慌《あわ》てて見回すと、セドリック・ディゴリーが上空を猛《もう》スピードで飛んでいる。ハリーとセドリックの間の空間はびっしりと雨で埋《う》まり、その中にキラッキラッと小さな点のような金色《きんいろ》の光……。

ショックでビリッとしながら、ハリーは箒の柄の上に真っ平らに身を伏《ふ》せて、スニッチめがけて突進《とっしん》した。

雨が激《はげ》しく顔を打つ。「がんばれ！」ハリーは歯を食いしばってニンバスに呼びかけた。

「もっと速く！」

突然《とつぜん》、奇妙《きみょう》なことが起こった。競技場《きょうぎじょう》にサーッと気味の悪い沈黙《ちんもく》が流れた。風は相変《あいか》わらず激《はげ》しかったが、唸《うな》りを忘れてしまっていた。誰かが音のスイッチを切ったかのような、ハリーの耳が急に聞こえなくなったかのような、――いったい何が起こったのだろう？

すると、あの恐ろしい感覚が、冷たい波がハリーを襲《おそ》い、心の中に押しよせた。ハリーはピッチに何かがうごめいているのに気づいた……。

考える余裕《よゆう》もなく、ハリーはスニッチから目を離《はな》し、下を見下ろした。

少なくとも百人の吸魂鬼《ディメンター》がピッチに立ち、隠れて見えない顔をハリーに向けていた。氷のような水がハリーの胸にひたひたと押しよせ、体の中を切り刻《きざ》むようだった。そして、あの声が、また聞こえた……誰かの叫ぶ声が、ハリーの頭の中で叫ぶ声が……女の人だ……。

「ハリーだけは、ハリーだけは、どうぞハリーだけは！」

「どけ、バカな女め！……さあ、どくんだ……」

「ハリーだけは、どうかお願い。私を、私をかわりに殺して――」

白い靄《もや》がぐるぐるとハリーの頭の中を渦巻《うずま》き、痺《しび》れさせた。……いったい僕《ぼく》は何をしているんだ？　どうして飛んでいるんだ？　あの女《ひと》を助けないと……あの女《ひと》は死んでしまう……殺されてしまう……。ハリーは落ちていった。冷たい靄《もや》の中を落ちていった。

「ハリーだけは！　お願い……助けて……許して……」

甲高《かんだか》い笑い声が響《ひび》く。女の人の悲鳴《ひめい》が聞こえる。そして、ハリーはもう何もわからなくなった。

「地面がやわらかくてラッキーだった」

「絶対《ぜったい》死んだと思ったわ」

「それなのにメガネさえ割れなかった」

ハリーの耳に囁《ささや》き声が聞こえてきた。でも何を言っているのかまったくわからない。いったい自分はどこにいるのか、どうやってそこに来たのか、その前はいったい何をしていたのか、いっさいわからない。ただ、全身を打ちのめされたように、体が隅《すみ》から隅まで痛かった。

「こんなに怖《こわ》いもの、これまで見たことないよ」

怖い……一番怖いもの……フードをかぶった黒い姿……冷たい……叫び声……。

ハリーは目をパチッと開けた。医務室《いむしつ》に横たわっていた。グリフィンドールのクィディッチ選手が、頭のてっぺんから足の先まで泥《どろ》まみれでベッドの周《まわ》りに集まっていた。ロンもハーマイオニーも、いましがたプールから出てきたばかりのような姿でそこにいた。

「ハリー!」泥まみれの真《ま》っ青《さお》な顔でフレッドが声をかけた。「気分はどうだ?」

ハリーの記憶《きおく》が早回しの画面のように戻ってきた。稲妻《いなずま》……死神犬《グリム》……スニッチ……そして、吸魂鬼《ディメンター》……。

「どうなったの?」ハリーがあまりに勢いよく起き上がったので、みんなが息を呑《の》んだ。

「君、落ちたんだよ」フレッドが答えた。「ざっと……そう……二十メートルかな?」

「みんな、あなたが死んだと思ったわ」アリシアは震《ふる》えていた。

ハーマイオニーが小さく「ヒクッ」と声をあげた。目が真《ま》っ赤《か》に充血《じゅうけつ》していた。

「でも、試合は……試合はどうなったの？　やり直しなの？」ハリーが聞いた。

誰も何にも言わない。恐ろしい真実が、石のようにハリーの胸の中に沈み込《こ》んだ。

「僕《ぼく》たち、まさか……負けた？」

「ディゴリーがスニッチを取った」ジョージが言った。

「君が落ちた直後にね。何が起こったのか、あいつは気がつかなかったんだ。振り返って君が地面に落ちているのを見て、ディゴリーは試合中止にしようとした。やり直しを望んだんだ。でも、向こうが勝ったんだ。フェアにクリーンに……ウッドでさえ認めたよ」

「ウッドはどこ？」ハリーは急にウッドがいないことに気づいた。

「まだシャワー室の中さ」フレッドが答えた。「きっと溺死《できし》するつもりだぜ」

ハリーは顔を膝《ひざ》に埋《うず》め、髪《かみ》をぎゅっと握《にぎ》った。フレッドはハリーの肩をつかんで乱暴に揺《ゆ》すった。

「落ち込むなよ、ハリー。これまで一度だってスニッチを逃《のが》したことはないんだ」

「一度ぐらい取れないことがあって当然さ」ジョージが続けた。

「これでおしまいってわけじゃない」フレッドが言った。

「僕たちは一〇〇点差《さ》で負けた。いいか？　だから、ハッフルパフがレイブンクローに負けて、僕たちがレイブンクローとスリザリンを破れば……」

「ハッフルパフは少なくとも二〇〇点差《さ》で負けないといけない」ジョージだ。

「もし、ハッフルパフがレイブンクローを破ったら……」

「ありえない。レイブンクローが圧倒的《あっとうてき》に強いさ。しかし、スリザリンがハッフルパフに負けたら……」

「どっちにしても点差の問題だな。……一〇〇点差が決め手になる」

ハリーは横になったまま黙《だま》りこくっていた。負けた。……初めて負けた。自分は初めてクィディッチの試合で敗《やぶ》れたんだ。

十分ほど経《た》ったころ、校医のマダム・ポンフリーがやってきて、ハリーの安静《あんせい》のため、チーム全員に出ていけと命じた。

「また見舞《みま》いにくるからな」フレッドが言った。「ハリー、自分を責《せ》めるなよ。君はいまでもチーム始まって以来の最高のシーカーさ」

選手たちは泥《どろ》の筋《すじ》を残しながら、ぞろぞろと部屋を出ていった。マダム・ポンフリーはまったくしようがないという顔つきでドアを閉めた。ロンとハーマイオニーがハリーのベッドに近よった。

「ダンブルドアは本気で怒ってたわ」ハーマイオニーが震《ふる》え声で言った。

「あんなに怒っていらっしゃるのを見たことがない。あなたが落ちた時、ピッチに駆《か》け込んで、杖《つえ》を振って、そしたら、あなたが地面にぶつかる前に、少しスピードが遅《おそ》くなったのよ。

それからダンブルドアは杖を吸魂鬼《ディメンター》に向けて回したの。あいつらに向かって何か銀色のものが飛び出したわ。あいつら、すぐに競技場《きょうぎじょう》を出ていった……ダンブルドアはあいつらが学校の敷地内《しきちない》に入ってきたことでカンカンだったわ。そう言っているのが聞こえた――」

「それからダンブルドアは魔法で担架《たんか》を出して君を乗せた」ロンが言った。

「浮かぶ担架につき添《そ》って、ダンブルドアが学校まで君を運んだんだ。みんな君が……」

ロンの声が弱々しく途中《とちゅう》で消えた。しかし、ハリーはそれさえ気づかず、考え続けていた。いったい吸魂鬼がハリーに何をしたのだろう。……あの叫《さけ》び声は。ふと目を上げると、ロンとハーマイオニーが心配そうに覗《のぞ》き込んでいた。あまりに気遣《きづか》わしげだったので、ハリーはとっさに何かありきたりなことを聞いた。

「誰か僕《ぼく》のニンバスつかまえてくれた？」

ロンとハーマイオニーはチラッと顔を見合わせた。

「あの――」

「どうしたの？」ハリーは二人の顔を交互《こうご》に見た。

「あの……あなたが落ちた時、ニンバスは吹き飛んだの」

ハーマイオニーが言いにくそうに言った。

「それで？」

「それで、ぶつかったの。――ぶつかったのよ。――ああ、ハリー――あの『暴《あば》れ柳《やなぎ》』にぶつかったの」

ハリーはザワッとした。「暴《あば》れ柳《やなぎ》」は校庭の真ん中にポツリと一本だけ立っている凶暴《きょうぼう》な木だ。

「それで?」ハリーは答えを聞くのが怖《こわ》かった。

「ほら、やっぱり『暴れ柳』のことだから」ロンが言った。「あ、あれって、ぶつかられるのが嫌いだろ」

「フリットウィック先生が、あなたが気がつくちょっと前に持ってきてくださったわ」

ハーマイオニーが消え入るような声で言った。

ゆっくりと、ハーマイオニーは足元のバッグを取り上げ、逆《さか》さまにして、中身をベッドの上に空《あ》けた。粉々《こなごな》になった木の切れ端《はし》が、小枝が、散らばり出た。ハリーのあの忠実《ちゅうじつ》な、そしてついに敗北して散った、ニンバスの亡骸《なきがら》だった。

第10章

CHAPTER TEN
The Marauder's Map

忍びの地図

マダム・ポンフリーは、ハリーがその週末一杯《いっぱい》、病室で安静《あんせい》にしているべきだと言い張《は》った。ハリーは抵抗《ていこう》もせず文句《もんく》も言わなかった。ただ、マダム・ポンフリーがニンバス２０００の残骸《ざんがい》を捨てることだけは承知《しょうち》しなかった。自分の愚《おろ》かしさがわかってはいた。ニンバスは、もうどうにもならないことは知っていた。それでも、救いようのない気持だった。まるで、親友の一人を失ったような辛《つら》さだった。

見舞《みま》い客が次々にやってきた。みんなハリーを慰《なぐさ》めようと一所懸命《いっしょけんめい》だった。ハグリッドは黄色いキャベツのような形をした虫だらけの花をどっさり送ってよこしたし、ジニー・ウィーズリーは真《ま》っ赤《か》になりながら、お手製《てせい》の「早くよくなってね」カードを持ってやってきた。そのカードときたら、果物《くだもの》の入ったボウルの下に敷《し》いて閉じておかないかぎり、キンキン声で歌いだした。日曜の朝、グリフィンドールの選手たちが、今度はウッドを連れてやってきた。ウッドはハリーを少しも責《せ》めていないと、死んだような虚《うつ》ろな声で言った。ロンとハーマイオニーは夜以外はつきっきりでハリーのベッドのそばにいた。しかし、誰が何をしようと、何を言おうと、ハリーはふさぎ込《こ》んだままだった。みんなにはハリーを悩《なや》ませていたことのせいぜい半分しかわかっていなかったのだ。

ハリーは誰にも死神犬《グリム》のことを話していなかった。ロンにもハーマイオニーにも言わなかった。ロンはきっとショックを受けるだろうし、ハーマイオニーには笑いとばされると思ったからだ。しかし、事実、犬は二度現れ、二度とも危《あや》うく死ぬような目に遭《あ》っている。最初は

「夜の騎士《ナイト》バス」に轢《ひ》かれそうになり、二度目は箒《ほうき》から落ちて二十メートルも転落《てんらく》した。死神犬は、ハリーが本当に死ぬまでハリーに取り憑《とつ》くのだろうか？　これからずっと、犬の姿に怯《おび》えながら生きていかなければならないのだろうか？

その上、吸魂鬼《ディメンター》がいる。吸魂鬼のことを考えるだけで、ハリーは吐き気《はけ》がし、自尊心《じそんしん》が傷《きず》ついた。吸魂鬼は恐ろしいとみんなが言う。しかし、吸魂鬼に近よるたびに気を失ったりするのはハリーだけだ。……両親の死ぬ間際《まぎわ》の声が頭の中で鳴り響《ひび》くのはハリーだけだ。

それもそのはずだ。ハリーにはもう、あの叫《さけ》び声が誰のものなのかがわかっていた。夜、眠れないまま横になって、月光が病室の天井《てんじょう》にすじ状に映《うつ》るのを見つめていると、ハリーには何度も何度も、あの女の人の声が聞こえた。吸魂鬼がハリーに近づいた時に、ハリーは母親の最期《さい》の声を聞いたのだ。ヴォルデモート卿《きょう》からハリーを護《まも》ろうとする母の声だ。そして、ヴォルデモートが母親を殺す時の笑いを……。ハリーはまどろんでは目覚め、目覚めてはまたまどろんだ。腐《くさ》った、じめっとした手や、恐怖《きょうふ》に凍《こお》りついたような哀願《あいがん》の夢にうなされ、飛び起きては、また母の声のことを考えてしまうのだった。

月曜になって、ハリーは学校のざわめきの中に戻《もど》った。ドラコ・マルフォイの冷《ひ》やかしを我慢《がまん》しなければならなかったが、何か別のことを考えざるをえなくなったのは救いだった。マルフォイはグリフィンドールが負けたことで、有頂天《うちょうてん》だった。ついに包帯《ほうたい》も取り去り、両手が完全に使えるようになったことを祝《いわ》って、ハリーが箒《ほうき》から落ちる様子を嬉々《きき》としてまねした。次の「魔法薬《まほうやく》」の授業中《じゅぎょう》ほとんどずっと、マルフォイは地下牢《ちかろう》教室の向こうで吸魂鬼《ディメンター》のまねをしていた。ロンはついにキレて、ヌメヌメした大きなワニの心臓をマルフォイめがけて投げつけ、それがマルフォイの顔を直撃《ちょくげき》し、スネイプはグリフィンドールから五十点減点《げんてん》した。

「『闇《やみ》の魔術《まじゅつ》に対する防衛術《ぼうえいじゅつ》』を教えてるのがスネイプなら、僕《ぼく》、病欠《びょうけつ》するからね」

昼食後にルーピンのクラスに向かいながら、ロンが言った。

「ハーマイオニー、教室に誰がいるのか、チェックしてくれないか」

ハーマイオニーは教室のドアから覗《のぞ》き込《こ》んだ。

「大丈夫《だいじょうぶ》よ」

ルーピン先生が復帰《ふっき》していた。本当に病気だったように見えた。くたびれたローブが前よりもだらりと垂《た》れ下がり、目の下にくまができていた。それでも、生徒が席につくと、先生はみんなに微笑《ほほえ》みかけた。するとみんないっせいに、ルーピンが病気の間、スネイプがどんな態度《たいど》をとったか、不平不満をぶちまけた。

「フェアじゃないよ。代理《だいり》だったのに、どうして宿題を出すんですか?」

「僕たち、狼人間《おおかみにんげん》について何にも知らないのに——」

「——羊皮紙《ようひし》二巻《ふたまき》だなんて!」

「君たち、スネイプ先生に、まだそこは習っていないって、そう言わなかったのかい?」

ルーピンは少し顔をしかめてみんなに聞いた。

クラス中がまたいっせいにしゃべった。

「言いました。でもスネイプ先生は、僕たちがとっても遅《おく》れてるっておっしゃって――」

「――耳を貸さないんです」

「――**羊皮紙二巻なんです！**」

全員がプリプリ怒っているのを見ながら、ルーピン先生はにっこりした。

「よろしい。私からスネイプ先生にお話ししておこう。レポートは書かなくてよろしい」

「**そんなぁ**」ハーマイオニーはがっかりした顔をした。「私、もう書いちゃったのに！」

授業は楽しかった。ルーピン先生はガラス箱に入った「おいでおいで妖精《ヒンキーパンク》」を持ってきていた。一本足で、鬼火《おにび》のように幽《かす》かで、儚《はかな》げで、害のない生き物に見えた。

「これは旅人を迷わせて沼地《ぬまち》に誘《さそ》う」

ルーピン先生の説明を、みんなノートに書き取った。

「手にカンテラをぶら下げているのがわかるね？　目の前をピョンピョン跳《と》ぶ――人がそれについていく――すると――」

「おいでおいで妖精」はガラスにぶつかってガボガボと音をたてた。

終業《しゅうぎょう》のベルが鳴り、みんな荷物をまとめて出口に向かった。ハリーもみんなと一緒《いっしょ》だったが、「ハリー、ちょっと残ってくれないか」とルーピンが声をかけた。

「話があるんだ」

ハリーは戻《もど》って、ルーピン先生が「おいでおいで妖精《ヒンキーパンク》」の箱を布で覆《おお》うのを眺《なが》めていた。

「試合のことを聞いたよ」

ルーピン先生は机のほうに戻り、本をカバンに詰《つ》め込《こ》みはじめた。

「箒《ほうき》は残念だったね。修理《しゅうり》することはできないのかい？」

「いいえ。あの木がこなごなにしてしまいました」ハリーが答えた。

ルーピンはため息をついた。

「あの『暴《あば》れ柳《やなぎ》』は、私がホグワーツに入学した年に植《う》えられた。みんなで木に近づいて幹《みき》に触《ふ》れられるかどうかゲームをしたものだ。しまいにデイビィ・ガージョンという男の子が危《あや》うく片目を失いかけたものだから、あの木に近づくことは禁止《きんし》されてしまった。箒などひとたまりもないだろうね」

「先生は吸魂鬼《ディメンター》のこともお聞きになりましたか？」

ハリーは言いにくそうに、これだけ言った。

ルーピンはチラッとハリーを見た。

「ああ。聞いたよ。ダンブルドア校長があんなに怒ったのは誰も見たことがないと思うね。吸魂鬼たちは近ごろ日増《ひま》しに落ちつかなくなっていたんだ。……校庭内に入れないことに腹を立ててね。……たぶん君は連中が原因で落ちたんだろうね」

「はい」そう答えたあと、ハリーはちょっと迷ったが、がまんできずに質問が、思わず口から飛び出した。

「**いったいどうして？**　どうして吸魂鬼は僕《ぼく》だけにあんなふうに？　僕がただ――？」

「弱いかどうかとはまったく関係ない」

ルーピン先生は、まるでハリーの心を見透《みす》かしたかのようにビシッと言った。

「吸魂鬼がほかの誰よりも君に影響《えいきょう》するのは、君の過去に、誰も経験《けいけん》したことがない恐怖《きょうふ》があるからだ」

冬の陽光《ようこう》が教室を横切り、ルーピンの白髪《はくはつ》とまだ若い顔に刻《きざ》まれた皺《しわ》を照らした。

「吸魂鬼は地上を歩く生物の中でももっとも忌《い》まわしい生物のひとつだ。もっとも暗く、もっとも穢《けが》れた場所にはびこり、凋落《ちょうらく》と絶望《ぜつぼう》の中に栄え、平和や希望、幸福を周《まわ》りの空気から吸い取ってしまう。マグルでさえ、吸魂鬼の姿を見ることはできなくても、その存在は感じ取る。吸魂鬼に近づきすぎると、楽しい気分も幸福な想《おも》い出も、ひと欠けらも残さず吸い取られてしまう。やろうと思えば、吸魂鬼は相手を貪《むさぼ》り続け、しまいには吸魂鬼自身と同じ状態《じょうたい》にしてしまうことができる――邪悪《じゃあく》な魂《たましい》の抜け殻《がら》にね。心に最悪の経験だけしか残らない状態だ。そしてハリー、**君の**最悪の経験はひどいものだった。**君のような**目に遭《あ》えば、どんな人間だって箒から落ちても不思議はない。君はけっして恥に思う必要はない」

「あいつらがそばに来ると――」

ハリーは喉《のど》を詰《つ》まらせ、ルーピンの机を見つめながら話した。

「ヴォルデモートが僕《ぼく》の母さんを殺した時の声が聞こえるんです」

ルーピンは急に腕《うで》を伸ばし、ハリーの肩をしっかりとつかむかのような素振《そぶ》りをしたが、思い直したように手を引っ込《こ》めた。ふと沈黙《ちんもく》が漂《ただよ》った。

「どうしてあいつらは、試合に来なければならなかったんですか？」

ハリーは悔《くや》しそうに言った。

「飢《う》えてきたんだ」

ルーピンはパチンとカバンを閉じながら冷静《れいせい》に答えた。

「ダンブルドアがやつらを校内に入れなかったので、餌食《えじき》にする人間という獲物《えもの》が枯渇《こかつ》してしまった。……クィディッチ競技場《きょうぎじょう》に集まる大観衆《だいかんしゅう》という魅力《みりょく》に抗《こう》しきれなかったのだろう。あの大興奮《だいこうふん》……感情の高まり……やつらにとってはご馳走《ちそう》だ」

「アズカバンはひどいところでしょうね」ハリーがつぶやくと、ルーピンは暗い顔で頷《うなず》いた。

「海のかなたの孤島《ことう》に立つ要塞《ようさい》だ。しかし、囚人《しゅうじん》を閉じ込《こ》めておくには、周囲が海でなくとも、壁《かべ》がなくてもいい。ひと欠けらの楽しさも感じることができず、みんな自分の心の中に閉じ込められているのだから。数週間も入っていれば、ほとんどみな気が狂う」

「でも、シリウス・ブラックはあいつらの手を逃《のが》れました。脱獄《だつごく》を……」

ハリーは考えながら話した。

カバンが机から滑《すべ》り落ち、ルーピンはすっと屈《かが》んでそれを拾い上げた。

「たしかに」

ルーピンは身を起こしながら言った。

「ブラックはやつらと戦う方法を見つけたに違いない。そんなことができるとは思いもしなかった……長期間吸魂鬼と一緒《いっしょ》にいたら、魔法使いは力を抜き取られてしまうはずだ……」

「**先生**は汽車の中であいつを追い払いました」ハリーは急に思い出した。

「それは——防衛《ぼうえい》の方法がないわけではない。しかし、汽車に乗っていた吸魂鬼は一人だけだった。数が多くなればなるほど抵抗《ていこう》するのが難しくなる」

「どんな防衛法ですか？」

ハリーはたたみかけるように聞いた。

「教えてくださいませんか？」

「ハリー、私はけっして吸魂鬼と戦う専門家《せんもんか》ではない。それはまったく違う……」

ルーピンはハリーの思いつめた顔を見つめ、ちょっと迷った様子で言った。

「でも、吸魂鬼がまたクィディッチ試合に現れたとき、僕はやつらと戦うことができないと——」

「そうか……よろしい。なんとかやってみよう。だが、来学期まで待たないといけないよ。休暇《きゅうか》に入る前にやっておかなければならないことが山ほどあってね。まったく私は都合《つごう》の悪い時に病気になってしまったものだ」

ルーピンが吸魂鬼《ディメンター》防衛術《ぼうえいじゅつ》を教えてくれる約束をしてくれたので、二度と母親の最期《さいご》の声を聞かずにすむかもしれないと思い、さらに十一月の終わりに、クィディッチでレイブンクローがハッフルパフをペシャンコに負かしたこともあって、ハリーの気持は着実に明るくなってきた。グリフィンドールはもう一試合も負けるわけにはいかなかったが、まだ優勝争いから脱落《だつらく》してはいなかった。ウッドは再びあの狂ったようなエネルギーを取り戻《もど》し、煙《けぶ》るような冷たい雨の中、いままでにも増してチームをしごいた。雨は十二月まで降《ふ》り続いた。ハリーの見るところ、校内には吸魂鬼の影《かげ》すらなかった。ダンブルドアの怒りが、吸魂鬼を持ち場である学校の入口に縛《しば》りつけているようだった。

学期が終わる二週間前、急に空が明るくなり、眩《まぶ》しい乳白色《にゅうはくしょく》になったかと思うと、ある朝、泥《どろ》んこの校庭がキラキラ光る霜柱《しもばしら》に覆《おお》われていた。城の中はクリスマス・ムードで満ち溢《あふ》れていた。「呪文学《じゅもんがく》」のフリットウィック先生は、もう自分の教室にチラチラ瞬《またた》くライトを飾りつけていたが、これが実は本物の妖精《ようせい》が羽をパタパタさせている光だった。みんなが休み中の計画を楽しげに語り合っていた。ロンもハーマイオニーもホグワーツに居残《いのこ》ることに決めていた。ロンは「二週間もパーシーと一緒《いっしょ》に過ごすんじゃかなわないからさ」と言ったし、ハーマイオニーはどうしても図書室を使う必要があるのだと言い張《は》ったが、ハリーにはよくわかっていた。――ハリーのそばにいるために居残るのだ。ハリーにはそれがとてもうれしかった。

学期の最後の週末にホグズミード行きが許され、ハリー以外のみんなは大喜びした。

「クリスマス・ショッピングが全部あそこですませられるわ！」ハーマイオニーが言った。「パパもママも、ハニーデュークス店の『歯みがき糸楊枝型《いとようじがた》ミント菓子《かし》』がきっと気に入ると思うわ！」

三年生の中で学校に取り残されるのは自分一人だろうと覚悟《かくご》を決め、ハリーはウッドから「賢《かしこ》い箒《ほうき》の選び方《かた》」の本を借り、箒の種類について読書してその日を過ごすことにした。チームの練習では学校の箒を借りて乗っていたが、骨董品《こっとうひん》ものの「流れ星」は恐《おそ》ろしく遅くて動きがぎくしゃくしていた。どうしても新しい自分の箒が一本必要だった。

ホグズミード行きの土曜の朝、マントやスカーフにすっぽりくるまったロンとハーマイオニーに別れを告げ、ハリーは独《ひと》りで大理石《だいりせき》の階段を上り、またグリフィンドール塔《とう》に向かっていた。窓の外には雪がちらつきはじめ、城の中はしんと静まり返っていた。

「ハリー、シーッ！」

四階の廊下《ろうか》の中ほどで、声のするほうを振り向くと、フレッドとジョージが背中にコブのある隻眼《せきがん》の魔女の像の後ろから顔を覗《のぞ》かせていた。

「何してるんだい？　どうしてホグズミードに行かないの？」

ハリーは何だろうと思いながら聞いた。

「行く前に、君にお祭り気分を分けてあげようかと思って」

フレッドが意味ありげにウィンクした。

「こっちへ来いよ……」

フレッドは像の左側にある、誰もいない教室のほうを顎《あご》でしゃくった。ハリーはフレッドとジョージのあとについて教室に入った。ジョージがそっとドアを閉め、ハリーのほうを振り向いてにっこりした。

「ひと足早いクリスマス・プレゼントだ」

フレッドがマントの下から仰々《ぎょうぎょう》しく何かを引《ひ》っ張《ぱ》り出して、机の上に広げて見せた。大きな、四角い、相当くたびれた羊皮紙《ようひし》だった。何も書いてない。またフレッドとジョージの冗談《じょうだん》かと思いながら、ハリーは羊皮紙をじっと見た。

「これ、いったい何だい？」

「これはだね、ハリー、俺《おれ》たちの成功の秘訣《ひけつ》さ」ジョージが羊皮紙を愛《いと》おしげに撫《な》でた。

「君にやるのは実におしいぜ。しかし、これが必要なのは俺たちより君のほうだって、俺たち、昨日《きのう》の夜そう決めたんだ」フレッドが言った。

「それに、俺たちはもう暗記してるしな」ジョージが言った。「われわれは汝《なんじ》にこれを譲《ゆず》る。俺たちにゃもう必要ないからな」

「古い羊皮紙の切れっ端《ぱし》の、何が僕《ぼく》に必要なの？」ハリーが聞いた。

「古い羊皮紙の切れっぱしだって！」

フレッドはハリーが致命的《ちめいてき》に失礼なことを言ってくれたといわんばかりに、顔をしかめて両目をつぶった。

「ジョージ、説明してやりたまえ」

「よろしい……われわれが一年生だった時のことだ、ハリーよ——まだ若くて、疑いを知らず、汚《けが》れなきころのこと——」

ハリーは吹き出した。フレッドとジョージに汚れなきころがあったとは思えなかった。

「——まあ、いまの俺たちよりは汚れなきころさ——われわれはフィルチのご厄介《やっかい》になるはめになった」

「『クソ爆弾《ばくだん》』を廊下《ろうか》で爆発《ばくはつ》させたら、なぜか知らんフィルチのご不興《ふきょう》を買って——」

「やっこさん、俺たちを事務所《じむしょ》まで引っ張っていって、脅《おど》しはじめたわけだ。例のお定まりの——」

「——処罰《しょばつ》だぞ——」

「——腸《はらわた》をえぐるぞ——」

「——そして、われわれはあることに気づいてしまった。書類棚《しょるいだな》の引き出しの一つに『没収《ぼっしゅう》品《ひん》・とくに危険《きけん》』と書いてあるじゃないか」

「まさか——」ハリーは思わずニヤリとしてしまった。

「さて、君ならどうしたかな?」フレッドが話を続けた。「ジョージがもう一回『クソ爆弾《ばくだん》』を爆発させて気を逸《そ》らせている間に、俺が素早《すばや》く引き出しを開けて、ムンズとつかんだのが——**これさ**」

「なーに、そんなに悪いことをしたわけじゃないさ」とジョージ。「フィルチにこれの使い方がわかっていたとは思えないね。でも、たぶんこれが何かは察《さっ》しがついてたんだろうな。でなきゃ、没収《ぼっしゅう》したりしなかっただろう」

「それじゃ、君たちはこれの使い方を知ってるの?」

「ばっちりさ」フレッドがにんまりした。「このかわい子ちゃんが、学校中の先生を束《たば》にしたより多くのことを僕たちに教えてくれたね」

「僕《ぼく》を焦《じ》らしてるんだね」ハリーは古ぼけたボロボロの羊皮紙《ようひし》を見た。

「へえ、焦らしてるかい?」ジョージが言った。

ジョージは杖《つえ》を取り出し、羊皮紙に軽く触《ふ》れて、こう言った。

「**われ、ここに誓《ちか》う。われ、よからぬことを企《たくら》む者なり**」

すると、たちまち、ジョージの杖の先が触《ふ》れたところから、細いインクの線がクモの巣のように広がりはじめた。線があちこちでつながり、交差《こうさ》し、羊皮紙の隅《すみ》から隅まで伸びていった。そして、一番てっぺんに、花が開くように、渦巻形《うずまきがた》の大きな緑色の文字が、ポッ、ポッと現れた。

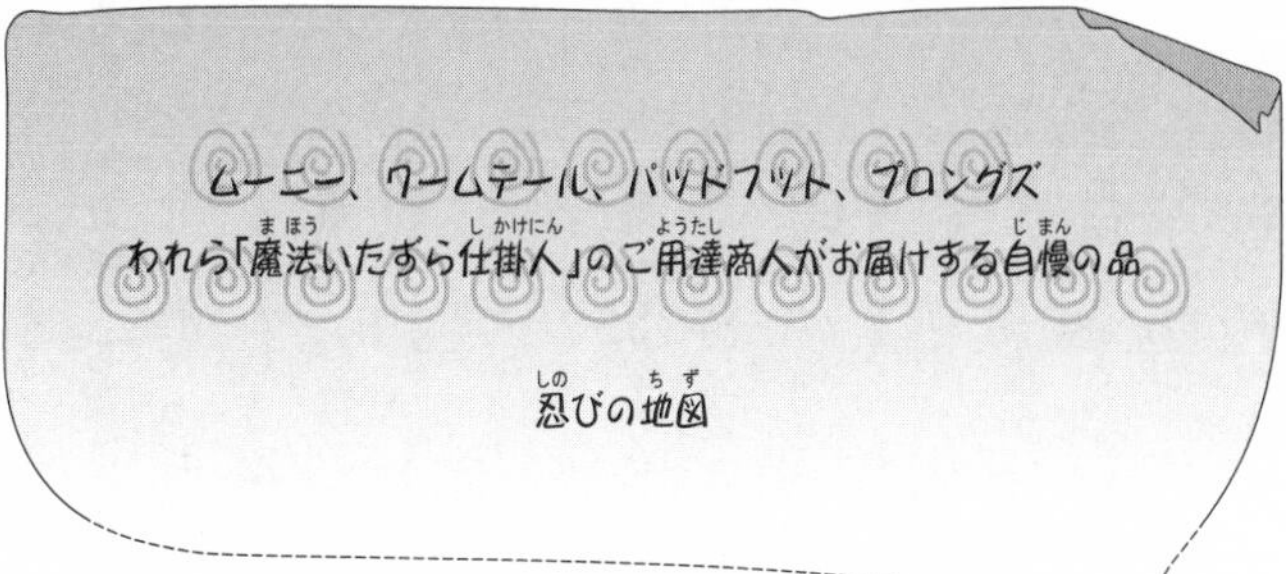

それはホグワーツ城と学校の敷地《しきち》全体の詳《くわ》しい地図だった。しかし、本当にすばらしいのは、地図上を動く小さな点で、一つ一つに細かい字で名前が書いてあった。ハリーは目を丸くして覗《のぞ》き込《こ》んだ。一番上の左の隅《すみ》にダンブルドア教授《きょうじゅ》と書かれた点があり、書斎《しょさい》を歩き回っていた。管理人《かんりにん》の飼《か》い猫ミセス・ノリスは、三階の廊下《ろうか》を徘徊《はいかい》している。ポルターガイストのピーブズはいま、優勝杯《ゆうしょうはい》の飾ってある部屋でヒョコヒョコ浮いていた。見慣《みな》れた廊下を地図上であちこち見ているうちに、ハリーはあることに気づいた。

その地図にはハリーがいままで一度も入ったことのない抜け道がいくつか示されていた。そして、そのうちのいくつかがなんと――。

「ホグズミードに直行さ」フレッドが指でそのうちの一《ひと》つをたどりながら言った。

「全部で七つの道がある。ところがフィルチはそのうち四つを知っている。――」フレッドは指で四つを示した。「――しかし、**残りの道**を知っているのは絶対《ぜったい》俺たちだけだ。五階の鏡の裏《うら》からの道はやめとけ。僕たちが去年の冬までは利用していたけど、崩《くず》れっちまった。――完全にふさがってる。それから、こっちの道は誰も使ったことがないと思うな。なにしろ「暴《あば》れ柳《やなぎ》」がその入口の真上に植《う》わってる。しかし、こっちのこの道、これはハニーデュークス店の地下室に直通だ。僕たち、この道は何回も使った。それに、もうわかってると思うが、入口はこの部屋のすぐ外、隻眼《せきがん》の魔女ばあさんのコブなんだ」

「ムーニー、ワームテール、パッドフット、プロングズ」

地図の上に書いてある名前を撫《な》でながらジョージがため息をついた。

「われわれはこの諸兄《しょけい》にどんなにご恩《おん》を受けたことか」

「気高《けだか》き人々よ。後輩《こうはい》の無法者《むほうもの》を助けんがため、かくのごとく労を惜《お》しまず」

フレッドが厳《おごそ》かに言った。

「というわけで」ジョージがきびきびと言った。「使ったあとは忘れずに消しとけよ――」

「――じゃないと、誰かに読まれっちまう」フレッドが警告《けいこく》した。

「もう一度地図を軽く叩《たた》いて、こう言えよ。『いたずら完了！』。すると地図は消される」

「それではハリー君よ」フレッドが、気味が悪いほどパーシーそっくりのものまねをした。

「行動を慎《つつし》んでくれたまえ」

「ハニーデュークスで会おう」ジョージがウィンクした。

二人は満足げにニヤリと笑いながら部屋を出ていった。

ハリーは奇跡《きせき》の地図を眺《なが》めたまま、そこに突っ立っていた。ミセス・ノリスの小さな点が左に曲がって立ち止まり、何やら床の上にあるものを嗅《か》いでいる様子だ。本当にフィルチが知らない道なら……吸魂鬼《ディメンター》のそばを通らずにすむ……。

その場にたたずんで、興奮《こうふん》ではちきれそうになりながらも、ハリーはふいにウィーズリー氏が一度言った言葉を思い出していた。

脳みそがどこにあるか見えないのに、
独《ひと》りで勝手に考えることができるものは信用してはいけない。

この地図は、ウィーズリーおじさんが警告《けいこく》していた危険《きけん》な魔法の品ということになる。……魔法いたずら仕掛人《しかけにん》用品……でも、でも――ハリーは理屈《りくつ》をつけた。――ホグズミードに入り込《こ》むために使うだけだし、何かを盗《ぬす》むためでもないし、誰かを襲《おそ》うためでもない。……それに、フレッドとジョージがもう何年も使っているのに、恐ろしいことは何にも起こらなかった……。

ハリーはハニーデュークス店への秘密《ひみつ》の抜け道を指でたどった。

そして、突然《とつぜん》、まるで命令に従うかのように、ハリーは地図を丸め、ローブの下に押し込み、教室のドアのほうに急いだ。ドアを数センチ開けてみた。外には誰もいない。ハリーはそろそろと慎重《しんちょう》に教室から抜け出し、隻眼《せきがん》の魔女の像の陰《かげ》に滑《すべ》り込《こ》んだ。

何をすればいいんだろう？　地図をまた取り出して見ると、驚いたことに、もう一つ、人の形をした黒い点が現れていて、「ハリー・ポッター」と名前が書いてあった。その小さな人影《ひとかげ》はちょうどハリーが立っているあたり、四階の廊下《ろうか》の真ん中あたりに立っていた。ハリーが見つめていると、小さな黒い自分の姿が、小さな杖《つえ》で魔女の像を軽く叩《たた》いているようだった。ハリーも急いで本物の自分の杖を出し、像を叩いてみた。何事も起こらない。もう一度地図を見ると、自分の小さな影からかわいらしい小さな泡《あわ》のようなものが吹き出し、その中に言葉が現れた。「ディセンディウム、降下《こうか》」と。

「**ディセンディウム！　降下《こうか》！**」

もう一度杖で石像《せきぞう》を叩きながら、ハリーは囁《ささや》いた。

たちまち像のコブが割れ、かなり細身《ほそみ》の人間が一人通れるくらいの割れ目ができた。ハリーは素早《すばや》く廊下の端《はし》から端まで見渡《みわた》し、それから地図をしまい込み、身を乗り出すようにして頭から割れ目に突っ込み、体を押し込んでいった。

まるで石の滑《すべ》り台を滑るように、ハリーはかなりの距離《きょり》を滑り降《お》り、湿った冷たい地面に着地した。立ち上がってあたりを見回したが、真っ暗だった。杖を掲《かか》げ、「**ルーモス！　光**

よ！」と呪文《じゅもん》を唱《とな》えて見ると、そこは天井《てんじょう》の低い、かなり狭い土のトンネルの中だった。ハリーは地図を掲げ、杖の先で軽く叩き、呪文を唱えた。

「**いたずら完了！**」

地図はすぐさま消えた。ハリーは丁寧《ていねい》にそれをたたみ、ローブの中にしまい込むと、興奮《こうふん》と不安で胸をドキドキさせながら歩きだした。

トンネルは曲がりくねっていた。どちらかといえば大きなウサギの巣穴《すあな》のようだった。杖を先に突き出し、ときどき凸凹《でこぼこ》の道に躓《つまず》きながら、ハリーは急いで歩いた。

果てしない時間だった。しかしハニーデュークスに行くんだという思いがハリーの支えになっていた。一時間も経《た》ったかと思えるころ、上り坂になった。あえぎあえぎ、ハリーは足を速めた。顔が火照《ほて》り、足は冷えきっていた。

十分後、ハリーは石段の下に出た。古びた石段が上へと伸び、先端《せんたん》は見えなかった。物音を立てないように注意しながら、ハリーは上りはじめた。百段、二百段、もう何段上ったのかわからない。ハリーは足元に気をつけながら上っていった。……すると、何の前触《まえぶ》れもなしに、ゴツンと頭が固いものにぶつかった。

天井は観音開《かんのんびら》きの撥《は》ね戸《ど》になっているようだ。ハリーは頭のてっぺんをさすりながらそこにじっと立って、耳を澄《す》ました。上からは何の物音も聞こえない。ハリーはゆっくりゆっくり撥ね戸を押し開け、外を覗《のぞ》き見た。

倉庫の中だった。木箱《きばこ》やケースがびっしり置いてある。ハリーは撥《は》ね戸《ど》から外に出て、戸を元どおりに閉めた。——戸は埃《ほこり》っぽい床にすっかりなじんで、そこにそんなものがあるとはとてもわからないぐらいだった。ハリーは、上階に続く木の階段に向かってゆっくりと這《は》っていった。今度ははっきりと声が聞こえる。チリンチリンとベルが鳴る音も、ドアが開いたり閉まったりする音までも聞こえる。

どうしたらいいのかと迷っていると、急にすぐ近くのドアが開く音が聞こえた。誰かが階段を下りてくるところらしい。

「『ナメクジゼリー』をもう一箱お願いね、あなた。あの子たちときたら、店中ごっそり持っていってくれるわ——」女の人の声だ。

男の足が二本、階段を下りてきた。ハリーは大きな箱の陰《かげ》に飛び込《こ》み、足音が通り過ぎるのを待った。男が向こう側の壁《かべ》に立て掛《か》けてある箱をいくつか動かしている音が聞こえた。このチャンスを逃《のが》したらあとはない。

ハリーは素早《すばや》く、しかも音をたてずに、隠れていた場所から抜け出し、階段を上った。振り返ると、でかい尻と箱の中に突っ込んだピカピカの禿頭《はげあたま》が見えた。ハリーは階段上《うえ》のドアまでたどり着き、そこからするりと出た。ハニーデュークス店のカウンター裏《うら》だった。——ハリーは頭を低くして横這《よこば》いに進み、そして立ち上がった。

ハニーデュークスの店内は人でごった返していて、誰もハリーを見咎《みとが》めなかった。ハリーは

異常《いじょう》な味《あじ》

人混《ひとご》みの中をすり抜けながらあたりを見回した。いまハリーがどんなところにいるかをダドリーがひと目見たら、あの豚顔《ぶたがお》がどんな表情をするだろうと思うだけで笑いが込み上げてきた。

棚《たな》という棚には、噛《か》んだらじゅっと甘い汁の出そうな菓子《かし》がずらりと並んでいた。ねっとりしたヌガー、ピンク色に輝《かがや》くココナッツ・キャンディ、蜂蜜《はちみつ》色のぷっくりしたタフィー。手前のほうにはきちんと並べられた何百種類《しゅるい》ものチョコレート、百味《ひゃくみ》ビーンズが入った大きな樽《たる》、ロンの話していた浮上炭酸《たんさん》キャンディ、フィフィ・フィズビーの樽。別の壁一杯《いっぱい》に「特殊《とくしゅ》効果《こうか》」と書かれた菓子の棚がある。――「ドルーブル風船ガム」（部屋一杯にリンドウ色の風船が何個も広がって何日も頑固《がんこ》に膨《ふく》れっぱなし）、ボロボロ崩《くず》れそうな、へんてこりんな「歯みがき糸楊枝《いとようじ》型《がた》ミント」、豆粒《まめつぶ》のような「黒胡椒《くろこしょう》キャンディ」（「君の友達のために火を吹いて見せよう！」）、「ブルブル・マウス」（「歯がガチガチ、キーキー鳴るのが聞こえるぞ！」）、「ヒキガエル型《がた》ペパーミント」（「胃の中で本物そっくりに跳《と》ぶぞ！」）、脆《もろ》い「綿飴《わたあめ》羽根《はね》ペン」、「爆《ばく》発《はつ》ボンボン」――――。

ハリーは六年生の群れている中をすり抜け、店の一番奥まったコーナーに看板《かんばん》が掛かっているのを見つけた。

ロンとハーマイオニーが看板の下に立って、血の味がするペロペロ・キャンディが入った盆《ぼん》を品定《しなさだ》めしていた。

ハリーはこっそり二人の背後に忍《しの》びよった。

「ウー、だめ。ハリーはこんなものほしがらないわ。これって吸血鬼《バンパイヤ》用だと思う」

ハーマイオニーがそう言っている。

「じゃ、これは?」ロンが、「ゴキブリ・ゴソゴソ豆板《まめいた》」の瓶《びん》をハーマイオニーの鼻先に突きつけた。

「絶対《ぜったい》イヤだよ」ハリーが言った。

ロンは危《あや》うく瓶を落とすところだった。

「ハリー!」ハーマイオニーが金切《かなき》り声《ごえ》をあげた。

「どうしたの、こんなところで? ど——どうやってここに——?」

「ウワー! 君、『姿現《すがたあらわ》し術《じゅつ》』ができるようになったんだ!」ロンは感心した。

「まさか。違うよ」

ハリーは声を落として、周《まわ》りの六年生の誰にも聞こえないようにしながら、「忍《しの》びの地図《ちず》」の一部始終《しじゅう》を二人に話した。

「フレッドもジョージも、なんでこれまで僕《ぼく》にくれなかったんだ! 弟じゃないか!」

ロンが憤慨《ふんがい》した。

「でも、ハリーはこのまま地図を持ってたりしないわ！」

ハーマイオニーは、そんなバカげたことはないと言わんばかりだ。

「マクゴナガル先生にお渡《わた》しするわよね、ハリー？」

「僕《ぼく》、渡さない！」ハリーが言った。

「気は確かかよ？」

ロンが目をむいてハーマイオニーを見た。

「こんないいものが渡せるか？」

「僕がこれを渡したら、どこで手に入れたか言わないといけない！　フレッドとジョージがちょろまかしたってことがフィルチに知れてしまうじゃないか！」

「それじゃ、シリウス・ブラックのことはどうするの？」ハーマイオニーが口を尖《とが》らせた。

「この地図にある抜け道のどれかを使ってブラックが城に入り込《こ》んでいるかもしれないのよ！　先生方はそのことを知らないといけないわ！」

「ブラックが抜け道から入り込むはずはない」ハリーがすぐに言い返した。

「この地図には七つのトンネルが書いてある。いいかい？　フレッドとジョージの考えでは、そのうち四つはフィルチがもう知っている。残りは三本だ。――一つは崩《くず》れているから誰も通り抜けられない。もう一本は出入口の真上に『暴《あば》れ柳《やなぎ》』が植《う》わってるから、出られやしない。三本目は僕がいま通ってきた道――ウン――出入口はここの地下室にあって、なかなか見つかりゃしない。——出入口がそこにあるって知ってれば別だけど——」

ハリーはちょっと口ごもった。そこに抜け道があるとブラックが知っていたとしたら？

ロンが意味ありげに咳払《せきばら》いし、店の出入口のドアの内側に貼《は》りつけてある掲示《けいじ》を指差《ゆびさ》した。

魔法省《まほうしょう》よりのお達《たっ》し
お客様へ
先般《せんぱん》お知らせいたしましたように、日没後《にちぼつご》、ホグズミードの街路《がいろ》には毎晩《まいばん》吸魂鬼《ディメンター》のパトロールが入ります。この措置《そち》はホグズミード住人の安全のためにとられたものであり、シリウス・ブラックが逮捕《たいほ》されるまで続きます。お客様におかれましては、買物を暗くならないうちにお済《す》ませくださいますようお勧《すす》めいたします。
メリー・クリスマス！

「ね？」ロンがそっと言った。「吸魂鬼がこの村にわんさか集まるんだぜ。ブラックがハニーデュークス店に押し入ったりするのを拝見《はいけん》したいもんだ。それに、ハーマイオニー、ハニーデュークスのオーナーが物音に気づくだろう？　だってみんな店の上に住んでるんだ！」

「そりゃそうだけど——でも——」

ハーマイオニーはなんとか他の理由を考えているようだった。

「ねえ、ハリーはやっぱりホグズミードに来ちゃいけないはずでしょ。許可証《きょかしょう》にサインをもらっていないんだから！　誰かに見つかったら、それこそ大変よ！　それに、まだ暗くなってないし――今日シリウス・ブラックが現れたらどうするの？　たったいま？」

「こんな時にハリーを見つけるのは大仕事だろうさ」

格子窓《こうしまど》の向こうに吹き荒れる大雪を顎《あご》でしゃくりながら、ロンが言った。

「いいじゃないか、ハーマイオニー、クリスマスだぜ。ハリーだって楽しまなきゃ」

ハーマイオニーは、心配でたまらないという顔で、唇《くちびる》を噛《か》んだ。

「僕《ぼく》のこと、言いつける？」ハリーがニヤッと笑ってハーマイオニーを見た。

「まあ――そんなことしないわよ。――でも、ねえ、ハリー――」

「ハリー、『フィフィ・フィズビー』を見たかい？」

ロンはハリーの腕《うで》をつかんで樽《たる》の方に引《ひ》っ張《ぱ》っていった。

「『ナメクジ・ゼリー』は？　酸《す》っぱい『ペロペロ酸飴《さんあめ》』は？　この飴、僕が七つの時フレッドがくれたんだ。――そしたら僕、酸で舌にぽっかり穴が開いちゃってさ。ママが箒《ほうき》でフレッドを叩《たた》いたのを覚えてるよ」

ロンは思いにふけって「ペロペロ酸飴」の箱を見つめた。

「『ゴキブリ・ゴソゴソ豆板《まめいた》』を持っていって、ピーナッツだって言ったら、フレッドがかじると思うかい？」

ロンとハーマイオニーが菓子の代金を払い、三人はハニーデュークス店をあとにし、吹雪《ふぶき》の中を歩きだした。

ホグズミードはまるでクリスマス・カードから抜け出してきたようだった。茅葺屋根《かやぶきやね》の小さな家や店がキラキラ光る雪にすっぽりと覆《おお》われ、戸口という戸口には柊《ひいらぎ》のリースが飾られ、木々には魔法でキャンドルがくるくると巻きつけられていた。

ハリーはブルブル震《ふる》えた。他の二人はマントを着込《きこ》んでいたが、ハリーはマントなしだった。三人とも頭を低くして吹きつける風を避《よ》けながら歩いた。ロンとハーマイオニーは口を覆ったマフラーの下から叫《さけ》ぶように話しかけた。

「あれが郵便局――」

「ゾンコの店はあそこ――」

「『叫《さけ》びの屋敷《やしき》』まで行ったらどうかしら――」

「こうしよう」ロンが歯をガチガチいわせながら言った。

「『三本の箒《ほうき》』まで行って『バタービール』を飲まないか?」

ハリーは大賛成だった。風は容赦《ようしゃ》なく吹き、手が凍《こご》えそうだった。三人は道を横切り、数分後には小さな居酒屋《いざかや》に入っていった。

中は人でごった返し、うるさくて、暖かくて、煙で一杯《いっぱい》だった。カウンターの向こうに、小粋《こいき》な顔をした曲線美《きょくせんび》の女性がいて、バーにたむろしている荒くれ者の魔法戦士たちに飲み物を出していた。

「マダム・ロスメルタだよ」ロンが言った。

「僕《ぼく》が飲み物を買ってこようか？」ロンはちょっと赤くなった。

ハリーはハーマイオニーと一緒《いっしょ》に奥の空《あ》いている小さなテーブルのほうへと進んだ。テーブルの背後は窓で、前にはすっきりと飾られたクリスマス・ツリーが暖炉《だんろ》脇《わき》に立っていた。五分後に、ロンが大ジョッキ三本を抱《かか》えてやってきた。泡立《あわだ》った熱いバタービールだ。

「メリー・クリスマス！」ロンはうれしそうに大ジョッキを挙《あ》げた。

ハリーはグビッと飲んだ。こんなにおいしいものは、いままで飲んだことがない。体の芯《しん》から隅々《すみずみ》まで暖まる心地だった。

急に冷たい風がハリーの髪《かみ》を逆立《さかだ》てた。『三本の箒』のドアが開いていた。大ジョッキの縁《ふち》から戸口に目をやったハリーは、むせ込んだ。

マクゴナガル先生とフリットウィック先生が、舞《ま》い上がる雪に包まれてパブに入ってきたのだ。すぐ後ろにハグリッドが入ってきた。ハグリッドはライム色の山高帽《やまたかぼう》に細縞《ほそじま》のマントをまとったでっぷりした男と話に夢中《むちゅう》になっている。コーネリウス・ファッジ、魔法大臣《まほうだいじん》だ。

とっさに、ロンとハーマイオニーが同時にハリーの頭のてっぺんに手を置いて、ハリーをぐいっとテーブルの下に押し込んだ。ハリーは椅子《いす》から滑《すべ》り落ち、こぼれたバタービールをボタ垂《た》らしながら机の下にうずくまった。空《から》になった大ジョッキを手に、ハリーは先生方とファッジの足を見つめた。足はバーのほうに動き、立ち止まり、方向を変えてまっすぐハリーのほうへ歩いてきた。

どこか頭の上のほうで、ハーマイオニーがつぶやくのが聞こえた。

「**モビリアーブス！　木よ動け！**」

そばにあったクリスマス・ツリーが十センチほど浮き上がり、横にふわふわ漂《ただよ》って、ハリーたちのテーブルの真ん前にトンと軽い音をたてて着地し、三人を隠した。ツリーの下のほうの茂った枝の間から、ハリーはすぐそばのテーブルの四組の椅子《いす》の脚《あし》が後ろに引かれるのを見ていた。やがて先生方も大臣《だいじん》も椅子に座り、フーッというため息や、やれやれという声が聞こえてきた。

次にハリーが見たのはもう一組《ひとくみ》の足で、ぴかぴかのトルコ石色のハイヒールを履《は》いていた。女性の声がした。

「ギリーウォーターのシングルです――」

「私《わたくし》です」マクゴナガル先生の声。

「ホット蜂蜜酒《はちみつしゅ》　四ジョッキ分《ぶん》――」

「ほい、ロスメルタ」ハグリッドだ。

「アイスさくらんぼシロップソーダ、唐傘飾《からかさかざ》りつき――」

「ムムム！」フリットウィック先生が唇《くちびる》を尖《とが》らせて舌鼓《したつづみ》を打った。

「それじゃ、大臣は紅《あか》い実《み》のラム酒ですね？」

「ありがとうよ、ロスメルタのママさん」ファッジの声だ。

「君にまた会えてほんとにうれしいよ。君も一杯《いっぱい》やってくれ……こっちに来て一緒《いっしょ》に飲まないか？」

「まあ、大臣、光栄ですわ」

ピカピカのハイヒールが元気よく遠ざかり、また戻《もど》ってくるのが見えた。ハリーの心臓は喉《のど》のあたりでいやな感じに動悸《どうき》を打っていた。どうして気がつかなかったんだろう？　先生方にとっても今日は今学期最後の週末だったのに。先生方はどのくらいの時間ここでねばるつもりだろう？　今夜ホグワーツに戻《もど》るなら、ここを抜け出してこっそりハニーデュークス店に戻る時間が必要だ。……ハリーの脇《わき》で、ハーマイオニーの足が神経質《しんけいしつ》にぴくりとした。

「それで、大臣、どうしてこんな片田舎《かたいなか》にお出ましになりましたの？」

マダム・ロスメルタの声だ。

誰か立ち聞きしていないかチェックしている様子で、ファッジの太った体が椅子の上で捩《よじ》れるのが見えた。それからファッジは低い声で言った。

「ほかでもない、シリウス・ブラックの件でね。ハロウィーンの日に、学校で何が起こったかは、うすうす聞いているんだろうね？」

「噂《うわさ》はたしかに耳にしてますわ」マダム・ロスメルタが認めた。

「ハグリッド、あなたはパブ中に触《ふ》れ回ったのですか？」

マクゴナガル先生が腹立《はらだ》たしげに言った。

「大臣《だいじん》、ブラックがまだこのあたりにいるとお考えですの？」

マダム・ロスメルタが囁《ささや》くように言った。

「間違いない」ファッジがきっぱりと言った。

「吸魂鬼《ディメンター》がわたしのパブの中を二度も探し回っていったことをご存知《ぞんじ》かしら？」

マダム・ロスメルタの声には少しとげとげしさがあった。

「お客様が怖《こわ》がってみんな出ていってしまいましたわ……大臣、商売あがったりですのよ」

「ロスメルタのママさん。私だって君と同じで、連中が好きなわけじゃない」

ファッジもバツの悪そうな声を出した。

「用心に越《こ》したことはないんでね……残念だがしかたがない。……つい先ほど連中に会った。ダンブルドアに対して猛烈《もうれつ》に怒っていてね。――ダンブルドアが城の校内に連中を入れないんだ」

「そうすべきですわ」マクゴナガル先生がきっぱりと言った。

「あんな恐ろしいものに周《まわ》りをうろうろされては、私《わたくし》たち教育ができませんでしょう？」

「まったくもってそのとおり！」フリットウィック先生のキーキー声がした。背が小さいので足が下まで届かず、ぶらぶらしている。

「にもかかわらずだ」ファッジが言い返した。「連中よりもっとタチの悪いものから我々《われわれ》を護《まも》るために連中がここにいるんだ……知ってのとおり、ブラックの力をもってすれば……」

「でもねえ、わたしにはまだ信じられないですわ」マダム・ロスメルタが考え深げに言った。

「どんな人が闇《やみ》の側《がわ》に荷担《かたん》しようと、シリウス・ブラックだけはそうならないと、わたしは思ってました。……あの人がまだホグワーツの学生だった時のことを憶《おぼ》えてますわ。もしあのころに誰かがブラックがこんなふうになるなんて言ってたら、わたしきっと、『あなた蜂蜜酒《はちみつしゅ》の飲みすぎよ』って言ったと思いますわ」

「君は話の半分しか知らないんだよ、ロスメルタ」ファッジがぶっきらぼうに言った。

「ブラックの最悪の仕業《しわざ》はあまり知られていない」

「最悪の？」マダム・ロスメルタの声は好奇心《こうきしん》で弾《はじ》けそうだった。

「あんなにたくさんのかわいそうな人たちを殺した、それより悪いことだっておっしゃるんですか？」

「まさにそのとおり」ファッジが答えた。

「信じられませんわ。あれより悪いことってなんでしょう？」

「ブラックのホグワーツ時代を覚えていると言いましたね、ロスメルタ」

マクゴナガル先生がつぶやくように言った。

「あの人の一番の親友が誰だったか、覚えていますか？」

「えぇえぇ」マダム・ロスメルタはちょっと笑った。

「いつでも一緒《いっしょ》、影《かげ》と形のようだったでしょ？　ここにはしょっちゅう来てましたわ。――ああ、あの二人にはよく笑わされました。まるで漫才《まんざい》だったわ、シリウス・ブラックとジェームズ・ポッター！」

ハリーがポロリと落とした大ジョッキが、大きな音をたてた。ロンがハリーを蹴《け》った。

「そのとおりです」マクゴナガル先生だ。

「ブラックとポッターはいたずらっ子たちの首謀者《しゅぼうしゃ》。もちろん、二人とも非常に賢《かしこ》い子でした――まったくずば抜けて賢かった――。しかしあんなに手を焼かされた二人組はなかったですね――」

「そりゃ、わかんねえですぞ」ハグリッドがクックッと笑った。

「フレッドとジョージ・ウィーズリーにかかっちゃ、互角《ごかく》の勝負かもしれねえ」

「みんな、ブラックとポッターは兄弟じゃないかと思っただろうね！」

フリットウィック先生の甲高《かんだか》い声だ。

「一心同体《いっしんどうたい》！」

「まったくそうだった！」ファッジだ。

「ポッターはほかの誰よりブラックを信用した。卒業しても変わらなかった。ブラックはジェームズがリリーと結婚した時、新郎《しんろう》の付添役《つきそいやく》を務《つと》めた。二人はブラックをハリーの名付《なづ》け親《おや》にした。ハリーはもちろんまったく知らないがね。こんなことを知ったら、ハリーがどんなに辛《つら》い思いをするか」

「ブラックの正体が『例《れい》のあの人』の一味《いちみ》だったからですの？」

マダム・ロスメルタが囁《ささや》いた。

「もっと悪いね……」ファッジは声を落とし、低いゴロゴロ声で先を続けた。

「ポッター夫妻《ふさい》は、自分たちが『例のあの人』につけ狙《ねら》われていると知っていた。ダンブルドアは『例のあの人』と緩《ゆる》みなく戦っていたから、数多《あまた》の役に立つスパイを放《はな》っていた。その内の一人から情報《じょうほう》を聞き出したダンブルドアは、ジェームズとリリーにすぐに危機《きき》を知らせ、二人に身を隠すよう勧《すす》めた。だが、もちろん、『例のあの人』から身を隠すのは容易《ようい》なことではない。ダンブルドアは『忠誠《ちゅうせい》の術《じゅつ》』が一番助かる可能性《かのうせい》があると二人にそう言ったのだ」

「どんな術ですの？」マダム・ロスメルタが息をつめ、夢中《むちゅう》になって聞いた。

フリットウィック先生が咳払《せきばら》いし、「恐ろしく複雑《ふくざつ》な術ですよ」と甲高い声で言った。

「一人の、生きた人の中に秘密《ひみつ》を魔法で封《ふう》じ込《こ》める。選ばれた者は『秘密の守人《もりびと》』として情報を自分の中に隠す。かくして情報を見つけることは不可能となる――『秘密の守人』が暴露《ばくろ》しないかぎりはね。『秘密の守人』が口を割らないかぎり、『例のあの人』がリリーとジェームズの隠れている村を何年探そうが、二人を見つけることはできない。たとえ二人の家の居間《いま》の窓に鼻先を押しつけるほど近づいても、見つけることはできない！」

「それじゃ、ブラックがポッター夫妻の『秘密の守人』に？」

マダム・ロスメルタが囁《ささや》くように聞いた。

「当然です」マクゴナガル先生だ。

「ジェームズ・ポッターは、ブラックだったら二人の居場所《いばしょ》を教えるぐらいなら死を選ぶだろう、それにブラックも身を隠すつもりだとダンブルドアにお伝えしたのです。……それでもダンブルドアはまだ心配していらっしゃった。自分がポッター夫妻《ふさい》の『秘密《ひみつ》の守人《もりびと》』になろうと申し出られたことを覚えていますよ」

「ダンブルドアはブラックを疑っていらした？」マダム・ロスメルタが息を呑《の》んだ。

「ダンブルドアには、誰かポッター夫妻に近い者が、二人の動きを『例《れい》のあの人』に通報《つうほう》しているという確信《かくしん》がおありでした」マクゴナガル先生が暗い声で言った。

「ダンブルドアはその少し前から、味方の誰かが裏切《うらぎ》って、『例のあの人』に相当の情報《じょうほう》を流していると疑っていらっしゃいました」

「それでもジェームズ・ポッターはブラックを使うと主張《しゅちょう》したんですの？」

「そうだ」ファッジが重苦しい声で言った。

「そして、『忠誠《ちゅうせい》の術《じゅつ》』をかけてから一週間も経《た》たないうちに――」

「ブラックが二人を裏切った？」マダム・ロスメルタが囁き声で聞いた。

「まさにそうだ。ブラックは二重スパイの役目に疲れて、『例のあの人』への支持《しじ》をおおっぴらに宣言《せんげん》しようとしていた。ポッター夫妻の死に合わせて宣言する計画だったらしい。ところが、知ってのとおり、『例のあの人』は幼《おさな》いハリーのために凋落《ちょうらく》した。力も失《う》せ、ひどく弱体化し、逃げ去った。残されたブラックにしてみれば、まったくいやな立場に立たされてしまったわけだ。自分が裏切り者だと旗幟鮮明《きしせんめい》にしたとたん、自分の旗頭《はたがしら》が倒れてしまったんだ。逃げるほかなかった――」

「くそったれのあほんだらの裏切り者め！」

ハグリッドの罵声《ばせい》にバーにいた人の半分がしんとなった。

「シーッ！」とマクゴナガル先生。

「俺《おれ》はヤツに出会ったんだ」ハグリッドは歯嚙《はが》みをした。

「ヤツに最後に出会ったのは俺にちげぇねぇ。そのあとでヤツはあんなにみんなを殺した！　ジェームズとリリーが殺されっちまった時、あの家《うち》からハリーを助け出したのは俺だ！　崩《くず》れた家からすぐにハリーを連れ出した。かわいそうなちっちゃなハリー。額《ひたい》におっきな傷《きず》を受けて、両親《ふたおや》は死んじまって……そんで、シリウス・ブラックが現れた。いつもの空飛ぶオートバイに乗って。あそこに何の用で来たんだか、俺には思いもつかんかった。ヤツがリリーとジェームズの『秘密の守人』だとは知らんかった。『例のあの人』の襲撃《しゅうげき》の知らせを聞きつけて、何かできることはねぇかと駆《か》けつけてきたんだと思った。ヤツめ、真《ま》っ青《さお》になって震《ふる》えとったわ。そんで、俺が何したと思うか？　**俺は殺人者の裏切り者を慰《なぐさ》めたんだ！**」

ハグリッドが吼《ほ》えた。

「ハグリッド！　お願いだから声を低くして！」マクゴナガル先生だ。

「ヤツがジェームズとリリーが死んで取り乱してたんではねえんだと、俺にわかるはずがあっか？　ヤツが気にしてたんは『例《れい》のあの人』だったんだ！　ほんでもってヤツが言うには『ハグリッド、ハリーを僕《ぼく》に渡してくれ。僕が名付《なづ》け親《おや》だ。僕が育てる――』ヘン！　俺にはダンブルドアからのお言いつけがあったわ。そんで、ブラックに言ってやった。『だめだ。ダンブルドアがハリーは叔母《おば》さんと叔父《おじ》さんのところに行くんだって言いなさった』ブラックはゴチャゴチャ言うとったが、結局諦《けっきょくあきら》めた。ハリーを届けるのに自分のオートバイを使えって、俺にそう言った。『僕にはもう必要がないだろう』そう言ったな。

　なんかおかしいって、そん時に気づくべきだった。ヤツはあのオートバイが気に入っとった。なんでそれを俺にくれる？　もう必要がないだろうって、なぜだ？　つまり、あれは目立ちすぎるわけだ。ダンブルドアはヤツがポッターの『秘密《ひみつ》の守人《もりびと》』だってことを知ってなさる。ブラックはあの晩《ばん》のうちにトンズラしなきゃなんねえってわかってた。魔法省《まほうしょう》が追っかけてくるのも時間の問題だってヤツは知ってた。

　もし、俺がハリーをヤツに渡《わた》してたらどうなってた？　えっ？　海のど真ん中あたりまで飛んだところで、ハリーをバイクから放《ほう》り出したにちげぇねえ。無二《むに》の親友の息子《むすこ》をだ！　闇《やみ》の陣営《じんえい》に与《くみ》した魔法使いにとっちゃ、誰だろうが、何だろうが、もう関係ねえんだ……」

　ハグリッドの話のあとは長い沈黙《ちんもく》が続いた。それから、マダム・ロスメルタがやや満足げに言った。

「でも、逃げ遂《おお》せなかったわね？　魔法省が次の日に追いつめたわ！」

「あぁ、魔法省だったらよかったのだが！」ファッジが口惜《くちお》しげに言った。

「ヤツを見つけたのは我々《われわれ》ではなく、チビのピーター・ペティグリューだった。――ポッター夫妻《ふさい》の友人の一人だが。悲しみで頭がおかしくなったのだろう。たぶんな。ブラックがポッターの『秘密の守人』だと知っていたペティグリューは、自《みずか》らブラックを追った」

「ペティグリュー……ホグワーツにいたころはいつも二人のあとにくっついていたあの肥《ふと》った小さな男の子かしら？」マダム・ロスメルタが聞いた。

「ブラックとポッターのことを英雄のように崇《あが》めていた子だった」

マクゴナガル先生が言った。

「能力から言って、あの二人の仲間にはなりえなかった子です。私《わたくし》、あの子には時に厳《きび》しくあたりましたわ。私《わたくし》がいまどんなにそれを――どんなに悔《く》いているか……」

マクゴナガル先生は急に鼻かぜを引いたような声になった。

「さあ、さあ、ミネルバ」ファッジがやさしく声をかけた。

「ペティグリューは英雄として死んだ。目撃者《もくげきしゃ》の証言《しょうげん》では――もちろんこのマグルたちの記《き》憶《おく》はあとで消しておいたがね。――ペティグリューはブラックを追いつめた。泣きながら『リリーとジェームズが。シリウス！　よくもそんなことを！』と言っていたそうだ。それから杖《つえ》を取り出そうとした。まあ、もちろん、ブラックのほうが速かった。ペティグリューは木っ端《こっぱ》微塵《みじん》に吹っ飛ばされてしまった……」

マクゴナガル先生はチンと鼻をかみ、かすれた声で言った。

「バカな子……間抜《まぬ》けな子……どうしようもなく決闘《けっとう》がへたな子でしたわ。……魔法省《まほうしょう》に任《まか》せるべきでした……」

「俺《おれ》なら、俺がペティグリューのチビより先にヤッと対決してたら、杖《つえ》なんかもたもた出さねえぞ。――ヤツを引っこ抜いて――バラバラに――八《や》つ裂《ざ》きに――」ハグリッドが吼《ほ》えた。

「ハグリッド、バカを言うもんじゃない」ファッジが厳《きび》しく言った。

「魔法警察部隊《まほうけいさつぶたい》から派遣《はけん》される訓練《くんれん》された『特殊部隊《とくしゅぶたい》』以外は、追いつめられたブラックに太刀打《たちう》ちできる者はいなかったろう。私はその時、魔法惨事部《まほうさんじぶ》の次官《じかん》だったが、ブラックがあれだけの人間を殺したあとに現場に到着《とうちゃく》した第一陣《だいいちじん》の一人だった。私は、あの――あの光景が忘れられない。いまでもときどき夢に見る。道の真ん中に深くえぐれたクレーター。その底のほうで下水管に亀裂《きれつ》が入っていた。死体が累々《るいるい》。マグルたちは悲鳴《ひめい》をあげていた。そして、ブラックがそこに仁王立《におうだ》ちになり笑っていた。その前にペティグリューの残骸《ざんがい》が……血だらけのローブとわずかの……わずかの肉片《にくへん》が――」

ファッジの声が突然途切《とつぜんとぎ》れた。鼻をかむ音が五人分聞こえた。

「さて、そういうことなんだよ、ロスメルタ」ファッジがかすれた低い声で言った。

「ブラックは魔法警察部隊が二十人がかりで連行し、ペティグリューは勲一等《くんいっとう》マーリン勲章《くんしょう》を授与《じゅよ》された。哀《あわ》れなお母上《ははうえ》にとってはこれが少しは慰《なぐさ》めになったことだろう。ブラックはそれ以来ずっとアズカバンに収監《しゅうかん》されていた」

マダム・ロスメルタは長いため息《いき》をついた。

「大臣《だいじん》、ブラックは狂ってるというのは本当ですの？」

「そう言いたいがね」ファッジは考えながらゆっくり話した。「『ご主人様《しゅじんさま》』が敗北したことで、たしかにしばらくは正気を失っていたと思うね。ペティグリューやあれだけのマグルを殺したというのは、追いつめられて自暴自棄《じぼうじき》になった男の仕業《しわざ》だ。――残忍《ざんにん》で……何の意味もない。しかしだ、先日、私がアズカバンの見回りにいった時、ブラックに会ったんだが、なにしろ、あそこの囚人《しゅうじん》は大方《おおかた》みんな暗い中に座り込《こ》んで、ブツブツ独《ひと》り言《ごと》を言っているし、正気じゃない……ところが、ブラックがあまりに**正常**なので私はショックを受けた。私に対してまったく筋《すじ》の通った話し方をするんで、なんだか意表《いひょう》を衝《つ》かれた気がした。ブラックは単に退屈《たいくつ》しているだけなように見えたね。――私に、新聞を読み終わったならくれないかと言った。洒落《しゃれ》てるじゃないか、クロスワードパズルが懐《なつ》かしいからと言うんだよ。ああ、大いに驚きましたとも。吸魂鬼《ディメンター》がほとんどブラックに影響《えいきょう》を与えていないことにね。――しかもブラックはあそこでもっとも厳《きび》しく監視《かんし》されている囚人の一人だったのでね、そう、吸魂鬼が昼も夜もブラックの独房《どくぼう》のすぐ外にいたんだ」

「だけど、何のために脱獄《だつごく》したとお考えですの？　まさか、大臣、ブラックは『例《れい》のあの人』とまた組むつもりでは？」マダム・ロスメルタが聞いた。

「それがブラックの――アー――最終的な企《くわだ》てだと言えるだろう」ファッジは言葉を濁《にご》した。「しかし、我々《われわれ》はほどなくブラックを逮捕《たいほ》するだろう。『例のあの人』が孤立無援《こりつむえん》ならそれはそれでよし……しかし彼のもっとも忠実《ちゅうじつ》な家来《けらい》が戻《もど》ったとなると、どんなにあっという間に彼が復活《ふっかつ》するか、考えただけでも身の毛がよだつ……」

テーブルの上にガラスを置くカチャカチャという小さな音がした。誰かがグラスを置いたらしい。

「さあ、コーネリウス。校長と食事なさるおつもりなら、城に戻《もど》ったほうがいいでしょう」マクゴナガル先生が言った。

一人、また一人と、ハリーの目の前の足が二本ずつ、足の持《も》ち主《ぬし》を再び乗せて動きだした。マントの縁《ふち》がはらりとハリーの視界《しかい》に飛び込んできた。マダム・ロスメルタのピカピカのハイヒールはバーの裏側《うらがわ》に消えた。「三本の箒《ほうき》」のドアが再び開き、また雪が舞《ま》い込《こ》み、先生方は立ち去った。

「ハリー？」

ロンとハーマイオニーの顔がテーブルの下に現れた。二人とも言葉もなくハリーをじっと見つめていた。

第11章

CHAPTER ELEVEN
The Firebolt

炎の雷

どうやってハニーデュークス店の地下室までたどり着き、どうやってトンネルを抜け、また城へと戻《もど》ったのか、ハリーははっきり覚えていない。帰路《きろ》はまったく時間がかからなかったような気がしたことだけは覚えている。頭の中で聞いたばかりの会話がガンガン鳴り響《ひび》き、自分が何をしているのか、ほとんど意識《いしき》がなかった。

どうして誰も何にも教えてくれなかったのだろう？　ダンブルドア、ハグリッド、ウィーズリー氏、コーネリウス・ファッジ……どうして誰も、ハリーの両親が、無二《むに》の親友の裏切《うらぎ》りで死んだという事実を話してくれなかったんだろう？

夕食の間中、ロンとハーマイオニーはハリーを気遣《きづか》わしげに見守った。すぐそばにパーシーがいたので、とても漏《も》れ聞いた会話のことを話しだせなかったのだ。階段を上り、混《こ》み合った談話室《だんわしつ》に戻ると、フレッドとジョージが、学期末のお祭り気分で、半ダースもの「クソ爆弾《ばくだん》」を爆発させたところだった。ホグズミードに無事着いたかどうか、双子《ふたご》に質問されたくなかったので、ハリーはこっそり寝室《しんしつ》に戻った。誰もいない寝室で、ハリーはまっすぐベッド脇《わき》の書類棚《しょるいだな》に向かった。教科書を脇によけると、探し物はすぐ見つかった。――ハグリッドが二年前にくれた革表紙《かわびょうし》のアルバムだ。父親と母親の魔法写真がぎっしり貼《は》ってある。ベッドに座り、周《まわ》りのカーテンをぐるりと閉め、ページをめくりはじめた。探しているのは……。

両親の結婚の日の写真でハリーは手を止めた。父親がハリーに向かってにっこり笑いかけながら手を振っている。ハリーに遺伝《いでん》したくしゃくしゃな黒髪《くろかみ》が、勝手な方向にピンピン飛び出している。母親もいた。父さんと腕《うで》を組み、幸せで輝《かがや》いている。そして……。

この人に違いない。花婿付添人《はなむこつきそいにん》……この人のことを一度も考えたことはなかった。同じ人間だと知らなかったら、この古い写真の人がブラックだとはとうてい思えなかっただろう。写真の顔はやせこけた蝋《ろう》のような顔ではなく、ハンサムで、溢《あふ》れるような笑顔だった。この写真を撮《と》った時には、もうヴォルデモートの下で働いていたのだろうか？　隣《となり》にいる二人の死を企《くわだ》てていたのだろうか？　自《みずか》らを見る影《かげ》もない姿に変える十二年間を。十二年間ものアズカバン虜囚《りょしゅう》が待ち受けていると、わかっていたのだろうか？

しかし、この人は吸魂鬼《ディメンター》なんて平気なんだ。ハリーは快活《かいかつ》に笑うハンサムな顔を見つめた。吸魂鬼がそばに来ても、この人は僕《ぼく》の母さんの悲鳴《ひめい》を聞かなくてすむんだ――。

ハリーはアルバムをぴしゃりと閉じ、手を伸ばしてそれを書類棚に戻し、ローブを脱ぎ、メガネをはずし、周りのカーテンで誰からも見えないことを確かめて、ベッドに潜《もぐ》り込《こ》んだ。

寝室のドアが開いた。

「ハリー？」遠慮《えんりょ》がちに、ロンの声がした。

ハリーは寝《ね》たふりをしてじっと横たわっていた。ロンがまた出ていく気配がした。ハリーは目を大きく見開いたまま、寝返りを打ち、仰向《あおむ》けになった。

経験したことのない烈《はげ》しい憎《にく》しみが、毒《どく》のようにハリーの体中を回っていった。まるであのアルバムの写真を誰かがハリーの目に貼《は》りつけたかのように、ハリーには暗闇《くらやみ》を透《す》かして、ブラックの笑う姿が見えた。誰かが映画の一《ひと》こまをハリーに見せてくれているかのように、シリウス・ブラックがピーター・ペティグリュー（なぜかネビル・ロングボトムの顔が重なった）を粉々《こなごな》にする場面を、ハリーは見た。低い、興奮《こうふん》した囁《ささや》きが（ブラックの声がどんな声なのかまったくわからなかったが）、ハリーには聞こえた。

「やりました。ご主人様《しゅじんさま》……ポッター夫妻《ふさい》がわたしを『秘密の守人《ひみつのもりびと》』にしました……」

それに続いてもう一つの声が聞こえる。甲高《かんだか》い笑いだ。吸魂鬼《ディメンター》が近づくたびにハリーの頭の中で聞こえるあの高笑いだ……。

「ハリー、君――君、ひどい顔だ」

ハリーは明け方まで眠れなかった。目が覚めた時、寝室《しんしつ》には誰もいなかった。服を着て螺旋《らせん》階段を下り、談話室《だんわしつ》まで来ると、そこも空《から》っぽだった。ロンとハーマイオニーしかいない。ロンは腹をさすりながら蛙《かえる》ペパーミントを食べていたし、ハーマイオニーは三つもテーブルを占領《せんりょう》して宿題を広げていた。

「みんなはどうしたの？」

「いなくなっちゃった！　今日が休暇《きゅうか》一日目だよ。覚えてるかい？」

ロンは、ハリーをまじまじと見た。

「もう昼食の時間になるとこだよ。君を起こしにいこうと思ってたところだ」

ハリーは暖炉脇《だんろわき》の椅子《いす》にドサッと座った。窓の外にはまだ雪が降《ふ》っている。クルックシャンクスは暖炉の前にべったり寝そべって、まるでオレンジ色の大きなマットのようだった。

「ねえ、ほんとに顔色がよくないわ」

ハーマイオニーが心配そうに、ハリーの顔をまじまじと覗《のぞ》き込《こ》んだ。

「大丈夫《だいじょうぶ》」ハリーが言った。

「ハリー、ねえ、聞いて」

ハーマイオニーがロンと目配《めくば》せしながら言った。

「昨日《きのう》私たちが聞いてしまったことで、あなたはとっても大変な思いをしてるでしょう。でも、大切なのは、あなたが軽はずみをしちゃいけないってことよ」

「どんな?」

「たとえばブラックを追いかけるとか」ロンがはっきり言った。

ハリーが寝《ね》ている間に、二人がこのやり取りを練習したのだと、ハリーには察《さっ》しがついた。

ハリーは何も言わなかった。

「そんなことしないわよね、ね、ハリー?」ハーマイオニーが念《ねん》を押した。

「だって、ブラックのために死ぬ価値《かち》なんて、ないぜ」ロンだ。

ハリーは二人を見た。この二人には全然わかっていないらしい。

「吸魂鬼が僕《ぼく》に近づくたびに、僕が何を見たり、何を聞いたりするか、知ってるかい?」

ロンもハーマイオニーも不安そうに首を横に振った。

「母さんが泣き叫《さけ》んでヴォルデモートに命乞《いのちご》いをする声が聞こえるんだ。もし君たちが、自分の母親が殺される直前にあんなふうに叫ぶ声を聞いたなら、そんなに簡単に忘れられるものか。自分の友達だと信じていた誰かに裏切《うらぎ》られた、そいつがヴォルデモートをさし向けたと知ったら——」

「あなたにはどうにもできないことよ！」

ハーマイオニーが苦しそうに言った。

「吸魂鬼《ディメンター》がブラックを捕《つか》まえるし、アズカバンに連れ戻《もど》すわ。そして——それが当然の報《むく》いよ！」

「ファッジが言ったこと聞いただろう。ブラックは普通の魔法使いと違って、アズカバンでも平気だって。ほかの人には刑罰《けいばつ》になっても、あいつには効《き》かないんだ」

「じゃ、何が言いたいんだい？」ロンが緊張《きんちょう》して聞いた。

「まさか——ブラックを殺したいとか、そんな？」

「バカなこと言わないで」ハーマイオニーが慌《あわ》てた。

「ハリーが誰かを殺したいなんて思うわけないじゃない。そうよね？　ハリー？」

ハリーはまた黙《だま》りこくった。自分でもどうしたいのかわからなかった。ただ、ブラックが野放《のばな》しになっているというのに、何もしないでいるのはとても耐《た》えられない。それだけはわかった。

「マルフォイは知ってるんだ」出し抜けにハリーは言った。「『魔法薬学《まほうやくがく》』のクラスで僕《ぼく》に何て言ったか、覚えてるかい？　『僕なら、自分で追いつめる……復讐《ふくしゅう》するんだ』」

「僕たちの意見より、マルフォイの意見を聞こうってのかい？」ロンが怒った。

「いいかい……ブラックがペティグリューを片《かた》づけた時、ペティグリューの母親の手に何が戻った？　パパに聞いたんだ。──マーリン勲章《くんしょう》、勲一等《くんいっとう》、それに箱に入った息子《むすこ》の指一本だ。それが残った体の欠けらの中で一番大きいものだった。ブラックは狂ってる。ハリー、あいつは危険人物《きけんじんぶつ》なんだ──」

「マルフォイの父親が話したに違いない」ハリーはロンの言葉を無視《むし》した。「ヴォルデモートの腹心《ふくしん》の一人だったから──」

「『**例《れい》のあの人**』って言えよ。頼むから」ロンが怒ったように口を挟《はさ》んだ。

「──だから、マルフォイ一家は、ブラックがヴォルデモートの手下だって当然知ってたんだ──」

「──そして、マルフォイは、君がペティグリューみたいに粉々《こなごな》になって吹っ飛ばされればいいって思ってるんだ！　しっかりしろよ。マルフォイは、ただ、クィディッチ試合で君と対決する前に、君がのこのこ殺されにいけばいいって思ってるんだ」

「ハリー、**お願い**」

ハーマイオニーの目は、いまや涙で光っていた。

「**お願いだから、**冷静《れいせい》になって。ブラックのやったこと、とっても、とってもひどいことだわ。でも、ね、自分を危険《きけん》にさらさないで。ねえ。それがブラックの思うつぼなのよ……ああ、ハリー、あなたがブラックを探したりすれば、ブラックにとっては飛んで火に入る夏の虫よ。あなたのご両親だって、あなたが怪我《けが》することを望んでいらっしゃらないわよ。そうでしょう? ご両親は、あなたがブラックを追跡《ついせき》することをけっしてお望みにはならなかったわ!」

「父さん、母さんが何を望んだかなんて、僕《ぼく》は一生知ることはないんだ。ブラックのせいで、僕は一度も父さんや母さんと話したことがないんだから」

ハリーはぶっきらぼうに言った。

沈黙《ちんもく》が流れた。クルックシャンクスがその間に悠々《ゆうゆう》と伸びをし、爪《つめ》を曲げ伸ばした。ロンのポケットが小刻《こきざ》みに震《ふる》えた。

「さあ」ロンがとにかく話題を変えようと慌《あわ》てて切り出した。

「休みだ! もうすぐクリスマスだ! それじゃ――それじゃハグリッドの小屋に行こうよ。もう何百年も会ってないよ!」

「ダメ!」ハーマイオニーがすぐ言った。「ハリーは城を離《はな》れちゃいけないのよ、ロン――」

「よし、行こう」ハリーが身を起こした。「そしたら僕、聞くんだ。ハグリッドが僕の両親のことを全部話してくれた時、どうしてブラックのことを黙《だま》っていたのかって！」

ブラックの話がまた持ち出されることは、まったくロンの計算に入っていなかった。

「じゃなきゃ、チェスの試合をしてもいいな」ロンが、また慌てて言った。「それともゴブストーン・ゲームとか。パーシーが一式《いっしき》忘れていったんだ――」

「いや、ハグリッドのところへ行こう」ハリーは言い張《は》った。

そこで三人とも寮《りょう》の寝室《しんしつ》からマントを取ってきて、肖像画《しょうぞうが》の穴をくぐり（「立て、戦え、臆《おく》病犬《びょういぬ》ども！」）、がらんとした城を抜け、樫《かし》の木の正面扉《しょうめんとびら》を通って出発した。

キラキラ光るパウダー・スノーに浅い小道を掘《ほ》り込《こ》みながら、三人はゆっくりと芝生《しばふ》を下った。靴下《くつした》もマントの裾《すそ》も濡《ぬ》れて凍《こお》りついた。「禁《きん》じられた森」の木々はうっすらと銀色に輝《かがや》き、まるで森全体が魔法にかけられたようだったし、ハグリッドの小屋は粉砂糖《こなざとう》のかかったケーキのようだった。

ロンがノックしたが、答えがない。

「出かけてるのかしら？」ハーマイオニーはマントをかぶって震《ふる》えていた。

ロンが戸に耳をつけた。

「変な音がする。聞いて――ファングかなぁ？」

ハリーとハーマイオニーも耳をつけた。小屋の中から、低く、ドクンドクンと呻《うめ》くような音が何度も聞こえる。

「誰か呼んだほうがいいかな？」ロンが不安げに言った。

「ハグリッド！」戸をドンドン叩《たた》きながら、ハリーが呼んだ。

「ハグリッド、中にいるの？」

重い足音がして、ドアがギーッと軋《きし》みながら開いた。ハグリッドが真《ま》っ赤《か》な、泣き腫《は》らした目をして突っ立っていた。涙が滝のように、革《かわ》のベストを伝って流れ落ちていた。

「聞いたか！」

大声で叫《さけ》ぶなり、ハグリッドはハリーの首に抱きついた。

ハグリッドはなにしろ普通の人の二倍はある。これは笑い事ではなかった。ハリーはハグリッドの重みで危《あや》うく押しつぶされそうになるところを、ロンとハーマイオニーに救い出された。二人がハグリッドの腋《わき》の下を支えて持ち上げ、ハリーも手伝って、ハグリッドを小屋に入れた。ハグリッドはされるがままに椅子《いす》に運ばれ、テーブルに突《つ》っ伏《ぷ》し、身も世もなくしゃくり上げていた。顔は涙でテカテカ、その涙がもじゃもじゃの顎鬚《あごひげ》を伝って滴《したた》り落ちていた。

「ハグリッド、何事なの？」ハーマイオニーが唖然《あぜん》として聞いた。

ハリーはテーブルに公式の手紙らしいものが広げてあるのに気づいた。

「ハグリッド、これは何？」

ハグリッドのすすり泣きが二倍になった。そして手紙をハリーのほうに押してよこした。ハリーはそれを取って読み上げた。

ハグリッド殿《どの》

ヒッポグリフが貴殿《きでん》の授業《じゅぎょう》で生徒を攻撃《こうげき》した件についての調査で、この残念な不祥事《ふしょうじ》について、貴殿には何ら責任はないとするダンブルドア校長の保証《ほしょう》を我々《われわれ》は受け入れることに決定いたしました。

「じゃ、オッケーだ。よかったじゃないか、ハグリッド！」

ロンがハグリッドの肩を叩《たた》いた。しかし、ハグリッドは泣き続け、でかい手を振って、ハリーに先を読むように促《うなが》した。

しかしながら、我々は、当該《とうがい》ヒッポグリフに対し、懸念《けねん》を表明せざるをえません。我々はルシウス・マルフォイ氏の正式な訴《うった》えを受け入れることを決定しました。従いまして、この件は、「危険生物処理委員会《きけんせいぶつしょりいいんかい》」に付託《ふたく》されることになります。事情聴取《じじょうちょうしゅ》は四月二十日に行われます。当日、ヒッポグリフを伴《ともな》い、ロンドンの当委員会事務所《とういいんかいじむしょ》まで出頭《しゅっとう》願います。それまでヒッポグリフは隔離《かくり》し、つないでおかなければなりません。

敬具《けいぐ》

手紙のあとに学校の理事《りじ》の名前が連《つら》ねてあった。

「ウーン」ロンが言った。

「だけど、ハグリッド、バックビークは悪いヒッポグリフじゃないって、そう言ってたじゃないか。絶対《ぜったい》、無罪放免《むざいほうめん》――」

「おまえさんは『危険生物処理委員会《きけんせいぶつしょりいいんかい》』ちゅうとこの怪物《かいぶつ》どもを知らんのだ！」

ハグリッドは袖《そで》で目を拭《ぬぐ》いながら、喉《のど》を詰《つ》まらせた。

「連中はおもしれぇ生き物《もん》を目の敵《かたき》にしてきた！」

突然、小屋の隅《すみ》から物音がして、ハリー、ロン、ハーマイオニーが弾《はじ》かれたように振り返った。ヒッポグリフのバックビークが隅のほうに寝そべって、何かをバリバリ食いちぎっている。その血が床一面に滲《にじ》み出していた。

「こいつを雪ん中につないで放《ほう》っておけねえ」ハグリッドが喉を詰まらせた。

「たった一人で！　クリスマスだっちゅうのに！」

ハリー、ロン、ハーマイオニーは互いに顔を見合わせた。ハグリッドが「おもしろい生き物」と呼び、他の人が「恐ろしい怪物」と呼ぶものについて、三人はハグリッドと意見がぴったり合ったためしがない。しかし、バックビークがとくに危害《きがい》を加えるとは思えない。事実、いつものハグリッドの基準《きじゅん》から見て、この動物はむしろかわいらしい。

「ハグリッド、しっかりした強い弁護《べんご》を打ち出さないといけないわ」

ハーマイオニーは腰掛《か》けてハグリッドの小山のような腕《うで》に手を置いて言った。

「バックビークが安全だって、あなたがきっと証明《しょうめい》できるわ」

「そんでも、同じこった」ハグリッドがすすり上げた。

「やつら、処理屋《しょりや》の悪魔め、連中はルシウス・マルフォイの手の内だ！　やつを怖《こわ》がっとる！　もし俺《おれ》が裁判《さいばん》で負けたら、バックビークは――」

ハグリッドは喉をかき切るように、指をさっと動かした。それからひと声大泣きし、前のめりになって両腕に顔を埋《うず》めた。

「ダンブルドアはどうなの、ハグリッド？」ハリーが聞いた。

「あの方《かた》は、俺のためにもう十分すぎるほどやりなすった」

ハグリッドは呻《うめ》くように言った。

「手一杯《ていっぱい》でおいでなさる。吸魂鬼《ディメンター》のやつらが城の中さ入らんようにしとくとか、シリウス・ブラックがうろうろとか――」

ロンとハーマイオニーは、急いでハリーを見た。ブラックのことで本当のことを話してくれなかったと、ハリーがハグリッドを激《はげ》しく責《せ》めはじめるだろうと思ったかのようだ。しかし、ハリーはそこまではできなかった。ハグリッドがこんなに惨《みじ》めで、こんなに打ち震《ふる》えているのを見てしまったいまは、できはしない。

「ねえ、ハグリッド」ハリーが声をかけた。

「諦《あきら》めちゃだめだ。ハーマイオニーの言うとおりだよ。ちゃんとした弁護《べんご》が必要なだけだ。僕《ぼく》たちを証人《しょうにん》に呼んでいいよ――」

「私、ヒッポグリフいじめ事件について読んだことがあるわ」

ハーマイオニーが何か考えながら言った。

「たしか、ヒッポグリフは釈放《しゃくほう》されたっけ。探してあげる、ハグリッド。正確に何が起こったのか、調べるわ」

ハグリッドはますます声を張《は》りあげてオンオン泣いた。ハリーとハーマイオニーは、どうにかしてよとロンのほうを見た。

「アー――お茶でも入れようか？」ロンが言った。

ハリーが目を丸くしてロンを見た。

「誰か気が動転《どうてん》してるとき、ママはいつもそうするんだ」

ロンは肩をすくめてつぶやいた。

助けてあげる、とそれから何度も約束してもらい、目の前にぽかぽかの紅茶のマグカップを出してもらって、やっとハグリッドは落ち着き、テーブルクロスぐらい大きいハンカチでブーッと鼻をかみ、それから口を利《き》いた。

「おまえさんたちの言うとおりだ。ここで俺《おれ》がボロボロになっちゃいられねえ。しゃんとせにゃ……」

ボアハウンド犬のファングがおずおずとテーブルの下から現れ、ハグリッドの膝《ひざ》に頭を載《の》せた。

「このごろ俺はどうかしとった」

ハグリッドがファングの頭を片手で撫《な》で、もう一方で自分の顔を拭《ふ》きながら言った。

「バックビークが心配だし、だーれも俺の授業《じゅぎょう》を好かんし——」

「みんな、とっても好きよ！」ハーマイオニーがすぐに嘘《うそ》を言った。

「ウン、すごい授業だよ！」ロンもテーブルの下で、手をもじもじさせながら嘘を言った。

「あ——レタス食い虫《フロバーワーム》は元気？」

「死んだ」ハグリッドが暗い表情をした。「レタスのやりすぎだ」

「ああ、そんな！」そう言いながら、ロンの口元が笑っていた。

「それに、吸魂鬼《ディメンター》のやつらだ。連中は俺をとことん落ち込《こ》ませる」

ハグリッドは急に身震《みぶる》いした。

「『三本の箒《ほうき》』に飲みにいくたんび、連中のそばを通らにゃなんねえ。アズカバンさ戻《もど》されちまったような気分になる——」

ハグリッドはふと黙《だま》りこくって、ゴクリと茶を飲んだ。ハリー、ロン、ハーマイオニーは息をひそめてハグリッドを見つめた。三人とも、ハグリッドが、短い期間だが、アズカバンに入れられたあの時のことを話すのを聞いたことがなかった。やや間《ま》をおいて、ハーマイオニーが遠慮《えんりょ》がちに聞いた。

「ハグリッド、恐ろしいところなの？」

「想像もつかんだろう」ハグリッドはひっそりと言った。

「あんなとこは行ったことがねえ。気が狂うかと思ったぞ。ひどい想《おも》い出ばっかしが思い浮かぶんだ……ホグワーツを退校《たいこう》になった日……親父《おやじ》が死んだ日……ノーバートが行っちまった日……」

ハグリッドの目に涙が溢《あふ》れた。ノーバートは、ハグリッドが賭《か》けトランプで勝って、手に入れた赤ちゃんドラゴンだ。

「しばらくすっと、自分が誰だか、もうわからねえ。そんで、生きててもしょうがねえって気になる。寝《ね》てるうちに死んでしまいてえって、俺はそう願ったもんだ。……釈放《しゃくほう》されたときゃ、もう一度生まれたような気分だった。いろんなことが一度にどぉっと戻《もど》ってきてな。こんないい気分はねえぞ。そりゃあ、吸魂鬼《ディメンター》のやつら、俺を釈放するのはしぶったもんだ」

「だけど、あなたは無実だったのよ！」ハーマイオニーが言った。

ハグリッドがフンと鼻を鳴らした。

「連中の知ったことか？　そんなこたぁ、どーでもええ。二、三百人もあそこにぶち込まれていりゃ、連中はそれでええ。そいつらにしゃぶりついて、幸福ちゅうもんを全部吸い出してさえいりゃ、誰が有罪《ゆうざい》で、誰が無罪かなんて、連中にはどっちでもええ」

ハグリッドはしばらく自分のマグカップを見つめたまま、黙《だま》っていた。それから、ぼそりと言った。

「バックビークをこのまんま逃がそうと思った。……遠くに飛んでいけばええと思った。……だけんどどうやってヒッポグリフに言い聞かせりゃええ？　どっかに隠れていろって……ほんで――法律《ほうりつ》を破るのが俺は怖《こわ》い……」

三人を見たハグリッドの目から、また涙がボロボロ流れ、顔を濡《ぬ》らした。

「俺は二度とアズカバンに戻りたくねえ」

ハグリッドの小屋に行っても、ちっとも楽しくはなかったが、ロンとハーマイオニーが期待したような成果はあった。ハリーはけっしてブラックのことを忘れたわけではないが、「危険《きけん》生物処理委員会《せいぶつしょりいいんかい》」でハグリッドが勝つ手助けをしたいと思えば、復讐《ふくしゅう》のことばかり考えているわけにはいかなかった。

翌日《よくじつ》ハリーは、ロンやハーマイオニーと一緒《いっしょ》に図書室に行った。がらんとした談話室《だんわしつ》にまた戻ってきた時には、バックビークの弁護《べんご》に役立ちそうな本を、どっさり抱《かか》えていた。威勢《いせい》よく燃えさかる暖炉《だんろ》の前に三人で座り込《こ》み、動物による襲撃《しゅうげき》に関する有名な事件を書いた、埃《ほこり》っぽい書物のページを一枚一枚めくった。ときどき、何か関係のありそうなものが見つかると言葉を交《か》わした。

「これはどうかな……一七二二年の事件……あ、ヒッポグリフは有罪《ゆうざい》だった。――ウワー、それで連中がどうしたか、気持悪いよ――」

「これはいけるかもしれないわ。えーと――一二九六年、マンティコア、ほら頭は人間、胴《どう》はライオン、尾はサソリのあれ、これが誰かを傷《きず》つけたけど、マンティコアは放免《ほうめん》になった。――あ――だめ。なぜ放《はな》たれたかというと、みんな怖《こわ》がってそばによれなかったんですって……」

そうこうする間に、城ではいつもの大がかりなクリスマスの飾りつけが進んでいた――それを楽しむはずの生徒はほとんど学校に残っていなかったが。柊《ひいらぎ》や宿《やど》り木《ぎ》を編《あ》み込《こ》んだ太いリボンが廊下《ろうか》にぐるりと張《は》り巡《めぐ》らされ、鎧《よろい》という鎧の中からは神秘的《しんぴてき》な灯《あか》りがきらめき、大広間《おおひろま》にはいつものように、金色に輝《かがや》く星を飾った十二本のクリスマス・ツリーが立ち並んだ。おいしそうな匂《にお》いが廊下中にたちこめ、クリスマス・イブにはそれが最高潮《さいこうちょう》に達したので、あのスキャバーズでさえ、避難《ひなん》していたロンのポケットの中から鼻先を突き出して、ひくひくと期待を込めて匂いを嗅《か》いだ。

クリスマスの朝、ハリーはロンに枕を投げつけられて目が覚めた。

「おい！　プレゼントがあるぞ！」

ハリーはメガネを探し、それを掛《か》けてから、薄明《うすあか》りの中を目を凝《こ》らしてベッドの足元を覗《のぞ》いた。小包が小さな山になっている。ロンはもう自分のプレゼントの包み紙を破っていた。

「またママからのセーターだ……また栗色《くりいろ》だ……君にも来てるかな」

ハリーにも届いていた。ウィーズリーおばさんからハリーに、胸のところにグリフィンドールのライオンを編み込んだ真紅《しんく》のセーターと、お手製《てせい》のミンスパイが一ダース、小さいクリスマス・ケーキ、それにナッツ入り砂糖菓子《さとうがし》が一箱《ひとはこ》届いていた。全部を脇《わき》によせると、その下に長くて薄《うす》い包みが置いてあった。

「それ、何だい？」

包みから取り出したばかりの栗色のソックスを手に持ったまま、ロンが覗き込んだ。

「さあ……」

包みを破ったハリーは、息を呑《の》んだ。見事な箒《ほうき》が、キラキラ輝きながらハリーのベッドカバーの上に転《ころ》がり出た。ロンはソックスをぽろりと落とし、もっとよく見ようと、ベッドから飛び出してきた。

「ほんとかよ」ロンの声がかすれていた。

「**炎《ほのお》の雷《いかずち》・ファイアボルト**」だった。ハリーがダイアゴン横丁《よこちょう》で毎日通いつめた、あの夢の箒と同じものだ。取り上げると、箒の柄《え》が燦然《さんぜん》と輝いた。箒の振動《しんどう》を感じて手を離《はな》すと、箒は一人で空中に浮かび上がった。ハリーが跨《また》るのに、ぴったりの高さだ。ハリーの目が、柄の端《はし》に刻《きざ》まれた金文字の登録《とうろく》番号から、完璧《かんぺき》な流線型《りゅうせんけい》にすらりと伸びた樺《かば》の小枝の尾まで、吸いつけられるように動いた。

「誰が送ってきたんだろう？」ロンが声をひそめた。

「カードが入っているかどうか見てよ」ハリーが言った。

ロンは、ファイアボルトの包み紙をバリバリと広げた。

「何もない。おっどろいた。いったい誰がこんな大金を君のために使ったんだろう？」

「そうだな」ハリーはぼーっとしていた。「賭《か》けてもいいけど、ダーズリーじゃないよ」

「ダンブルドアじゃないかな」

ロンはファイアボルトの周《まわ》りをぐるぐる歩いて、その輝《かがや》くばかりの箒《ほうき》を隅々《すみずみ》まで眺《なが》めた。

「名前を伏《ふ》せて君に『透明《とうめい》マント』を送ってきたし……」

「だけど、あれは僕《ぼく》の父さんのだったし。ダンブルドアはただ僕に渡《わた》してくれただけだ。何百ガリオンもの金貨《きんか》を、僕のために使ったりするはずがない。生徒にこんな高価《こうか》なものをくれたりできないよ――」

「だから、自分からの贈《おく》り物だって言わないんじゃないか！　マルフォイみたいな下衆《げす》が、先生は贔屓《ひいき》してるなんて言うかもしれないだろ。そうだ、ハリー――」

ロンは歓声《かんせい》をあげて笑った。

「**マルフォイのやつ！**　君がこの箒に乗ったら、どんな顔するか！　きっとナメクジに塩だ！　国際試合級《こくさいじあいきゅう》の箒なんだぜ。こいつは！」

「夢じゃないか」

ハリーはファイアボルトを撫《な》でさすりながらつぶやいた。ロンは、マルフォイのことを考えて、ハリーのベッドで笑い転《ころ》げていた。

「いったい誰なんだろう――?」

「わかった」笑いをなんとか抑《おさ》えて、ロンが言った。

「たぶんこの人だな――ルーピン!」

「えっ?」今度はハリーが笑いはじめた。

「ルーピン?　まさか。そんな金があるなら、ルーピンは新しいローブくらい買ってるよ」

「ウン、だけど、君を好いてる。それに、君のニンバス2000が玉砕《ぎょくさい》した時、ルーピンはどっかに行ってていなかった。もしかしたら、そのことを聞きつけて、ダイアゴン横丁《よこちょう》に行って、これを君のために買おうって決心したのかもしれない――」

「いなかったって、どういう意味?」ハリーが聞いた。「ルーピンは僕があの試合に出てた時、病気だったよ」

「ウーン、でも病棟《びょうとう》にはいなかった。僕、スネイプの罰則《ばっそく》で、病棟でおまるを掃除してたんだ。覚えてるだろ?」

「ルーピンにこんな物を買うお金はないよ」ハリーはロンのほうを見て顔をしかめた。

「二人して、何笑ってるの?」

ハーマイオニーが入ってきたところだった。ガウンを着て、クルックシャンクスを抱いている。クルックシャンクスは、首に光るティンセルのリボンを結ばれて、ブスッとしていた。

「そいつをここに連れてくるなよ！」

ロンは急いでベッドの奥からスキャバーズを拾い上げ、パジャマのポケットにしまい込《こ》んだ。しかし、ハーマイオニーは聞いていなかった。クルックシャンクスを空《あ》いているシェーマスのベッドに落とし、口をあんぐり開けてファイアボルトを見つめた。

「まあ、ハリー！　いったい誰が**これを？**」

「さっぱりわからない」ハリーが答えた。「カードも何にもついてないんだ」

驚いたことに、ハーマイオニーは興奮《こうふん》もせず、この出来事《できごと》に興味《きょうみ》をそそられた様子もない。それどころか顔を曇《くも》らせ、唇《くちびる》を噛《か》んだ。

「どうかしたのかい？」ロンが聞いた。

「わからないわ」ハーマイオニーは何かを考えていた。「でも、何かおかしくない？　つまり、この箒《ほうき》は相当いい箒なんでしょう？　違う？」

ロンが憤然《ふんぜん》としてため息をついた。

「ハーマイオニー、これは現存《げんそん》する箒の最高峰《さいこうほう》だ」

「なら、とっても高いはずよね……」

「たぶん、スリザリンの箒全部を束《たば》にしてもかなわないぐらい高い」

ロンはうれしそうに言った。

「そうね……そんなに高価《こうか》なものをハリーに送って、しかも自分が送ったってことを教えもしない人って、誰なの？」ハーマイオニーが言った。

「誰だっていいじゃないか」ロンはイライラしていた。

「ねえ、ハリー、僕《ぼく》、試《ため》しに乗ってみてもいい？　どう？」

「まだよ。まだ絶対《ぜったい》誰もその箒に乗っちゃいけないわ！」ハーマイオニーが金切《かなき》り声《ごえ》を出した。

ハリーもロンもハーマイオニーを見た。

「この箒でハリーが何をすればいいって言うんだい。――床でも掃《は》くかい？」ロンだ。

ところが、ハーマイオニーが答える前に、クルックシャンクスがシェーマスのベッドから飛び出し、ロンの懐《ふところ》を直撃《ちょくげき》した。

「こいつを――ここ――から――連れ出せ！」

ロンが大声を出した。クルックシャンクスの爪《つめ》がロンのパジャマを引き裂《さ》き、スキャバーズは無我夢中《むがむちゅう》でロンの肩を乗り越《こ》えて、逃亡《とうぼう》を図《はか》った。ロンはスキャバーズの尻尾《しっぽ》をつかみ、同時にクルックシャンクスを蹴飛《けと》ばしたはずだったが、狙《ねら》いが狂ってハリーのベッドの端《はし》にあったトランクを蹴飛ばした。トランクは引っくり返り、ロンは痛さのあまり叫《さけ》びながら、その場でピョンピョン跳《と》び上がった。

クルックシャンクスの毛が急に逆立《さかだ》った。ヒュンヒュンという小さな甲高《かんだか》い音が部屋中に響《ひび》いた。携帯《スニーコスコープ》かくれん防止器が、バーノンおじさんの古靴下《ふるくつした》から転《ころ》がり出て、床の上でピカピカ光りながら回っていた。

「これを忘れてた！」

ハリーは屈《かが》んでスニーコスコープを拾い上げた。

「この靴下《くつした》はできれば履《は》きたくないもの……」

スニーコスコープはハリーの手の中で鋭《するど》い音をたてながらぐるぐる回り、クルックシャンクスがそれに向かって歯をむき出し、フーッ、フーッと唸《うな》った。

「ハーマイオニー、その猫、ここから連れ出せよ」

ロンはハリーのベッドの上で爪先《つまさき》をさすりながら、カンカンになって言った。黄色い目で意地悪《いじわる》くロンを睨《にら》んだままのクルックシャンクスを連れて、ハーマイオニーはつんつんしながら部屋を出ていった。

「そいつを黙《だま》らせられないか？」ロンが、今度はハリーに向かって言った。

ハリーは携帯かくれん防止器をまた古靴下の中に詰《つ》め、トランクに投げ入れた。聞こえるのは、ロンが痛みと怒りとで呻《うめ》く声だけになった。スキャバーズはロンの手の中で丸くなって縮《ちぢ》こまっていた。ロンのポケットから出てきたのを、ハリーが見たのは久しぶりだった。かつてはあんなに太っていたスキャバーズが、いまややせ衰《おとろ》えて、あちこち毛が抜け落ちているのを見て、ハリーは驚きもし、痛々しくも思った。

「あんまり元気そうじゃないね、どう？」ハリーが言った。

「ストレスだよ！　あのでっかい毛玉のバカが、こいつを放《ほ》っといてくれれば大丈夫《だいじょうぶ》なんだ！」

ハリーは「魔法動物《まほうどうぶつ》ペットショップ」の魔女が、ネズミは三年しか生きないと言ったことを思い出していた。スキャバーズがいままで見せたことのない力を持っているなら別だが、そうでなければ、もう寿命《じゅみょう》が尽《つ》きようとしているのだと感じないわけにはいかなかった。ロンは、スキャバーズが退屈《たいくつ》な役立たずだとしょっちゅうこぼしていたが、もしスキャバーズが死んでしまったら、どんなに嘆《なげ》くだろうとハリーは思った。

その日の朝のグリフィンドール談話室《だんわしつ》は、クリスマスの慈愛《じあい》の心が地に満ち溢《あふ》れ、というわけにはいかなかった。ハーマイオニーはクルックシャンクスを自分の寝室《しんしつ》に閉じ込《こ》めはしたが、ロンが蹴飛《けと》ばそうとしたことに腹を立てていた。ロンのほうは、クルックシャンクスがまたもやスキャバーズを襲《おそ》おうとしたことで湯気《ゆげ》を立てて怒っていた。ハリーは二人が互いに口を利《き》くようにしようと努力することも諦《あきら》め、談話室に持ってきたファイアボルトをしげしげ眺《なが》めることに没頭《ぼっとう》した。これがまたなぜか、ハーマイオニーの癇《かん》に障《さわ》ったらしい。何も言わなかったが、ハーマイオニーはまるで箒《ほうき》も自分の猫を批判《ひはん》したと言わんばかりに、不快そうにちらちら箒を見ていた。

昼食に大広間《おおひろま》に下りていくと、各寮《かくりょう》のテーブルはまた壁《かべ》に立て掛《か》けられ、広間の中央にテーブルが一つ、食器が十二人分用意されていた。ダンブルドア、マクゴナガル、スネイプ、スプラウト、フリットウィックの諸《しょ》先生が並び、管理人《かんりにん》のフィルチも、いつもの茶色の上着ではなく、古びたかび臭《くさ》い燕尾服《えんびふく》を着て座っている。生徒はハリーたちの他に三人しかいない。緊張《きんちょう》でガチガチの一年生が二人、ふてくされた顔のスリザリンの五年生が一人だ。

「メリー・クリスマス！」

ハリー、ロン、ハーマイオニーがテーブルに近づくと、ダンブルドア先生が挨拶《あいさつ》した。

「これしかいないのだから、寮《りょう》のテーブルを使うのはいかにも愚《おろ》かに見えたのでのう。……さあ、お座り！　お座り！」

ハリー、ロン、ハーマイオニーはテーブルの隅《すみ》に並んで座った。

「クラッカーを！」

ダンブルドアが、はしゃいで、大きな銀色のクラッカーの紐《ひも》の端《はし》をスネイプにさし出した。スネイプがしぶしぶ受け取って引《ひ》っ張《ぱ》った。大砲《たいほう》のようなバーンという音がして、クラッカーは弾《はじ》け、ハゲタカの剥製《はくせい》をてっぺんに載《の》せた、大きな魔女の三角帽子《ぼうし》が現れた。

ハリーはまね妖怪《ボガート》のことを思い出し、ロンに目配《めくば》せして、二人でニヤリとした。スネイプは唇《くちびる》をぎゅっと結び、帽子をダンブルドアのほうに押しやった。ダンブルドアはすぐに自分の三角帽子を脱ぎ、それをかぶった。

「どんどん食べましょうぞ！」

ダンブルドアは、にっこりみんなに笑いかけながら促《うなが》した。

ハリーがちょうどロースト・ポテトを取り分けている時、大広間《おおひろま》の扉《とびら》がまた開いた。トレローニー先生がまるで車輪《しゃりん》がついているかのようにすーっと近づいてきた。お祝《いわ》いの席にふさわしく、スパンコール飾りの緑のドレスを着ている。服のせいでますます、きらめく特大トンボに見えた。

「シビル、これはお珍《めずら》しい！」ダンブルドアが立ち上がった。

「校長先生、あたくし水晶玉《すいしょうだま》を見ておりまして」

トレローニー先生が、いつもの霧《きり》のかなたからのようなか細い声で答えた。

「あたくしも驚きましたわ。一人で昼食をとるという、いつものあたくしを捨《す》て、みなさまとご一緒《いっしょ》する姿が見えましたの。運命があたくしを促しているのを拒《こば》むことができまして？　あたくし、取り急ぎ、塔《とう》を離《はな》れましたのでございますが、遅《おく》れまして、ごめんあそばせ……」

「それは、それは」

ダンブルドアは目をキラキラさせた。

「椅子《いす》をご用意いたさねばのう――」

ダンブルドアは杖《つえ》を振り、空中に椅子を描《えが》き出した。椅子は数秒間くるくると回転してから、スネイプ先生とマクゴナガル先生の間に、トンと落ちた。しかし、トレローニー先生は座ろうとしなかった。巨大な目玉でテーブルをずいーっと見渡《みわた》したとたん、小さくあっと悲鳴《ひめい》のような声を漏《も》らした。

「校長先生、あたくし、とても座れませんわ！　あたくしがテーブルに着けば、十三人になってしまいます！　こんな不吉な数はありませんわ！　お忘れになってはいけません。十三人が食事をともにするとき、最初に席を立つ者が最初に死ぬのですわ！」

「シビル、その危険《きけん》を冒《おか》しましょう」マクゴナガル先生はイライラしていた。

「かまわずお座りなさい。七面鳥《しちめんちょう》が冷《ひ》えきってしまいますよ」

トレローニー先生は迷った末、空《あ》いている席に腰掛《か》けた。目を堅《かた》く閉じ、口をきっと結んで、まるでいまにもテーブルに雷《かみなり》が落ちるのを予想しているかのようだ。マクゴナガル先生は手近のスープ鍋《なべ》にさじを突っ込《こ》んだ。

「シビル、臓物《ぞうもつ》スープはいかが？」

トレローニー先生は返事をしなかった。目を開け、もう一度周《まわ》りを見回して尋《たず》ねた。

「あら、ルーピン先生はどうなさいましたの？」

「気の毒《どく》に、先生はまたご病気での」

ダンブルドアはみんなに食事をするよう促《うなが》しながら言った。

「クリスマスにこんなことが起こるとは、まったく不幸なことじゃ」

「でも、シビル、あなたはとうにそれをご存知《ぞんじ》だったはずね？」

マクゴナガル先生は眉根《まゆね》をぴくりと持ち上げて言った。

トレローニー先生は冷《ひ》やかにマクゴナガル先生を見た。

「もちろん、存《ぞん》じてましたわ。ミネルバ」トレローニー先生は落ち着いていた。

「でも、『すべてを悟《さと》れる者』であることを、披瀝《ひけらか》したりはしないものですわ。あたくし、『内なる眼《め》』を持っていないかのように振舞《ふるま》うことがたびたびありますのよ。ほかの方《かた》たちを怖《こわ》がらせてはなりませんもの」

「それですべてがよくわかりましたわ！」マクゴナガル先生はぴりっと言った。

霧《きり》のかなたからだったトレローニー先生の声から、とたんに霧が薄《うす》れた。

「ミネルバ、どうしてもとおっしゃるなら、あたくしの見るところ、ルーピン先生はお気の毒に、もう長いことはありません。あの方自身も先が短いとお気づきのようです。あたくしが水晶玉《すいしょうだま》で占《うらな》ってさし上げると申しましたら、まるで逃げるようになさいましたの――」

「そうでしょうとも」マクゴナガル先生はさりげなく辛辣《しんらつ》だ。

「いや、まさか――」

ダンブルドアが朗《ほが》らかに、しかしちょっと声を大きくした。それで、マクゴナガル、トレローニー両先生の対話は終わりを告げた。

「――ルーピン先生はそんな危険《きけん》な状態《じょうたい》ではあるまい。セブルス、ルーピン先生にまた薬を造《つく》ってさし上げたのじゃろう？」

「はい、校長」スネイプが答えた。

「結構《けっこう》。それなれば、ルーピン先生はすぐによくなって出ていらっしゃるじゃろう……。デレク、チポラータ・ソーセージを食べてみたかね？　おいしいよ」

一年坊主《ぼうず》が、ダンブルドア校長に直接声をかけられて、見る見る真《ま》っ赤《か》になり、震《ふる》える手でソーセージの大皿を取った。

トレローニー先生は、二時間後のクリスマス・ディナーが終わるまで、ほとんど普通に振舞《ふるま》った。ご馳走《ちそう》ではちきれそうになり、クラッカーから出てきた帽子《ぼうし》をかぶったまま、ハリーとロンがまず最初に立ち上がった。トレローニー先生が大きな悲鳴《ひめい》をあげた。

「あなたたち！　どちらが先に席を離《はな》れましたの？　どちらが？」

「わかんない」ロンが困ったようにハリーを見た。

「どちらでも大して変わりはないでしょう」

マクゴナガル先生が冷たく言った。

「扉《とびら》の外に斧《おの》を持った極悪人《ごくあくにん》が待ち構《かま》えていて、玄関《げんかん》ホールに最初に足を踏《ふ》み入れた者を殺すとでもいうなら別ですが」

これにはロンでさえ笑った。トレローニー先生はいたく侮辱《ぶじょく》されたという顔をした。

「君も来る？」ハリーがハーマイオニーに声をかけた。

「ううん」ハーマイオニーはつぶやくように言った。

「私、マクゴナガル先生にちょっとお話があるの」

「もっとたくさん授業《じゅぎょう》を取りたいとか何とかじゃないのか？」

玄関ホールへと歩きながら、ロンが欠伸《あくび》交《ま》じりに言った。ホールには狂った斧男《おのおとこ》の影《かげ》すらなかった。

肖像画《しょうぞうが》の穴にたどり着くと、カドガン卿《きょう》が数人の僧侶《そうりょ》や、ホグワーツの歴代《れきだい》の校長の何人かと、愛馬《あいば》の太った仔馬《こうま》を交《まじ》えてクリスマス・パーティーに興《きょう》じているところだった。カドガン卿は鎧仮面《よろいかめん》の眼《め》のところを上に押し上げ、蜂蜜酒《はちみつしゅ》の入っただるま瓶《びん》を掲《かか》げて二人のために乾杯《かんぱい》した。

「メリー——ヒック——クリスマス。合言葉《あいことば》は？」

「スカービー・カー、下賤《げせん》な犬め」ロンが言った。

「貴殿《きでん》も同じだ！」カドガン卿が喚《わめ》いた。絵がパッと前に倒れ、二人を中に入れた。

ハリーはまっすぐに寝室《しんしつ》に行き、ファイアボルトと、ハーマイオニーが誕生日《たんじょうび》にくれた「箒磨《ほうきみが》きセット」を持って談話室《だんわしつ》に下りてきた。どこか手入れするところはないかと探したが、曲がった小枝がないので切りそろえる必要もなく、柄《え》はすでにピカピカで磨《みが》く意味もない。ロンと一緒《いっしょ》に、ハリーはただそこに座り込《こ》み、あらゆる角度から箒に見とれていた。すると肖像画《しょうぞうが》の穴が開いて、ハーマイオニーが入ってきた。マクゴナガル先生と一緒だった。

マクゴナガル先生はグリフィンドールの寮監《りょうかん》だったが、ハリーが談話室で先生の姿を見たのはたった一度、あれはとても深刻《しんこく》な知らせを発表したときだった。ハリーもロンもファイアボルトをつかんだまま先生を見つめた。ハーマイオニーは二人を避《さ》けるように歩いていき、座り込み、手近な本を拾い上げてその陰《かげ》に顔を隠した。

「これが、そうなのですね？」

マクゴナガル先生はファイアボルトを見つめ、暖炉《だんろ》のほうに近づきながら、目をキラキラさせた。

「ミス・グレンジャーがたったいま、知らせてくれました。ポッター、あなたに箒《ほうき》が送られてきたそうですね」

ハリーとロンは、振り返ってハーマイオニーを見た。額《ひたい》の部分だけが本の上から覗《のぞ》いていたが、見る見る赤くなり、本は逆《さか》さまだった。

「ちょっと、よろしいですか？」

マクゴナガル先生はそう言いながら、答えも待たずにファイアボルトを二人の手から取り上げた。先生は箒の柄《え》から尾の先まで、丁寧《ていねい》に調べた。

「フーム。それで、ポッター、何のメモもついていなかったのですね？　カードは？　何か伝言《でんごん》とか、そういうものは？」

「いいえ」ハリーはポカンとしていた。

「そうですか……」マクゴナガル先生は言葉を切った。

「さて、ポッター、これは預からせてもらいますよ」

「な――なんですって?」ハリーは慌《あわ》てて立ち上がった。

「どうして?」

「呪《のろ》いがかけられているかどうか、調べる必要があります。もちろん、私《わたくし》は詳《くわ》しくありませんが、マダム・フーチやフリットウィック先生がこれを分解《ぶんかい》して――」

「分解?」

ロンは、オウム返しに聞いた。マクゴナガル先生は正気じゃないと言わんばかりだ。

「数週間もかからないでしょう。何の呪いもかけられていないと判明《はんめい》すれば返します」

マクゴナガル先生が言った。

「この箒はどこも変じゃありません!」ハリーの声が微《かす》かに震《ふる》えていた。

「先生、本当です――」

「ポッター、それはわかりませんよ」マクゴナガル先生は親切心からそう言った。「飛んでみないとわからないでしょう。とにかく、この箒が変にいじられていないということがはっきりするまでは、これで飛ぶことなど論外《ろんがい》です。今後の成《な》り行《ゆ》きについてはちゃんと知らせます」

マクゴナガル先生はくるりと踵《きびす》を返し、ファイアボルトを持って肖像画《しょうぞうが》の穴から出ていった。肖像画がそのあとバタンと閉まった。ハリーは「高級仕上《しあ》げ磨《みが》き粉《こ》」の缶《かん》を両手にしっかりつかんだまま、先生のあとを見送って突っ立っていた。ロンはハーマイオニーに食ってかかった。

「いったい何の恨《うら》みで、マクゴナガルに言いつけたんだ？」

ハーマイオニーは本を脇《わき》に投げ捨て、まだ顔を赤らめたままだったが、立ち上がり、ロンに向かって敢然《かんぜん》と言った。

「私に考えがあったからよ。――マクゴナガル先生も私と同じご意見だった。――その箒《ほうき》はたぶんシリウス・ブラックからハリーに送られたものだわ！」

第12章

CHAPTER TWELVE
The Patronus

守護霊

ハーマイオニーは善意《ぜんい》でやったことだ。ハリーにはそれがわかっていたが、やはり腹が立った。世界一の箒《ほうき》の持ち主になれたのはほんの数時間。いまはハーマイオニーのお節介《せっかい》のおかげで、もう二度とあの箒に会えるかどうかさえわからない。いまならファイアボルトにどこもおかしいところはないとはっきり言えるが、あれやこれやと呪《のろ》い崩《くず》しのテストをかけられたら、どんな状態《じょうたい》になってしまうのだろう？

ロンも、ハーマイオニーにカンカンに腹を立てていた。新品のファイアボルトをバラバラにするなんて、ロンにしてみれば、まさに犯罪的《はんざいてき》な破壊行為《はかいこうい》だ。ハーマイオニーは、ためになることをしたという揺《ゆ》るぎない信念《しんねん》で、やがて談話室《だんわしつ》を避《さ》けるようになった。ハリーとロンは、ハーマイオニーが図書室に避難《ひなん》したのだろうと思い、談話室に戻《もど》るよう説得《せっとく》しようともしなかった。結局《けっきょく》、年が明けて、まもなくみんなが学校に戻《もど》り、グリフィンドール塔《とう》がまたがやがやと混み合ってきたのが、二人にはうれしいことだった。

学期が始まる前の夜、ウッドがハリーを呼び出した。

「いいクリスマスだったか？」

ウッドが聞いた。そして答えも聞かずに座り込《こ》み、声を低くして言った。

「ハリー、俺《おれ》はクリスマスの間いろいろ考えてみた。前回の試合のあとだ。わかるだろう。もしも次の試合に吸魂鬼《ディメンター》が現れたら……つまり……君があんなことになると――その――」

ウッドは困り果てた顔で言葉を切った。

「僕《ぼく》、対策《たいさく》を考えてるよ」

ハリーが急いで言った。

「ルーピン先生が吸魂鬼防衛術《ディメンターぼうえいじゅつ》の訓練《くんれん》をしてくれるっておっしゃった。今週中には始めるはずだ。クリスマスのあとなら時間があるっておっしゃってたから」

「そうか」ウッドの表情が明るくなった。「うん、それなら――ハリー、俺は、シーカーの君を絶対《ぜったい》に失いたくなかったんだ。ところで、新しい箒は注文したか？」

「ううん」

「なに！　早いほうがいいぞ、いいか――レイブンクロー戦で『流れ星《ながれぼし》』なんかには乗れないぜ！」

「ハリーは、クリスマス・プレゼントにファイアボルトをもらったんだ」ロンが言った。

「**ファイアボルト？**　まさか！　ほんとか？　ほ、本物の**ファイアボルトか？**」

「興奮《こうふん》しないで、オリバー」ハリーの顔が曇《くも》った。

「もう僕の手にはないんだ。取り上げられちゃった」

ハリーはファイアボルトが呪い調べを受けるようになった一部始終《しじゅう》を説明した。

「呪い？　なんで呪いがかけられるっていうんだ？」

「シリウス・ブラック」ハリーはうんざりした口調《くちょう》で答えた。「僕を狙《ねら》ってるらしいんだ。だからマクゴナガル先生が、箒を送ったのはブラックかもしれないって」

「しかし、ブラックがファイアボルトを買えるわけがない！　逃亡《とうぼう》中だぞ！　国中がヤツを見張《みは》ってるようなもんだ！　『高級クィディッチ用具店』にのこのこ現れて、箒《ほうき》なんか買えるか？」

かの有名な殺し屋が、チームのシーカーを狙《ねら》っているという話はうっちゃったまま、ウッドが言った。

「僕《ぼく》もそう思う」ハリーが言った。「だけどマクゴナガルは、それでも箒をバラバラにしたいんだって」

ウッドは真《ま》っ青《さお》になった。

「ハリー、俺《おれ》が行って話してやる」ウッドが請《う》け合った。

「言ってやるぞ。物の道理《どうり》ってもんがある。……ファイアボルトかぁ……我《わ》がチームに、本物のファイアボルトだ……マクゴナガルも俺たちと同じくらい、グリフィンドールに勝たせたいんだ……俺が説得《せっとく》してみせるぞ……ファイアボルトかぁ……」

学校は次の週から始まった。震《ふる》えるような一月の朝に、戸外で二時間の授業《じゅぎょう》を受けるのは、誰だってできれば勘弁《かんべん》してほしい。しかし、ハグリッドは大きな焚《た》き火《び》の中に火トカゲ《サラマンダー》をたくさん集めて、生徒を楽しませた。みんなで枯《か》れ木や枯れ葉を集めて、焚き火を明々《あかあか》と燃やし続け、炎大好きの火トカゲは白熱《はくねつ》した薪《たきぎ》が燃え崩《くず》れる中をチョロチョロ駆《か》け回り、その日はめずらしく楽しい授業になった。それに引き替《か》え、「占《うらな》い学《がく》」の新学期第一日目は楽しくはなかった。トレローニー先生は今度は手相を教えはじめたが、いちはやく、これまで見た手相の中で生命線《せいめいせん》が一番短いとハリーに告げた。

「闇《やみ》の魔術《まじゅつ》に対する防衛術《ぼうえいじゅつ》」、これこそハリーが始まるのを待ちかねていたクラスだった。ウッドと話をしてからは、一刻《いっこく》も早く吸魂鬼《ディメンター》防衛術の訓練《くんれん》を始めたかった。

授業のあと、ハリーはルーピン先生にこの約束のことを思い出させた。

「ああ、そうだったね。そうだな……木曜の夜、八時からではどうかな？　『魔法史《まほうし》』の教室なら広さも十分ある……どんなふうに進めるか、私も慎重《しんちょう》に考えないといけないな……本物の吸魂鬼を城の中に連れてきて練習するわけにはいかないし……」

夕食に向かう途中《とちゅう》、二人で廊下《ろうか》を歩きながら、ロンが言った。

「ルーピンはまだ病気みたい。そう思わないか？　いったいどこが悪いのか、君、わかる？」

二人のすぐ後ろで、イライラしたように大きく舌打ちする音が聞こえた。ハーマイオニーだった。鎧《よろい》の足元に座り込《こ》んで、本でパンパンになって閉まらなくなったカバンを詰《つ》め直していた。

「なんで僕たちに向かって舌打ちなんかするんだい？」ロンがイライラしながら言った。

「何でもないわ」カバンをよいしょと背負《せお》いながら、ハーマイオニーがとりすました声で言った。

「いや、なんでもあるよ」ロンが突っかかった。

「僕《ぼく》が、ルーピンはどこが悪いんだろうって言ったら、君は――」

「あら、そんなこと、**わかりきったことじゃない？**」

癪《しゃく》に障《さわ》るような優越感《ゆうえつかん》を漂《ただよ》わせて、ハーマイオニーが言った。

「教えたくないなら、言うなよ」ロンがピシャッと言った。

「あら、そう」ハーマイオニーは高慢《こうまん》ちきにそう言うと、つんつんと歩き去った。

「知らないくせに」ロンは憤慨《ふんがい》して、ハーマイオニーの後ろ姿を睨《にら》みつけた。

「あいつ、僕たちにまた口を利《き》いてもらうきっかけがほしいだけさ」


木曜の夜八時、ハリーはグリフィンドール塔《とう》を抜け出し、「魔法史《まほうし》」の教室に向かった。着いた時には教室は真っ暗で、誰もいなかった。杖《つえ》でランプを点《つ》け、待っていると、ほんの五分ほどでルーピン先生が現れた。荷造《にづく》り用の大きな箱を抱《かか》えている。それをビンズ先生の机によいしょと下ろした。

「何ですか？」ハリーが聞いた。

「またまね妖怪《ボガート》だよ」ルーピン先生がマントを脱ぎながら言った。

「火曜日からずっと、城をくまなく探したら、幸《さいわ》い、こいつがフィルチさんの書類棚《しょるいだな》の中に潜《ひそ》んでいてね。本物の吸魂鬼《ディメンター》に一番近いのはこれだ。君を見たら、こいつは吸魂鬼に変身するから、それで練習できるだろう。使わないときは私の事務室《じむしつ》にしまっておけばいい。まね妖怪の気に入りそうな戸棚《とだな》が、私の机の下にあるから」

「はい」――何の不安もありません。ルーピン先生が、本物の代わりにこんないいものを見つけてくださってうれしいです――ハリーは努《つと》めてそんなふうに聞こえるように返事をした。

「さて……」ルーピン先生は自分の杖《つえ》を取り出し、ハリーにも同じようにするよう促《うなが》した。

「ハリー、私がこれから君に教えようと思っている呪文《じゅもん》は、非常に高度な魔法だ。――いわゆる『普通魔法《ふくろう》レベル（O・W・L）』資格《しかく》をはるかに超《こ》える。『守護霊の呪文《パトローナス・チャーム》』と呼ばれるものだ」

「どんな力を持っているのですか？」ハリーは不安げに聞いた。

「そう、呪文がうまく効《き》けば、守護霊が出てくる。いわば、吸魂鬼を祓《はら》う者――保護者《ほごしゃ》だ。これが君と吸魂鬼との間で盾《たて》になってくれる」

ハリーの頭の中で、とたんに、ハグリッドくらいの姿が大きな棍棒《こんぼう》を持って立ち、その陰《かげ》にうずくまる自分の姿が目に浮かんだ。ルーピン先生が話を続けた。

「守護霊は一種のプラスのエネルギーで、吸魂鬼はまさにそれを貪《むさぼ》り食らって生きる――希望、幸福、生きようとする意欲《いよく》などを。――しかし守護霊は本物の人間なら感じる絶望《ぜつぼう》というものを感じることができない。だから吸魂鬼は守護霊を傷《きず》つけることもできない。ただし、ハリー、一言《ひとこと》言っておかねばならないが、この呪文は君にはまだ高度すぎるかもしれない。一人前の魔法使いでさえ、この魔法にはてこずるほどだ」

「守護霊《パトローナス》ってどんな姿をしているのですか？」ハリーは知りたかった。

「それを創《つく》り出す魔法使いによって、一つひとつが違《ちが》うものになる」

「どうやって創り出すのですか？」

「呪文《じゅもん》を唱《とな》えるんだ。何か一つ、一番幸せだった想《おも》い出を、渾身《こんしん》の力で思いつめたときに、初めてその呪文が効《き》く」

ハリーは幸せな想い出をたどってみた。ダーズリー家《け》でハリーの身に起こったことは、何一つそれに当てはまらないことだけは確かだ。やっと、初めてに箒《ほうき》に乗った、あの瞬間《しゅんかん》だ、と決めた。

「わかりました」

ハリーは体を突き抜けるような、あのすばらしい飛翔感《ひしょうかん》をできるだけ忠実《ちゅうじつ》に思い浮かべようとした。

「呪文はこうだ――」ルーピンは咳払《せきばら》いをしてから唱えた。

「**エクスペクト・パトローナム、守護霊よ来たれ*！***」

「エクスペクト・パトローナム」ハリーは小声で繰《く》り返した。「守護霊よ来たれ」

「幸せな想い出に神経《しんけい》を集中してるかい？」

「ええ――はい――」ハリーはそう答えて、急いであの箒の初乗りの心に戻《もど》ろうとした。

「エクスペクト・パトロノ――違った、パトローナム――すみません――**エクスペクト・パトローナム、エクスペクト・パトローナム――**」

杖《つえ》の先から、何かが急にシューッと噴《ふ》き出した。一条《ひとすじ》の銀色の煙のようなものだった。

「見えましたか？」ハリーは興奮《こうふん》した。「何か、出てきた！」

「よくできた」ルーピンが微笑《ほほえ》んだ。「よーし、それじゃ――吸魂鬼《ディメンター》で練習してもいいかい？」

「はい」ハリーは杖《つえ》を固く握《にぎ》りしめ、ガランとした教室の真ん中に進み出た。ハリーは飛ぶことに心を集中させようとした。しかし、何か別のものがしつこく入り込《こ》んでくる。――また母さんの声が、いまにも聞こえるかもしれない……いまは考えてはいけない、さもないと**どうしても**またあの声が聞こえてしまう。聞きたくない……それとも、聞きたいのだろうか？

ルーピンが箱のふたに手をかけ、引《ひ》っ張《ぱ》った。

ゆらり、と吸魂鬼が箱の中から立ち上がった。フードに覆《おお》われた顔がハリーのほうを向いた。ヌメヌメと光るかさぶただらけの手が一本、マントを握っている。教室のランプが揺《ゆ》らめき、ふつりと消えた。吸魂鬼は箱から出て、音もなくスルスルとハリーのほうにやってくる。深く息を吸い込むガラガラという音が聞こえる。身を刺《さ》すような寒気《かんき》がハリーを襲《おそ》った――。

「**エクスペクト・パトローナム！**」ハリーは叫《さけ》んだ。「**守護霊よ来たれ！　エクスペクト**――」

しかし、教室も吸魂鬼も次第にぼんやりしてきた。……ハリーはまたしても、深い白い霧《きり》の中に落ちていった。母親の声がこれまでよりいっそう強く、頭の中で響《ひび》いた――。

「ハリーだけは！　ハリーだけは！　お願い――私はどうなっても――」

「どけ―どくんだ、小娘――」

「ハリー！」

ハリーはハッと我《われ》に返った。床に仰向《あおむ》けに倒れていた。教室のランプはまた明るくなっている。何が起こったか聞くまでもなかった。

「すみません」ハリーは小声で言った。起き上がると、メガネの下を冷《ひ》や汗が滴《したた》り落ちるのがわかった。

「大丈夫《だいじょうぶ》か？」ルーピンが聞いた。

「ええ……」ハリーは机にすがって立ち上がり、その机に寄《よ》り掛《か》かった。

「さあ――」ルーピンが蛙《かえる》チョコレートをよこした。「これを食べるといい。それからもう一度やろう。一回でできるなんて期待してなかったよ。むしろ、もしできたら、びっくり仰天《ぎょうてん》だ」

「ますますひどくなるんです」蛙チョコレートの頭をかじりながら、ハリーがつぶやいた。「母さんの声がますます強く聞こえたんです――それに、あの人――ヴォルデモート――」

ルーピンはいつもよりいっそう青白く見えた。

「ハリー、続けたくないなら、その気持は、私にはよくわかるよ――」

「続けます！」ハリーは残りの蛙チョコを一気に口に押し込《こ》み、激《はげ》しく言った。「やらなきゃならないんです。レイブンクロー戦にまた吸魂鬼《ディメンター》が現れたら、どうなるんです？　また落ちるわけにはいきません！　この試合に負けたら、クィディッチ杯《はい》は取れないんです！」

「よーし、わかった……。別な想《おも》い出を選んだほうがいいかもしれない。つまり、気持を集中できるような幸福なものを……さっきのは十分な強さじゃなかったようだ……」

ハリーはじっと考えた。そして、去年、グリフィンドールが寮対抗杯《りょうたいこうはい》に優勝した時の気持が、とても幸福な想い出にぴったりだと思った。もう一度、杖《つえ》をぎゅっと握《にぎ》りしめ、ハリーは教室の真ん中で身構《みがま》えた。

「いいかい？」ルーピンが箱のふたをつかんだ。

「いいです」ハリーはグリフィンドール優勝の幸せな想いで頭を一杯《いっぱい》にしようと懸命《けんめい》に努力した。箱が開いたら何が起こるかなどという、暗い思いは棄《す》てた。

「それ！」ルーピンがふたを引《ひ》っ張《ぱ》った。部屋は再び氷のように冷たく、暗くなった。吸魂鬼がガラガラと息を吸い込《こ》み、滑《すべ》るように進み出た。朽《く》ちた片手がハリーのほうに伸びてきた――。

「**エクスペクト・パトローナム！**」ハリーが叫《さけ》んだ。「**守護霊《パトローナス》よ来たれ、エクスペクト・パトローナム**――」

白い霧《きり》がハリーの感覚を朦朧《もうろう》とさせた……大きな、ぼんやりした姿がいくつもハリーの周《まわ》りを動いている……そして、初めて聞く声、男の声が、引きつったように叫《さけ》んだ——。

「リリー、ハリーを連れて逃げろ！」

「あいつだ！　行くんだ！　早く！　僕《ぼく》が食い止める——」

誰かが部屋からよろめきながら出ていく音——ドアがバーンと音をたてて開く——甲高《かんだか》い笑い声が響《ひび》く——。

「ハリー！　ハリー……しっかりしろ……」

ルーピンがハリーの顔をピシャピシャ叩《たた》いていた。なぜ埃《ほこり》っぽい床に倒れているのか、今度はそれがわかるまで少し時間がかかった。

「父さんの声が聞こえた」ハリーは口ごもった。「父さんの声は初めて聞いた。——母さんが逃げる時間を作るのに、独《ひと》りでヴォルデモートと対決しようとしたんだ……」

ハリーは突然《とつぜん》、冷《ひ》や汗に混じって涙が顔を伝うのに気づいた。ハリーはできるだけ顔を低くして、靴《くつ》の紐《ひも》を結んでいるふりをしながら、涙をローブで拭《ぬぐ》い、ルーピンに気づかれないようにした。

「ジェームズの声を聞いた？」ルーピンの声に不思議な響きがあった。

「ええ……」涙を拭《ふ》き、ハリーは上を見た。「でも——先生は僕の父をご存知《ぞんじ》ない、でしょう？」

「わ――私は――実は知っている。ホグワーツでは友達だった。さあ、ハリー――今夜はこのぐらいでやめよう。この呪文《じゅもん》はとてつもなく高度だ……言うんじゃなかった。君にこんなことをさせるなんて……」

「違います！」ハリーは再び立ち上がった。

「僕、もう一度やってみます！　僕の考えたことは、十分に幸せなことじゃなかったんです。きっとそうです……ちょっと待って……」

ハリーは必死《ひっし》で考えた。本当に、本当に幸せな想《おも》い出……しっかりした、強い守護霊《パトローナス》に変えることができる想い出……。

初めて自分が魔法使いだと知った時、ダーズリー家《け》を離《はな》れてホグワーツに行くとわかった時！　あの想い出が幸せと言えないなら、何が幸せと言えよう。……プリベット通りを離れられるとわかった時の、あの気持に全神経《ぜんしんけい》を集中させ、ハリーは立ち上がって、もう一度箱と向き合った。

「いいんだね？」ルーピンはやめたほうがよいのでは、という思いをこらえているような顔だった。

「気持を集中させたね？　行くよ――それ！」

ルーピンは三度《みたび》、箱のふたを開けた。吸魂鬼《ディメンター》が中から現れた。部屋が冷たく暗くなった――。

「**エクスペクト・パトローナム！**」ハリーは声を張《は》りあげた。

「**守護霊《パトローナス》よ来たれ！　エクスペクト・パトローナム！**」

ハリーの頭の中で、また悲鳴《ひめい》が聞こえはじめた。――しかし、今度は、周波数《しゅうはすう》の合わないラジオの音のようだ。低く、高く、また低く……しかも、ハリーにはまだ吸魂鬼《ディメンター》が見えていた。……吸魂鬼が立ち止まった。……そして、大きな、銀色の影《かげ》がハリーの杖《つえ》の先から飛び出し、吸魂鬼とハリーの間に漂《ただよ》った。足の感覚はなかったが、ハリーはまだ立っている……あとどのくらい持ちこたえられるかはわからない……。

「**リディクラス！**」ルーピンが飛び出してきて叫《さけ》んだ。

バチンと大きな音がして、吸魂鬼が消え、もやもやしたハリーの守護霊も消えた。ハリーは椅子《いす》にくずおれた。足は震《ふる》え、何キロも走ったあとのように疲れきっていた。見るともなく見ていると、ルーピン先生が自分の杖で、まね妖怪《ボガート》を箱に押し戻《もど》しているところだった。まね妖怪は、また銀色の玉に変わっていた。

「よくやった！」へたり込《こ》んでいるハリーのところへ、ルーピン先生が大股《おおまた》で歩いてきた。

「よくできたよ、ハリー！　立派なスタートだ！」

「もう一回やってもいいですか？　もう一度だけ？」

「いや、いまはだめだ」ルーピンがきっぱり言った。

「一晩《ひとばん》にしては十分すぎるほどだ。さあ――」

ルーピンはハニーデュークス菓子《かし》店の大きな最高級板チョコを一枚、ハリーに渡《わた》した。

「全部食べなさい。そうしないと、私はマダム・ポンフリーにこっぴどくお仕置《しお》きされてしまう。来週、また同じ時間でいいかな？」

「はい」ハリーはチョコレートをかじりながら、ルーピンがランプを消すのを見ていた。吸魂鬼が消えると、ランプは元どおりに灯《ひ》が点《とも》っていたのだ。

「ルーピン先生？」ハリーがあることを思いついた。「僕《ぼく》の父をご存知《ぞんじ》なら、シリウス・ブラックのこともご存知なのでしょう」

ルーピンがぎくりと振り返った。

「どうしてそう思うんだね？」きつい口調《くちょう》だった。

「別に――ただ、僕、父とブラックがホグワーツで友達だったたって知ってるだけです」

ルーピンの表情が和《やわ》らいだ。

「ああ、知っていた」さらりとした答えだ。「知っていると思っていた、と言うべきかな。ハリー、もう帰ったほうがいい。だいぶ遅《おそ》くなった」

ハリーは教室を出て、廊下《ろうか》を歩き、角《かど》を曲がり、そこで寄《よ》り道をして甲冑《かっちゅう》の陰《かげ》に座った。鎧《よろい》の台座《だいざ》に腰掛《か》け、チョコレートの残りを食べながら、ハリーはブラックのことなど言わなければよかったと思った。ルーピンがこの話題を避《さ》けているのは明らかだった。それからハリーの心は、また父と母のことに流れていった……。

チョコレートをいっぱい食べたのに、ハリーは疲れ果て、言い知れない空虚《くうきょ》な気持だった。

頭の中で、両親の最後の瞬間《しゅんかん》の声が繰《く》り返されるのは、たしかに恐ろしいが、幼《おさな》いころから一度も両親の声を聞いたことがないハリーには、この時だけが声を聞けるチャンスなのだ。しかし、また両親の声を聞きたいと心のどこかで思っていたのでは、けっしてちゃんとした守護霊《パトローナス》を創《つく》り出すことなどできない……。

「二人とも死んだんだ」ハリーはきっぱりと自分に言い聞かせた。

「死んだんだ。二人の声のこだまを聞いたからって、父さんも、母さんも帰ってはこない。クィディッチ優勝杯《ゆうしょうはい》がほしいなら、ハリー、しっかりしろ」

ハリーはすっくと立った。チョコレートの最後のひと欠けらを口に押し込《こ》み、ハリーはグリフィンドール塔《とう》に向かった。

レイブンクロー対スリザリン戦が、学期が始まってから一週間目に行われた。スリザリンが勝った。僅差《きんさ》だったが。ウッドによれば、これはグリフィンドールには喜ばしいことだった。グリフィンドールがレイブンクローを破れば、グリフィンドールが二位に浮上する。そこでウッドはチーム練習を週五日に増やした。こうなると、ルーピンの吸魂鬼《ディメンター》防衛術《ぼうえいじゅつ》の練習――これだけでクィディッチの練習六回分より消耗《しょうもう》する――を加えると、ハリーは一晩《ひとばん》で一週間の宿題全部をこなさなければならなかった。それでも、ハーマイオニーに比べれば、ハリーのストレスはあまり表に出ていなかった。さすがのハーマイオニーも、膨大《ぼうだい》な負担《ふたん》がついに応《こた》えはじめた。毎晩、必ず、談話室《だんわしつ》の片隅《かたすみ》にハーマイオニーの姿があった。テーブルをいくつも占領《せんりょう》し、教科書やら、数占《かずうらな》い表、古代《こだい》ルーン語の辞書《じしょ》やらマグルが重いものを持ち上げる図式、それに細かく書き込んだノートの山また山を広げていた。ほとんど誰とも口を利《き》かず、邪魔《じゃま》されると怒鳴《どな》った。

「いったいどうやってるんだろ？」

ある晩、ハリーがスネイプの「検出《けんしゅつ》できない毒薬《どくやく》」の厄介《やっかい》なレポートを書いている時、ロンがハリーに向かってつぶやいた。ハリーは顔を上げた。うずたかく積まれたいまにも崩《くず》れそうな本の山に隠れて、ハーマイオニーの姿はほとんど見えない。

「何を？」

「あんなにたくさんのクラスをさ」ロンが言った。

「今朝、ハーマイオニーが『数占い』のベクトル先生と話してるのを聞いちゃったんだ。昨日《きのう》の授業《じゅぎょう》のことを話してるのさ。だけど、ハーマイオニーは昨日その授業に出られるはずないよ。だって、僕《ぼく》たちと一緒《いっしょ》に『魔法生物飼育学《まほうせいぶつしいくがく》』にいたんだから。それに、アーニー・マクミランが言ってたけど、『マグル学』のクラスも休んだことがないって。だけど、そのうち半分は『占《うらな》い学』とおんなじ時間なんだぜ。こっちも皆勤《かいきん》じゃないか！」

その時ハリーには、ハーマイオニーの不可解《ふかかい》な時間割の秘密《ひみつ》を深く考える余裕《よゆう》はなかった。スネイプの宿題をせっせと片づけなければならなかった。ところが、そのすぐあと、また邪魔が入った。今度はウッドだ。

「ハリー、悪い知らせだ。マクゴナガル先生にファイアボルトのことで話をしにいってきた。先生は――その――ちょっと俺《おれ》に対しておかんむりでな。俺が本末転倒《ほんまつてんとう》だって言うんだ。君が生きるか死ぬかより、クィディッチ優勝杯《ゆうしょうはい》のほうが大事だと思ってるんじゃないかって言われちまった。俺はただ、スニッチを捕《つか》まえたあとだったら、君が箒《ほうき》から振り落とされたってかまわないって、そう言っただけなんだぜ」

ウッドは信じられないというように首を振った。

「まったくマクゴナガルの怒鳴《どな》りようったら……まるで俺がなんかひどいことを言ったみたいじゃないか。そこで俺は、あとどのぐらい箒を押さえ込《こ》んでおくつもりかって先生に聞いてみた……」

ウッドは顔をしかめて、マクゴナガル先生の厳《きび》しい声をまねした。

「『ウッド、必要なだけ長くです』……ハリー、いまや新しい箒を注文すべきときだな。『賢《かしこ》い箒《ほうき》の選び方《かた》』の本の後ろに注文書がついてるぞ。……ニンバス2001なんかどうだ。マルフォイと同じやつ」

「マルフォイがいいと思ってるやつなんか、僕《ぼく》、買わない」ハリーはきっぱり言った。

知らぬ間に一月が過ぎ、二月になった。相変《あいか》わらず厳《きび》しい寒さが続いた。レイブンクロー戦がどんどん近づいてきたが、ハリーはまだ新しい箒を注文していなかった。「変身術《へんしんじゅつ》」の授業《じゅぎょう》のあとで、ハリーは毎回マクゴナガル先生にファイアボルトがどうなったか尋《たず》ねるようになっていた。ロンはもしやの期待を込めてハリーの傍《かたわ》らに立ち、ハーマイオニーはそっぽを向いて急いでその脇《わき》を通り過ぎた。

「いいえ、ポッター、まだ返すわけにはいきません」

十二回もそんなことがあったあと、マクゴナガル先生は、ハリーがまだ口を開きもしないうちにそう答えた。

「普通の呪《のろ》いは大方《おおかた》調べ終わりました。ただし、フリットウィック先生が、あの箒には『うっちゃりの呪い』がかけられているかもしれないとお考えです。調べ終わったら、**私《わたくし》から**あなたにお教えします。しつこく聞くのは、もういい加減《かげん》におやめなさい」

さらに悪いことに、吸魂鬼防衛術《ディメンターぼうえいじゅつ》の訓練は、なかなかハリーが思うようにうまくは進まなかった。何回か訓練が続き、ハリーはボガート・吸魂鬼が近づくたびに、もやもやした銀色の影《かげ》を創《つく》り出せるようになっていた。しかし、ハリーの守護霊《パトローナス》は吸魂鬼を追い払うにはあまりに儚《はかな》げだった。せいぜい半透明《はんとうめい》の雲のようなものが漂《ただよ》うだけで、なんとかその形をそこに留《とど》めようとがんばると、ハリーはすっかりエネルギーを消耗《しょうもう》してしまうのだった。ハリーは自分自身に腹が立った。両親の声をまた聞きたいと密《ひそ》かに願っていることを恥じていた。

「高望《たかのぞ》みしてはいけない」

四週目の訓練《くんれん》の時、ルーピン先生が厳《きび》しくたしなめた。

「十三歳《さい》の魔法使いにとっては、たとえぼんやりとした守護霊《パトローナス》でも大変な成果《せいか》だ。もう気を失ったりはしないだろう？」

「僕《ぼく》、守護霊が――吸魂鬼《ディメンター》を追い払うか、それとも」ハリーががっかりして言った。「連中を消してくれるかと――そう思っていました」

「本当の守護霊ならそうする。しかし、君は短い間にずいぶんできるようになった。次のクィディッチ試合に吸魂鬼が現れたとしても、しばらく遠ざけておいて、その間に地上に下りることができるはずだ」

「あいつらがたくさんいたら、もっと難しくなるって、先生がおっしゃいました」

「君なら絶対大丈夫《ぜったいだいじょうぶ》だ」ルーピンが微笑《ほほえ》んだ。「さあ――ご褒美《ほうび》に飲むといい。『三本の箒《ほうき》』のだよ。いままで飲んだことがないはずだ――」

ルーピンはカバンから瓶《びん》を二本取り出した。

「バタービールだ！」ハリーは思わず口が滑《すべ》った。「ウワ、僕大好き！」

ルーピンの眉《まゆ》が不審《ふしん》そうに動いた。

「あの――ロンとハーマイオニーが、ホグズミードから少し持ってきてくれたので」

ハリーは慌《あわ》てて取りつくろった。

「そうか」ルーピンはそれでもまだ腑《ふ》に落ちない様子だった。

「それじゃ――レイブンクロー戦でのグリフィンドールの勝利を祈《いの》って！　おっと、先生がどっちかに味方《みかた》してはいけないな……」ルーピンが急いで訂正《ていせい》した。

二人は黙《だま》ってバタービールを飲んでいたが、おもむろにハリーが口を開いた。気になっていたことだった。

「吸魂鬼の頭巾《ずきん》の下には何があるんですか？」

ルーピン先生は考え込《こ》むように、手にしたビール瓶を置いた。

「うーん……本当のことを知っている者は、もう口が利《き》けない状態《じょうたい》になっている。つまり、吸魂鬼が頭巾をとるときは、最後の最悪の武器を使うときなんだ」

「どんな武器ですか？」

「『吸魂鬼《ディメンター》の接吻《キス》』と呼ばれている」ルーピンはちょっと皮肉《ひにく》な笑みを浮かべた。

「吸魂鬼は、徹底的《てっていてき》に破滅《はめつ》させたい者に対してこれを実行する。たぶんあの下には口のようなものがあるのだろう。やつらは獲物《えもの》の口を自分の上下の顎《あご》で挟《はさ》み、そして――餌食《えじき》の魂《たましい》を吸い取る」

ハリーは思わずバタービールを吐《は》き出した。

「えっ――殺す――？」

「いや、そうじゃない。もっとひどい。魂がなくても生きられる。脳や心臓がまだ動いていればね。しかし、もはや自分が誰なのかわからない。記憶《きおく》もない、まったく……何にもない。

回復《かいふく》の見込《みこ》みもない。ただ——存在するだけだ。空《から》っぽの抜《ぬ》け殻《がら》となって。魂《たましい》は永遠に戻《もど》らず……失われる」

ルーピンはまた一口《ひとくち》バタービールを飲み、先を続けた。

「シリウス・ブラックを待ち受ける運命がそれだ。今朝の『日刊予言者新聞《にっかんよげんしゃしんぶん》』に載《の》っていたよ。魔法省《まほうしょう》が吸魂鬼《ディメンター》に対して、ブラックを見つけたらそれを執行《しっこう》することを許可《きょか》したようだ」

魂を口から吸い取られる。——それを思うだけで、ハリーは一瞬呆然《いっしゅんぼうぜん》とした。それからブラックのことを考えた。

「当然の報《むく》いだ」ハリーが出し抜けに言った。

「そう思うかい？」ルーピンはさらりと言った。「それを当然の報いと言える人間が本当にいると思うかい？」

「はい」ハリーは挑戦《ちょうせん》するように言った。「そんな……そんな場合もあります……」

ハリーはルーピンに話してしまいたかった。「三本の箒《ほうき》」で漏《も》れ聞いてしまったブラックについての会話のこと、そして、ブラックが自分の父と母を裏切《うらぎ》ったことを。しかし、それを打ち明ければ、許可なしにホグズミードに行ったことがわかってしまう。ルーピンはそれを知ったら感心しないだろうと、ハリーにはわかっていた。ハリーはバタービールを飲み干《ほ》し、ルーピンにお礼を言って「魔法史《まほうし》」の教室を離《はな》れた。

吸魂鬼の頭巾《ずきん》の下には何があるかの答えがあまりにも恐ろしく、ハリーは聞かなければよかったと、半《なか》ば後悔《こうかい》した。魂を吸い取られるのはどんな感じなのだろうと、気の滅入《めい》るような想像に没頭《ぼっとう》していたので、階段の途中《とちゅう》で、マクゴナガル先生にもろにぶつかってしまった。

「ポッター、どこを見て歩いているんですか！」

「すみません、先生」

「グリフィンドールの談話室《だんわしつ》に、あなたを探しにいってきたところです。さあ、受け取りなさい。私《わたくし》たちに考えつくかぎりのことはやってみましたが、どこもおかしなところはないようです。――どうやら、ポッター、あなたはどこかによい友達をお持ちのようね……」

ハリーはポカンと口を開けた。先生がファイアボルトをさし出している。以前と変わらぬすばらしさだ。

「返していただけるんですか？」ハリーはおずおずと言った。「ほんとに？」

「本当です」マクゴナガル先生は、なんと笑みを浮かべている。

「たぶん、土曜日の試合までに乗り心地を試《ため》す必要があるでしょう？　それに、ポッター――**がんばって**、勝つんですよ。いいですね？　さもないと、わが寮《りょう》は八年連続で優勝戦から脱落《だつらく》となります。つい昨夜《さくや》、スネイプ先生が、ご親切にもそのことを思い出させてくださいましたしね……」

ハリーは言葉も出ず、ファイアボルトを抱《かか》え、グリフィンドール塔《とう》へと階段を上った。角《かど》を曲がった時、ロンが全速力《ぜんそくりょく》でこちらに走ってくるのが見えた。顔中で笑っている。

「マクゴナガルがそれを君に？　最高！　ねえ、僕《ぼく》、一度乗ってみてもいい？　明日？」

「ああ……なーんだっていいよ……」

ハリーは、ここ一ヵ月でこんなに晴れ晴れとした気持になったことはなかった。

「そうだ――僕たち、ハーマイオニーと仲直りしなくちゃ。僕のことを思ってやってくれたことなんだから……」

「うん、わかった」ロンが言った。「いま、談話室《だんわしつ》にいるよ――勉強してるよ。めずらしく」

二人がグリフィンドール塔《とう》に続く廊下《ろうか》にたどり着くと、そこにネビル・ロングボトムがいた。カドガン卿《きょう》に必死《ひっし》に頼み込《こ》んでいるが、どうしても入れてくれないらしい。

「書き留《と》めておいたんだよ」ネビルが泣きそうな声で訴《うった》えていた。「でも、それをどっかに落としちゃったに違いないんだ！」

「下手《へた》な作り話だ！」カドガン卿が喚《わめ》いた。それからハリーとロンに気づいた。

「今晩《こんばん》は。お若い騎兵《ヨーマン》のお二人！　この不埒者《ふらちもの》に足枷《あしかせ》を嵌《は》めよ。内なる部屋に押し入ろうと計《はか》りし者なり！」

「いい加減《かげん》にしてよ」ロンが言った。ハリーとロンは、ネビルのそばまで来ていた。

「僕、合言葉《あいことば》をなくしちゃったの！」ネビルが情けなさそうに言った。

「今週どんな合言葉を使うのか、この人に教えてもらってみんな書いておいたの。だって、どんどん合言葉を変えるんだもの。なのに、メモをどうしたのか、わからなくなっちゃった！」

「**オッボディキンズ**」

ハリーがカドガン卿《きょう》に向かってそう言うと、残念無念《ざんねんむねん》という顔でカドガン卿の絵はしぶしぶ前に倒れ、三人を談話室《だんわしつ》に入れた。みんながいっせいにこちらを向き、急に興奮《こうふん》したざわめきが起こった。次の瞬間《しゅんかん》、ハリーは、ファイアボルトに歓声《かんせい》をあげる寮生《りょうせい》に取り囲まれてしまった。

「ハリー、どこで手に入れたんだい？」

「僕にも乗せてくれる？」

「もう乗ってみた、ハリー？」

「レイブンクローに勝ち目はなくなったね。みんなクリーンスイープ7号に乗ってるんだもの！」

「ハリー、**持つだけ**だから、いい？」

それから十分ほど、ファイアボルトは手から手へと渡《わた》され、あらゆる角度から誉《ほ》めそやされた。ようやくみんなが離《はな》れた時、ハリーとロンはハーマイオニーの姿をしっかりとらえた。たった一人、二人のそばに駆《か》けよらなかったハーマイオニーは、かじりつくようにして勉強を続け、二人と目を合わさないようにしていた。ハリーとロンがテーブルに近づくと、ハーマイオニーがやっと目を上げた。

「返してもらったんだ」ハリーがにっこりしてファイアボルトを持ち上げて見せた。

「言っただろう？　ハーマイオニー。なーんにも変なとこはなかったんだ！」ロンが言った。

「あら――あったかもしれないじゃない！」ハーマイオニーが言い返した。「つまり、少なくとも、安全だってことがいまはわかったわけでしょ！」

「うん、そうだね。僕、寝室《しんしつ》に持っていくよ」ハリーが言った。

「僕が持ってゆく！」ロンはうずうずしていた。「スキャバーズにネズミ栄養《えいよう》ドリンクを飲ませないといけないし」

ロンはファイアボルトを、まるでガラス細工《ざいく》のように捧《ささ》げ持ち、男子寮《りょう》への階段を上っていった。

「座ってもいい？」ハリーがハーマイオニーに聞いた。

「かまわないわよ」ハーマイオニーは椅子《いす》にうずたかく積まれた羊皮紙《ようひし》の山をどけた。

ハリーは散らかったテーブルを見回した。生乾《なまがわ》きのインクが光っている「数占《かずうらな》い」の長いレポートと、もっと長い「マグル学」の作文（「マグルはなぜ電気を必要とするか説明せよ」）、それに、ハーマイオニーがいま格闘中《かくとうちゅう》の「古代《こだい》ルーン語」の翻訳《ほんやく》だ。

「こんなにたくさん、いったいどうやってできるの？」ハリーが聞いた。

「え、ああ――そりゃ――一所懸命《いっしょけんめい》やるだけよ」ハーマイオニーが答えた。そばで見ると、ハーマイオニーはルーピンと同じくらい疲れて見えた。

「いくつかやめればいいんじゃない？」ハーマイオニーがルーン語の辞書《じしょ》を探して、あちらこちら教科書を持ち上げているのを見ながら、ハリーが言った。

「そんなことできない！」ハーマイオニーはとんでもないとばかり目をむいた。

「『数占い』って大変そうだね」ハリーは、ひどく複雑《ふくざつ》そうな数表《すうひょう》を摘《つま》み上げながら言った。

「あら、そんなことないわ。すばらしいのよ！」ハーマイオニーは熱を込《こ》めて言った。

「私の好きな科目なの。だって――」

「数占い」のどこがどうすばらしいのか、ハリーはついに知る機会《きかい》を失った。ちょうどその時、押し殺したような叫《さけ》び声が男子寮の階段を伝って響《ひび》いてきた。談話室《だんわしつ》がいっせいにしーんとなり、石になったようにみんなの目が階段に釘《くぎ》づけになった。慌《あわ》ただしい足音が聞こえてきた。だんだん大きくなる――やがて、ロンが飛び込んできた。ベッドのシーツを引きずっている。

「**見ろ！**」ハーマイオニーのテーブルに荒々しく近づき、ロンが大声を出した。

「**見ろよ！**」ハーマイオニーの目の前でシーツを激《はげ》しく振り、ロンが叫《さけ》んだ。

「ロン、どうしたの――？」

「**スキャバーズが！　見ろ！　スキャバーズが！**」

ハーマイオニーはまったくわけがわからず、のけ反るようにロンから離《はな》れた。ハリーはロンのつかんでいるシーツを見下ろした。何か赤いものがついている。恐ろしいことに、それはまるで――

「**血だ！**」

呆然《ぼうぜん》として言葉もない部屋に、ロンの叫《さけ》びだけが響《ひび》いた。

「**スキャバーズがいなくなった！　それで、床に何があったかわかるか？**」

「い、いいえ」ハーマイオニーの声は震《ふる》えていた。

ロンはハーマイオニーの翻訳文《ほんやくぶん》の上に何かを投げつけた。ハーマイオニーとハリーが覗《のぞ》き込《こ》んだ。奇妙《きみょう》な刺々《とげとげ》した文字の上に、落ちていたのは、数本の長いオレンジ色の猫の毛だった。

第13章

CHAPTER THIRTEEN
Gryffindor versus Ravenclaw

グリフィンドール対レイブンクロー

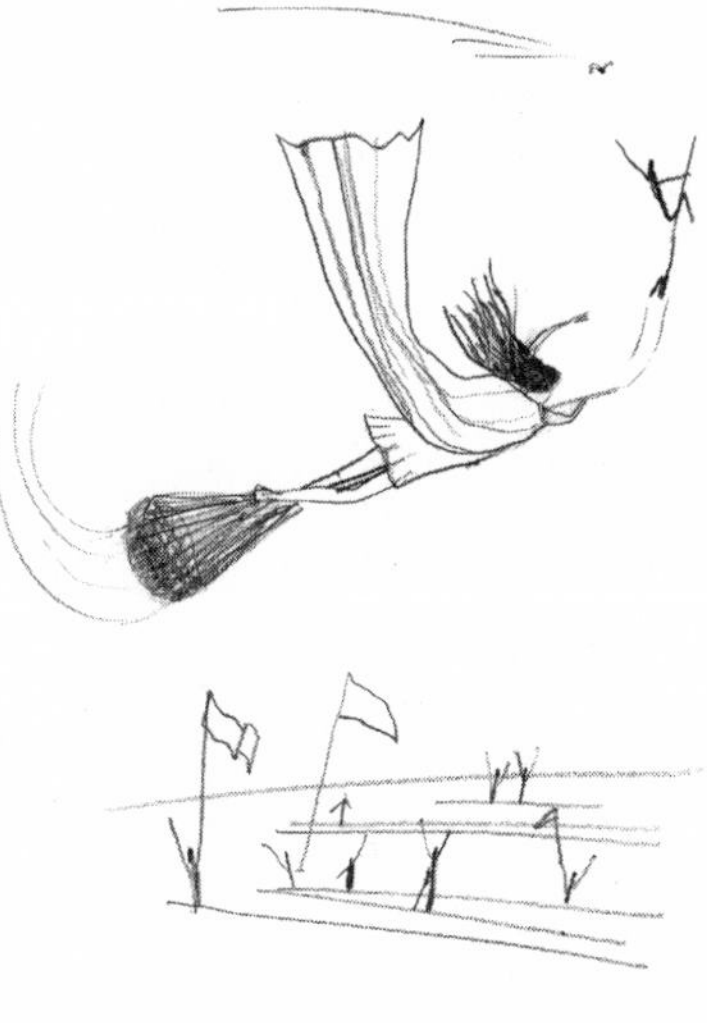

ロンとハーマイオニーの友情もこれまでかと思われた。互いに相手に対してカンカンになっていたので、もう仲直りの見込《みこ》みがないのではないかとハリーは思った。

クルックシャンクスがスキャバーズを食ってしまおうとしているのに、ハーマイオニーはそのことを一度も真剣《しんけん》に考えず、猫を見張《みは》ろうともしなかった、とロンは激怒《げきど》した。しかも、この期《ご》に及んでハーマイオニーはクルックシャンクスの無実を装《よそお》い、男子寮《りょう》のベッドの下を全部探してみたらどうなの、などとうそぶくので、ロンは怒り心頭《しんとう》だった。一方ハーマイオニーは、クルックシャンクスがスキャバーズを食べてしまったという証拠《しょうこ》がない、オレンジ色の毛はクリスマスからずっとそこにあったのかもしれない、その上、ロンは、「魔法動物ペットショップ」でクルックシャンクスがロンの頭に飛び降《お》りた時から、ずっとあの猫に偏見《へんけん》を持っている、と猛烈《もうれつ》に主張《しゅちょう》した。

ハリー自身はクルックシャンクスがスキャバーズを食ってしまったに違いないと思った。ハーマイオニーに状況証拠《じょうきょう》ではそうだと言うと、ハーマイオニーはハリーにまで癇癪《かんしゃく》を起こした。

「いいわよ。ロンに味方しなさい。どうせそうすると思ってたわ！」

ハーマイオニーはヒステリー気味《ぎみ》だ。

「最初はファイアボルト、今度はスキャバーズ。みんな私が悪いってわけね！　放《ほ》っといて、ハリー。私、とっても忙《いそが》しいんだから！」

ロンはペットを失ったことで、心底《しんそこ》打ちのめされていた。

「元気出せ、ロン。スキャバーズなんてつまんないやつだって、いつも言ってたじゃないか」フレッドが元気づけるつもりで言った。「それに、ここんとこずっと弱ってきてた。一度にパッといっちまったほうがよかったかもしれないぜ。パクッ——きっと何にも感じなかったさ」

「フレッドったら！」ジニーが憤慨《ふんがい》した。

「あいつは食って寝《ね》ることしか知らないって、ロン、おまえそう言ってたじゃないか」ジョージだ。

「僕《ぼく》たちのために、一度ゴイルに噛《か》みついた！」ロンが惨《みじ》めな声で言った。「覚えてるよね、ハリー？」

「うん、そうだったね」ハリーが答えた。

「やつのもっとも華《はな》やかなりしころだな」フレッドはまじめくさった顔をさっさとかなぐり捨てた。「ゴイルの指に残りし傷痕《きずあと》よ、スキャバーズの想《おも》い出とともに永遠なれ。さあ、さあ、ロン、ホグズミードに行って、新しいネズミを買えよ。めそめそしてて何になる？」

ロンを元気づける最後の手段で、ハリーはレイブンクロー戦を控《ひか》えたグリフィンドール・チームの最後の練習にロンを誘《さそ》い、練習のあとでファイアボルトに乗ってみたら、と言った。これはロンの気持を、わずかの間スキャバーズから離《はな》れさせたようだ（「やった！　それに乗ってゴールに二、三回シュートしてみていい？」）。そこで、二人一緒《いっしょ》にクィディッチ競技場《きょうぎじょう》に向かった。

フーチ先生は、ハリーを見張《みは》るため、いまだにグリフィンドールの練習を監視《かんし》していたが、生徒に負けず劣らずファイアボルトに感激《かんげき》した。練習開始前に箒《ほうき》を両手に取り、プロとしての蘊蓄《うんちく》を傾けた。

「このバランスのよさはどうです！　ニンバス系《けい》の箒に問題があるとすれば、それは尾の先《せん》端《たん》にわずかの傾斜《けいしゃ》があることですね。――数年も経《た》つと、これが抵抗《ていこう》になってスピードが落ちることがあります。柄《え》の握《にぎ》りも改善《かいぜん》されていますね。クリーンスイープ系より少し細身で、昔の『銀の矢《シルバー・アロー》』系を思い出します。――なんで生産中止になったのか、残念です。わたしはあれで飛ぶことを覚えたのですよ。あれはとてもいい箒だったわねぇ……」

こんな調子が延々《えんえん》と続いたあと、ウッドがついに言った。

「あの――フーチ先生？　ハリーに箒を返していただいてもいいですか？　実は練習をしないといけないんで……」

「ああ――そうでした――はい、ポッター、それじゃ。わたしは向こうでウィーズリーと一《いっ》緒《しょ》に座っていましょう……」

フーチ先生はロンと一緒にピッチを離《はな》れ、観客席《かんきゃくせき》に座った。グリフィンドール・チームはウッドの周《まわ》りに集まり、明日の試合に備《そな》えてウッドの最後の指示を聞いた。

「ハリー、たったいま、レイブンクローのシーカーが誰だか聞いた。チョウ・チャンだ。四年生で、これがかなりうまい……怪我《けが》をして問題があるということだったので、実は俺《おれ》としては治《なお》っていなければいいと思っていたのだが……」

チョウ・チャンが完全に回復《かいふく》したことが気に入らず、ウッドは顔をしかめた。

「しかしだ、チョウ・チャンの箒はコメット260号。ファイアボルトと並べばまるでおもちゃだ」

ウッドはハリーの箒に熱い視線《しせん》を投げ、それからひと声、「ウッス、みんな、行くぞ――」

そして、ついに、ハリーはファイアボルトに乗り、地面を蹴《け》った。

なんてすばらしい。想像以上だ。軽く触《ふ》れるだけでファイアボルトは向きを変えた。柄《え》の操作《そうさ》よりハリーの思いのとおりに反応しているかのようだ。ピッチを横切るスピードの速さときたら、ピッチが草色と灰色にかすんで見えた。素早《すばや》くターンした時、その速さにアリシア・スピネットが悲鳴《ひめい》をあげた。それから急降下《きゅうこうか》。完全にコントロールがきく。ピッチの芝生《しばふ》をさっと爪先《つまさき》でかすり、それから急上昇《じょうしょう》。十メートル、十五、二十――。

「ハリー、スニッチを放《はな》すぞ！」ウッドが呼びかけた。

ハリーは向きを変え、ゴールに向かってブラッジャーと競《きそ》うようにして飛んだ。やすやすとブラッジャーを追い抜き、ウッドの背後から矢のように飛び出したスニッチを見つけ、十秒後にはそれをしっかり握《にぎ》りしめていた。

チーム全員がやんやの歓声《かんせい》をあげた。ハリーはスニッチを放し、先に飛ばせて、一分後に全速力で追いかけた。他の選手の間を縫《ぬ》うように飛び、ケイティ・ベルの膝《ひざ》近くに隠れているスニッチを見つけ、楽々回り込《こ》んでまたそれを捕《つか》まえた。

練習はこれまでで最高の出来《でき》だった。ファイアボルトがチームの中にあるというだけで、みんなの意気が上がり、それぞれが完璧《かんぺき》な動きを見せたのだ。みんなが地上に降《お》り立つと、ウッドは一言《ひとこと》も文句《もんく》のつけようがなかった。ジョージ・ウィーズリーが、そんなことは前代未聞《ぜんだいみもん》だと言った。

「明日は、当たるところ敵《てき》なしだ！」ウッドが言った。「ただし、ハリー、吸魂鬼《ディメンター》問題は解決《かいけつ》ずみだろうな？」

「うん」ハリーは、自分の創《つく》る弱々しい守護霊《パトローナス》のことを思い出し、もっと強ければいいのにと思った。

「吸魂鬼はもう現れっこないよ、オリバー。ダンブルドアがカンカンになるからね」

フレッドは自信たっぷりだ。

「まあ、そう願いたいもんだ」ウッドが言った。「とにかく——上出来《じょうでき》だ、諸君《しょくん》。塔《とう》に戻《もど》るぞ。——早く寝《ね》よう……」

「僕《ぼく》、もう少し残るよ。ロンがファイアボルトを試《ため》したがってるから」

ハリーはウッドにそう断《ことわ》り、他の選手がロッカー・ルームに引っ込んだあと、意気揚々《いきようよう》とロンのほうに行った。ロンはスタンドの柵《さく》を飛び越《こ》えてハリーのところにやってきた。フーチ先生は観客席《かんきゃくせき》で眠り込んでいた。

「さあ、乗って」ハリーがロンにファイアボルトを渡《わた》した。

ロンは夢見心地《ゆめみごこち》の表情で箒《ほうき》に跨《またが》り、暗くなりかけた空に勢いよく舞《ま》い上がった。ハリーはピッチの縁《ふち》を歩きながらロンを見ていた。フーチ先生がハッと目を覚ましたのは、夜の帳《とばり》が下りてからで、なぜ起こさなかったのかと二人を叱《しか》り、城に帰りなさいときつい口調《くちょう》で言った。

ハリーはファイアボルトを担《かつ》ぎ、ロンと並んで暗くなった競技場《きょうぎじょう》を出た。道々《みちみち》二人は、ファイアボルトのすばらしく滑《なめ》らかな動き、驚異的《きょういてき》な加速、寸分《すんぶん》の狂いもない方向転換《てんかん》などをさんざんしゃべり合った。城までの道を半分ほど歩いたところで、チラッと左側を見たハリーは、心臓が引っくり返るようなものをそこに見た。——暗闇《くらやみ》の中でギラッと光る二つの目。

ハリーは立ちすくんだ。心臓が肋骨《ろっこつ》をバンバン叩《たた》いている。

「どうかした？」ロンが聞いた。

ハリーが指差《ゆびさ》した。ロンは杖《つえ》を取り出して「**ルーモス！　光よ！**」と唱《とな》えた。

一条《ひとすじ》の光が、芝生《しばふ》を横切って流れ、木の根元に当たって、枝を照らし出した。芽吹《めぶ》きの中に丸くなっているのは、クルックシャンクスだった。

「うせろ！」ロンは吠《ほ》えるような声でそう言うと、屈《かが》んで芝生に落ちていた石をつかんだ。

しかし、何もしないうちにクルックシャンクスは長いオレンジ色の尻尾《しっぽ》をシュッとひと振りして消えてしまった。

「見たか？」ロンは石をぽいっと捨て、怒り狂って言った。

「ハーマイオニーはいまでもあいつを勝手にふらふらさせておくんだぜ。――おそらく鳥を二、三羽食って、前に食っておいたスキャバーズをしっかり胃袋《いぶくろ》に流し込《こ》んだ、ってとこだ……」

ハリーは何も言わなかった。安心感が体中に染《し》み渡《わた》り、深呼吸した。一瞬《いっしゅん》、あの目は死神犬《グリム》の目に違いないと思ったのだ。二人はまた城に向かって歩きだした。恐怖感《きょうふかん》にとらわれたことがちょっと恥ずかしく、ハリーはそのことをロンに一言《ひとこと》も言わなかった。――その上、灯《あか》りの煌々《こうこう》と点《とも》る玄関《げんかん》ホールに着くまで、ハリーは右も左も見なかった。

翌朝《よくあさ》、ハリーは同室の寮生《りょうせい》に伴われて朝食に下りていった。みんな、ファイアボルトは名誉《めいよ》の護衛《ごえい》がつくに値《あたい》すると思ったらしい。ハリーが大広間《おおひろま》に入ると、みんなの目がファイアボルトに向けられ、興奮《こうふん》した囁《ささや》き声があちこちから聞こえた。スリザリン・チームが全員雷《かみなり》に打たれたような顔をしたので、ハリーは大満足だった。

「やつの顔を見た？」ロンがマルフォイのほうを振り返って、狂喜《きょうき》した。

「信じられないって顔だ！　すっごいよ！」

ウッドもファイアボルトの栄光の輝《かがや》きに浸《ひた》っていた。

「ハリー、ここに置けよ」

ウッドはファイアボルトをテーブルの真ん中に置き、銘《めい》の刻印《こくいん》されているほうを丁寧《ていねい》に上に向けた。レイブンクローやハッフルパフのテーブルからは、次々とみんなが見にきた。セドリック・ディゴリーは、ハリーのところにやってきて、ニンバスの代わりにこんなすばらしい箒《ほうき》を手に入れておめでとうと祝福《しゅくふく》した。パーシーのガールフレンドでレイブンクローのペネロピー・クリアウォーターは、ファイアボルトを手に取ってみてもいいかと聞いた。

「ほら、ほら、ペニー、壊《こわ》すつもりじゃないだろうな」

ペネロピーがファイアボルトをとっくり見ていると、パーシーは元気よく言った。

「ペネロピーと僕《ぼく》とで賭《か》けたんだ」パーシーがチームに向かって言った。「試合の勝敗に金貨《きんか》で十ガリオン賭けたぞ！」

ペネロピーはファイアボルトをテーブルに置き、ハリーに礼を言って自分の席に戻《もど》った。

「ハリー――絶対《ぜったい》勝てよ」パーシーが切羽《せっぱ》詰《つ》まったように囁《ささや》いた。「僕、十ガリオンなんて持ってないんだ。――うん、いま行くよ、ペニー！」そしてパーシーはあたふたとペネロピーのところへ行き、一緒《いっしょ》にトーストを食べた。

「その箒、乗りこなす自信があるのかい、ポッター？」冷たい、気取った声がした。

ドラコ・マルフォイが、近くで見ようとやってきた。クラッブとゴイルがすぐ後ろにくっついている。

「ああ、そう思うよ」ハリーがさらりと言った。

「特殊機能《とくしゅきのう》がたくさんあるんだろう?」マルフォイの目が、意地悪《いじわる》く光っている。「パラシュートがついてないのが残念だなぁ――吸魂鬼《ディメンター》がそばまで来たときのためにね」

クラッブとゴイルがクスクス笑った。

「君こそ、もう一本手をくっつけられないのが残念だな、マルフォイ」ハリーが言った。「そうすりゃ、その手がスニッチを捕《つか》まえてくれるかもしれないのに」

グリフィンドール・チームが大声で笑った。マルフォイの薄青《うすあお》い目が細くなり、それから、肩をいからせてゆっくり立ち去った。マルフォイがスリザリン・チームのところに戻《もど》ると、選手全員が額《ひたい》をよせ合った。マルフォイに、ハリーの箒が本物のファイアボルトだったかどうかを尋《たず》ねているに違いない。

十一時十五分前、グリフィンドール・チームはロッカールームに向かって出発した。天気は、対ハッフルパフ戦の時とはまるで違う。からりと晴れ、ひんやりとした日で、弱い風が吹いている。今回は視界《しかい》の問題はまったくないだろう。ハリーは神経《しんけい》がピリピリしてはいたが、クィディッチの試合だけが感じさせてくれる、あの興奮《こうふん》を感じはじめていた。学校中が競技場《きょうぎじょう》の観客席《かんきゃくせき》に向かう音が聞こえてきた。ハリーは黒のローブを脱ぎ、ポケットから杖《つえ》を取り出し、クィディッチ・ユニフォームの下に着るTシャツの胸元に差し込《こ》んだ。使わないですめばいいのにと思った。急に、ルーピン先生は観客の中で見守っているだろうか、とも思った。

「何をすべきか、わかってるな」

選手がもうロッカールームから出ようという時に、ウッドが言った。

「この試合に負ければ、我々《われわれ》は優勝戦線から脱落《だつらく》だ。とにかく――とにかく、昨日《きのう》の練習どおりに飛んでくれ。そうすりゃ、いただきだ！」

ピッチに出ると、割れるような拍手《はくしゅ》が沸《わ》き起こった。レイブンクロー・チームはブルーのユニフォームを着て、もうピッチの真ん中で待っていた。シーカーのチョウ・チャンがただ一人の女性だ。ハリーより頭一つ小さい。ハリーは緊張《きんちょう》していたのに、チョウ・チャンがとてもかわいいことに気づかないわけにはいかなかった。キャプテンを先頭《せんとう》に選手がずらりと並んだ時、チョウ・チャンがハリーににっこりした。とたんにハリーの胃のあたりが微《かす》かに震《ふる》えた。これは緊張とは無関係だとハリーは思った。

「ウッド、デイビース、握手《あくしゅ》して」

フーチ先生がきびきびと指示し、ウッドはレイブンクローのキャプテンと握手した。

「箒《ほうき》に乗って……ホイッスルの合図《あいず》を待って……さーん――にー――いちっ！」

ハリーは地を蹴《け》った。ファイアボルトは他のどの箒よりも速く、高く上昇《じょうしょう》した。ハリーはピッチのはるか上空を旋回《せんかい》し、スニッチを探して目を凝《こ》らし、その間ずっと実況《じっきょう》放送に耳を傾けていた。解説者《かいせつしゃ》は双子《ふたご》のウィーズリーの仲良し、リー・ジョーダンだ。

「全員飛び立ちました。今回の試合の目玉は、何といってもグリフィンドールのハリー・

ポッター乗るところのファイアボルトでしょう。『賢《かしこ》い箒《ほうき》の選《えら》び方《かた》』によれば、ファイアボルトは今年の世界選手権大会《せかいせんしゅけんたいかい》ナショナル・チームの公式箒《こうしきほうき》になるとのことです——」

「ジョーダン、試合のほうがどうなっているか解説してくれませんか？」

マクゴナガル先生の声が割り込《こ》んだ。

「了解《りょうかい》です。先生——ちょっと背景説明をしただけで。ところでファイアボルトは、自動ブレーキが組み込まれており、さらに——」

「ジョーダン！」

「オッケー、オッケー。ボールはグリフィンドール側です。グリフィンドールのケイティ・ベルがゴールをめざしています……」

ハリーはケイティと行き違いになる形で猛《もう》スピードで反対方向に飛び、キラリと金色《こんじき》に輝《かがや》くものがないかと目を凝《こ》らしてあたりを見た。するとチョウ・チャンがすぐ後ろについてきているのに気づいた。たしかに飛行の名手だ。——たびたびハリーの進路《しんろ》をふさぐように横切り、方向を変えさせた。

「ハリー、チョウに加速力を見せつけてやれよ！」フレッドが、アリシアを狙《ねら》ったブラッジャーを追いかける途中《とちゅう》、ハリーのそばをシュッと飛びながら叫《さけ》んだ。

チョウとハリーがレイブンクローのゴールを回り込んだ時、ハリーはファイアボルトを加速し、チョウを振り切った。ケイティが初ゴールを決め、観客席《かんきゃくせき》のグリフィンドール側がどっと歓声《かんせい》をあげたちょうどその時、ハリーは見つけた。――スニッチが、地上近くに、観客席を仕切る柵《さく》のそばをひらひらしている。

ハリーは急降下《きゅうこうか》した。チョウはハリーの動きを見て、素早《すばや》く後ろにつけてきた。ハリーはスピードを上げた。血がたぎった。直下降《ちょっかこう》は十八番《おはこ》だ。あと三メートル――。

その時、レイブンクローのビーターが打ったブラッジャーが、ふいに突進《とっしん》してきた。ハリーは間一髪《かんいっぱつ》でブラッジャーを避《よ》けたが、コースを逸《そ》れてしまった。そのほんの数秒、決定的な数秒の間に、スニッチは消え去った。

グリフィンドールの応援席《おうえんせき》から、「あぁぁぁぁぁー」とがっかりした声があがったが、レイブンクロー側は、チームのビーターに拍手喝采《はくしゅかっさい》した。ジョージ・ウィーズリーは腹いせにもう一個のブラッジャーを、相手チームのビーターめがけて叩《たた》きつけた。標的《ひょうてき》のビーターは、それを避けるのに、やむなく空中で一回転した。

「グリフィンドールのリード。八〇対〇。それに、あのファイアボルトの動きをご覧《らん》くださ い！　ポッター選手、あらゆる動きを見せてくれています。どうです、あのターン――チャン選手のコメット号はとうていかないません。ファイアボルトの精巧《せいこう》なバランスが実に目立ちますね。この長い――」

「ジョーダン！　いつからファイアボルトの宣伝係《せんでんがかり》に雇《やと》われたのですか？　まじめに実況《じっきょう》放送を続けなさい！」

レイブンクローが巻き返してきた。三回ゴールを決め、グリフィンドールとの差を五〇点に縮《ちぢ》めた。――チョウがハリーより先にスニッチを取れば、レイブンクローが勝つことになる。ハリーは高度を下げ、レイブンクローのチェイサーと危《あや》うくぶつかりそうになりながら、必死《ひっし》でフィールドを見渡《みわた》した。キラリ。小さな翼《つばさ》が羽撃《はばた》いている。――スニッチがグリフィンドールのゴールの柱の周《まわ》りを回っている……。

ハリーは、砂粒《すなつぶ》のような金色《こんじき》の光をしっかり見つめて加速した。――しかし、次の瞬間《しゅんかん》、ふいにチョウが現れて行く手を遮《さえぎ》った――。

「ハリー、紳士面《しんしづら》してる場合じゃないぞ！」

ハリーが衝突《しょうとつ》を避《さ》けて急にコースを変えると、ウッドが吠《ほ》えた。

「**相手を箒《ほうき》から叩《たた》き落せ。やるときゃやるんだ！**」

ハリーが方向転換《てんかん》すると、チョウの顔が目に入った。にっこりしている。スニッチはまたしても見えなくなった。ハリーはファイアボルトを上に向け、たちまち他の選手たちより六メートルも上に出た。チョウがあとを追ってくるのがちらりと見えた。……自分でスニッチを探すよりハリーをマークすることに決めたのだ。ようし……僕《ぼく》についてくるつもりなら、それなりの覚悟《かくご》をしてもらおう……。

ハリーはまた急降下《きゅうこうか》した。チョウはハリーがスニッチを見つけたものと思い、あとを追おうとした。ハリーが突然《とつぜん》急上昇《じょうしょう》に転じた。チョウはそのまま急降下していった。ハリーは弾丸《だんがん》のように素早《すばや》く上昇し、そして、見つけた。三度目の正直だ。スニッチはレイブンクロー側のピッチの上空を、キラリキラリ輝《かがや》きながら飛んでいた。

ハリーはスピードを上げた。何メートルも下のほうでチョウも加速した。僕は勝てる。刻一刻《こくいっこく》とスニッチに近づいていく——すると——。

「あっ！」チョウが一点を指差《ゆびさ》して叫《さけ》んだ。

ハリーはつられて下を見た。

吸魂鬼《ディメンター》が三人、頭巾《ずきん》をかぶった三つの背の高い黒い姿がハリーを見上げていた。

ハリーは迷わなかった。手をユニフォームの首のところから突っ込《こ》み、杖《つえ》をサッと取り出し、大声で叫んだ。

「エクスペクト・パトローナム！　守護霊《パトローナス》よ来たれ！」

白銀色《しろがねいろ》の、何か大きなものが、杖の先から噴《ふ》き出した。それが吸魂鬼を直撃《ちょくげき》したことが、ハリーにはわかったが、それを見ようともしなかった。不思議に意識《いしき》がはっきりしていた。まっすぐ前を見た——もう少しだ。ハリーは杖を持ったまま手を伸ばし、逃げようともがく小さなスニッチを、やっと指で包み込んだ。

フーチ先生のホイッスルが鳴った。ハリーが空中で振り返ると、六つのぼやけた紅《くれない》の物体がハリーめがけて迫《せま》ってくるのが見えた。次の瞬間《しゅんかん》、チーム全員がハリーを抱きしめていた。その勢いで、ハリーは危《あや》うく箒から引き離《はな》されそうになった。下の観衆《かんしゅう》の中で、グリフィンドールがひときわ大歓声《だいかんせい》をあげているのが、ハリーの耳に聞こえてきた。

「よくやった！」

ウッドは叫《さけ》びっぱなしだ。アリシアも、アンジェリーナも、ケイティもハリーにキスした。フレッドががっちり羽交《はが》い絞《じ》めに抱きしめたので、ハリーは首が抜けるかと思った。上を下への大混乱《だいこんらん》のまま、チーム全員が何とかかんとか地上に戻《もど》った。箒《ほうき》を降《お》りて目を上げると、大騒ぎのグリフィンドール応援団《おうえんだん》が、ロンを先頭に、ピッチに飛び込んでくるのが見えた。あっという間に、ハリーはみんなの喜びの声に取り囲まれた。

「いぇーい！」ロンはハリーの手を高々とさし上げた。「えい！　えい！」

「**よくやってくれた、**ハリー！」パーシーは大喜びだった。「十ガリオン勝った！　ペネロピーを探さなくちゃ。失敬《しっけい》――」

「よかったなあ、ハリー！」シェーマス・フィネガンが叫んだ。

「てーしたもんだ！」群れをなして騒ぎ回るグリフィンドール生の頭上でハグリッドの声が轟《とどろ》いた。

「立派な守護霊《しゅごれい》だったよ」と言う声が聞こえて、ハリーは振り返った。ルーピン先生が、混乱《こんらん》したような、うれしそうな複雑《ふくざつ》な顔をしていた。

「吸魂鬼《ディメンター》の影響《えいきょう》はまったくありませんでした！」ハリーは興奮《こうふん》して言った。

「僕《ぼく》、平気でした！」

「それは、実はあいつらは――ウム――吸魂鬼じゃなかったんだ」ルーピン先生が言った。「来て見てごらん――」

ルーピンはハリーを人垣《ひとがき》から連れ出し、ピッチの端《はし》が見えるところまで連れていった。

「君は、マルフォイ君をずいぶん怖《こわ》がらせたようだよ」ルーピンが言った。

ハリーは目を丸くした。マルフォイ、クラッブ、ゴイル、それにスリザリン・チームのキャプテン、マーカス・フリントが、折《お》り重《かさ》なるようにして地面に転《ころ》がっていた。頭巾《ずきん》のついた長い黒いローブを脱ごうとしてみんなバタバタしていた。マルフォイはゴイルに肩車《かたぐるま》されていたようだ。四人を見下ろすように、憤怒《ふんぬ》の形相《ぎょうそう》もすさまじく、マクゴナガル先生が立っていた。

「あさましい悪戯《いたずら》です！」先生が叫んだ。「グリフィンドールのシーカーに危害《きがい》を加えようとは、下劣《げれつ》な卑《いや》しい行為《こうい》です！　みんな処罰《しょばつ》します。さらに、スリザリン寮《りょう》は五十点減点《げんてん》！　このことはダンブルドア先生にお話しします。間違いなく！　あぁ、噂《うわさ》をすればいらっしゃいました！」

グリフィンドールの勝利に完璧《かんぺき》な落ちがつけられたとすれば、それはまさにこの場の光景だ。マルフォイがローブから脱出しようともたもたもがき、ゴイルの頭はまだローブに突っ込《こ》まれたままだ。ロンはハリーに近づこうと人混《ひとご》みをかき分けて出てきたが、ハリーと二人でこのありさまを見て、腹を抱《かか》えて笑った。

「来いよ、ハリー！」ジョージもこちらへ来ようと人混みをかき分けながら呼びかけた。

「パーティーだ！　グリフィンドールの談話室《だんわしつ》で、すぐにだ！」

「オッケー」ここしばらくなかったような幸せな気分を噛《か》みしめながら、ハリーが答えた。まだ紅色《くれないいろ》のユニフォームを着たままの選手全員と、ハリーとを先頭にして、一行《いっこう》は競技場《きょうぎじょう》を出て、城への道を戻《もど》った。


まるで、もうクィディッチ優勝杯《ゆうしょうはい》を取ったかのようだった。パーティーはそれから一日中、そして夜になっても続いた。フレッドとジョージ・ウィーズリーは一、二時間いなくなったかと思うと、両手一杯《いっぱい》に、バタービールの瓶《びん》やら、かぼちゃフィズ、ハニーデュークス店の菓子《かし》が詰《つ》まった袋を数個、抱《かか》えて戻《もど》ってきた。ジョージが蛙《かえる》ミントをばら撒《ま》きはじめた時、アンジェリーナ・ジョンソンが甲高《かんだか》い声で聞いた。

「いったいどうやったの？」

「ちょっと助けてもらったのさ。ムーニー、ワームテール、パッドフット、プロングズにね」

フレッドがハリーの耳にこっそり囁《ささや》いた。

たった一人祝宴《しゅくえん》に参加していない生徒がいた。なんと、ハーマイオニーは隅《すみ》のほうに座って分厚《ぶあつ》い本を読もうとしていた。本の題は「イギリスにおける、マグルの家庭生活と社会的慣《かん》習《しゅう》」だ。テーブルでは、フレッドとジョージがバタービールの瓶で曲芸《きょくげい》を始めたので、ハリーは一人そこを離《はな》れ、ハーマイオニーのそばに行った。

「試合にも来なかったのかい？」ハリーが聞いた。

「行きましたとも」ハーマイオニーは目を上げもせず、妙にキンキンした声で答えた。

「それに、私たちが勝ってとってもうれしいし、あなたはとてもよくやったわ。でも私、これを月曜までに読まないといけないの」

「いいから、ハーマイオニー、こっちへ来て、何か食べるといいよ」

ハリーはロンのほうを見て、矛《ほこ》を収めそうないいムードになっているかな、と考えた。

「無理《むり》よ、ハリー。あと四二二ページも残ってるの！」

ハーマイオニーは、今度は、少しヒステリー気味《ぎみ》に言った。

「どっちにしろ……」ハーマイオニーもロンをちらりと見た。「**あの人**が私に来てほしくないでしょ」

これは議論《ぎろん》の余地《よち》がなかった。ロンがこの瞬間《しゅんかん》を見計《みはか》らったように、聞こえよがしに言った。

「スキャバーズが**食われちゃってなければ**なぁ。ハエ型《がた》ヌガーがもらえたのに。あいつ、これが好物《こうぶつ》だった――」

ハーマイオニーはわっと泣き出した。ハリーがおろおろ何もできないでいるうちに、ハーマイオニーは分厚《ぶあつ》い本を脇《わき》に抱え、すすり泣きながら女子寮《りょう》への階段のほうに走っていき、姿を消した。

「もう許してあげたら？」ハリーは静かにロンに言った。

「だめだ」ロンはきっぱり言った。

「あいつがごめんねっていう態度《たいど》ならいいよ。――でもあいつ、ハーマイオニーのことだもの、自分が悪いって絶対《ぜったい》認めないだろうよ。あいつったら、スキャバーズが休暇《きゅうか》でいなくなったみたいな、いまだにそういう態度なんだ」

グリフィンドールのパーティーがついに終わったのは、午前一時。マクゴナガル先生がタータン・チェックの部屋《へや》着《ぎ》に、頭にヘア・ネットという姿で現れ、もう全員寝《ね》なさいと命令した時だ。ハリーとロンは寝室《しんしつ》への階段を上がる時も、まだ試合の話をしていた。ぐったり疲れて、ハリーはベッドに上がり、四本柱《よんほんばしら》に掛《か》かったカーテンを引き、ベッドに射《さ》し込《こ》む月明《つきあか》りが入らないようにした。横になると、たちまち眠りに落ちていくのを感じた……。

とても奇妙《きみょう》な夢を見た。ハリーはファイアボルトを担《かつ》いで、何か銀色に光る白いものを追って森を歩いていた。その何かは前方の木立《こだち》の中へ、くねくねと進んでいった。葉の陰《かげ》になって、ちらちらとしか見えない。追いつきたくて、ハリーはスピードを上げた。自分が速く歩くと、先を行く何かもスピードを上げる。ハリーは走りだした。前方に蹄《ひづめ》の音が聞こえる。だんだん速くなる。ハリーは全速力で走っていた。前方の蹄の音が疾走《しっそう》するのが聞こえた。ハリーは角《かど》を曲がって、空地《あきち》に出た。そして――。

「ああああああああああああアアアアアアアアアアっっっッッッッ！　やめてぇぇぇぇぇぇぇぇぇぇぇぇぇぇぇ！」

顔面にパンチを受けたような気分で、ハリーは突然《とつぜん》目を覚ました。真っ暗な中で方向感覚《かんかく》を失い、ハリーはカーテンを闇雲《やみくも》に引《ひ》っ張《ぱ》った。――周《まわ》りで人が動く音が聞こえ、部屋の向こうからシェーマス・フィネガンの声がした。

「何事だ？」

ハリーは寝室のドアがバタンと閉まる音を聞いたような気がした。やっとカーテンの端《はし》を見つけて、ハリーはカーテンをバッと開けた。同時にディーン・トーマスがランプを点《つ》けた。ロンがベッドに起き上がっていた。カーテンが片側から切り裂《さ》かれ、ロンは恐怖《きょうふ》で引きつった顔をしていた。

「ブラックだ！　シリウス・ブラックだ！　ナイフを持ってた！」

「**エーッ？**」

「ここに！　たったいま！　カーテンを切ったんだ！　それで目が覚めたんだ！」

「夢でも見たんじゃないのか、ロン？」ディーンが聞いた。

「カーテンを見てみろ！　ほんとだ。ここにいたんだ！」

みんな急いでベッドから飛び出した。ハリーが一番先にドアのところに行き、みんな階段を転《ころ》がるように走った。後ろのほうでドアがいくつも開く音が聞こえ、眠そうな声が追いかけてきた。

「叫《さけ》んだのは誰なんだ？」

「君たち、何してるんだ？」

談話室《だんわしつ》には消えかかった暖炉《だんろ》の残り火が仄明《ほのあか》るく、まだパーティーの残骸《ざんがい》が散らかっていた。誰もいない。

「ロン、**ほんとに**、夢じゃなかった？」

「ほんとだってば。ブラックを見たんだ！」

「何の騒ぎ？」

「マクゴナガル先生が寝《ね》なさいっておっしゃったでしょう！」

女子寮《りょう》から、何人かがガウンを引っかけながら、欠伸《あくび》をしながら階段を下りてきた。男子寮からも何人か出てきた。

「いいねえ。また続けるのかい？」フレッド・ウィーズリーが陽気《ようき》に言った。

「みんな、寮に戻《もど》るんだ！」パーシーが急いで談話室に下りてきた。そう言いながら、首席《しゅせき》バッジをパジャマに止めつけている。

「パース――シリウス・ブラックだ！」ロンが弱々しく言った。

「僕《ぼく》たちの寝室《しんしつ》に！　ナイフを持って！　僕、起こされた！」

談話室がしーんとなった。

「ナンセンス！」パーシーはとんでもないという顔をした。

「ロン、食べすぎたんだろう。――悪い夢でも――」

「本当なんだ――」

「おやめなさい！　まったく、いい加減《かげん》になさい！」

マクゴナガル先生が戻ってきた。肖像画《しょうぞうが》の扉《とびら》をバタンといわせて談話室に入ってくると、怖《こわ》い顔でみんなを睨《にら》みつけた。

「グリフィンドールが勝ったのは、私《わたくし》もうれしいです。でもこれでは、はしゃぎすぎです。パーシー、あなたがもっとしっかりしなければ！」

「先生、僕はこんなこと、許可《きょか》していません」パーシーは憤慨《ふんがい》して体が膨《ふく》れ上がった。

「僕はみんなに寮に戻るように言っていただけです。弟のロンが悪い夢にうなされて――」

「悪い夢なんかじゃない！」ロンが叫んだ。

「先生、僕、目が覚めたら、シリウス・ブラックが、ナイフを持って、僕の上に立ってたんです」

マクゴナガル先生はロンをじっと見据《みす》えた。

「ウィーズリー、冗談《じょうだん》はおよしなさい。肖像画の穴をどうやって通過《つうか》できたというんです？」

「あの人に聞いてください！」ロンはカドガン卿《きょう》の絵の裏側《うらがわ》を、震《ふる》える指で示した。

「あの人が見たかどうか聞いてください――」

ロンを疑わしそうな目で睨《にら》みながら、マクゴナガル先生は肖像画《しょうぞうが》を裏《うら》から押して、外に出ていった。談話室《だんわしつ》にいた全員が、息を殺して耳をそばだてた。

「カドガン卿《きょう》、いましがた、グリフィンドール塔《とう》に男を一人通しましたか？」

「通しましたぞ。ご婦人《ふじん》！」カドガン卿が叫《さけ》んだ。

談話室の外と中とが、同時に愕然《がくぜん》として沈黙《ちんもく》した。

「と――通した？」マクゴナガル先生の声だ。「あ――合言葉《あいことば》は！」

「持っておりましたぞ！」カドガン卿は誇《ほこ》らしげに言った。

「ご婦人、一週間分全部持っておりました。小さな紙切れを読み上げておりました！」

マクゴナガル先生は肖像画の穴から戻《もど》り、みんなの前に立った。驚いて声もないみんなの前で、先生は血の気の引いた蝋《ろう》のような顔だった。

「誰ですか」先生の声が震《ふる》えている。「今週の合言葉を書き出して、その辺に放《ほう》っておいた底抜けの愚《おろ》か者は、誰です？」

咳払《せきばら》い一つない静けさを破ったのは、「ヒッ」という小さな悲鳴《ひめい》だった。ネビル・ロングボトムが、頭のてっぺんから、ふわふわのスリッパに包まれた足の爪先《つまさき》まで、ガタガタ震えながら、そろそろと手を挙《あ》げていた。

第
14
章

CHAPTER FOURTEEN
Snape's Grudge

スネイプの恨み

その夜《よ》、グリフィンドール塔《とう》では誰も眠れなかった。再び城が捜索《そうさく》されているのをみんな知っていた。全員が談話室《だんわしつ》でまんじりともせずに、ブラック逮捕《たいほ》の知らせを待った。マクゴナガル先生が明け方に戻《もど》ってきて、ブラックがまたもや逃げ遂《おお》せたと告げた。

次の日、どこもかしこも警戒《けいかい》が厳《きび》しくなっているのがわかった。フリットウィック先生は入口のドアというドアに、シリウス・ブラックの大きな写真を貼《は》って、人相を覚え込《こ》ませていた。フィルチは急に気ぜわしく廊下《ろうか》を駆《か》けずり回り、小さな隙間《すきま》からネズミの出入口まで、穴という穴に板を打ちつけていた。カドガン卿《きょう》はクビになり、元いた八階のさびしい踊《おど》り場に戻された。「太った婦人《レディ》」が帰ってきた。絵は見事な技術で修復《しゅうふく》されていたが、「婦人《レディ》」はまだ神経《しんけい》を尖《とが》らせていて、護衛《ごえい》が強化されることを条件に、やっと職場復帰《しょくばふっき》を承知《しょうち》した。「婦人《レディ》」の警備《けいび》に無愛想《ぶあいそう》なトロールが数人雇《やと》われた。トロールは組になって廊下を往《い》ったり来たりしてあたりを威嚇《いかく》し、ブーブー唸《うな》りながら、互いの棍棒《こんぼう》の太さを競《きそ》っていた。

四階の隻眼《せきがん》の魔女像が、警備もされず、ふさがれてもいないことがハリーは気になっていた。この像の内側に隠れた抜け道があることを知っているのは、フレッドとジョージの言うとおり、双子《ふたご》のウィーズリー――それにいまではハリー、ロン、ハーマイオニーも入るが――だけということになる。

「誰かに教えるべきなのかなぁ？」ハリーがロンに聞いた。

「ハニーデュークス店から入ってきたんじゃないって、わかってるじゃないか」ロンはまともに取り合わなかった。

「店に侵入《しんにゅう》したんだったら、噂《うわさ》が僕《ぼく》たちの耳に入ってるはずだろ」

ハリーは、ロンがそういう考え方をしたのがうれしかった。もし隻眼の魔女までふさがれてしまったら、二度とホグズミードには行けなくなってしまう。

ロンはにわかに英雄になった。ハリーではなくロンのほうに注意が集まるのは、ロンにとって初めての経験だ。ロンがそれをかなり楽しんでいるのは明らかだった。あの夜の出来事《できごと》で、ロンはまだずいぶんショックを受けてはいたが、聞かれれば誰にでも、うれしそうに、微《び》に入り細《さい》をうがって語って聞かせた。

「……僕が寝《ね》てたら、ビリビリッて何かを引き裂《さ》く音がして、僕、夢だろうって思ったんだ。だってそうだよね？　だけど、隙間風《すきまかぜ》がさーっときて……僕、眼が覚めた。ベッドのカーテンの片側が引きちぎられてて……僕、寝返りを打ったんだ……そしたら、ブラックが僕の上に覆《おお》いかぶさるように立ってたんだ。……まるでどろどろの髪《かみ》を振り乱した骸骨《がいこつ》みたいだった……こーんなに長いナイフを持ってた。刃渡《はわた》り三十センチぐらいはあったな……それで、あいつは僕を見た。僕もあいつを見た。そして僕が叫《さけ》んで、あいつは逃げていった」

「だけど、どうしてかなぁ？」怖《こわ》がりながらもロンの話に聞きほれていた二年の女子学生がいなくなってから、ロンはハリーに向かって言った。

「どうしてとんずらしたんだろう？」

ハリーも同じことを疑問に思っていた。狙《ねら》うベッドを間違えたなら、ロンの口を封《ふう》じて、それからハリーに取りかかればいいのに、どうしてだろう？　ブラックが罪もない人を殺しても平気なのは、十二年前の事件で証明《しょうめい》ずみだ。今度はたかが男の子五人。武器も持っていない。しかもそのうち四人は眠っていたじゃないか。ハリーは考えながら答えた。

「君が叫《さけ》んで、みんなを起こしてしまったら、城を出るのがひと苦労だってわかってたんじゃないかな。肖像画《しょうぞうが》の穴を通って出るのに、ここの寮生《りょうせい》を皆殺しにしなけりゃならなかったかもしれない。……そのあとは、先生たちに見つかってしまったかもしれない……」

ネビルは面目《めんぼく》まるつぶれだった。マクゴナガル先生の怒りはすさまじく、今後いっさいホグズミードに行くことを禁じ、罰《ばつ》を与え、ネビルには合言葉《あいことば》を教えてはならない、とみんなに言い渡《わた》した。哀《あわ》れなネビルは毎晩《まいばん》誰かが一緒《いっしょ》に入れてくれるまで、談話室《だんわしつ》の外で待つはめになり、その間、警備《けいび》のトロールがじろっじろっと胡散臭《うさんくさ》そうに横目でネビルを見た。しかし、それもこれも、ネビルのばあちゃんから届いたものに比べれば、物の数ではなかった。ブラック侵入《しんにゅう》の二日後、ばあちゃんは、朝食時《どき》に生徒が受け取る郵便物の中でも、最悪のものをネビルに送ってよこした。――「吼《ほ》えメール」だ。

いつものように、学校のふくろうたちが郵便物を運んで、大広間《おおひろま》にスイーッと舞《ま》い降《お》りてきた。一羽の大きなメンフクロウが、真《ま》っ赤《か》な封筒《ふうとう》を嘴《くちばし》にくわえてネビルの前に降りた時、ネビルはほとんど息もできなかった。ネビルの向かい側に座っていたハリーとロンには、それが

「吼えメール」だとすぐわかった。――ロンも去年一度、母親から受け取ったことがある。

「ネビル、逃げろ！」ロンが忠告《ちゅうこく》した。

言われるまでもなくネビルは封筒を引っつかみ、まるで爆弾《ばくだん》を捧《ささ》げ持つように腕《うで》を伸ばして手紙を持ち、全速力で大広間から出ていった。見ていたスリザリンのテーブルからは大爆笑が起こった。玄関《げんかん》ホールで吼えメールが爆発《ばくはつ》するのが聞こえてきた。――ネビルのばあちゃんの声が、魔法で百倍に拡大《かくだい》され、「なんたる恥さらし。一族《いちぞく》の恥」とガミガミ怒鳴《どな》っている。

ネビルをかわいそうに思っていたので、ハリーは自分にも手紙が来ていることに気づかなかった。ヘドウィグがハリーの手首を鋭《するど》く噛《か》んで注意を促《うなが》した。

「アイタッ！　あ、ヘドウィグ、ありがとう」

封筒を破る間、ヘドウィグがネビルのコーンフレークを勝手についばみはじめた。メモが入っていた。


ハリー、ロン、元気か？

今日六時ごろ、茶でも飲みに来んか？　俺《おれ》が城まで迎えにいく。

玄関ホールで待つんだぞ。二人だけで出ちゃなんねえ。

そんじゃな。

ハグリッド

「きっとブラックのことが聞きたいんだ！」ロンが言った。

そこで、六時に、ハリーとロンはグリフィンドール塔《とう》を出て、警備《けいび》のトロールの脇《わき》を駆《か》け抜け、玄関《げんかん》ホールに向かった。

ハグリッドはもうそこで待っていた。

「まかしといてよ、ハグリッド」ロンが言った。「土曜日の夜のことを聞きたいんだろ？ネ？」

「そいつはもう全部聞いちょる」ハグリッドは玄関の扉《とびら》を開け、二人を外に連れ出しながら言った。

「そう」ロンはちょっとがっかりしたようだった。

ハグリッドの小屋に入ったとたん目についたのは、バックビークだった。ハグリッドのベッドで、パッチワーク・キルトのベッドカバーの上に寝《ね》そべり、巨大な翼《つばさ》をぴっちりたたんで、大皿に盛《も》った死んだイタチのご馳走《ちそう》に舌鼓《したつづみ》を打っていた。あまり見たくないので目を逸《そ》らしたハリーは、ハグリッドの箪笥《たんす》の扉の前にぶら下がっている洋服を見つけた。毛のもこもことした巨大な茶の背広《せびろ》と、真っ黄色とだいだい色のひどくやぼったいネクタイだ。

「ハグリッド、これ、いつ着るの？」ハリーが聞いた。

「バックビークが『危険生物処理委員会《きけんせいぶつしょりいいんかい》』の裁判《さいばん》にかけられる」ハグリッドが答えた。

「金曜日だ。俺《おれ》と二人でロンドンに行く。『夜の騎士《ナイト》バス』にベッドをふたっつ予約した……」

ハリーは申《もう》し訳《わけ》なさに胸が疼《うず》いた。バックビークの裁判がこんなに迫《せま》っていたのをすっかり忘れていた。ロンのバツの悪そうな顔を見ると、ロンも同じ気持らしい。バックビークの弁護《べんご》の準備《じゅんび》を手伝うという約束を忘れていた。ファイアボルトの出現で、すっかり頭から吹っ飛んでしまっていた。

ハグリッドが紅茶を入れ、干《ほ》しぶどう入りのバース風菓子《ふうかし》パンを勧《すす》めたが、二人とも食べるのは遠慮《えんりょ》した。ハグリッドの料理は十分に経験ずみだ。

「二人に話してえことがあってな」

ハグリッドは二人の間に座り、柄《がら》にもなく真剣《しんけん》な顔をした。

「なんなの？」ハリーが尋《たず》ねた。

「ハーマイオニーのことだ」ハグリッドが言った。

「ハーマイオニーがどうかしたの？」ロンが聞いた。

「あの子はずいぶん気が動転《どうてん》しとる。クリスマスからこっち、ハーマイオニーはよーくここに来た。さびしかったんだな。最初はファイアボルトのことで、おまえさんらはあの子と口を利《き》かんようになった。今度はあの子の猫が――」

「――スキャバーズを食ったんだ！」ロンが怒ったように口を挟《はさ》んだ。

「あの子の猫が猫らしく振舞《ふるま》ったからっちゅうてだ」ハグリッドは粘《ねば》り強く話し続けた。

「しょっちゅう泣いとったぞ。いまあの子は大変な思いをしちょる。手に負えんぐれぇいっペー背負《しょ》い込《こ》みすぎちまったんだな、ウン。勉強をあんなにたーくさん。そんでも時間を見っけて、バックビークの裁判《さいばん》の手伝いをしてくれた。ええか……俺《おれ》のために、ほんとに役立つやつを見っけてくれた……バックビークは今度は勝ち目があると思うぞ……」

「ハグリッド、僕《ぼく》たちも手伝うべきだったのに──ごめんなさい──」

ハリーはバツの悪い思いで謝《あやま》りはじめた。

「おまえさんを責《せ》めているわけじゃねえ！」

ハグリッドは手を振ってハリーの弁解《べんかい》を遮《さえぎ》った。

「おまえさんにも、やることがたくさんあったのは、俺もよーくわかっちょる。おまえさんが四六時中《しろくじ》クィディッチの練習をしてたのを俺は見ちょった。──ただ、これだけは言わにゃなんねえ。おまえさんら二人なら、箒《ほうき》やネズミより友達のほうを大切にすると、俺はそう思っとったぞ。言いてえのはそれだけだ」

ハリーとロンは、互いに気まずそうに目を見合わせた。

「心底《しんそこ》心配しちょったぞ、あの子は。ロン、おまえさんが危《あや》うくブラックに刺《さ》されそうになった時にな。ハーマイオニーの心はまっすぐだ。あの子はな。だのに、おまえさんら二人は、あの子に口も利《き》かん──」

「ハーマイオニーがあの猫をどっかにやってくれたら、僕、また口を利くのに」

ロンは怒った。

「なのに、ハーマイオニーは頑固《がんこ》に猫をかばってるんだ！　あの猫は狂ってる。なのに、ハーマイオニーは猫の悪口はまるで受けつけないんだ」

「ああ、ウン。ペットのこととなると、みんなチイッとバカになるからな」

ハグリッドは悟《さと》ったように言った。その背後で、バックビークがイタチの骨を二、三本、ハグリッドの枕にプイッと吐《は》き出した。

それからあとは、グリフィンドールがクィディッチ優勝杯《ゆうしょうはい》を取る確率《かくりつ》が高くなったという話で盛《も》り上がった。九時に、ハグリッドが二人を城まで送った。

談話室《だんわしつ》に戻《もど》ると、掲示板《けいじばん》の前にかなりの人垣《ひとがき》ができていた。

「今度の週末はホグズミードだ」

ロンがみんなの頭越《ご》しに首を伸ばして、新しい掲示を読み上げた。

「どうする？」二人で腰掛《か》ける場所を探しながら、ロンがこっそりハリーに聞いた。

「そうだな。フィルチはハニーデュークス店への通路《つうろ》にはまだ何にも手出ししてないし……」

ハリーがさらに小さな声で答えた。

「ハリー！」ハリーの右耳に声が飛び込《こ》んできた。驚いてキョロキョロあたりを見回すと、ハーマイオニーが目に入った。二人のすぐ後ろのテーブルに座っていたのに、本の壁《かべ》に隠れて見えなかったのだ。その壁にハーマイオニーが隙間《すきま》を開けて覗《のぞ》いていた。

「ハリー、今度ホグズミードに行ったら……私、マクゴナガル先生にあの地図のことお話しするわ！」

「ハリー、誰か何か言ってるのが聞こえるかい？」

ロンはハーマイオニーを見もせずに唸《うな》った。

「ロン、あなた、ハリーを連れていくなんてどういう神経《しんけい》？　シリウス・ブラックがあなたにあんなことをしたあとで！　本気よ。私、言うから――」

「そうかい。君はハリーを退学《たいがく》にさせようってわけだ！」ロンが怒った。「今学期、こんなに犠牲者《ぎせいしゃ》を出しても、まだ足りないのか？」

ハーマイオニーは口を開いて何か言いかけたが、その時、小さな鳴き声をあげ、クルックシャンクスが膝《ひざ》に飛び乗ってきた。ハーマイオニーは一瞬《いっしゅん》どきりとしたようにロンの顔色を窺《うかが》い、さっとクルックシャンクスを抱きかかえると、急いで女子寮《りょう》のほうに去っていった。

「それで、どうするんだい？」ロンは、まるで何事もなかったかのようにハリーに聞いた。「行こうよ。この前は、君、ほとんど何にも見てないんだ。ゾンコの店に入ってもいないんだぜ！」

ハリーは振り返えり、ハーマイオニーがもう声の聞こえないところまで行ってしまったことを確かめた。

「オッケー。だけど、今度は『透明《とうめい》マント』を着ていくよ」

土曜日の朝、ハリーは「透明マント」をカバンに詰《つ》め、「忍《しの》びの地図《ちず》」をポケットに滑《すべ》り込《こ》ませて、みんなと一緒《いっしょ》に朝食に下りていった。ハーマイオニーがテーブルの向こうからちらりちらりと疑《うたが》わしげにハリーを窺い続けた。ハリーはその視線《しせん》を避《さ》け、みんなが正面扉《とびら》に向かった時も、自分が玄関《げんかん》ホールの大理石《だいりせき》の階段を逆戻《ぎゃくもど》りするところを、ハーマイオニーにしっかり確認《かくにん》させるようにした。

「じゃあ！」ハリーがロンに呼びかけた。「帰ってきたらまた！」

ロンはニヤッと片目をつぶって見せた。

ハリーは「忍びの地図」をポケットから取り出しながら、急いで四階に上がった。隻眼《せきがん》の魔女の裏にうずくまり、地図を広げると、小さな点がこっちへ向かってくるのが見えた。ハリーは目を凝《こ》らした。点のそばの細《こま》かい文字は、「ネビル・ロングボトム」と読める。

ハリーは急いで杖《つえ》を取り出し、「**ディセンディウム！　降下《こうか》！**」と唱《とな》えてカバンを像の中に突っ込んだ。しかし自分が入り込む前に、ネビルが角《かど》を曲がって現れた。

「ハリー！　君もホグズミードに行かなかったんだね。僕《ぼく》、忘れてた！」

「やあ、ネビル」ハリーは急いで像から離《はな》れ、地図をポケットに押し込んだ。「何してるんだい？」

「別に」ネビルは肩をすくめた。「爆発《ばくはつ》スナップして遊ぼうか？」

「ウーン——あとでね——僕、図書室に行ってルーピンの『吸血鬼《バンパイヤ》』のレポートを書かなきゃ――」

「僕《ぼく》も行く！」ネビルは生き生きと言った。「僕もまだなんだ！」

「ア――ちょっと待って――あぁ、忘れてた。僕、昨日《きのう》の夜、終わったんだっけ！」

「すごいや。なら、手伝ってよ！」ネビルの丸顔が不安げだった。「僕、あのニンニクのこと、さっぱりわからないんだ。――食べなきゃならないのか、それとも――」

ネビルは「アッ」と小さく息を呑《の》み、ハリーの肩越《ご》しに後ろのほうを見つめた。

スネイプだった。ネビルは慌《あわ》ててハリーの後ろに隠れた。

「ほう？　二人ともここで何をしているのかね？」

スネイプは足を止め、二人の顔を交互《こうご》に見た。

「奇妙《きみょう》なところで待ち合わせるものですな――」

スネイプの暗い目がさっと走り、二人の両側の出入口、それから隻眼《せきがん》の魔女の像に移ったので、ハリーは気が気ではなかった。

「僕たち――待ち合わせたのではありません。ただ――ここでばったり出会っただけです」

ハリーが言った。

「ほーう？　ポッター。君はどうも予期《よき》せぬ場所に現れる癖《くせ》があるようですな。しかもほとんどの場合、何も理由なくしてその場にいるということはない……。二人とも、自分のおるべき場所、グリフィンドール塔《とう》に戻《もど》りたまえ」

ハリーとネビルはそれ以上何も言わずにその場を離《はな》れた。角《かど》を曲がる時ハリーが振り返ると、スネイプは隻眼の魔女の頭を手でなぞり、念入《ねんい》りに調べていた。

「太った婦人《レディ》」の肖像画《しょうぞうが》のところでネビルに合言葉《あいことば》を教え、吸血鬼《バンパイヤ》のレポートを図書室に置き忘れたと言《い》い訳《わけ》して、ハリーはやっとネビルを振りきり、もう一度、元来た道を戻った。警《けい》備《び》トロールの目の届かないところまで来ると、ハリーはまた地図を引《ひ》っ張《ぱ》り出し、顔にくっつくぐらいそばに引きよせてよくよく見た。

四階の廊下《ろうか》には誰もいないようだ。地図の隅々《すみずみ》まで念入《ねんい》りに調べ、「セブルス・スネイプ」と書いてある小さな点が自分の研究室《けんきゅうしつ》に戻っていることを知り、ハリーはようやくほっとした。

ハリーは大急ぎで隻眼の魔女像まで取って返し、コブを開けて中に入り、石の斜面《しゃめん》を滑《すべ》り降《お》りて、先に落としておいたカバンを拾った。「忍《しの》びの地図《ちず》」を白紙に戻《もど》してから、ハリーは駆《か》けだした。

「透明《とうめい》マント」にすっぽり隠《かく》れたままで、ハリーは燦々《さんさん》と陽《ひ》の当たるハニーデュークスの店の前にたどり着き、ロンの背中をちょんと突ついた。

「僕だよ」ハリーが囁《ささや》いた。

「遅《おそ》かったな。どうしたんだい？」ロンが囁き返した。

「スネイプがうろうろしてたんだ……」

二人は中心街《がい》のハイストリート通りを歩いた。

「どこにいるんだい？」ロンはほとんど唇《くちびる》を動かさず話しかけて、何度も確かめた。

「そこにいるのかい？　なんだか変な気分だ……」

郵便局にやってきた。ハリーがゆっくり眺《なが》められるよう、ロンは、エジプトにいる兄のビルに送るふくろう便の値段《ねだん》を確かめているようなふりをした。少なくとも三百羽くらいのふくろうが止まり木からハリーのほうを見下ろして、ホーホーと柔らかな鳴き声をあげていた。大型の灰色ふくろうもいれば、ハリーの手のひらに収まりそうな小型のコノハズク（近距離専用《きんきょりせんよう》便《びん》）もいた。

次にゾンコの店に行くと、生徒たちでごった返していた。誰かの足を踏《ふ》んづけて大騒動《おおそうどう》を引き起こさないよう、ハリーは細心《さいしん》の注意を払わなければならなかった。悪戯《いたずら》の仕掛《しか》けや道具が並び、フレッドやジョージの極《きわ》めつきの夢でさえ叶《かな》えられそうだった。ハリーはロンにひそひそ声で自分の買いたい物を伝え、透明《とうめい》マントの下からこっそり金貨《きんか》を渡《わた》した。ゾンコの店を出た時は、二人とも入った時よりだいぶ財布《さいふ》が軽くなり、代わりにポケットが、クソ爆弾《ばくだん》、しゃっくり飴《あめ》、カエル卵石鹸《たまごせっけん》、それに一人一個ずつ買った鼻食《はなく》いつきティーカップなどで膨《ふく》れ上がっていた。

よい天気で風はそよぎ、二人とも建物の中にばかりいたくなかったので、パブ「三本の箒《ほうき》」の前を通り、坂道を登り、英国一の呪《のろ》われた館《やかた》「叫《さけ》びの屋敷《やしき》」を見にいった。屋敷は村はずれの小高いところに建っていて、窓には板が打ちつけられ、庭は草ぼうぼうで湿っぽく、昼日中《ひるひなか》でも薄気味《うすきみ》悪かった。

「ホグワーツのゴーストでさえ近よらないんだ」二人で垣根《かきね》に寄《よ》り掛《か》かり、屋敷を見上げながら、ロンが言った。「僕、『ほとんど首無しニック』に聞いたんだ……そしたら、ものすごく荒っぽい連中がここに住みついていると聞いたことがあるってさ。だーれも入れやしない。フレッドとジョージは、当然、やってみたけど、入口は全部密封状態《みっぷうじょうたい》だって……」

坂を登ったので暑《あつ》くなり、ハリーがちょっとの間透明マントを脱ごうかと考えていたちょうどその時、近くで人声がした。誰かが丘の反対側から屋敷のほうに登ってくる。まもなくマルフォイの姿が現れた。クラッブとゴイルが後ろにべったりくっついていて、マルフォイが何か話している。

「……父上《ちちうえ》からのふくろう便がもう届いてもいいころだ。僕の腕《うで》のことで聴聞会《ちょうもんかい》に出席なさらなければならなかったんだ……三ヵ月も腕が使えなかった事情《じじょう》を話すのに……」

クラッブとゴイルがクスクス笑った。

「あの毛むくじゃらのウスノロデカが、なんとか自己弁護《じこべんご》しようとするのを聞いてみたいよ……『こいつは何も悪さはしねえです。ほんとですだ――』とか……あのヒッポグリフはもう死んだも同然《どうぜん》だよ――」

マルフォイは突然《とつぜん》ロンの姿に気づいた。青白いマルフォイの顔がニヤリと意地悪《いじわる》く歪《ゆが》んだ。

「ウィーズリー、何してるんだい?」

マルフォイはロンの背後にあるボロ屋敷《やしき》を見上げた。

「さしずめ、ここに住みたいんだろうねえ。ウィーズリー、違うかい? 自分の部屋がほしいなんて夢見てるんだろう? 君の家じゃ、全員が一部屋《ひとへや》で寝《ね》るって聞いたけど――ほんとかい?」

ハリーはロンのローブの後ろをつかんで、マルフォイに飛びかかろうとするロンを止めた。

「僕《ぼく》にまかせてくれ」ハリーはロンの耳元で囁《ささや》いた。

こんなに完璧《かんぺき》なチャンスを逃《のが》す手はない。ハリーはそっとマルフォイ、クラッブ、ゴイルの背後に回り込《こ》み、しゃがんで地べたの泥《どろ》を片手にたっぷりすくった。

「僕たち、ちょうど君の友人のハグリッドのことを話してたところだよ」

マルフォイが言った。

「『危険生物処理委員会《きけんせいぶつしょりいいんかい》』で、いまあいつが何を言ってるところだろうなってね。委員たちがヒッポグリフの首をちょん切ったら、あいつは泣くかなあ――」

ベチャッ!

マルフォイの頭に泥が命中し、ぐらっと前に傾いた。シルバーブロンドの髪《かみ》から、突如《とつじょ》泥がポタポタ落ちはじめた。

「な、なんだ――?」

ロンは垣根《かきね》につかまらないと立っていられないほど笑いこけた。マルフォイ、クラッブ、ゴイルはそこいら中をキョロキョロ見回しながら、バカみたいに同じところをぐるぐる回り、マルフォイは髪の泥を落とそうと躍起《やっき》になっていた。

「いったいなんだ？　誰がやったんだ？」

「このあたりはなかなか呪《のろ》われ模様《もよう》ですね？」ロンは天気の話をするような調子で言った。クラッブとゴイルはびくびくしていた。筋肉隆々《きんにくりゅうりゅう》もゴーストには役に立たない。マルフォイは周《まわ》りには誰もいないのに、狂ったようにあたりを見回していた。

ハリーは、ひどくぬかるんで悪臭《あくしゅう》を放《はな》っている、緑色のヘドロのところまで忍び足で移動した。

ベチャッ！

今度はクラッブとゴイルに命中だ。ゴイルはその場でピョンピョン跳《と》び上がり、小さなどんよりした目をこすってヘドロを拭《ふ》き取ろうとした。

「あそこから来たぞ！」

マルフォイも顔を拭《ぬぐ》いながら、ハリーから左に二メートルほど離《はな》れた一点を睨《にら》んだ。

クラッブが長い両腕《りょううで》をゾンビのように突き出して、危なっかしい足取りで前進した。ハリーは身をかわし、棒《ぼう》切れを拾ってクラッブの背中にポーンと投げつけた。クラッブが、いったい誰が投げたのかと、バレエのピルエットのように爪先《つまさき》立ちで回転するのを見て、ハリーは声をたてずに腹《かか》を抱えて笑った。クラッブにはロンしか見えないので、ロンにつかみかかろうとしたが、ハリーが突き出した足に躓《つまず》いた。——クラッブのバカでかい偏平足《へんぺいそく》が、ハリーの透明《とうめい》マントの裾《すそ》を踏《ふ》んづけ、マントがぎゅっと引《ひ》っ張《ぱ》られるのを感じたとたん、頭からマントが滑《すべ》り落ちた。

ほんの一瞬《いっしゅん》、マルフォイが目を丸くしてハリーを見た。

「**ギャアアア！**」

ハリーの生首《なまくび》を指差《ゆびさ》して、マルフォイが叫《さけ》んだ。それからくるりと背を向け、死に物狂いで丘を走り下りていった。クラッブとゴイルもあとを追った。

ハリーは透明マントを引っ張り上げたが、もう後《あと》の祭りだった。

「ハリー！」

ロンがよろよろと進み出て、ハリーの姿が消えたあたりを絶望的《ぜつぼうてき》な目で見つめた。

「逃げたほうがいい！　マルフォイが誰かに告げ口したら——君は城に帰ったほうがいい。急げ——」

「じゃあ」ハリーはそれだけ言うと、ホグズミード村への小道を一目散《いちもくさん》に駆《か》け戻《もど》った。

マルフォイは自分の見たものを信じるだろうか？　マルフォイの言うことを誰が信じるだろうか？　透明マントのことは誰も知らない——ダンブルドア以外は。ハリーは胃が引っくり返る思いだった。——マルフォイが何か言ったら、何が起きたかダンブルドアだけははっきりわかるはずだ――。

ハニーデュークス店に戻り、地下室への階段を下り、石の床を渡《わた》り、床の隠し扉《とびら》を抜け――ハリーは透明マントを脱いで小脇《こわき》に抱え、トンネルをひた走りに走った……。マルフォイのほうが先に戻るだろう。……先生を探すのにどのくらいかかるだろう？　息せき切って走り、脇腹《わきばら》が刺《さ》し込《こ》むように痛んだが、ハリーは石の滑《すべ》り台にたどり着くまで速度を緩《ゆる》めなかった。透明マントはここに置いていくほかないだろう。もしマルフォイが先生に告げ口したとなれば、このマントが動かぬ証拠《しょうこ》になってしまう。ハリーはマントを薄暗《うすぐら》い片隅《かたすみ》に隠し、できるだけ急いで滑り台を上りはじめた。手摺《てすり》をつかむ手が汗で滑《すべ》った。魔女の背中のコブの内側にたどり着き、杖《つえ》で軽く叩《たた》き、頭を突き出し、体を持ち上げて外に出た。コブが閉じた。銅像《どうぞう》の陰《かげ》からハリーが飛び出したとたん、急ぎ足で近づく足音が聞こえてきた。

スネイプだった。黒いローブの裾《すそ》を翻《ひるがえ》し、素早《すばや》くハリーに近づき、ハリーの真正面で足を止めた。

「さてと」スネイプが言った。

スネイプは、勝ち誇《ほこ》る気持を無理《むり》に抑《おさ》えつけたような顔をしていた。ハリーは何にもしてません、という表情をしてみたものの、顔から汗が噴《ふ》き出し、両手は泥《どろ》んこなのが自分でもよくわかっていた。ハリーは急いで手をポケットに突っ込んだ。

「ポッター、一緒《いっしょ》に来たまえ」スネイプが言った。

ハリーはスネイプの後ろについて階段を下りながら、スネイプに気づかれないようにポケットの中で手を拭《ぬぐ》おうとした。二人は地下牢《ちかろう》教室への階段を下り、それからスネイプの研究室《けんきゅうしつ》に入った。

ハリーはここに一度だけ来たことがあったが、その時もひどく面倒《めんどう》なことに巻き込まれていた。あれ以来、スネイプは気味《きみ》の悪いヌメヌメした物の瓶詰《びんづ》めをまたいくつか増やしていた。机の後ろの棚《たな》にずらりと並び、暖炉《だんろ》の火を受けてキラリ、キラリと光って、威圧的《いあってき》なムードを盛《も》り上げていた。

「座りたまえ」

ハリーは腰掛《か》けたが、スネイプは立ったままだった。

「ポッター、マルフォイ君がたったいま、我輩《わがはい》に奇妙《きみょう》な話をしてくれた」

ハリーは黙《だま》っていた。

「その話によれば、『叫《さけ》びの屋敷《やしき》』まで登っていったところ、ウィーズリーに出会ったそうだ。――一人でいたらしい」

ハリーはまだ黙ったままだった。

「マルフォイ君の言うには、ウィーズリーと立ち話をしていたら、大きな泥《どろ》の塊《かたまり》が飛んできて、頭の後ろに当たったそうだ。そのようなことがどうやって起こりうるか、おわかりかな?」

「僕《ぼく》、わかりません。先生」ハリーは少し驚いた顔をしてみせた。

スネイプの目が、ハリーの目をグリグリと抉《えぐ》るように迫《せま》った。まるでヒッポグリフとの睨《にら》めっこ状態《じょうたい》だった。ハリーは瞬《まばた》きをしないようがんばった。

「マルフォイ君はそこで異常な幻《まぼろし》を見たと言う。それが何であったのか、ポッター、想像がつくかな？」

「いいえ」今度は、無邪気《むじゃき》に興味《きょうみ》を持ったふうに聞こえるよう努力した。

「ポッター、君の首だった。空中に浮かんでいた」

長い沈黙《ちんもく》が流れた。

「マルフォイはマダム・ポンフリーのところに行ったほうがいいんじゃないでしょうか。変なものが見えるなんて――」

「ポッター、君の首はホグズミードでいったい何をしていたのだろうねえ？」

スネイプの口調《くちょう》は柔らかだ。

「君の首はホグズミードに行くことを許されてはいない。君の体のどの部分も、ホグズミードに行く許可《きょか》を受けていないのだ」

「わかっています」一点の罪《つみ》の意識《いしき》も恐れも顔に出さないよう、ハリーは突っ張《ぱ》った。

「マルフォイはたぶん幻覚《げんかく》を――」

「マルフォイは幻覚など見てはいない」

スネイプは歯をむき出し、ハリーの座っている椅子《いす》の左右の肘掛《ひじか》けに手を掛けて顔を近づけた。顔と顔が三十センチの距離《きょり》に迫《せま》った。

「君の首がホグズミードにあったなら、体のほかの部分もあったのだ」

「僕《ぼく》、ずっとグリフィンドール塔《とう》にいました。先生に言われたとおり――」

「誰か証人《しょうにん》がいるのか?」

ハリーは何も言えなかった。スネイプの薄《うす》い唇《くちびる》が歪《ゆが》み、恐ろしい笑みが浮かんだ。

「なるほど」スネイプはまた体を起こした。

「魔法大臣《まほうだいじん》はじめ、誰もかれもが、有名人のハリー・ポッターをシリウス・ブラックから護《まも》ろうとしてきた。しかるに、有名なハリー・ポッターは自分自身が法律《ほうりつ》だとお考えのようだ。一般の輩《やから》は、ハリー・ポッターの安全のために勝手に心配すればよい! 有名人ハリー・ポッターは好きなところへ出かけて、その結果どうなるかなぞ、おかまいなしというわけだ」

ハリーは黙《だま》っていた。スネイプはハリーを挑発《ちょうはつ》して白状《はくじょう》させようとしている。その手に乗るもんか。スネイプには証拠《しょうこ》がない……まだ。

「ポッター、なんと君の父親に恐ろしくそっくりなことよ」

スネイプの目がギラリと光り、唐突《とうとつ》に話が変わった。

「君の父親もひどく傲慢《ごうまん》だった。少しばかりクィディッチの才能《さいのう》があるからといって、自分がほかの者より抜きん出た存在だと考えていたようだ。友人や取り巻きを連れて威張《いば》りくさって歩き……瓜二《うりふた》つで薄気味《うすきみ》悪いことよ」

「父さんは威張って歩いたりしなかった」思わず声が出た。「僕だってそんなことしない」

「君の父親も規則《きそく》を歯牙《しが》にもかけなかった」

優位《ゆうい》に立ったスネイプは、細長い顔に悪意をみなぎらせ、言葉を続けた。

「規則なぞ、つまらん輩のもので、クィディッチ杯《はい》の優勝者のものではないと。はなはだしい思い上がりの……」

「**黙《だま》れ！**」

ハリーは突然《とつぜん》立ち上がった。プリベット通りをあとにしたあの晩《ばん》以来の激《はげ》しい怒りが、体中を怒涛《どとう》のように駆《か》け巡《めぐ》った。スネイプの顔が硬直《こうちょく》しようが、暗い目が危険《きけん》な輝《かがや》きを帯びようが、かまうものか。

「**我輩《わがはい》に向かって、何と言ったのかね。ポッター？**」

「黙れって言ったんだ、父さんのことで」ハリーは叫《さけ》んだ。「僕は本当のことを知ってるんだ。いいですか？　父さんはあなたの命を救ったんだ！　ダンブルドアが教えてくれた！　父さんがいなきゃ、あなたはここにこうしていることさえできなかったんだ！」

スネイプの土気色《つちけいろ》の顔が、腐《くさ》った牛乳の色に変わった。

「それで、校長は、君の父親がどういう状況《じょうきょう》で我輩の命を救ったのかも教えてくれたのかね？」スネイプは囁《ささや》くように言った。「それとも、校長は、詳細《しょうさい》なる話が、大切なポッターの繊細《せんさい》なお耳にはあまりに不快だと思《おぼ》し召《め》したかな？」

ハリーは唇《くちびる》を噛《か》んだ。いったい何が起こったのか、ハリーは知らなかったし、知らないと認めるのはいやだった。──しかし、スネイプの推量《すいりょう》はたしかに当たっていた。

「君が間違った父親像を抱《いだ》いたままこの場を立ち去ると思うと、ポッター、虫酸《むしず》が走る。我《わ》輩《はい》が許さん」スネイプは顔を歪《ゆが》め、恐ろしい笑みを浮かべた。

「輝《かがや》かしい英雄的行為《こうい》でも想像していたのかね？　なればご訂正《ていせい》申し上げよう。──君の聖人君子《せいじんくんし》の父上は、友人と一緒に我輩に大いに楽しい悪戯《いたずら》を仕掛《しか》けてくださった。それが我輩を死に至《いた》らしめるようなものだったが、君の父親が土壇場《どたんば》で弱気になった。君の父親の行為のどこが勇敢《ゆうかん》なものか。我輩の命を救うと同時に、自分の命運《めいうん》も救ったわけだ。あの悪戯が成功していたら、あいつはホグワーツを追放《ついほう》されていたはずだ」

スネイプは黄色い不ぞろいの歯をむき出した。

「ポッター、ポケットを引っくり返したまえ！」突然《とつぜん》吐《は》き棄《す》てるような言い方だった。

ハリーは動かなかった。耳の奥でドクンドクンと音がする。

「ポケットを引っくり返したまえ。それともまっすぐ校長のところへ行きたいのか！　ポッター、ポケットを裏返《うらがえ》すんだ！」

恐怖《きょうふ》に凍《こお》りつき、ハリーはのろのろとゾンコの店の悪戯《いたずら》グッズの買物袋と「忍《しの》びの地図《ちず》」を引《ひ》っ張《ぱ》り出した。

スネイプはゾンコの店の袋を摘《つま》み上げた。

「ロンにもらいました」スネイプがロンに会う前に、ロンに知らせるチャンスがありますように、とハリーは祈《いの》った。「ロンが――この前ホグズミードから持ってきてくれました――」

「ほう？　それ以来ずっと持ち歩いていたというわけだ。なんとも泣かせてくれますな……ところでこっちは？」

スネイプが地図を取り上げた。ハリーは平然とした顔を保とうと、ありったけの力を振りしぼった。

「余った羊皮紙《ようひし》の切れっ端《ぱし》です」ハリーは、何でもないというふうに肩をすくめた。

スネイプはハリーを見据《みす》えたまま羊皮紙を裏返した。

「こんな**古ぼけた**切れっ端、当然君には必要ないだろう？　我輩《わがはい》が――捨ててもかまわんな？」

スネイプの手が暖炉《だんろ》のほうへ動いた。

「やめて！」ハリーは慌《あわ》てた。

「ほう！」スネイプは細長い鼻の穴をひくつかせた。

「これもまたウィーズリー君からの大切な贈《おく》り物ですかな？　それとも――何か別物かね？もしや、手紙かね？　透明《とうめい》インクで書かれたとか？　それとも――吸魂鬼《ディメンター》のそばを通らずにホグズミードに行く案内書か？」

ハリーは瞬《まばた》きをし、スネイプの目が輝《かがや》いた。

「なるほど、なるほど……」ブツブツ言いながらスネイプは杖《つえ》を取り出し、地図を机の上に広げた。

「**汝《なんじ》の秘密《ひみつ》を顕《あらわ》せ！**」

杖《つえ》で羊皮紙《ようひし》に触《ふ》れながらスネイプが唱《とな》えた。

何事も起こらない。ハリーは手の震《ふる》えを抑《おさ》えようと、ぎゅっと拳《こぶし》を握《にぎ》りしめた。

「正体を現せ！」鋭《するど》く地図を突つきながらスネイプが唱えた。

白紙のままだ。ハリーは気を落ち着かせようと深呼吸した。

「ホグワーツ校教師、セブルス・スネイプ教授《きょうじゅ》が汝に命ず。汝の隠せし情報《じょうほう》をさし出すべし！」

スネイプは杖で地図を強く叩《たた》いた。

まるで見えない手が書いているかのように、滑《なめ》らかな地図の表面に文字が現れた。

「**私、ミスター・ムーニーからスネイプ教授《きょうじゅ》にご挨拶《あいさつ》申し上げる。他人事《たにんごと》に対する異常なお節介《せっかい》はお控《ひか》えくださるよう、切《せつ》にお願いいたす次第《しだい》**」

スネイプは硬直《こうちょく》した。ハリーは唖然《あぜん》として文字を見つめた。地図のメッセージはそれでおしまいではなかった。最初の文字の下から、またまた文字が現れた。

「**私、ミスター・プロングズもミスター・ムーニーに同意し、さらに、申し上げる。スネイ**

プ教授はろくでもない、いやなやつだ」

状況《じょうきょう》がこんなに深刻《しんこく》でなければ、おかしくて吹き出すところだ。しかも、まだ続く……。

「私、ミスター・パッドフットは、かくも愚《おろ》かしき者が教授になれたことに、驚きの意を記《しる》すものである」

ハリーはあまりの恐ろしさに目をつぶった。目を開けると、地図が最後の文字を綴《つづ》っていた。

「私、ミスター・ワームテールがスネイプ教授にお別れを申し上げ、その薄汚《うすぎたな》いどろどろ頭を洗うようご忠告《ちゅうこく》申し上げる」

ハリーは最後の審判《しんぱん》を待った。

「ふむ……」スネイプが静かに言った。「片をつけよう……」

スネイプは暖炉《だんろ》に向かって大股《おおまた》に歩き、暖炉の上の瓶《びん》からキラキラする粉《こな》をひと握《にぎ》りつかみ取り、炎の中に投げ入れた。

「ルーピン！」スネイプが炎に向って叫《さけ》んだ。「話がある！」

何がなんだかわからないまま、ハリーは炎を見つめた。何か大きな姿が、急回転《きゅうかいてん》しながら炎の中に現れた。やがて、ルーピン先生が、くたびれたローブから灰を払い落としながら、暖炉から這《は》い出してきた。

「セブルス、呼んだかい？」ルーピンが穏《おだ》やかに言った。

「いかにも」怒りに顔を歪《ゆが》め、机のほうに戻《もど》りながら、スネイプが答えた。

「いましがた、ポッターにポケットの中身を出すように言ったところ、こんな物を持っていた」

スネイプは羊皮紙《ようひし》を指差《ゆびさ》した。ムーニー、ワームテール、パッドフット、プロングズの言葉が、まだ光っていた。ルーピンは奇妙《きみょう》な、窺《うかが》い知れない表情を浮かべた。

「それで？」スネイプが言った。

ルーピンは地図を見つめ続けている。ハリーは、ルーピン先生がとっさの機転《きてん》をきかそうとしているような気がした。

「それで？」再びスネイプが促《うなが》した。

「この羊皮紙にはまさに『闇《やみ》の魔術《まじゅつ》』が詰《つ》め込《こ》まれている。ルーピン、君の専門分野《せんもんぶんや》だと拝察《はいさつ》するが。ポッターがどこでこんな物を手に入れたと思うかね？」

ルーピンが顔を上げ、ほんのわずか、ハリーのほうに視線《しせん》を送り、黙《だま》っているようにと警告《けいこく》した。

「『闇の魔術』が詰まっている？」ルーピンが静かに繰《く》り返した。

「セブルス、本当にそう思うのかい？　私が見るところ、無理《むり》に読もうとする者を侮辱《ぶじょく》するだけの羊皮紙《ようひし》にすぎないように見えるが。子供だましだが、けっして危険《きけん》じゃないだろう？ハリーは悪戯専門店《いたずらせんもんてん》で手に入れたのだと思うよ――」

「そうかね？」スネイプは怒りで顎《あご》が強《こわ》ばっていた。「悪戯専門店でこんな物をポッターに売ると、そう言うのかね？　むしろ、**直接に製作者《せいさくしゃ》から**入手した可能性《かのうせい》が高いとは思わんのか？」

ハリーにはスネイプの言っていることがわからなかった。ルーピンもわかっていないように見えた。

「ミスター・ワームテールとか、この連中の誰かからという意味か？　ハリー、この中に誰か知っている人はいるかい？」ルーピンが聞いた。

「いいえ」ハリーは急いで答えた。

「セブルス、聞いただろう？」ルーピンはスネイプのほうを見た。「私にはゾンコの商品のように見えるがね――」

合図《あいず》を待っていたかのように、ロンが研究室《けんきゅうしつ》に息せき切って飛び込んできた。スネイプの机の真ん前で止まり、胸を押さえながら、途切《とぎ》れ途切れにしゃべった。

「それ――僕《ぼく》が――ハリーに――あげたんです」ロンはむせ込んだ。「ゾンコで――ずいぶん前に――それを――買いました……」

「ほら！」ルーピンは手をポンと叩《たた》き、機嫌《きげん》よく周《まわ》りを見回した。

「どうやらこれではっきりした！　セブルス、これは私が引き取ろう。いいね？」

ルーピンは地図を丸めてローブの中にしまい込んだ。

「ハリー、ロン、一緒《いっしょ》においで。吸血鬼《バンパイア》のレポートについて話があるんだ。セブルス、失礼するよ」

研究室《けんきゅうしつ》から出る時、ハリーはとてもスネイプを見る気にはなれなかった。ハリー、ロン、ルーピンは黙々《もくもく》と玄関《げんかん》ホールまで歩いて、そこで初めて口を利《き》いた。ハリーがルーピンを見た。

「先生、僕《ぼく》――」

「事情《じじょう》を聞こうとは思わない」

ルーピンは短く答えた。それからガランとした玄関ホールを見回し、声をひそめて言った。

「何年も前にフィルチさんがこの地図を没収《ぼっしゅう》したことを、私はたまたま知っているんだ。そう、私はこれが地図だということを知っている」

ハリーとロンの驚いたような顔を前に、ルーピンは話した。

「これがどうやって君のものになったのか、私は知りたくはない。ただ、君がこれを提出《ていしゅつ》しなかったのには、私は**大いに驚いている**。先日も、生徒の一人がこの城の内部情報《じょうほう》を不用意に放《ほう》っておいたことで、あんなことが起こったばかりじゃないか。だから、ハリー、これは返してあげるわけにはいかないよ」

ハリーはそれを覚悟《かくご》していた。しかも、聞きたいことがたくさんあって、抗議《こうぎ》をするどころではなかった。

「スネイプは、どうして僕がこれを製作者《せいさくしゃ》から手に入れたと思ったのでしょう?」

「それは……」ルーピンは口ごもった。

「それは、この地図の製作者だったら、君を学校の外へ誘《さそ》い出したいと思ったかもしれないからだよ。連中にとって、それがとてもおもしろいことだろうからね」

「先生は、この人たちを**ご存知《ぞんじ》**なんですか？」ハリーは感心して尋《たず》ねた。

「会ったことがある」ぶっきらぼうな答えだった。ルーピンはこれまでに見せたことがないような真剣《しんけん》な眼差《まなざ》しでハリーを見た。

「ハリー、この次は庇《かば》ってあげられないよ。私がいくら説得《せっとく》しても、君が納得《なっとく》して、シリウス・ブラックのことを深刻《しんこく》に受け止めるようにはならないだろう。しかし、吸魂鬼《ディメンター》が近づいた時に君が聞いた声こそ、君にもっと強い影響《えいきょう》を与えているはずだと思ったんだがね。君のご両親は、君を生かすために自《みずか》らの命を捧《ささ》げたんだよ、ハリー。それに報《むく》いるのに、これではあまりにお粗末《そまつ》じゃないか――たかが魔法のおもちゃ一袋のために、ご両親の犠牲《ぎせい》の賜物《たまもの》を危険《きけん》にさらすなんて」

ルーピンが立ち去った。ハリーはいっそう惨《みじ》めな気持になった。スネイプの部屋にいた時でさえ、こんな惨めな気持にはならなかった。ハリーとロンはゆっくりと大理石《だいりせき》の階段を上った。隻眼《せきがん》の魔女像のところまで来た時、ハリーは「透明《とうめい》マント」のことを思い出した。――まだこの下にある。しかし、取りに降《お》りる気にはなれなかった。

「僕が悪いんだ」ロンが突然《とつぜん》口を利いた。

「僕《ぼく》が君に行けって勧《すす》めたんだ。ルーピン先生の言うとおりだ。バカだったよ。僕たち、こんなこと、すべきじゃなかった――」

ロンが口を閉じた。二人は警護《けいご》のトロールが往《い》き来している廊下《ろうか》にたどり着いた。すると、ハーマイオニーがこちらに向かって歩いてきた。ハーマイオニーをひと目見たとたん、もう事件のことは聞いたに違いないと、ハリーは確信《かくしん》した。ハリーは心臓がドサッと落ち込《こ》むような気がした。――マクゴナガル先生にもう言いつけたのだろうか？

「さぞご満悦《まんえつ》だろうな？」

ハーマイオニーが二人の真ん前で足を止めた時、ロンがぶっきらぼうに言った。

「それとも告げ口しにいってきたところかい？」

「違うわ」ハーマイオニーは両手で手紙を握《にぎ》りしめ、唇《くちびる》をわなわなと震《ふる》わせていた。

「あなたたちも知っておくべきだと思って……ハグリッドが敗訴《はいそ》したの。バックビークは処刑《しょけい》されるわ」

第15章

CHAPTER FIFTEEN
The Quidditch Final

クィディッチ優勝戦

「これを――これをハグリッドが送ってきたの」ハーマイオニーは手紙を突き出した。

ハリーがそれを受け取った。羊皮紙《ようひし》は湿っぽく、大粒《おおつぶ》の涙であちこちインクがひどく滲《にじ》み、とても読みにくい手紙だった。

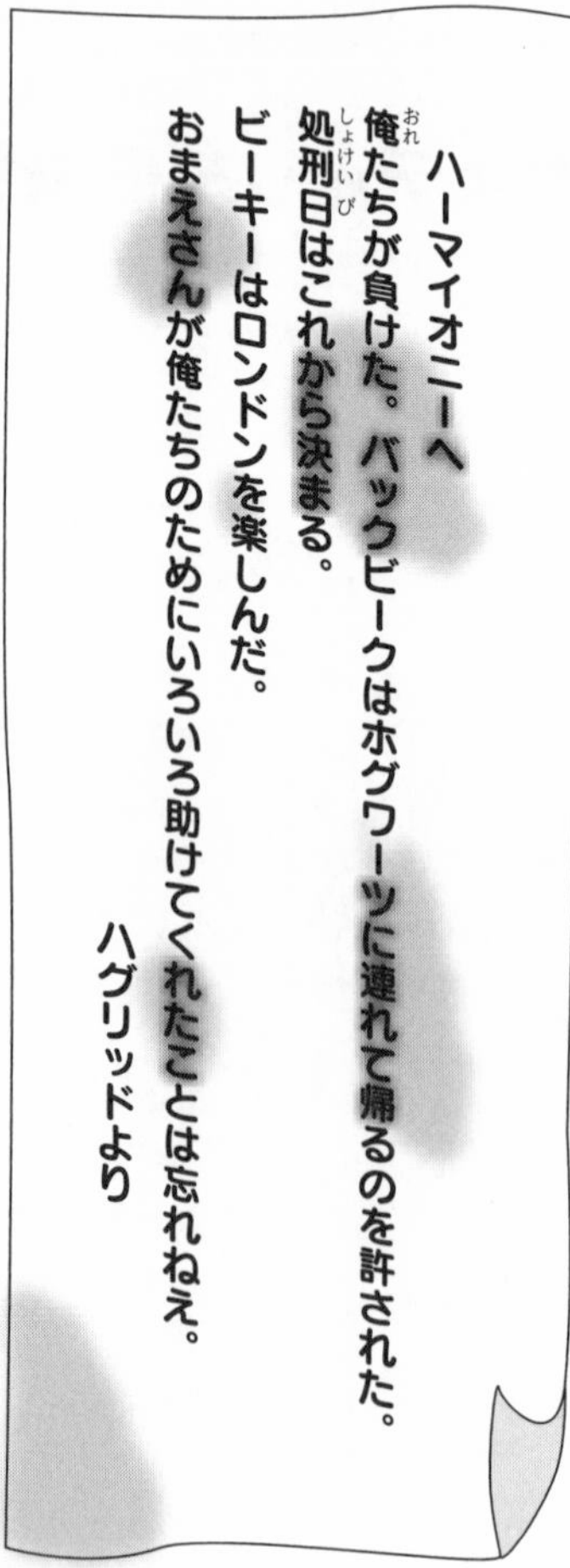
ハーマイオニーへ
俺《おれ》たちが負けた。バックビークはホグワーツに連れて帰るのを許された。
処刑日《しょけいび》はこれから決まる。
ビーキーはロンドンを楽しんだ。
おまえさんが俺たちのためにいろいろ助けてくれたことは忘れねえ。
ハグリッドより

「こんなことってないよ」ハリーが言った。「こんなことできるはずないよ。バックビークは危険《きけん》じゃないんだ」

「マルフォイのお父さんが委員会《いいんかい》を脅《おど》してこうさせたの」

ハーマイオニーは涙を拭《ぬぐ》った。

「あの父親がどんな人か知ってるでしょう。委員会は、老いぼれのヨボヨボのバカばっかり。みんな怖気《おじけ》づいたんだわ。そりゃ、控訴《こうそ》はあるわ。必ず。でも、望みはないと思う……何にも変わりはしない」

「いや、変わるとも」ロンが力を込《こ》めて言った。「ハーマイオニー、今度は君一人で全部やらなくてもいい。僕《ぼく》が手伝う」

「ああ、ロン！」

ハーマイオニーはロンの首に抱きついてわっと泣きだした。ロンはおたおたして、ハーマイオニーの頭を不器用に撫《な》でた。しばらくして、ハーマイオニーがやっとロンから離《はな》れた。

「ロン、スキャバーズのこと、ほんとに、ほんとにごめんなさい……」

ハーマイオニーがしゃくり上げながら謝《あやま》った。

「ああ——ウン——あいつは年寄りだったし」

ロンはハーマイオニーが離れてくれて、心からほっとしたような顔で言った。

「それに、あいつ、ちょっと役立たずだったしな。パパやママが、今度は僕にふくろうを買ってくれるかもしれないじゃないか」

ブラックの二度目の侵入《しんにゅう》事件以来、生徒は厳《きび》しい安全対策《たいさく》を守らなければならず、ハリーもロンもハーマイオニーも、日が暮れてからハグリッドを訪《たず》ねるのは不可能だった。話ができるのは「魔法生物飼育学《まほうせいぶつしいく》」の授業中《じゅぎょう》しかなかった。

ハグリッドは判決《はんけつ》を受けたショックで放心状態《ほうしんじょうたい》だった。

「みんな俺《おれ》が悪いんだ。舌がもつれっちまって。みんな黒いローブを着込《きこ》んで座ってて、そんでもって俺はメモをぼろぼろ落としっちまって、ハーマイオニー、おまえさんがせっかく探してくれたいろんなもんの日付《ひづけ》は忘れっちまうし。そんで、そのあとルシウス・マルフォイが立ち上がって、やつの言い分をしゃべって、そんで、委員会《いいんかい》はあいつに『やれ』と言われたとおりにやったんだ……」

「まだ控訴《こうそ》がある！」ロンが熱を込めて言った。「まだ諦《あきら》めないで。僕《ぼく》たち、準備《じゅんび》してるんだから！」

四人はクラスの他の生徒たちと一緒《いっしょ》に、城に向かって歩いているところだった。前のほうに、クラッブとゴイルを引き連れたマルフォイの姿が見えた。ちらちらと後ろを振り返っては、小バカにしたように笑っている。

「ロン、そいつぁだめだ」

城の階段までたどり着いた時、ハグリッドが悲しそうに言った。

「あの委員会は、ルシウス・マルフォイの言うなりだ。俺はただ、ビーキーに残された時間を思いっきり幸せなもんにしてやるんだ。俺は、そうしてやらにゃ……」

ハグリッドは踵《きびす》を返し、ハンカチに顔を埋《うず》めて、急いで小屋に戻《もど》っていった。

「見ろよ、あの泣き虫！」

マルフォイ、クラッブ、ゴイルが城の扉《とびら》のすぐ裏側《うらがわ》で聞き耳を立てていたのだ。

「あんなに情けないものを見たことがあるかい」マルフォイが言った。「しかも、あいつが僕たちの先生だって！」

ハリーもロンもカリカリに怒って、マルフォイに向かって手を上げた。が、ハーマイオニーのほうが速かった——。

バシッ！

ハーマイオニーが、あらんかぎりの力を込めてマルフォイの横っ面《つら》を張《は》った。マルフォイがよろめいた。ハリーも、ロンも、クラッブもゴイルも、びっくり仰天《ぎょうてん》してその場に棒立《ぼうだ》ちになった。ハーマイオニーがもう一度手を上げた。

「ハグリッドのことを情けないだなんて、**よくもそんなことを**。この汚《けが》らわしい——この悪党《あくとう》——」

「ハーマイオニー！」

ロンがおろおろしながら、ハーマイオニーが大上段に振りかぶった手を押さえようとした。

「**放《はな》して！**　ロン！」

ハーマイオニーが杖《つえ》を取り出した。マルフォイは後ずさりし、クラッブとゴイルはまったくお手上げ状態《じょうたい》で、マルフォイの命令を仰《あお》いだ。

「行こう」

マルフォイがそうつぶやくと、三人はたちまち地下牢《ちかろう》に続く階段を下り、姿を消した。

「ハーマイオニー！」

ロンがびっくりするやら、感動するやらで、また呼びかけた。

「ハリー、クィディッチの優勝戦で、何がなんでもあいつをやっつけて！」

ハーマイオニーが上ずった声で言った。

「絶対《ぜったい》に、お願いよ。スリザリンが勝ったりしたら、私、とっても我慢《がまん》できないもの！」

「もう『呪文学《じゅもんがく》』の時間だ。早く行かないと」

ロンはまだハーマイオニーをしげしげと眺《なが》めながら促《うなが》した。

三人は急いで大理石《だいりせき》の階段を上り、フリットウィック先生の教室に向かった。

「二人とも、遅刻《ちこく》だよ！」

ハリーが教室のドアを開けると、フリットウィック先生が咎《とが》めるように言った。

「早くお入り。杖《つえ》を出して。今日は『元気の出る呪文《じゅもん》』の練習だよ。もう二人ずつペアになっているからね――」

ハリーとロンは急いで後ろのほうの机に行き、カバンを開けた。

「ハーマイオニーはどこに行ったんだろ？」振り返ったロンが言った。

ハリーもあたりを見回した。ハーマイオニーは教室に入ってこなかった。でもドアを開けた時は、自分のすぐ横にいたのを、ハリーは知っている。

「変だなぁ」

ハリーはロンの顔をじっと見た。

「きっと――トイレとかに行ったんじゃないかな?」

しかし、ハーマイオニーはずっと現れなかった。

「ハーマイオニーも『元気の出る呪文』が必要だったのに」

クラスが終わって、全員がにこにこしながら昼食を食べに出ていく時、ロンが言った。「元気呪文」の余韻《よいん》でクラス全員が大満足の気分に浸《ひた》っていた。

ハーマイオニーは昼食にも来なかった。アップルパイを食べ終えるころ、「元気呪文」の効《き》き目も切れてきて、ハリーもロンも少し心配になってきた。

「マルフォイがハーマイオニーに何かしたんじゃないだろうな?」

グリフィンドール塔《とう》への階段を急ぎ足で上りながら、ロンが心配そうに言った。

二人は警備《けいび》のトロールのそばを通り過ぎ、「太った婦人《レディ》」に暗号《あんごう》を言い(「フリバティジベット」)肖像画《しょうぞうが》の裏《うら》の穴をくぐり、談話室《だんわしつ》に入った。

ハーマイオニーはテーブルに「数占《かずうらな》い学」の教科書を開き、その上に頭を載《の》せて、ぐっすり眠り込《こ》んでいた。二人はハーマイオニーの両側に腰掛《か》け、ハリーがそっと突《つ》ついてハーマイオニーを起こした。

「どーーどうしたの？」

ハーマイオニーは驚いて目を覚まし、あたりをキョロキョロと見回した。

「もう、クラスに行く時間？　今度は、なーー何の授業《じゅぎょう》だっけ？」

「『占《うらな》い学』だ。でもあと二十分あるよ。ハーマイオニー、どうして『呪文学《じゅもんがく》』に来なかったの？」ハリーが聞いた。

「えっ？　あーっ！」ハーマイオニーが叫んだ。「『呪文学』に行くのを忘れちゃった！」

「だけど、忘れようがないだろう？　教室のすぐ前まで僕《ぼく》たちと一緒《いっしょ》だったのに！」

「なんてことを！」

ハーマイオニーは涙声《なみだごえ》になった。

「フリットウィック先生、怒ってらした？　ああ、マルフォイのせいよ。あいつのことを考えてたら、ごちゃごちゃになっちゃったんだわ！」

「ハーマイオニー、言ってもいいかい？」

ハーマイオニーが枕《まくら》代わりに使っていた分厚《ぶあつ》い「数占《かずうらな》い学」の本を見下ろしながら、ロンが言った。

「君はパンク状態《じょうたい》なんだ。あんまりいろんなことをやろうとして」

「そんなことないわ！」

ハーマイオニーは目の上にかかった髪《かみ》をかき上げ、絶望《ぜつぼう》したような目でカバンを探した。

「ちょっとミスしたの。それだけよ！　私、いまからフリットウィック先生のところへ行って、謝《あやま》ってこなくちゃ……。『占い学』のクラスでまたね！」

二十分後、ハーマイオニーはトレローニー先生の教室に登る梯子《はしご》のところに現れた。ひどく悩《なや》んでいる様子だった。

「『元気の出る呪文《じゅもん》』の授業に出なかったなんて、私としたことが！　きっと、これ、試験《しけん》に出るわよ。フリットウィック先生がそんなことをちらっとおっしゃったもの！」

三人は一緒《いっしょ》に梯子を上り、薄暗《うすぐら》いムッとするような塔教室《とうきょうしつ》に入った。小さなテーブルの一つひとつに真珠《しんじゅ》色の靄《もや》が詰《つ》まった水晶玉《すいしょうだま》が置かれ、ぼーっと光っていた。ハリー、ロン、ハーマイオニーは、脚《あし》のぐらぐらしているテーブルに一緒に座った。

「水晶玉は来学期にならないと始まらないと思ってたけどな」

トレローニー先生がすぐそばに忍びよってきていないかどうか、あたりを警戒《けいかい》するように見回しながら、ロンがひそひそ言った。

「文句《もんく》言うなよ。これで手相術が終わったってことなんだから」ハリーもひそひそ言った。

「僕の手相を見るたびに、先生がぎくっと身を引くのには、もううんざりしてたんだ」

「みなさま、こんにちは！」

おなじみの霧《きり》のかなたの声とともに、トレローニー先生がいつものように薄暗がりの中から芝居《しばい》がかった登場をした。パーバティとラベンダーが興奮《こうふん》して身震《みぶる》いした。二人の顔が、仄明《ほのあか》

る い乳白色《にゅうはくしょく》の水晶玉の光に照らし出された。

「あたくし、計画しておりましたより少し早めに水晶玉《すいしょうだま》をお教えすることにしましたの」

トレローニー先生は暖炉《だんろ》の火を背にして座り、あたりを凝視《ぎょうし》した。

「六月の試験《しけん》は球《たま》に関するものだと、運命があたくしに知らせましたの。それで、あたくし、みなさまに十分練習させてさし上げたくて」

ハーマイオニーがフンと鼻を鳴らした。

「あーら、まあ……『運命が知らせましたの』……どなたさまが試験をお出しになるの？　あの人自身じゃない！　なんて驚くべき予言《よげん》でしょ！」

ハーマイオニーは声を低くする配慮もせず言いきった。

トレローニー先生の顔は暗がりに隠れているので、聞こえたのかどうかわからなかった。ただ、聞こえなかったかのように、話を続けた。

「水晶占《うらな》いは、とても高度な技術ですのよ」夢見るような口調《くちょう》だ。

「球の無限の深奥《しんおう》を初めて覗《のぞ》き込《こ》んだ時、みなさまが初めから何かを『見る』ことは期待しておりませんわ。まず意識《いしき》と、外なる眼《め》とをリラックスさせることから練習を始めましょう」

ロンはクスクス笑いがどうしても止まらなくなり、声を殺すのに、握《にぎ》り拳《こぶし》を自分の口に突っ込むありさまだった。

「そうすれば『内なる眼《め》』と超《ちょう》意識とが顕《あらわ》れましょう。幸運に恵まれれば、みなさまの中の何人かは、この授業《じゅぎょう》が終わるまでには『見える』かもしれませんわ」

そこでみんなが作業に取りかかった。少なくともハリーには、水晶玉をじっと見つめているることがとてもアホらしく感じられた。心を空《から》にしようと努力しても、「こんなこと、くだらない」という思いがしょっちゅう頭をもたげた。しかも、ロンがしょっちゅうクスクス忍び笑いをするわ、ハーマイオニーは舌打ちばかりしているわで、どうしようもない。

「何か見えた?」

十五分ほど黙《だま》って水晶玉を見つめたあと、ハリーが二人に聞いた。

「ウン。このテーブル、焼《や》け焦《こ》げがあるよ」ロンは指差《ゆびさ》した。「誰か蝋燭《ろうそく》をたらしたんだろな」

「まったく時間のむだよ」ハーマイオニーが歯を食いしばったままで言った。

「もっと役に立つことを練習できたのに。『元気の出る呪文《じゅもん》』の遅《おく》れを取り戻《もど》すことだって――」

トレローニー先生が衣擦《きぬず》れの音とともにそばを通り過ぎた。

「球の内なる、影《かげ》のような予兆《よちょう》をどう解釈《かいしゃく》するか、あたくしに助けてほしい方、いらっしゃること?」腕輪《うでわ》をチャラつかせながら、トレローニー先生がつぶやくように言った。

「僕《ぼく》、助けなんかいらないよ」ロンが囁《ささや》いた。「見りゃわかるさ。今夜は霧《きり》が深いでしょう、ってとこだな」

ハリーもハーマイオニーも吹き出した。

「まあ、何事ですの！」

先生の声と同時に、みんながいっせいに三人のほうを振り向いた。パーバティとラベンダーは「なんて破廉恥《はれんち》な」という目つきをしていた。

「あなた方は、未来を透視《とうし》する神秘《しんぴ》の震《ふる》えを乱していますわ！」

トレローニー先生は三人のテーブルに近より、水晶玉《すいしょうだま》を覗《のぞ》き込《こ》んだ。ハリーは気が重くなった。これから何が始まるか、自分にはわかる……。

「ここに、何かありますわ！」

トレローニー先生は低い声でそう言うと、水晶玉の高さまで顔を下げた。玉は巨大なメガネに写って二つに見えた。

「何かが動いている……でも、何かしら？」

何かはわからないが、絶対《ぜったい》によいことではない。賭《か》けてもいい。ハリーの持っているものを全部、ファイアボルトもひっくるめて全部賭けてもいい。そして、やっぱり……。

「まあ、あなた……」

トレローニー先生はハリーの顔をじっと見つめて、ホーッと息を吐《は》いた。

「ここに、これまでよりはっきりと……ほら、こっそりとあなたのほうに忍びより、だんだん大きく……死神犬《しにがみけん》のグ――」

「いい加減《かげん》にしてよ！」ハーマイオニーが大声をあげた。「**また、**あのバカバカしい死神犬じゃないでしょうね！」

トレローニー先生は巨大な目を上げ、ハーマイオニーを見た。パーバティがラベンダーに何事か囁《ささや》き、二人もハーマイオニーを睨《にら》んだ。トレローニー先生が立ち上がり、まぎれもなく怒りを込めて、ハーマイオニーを眺《なが》め回した。

「まあ、**あなた**。こんなことを申し上げるのは、なんですけど、あなたがこのお教室に最初に現れた時から、はっきりわかっていたことでございますわ。あなたには『占《うらな》い学』という高貴《こうき》な技術に必要なものが備《そな》わっておりませんの。まったく、こんなに救いようのない『俗《ぞく》』な心を持った生徒に、いまだかつてお目にかかったことがありませんわ」

一瞬《いっしゅん》の沈黙《ちんもく》。そして――。

「結構《けっこう》よ！」

ハーマイオニーは唐突《とうとつ》にそう言うと立ち上がり、「未来の霧《きり》を晴《は》らす」の本をカバンに詰《つ》め込みはじめた。

「結構ですとも！」再びそう言うと、ハーマイオニーはカバンを振り回すようにして肩に掛《か》け、危《あや》うくロンを椅子《いす》から叩《たた》き落としそうになった。

「やめた！　私、出ていくわ！」

クラス中が呆気《あっけ》にとられる中を、ハーマイオニーは威勢《いせい》よく出口へと歩き、撥《は》ね戸《ど》を足で蹴《け》飛《と》ばして開け、梯子《はしご》を降りて姿が見えなくなった。

全生徒が落ち着きを取り戻《もど》すまで、数分かかった。トレローニー先生は死神犬《グリム》のことをころっと忘れてしまったようだ。ぶっきらぼうにハリーとロンのいる机を離《はな》れ、透《す》き通ったショールをしっかり体に引きよせながら、かなり息を荒《あら》げていた。

「おおおおお！」突然《とつぜん》ラベンダーが声をあげ、みんなびっくりした。

「おおおおおお、トレローニー先生。わたし、いま思い出しました。ハーマイオニーが立ち去るのを、ご覧《らん》になりましたね？ そうでしょう、先生？ 『**イースターのころ、誰か一人が永久に去るでしょう！**』先生は、ずいぶん前にそうおっしゃいました！」

トレローニー先生は、ラベンダーに向かって、儚《はかな》げに微笑《ほほえ》んだ。

「ええ、そうよ。ミス・グレンジャーがクラスを去ることは、あたくし、わかっていましたの。でも、『兆《しるし》』を読み違えていればよいのに、と願うこともありますのよ。……『内なる眼《め》』が重荷になることがありますわ……」

ラベンダーとパーバティは深く感じ入った顔つきで、トレローニー先生が自分たちのテーブルに移ってきて座れるよう、場所を空《あ》けた。

「ハーマイオニーったら、今日は大変な一日だよ。な？」

ロンが畏《おそ》れをなしたようにハリーにつぶやいた。

「ああ……」

ハリーは水晶玉《すいしょうだま》をちらりと覗《のぞ》いた。白い霧が渦巻《うずま》いているだけだ。トレローニー先生は本当にまた死神犬《しにがみけん》を見たのだろうか？　自分も見るのだろうか？　クィディッチ優勝戦が刻々《こっこく》と近づいている。あんな死ぬような目に遭《あ》う事故だけは絶対《ぜったい》に起こってほしくない。

イースター休暇《きゅうか》はのんびりというわけにはいかなかった。三年生はかつてないほどの宿題を出された。ネビル・ロングボトムはほとんどノイローゼだったし、他の生徒も似たりよったりだった。

「これが休暇だってのかい！」

ある昼下《ひるさ》がり、シェーマス・フィネガンが談話室《だんわしつ》で吠《ほ》えた。

「試験《しけん》はまだずーっと先だってのに、先生方は何を考えてるんだ？」

それでも、ハーマイオニーほど抱《かか》え込《こ》んだ生徒はいなかった。「占《うらな》い学」はやめたものの、ハーマイオニーは誰よりもたくさんの科目をとっていた。夜はだいたい談話室に最後まで粘《ねば》っていたし、朝は誰よりも早く図書室に来ていた。目の下にルーピン先生なみのくまができて、いつ見ても、いまにも泣き出しそうな雰囲気《ふんいき》だった。

ロンはバックビークの控訴《こうそ》の準備を引き継《つ》いで、自分の宿題をやっていない時間には巨大な本に取り組んでいた。「ヒッポグリフの心理《しんり》」とか、「鳥《とり》か盗《と》りか？」、「ヒッポグリフの残忍性《ざんにんせい》に関する研究《けんきゅう》」などを夢中で読みふけり、クルックシャンクスに当たり散らすことさえ忘れていた。

一方、ハリーは、毎日続くクィディッチの練習に加えて、ウッドとの果てしない作戦会議の合間《あいま》に、なんとか宿題をやっつけなければならなかった。グリフィンドール対スリザリンの試合が、イースター休暇《きゅうか》明けの最初の土曜日に迫《せま》っていた。スリザリンは、リーグ戦できっちり二〇〇点リードしていた。ということは（ウッドが耳にタコができるほど選手に言い聞かせていたが）、優勝杯《ゆうしょうはい》を手にするには、それ以上の点を上げて勝たなければならない。つまり、勝敗はハリーの双肩《そうけん》にかかっていた。スニッチをつかむことで一五〇点獲得《かくとく》できるからだ。

「いいか。スニッチをつかむのは、**必ず**、チームが五〇点**以上**、差《さ》をつけたあとだぞ」

ウッドは口を酸《す》っぱくしてハリーに言った。

「ハリー、俺《おれ》たちが五〇点以上取ったらだ。さもないと、試合に勝っても優勝杯は逃《のが》してしまう。わかるか。わかるな？　スニッチをつかむのは、必ず、俺たちが――」

「**わかってるったら、オリバー！**」ハリーが叫《さけ》んだ。

グリフィンドール寮《りょう》全体が、来《きた》るべき試合に取《と》り憑《つ》かれていた。グリフィンドールが最後に優勝杯を取ったのは、伝説《でんせつ》の人物、チャーリー・ウィーズリー（ロンの二番目の兄）がシーカーだった時だ。勝ちたいという気持では、寮生の誰も、ウッドでさえも、自分にはかなわないだろうとハリーは思った。ハリーとマルフォイの敵意《てきい》はいよいよ頂点に達していた。マルフォイはホグズミードでの泥投《どろな》げ事件をいまだに根に持っていたし、それ以上に、ハリーが処罰《しょばつ》を受けずにうまくすり抜けたことで怒り狂っていた。ハリーは、レイブンクローとの試合でマルフォイが自分を破滅《はめつ》させようとしたことも忘れてはいなかったが、全校の面前でマルフォイをやっつけてやると決意したのは、何といってもバックビークのことがあるからだった。

試合前にこんなに熱くなったのは、誰の記憶《きおく》にも、初めてのことだった。休暇が終わったころは、チーム同士、寮同士の緊張《きんちょう》が爆発寸前《ばくはつすんぜん》まで高まっていた。廊下《ろうか》のあちこちで小競《こぜ》り合いが散発《さんぱつ》し、ついにその極限《きょくげん》で一大騒動《そうどう》が起こり、グリフィンドールの四年生と、スリザリンの六年生が耳から葱《ねぎ》を生《は》やして、入院する騒ぎになった。

ハリーはとくにひどい目に遭《あ》っていた。授業《じゅぎょう》に行く途中《とちゅう》では、スリザリン生が足を突き出してハリーを引っかけようとするし、クラッブとゴイルはハリーの行く先々に突然《とつぜん》現れ、ハリーが大勢《おおぜい》に取り囲まれているのを見ては、残念そうにのっそりと立ち去るのだった。スリザリン生がハリーをつぶそうとするかもしれないと、ウッドは、どこに行くにもハリーを独《ひと》りにしないよう指令《しれい》を出していた。グリフィンドールは、寮を挙《あ》げてこの使命を熱く受け止めたので、ハリーはいつもワイワイガヤガヤと大勢に取り囲まれてしまい、クラスに時間どおりに着くことさえできなかった。ハリーは自分の身よりファイアボルトが心配で、飛行していないときはトランクにしっかりしまい込《こ》み、休み時間になるとグリフィンドール塔《とう》に飛んで帰って、ちゃんとそこにあるかどうかを確かめることもしばしばだった。

試合前夜、グリフィンドールの談話室《だんわしつ》では、いつもの活動がいっさい放棄《ほうき》された。ハーマイオニーでさえ本を手放《てばな》した。

「勉強できないわ。とても集中できない」ハーマイオニーはピリピリしていた。やたら騒がしかった。フレッドとジョージはプレッシャーを撥《は》ねのけるため、いつもよりやかましく、元気がよかった。オリバー・ウッドは隅《すみ》のほうでクィディッチ・ピッチの模型《もけい》の上に屈《かが》み込《こ》み、杖《つえ》で選手の人形を突つきながら、一人でブツブツ言っていた。アンジェリーナ、アリシア、ケイティの三人は、フレッドとジョージが飛ばす冗談《じょうだん》で笑っている。ハリーは騒ぎの中心から離《はな》れたところで、ロン、ハーマイオニーと一緒《いっしょ》に座り、明日のことは考えないようにしていた。なにしろ、考えるたびに、何かとても大きなものが胃袋《いぶくろ》から逃げ出したがっているような恐ろしい気分になるからだ。

「絶対《ぜったい》、大丈夫《だいじょうぶ》よ」ハーマイオニーはそう言いながら、怖《こわ》くてたまらない様子だ。

「君には**ファイアボルト**があるじゃないか！」ロンが言った。

「うん……」そう言いながらハリーは胃が捩《よじ》れるような気分だった。

ウッドが急に立ち上がり、一声《ひとこえ》叫《さけ》んだのが救いだった。

「選手！　寝《ね》ろ！」

ハリーは浅い眠りに落ちた。まず、寝すごした夢を見た。ウッドが叫んでいる。「いったいどこにいたんだ。代わりにネビルを使わなきゃならなかったんだぞ！」次に、マルフォイやスリザリン・チーム全員が、ドラゴンに乗って試合にやってきた夢を見た。マルフォイの乗ったドラゴンが火を吐《は》き、それを避《よ》けてハリーは猛《もう》スピードで飛んでいた。が、ファイアボルトを忘れたことに気づいた。ハリーは落下し、驚いて目を覚ました。

数秒経《た》って、やっと、ハリーは試合がまだ始まっていないこと、自分が安全にベッドに寝ていること、スリザリン・チームがドラゴンに乗ってプレイするなど、絶対《ぜったい》許されるはずがないことなどに気づいた。とても喉《のど》が渇《かわ》いていた。ハリーはできるだけそっと四本柱《よんほんばしら》のベッドを抜け出し、窓の下に置いてある銀の水差《みずさ》しから水を飲もうと窓辺《まどべ》に近よった。

校庭はしんと静まり返っていた。「禁《きん》じられた森」の木々の梢《こずえ》はそよともせず、「暴《あば》れ柳《やなぎ》」は何食わぬ様子で、じっと動かない。どうやら、試合の天候《てんこう》は完璧《かんぺき》のようだ。

ハリーはコップを置き、ベッドに戻ろうとした。その時、何かが目を引いた。銀色の芝生《しばふ》を動物らしいものが一匹うろついている。

ハリーは全速力でベッドに戻《もど》り、メガネを引っつかんで掛《か》け、急いで窓際《まどぎわ》に戻った。死神犬《グリム》であるはずがない。――いまはだめだ――試合の直前だというのに――。

ハリーはもう一度校庭をじっと見た。一分ほど必死《ひっし》で見回し、その姿を見つけた。今度は「森」の際《きわ》に沿って歩いている……。死神犬とはまったく違う。……猫だ……瓶洗《びんあら》いブラシのような尻尾《しっぽ》を確認して、ハリーはほっと窓縁《まどべり》を握《にぎ》りしめた。ただのクルックシャンクスだ……。

いや、**本当にただの**クルックシャンクスだったろうか？　ハリーは窓ガラスに鼻をぴったり押しつけ、目を凝《こ》らした。クルックシャンクスが立ち止まったように見えた。何か、木々の影《かげ》の中で動いているものが他にいる。ハリーにはたしかにそれが見えた。

次の瞬間《しゅんかん》、それが姿を現した。もじゃもじゃの毛の巨大《きょだい》な黒い犬だ。それは音もなく芝生《しばふ》を横切り、クルックシャンクスがその脇《わき》をトコトコ歩いている。ハリーは目を見張《みは》った。いったいどういうことなんだろう？　クルックシャンクスにもあの犬が見えるなら、あの犬がハリーの死の予兆《よちょう》だといえるのだろうか？

「ロン！」ハリーは声を殺して呼んだ。「ロン！　起きて！」

「ウーン？」

「君にも何か見えるかどうか、見てほしいんだ！」

「まだ真っ暗だよ、ハリー」ロンがどんよりとつぶやいた。「何を言ってるんだい？」

「こっちに来て――」

ハリーは急いで振り返り、窓の外を見た。

クルックシャンクスも犬も消え去っていた。ハリーは窓枠《まどわく》によじ登って、真下の城影《しろかげ》の中を覗《のぞ》き込《こ》んだが、そこにもいなかった。いったいどこに行ったのだろう？

大きないびきが聞こえた。ロンはまた寝入《ねい》ったらしい。

翌日《よくじつ》、ハリーは他のグリフィンドール・チームの選手と一緒《いっしょ》に、割れるような拍手《はくしゅ》に迎《むか》えられて大広間《おおひろま》に入った。レイブンクローとハッフルパフのテーブルからも拍手が上がるのを見て、ハリーは自分の顔がほころぶのを止められなかった。スリザリンのテーブルからは、選手が通り過ぎる時、嫌味《いやみ》な野次《やじ》が飛んだ。マルフォイがいつにも増して青い顔をしているのに、ハリーは気づいた。

ウッドは朝食の間ずっと、選手に「食え、食え」と勧《すす》め、自分は何にも口にしなかった。それから、他のグリフィンドール生がまだ誰も食べ終わらないのに、状態《じょうたい》をつかんでおくためにピッチに行け、と選手を急《せ》かした。選手が大広間を出ていく時、またみんなが拍手した。

「ハリー、がんばってね！」チョウ・チャンの声に、ハリーは顔が赤くなるのを感じた。

「よーし……風らしい風もなし……。太陽は少しまぶしいな。目が眩《くら》むかもしれないから用心しろよ……ピッチの状態はかなりしっかりしてる。よし、キック・オフはいい蹴《け》りができる……」

ウッドは後ろにチーム全員を引き連れ、ピッチを往《い》ったり来たりしてしっかり観察《かんさつ》した。遠くのほうで、ついに城の正面扉《とびら》が開くのが見えた。学校中が芝生に溢《あふ》れ出した。

「ロッカールームへ」ウッドがきびきびと言った。

真紅《しんく》のローブに着替《きが》える間、選手は誰も口を利《き》かなかった。みんな、僕《ぼく》と同じ気分なのだろうか、とハリーは思った。朝食に、やけにもぞもぞ動くものを食べたような気分だ。あっという間に時が過ぎ、ウッドの声が響《ひび》いた。

「よーし、時間だ。行くぞ……」

怒涛《どとう》のような歓声《かんせい》の中、選手がピッチに出ていった。観衆《かんしゅう》の四分の三は真紅《しんく》のバラ飾りを胸につけて、グリフィンドールのシンボルのライオンを描いた真紅の旗を振るか、「**行け！グリフィンドール！**」とか「**ライオンに優勝杯《ゆうしょうはい》を！**」などと書かれた横断幕《おうだんまく》を打ち振っている。しかし、スリザリンのゴール・ポストの後ろでは、二百人の観衆が緑のローブを着て、スリザリンの旗に、シンボルの銀色の蛇《へび》をきらめかせていた。スネイプ先生は一番前列に陣取《じんど》り、みんなと同じ緑をまとい、暗い笑みを漂《ただよ》わせていた。

「さあ、グリフィンドールの登場です！」

いつものように解説役《かいせつやく》のリー・ジョーダンの声が響いた。

「ポッター、ベル、ジョンソン、スピネット、ウィーズリー、ウィーズリー、そしてウッド。ホグワーツに何年に一度出るか出ないかの、ベスト・チームと広く認められています――」

リーの解説はスリザリン側からの、嵐《あらし》のようなブーイングでかき消された。

「そして、こちらはスリザリン・チーム。率《ひき》いるはキャプテンのフリント。メンバーを多少入れ替えたようで、腕《うで》よりデカさを狙《ねら》ったものかと――」

スリザリンからまたブーイングが起こった。しかし、ハリーはリーの言うとおりだと思った。スリザリン・チームでは、どう見てもマルフォイが一番小さく、あとは巨大な猛者《もさ》ばかりだ。

「キャプテン、握手《あくしゅ》して！」フーチ先生が合図《あいず》した。

フリントとウッドが歩みよって互いの手をきつく握《にぎ》りしめた。まるで互いの指をへし折《お》ろうとしているかのようだった。

「箒《ほうき》に乗って！」

フーチ先生の号令《ごうれい》だ。

「さーん……にー……いちっ！」

十四本の箒がいっせいに飛び上がり、ホイッスルの音は歓声でかき消された。ハリーは前髪《まえがみ》が額《ひたい》から後ろへとかき上げられるのを感じた。飛ぶことで心が躍《おど》り、不安が吹き飛んだ。周《まわ》りを見ると、マルフォイがすぐ後ろにくっついていた。ハリーはスニッチを探してスピードを上げた。

「さあ、グリフィンドールの攻撃《こうげき》です。グリフィンドールのアリシア・スピネット選手、クアッフルを取り、スリザリンのゴールにまっしぐら。いいぞ、アリシア！　あーっと、だめか——クアッフルがワリントンに奪《うば》われました。スリザリンのワリントン、猛烈《もうれつ》な勢いでピッチを飛んでます——**ガッツン！**——ジョージ・ウィーズリーのすばらしいブラッジャー打ちで、ワリントン選手、クアッフルを取り落としました。拾うは——ジョンソン選手です。グリフィンドール、再び攻撃です。行け、アンジェリーナ——モンタギュー選手をうまくかわしました――アンジェリーナ、ブラッジャーだ。かわせ！――ゴール！　一〇対〇、グリフィンドール得点！」

アンジェリーナがフィールドの端《はし》からぐるりと旋回《せんかい》しながら、ガッツポーズをした。下のほうで、真紅の絨毯《じゅうたん》が歓声《かんせい》をあげた。

「アイタッ！」

マーカス・フリントがアンジェリーナに体当たりをかませ、アンジェリーナが危《あや》うく箒から落ちそうになった。

観衆《かんしゅう》が下からブーイングした。

「悪《わり》い！　悪いな、見えなかった！」フリントが言った。

次の瞬間《しゅんかん》、フレッド・ウィーズリーがビーターの棍棒《こんぼう》をフリントの後頭部《こうとうぶ》に投げつけ、フリントは突んのめって箒《ほうき》の柄《え》にぶつかり、鼻血を出した。

「それまで！」

フーチ先生がひと声叫《さけ》び、二人の間に飛び込《こ》んだ。

「グリフィンドール、相手のチェイサーに不意《ふい》打《う》ちを食らわせたペナルティ！　スリザリン、相手のチェイサーに故意《こい》にダメージを与えたペナルティ！」

「そりゃ、ないぜ。先生！」

フレッドが喚《わめ》いたが、フーチ先生はホイッスルを鳴らし、アリシアがペナルティ・スローのために前に出た。

「行け！　アリシア！」

競技場《きょうぎじょう》がいっせいに沈黙《ちんもく》に覆《おお》われる中、リー・ジョーダンが叫んだ。

「やったー！　キーパーを破りました！　二〇対〇、グリフィンドールのリード！」

ハリーはファイアボルトを急旋回《きゅうせんかい》させ、フリントを見守った。まだ鼻血を出しながら、フリントがスリザリン側のペナルティ・スローのために前に飛んだ。ウッドがグリフィンドールのゴールの前に浮かび、歯を食いしばっている。

「なんてったって、ウッドはすばらしいキーパーであります！」

フリントがフーチ先生のホイッスルを待つ間、リー・ジョーダンが観衆に語りかけた。

「すっばらしいのです！　キーパーを破るのは難しいのです――間違いなく難しい――**やったー！　信じらんねえぜ！　ゴールを守りました！」**

ハリーはほっとしてその場を飛び去り、あたりに目を配ってスニッチを探した。その間もリーの解説《かいせつ》を、一言《ひとこと》も聞き漏《も》らさないように注意した。グリフィンドールが五〇点の差をつけるまではマルフォイをスニッチに近づけないようにすることが肝心《かんじん》だ。

「グリフィンドールの攻撃《こうげき》、いや、スリザリンの攻撃――いや！――グリフィンドールがまたボールを取り戻《もど》しました。ケイティ・ベルです。グリフィンドールのケイティ・ベルがクアッフルを取りました。ピッチを矢のように飛んでいます――**あいつめ、わざとやりやがった！**」

スリザリンのチェイサー、モンタギューがケイティの前方に回り込《こ》み、クアッフルを奪《うば》う代わりにケイティの頭をむんずとつかんだ。ケイティは空中でもんどり打ったが、なんとか箒《ほうき》からは落ちずにすんだ。しかし、クアッフルは取り落とした。

フーチ先生のホイッスルがまた鳴り響《ひび》き、先生が下からモンタギューのほうに飛び上がって叱《しか》りつけた。一分後、ケイティがスリザリンのキーパーを破ってペナルティを決めた。

「**三〇対〇！　ざまぁ見ろ、汚《きたな》い手を使いやがって。卑怯者《ひきょうもの》――**」

「ジョーダン、公平中立《こうへいちゅうりつ》な解説ができないなら――！」

「先生、ありのまま言ってるだけです！」

ハリーは興奮《こうふん》でドキッとした。スニッチを見つけたのだ。――グリフィンドールの三本のゴール・ポストの一本の根元《ねもと》で、微《かす》かに光っている。――まだつかむわけにはいかない。しかしもし、マルフォイが気づいたら……。

急に何かに気を取られたふりをして、ハリーはファイアボルトの向きを変え、スピードを上げてスリザリンのゴールに向かって飛んだ。うまくいった。マルフォイは、ハリーがそっちにスニッチを見つけたと思ったらしく、あとをつけて疾走《しっそう》してきた……。

ヒューッ。

ブラッジャーがハリーの右耳をかすめて飛んでいった。スリザリンのデカ物《ぶつ》ビーター、デリックが打った球だ。

ヒューッ。

もう一個のブラッジャーがハリーの肘《ひじ》をこすった。もう一人のビーター、ボールが迫《せま》っていた。

ハリーは、ボールとデリックが棍棒《こんぼう》を振り上げ、自分めがけて飛んでくるのをちらりと目にした——。

ぎりぎりのところで、ハリーはファイアボルトを上に向けた。ボールとデリックがボクッといやな音を立てて正面衝突《しょうとつ》した。

「ハッハーだ！」

スリザリンのビーター二人が、頭を抱《かか》えてふらふらと離《はな》れるのを見て、リー・ジョーダンが叫《さけ》んだ。

「お気の毒さま！　ファイアボルトに勝てるもんか。顔を洗って出直せ！　さて、またまたグリフィンドールのボールです。ジョンソンがクアッフルを手にしています——フリントがマークしています——アンジェリーナ、やつの目を突ついてやれ！——あ、ほんの冗談《じょうだん》です。先生。冗談ですよ——ああ、だめだ——フリントがボールを取りました。フリント、グリフィンドールのゴールめがけて飛びます。それっ、ウッド、ブロックしろ！——」

しかし、フリントが得点し、スリザリン側から大きな歓声《かんせい》が巻き起こった。リーがさんざん悪態《あくたい》をついたので、マクゴナガル先生は魔法のマイクをリーからひったくろうとした。

「すみません、先生。すみません！　二度と言いませんから！　さて、グリフィンドール、三〇対一〇でリードです。ボールはグリフィンドール側――」

試合は、ハリーがいままで参加した中で最悪の泥仕合《どろじあい》となった。グリフィンドールが早々《はやばや》とリードを奪《うば》ったことで頭にきたスリザリンは、たちまち、クアッフルを奪うためには手段を選ばない戦法に出た。ボールはアリシアを棍棒《こんぼう》で殴《なぐ》り、「ブラッジャーと間違えた」と言い逃《のが》れようとした。仕返《しかえ》しに、ジョージ・ウィーズリーがボールの横っ面《つら》に肘鉄《ひじてつ》を食らわせた。フーチ先生は両チームからペナルティを取り、ウッドが二度目のファイン・プレーで、スコアは四〇対一〇、グリフィンドールのリードだ。

スニッチはまた見えなくなった。ハリーは試合の渦中《かちゅう》から離れて舞《ま》い上がり、スニッチを探したが、マルフォイはまだハリーに密着《みっちゃく》していた。――ここでグリフィンドールがいったん、五〇点の差をつけたら……。

ケイティが得点し、五〇対一〇。スリザリンが得点の仕返しをしかねないと、フレッドとジョージ・ウィーズリーが棍棒を振り上げてケイティの周《まわ》りを飛び回った。ボールとデリックが双子《ふたご》のいないすきを突き、ブラッジャーでウッドを狙《ねら》い撃《う》ちした。二個とも続けてウッドの腹に命中し、ウッドはウッと言って宙返《ちゅうがえ》りし、辛《かろ》うじて箒《ほうき》にしがみついた。

フーチ先生が怒りでぶっとんだ。

「クアッフルがゴール区域《くいき》に入っていないのに、キーパーを襲《おそ》うとは何事ですか！」

フーチ先生がボールとデリックに向かって叫《さけ》んだ。

「ペナルティ・ゴール！　グリフィンドール！」

アンジェリーナが得点。六〇対一〇。その直後、フレッド・ウィーズリーがブラッジャーをワリントンにめがけて強打《きょうだ》し、ワリントンが持っていたクアッフルを取り落とし、それをアリシアが奪《うば》ってゴールを決めた。七〇対一〇。

観客席《かんきゃくせき》ではグリフィンドール応援団《おうえんだん》が声をからして叫《さけ》んでいる。――グリフィンドール六〇点のリード。ここでもしハリーがスニッチをつかめば、優勝杯《ゆうしょうはい》はいただきだ。他の選手より一段高いところで、マルフォイにマークされながらピッチを飛び回っているハリーを、何百という目が追っている。ハリーはその視線《しせん》を感じた。

そして、見つけた。スニッチが自分の六、七メートル上でキラキラしているのを、ハリーは見つけた。

ハリーはスパートをかけた。耳元で風が唸《うな》った。ハリーは手を伸ばした。ところが、急にファイアボルトのスピードが落ちた――。

ハリーは愕然《がくぜん》としてあたりを見回した。マルフォイが前に身を乗り出してファイアボルトの尾を握《にぎ》りしめ、引《ひ》っ張《ぱ》っているではないか。

「こいつーっ」

怒りのあまり、ハリーはマルフォイを殴りたかったが、届かない。マルフォイはファイアボルトにしがみつきながら息を切らしていたが、目だけはランランと輝《かがや》いていた。マルフォイの狙《ねら》いどおりになった。——スニッチはまたしても姿をくらましたのだ。

「ペナルティー！　グリフィンドールにペナルティ・ゴール！　こんな手口《てぐち》は見たことがない！」

フーチ先生が、金切り声《かなきごえ》をあげながら飛んできた。マルフォイは自分のニンバス２００１の上にするすると戻《もど》るところだった。

「このゲス野郎！」

リー・ジョーダンがマクゴナガル先生の手の届かないところへと躍《おど》り出ながら、マイクに向かって叫《さけ》んでいる。

「このカス、卑怯者《ひきょうもの》、この——！」

マクゴナガル先生はリーのことを叱《しか》るどころではなかった。自分もマルフォイに向かって拳《こぶし》を振り、帽子《ぼうし》は頭から落ち、怒り狂って叫んでいた。

アリシアがペナルティ・ゴールを狙ったが、怒りで手元《てもと》が狂い、一、二メートルはずれてしまった。グリフィンドール・チームは乱れて集中力《しゅうちゅうりょく》を失い、逆にスリザリン・チームはマルフォイがハリーに仕掛《しか》けたファウルで活気づき、有頂天《うちょうてん》だった。

「スリザリンのボールです。スリザリン、ゴールに向かう――モンタギューのゴール――」リーが呻《うめ》いた。「七〇対二〇でグリフィンドールのリード……」

今度はハリーがマルフォイをマークした。ぴったり張《は》りついたので、互いの膝《ひざ》が触《ふ》れるほどだった。マルフォイなんかを絶対《ぜったい》にスニッチに近づかせてなるものか……。

「どけよ、ポッター！」

ターンしようとしてハリーにブロックされ、マルフォイがイライラして叫んだ。

「アンジェリーナ・ジョンソンがグリフィンドールにクアッフルを奪《うば》いました。行け、アンジェリーナ。**行けーっ！**」

ハリーはあたりを見回した。マルフォイ以外のスリザリン選手は、ゴール・キーパーも含めて全員、アンジェリーナを追って疾走《しっそう》していた。――全員でアンジェリーナをブロックする気だ――。

ハリーはくるりとファイアボルトの向きを変え、箒《ほうき》の柄《え》にぴったり張りつくように身を屈《かが》めて、前方めがけてキックした。まるで弾丸《だんがん》のように、ハリーはスリザリン・チームに突っ込《こ》んだ。

「**アアアアアアーーーッ！**」

ファイアボルトが突っ込《こ》んでくるのを見て、スリザリン・チームは散り散りになった。アンジェリーナはノー・マーク状態《じょうたい》になった。

「**アンジェリーナ、ゴール！　アンジェリーナ、決めました！**　グリフィンドールのリード、八〇対二〇！」

ハリーはスタンドに真正面から突っ込みそうになったが、空中で急停止《きゅうていし》し、旋回《せんかい》してピッチの中心に向かって急いだ。

その時、ハリーは心臓が止まるようなものを見た。マルフォイが勝ち誇《ほこ》った顔で急降下《きゅうこうか》している――あそこだ。芝生《しばふ》の一、二メートル上に、小さな金色《きんいろ》にきらめくものが。

ハリーはファイアボルトを駆《か》って降下《こうか》した。しかし、マルフォイがはるかにリードしている。

「行け！　行け！　行け！」

ハリーは箒《ほうき》を鞭打《むちう》った。マルフォイに近づいていく……ボールがハリーめがけてブラッジャーを打ち込んだ。ハリーは箒の柄《え》にぴったり身を伏《ふ》せた……マルフォイの踵《かかと》まで追いついた……並んだ――。

ハリーは両手を箒から放《はな》し、思いっきり身を乗り出した。マルフォイの手を払いのけた。そして――。

「**やった！**」

ハリーは急降下から反転し、空中高く手を突き出した。競技場《きょうぎじょう》が爆発《ばくはつ》した。ハリーは観衆《かんしゅう》の上を高々と飛んだ。耳の中が奇妙《きみょう》にジンジン鳴っている。しっかり握《にぎ》りしめた手の中で、小さな金色《こんじき》のボールが羽をばたつかせてもがいているのを、指で感じた。

ウッドがハリーのほうに飛んできた。涙でほとんど目が見えなくなっている。ハリーの首を抱きしめ、ハリーの肩に顔を埋《うず》めて、ウッドは止めどなく泣きに泣いた。ハリーはバシリ、バシリと二度叩《たた》かれるのを感じた。フレッドとジョージだった。それから、アンジェリーナ、アリシア、ケイティの声が聞こえた。

「優勝杯《ゆうしょうはい》よ！　わたしたちが優勝よ！」

腕《うで》を絡《から》ませ、抱き合い、もつれ合い、声をからして叫《さけ》びながら、グリフィンドール・チームは地上に向かって降下していった。

真紅《しんく》の応援団《おうえんだん》が柵《さく》を乗り越《こ》えて、波のようにピッチになだれ込んだ。選手は雨あられと背中を叩かれた。ごった返しの中で、大勢《おおぜい》が大騒ぎでどっと押しよせてくるのをハリーは感じた。次の瞬間《しゅんかん》、ハリーも他の選手も、みんなに肩車されていた。肩車の上で光を浴《あ》び、ハリーはハグリッドの姿を見た。真紅のバラ飾りをべたべたつけている——。

「やっつけたぞ、ハリー。おまえさんがやつらをやっつけた！　バックビークに早く教えてやんねえと！」

パーシーもいつもの尊大《そんだい》ぶりはどこへやら、狂ったようにピョンピョン跳《と》びはねている。マクゴナガル先生はウッド顔負けの大泣きで、巨大なグリフィンドールの寮旗《りょうき》で目を拭《ぬぐ》っていた。そして、ハリーに近づこうと必死《ひっし》に人群《ひとむ》れをかき分ける、ロンとハーマイオニーの姿があった。二人とも言葉が出ない。肩車でスタンドのほうに運ばれていくハリーに、二人はただにっこりと笑いかけた。その先ではダンブルドアが、大きなクィディッチ優勝杯《ゆうしょうはい》を持って待っている。

もし、いま、吸魂鬼《ディメンター》がそのあたりにいたら……ウッドがしゃくりあげながら優勝杯をハリーに渡《わた》し、ハリーがそれを天高く掲《かか》げた時……いまなら世界一すばらしい守護霊《パトローナス》を創《つく》り出せる、とハリーは思った。

第16章

CHAPTER SIXTEEN
Professor Trelawney's Prediction

トレローニー先生の予言

クィディッチ杯《はい》をついに勝ち取ったという夢見心地《ゆめみごこち》は、少なくとも一週間続いた。天気さえも祝《いわ》ってくれているようだった。六月が近づき、空は雲一つなく、蒸《む》し暑《あつ》い日が続いた。誰もが何もする気になれず、ただ校庭をぶらぶらしては芝生《しばふ》にべったりと腰を下ろし、冷たい魔女かぼちゃジュースをたっぷり飲むとか、ゴブストーン・ゲームにたわいなく興《きょう》ずるとか、湖上を眠たそうに泳ぐ大イカを眺《なが》めるとかして過ごしたいと思った。

ところがそうはいかない。試験《しけん》が迫《せま》っていた。戸外で息抜きするどころか、みんな無理《むり》やり城の中に留《とど》まって、窓から漂《ただよ》ってくる魅惑的《みわくてき》な夏の匂《にお》いを嗅《か》ぎながら、脳みそに気合を入れて集中させなければならなかった。フレッドとジョージでさえ勉強しているのを見かけることがあった。二人ともO・W・L《ふくろう》（普通《ふつう》魔法レベル）試験を控《ひか》えていた。パーシーはN・E・W・T《いもり》（めちゃくちゃ疲れる魔法テスト）という、ホグワーツ校が授与《じゅよ》する最高の資格《しかく》テストを受ける準備をしていた。パーシーは魔法省《まほうしょう》に就職《しゅうしょく》希望だったので、最高の成績を取る必要があった。パーシーは日増《ひま》しにとげとげしくなり、談話室《だんわしつ》の夜の静寂《せいじゃく》を乱す者があれば、誰かれ容赦《ようしゃ》なく厳《きび》しい罰《ばつ》を与えた。ただ一人ハーマイオニーだけがパーシーより気が立っているようだった。

ハリーもロンも、ハーマイオニーがどうやって同時に複数《ふくすう》の授業《じゅぎょう》に出席しているのか、聞くのを諦《あきら》めていた。しかし、ハーマイオニーが自分で書いた試験の予定表を見て、どうしても我慢《がまん》できなくなった。最初の予定はこうだ。

月曜日	9時	数占《かずうらな》い
	9時	変身術《へんしんじゅつ》
	ランチ	
	1時	呪文《じゅもん》学
	1時	古代《こだい》ルーン語

「ハーマイオニー？」

ロンがおずおずと話しかけた。近ごろ、ハーマイオニーは邪魔《じゃま》されるとすぐ爆発《ばくはつ》するからだ。

「あの――この時間表、写し間違いじゃないのかい？」

「なんですって？」

ハーマイオニーはきっとなって予定表を取り上げ、確かめた。

「大丈夫《だいじょうぶ》よ」

「どうやって同時に二つのテストを受けるのか、聞いてもしょうがないよね？」

ハリーが聞いた。

「しょうがないわ」にべもない答えだ。「あなたたち、私の『数秘学《すうひがく》と文法学《ぶんぽう》』の本、見なかった？」

「ああ、見ましたとも。寝る前の軽い読書のためにお借りしましたよ」

ロンがちゃかしたが、至極《しごく》小さな声だった。ハーマイオニーは本を探して、テーブルの上の羊皮紙《ようひし》の山をガサゴソ動かしはじめた。その時、窓辺《まどべ》で羽音がしたかと思うと、ヘドウィグが嘴《くちばし》にしっかりとメモをくわえて舞《ま》い降《お》りてきた。

「ハグリッドからだ」

ハリーは急いでメモを開いた。

「バックビークの控訴裁判《こうそさいばん》――六日に決まった」

「試験《しけん》が終わる日だわ」ハーマイオニーが、「数占《かずうらな》い」の教科書をまだあちこち探しながら言った。

「みんなが裁判のためにここにやってくるらしい」ハリーは手紙を読みながら言った。

「魔法省《まほうしょう》からの誰かと――死刑執行人《しけいしっこうにん》が」

ハーマイオニーが驚いて顔を上げた。

「控訴に死刑執行人を連れてくるの！　それじゃ、まるで判決《はんけつ》が決まってるみたいじゃない！」

「ああ、そうだね」ハリーは考え込《こ》んだ。

「そんなこと、させるか！」ロンが叫《さけ》んだ。「僕《ぼく》、あいつのためにながーいこと資料《しりょう》を探したんだ。それを全部無視《むし》するなんて、そんなことさせるか！」

しかし、「危険生物処理委員会《きけんせいぶつしょりいいんかい》」がマルフォイ氏の言いなりで、もう意思《いし》を固めたのでは、と、ハリーはいやな予感でぞっとした。クィディッチ優勝戦でグリフィンドールが勝って以来、ドラコは目に見えておとなしくしていたが、ここ数日は、昔の威張《いば》りくさった態度《たいど》をやや取り戻《もど》したようだった。バックビークは必ず殺されると自信たっぷりで、自分がそのようにしむけたことが愉快《ゆかい》でたまらないとマルフォイが嘲《あざけ》っていたことを、ハリーは人伝《ひとづ》てに聞いた。そんな時、ハリーは、ハーマイオニーに倣《なら》ってマルフォイの横っ面《つら》を張《は》り倒したい衝動《しょうどう》を、やっとこらえた。最悪なのは、ハグリッドを訪《たず》ねる時間もチャンスもないことだった。厳重《げんじゅう》な警戒体制《けいかいたいせい》はまだ解《と》かれていないし、ハリーは隻眼《せきがん》の魔女の像の下から「透明《とうめい》マント」を取り戻してくる気にはとてもなれなかった。

試験が始まり、週明けの城は異様な静けさに包まれた。月曜日の昼食時、三年生は「変身術《へんしんじゅつ》」の教室から、血の気も失《う》せ、よれよれになって出てきて、結果を比べ合ったり、試験の課題《かだい》が難しすぎたと嘆《なげ》いたりしていた。ティーポットを陸亀《りくがめ》に変えるという課題もあった。ハーマイオニーは自分のが陸亀というより海亀《うみがめ》に見えたとやきもきして、みんなをいら立たせた。

他の生徒は、そんな些細《ささい》なことまで心配するどころではなかった。

「僕《ぼく》のは尻尾《しっぽ》のところがポットの注ぎ口のままさ。悪夢だよ……」

「亀って、**そもそも**口から湯気《ゆげ》を出すんだっけ？」

「僕のなんか、甲羅《こうら》に柳模様《やなぎもよう》がついたまんまだったんだ。ねえ、減点《げんてん》されるかなぁ？」

慌《あわ》ただしい昼食の後《のち》、すぐに教室に上がって「呪文学《じゅもんがく》」の試験《しけん》だ。ハーマイオニーの言うとおりだった。フリットウィック先生はやっぱり「元気の出る呪文」をテストに出した。ハリーは緊張《きんちょう》して少しやりすぎてしまい、相手のロンは笑いの発作《ほっさ》が止まらなくなり、静かな部屋に隔離《かくり》され、一時間休んでからテストを受ける始末《しまつ》だった。夕食後、みんな急いで談話室《だんわしつ》に戻《もど》ったが、のんびりするためではなく、次の試験科目、「魔法生物飼育学《まほうせいぶつしいくがく》」、「魔法薬学《まほうやくがく》」、「天文学《てんもんがく》」の復習をするためだった。

次の日の午前中、「魔法生物飼育学」の試験監督《かんとく》はハグリッドだったが、よほどの心配事がある様子で、まったく心ここにあらずだった。取れたばかりの「レタス食い虫《フロバーワーム》」を大きな盥一《たらいいっ》杯《ぱい》に入れ、一時間後に自分の「レタス食い虫」がまだ生きていたらテストは合格だと言い渡《わた》した。「レタス食い虫」は放《ほう》っておくと最高に調子がよいので、こんな楽な試験はまたとなかった。ハリー、ロン、ハーマイオニーにとっては、ハグリッドと話をするいいチャンスになった。

「ビーキーは少し滅入《めい》ってる」

ハリーの虫がまだ生きているかどうか調べるふりをして、屈《かが》み込《こ》みながら、ハグリッドが三人に話しかけた。

「長いこと狭いとこに閉じ込められてるしな。そんでもまだ……明後日《あさって》にははっきりする――どっちかにな」

午後は「魔法薬学」で、完璧《かんぺき》な大失敗だった。どうがんばっても、ハリーの「混乱薬《こんらんやく》」は濃《こ》くならず、スネイプは、そばに立って、恨《うら》みを晴らすかのようにそれを楽しんで見ていたが、次の生徒のところに行く前に、どうやらゼロのような数字をノートに書き込んだ。

そのあとは真夜中に一番高い塔《とう》に登っての「天文学」で、水曜の朝は「魔法史《まほうし》」。中世《ちゅうせい》の魔女狩《が》りについて、フローリアン・フォーテスキュー店のおやじさんが教えてくれたことすべてを書き綴《つづ》りながら、ハリーは、この息の詰《つ》まるような教室で、いま、あの店のチョコ・ナッツ・サンデーが食べられたらどんなにいいだろうと思った。水曜の午後は、焼けつくような太陽の下で、温室に入っての「薬草学《やくそうがく》」だった。みんな首筋《くびすじ》を日焼けでひりひりさせながら談話室に戻り、すべてが終わる翌日《よくじつ》のいまごろを待ち焦《こ》がれた。

最後から二番目のテストは木曜の午前中、「闇《やみ》の魔術《まじゅつ》に対する防衛術《ぼうえいじゅつ》」だった。ルーピン先生はこれまで誰も受けたことがないような、独特《どくとく》の試験を出題した。戸外での障害物競走《しょうがいぶつきょうそう》のようなもので、水魔《すいま》のグリンデローが入った深いプールを渡《わた》り、赤帽《あかぼう》のレッドキャップがいっぱいひそんでいる穴だらけの場所を横切り、道に迷わせようと誘《さそ》う、おいでおいで妖怪《ようかい》のヒンキーパンクをかわして沼地を通り抜け、最後に、最近捕《つか》まったまね妖怪《ようかい》、ボガートが閉じ込められている大きなトランクに入り込んで戦うというものだ。

「上出来《じょうでき》だ、ハリー」

ハリーがにっこりしながらトランクから出てくると、ルーピンが低い声で「満点」と言った。

うまくいったことで気分が高揚《こうよう》し、ハリーはしばらくそこでロンとハーマイオニーの様子を見た。ロンはヒンキーパンクのところまではうまくやったが、ヒンキーパンクに惑《まど》わされて泥《どろ》沼《ぬま》に腰まで沈んでしまった。ハーマイオニーはすべて完璧《かんぺき》にこなし、ボガートが潜《ひそ》むトランクに入ったが、一分ほどして叫《さけ》びながら飛び出してきた。

「ハーマイオニー」ルーピンが驚いて声をかけた。「どうしたんだ?」

「マ、マ、マクゴナガル先生が! 先生が、私、全科目落第だって!」

ハーマイオニーはトランクを指《さ》して絶句《ぜっく》した。

ハーマイオニーを落ち着かせるのにしばらく時間がかかった。ようやくいつもの自分に戻《もど》ったところで、ハーマイオニーはハリー、ロンと連れ立って城へと向かった。ロンはハーマイオニーのボガート騒ぎをちょいちょいからかったが、口げんかにならずにすんだのは、正面玄関《げんかん》の階段のてっぺんにいる人物を目にしたからだった。

コーネリウス・ファッジが、細縞《ほそじま》のマントを着て、汗をかきながら校庭を見つめていた。ハリーの姿を見つけ、ファッジが驚いた。

「やあ、ハリー！　試験《しけん》を受けてきたのかね？　そろそろ試験も全部終わりかな？」

「はい」ハリーが答えた。

ハーマイオニーとロンは魔法大臣《まほうだいじん》と親しく話すような仲《なか》ではないので、後ろのほうで何となくうろうろしていた。

「いい天気だ」ファッジは湖のほうを見やった。「それなのに……それなのに」

ファッジは深いため息をつくと、ハリーを見下ろした。

「ハリー、あまりうれしくないお役目で来たんだがね。『危険生物処理委員会《きけんせいぶつしょりいいんかい》』が私に狂暴《きょうぼう》なヒッポグリフの処刑《しょけい》に立ち会ってほしいと言うんだ。ブラック事件の状況《じょうきょう》を調べるのにホグワーツに来る必要もあったので、ついでに立ち会ってくれというわけだ」

「もう控訴裁判《こうそさいばん》は終わったということですか？」ロンが思わず進み出て口を挟《はさ》んだ。

「いや、いや。今日の午後の予定だがね」ファッジは興味《きょうみ》深げにロンを見た。

「それだったら、処刑に立ち会う必要なんか全然なくなるかもしれないじゃないですか！」

ロンが頑《がん》として言った。

「ヒッポグリフは自由になるかも知れない！」

ファッジが答える前に、その背後の扉《とびら》を開けて、城の中から二人の魔法使いが現れた。一人はヨボヨボで、見ている目の前で萎《しな》び果てていくような大年寄り、もう一人は真っ黒な細い口《くち》髭《ひげ》を生《は》やした、ガッチリと大柄《おおがら》の魔法使いだ。「危険生物処理委員会《きけんせいぶつしょりいいんかい》」の委員たちなのだろうとハリーは思った。大年寄りが目をしょぼつかせてハグリッドの小屋のほうを見ながら、か細い声でこう言ったからだ。

「やーれ、やれ、わしゃ、年じゃで、こんなことはもう……ファッジ、二時じゃったかな?」

黒髭の男はベルトに挟《はさ》んだ何かを指でいじっていた。ハリーがよく見ると、太い親指でピカピカの斧《おの》の刃を撫《な》で上げていた。ロンが口を開いて何か言いかけたが、ハーマイオニーがロンの脇腹《わきばら》を小突《こづ》いて玄関ホールのほうへと顎《あご》で促《うなが》した。

「なんで止めたんだ?」昼食を食べに大広間《おおひろま》に入りながら、ロンが怒って聞いた。

「あいつら、見たか? 斧まで用意してきてるんだぜ。どこが公正裁判《こうせいさいばん》だって言うんだ!」

「ロン、あなたのお父さま、魔法省《まほうしょう》で働いてるんでしょ? お父さまの上司《じょうし》に向かって、そんなこと言えないわよ!」

ハーマイオニーはそう言いながらも、自分も相当まいっているようだった。

「ハグリッドが今度は冷静《れいせい》になって、ちゃんと弁護《べんご》しさえすれば、バックビークを処刑《しょけい》できるはずないじゃない……」

ハーマイオニー自身、自分の言っていることを信じてはいないことが、ハリーにはよくわかった。周《まわ》りではみんなが昼食を食べながら、午後には試験《しけん》が全部終わるのを楽しみに、興奮《こうふん》してはしゃいでいた。しかし、ハリーとロン、ハーマイオニーは、ハグリッドとバックビークのことが心配で、とてもはしゃぐ気にはなれなかった。

ハリーとロンの最後の試験は「占い学《うらない》」、ハーマイオニーのは「マグル学」だった。大理石《だいりせき》の階段を三人で一緒《いっしょ》に上り、二階の廊下《ろうか》でハーマイオニーが去り、ハリーとロンは八階まで上がった。トレローニー先生の教室に上る螺旋《らせん》階段にはクラスの他の生徒が大勢《おおぜい》腰掛《か》け、最後の詰《つ》め込《こ》みをしていた。

二人が座ると、「一人ひとり試験するんだって」と隣《となり》のネビルが教えた。ネビルの膝《ひざ》には、「未来《みらい》の霧《きり》を晴《は》らす」の教科書が置かれ、水晶玉《すいしょうだま》のページが開かれていた。

「君たち、水晶玉の中に、**何でもいいから、**何か見えたことある？」ネビルは惨《みじ》めそうに聞いた。

「ないさ」ロンは気のない返事をした。しょっちゅう時計を気にしている。バックビークの控訴裁判《こうそさいばん》の時間まであとどのぐらいあるかを気にしているのだと、ハリーにはわかった。

教室の外で待つ列は、なかなか短くならなかった。銀色の梯子《はしご》を一人ひとり降《お》りてくるたびに、待っている生徒が小声で聞いた。

「先生に何て聞かれた？　大したことなかった？」

全員が答えを拒否《きょひ》した。

「もしそれを君たちにしゃべったら、僕《ぼく》、ひどい事故に遭《あ》うって、トレローニー先生が水晶玉にそう出てるって言うんだ！」ネビルが梯子を下り、順番が進んで踊《おど》り場のところまで来ていたハリーとロンのほうにやってきて、甲高《かんだか》い声でそう言った。

「勝手なもんだよな」ロンがフフンと鼻を鳴らした。

「ハーマイオニーが当たってたような気がしてきたよ（ロンは頭上の撥《は》ね戸《ど》に向かって親指を突き出した）。まったくインチキばあさんだ」

「まったくだ」ハリーも自分の時計を見た。もう二時だった。「急いでくれないかなぁ……」

パーバティが誇《ほこ》らしげに顔を輝《かがや》かせて梯子《はしご》を降《お》りてきた。

「わたし、本物の占《うらな》い師《し》としての素質をすべて備《そな》えてるんですって」

ハリーとロンにそう告げた。

「わたし、**いろーんなもの**が見えたわ……じゃ、がんばってね！」

パーバティは螺旋《らせん》階段を下り、急いでラベンダーのほうに行った。

「ロナルド・ウィーズリー」聞きなれた、あの霧《きり》のかなたの声が、頭の上から聞こえてきた。ロンはハリーに向かってしかめっ面《つら》をして見せ、それから銀の梯子を上って姿が見えなくなった。ハリーが最後の一人だった。床に座り、背中を壁《かべ》にもたせかけ、夏の陽射《ひざ》しを受けた窓辺《まどべ》でハエがブンブン飛び回る音を聞きながら、ハリーの心は校庭の向こうのハグリッドのところに飛んでいた。

二十分も経《た》ったろうか。やっとロンの大足が梯子の上に現れた。

「どうだった？」ハリーは立ち上がりながら聞いた。

「あほくさ。何にも見えなかったからでっち上げたよ。先生が納得《なっとく》したとは思わないけどさ……」

トレローニー先生の声が「ハリー・ポッター！」と呼んだ。

「談話室《だんわしつ》で会おう」ハリーが小声で言った。

塔《とう》のてっぺんの部屋はいつもよりいっそう暑かった。カーテンは閉め切られ、火は燃えさかり、いつものムッとするような香《かお》りでハリーはむせ込《こ》んだ。大きな水晶玉《すいしょうだま》の前で待っているトレローニー先生のところまで、椅子《いす》やテーブルがごった返している中をハリーは躓《つまず》きながら進んだ。

「こんにちは。いい子ね」先生は静かに言った。

「この玉をじっと見てくださらないこと……ゆっくりでいいのよ……。それから、中に何が見えるか、教えてくださいましな……」

ハリーは水晶玉に覆《おお》いかぶさるようにしてじっと見た。白い靄《もや》が渦巻《うずま》いている以外に何か見えますようにと、必死《ひっし》で見つめた。しかし、何も起こりはしない。

「どうかしら？」トレローニー先生がそれとなく促《うなが》した。「何か見えて？」

暑くてたまらない。それに、すぐ脇《わき》の暖炉《だんろ》から煙とともに漂《ただよ》ってくる香りが、ハリーの鼻の穴を刺激《しげき》する。ハリーはロンがいましがた言ったことを思い出し、見えるふりをすることにした。

「えーっと、黒い影《かげ》……フーム……」

「何に見えますの？」トレローニー先生が囁《ささや》いた。「よーく考えて……」

ハリーはあれこれ思い巡《めぐ》らして、バックビークにたどり着いた。

「ヒッポグリフです」ハリーはきっぱり答えた。

「まあ！」

トレローニー先生は囁くようにそう言うと、膝《ひざ》の上にちょこんと載《の》っている羊皮紙《ようひし》に何やら熱心に走り書きした。

「あなた、気の毒なハグリッドと魔法省《まほうしょう》の揉《も》め事の行方を見ているのかもしれませんわ。よーくご覧《らん》なさい……ヒッポグリフの様子を……。首はついているかしら？」

「はい」ハリーはきっぱりと言った。

「本当に？」先生は答えを促《うなが》した。「本当に、そう？　もしかしたら、地面でのた打ち回っている姿が見えないかしら。その後ろで斧《おの》を振り上げている黒い影が見えないこと？」

「いいえ！」ハリーは吐《は》き気がしてきた。

「血は？　ハグリッドが泣いていませんこと？」

「いいえ！」

ハリーは繰《く》り返した。とにかくこの部屋を出たい、暑さから逃《のが》れたいと、ますます強く願った。

「元気そうです。それに――飛び去るところです……」

トレローニー先生がため息をついた。

「それじゃ、ね、ここでおしまいにいたしましょう。……ちょっと残念でございますわ……でも、あなたはきっとベストを尽《つ》くしたのでしょう」

ハリーはほっとして立ち上がり、カバンを取り上げて帰りかけた。すると、ハリーの背後から、太い荒々しい声が聞こえた。

「事は今夜起こるぞ」

ハリーはくるりと振り返った。トレローニー先生が、虚《うつ》ろな目をして、口をだらりと開け、肘掛椅子《ひじかけいす》に座ったまま硬直《こうちょく》していた。

「な、何ですか？」ハリーが聞いた。

しかし、トレローニー先生はまったく聞こえていないようだ。目がギョロギョロ動きはじめた。ハリーは戦慄《せんりつ》してその場に立ちすくんだ。先生はいまにも引きつけの発作でも起こしそうだった。ハリーは医務室《いむしつ》に駆《か》けつけるべきかどうか迷った。――すると、トレローニー先生がまた話しはじめた。いつもの声とはまったく違う、さっきの荒々しい声だった。

「闇《やみ》の帝王《ていおう》は、友もなく孤独《こどく》に、朋輩《ほうばい》に打ち棄《す》てられて横たわっている。その召使《めしつか》いは十二年間鎖《くさり》につながれていた。今夜、真夜中になる前、その召使いは自由の身となり、ご主人様《しゅじんさま》の下《もと》に馳《は》せ参《さん》ずるであろう。闇の帝王は、召使いの手を借り、再び立ち上がるであろう。以前よりさらに偉大《いだい》に、より恐ろしく。今夜だ……真夜中前……召使《めしつか》いが……そのご主人様《しゅじんさま》の……もとに……馳《は》せ参《さん》ずるであろう……」

トレローニー先生の頭がガクッと前に傾き、胸の上に落ちた。ウゥーッと呻《うめ》くような音を出したかと思うと、先生の首がまたピンと起き上がった。

「あーら、ごめんあそばせ」先生が夢見るように言った。「今日のこの暑さでございましょ……あたくし、ちょっとうとうとと……」

ハリーはその場に突っ立ったままだった。

「まあ、あなた、どうかしまして？」

「先生は――先生はたったいまおっしゃいました。――闇《やみ》の帝王《ていおう》が再び立ち上がる……その召使いが帝王のもとに戻《もど》る……」

トレローニー先生は仰天《ぎょうてん》した。

「闇の帝王？『名前を言ってはいけないあの人』のことですの？　まあ、坊や、そんなことを、冗談《じょうだん》にも言ってはいけませんわ……再び立ち上がる、なんて……」

「でも、先生がたったいまおっしゃいました！　先生が、闇の帝王が――」

「坊や、きっとあなたもうとうとしたのでございましょう！　あたくし、**そこまで**とてつもないことを予言《よげん》するほど、厚かましくございませんことよ！」

ハリーは梯子《はしご》を降《お》り、螺旋《らせん》階段を下りながら考え込《こ》んだ。……トレローニー先生が本物の予言をするのを聞いてしまったのだろうか？　それとも試験《しけん》の最後を飾る、先生独特《どくとく》の演出《えんしゅつ》だったのだろうか？

五分後、ハリーは、グリフィンドール塔《とう》の入口の外を警備《けいび》するトロールの脇《わき》を大急ぎで通り過ぎた。トレローニー先生の言葉が頭の中でまだ響《ひび》いている。人波《ひとなみ》が笑いさざめき、冗談《じょうだん》を飛ばしながら、ハリーと逆の方向に元気よく流れていった。待ち焦《こ》がれた自由を校庭で少しばかり楽しもうというわけだ。ハリーが肖像《しょうぞう》画《が》の穴にたどり着き、談話室《だんわしつ》に入るころには、もうほとんど誰もいなくなっていた。しかし、隅《すみ》のほうに、ロンとハーマイオニーが座り込んでいた。

「トレローニー先生が」ハリーが息を弾《はず》ませながら言った。「いましがた僕に言ったんだ――」

しかし、二人の顔を見て、ハリーはハッと言葉を呑《の》んだ。

「バックビークが負けた」ロンが弱々しく言った。

「ハグリッドがいまこれを送ってよこした」

ハグリッドの手紙は、今度は涙が滲《にじ》んで濡《ぬ》れてはいなかった。しかし書きながら激《はげ》しく手が震《ふる》えたらしく、ほとんど字が判読《はんどく》できなかった。

> 控訴《こうそ》に敗《やぶ》れた。日没《にちぼつ》に処刑《しょけい》だ。おまえさんたちにできるこたぁ何にもねえんだから、来るなよ。おまえさんたちに見せたくねえ。

「行かなきゃ」ハリーが即座《そくざ》に言った。「ハグリッドが一人で死刑執行人《しけいしっこうにん》を待つなんて、そんなことさせられないよ」

「でも、日没だ」死んだような目つきで窓の外を見つめながら、ロンが言った。

「絶対許可《ぜったいきょか》してもらえないだろうし……ハリー、とくに君は……」

ハリーは頭を抱《かか》えて考え込《こ》んだ。

「『透明《とうめい》マント』さえあればなあ……」

「どこにあるの？」ハーマイオニーが聞いた。

ハリーは、隻眼《せきがん》の魔女像の下にある抜け道に置いてきた次第《しだい》を説明し、締《し》めくくりにこう言った。

「……スネイプがあの辺でまた僕《ぼく》を見かけたりしたら、僕、とっても困ったことになるよ」

「それはそうだわ」

ハーマイオニーが立ち上がった。

「スネイプが見かけるのが**あなた**ならね。……魔女の背中のコブはどうやって開けばいいの？」

「それは――それは、杖《つえ》で叩《たた》いて『ディセンディウム――降下《こうか》』って唱《とな》えるんだ。でも――」

ハーマイオニーは最後まで聞かずにさっさと談話室《だんわしつ》を横切り、「太った婦人《レディ》」の肖像画《しょうぞうが》を開け、姿を消した。

「まさか、取りにいったんじゃ?」ロンが目を見張《みは》ってその後ろ姿を追った。

まさか、だった。十五分後、ハーマイオニーは、大事そうにたたんだ銀色の「透明マント」をローブの下に入れて現れた。

「ハーマイオニー、最近、どうかしてるんじゃないのか!」

ロンが度胆《どぎも》を抜かれたように言った。

「マルフォイはひっぱたくわ、トレローニー先生のクラスは飛び出すわ──」

ハーマイオニーはちょっと得意気《とくいげ》な顔をした。


三人はみんなと一緒《いっしょ》に夕食を食べに下りたが、そのあとグリフィンドール塔《とう》へは戻《もど》らなかった。ハリーは「透明マント」をローブの前に隠し、膨《ふく》らみを隠すのに両腕《りょううで》をずっと組んだままだった。玄関《げんかん》ホールの隅《すみ》にある、誰もいない小部屋に三人はこっそり隠れ、聞き耳を立てて、みんながいなくなるのを確かめた。最後の二人組がホールを急ぎ足で横切り、扉《とびら》がバタンと閉まる音を聞いてから、ハーマイオニーは小部屋から首を突き出して扉のあたりを見回した。

「オッケーよ」ハーマイオニーが囁《ささや》いた。「誰もいないわ。──『マント』を着て──」

誰にも見えないよう、三人はぴったりくっついて歩いた。マントに隠れ、抜き足差《さ》し足で玄関ホールを横切り、石段を下りて校庭に出た。太陽はすでに「禁《きん》じられた森」の向こうに沈みかけ、木々の梢《こずえ》が金色《こんじき》に輝《かがや》いていた。

ハグリッドの小屋にたどり着いて戸をノックした。一分ほど、答えがなかった。やっと現れたハグリッドは、蒼《あお》ざめた顔で震《ふる》えながら、誰が来たのかとそこら中を見回した。

「僕たちだよ」ハリーがひそひそ声で言った。「『透明マント』を着てるんだ。中に入れて。そしたらマントを脱ぐから」

「来ちゃなんねえだろうが！」ハグリッドはそう囁《ささや》きながらも、一歩下がった。三人が中に入った。ハグリッドは急いで戸を閉め、ハリーはマントを脱いだ。

ハグリッドは泣いてはいなかったし、三人の首っ玉にかじりついてもこなかった。自分がいったいどこにいるのか、どうしたらいいのか、まったく意識《いしき》がない様子だった。茫然自失《ぼうぜんじしつ》のハグリッドを見るのは、涙を見るより辛《つら》かった。

「茶、飲むか？」ヤカンに伸びたハグリッドのでっかい手が、ブルブル震《ふる》えていた。

「ハグリッド、バックビークはどこなの？」ハーマイオニーがためらいがちに聞いた。

「俺《おれ》――俺、あいつを外に出してやった」

ハグリッドはミルクを容器に注《つ》ごうとして、テーブル一杯《いっぱい》にこぼした。

「俺のかぼちゃ畑さ、つないでやった。木やなんか見たほうがいいだろうし――新鮮《しんせん》な空気も吸わせて――そのあとで――」

ハグリッドの手が激《はげ》しく震え、持っていたミルク入れが手から滑《すべ》り落ち、粉々《こなごな》になって床に飛び散った。

「私がやるわ、ハグリッド」

ハーマイオニーが急いで駆《か》けより、床をきれいに拭《ふ》きはじめた。

「戸棚《とだな》にもう一つある」

ハグリッドは座り込《こ》んで袖《そで》で額《ひたい》を拭《ぬぐ》った。ハリーはロンをちらりと見たが、ロンもどうしようもないという目つきでハリーを見返した。

「ハグリッド、誰でもいい、何でもいいから、できることはないの？」

ハリーはハグリッドと並んで腰掛《か》け、語気《ごき》を強めて聞いた。

「ダンブルドアは――」

「ダンブルドアは努力なさった。だけんど、委員会《いいんかい》の決定を覆《くつがえ》す力はお持ちじゃねえ。ダンブルドアは連中に、バックビークは大丈夫《だいじょうぶ》だって言いなさった。――だけんど、連中は怖気《おじけ》づいて……ルシウス・マルフォイがどんなやつか知っちょろうが……連中を脅《おど》したんだ、そうなんだ……。そんで、処刑人《しょけいにん》のマクネアはマルフォイの昔っからのダチだし……。だけんど、あっという間にスッパリいく……俺がそばについててやるし……」

ハグリッドはゴクリと唾《つば》を飲み込んだ。わずかの望み、慰《なぐさ》めの欠けらを求めるかのように、ハグリッドの目が小屋のあちこちを虚《うつ》ろにさまよった。

「ダンブルドアがおいでなさる。ことが――事《こと》が行われる時に。今朝手紙をくださった。俺の――俺《おれ》のそばにいたいとおっしゃる。偉大《いだい》なお方だ、ダンブルドアは……」

代わりのミルク入れを探して、ハグリッドの戸棚《とだな》をかき回していたハーマイオニーが、こらえきれずに、小さく、短く、すすり泣きを漏《も》らした。ミルク入れを手に持ち、ハーマイオニーは背筋《せすじ》を伸ばして、ぐっと涙をこらえた。

「ハグリッド、私たちもあなたと一緒《いっしょ》にいるわ」

しかし、ハグリッドはもじゃもじゃ頭を振った。

「おまえさんたちは城に戻《もど》るんだ。言っただろうが、おまえさんたちにゃ見せたくねえ。それに、初めっから、ここに来てはなんねえんだ……ファッジやダンブルドアが、おまえさんたちが許可《きょか》ももらわずに外にいるのを見つけたら、ハリー、おまえさん、厄介《やっかい》なことになるぞ」

声もなく、ハーマイオニーの頬《ほお》を涙が流れ落ちていた。しかし、ハグリッドに見せまいと、ハーマイオニーはお茶の支度《したく》にせわしなく動き回っていた。ミルクを瓶《びん》から容器に注《つ》ごうとしていたハーマイオニーが、突然《とつぜん》叫《さけ》び声をあげた。

「ロン！　し――信じられないわ――スキャバーズよ！」

ロンは口をポカンと開けてハーマイオニーを見た。

「何を言ってるんだい？」

ハーマイオニーがミルク入れをテーブルに持ってきて引っくり返した。キーキー大騒ぎしながら、ミルク入れの中に戻ろうともがいているネズミのスキャバーズが、テーブルの上に滑《すべ》り落ちてきた。

「スキャバーズ！」ロンは呆気《あっけ》にとられた。「スキャバーズ、こんなところで、いったい何してるんだ？」

ジタバタするスキャバーズをロンは鷲《わし》づかみにし、明りにかざした。スキャバーズはボロボロだった。前よりやせこけ、毛がバッサリ抜けてあちらこちらが大きく禿《は》げている。しかもロンの手の中で、必死《ひっし》に逃げようとするかのように身を捩《よじ》っている。

「大丈夫《だいじょうぶ》だってば、スキャバーズ！　猫はいないよ！　ここにはおまえを傷《きず》つけるものは何にもないんだから！」

ハグリッドが急に立ち上がった。目は窓に釘《くぎ》づけになり、いつもの赤ら顔が羊皮紙色《ようひしいろ》になっていた。

「連中が来おった……」

ハリー、ロン、ハーマイオニーが振り向いた。遠くの城の階段を何人かが下りてくる。先頭はアルバス・ダンブルドアで、銀色の鬚《ひげ》が沈みかけた太陽を映《うつ》して輝《かがや》いている。その隣《となり》をせかせか歩いているのはコーネリウス・ファッジだ。二人の後ろから、委員会のメンバーの一人、ヨボヨボの大年寄りと、死刑執行人《しけいしっこうにん》のマクネアがやってくる。

「おまえさんら、行かねばなんねえ」ハグリッドは体の隅々《すみずみ》まで震《ふる》えていた。「ここにいるとこを連中に見つかっちゃなんねえ……行け、はよう……」

ロンはスキャバーズをポケットに押し込み、ハーマイオニーは「マント」を取り上げた。

「裏口《うらぐち》から出してやる」ハグリッドが言った。

ハグリッドについて、三人は裏庭に出た。ハリーは何だか現実のこととは思えなかった。ほんの数メートル先、かぼちゃ畑の後ろにある木につながれているバックビークを見た時、ますます本当のこととは思えなかった。バックビークは何かが起こっていると感じているらしい。猛々《たけだけ》しい頭を左右に振り、不安げに地面を掻《か》いている。

「大丈夫《だいじょうぶ》だ、ビーキー」ハグリッドがやさしく言った。「大丈夫だぞ……」そして三人を振り返り、「行け」と言った。「もう行け」

三人は動かなかった。

「ハグリッド、そんなことできないよ――」

「僕《ぼく》たち、本当は何があったのか、あの連中に話すよ――」

「バックビークを殺すなんて、だめよ――」

「行け！」ハグリッドがきっぱりと言った。

「おまえさんたちが面倒《めんどう》なことになったら、ますます困る。そんでなくても最悪なんだ！」

しかたなかった。ハーマイオニーがハリーとロンに「マント」をかぶせた時、小屋の前で人声がするのが聞こえた。ハグリッドは三人が消えたあたりを見た。

「急ぐんだ」ハグリッドの声がかすれた。「聞くんじゃねえぞ……」

誰かが戸を叩《たた》いている。同時にハグリッドが大股《おおまた》で小屋に戻《もど》っていった。ゆっくりと、恐怖《きょうふ》で魂《たましい》が抜けたかのように、ハリー、ロン、ハーマイオニーは、押し黙《だま》ってハグリッドの小屋を離《はな》れた。小屋の反対側に出た時、表の戸がバタンと閉まるのが聞こえた。

「お願い、急いで」ハーマイオニーが囁《ささや》いた。「耐《た》えられないわ、私、とっても……」

三人は城に向かう芝生《しばふ》を登りはじめた。太陽は沈む速度を速め、空はうっすらと紫を帯びた透明《とうめい》な灰色に変わっていた。しかし、西の空はルビーのように紅《あか》く燃えていた。

ロンはぴたっと立ち止まった。

「ロン、お願いよ」ハーマイオニーが急《せ》かした。

「スキャバーズが――こいつ、どうしても――じっとしてないんだ――」

ロンは、スキャバーズをポケットに押し込《こ》もうと前屈《かが》みになったが、ネズミは大暴れで、狂ったようにキーキー鳴きながら、ジタバタと身を捩《よじ》り、ロンの手にガブリと噛《か》みつこうとした。

「スキャバーズ、僕だよ。このバカヤロ、ロンだってば」ロンが声を殺して言った。

三人の背後で戸が開く音がして、人声が聞こえた。

「ねえ、ロン、お願いだから、行きましょう。いよいよやるんだわ！」

ハーマイオニーがひそひそ声で言った。

「ああ――スキャバーズ、**じっとしてろ**ったら――」

三人は前進した。ハリーは、ハーマイオニーと同じ気持で、背後の低く響《ひび》く声を聞くまいと努力した。ロンがまた立ち止まった。

「こいつを押さえてられないんだ。――スキャバーズ、こら、黙《だま》れ。みんなに聞こえっちまうよ――」

ネズミはキーキー喚《わめ》き散らしていたが、その声でさえハグリッドの庭から聞こえてくる音をかき消すことはできなかった。誰という区別もつかない男たちの声が混《ま》じり合い、ふと静かになり、そして、突如《とつじょ》、シュッ、ドサッとまぎれもない斧《おの》の音。

ハーマイオニーがよろめいた。

「やってしまった！」

ハリーに向かってハーマイオニーが小さな声で言った。

「し、信じられないわ――あの人たち、やってしまったんだわ！」

第17章

CHAPTER SEVENTEEN
Cat, Rat and Dog

猫、ネズミ、犬

ハリーはショックで頭の中が真っ白になった。「透明《とうめい》マント」の中で、三人は恐怖《きょうふ》に立ちすくんでいた。沈みゆく太陽の最後の光が、血のような明りを投げかけ、地上に長い影《かげ》を落としていた。三人の背後から、その時、荒々しく吠《ほ》えるような声が聞こえた。

「ハグリッドだ」

ハリーがつぶやいた。我《われ》を忘れ、ハリーは引き返そうとした。が、ロンとハーマイオニーがハリーの両腕《りょううで》を押さえた。

「戻《もど》れないよ」ロンが蒼白《そうはく》な顔で言った。

「僕《ぼく》たちが会いにいったことが知れたら、ハグリッドの立場はもっと困ったことになる……」

ハーマイオニーの呼吸はハッハッと浅く乱れていた。

「どうして——あの人たち——こんなことができるの？」

ハーマイオニーは声を詰《つ》まらせた。

「**本当にどうして**——こんなことが——できるっていうの？」

「行こう」ロンは歯をガチガチ言わせていた。

三人は「マント」にちゃんと隠れるようにゆっくりと歩いて、また城へと向かった。急速に日が陰《かげ》ってきた。広い校庭に出るころには、闇《やみ》がとっぷりと呪文《じゅもん》のように三人を覆《おお》った。

「スキャバーズ、じっとしてろ」

ロンが手で胸をぐっと押さえながら、低い声で言った。ネズミは狂ったようにもがいていた。ロンが突然《とつぜん》立ち止まり、スキャバーズを無理《むり》やりポケットにもっと深く押し込《こ》もうとした。

「いったいどうしたんだ？　このバカネズミめ。じっとしてろ――**アイタッ！**　こいつ噛《か》みやがった！」

「ロン、静かにして！」ハーマイオニーが緊迫《きんぱく》した声で囁《ささや》いた。

「ファッジがいまにもここにやってくるわ――」

「こいつめ――なんでじっと――してないんだ――」

スキャバーズはひたすら怖《こわ》がっていた。ありったけの力で身を捩《よじ》り、握《にぎ》りしめているロンの手からなんとか逃《のが》れようとしている。

「**まったく、**こいつ、いったいどうしたんだろう？」

しかし、まさにその時、ハリーは見た――地を這《は》うように身を伏《ふ》せてこちらに向かって忍びよるものを。暗闇《くらやみ》に無気味《ぶきみ》に光る大きな黄色い目――クルックシャンクスだ。三人の姿が見えるのか、それともスキャバーズのキーキー声を追ってくるのか、ハリーにはわからなかった。

「クルックシャンクス！」ハーマイオニーが呻《うめ》いた。「だめ。クルックシャンクス、あっちに行きなさい！　行きなさいったら！」

しかし、猫はだんだん近づいてきた――。

「スキャバーズ――**ダメだ！**」

遅《おそ》かった——ネズミはしっかり握《にぎ》ったロンの指の間をすり抜け、地面にボトッと落ちて、遮《しゃ》二無二《にむに》逃げだした。クルックシャンクスがひとっ跳《と》びしてそのあとを追いかけた。ハリーとハーマイオニーが止める間もなく、ロンは「透明《とうめい》マント」をかなぐり捨て、猛《もう》スピードで暗闇《くらやみ》の中に消え去った。

「ロン！」ハーマイオニーが呻《うめ》いた。

二人は顔を見合わせ、それから大急ぎで追いかけた。マントをかぶっていたのでは、全速力で駆《か》けるのは無理《むり》だった。二人はマントを脱ぎ捨て、後ろに旗のようになびかせながら、ロンを追って疾走《しっそう》した。前方にロンの駆ける足音が聞こえ、クルックシャンクスを怒鳴《どな》りつけるのが聞こえた。

「スキャバーズから離《はな》れろ——離れるんだ——スキャバーズ**こっちへ**おいで——」

ドサッと大きな音がした。

「**捕《つか》まえた！**　とっとと消えろ、いやな猫め——」

ハリーとハーマイオニーは、危《あや》うくロンに躓《つまず》くところだった。ロンのぎりぎり手前で二人は急ブレーキをかけた。ロンは地面にべったり腹這《はらば》いになっていたが、スキャバーズはポケットに戻《もど》り、その震《ふる》えるポケットの膨《ふく》らみを、ロンが両手でしっかり押さえていた。

「ロン——早く——マントに入って——」

ハーマイオニーがゼイゼイしながら促《うなが》した。

「ダンブルドア——大臣《だいじん》——みんなもうすぐ戻《もど》ってくるわ——」

しかし、三人が再びマントをかぶる前に、息を整える間もなく、何か巨大な動物が忍びやかに走る足音を聞いた。暗闇《くらやみ》の中を、何かがこちらに向かって跳躍《ちょうやく》してくる。——巨大な、薄灰色《うすはいいろ》の目をした、真っ黒な犬だ。

ハリーは杖《つえ》に手をかけた。しかし、遅かった。——犬は大きくジャンプし、前足でハリーの胸を打った。ハリーはのけ反って倒れた。犬の毛が渦巻《うずま》く中で、ハリーは熱い息を感じ、数センチもの長い牙《きば》が並んでいるのを見た——。

しかし、勢い余って、犬はハリーから転《ころ》がり落ちた。肋骨《ろっこつ》が折《お》れたかのように感じ、くらくらしながら、ハリーは立ち上がろうとした。新たな攻撃《こうげき》をかけようと、犬が急旋回《きゅうせんかい》して唸《うな》っているのが聞こえる。

ロンは立っていた。犬がまた三人に跳《と》びかかってきた時、ロンはハリーを横に押しやった。犬の両顎《りょうあご》がハリーではなく、ロンの伸ばした腕《うで》をバクリと噛《か》んだ。ハリーは野獣《やじゅう》につかみかかり、むんずと毛を握った。だが犬はまるでボロ人形でもくわえるように、やすやすとロンを引きずっていった。

突然《とつぜん》、どこからともなく、何かがハリーの横っ面《つら》を張《は》り、ハリーはまたしても倒れてしまった。ハーマイオニーが痛みで悲鳴《ひめい》をあげ、倒れる音が聞こえた。ハリーは目に流れ込む血を瞬《まばた》きで払いのけて、杖をまさぐった——。

「ルーモス！　光よ！」ハリーは小声で唱《とな》えた。

杖灯《つえあか》りに照らし出されたのは、太い木の幹《みき》だった。スキャバーズを追って、「暴《あば》れ柳《やなぎ》」の樹下《じゅか》に入《こ》り込んでいた。まるで強風に煽《あお》られるかのように枝を軋《きし》ませ、「暴れ柳」は二人をそれ以上近づけまいと、前に後ろに叩《たた》きつけている。

そして、そこに、その木の根元《ねもと》に、あの犬がいた。根元に大きく開いた隙間《すきま》に、ロンを頭から引きずり込もうとしている――ロンは激《はげ》しく抵抗《ていこう》していたが、頭が、そして胴がズルズルと見えなくなりつつあった――。

「ロン！」ハリーは大声を出し、あとを追おうとしたが、太い枝が空を切って殺人パンチを飛ばし、ハリーはまた後ずさりせざるをえなかった。

もうロンの片足しか見えなくなった。それ以上地中に引き込まれまいと、ロンは足をくの字に曲げて根元に引っかけ、食い止めていた。やがて、バシッとまるで銃声《じゅうせい》のような恐ろしい音が闇《やみ》をつんざいた。ロンの足が折れたのだ。次の瞬間《しゅんかん》、ロンの足が見えなくなった。

「ハリー――助けを呼ばなくちゃ――」

ハーマイオニーが叫《さけ》んだ。血を流している。「柳」がハーマイオニーの肩を切っていた。

「ダメだ！　あいつはロンを食ってしまうほど大きいんだ。そんな時間はない――」

「誰か助けを呼ばないと、絶対《ぜったい》あそこには入れないわ――」

大枝がまたしても二人に殴《なぐ》りかかった。小枝が握《にぎ》り拳《こぶし》のように固く結ばれている。

くことはできなかった。

「あの犬が入れるなら、僕《ぼく》たちにもできるはずだ」

ハリーはあちらこちらを跳《と》び回り、息を切らしながら、凶暴《きょうぼう》な大枝のブローをかいくぐる道をなんとかして見つけようとしていた。しかし、ブローの届かない距離《きょり》から一歩も根元に近づくことはできなかった。

「ああ、誰か、助けて」

ハーマイオニーは、その場でおろおろ走り回りながら、狂ったようにつぶやき続けた。

「誰か、お願い……」

クルックシャンクスがさーっと前に出た。殴りかかる大枝の間を、まるで蛇《へび》のようにすり抜け、両前脚《あし》を木の節の一つに乗せた。

突如《とつじょ》、「柳」はまるで大理石《だいりせき》になったように動きを止めた。木の葉一枚そよともしない。

「クルックシャンクス！」ハーマイオニーはわけがわからず小声でつぶやいた。

「この子、どうしてわかったのかしら――？」

ハーマイオニーはハリーの腕《うで》を痛いほどきつく握っていた。

「あの犬の友達なんだ」ハリーは厳《きび》しい顔で言った。

「僕、二匹が連れ立っているところを見たことがある。行こう――君も杖《つえ》を出しておいて――」

木の幹までは一気に近づいたが、二人が根元の隙間にたどり着く前に、クルックシャンクスが瓶洗《びんあら》いブラシのような尻尾《しっぽ》を打ち振り、するりと先に滑《すべ》り込《こ》んだ。ハリーが続いた。頭から先に、這《は》って進み、狭い土のトンネルの傾斜《けいしゃ》を、ハリーは底まで滑り降《お》りた。クルックシャンクスが少し先を歩いている。ハリーの杖灯《つえあか》りに照らされ、目がランランと光っていた。すぐあとからハーマイオニーが滑り降りてきて、ハリーと並んだ。

「ロンはどこ?」ハーマイオニーが恐々囁《こわごわささや》いた。

「こっちだ」

ハリーはクルックシャンクスのあとを、背中を丸めてついていった。

「このトンネル、どこに続いているのかしら?」

後ろからハーマイオニーが息を切らして聞いた。

「わからない……『忍《しの》びの地図《ちず》』には書いてあるんだけど、フレッドとジョージはこの道は誰も通ったことがないって言ってた。この道の先は地図の端《はし》からはみ出してる。でもどうもホグズミードに続いてるみたいなんだ……」

二人はほとんど体を二つ折《お》りにして、急ぎに急いだ。クルックシャンクスの尻尾が見え隠れした。通路は延々《えんえん》と続く。少なくとも、ハニーデュークス店に続く通路と同じくらい長く感じられた。ハリーはロンのことしか頭になかった。あの巨大な犬はロンに何かしてはいないだろうか……背を丸めて走りながら、ハリーの息遣《いきづか》いは荒く、苦しくなっていた。

トンネルがそこから上り坂になった。やがて道が捩《ね》じ曲がり、クルックシャンクスの姿が消えた。その代わりに、小さな穴から漏《も》れるぼんやりした明りがハリーの目に入った。

ハリーとハーマイオニーは小休止《しょうきゅうし》して息を整え、じりじりと前進した。二人とも向こうにあるものを見ようと杖をかまえた。

部屋があった。雑然《ざつぜん》とした埃《ほこり》っぽい部屋だ。壁紙《かべがみ》ははがれかけ、床は染《し》みだらけで、家具という家具は、まるで誰かが打ち壊《こわ》したかのように破損《はそん》していた。窓には全部板が打ちつけてある。

ハリーはハーマイオニーをちらりと見た。恐怖《きょうふ》に強《こわ》ばりながらもハーマイオニーは、こくりと頷《うなず》いた。

ハリーは穴をくぐり抜け、あたりを見回した。部屋には誰もいない。しかし、右側のドアが開きっぱなしになっていて、薄暗《うすぐら》いホールに続いていた。突然《とつぜん》、ハーマイオニーがまたしてもハリーの腕《うで》をきつく握《にぎ》った。目を見開き、ハーマイオニーは板の打ちつけられた窓をずいーっと見回していた。

「ハリー、ここ、『叫《さけ》びの屋敷《やしき》』の中だわ」ハーマイオニーが囁いた。

ハリーもあたりを見回した。そばにあった木製《もくせい》の椅子《いす》に目が止まった。一部が大きく抉《えぐ》れ、脚《あし》の一本が完全にもぎ取られていた。

「ゴーストがやったんじゃないな」少し考えてからハリーが言った。

その時、頭上で軋《きし》む音がした。何かが上の階で動いたのだ。二人は天井《てんじょう》を見上げた。ハーマイオニーがハリーの腕《うで》をあまりにきつく握《にぎ》っているので、ハリーの指の感覚がなくなりかけていた。眉《まゆ》をちょっと上げてハーマイオニーに合図《あいず》すると、ハーマイオニーはまたこくりと頷《うなず》いて腕を放《はな》した。

できるだけこっそりと、二人は隣《となり》のホールに忍び込《こ》み、崩《くず》れ落ちそうな階段を上がった。どこもかしこも厚い埃《ほこり》をかぶっていたが、床だけは違った。何かが上階に引きずり上げられた跡《あと》が、幅広い縞模様《しまもよう》になって光っていた。

二人は踊《おど》り場まで上った。

「**ノックス！　消えよ！**」

二人が同時に唱《とな》え、二人の杖先《つえさき》の灯《あか》りが消えた。開いているドアが一つだけあった。二人がこっそり近づくと、ドアの向こうから物音が聞こえてきた。低い呻《うめ》き声、それと、太い、大きなゴロゴロという声だ。二人はいよいよだと、三度目の目配《めくば》せをし、三度目のこっくりをした。

杖をしっかり先頭に立て、ハリーはドアをバッと蹴《け》り開けた。

埃っぽいカーテンの掛《か》かった壮大《そうだい》な四本柱《よんほんばしら》の天蓋《てんがい》ベッドに、クルックシャンクスが寝《ね》そべり、二人の姿を見ると大きくゴロゴロ言った。その脇《わき》の床には、妙《みょう》な角度に曲がった足を投げ出して、ロンが座っていた。

ハリーとハーマイオニーはロンに駆《か》けよった。

「ロン――大丈夫《だいじょうぶ》？」

「犬はどこ？」

「犬じゃない」ロンが呻《うめ》いた。痛みで歯を食いしばっている。「ハリー、罠《わな》だ――」

「え――？」

「**あいつが犬なんだ……あいつは『動物もどき《アニメーガス》』なんだ……**」

ロンはハリーの肩越《ご》しに背後を見つめた。ハリーがくるりと振り向いた。影《かげ》の中に立つ男が、二人の入ってきたドアをぴしゃりと閉めた。

汚《よご》れきった髪《かみ》がもじゃもじゃと肘《ひじ》まで垂《た》れている。暗い落ち窪《くぼ》んだ眼窩《がんか》の奥で目がギラギラしているのが見えなければ、まるで死体が立っているといってもいい。血の気のない皮膚《ひふ》が顔の骨にぴったりと貼《は》りつき、まるで髑髏《どくろ》のようだ。ニヤリと笑うと黄色い歯がむき出しになった。シリウス・ブラックだ。

「**エクスペリアームス！　武器よ去れ！**」

ロンの杖《つえ》を二人に向け、ブラックがしわがれた声で唱《とな》えた。

ハリーとハーマイオニーの杖が二人の手から飛び出し、高々と宙を飛んでブラックの手に収まった。ブラックが一歩近づいた。その目はハリーをしっかり見据《みす》えている。

「君なら友を助けにくると思った」

かすれた声だった。声の使い方を長いこと忘れていたかのような響《ひび》きだった。

「君の父親もわたしのためにそうしたに違いない。君は勇敢《ゆうかん》だ。先生の助けを求めなかった。ありがたい……そのほうがずっと事《こと》は楽だ……」

父親についての嘲《あざけ》るような言葉が、ハリーの耳にはまるでブラックが大声で叫《さけ》んだかのように鳴り響《ひび》いた。ハリーの胸は憎《にく》しみで煮《に》えくり返り、恐れの欠けらが入り込《こ》む余地《よち》もなかった。杖《つえ》を取り戻《もど》したかった。生まれて初めてハリーは、身を守るためにではなく、攻撃《こうげき》のために杖がほしかった……殺すためにほしかった。我《われ》を忘れ、ハリーは身を乗り出した。すると、突然《とつぜん》ハリーの両脇《りょうわき》で何かが動き、二組《ふた》の手がハリーをつかんで引き戻した。

「ハリー、だめ！」

ハーマイオニーが凍《こお》りついたようなか細い声で言った。しかし、ロンはブラックに向かって言い放《はな》った。

「ハリーを殺したいのなら、僕《ぼく》たちも殺すことになるぞ！」

激《はげ》しい口調《くちょう》だった。しかし、立ち上がろうとしたことで、ロンはますます血の気を失い、しゃべりながらわずかによろめいた。

ブラックの影《かげ》のような目に、何かがキラリと光った。

「座っていろ」ブラックが静かにロンに言った。「足の怪我《けが》がよけいひどくなるぞ」

「聞こえたのか？」

ロンは弱々しく言った。それでもロンは、痛々しい姿でハリーの肩にすがり、まっすぐ立っていようとした。

「僕たち三人を殺さなきゃならないんだぞ！」

「今夜はただ一人を殺す」ブラックのニヤリ笑いがますます広がった。

「なぜなんだ？」

ロンとハーマイオニーの手を振り解《ほど》こうとしながら、ハリーが吐《は》き捨てるように聞いた。

「この前は、そんなことを気にしなかったはずだろう？　ペティグリューを殺《や》るために、たくさんのマグルを無残《むざん》に殺したんだろう？……どうしたんだ。アズカバンで骨抜きになったのか？」

「ハリー！」ハーマイオニーが哀願《あいがん》するように言った。「黙《だま》って！」

「こいつが僕の父さんと母さんを殺したんだ！」

ハリーは大声をあげた。そして渾身《こんしん》の力で二人の手を振り解き、前方めがけて跳《と》びかかった――。

魔法を忘れ果て、自分がやせて背の低い十三歳《さい》であることも忘れ果て、相手のブラックが背の高い大人《おとな》の男であることも忘れ果てていた。できるだけ酷《むご》くブラックを傷《きず》つけてやりたい、その思い一筋《ひとすじ》だった。返り討《う》ちで自分がどんなに傷ついてもいい……。

ハリーがそんな愚《おろ》かな行為《こうい》に出たのがショックだったのか、ブラックは杖を上げ遅《おく》れた。ハリーは片手で、やせこけたブラックの手首をつかみ、捻《ひね》って杖先《つえさき》を逸《そ》らせ、もう一方の手の拳《こぶし》でブラックの横顔を殴《なぐ》りつけた。二人は仰向《あおむ》けに倒れ壁《かべ》にぶつかった――。

ハーマイオニーが悲鳴《ひめい》をあげ、ロンは喚《わめ》いていた。ブラックの持っていた三本の杖《つえ》から火花が噴射《ふんしゃ》し、危《あや》うくハリーの顔を逸《そ》れたが、目も眩《くら》むような閃光《せんこう》が走った。ハリーは、萎《しな》びた腕《うで》が激《はげ》しくもがくのを指に感じたが、むしゃぶりついて放さなかった。もう一方の手で、ブラックの体のどこそこかまわず、ハリーは手当たりしだい殴り続けた。

しかし、ブラックは自由なほうの手でハリーの喉《のど》をとらえた。

「いいや」ブラックが食いしばった歯の間から言った。「もう待てない――」

指が絞《し》めつけてきた。ハリーは息が詰《つ》まり、メガネがずり落ちかけた。

すると、どこからともなくハーマイオニーの足が蹴《け》りを入れるのが見えた。ブラックは痛さに呻《うめ》きながらハリーを放した。ロンがブラックの杖を持った腕に体当たりし、カタカタという微《かす》かな音がハリーの耳に入った――。

もつれ合いをやっと振り解《ほど》いて立ち上がると、自分の杖が床に転《ころ》がっているのが見えた。ハリーは杖に飛びついた。しかし――。

「ウワーッ！」クルックシャンクスが乱闘《らんとう》に加わった。前脚《あし》二本の爪《つめ》が全部、ハリーの腕に深々と食い込んだ。ハリーが払いのけるすきに、クルックシャンクスが素早《すばや》くハリーの杖に飛びついた。

「**取るな！**」

ハリーは大声を出し、クルックシャンクスめがけて蹴りを入れた。猫はシャーッと鳴いて脇《わき》に跳びのいた。ハリーは杖を引っつかみ、振り向いた——。

「どいてくれ！」ハリーはロンとハーマイオニーに向かって叫んだ。

いい潮時《しおどき》だった。ハーマイオニーは唇《くちびる》から血を流し、息も絶《た》え絶《だ》えに、自分の杖とロンの杖を引ったくり、急いで脇へ避《よ》けた。ロンは天蓋《てんがい》ベッドに這《は》っていき、ばったり倒れて息を弾《はず》ませていた。蒼白《そうはく》な顔がますます青ざめ、折《お》れた足を両手でしっかり握《にぎ》っている。

ブラックは壁の下のほうで伸びていた。やせた胸を激しく波打たせ、ブラックは、ハリーが杖をまっすぐにブラックの心臓に向けてゆっくりと近づくのを見ていた。

「ハリー、わたしを殺すのか？」ブラックがつぶやいた。

ハリーはブラックに馬乗りになるような位置で止まった。杖をブラックの胸に向けたまま、ハリーはブラックを見下ろした。ブラックの左目の周《まわ》りが黒くあざになり、鼻血を流している。

「おまえは僕《ぼく》の両親を殺した」

ハリーの声は少し震《ふる》えていたが、杖腕《つえうで》は微動《びどう》だにしなかった。

ブラックは落ち窪《くぼ》んだ目でハリーをじっと見上げた。

「否定はしない」ブラックは静かに言った。「しかし、君がすべてを知ったら——」

「すべて？」

怒りで耳の中がガンガン鳴っていた。

「おまえは僕《ぼく》の両親をヴォルデモートに売った。それだけ知ればたくさんだ！」

「聞いてくれ」

ブラックの声には緊迫《きんぱく》したものがあった。

「聞かないと、君は後悔《こうかい》する……君にはわかっていないんだ……」

「おまえが思っているより、僕はたくさん知っている」ハリーの声がますます震《ふる》えた。

「おまえはあの声を聞いたことがないんだ。僕の母さんが……ヴォルデモートが僕を殺すのを止めようとして……。おまえがやったんだ……おまえが……」

どちらも次の言葉を言わないうちに、何かオレンジ色のものがハリーのそばをさっと通り抜けた。クルックシャンクスがジャンプしてブラックの胸の上に陣取《じんど》ったのだ。ブラックの心臓の真上だ。ブラックは目を瞬《しばた》いて猫を見下ろした。

「どけ」ブラックはそうつぶやくと、クルックシャンクスを払いのけようとした。

しかし、クルックシャンクスはブラックのローブに爪《つめ》を立て、てこでも動かない。つぶれたような醜《みにく》い顔をハリーに向け、クルックシャンクスは大きな黄色い目でハリーを見上げた。その右のほうで、ハーマイオニーが涙を流さずにしゃくり上げた。

ハリーはブラックとクルックシャンクスを見下ろし、杖《つえ》をますます固く握《にぎ》りしめた。猫も殺さなければならないとしたら？　だから、どうだっていうんだ。猫はブラックとグルだった……ブラックを護《まも》って死ぬ覚悟《かくご》なら、勝手にすればいい……ブラックが猫を救いたいとでもいうなら、それはハリーの両親よりクルックシャンクスのほうが大切だと思っている証拠《しょうこ》ではないか……。

ハリーは杖をかまえた。やるならいまだ。いまこそ父さん母さんの敵《かたき》をとるときだ。ブラックを殺してやる。ブラックを殺さねば。いまがチャンスだ……。

何秒かがのろのろと過ぎた。そして、ハリーはまだ、杖をかまえたまま、凍《こお》りついたようにその場に立ちつくし、ブラックはハリーをじっと見つめ、クルックシャンクスはその胸に乗ったままだった。ロンの、あえぐような息遣《いきづか》いがベッドのあたりから聞こえてくる。ハーマイオニーはしんとしたままだ。

そして、新しい物音が聞こえてきた——。

床にこだまする、くぐもった足音だ。——誰《だれ》かが階下で動いている。

「ここよ！」ハーマイオニーが急に叫《さけ》んだ。「**私たち、上にいるわ——シリウス・ブラックよ——早く！**」

ブラックは驚いて身動きし、クルックシャンクスは振り落とされそうになった。ハリーは発作的《ほっさてき》に杖を握りしめた——**やるんだ、いま！** 頭の中で声がした——足音がバタバタと上がってくる。しかし、まだハリーは行動に出なかった。

赤い火花が飛び散り、ドアが勢いよく開いた。ハリーが振り向くと、蒼白《そうはく》な顔で、杖をかまえ、ルーピン先生が飛び込《こ》んでくるところだった。ルーピン先生の目が、床に横たわるロンをとらえ、ドアのそばですくみ上がっているハーマイオニーに移り、杖《つえ》でブラックを捕《と》らえて突っ立っているハリーを見、それからハリーの足下で血を流し、伸びているブラックその人へと移った。

「エクスペリアームス！ 武器よ去れ！」ルーピンが叫《さけ》んだ。

ハリーの杖がまたしても手を離《はな》れて飛び、ハーマイオニーが持っていた二本の杖も飛んだ。ルーピンは三本とも器用に捕《つか》まえ、ブラックを見据《みす》えたまま部屋の中に入ってきた。クルックシャンクスはブラックを護《まも》るように胸の上に横たわったままだった。

ハリーは急に虚《うつ》ろな気持になって立ちすくんだ。――とうとうやらなかった。弱気になったんだ。ブラックは吸魂鬼《ディメンター》に引き渡《わた》される。

ルーピンが口を開いた。何か感情を押し殺して震《ふる》えているような、緊張《きんちょう》した声だった。

「シリウス、あいつはどこだ？」

ハリーは一瞬《いっしゅん》ルーピンを見た。何を言っているのか、理解できなかった。誰のことを話しているのだろう？　ハリーはまたブラックのほうを見た。

ブラックは無表情だった。数秒間、ブラックはまったく動かなかった。それから、ゆっくりと手を上げたが、その手はまっすぐにロンを指《さ》していた。いったい何だろうと訝《いぶか》りながら、ハリーはロンをちらりと見た。ロンも当惑《とうわく》しているようだ。

「しかし、それなら……」

ルーピンはブラックの心を読もうとするかのように、じっと見つめながらつぶやいた。

「……なぜいままで正体を現さなかったんだ？　もしかしたら――」

ルーピンは急に目を見開いた。まるでブラックを通り越《こ》して何かを見ているような、他の誰にも見えないものを見ているような目だ。

「――もしかしたら、**あいつが**そうだったのか……もしかしたら、君はあいつと入《い》れ替《か》わりになったのか……私に何も言わずに？」

落ち窪《くぼ》んだ眼差《まなざ》しでルーピンを見つめ続けながら、ブラックがゆっくりと頷《うなず》いた。

「ルーピン先生」ハリーが大声で割って入った。「いったい何が――？」

ハリーの問いが途切《とぎ》れた。目の前で起こったことが、ハリーの声を喉元《のどもと》で押し殺してしまったからだ。ルーピンがかまえた杖を下ろした。次の瞬間《しゅんかん》、ルーピンはブラックのほうに歩いていき、手を取って助け起こした。――クルックシャンクスが床に転《ころ》がり落ちた。――そして、兄弟のようにブラックを抱きしめたのだ。

ハリーは胃袋《いぶくろ》の底が抜けたような気がした。

「**何てことなの！**」ハーマイオニーが叫んだ。

ルーピンはブラックを離《はな》し、ハーマイオニーを見た。ハーマイオニーは床から腰を上げ、目をランランと光らせ、ルーピンを指差《ゆびさ》した。

「先生は——先生は——」

「ハーマイオニー——」

「——その人とグルなんだわ！」

「ハーマイオニー、落ち着きなさい——」

「私、誰にも言わなかったのに！」ハーマイオニーが叫《さけ》んだ。

「先生のために、私、隠していたのに——」

「ハーマイオニー、話を聞いてくれ。頼むから！」ルーピンも叫んだ。「説明するから——」

ハリーはまた震《ふる》えはじめるのを感じた。恐怖《きょうふ》からではなく、新たな怒りからだった。

「僕《ぼく》は先生を信じてた」

抑《おさ》えきれずに、声を震わせ、ハリーはルーピンに向かって叫んだ。

「それなのに、先生はずっとブラックの友達だったんだ！」

「それは違う」ルーピンが言った。「この十二年間、私はシリウスの友ではなかった。しかし、いまはそうだ……説明させてくれ……」

「だめよ！」ハーマイオニーが叫んだ。

「ハリー、だまされないで。この人はブラックが城に入る手引きをしてたのよ。この人もあなたの死を願ってるんだわ。——この人、**狼人間《おおかみにんげん》なのよ！**」

痛いような沈黙《ちんもく》が流れた。いまやすべての目がルーピンに集まっていた。ルーピンは蒼《あお》ざめてはいたが、驚くほど落ち着いていた。

「いつもの君らしくないね、ハーマイオニー。残念ながら、三問中一問しか合ってない。私はシリウスが城に入る手引きはしていないし、もちろんハリーの死を願ってなんかいない……」

ルーピンの顔に奇妙《きみょう》な震えが走った。

「しかし、私が狼人間であることは否定しない」

ロンは雄々《おお》しくも立とうとしたが、痛みに小さく悲鳴《ひめい》をあげてまた座り込《こ》んだ。ルーピンは心配そうにロンのほうに行きかけたが、ロンがあえぎながら言った。

「僕に近よるな、狼男《おおかみおとこ》め！」

ルーピンは、はたと足を止めた。それから、ぐっとこらえて立ち直り、ハーマイオニーに向かって話しかけた。

「いつごろから気づいていたのかね？」

「ずーっと前から」ハーマイオニーが囁《ささや》くように言った。「スネイプ先生のレポートを書いた時から……」

「スネイプ先生がお喜びだろう」

ルーピンは落ち着いていた。

「スネイプ先生は、私の症状《しょうじょう》が何を意味するのか、誰か気づいてほしいと思って、あの宿題を出したんだ。月の満ち欠け図を見て、私の病気が満月と一致《いっち》することに気づいたんだね？

それとも『まね妖怪《ボガート》』が私の前で月に変身するのを見て気づいたのかね？」

「両方よ」ハーマイオニーが小さな声で言った。

ルーピンは無理《むり》に笑って見せた。

「ハーマイオニー、君は、私がいままでに出会った、君と同年齢《ねんれい》の魔女の誰よりも賢《かしこ》いね」

「違うわ」ハーマイオニーが小声で言った。

「私がもう少し賢かったら、みんなにあなたのことを話してたわ！」

「しかし、もう、みんな知ってることだ」ルーピンが言った。

「少なくとも先生方は知っている」

「ダンブルドアは、狼人間《おおかみにんげん》と知っていて雇《やと》ったっていうのか？」ロンが息を呑《の》んだ。

「正気かよ？」

「先生の中にもそういう意見があった」ルーピンが続けた。

「ダンブルドアは、私が信用できる者だと、何人かの先生を説得《せっとく》するのにずいぶんご苦労なさった」

「そして、ダンブルドアは間違ってたんだ！」ハリーが叫《さけ》んだ。

「先生はずっとこいつの手引きをしてたんだ！」

ハリーはブラックを指差《ゆびさ》していた。ブラックは天蓋《てんがい》付ベッドのほうに歩いてゆき、震える片手で顔を覆《おお》いながらベッドに身を埋《うず》めた。クルックシャンクスがベッドに飛び上がり、ブラックの傍《かたわ》らにより、膝《ひざ》に乗って喉《のど》を鳴らした。ロンは足を引きずりながら、その両方からじりじりと離《はな》れた。

「私はシリウスの手引きは**していない**」ルーピンが言った。

「わけを話させてくれれば、説明するよ。ほら――」

ルーピンは三本の杖《つえ》を一本ずつ、ハリー、ロン、ハーマイオニーのそれぞれに放《ほう》り投げ、持ち主に返した。ハリーは、呆気《あっけ》にとられて自分の杖を受け取った。

「ほーら」

ルーピンは自分の杖をベルトに挟《はさ》み込《こ》んだ。

「君たちには武器がある。私たちは丸腰《まるごし》だ。聞いてくれるかい？」

ハリーはどう考えていいやらわからなかった。罠《わな》だろうか？

「ブラックの手助けをしていなかったっていうなら、こいつがここにいるって、どうしてわかったんだ？」

ブラックのほうに激《はげ》しい怒りの眼差《まなざ》しを向けながら、ハリーが言った。

「地図だよ」ルーピンが答えた。「『忍《しの》びの地図《ちず》』だ。事務所《じむしょ》で地図を調べていたんだ――」

「使い方を知ってるの？」ハリーが疑わしげに聞いた。

「もちろん、使い方は知っているよ」

ルーピンは先を急ぐように手を振った。

「私もこれを書いた一人だ。私はムーニーだよ。――学生時代、友人は私のことをそういう名で呼んだ」

「先生が、書いた――?」

「そんなことより、私は今日の夕方、地図をしっかり見張《みは》っていたんだ。というのも、君と、ロン、ハーマイオニーが城をこっそり抜け出して、ヒッポグリフの処刑《しょけい》の前に、ハグリッドを訪《たず》ねるのではないかと思ったからだ。思ったとおりだった。そうだね?」

ルーピンは三人を見ながら、部屋を往《い》ったり来たりしはじめた。その足下で埃《ほこり》が小さな塊《かたまり》になって舞《ま》った。

「君はお父さんの『透明《とうめい》マント』を着ていたかもしれないね、ハリー――」

「どうして『マント』のことを?」

「ジェームズがマントに隠れるのを何度見たことか……」

ルーピンはまた先を急ぐように手を振った。

「要するに、『透明マント』を着ていても、『忍《しの》びの地図《ちず》』に表れるということだよ。私は君たちが校庭を横切り、ハグリッドの小屋に入るのを見ていた。二十分後、君たちはハグリッドのところを離《はな》れ、城に戻《もど》りはじめた。しかし、今度は君たちのほかに誰かが一緒《いっしょ》だった」

「え?」ハリーが言った。「いや、僕《ぼく》たちだけだった!」

「私は目を疑ったよ」

ルーピンはハリーの言葉を無視《むし》して、往ったり来たりを続けていた。

「地図がおかしくなったかと思った。あいつがどうして君たちと一緒なんだ？」

「誰も一緒じゃなかった！」ハリーが言った。

「すると、もう一つの点が見えた。急速に君たちに近づいている。シリウス・ブラックと書いてあった。……ブラックが君たちにぶつかるのが見えた。君たちの中から二人を『暴《あば》れ柳《やなぎ》』に引きずり込むのを見た――」

「一人だろ！」ロンが怒ったように言った。

「ロン、違うね」ルーピンが言った。「二人だ」

ルーピンは歩くのをやめ、ロンを眺《なが》め回した。

「ネズミを見せてくれないか？」ルーピンは感情を抑《おさ》えた言い方をした。

「なんだよ？　スキャバーズに何の関係があるんだい？」

「大ありだ」ルーピンが言った。

「頼む。見せてくれないか？」

ロンはためらったが、ローブに手を突っ込《こ》んだ。スキャバーズが必死《ひっし》にもがきながら現れた。逃げようとするのを、ロンはその裸《はだか》の尻尾《しっぽ》を捕《つか》まえて止めた。クルックシャンクスがブラックの膝《ひざ》の上で立ち上がり、低く唸《うな》った。

ルーピンがロンに近づいた。じっとスキャバーズを見つめながら、ルーピンは息を殺しているようだった。

「なんだよ?」ロンはスキャバーズを抱きしめ、脅《おび》えながら同じことを聞いた。

「僕のネズミがいったい何の関係があるって言うんだ?」

「それはネズミじゃない」突然《とつぜん》シリウス・ブラックのしわがれ声がした。

「どういうこと――こいつはもちろんネズミだよ――」

「いや、ネズミじゃない」ルーピンが静かに言った。

「こいつは魔法使いだ」

「『動物もどき《アニメーガス》』だ」ブラックが言った。

「名前はピーター・ペティグリュー」

第18章

CHAPTER EIGHTEEN
Moony, Wormtail, Padfoot and Prongs

ムーニー、ワームテール、パッドフット、プロングズ

突拍子《とっぴょうし》もない言葉を、呑《の》み込《こ》むまでに数秒かかった。

しばらくして、ロンが、ハリーの思っていたとおりのことを口にした。

「二人ともどうかしてる」

「ばかばかしい！」ハーマイオニーもひそっと言った。

「ピーター・ペティグリューは死んだんだ！」ハリーが言った。

「こいつが十二年前に殺した！」

ハリーはブラックを指差《ゆびさ》していた。ブラックの顔がぴくりと痙攣《けいれん》した。

「殺そうと思った」ブラックが黄色い歯をむき出して唸《うな》った。

「だが、小賢《こざか》しいピーターめに出し抜かれた……今度はそうはさせない！」

ブラックがスキャバーズに襲《おそ》いかかり、その勢いでクルックシャンクスは床に投げ出された。折《お》れた足にブラックの重みがのしかかって、ロンは痛さに叫《さけ》び声をあげた。

「シリウス、**よせ！**」

ルーピンが飛びついて、ブラックをロンから引き離《はな》しながら叫んだ。

「**待ってくれ！**　そういうやり方をしてはだめだ――みんなにわかってもらわねば――説明しなければいけない――」

「あとで説明すればいい！」

ブラックは唸りながらルーピンを振り払おうとした。片手はスキャバーズを捕《と》らえようと空《くう》を掻《か》き続けている。スキャバーズは子豚《こぶた》のようにビービー鳴きながら、ロンの顔や首を引っ掻いて逃げようと必死《ひっし》だった。

「みんな――すべてを――知る――権利が――あるんだ！」

ルーピンはブラックを押さえようとして、息を切らしながら言った。

「ロンはあいつをペットにしていたんだ！　私にもまだわかっていない部分がある！　それにハリーだ。――シリウス、君はハリーに真実を話す義務《ぎむ》がある！」

ブラックはあがくのをやめた。しかし、その落ち窪《くぼ》んだ目だけはまだスキャバーズを見据《みす》えたままだった。ロンの手は、噛《か》みつかれ引っ掻かれて血が出ていたが、スキャバーズをしっかり握《にぎ》りしめていた。

「いいだろう。それなら」

ブラックはネズミから目を離さずに言った。

「君がみんなに何とでも話してくれ。ただ、急げよ、リーマス。わたしを監獄《かんごく》に送り込んだ原因の殺人を、いまこそ実行したい……」

「正気じゃないよ。二人とも」

ロンは声を震《ふる》わせ、ハリーとハーマイオニーに同意を求めるように振り返った。

「もうたくさんだ。僕《ぼく》は行くよ」

ロンは、折れていないほうの足でなんとか立ち上がろうとした。しかし、ルーピンが再び杖《つえ》をかまえ、スキャバーズを指《さ》した。

「ロン、最後まで私の話を聞きなさい」ルーピンが静かに言った。

「ただ、聞いている間、ピーターをしっかり捕《つか》まえておいてくれ」

「ピーターなんかじゃない。こいつはスキャバーズだ！」

叫《さけ》びながら、ロンはネズミを胸ポケットに無理《むり》やり押し戻《もど》そうとした。しかし、スキャバーズは大暴れで逆《さか》らった。ロンはよろめき、倒れそうになった。ハリーがロンを支え、ベッドに押し戻《もど》した。それから、ハリーはブラックを無視《むし》して、ルーピンに向かって言った。

「ペティグリューが死んだのを見届けた証人《しょうにん》がいるんだ。通りにいた人たちが大勢《おおぜい》……」

「見てはいない。見たと思っただけだ」

ロンの手の中でジタバタしているスキャバーズから目を離《はな》さずに、ブラックが荒々しく言った。

「シリウスがピーターを殺したと、誰もがそう思った」ルーピンが頷《うなず》いた。

「私自身もそう信じていた――今夜地図を見るまではね。『忍《しの》びの地図《ちず》』はけっして嘘《うそ》はつかないから……ピーターは生きている。ロンがあいつを握《にぎ》っているんだよ、ハリー」

ハリーはロンを見下ろした。二人の目が合い、無言で二人とも同じことを考えた。――ブラックとルーピンはどうかしている。言っていることはまったくナンセンスだ。スキャバーズがピーターであるはずがないだろう？　やっぱり、ブラックはアズカバンで狂ったんだ。――

しかし、なぜルーピンはブラックと調子を合わせてるんだろう？

ハーマイオニーが、震《ふる》えながら冷静《れいせい》を保とうと努力し、ルーピン先生にまともに話してほしいと願うかのように話した。

「でもルーピン先生……スキャバーズがペティグリューのはずがありません。……そんなこと、あるはずないんです。先生はそのことをご存知《ぞんじ》のはずです……」

「どうしてかね？」

ルーピンは静かに言った。まるで授業中《じゅぎょうちゅう》に、ハーマイオニーが水魔《グリンデロー》の実験の問題点を指摘《してき》したかのような言い方だった。

「だって……だって、もしピーター・ペティグリューが『動物もどき《アニメーガス》』なら、みんなそのことを知っているはずです。マクゴナガル先生の授業で『動物もどき』の勉強をしました。その宿題で、私、『動物もどき』を全部調べたんです。――魔法省《まほうしょう》が動物に変身できる魔法使いや魔女を記録していて、何に変身するかとか、その特徴《とくちょう》などを書いた登録簿《とうろくぼ》があります。――私、登録簿で、マクゴナガル先生が載《の》っているのを見つけました。それに、今世紀にはたった七人しか『動物もどき』がいないんです。ペティグリューの名前はリストに載っていませんでした――」

ハーマイオニーはこんなに真剣《しんけん》に宿題に取り組んでいたのだ、とハリーは内心舌を巻いたが、驚いている間もなく、ルーピン先生が笑いだした。

「またしても正解《せいかい》だ、ハーマイオニー。でも、魔法省《まほうしょう》は、未登録《みとうろく》の『動物もどき《アニメーガス》』が三匹、ホグワーツを徘徊《はいかい》していたことを知らなかったのだ」

「その話をみんなに聞かせるつもりなら、リーマス、さっさとすませてくれ」

必死《ひっし》にもがくスキャバーズの動きを、じっと監視《かんし》し続けながら、ブラックが唸《うな》った。

「わたしは十二年も待った。もうそう長くは待てない」

「わかった……だが、シリウス、君にも助けてもらわないと。私はそもそもの始まりのことしか知らない……」

ルーピンの言葉が途切《とぎ》れた。背後で大きく軋《きし》む音がしたのだ。ベッドルームのドアが独《ひと》りでに開いた。五人がいっせいにドアを見つめた。そしてルーピンが足早《あしばや》にドアのほうに進み、階段の踊《おど》り場を見た。

「誰もいない……」

「ここは呪《のろ》われてるんだ！」ロンが言った。

「そうではない」不審《ふしん》そうにドアに目を向けたままで、ルーピンが言った。

「『叫《さけ》びの屋敷《やしき》』はけっして呪われてはいなかった……村人がかつて聞いたという叫びや吠《ほ》え声は、私の出した声だ」

ルーピンは目にかかる白髪《はくはつ》の混じりはじめた髪《かみ》をかき上げ、一瞬《いっしゅん》思いにふけり、それから話しだした。

「話はすべてそこから始まる。――私が人狼《じんろう》になったことから。私が噛《か》まれたりしなければ、こんなことはいっさい起こらなかっただろう……そして、私があんなにも向こう見ずでなかったなら……」

ルーピンはまじめに、疲れた様子で話した。ロンが口を挟《はさ》もうとしたが、ハーマイオニーが「シーッ」と言った。ハーマイオニーは真剣《しんけん》にルーピンを見つめていた。

「噛まれたのは私がまだ小さいころだった。両親は手を尽《つ》くしたが、あのころは治療法《ちりょうほう》がなかった。スネイプ先生が私に調合《ちょうごう》してくれた魔法薬は、ごく最近発明されたばかりだ。あの薬で私は無害になる。わかるね。満月の夜の前の一週間、あれを飲みさえすれば、変身しても自分の心を保つことができる……。自分の事務所《じむしょ》で丸まっているだけの、無害な狼《おおかみ》でいられる。そして再び月が欠けはじめるのを待つ」

「トリカブト系の脱狼薬《だつろうやく》が開発されるまでは、私は月に一度、完全に成熟《せいじゅく》した怪物《かいぶつ》に成り果てた。ホグワーツに入学するのは不可能だと思われた。他の生徒の親にしてみれば、自分の子供を、私のような危険《きけん》なものにさらしたくないはずだ」

「しかし、ダンブルドア先生が校長になって、私に同情してくださった。きちんと予防措置《よぼうそち》を取りさえすれば、私が学校に来てはいけない理由などないと、ダンブルドアはおっしゃった……」

ルーピンはため息をついた。そしてまっすぐにハリーを見た。

「何ヵ月も前に君に言ったと思うが、『暴《あば》れ柳《やなぎ》』は、私がホグワーツに入学した年に植《う》えられた。本当を言うと、私がホグワーツに**入学したから**植えられたのだ。この屋敷《やしき》は――」

ルーピンはやるせない表情で部屋を見回した。

「――ここに続くトンネルは――私が使うために作られた。一ヵ月に一度、私は城からこっそり連れ出され、変身するためにここに連れてこられた。私が危険な状態《じょうたい》にある間は、誰も私に出会わないようにと、あの木がトンネルの入口に植えられた」

ハリーはこの話がどういう結末《けつまつ》になるのか、見当がつかなかった。にもかかわらず、ハリーは話にのめり込《こ》んでいた。ルーピンの声の他に聞こえるものといえば、スキャバーズが怖《こわ》がってキーキー鳴く声だけだった。

「そのころの私の変身ぶりといったら――それは恐ろしいものだった。狼人間《おおかみにんげん》になるのはとても苦痛に満ちたことだ。噛《か》むべき対象の人間から引き離《はな》され、代わりに私は自分を噛み、引っ掻《か》いた。村人はその騒ぎや叫《さけ》びを聞いて、とてつもなく荒々しい霊《れい》の声だと思った。ダンブルドアはむしろ噂《うわさ》を煽《あお》った……いまでも、もうこの屋敷が静かになって何年も経《た》つのに、村人は近づこうともしない……」

「しかし、変身することだけを除けば、人生であんなに幸せだった時期はない。生まれて初めて友人ができた。三人のすばらしい友が。シリウス・ブラック……ピーター・ペティグリュー……それから、言うまでもなく、ハリー、君のお父さん――ジェームズ・ポッターだ」

「さて、三人の友人が、私が月に一度姿を消すことに気づかないはずはない。私はいろいろ言《い》い訳《わけ》を考えた。母親が病気で、見舞《みま》いに家に帰らなければならなかったとか……。私の正体を知ったら、とたんに私を見捨てるのではないかと、それが怖《こわ》かったんだ。しかし、三人は、ハーマイオニー、君と同じように、本当のことを悟《さと》ってしまった……」

「それでも三人は私を見捨てはしなかった。それどころか私のために、あることをしてくれた。おかげで変身は辛《つら》いものではなくなったばかりでなく、生涯《しょうがい》で最高の時になった。三人とも『動物もどき《アニメーガス》』になってくれたんだ」

「僕《ぼく》の父さんも？」ハリーは驚いて聞いた。

「ああ、そうだとも」ルーピンが答えた。「どうやればなれるのか、三人はほぼ三年の時間を費やしてやっとやり方がわかった。君のお父さんもシリウスも学校一の賢《かしこ》い学生だった。それが幸いした。なにしろ、『動物もどき』変身はまかり間違うと、とんでもないことになる。魔《ま》法省《ほうしょう》がこの種の変身をしようとする者を、厳《きび》しく見張《みは》っているのもそのせいなんだ。ピーターだけはジェームズやシリウスにさんざん手伝ってもらわなければならなかった。五年生になって、やっと、三人はやり遂《と》げた。それぞれが、意のままに特定の動物に変身できるようになった」

「でも、それがどうしてあなたを救うことになったの？」

ハーマイオニーが不思議そうに聞いた。

「人間だと私と一緒《いっしょ》にいられない。だから動物として私につき合ってくれた。狼人間《おおかみにんげん》は人間にとって危険《きけん》なだけだからね。三人はジェームズの『透明《とうめい》マント』に隠れて、毎月一度こっそり城を抜け出した。そして、変身した。……ピーターは一番小さかったので、『暴《あば》れ柳《やなぎ》』の枝攻撃《こうげき》をかいくぐり、下に滑《すべ》り込《こ》んで、木を硬直《こうちょく》させる節《ふし》に触《さわ》った。それから三人でそっと柳の下にあるトンネルを降《お》り、私と一緒になった。友達の影響《えいきょう》で、私は以前ほど危険ではなくなった。体はまだ狼のようだったが、三人と一緒にいる間、私の心は以前ほど狼ではなくなった」

「リーマス、早くしてくれ」

殺気《さっき》立った凄《すさ》まじい形相《ぎょうそう》でスキャバーズを睨《ね》めつけながら、ブラックが唸《うな》った。

「もうすぐだよ、シリウス。もうすぐ終わる。……そう、全員が変身できるようになったので、わくわくするような可能性が開けた。ほどなく私たちは夜になると『叫《さけ》びの屋敷《やしき》』から抜け出し、校庭や村を歩き回るようになった。シリウスとジェームズは大型の動物に変身していたので、狼人間を抑制《よくせい》できた。ホグワーツで、私たちほど校庭やホグズミードの隅々《すみずみ》まで詳《くわ》しく知っていた学生はいないだろうね……こうして、私たちが『忍《しの》びの地図《ちず》』を作り上げ、それぞれのニックネームで地図にサインした。シリウスはパッドフット、ピーターはワームテール、ジェームズはプロングズ」

「どんな動物に――？」

ハリーが質問しかけたが、それを遮《さえぎ》って、ハーマイオニーが口を挟《はさ》んだ。

「それでもまだとっても危険だわ！　暗い中を狼人間と走り回るなんて！　もし狼人間がみんなをうまく撒《ま》いて、誰かに噛《か》みついたらどうなったの？」

「それを思うと、いまでもぞっとする」

ルーピンの声は重苦しかった。

「あわや、ということがあった。何回もね。あとになってみんなで笑い話にしたものだ。若かったし、浅はかだった。——自分たちの才能に酔《よ》っていたんだ」

「もちろん、ダンブルドアの信頼《しんらい》を裏切《うらぎ》っているという罪悪感《ざいあくかん》を、私は時折《ときおり》感じていた。……ほかの校長ならけっして許さなかっただろうに、ダンブルドアは私がホグワーツに入学することを許可《きょか》した。私と周《まわ》りの者の両方の安全のために、ダンブルドアが決めたルールを、私が破っているとは、夢にも思わなかっただろう。私のために、三人の学友を非合法《ひごうほう》の『動物もどき《アニメーガス》』にしてしまったことを、ダンブルドアは知らなかった。しかし、みんなで翌月《よくげつ》の冒険《ぼうけん》を計画するたびに、私は都合《つごう》よく罪の意識《いしき》を忘れた。そして、私はいまでもその時と変わっていない……」

ルーピンの顔が強《こわ》ばり、声には自己嫌悪《じこけんお》の響《ひび》きがあった。

「この一年というもの、私は、シリウスが『動物もどき』だとダンブルドアに告げるべきかどうか迷い、心の中でためらう自分と闘《たたか》ってきた。しかし、告げはしなかった。なぜかって？　それは、私が臆病者《おくびょうもの》だからだ。告げれば、学生時代に、ダンブルドアの信頼を裏切っていたと認めることになり、私がほかの者を引き込《こ》んだと認めることになる。……ダンブルドアの信頼《しんらい》が私にとってはすべてだったのに。ダンブルドアは少年の私をホグワーツに入れてくださったし、大人《おとな》になっても、すべての社会から締《し》め出され、正体が正体なのでまともな仕事にも就《つ》けない私に、職場《しょくば》を与えてくださった。だから、私はシリウスが学校に入り込むのに、ヴォルデモートから学んだ闇《やみ》の魔術《まじゅつ》を使っているに違いないと思いたかったし、『動物もどき《アニメーガス》』であることは、それとは何のかかわりもないと自分に言い聞かせた。……だから、ある意味ではスネイプの言うことが正しかったわけだ」

「スネイプだって？」

ブラックが鋭《するど》く聞いた。初めてスキャバーズから目を離《はな》し、ルーピンを見上げた。

「スネイプが、何の関係がある？」

「シリウス、スネイプがここにいるんだ」ルーピンが重苦しく言った。

「あいつもここで教えているんだ」

ルーピンは、ハリー、ロン、ハーマイオニーを見た。

「スネイプ先生は私たちと同期なんだ。私が『闇《やみ》の魔術《まじゅつ》の防衛術《ぼうえいじゅつ》』の教職《きょうしょく》に就くことに、先生は強硬《きょうこう》に反対した。ダンブルドアに、私は信用できないと、この一年間言い続けていた。スネイプにはスネイプなりの理由があった。……それはね、このシリウスが仕掛《しか》けた悪戯《いたずら》で、スネイプが危《あや》うく死にかけたんだ。その悪戯には私もかかわっていた――」

ブラックが嘲《あざけ》るような声を出した。

「当然の見せしめだったよ」ブラックがせせら笑った。

「こそこそ嗅《か》ぎ回って、我々《われわれ》のやろうとしていることを詮索《せんさく》して……。我々を退学《たいがく》に追い込みたかったんだ……」

「セブルスは、私が月に一度どこに行くのか非常に興味《きょうみ》を持った」

ルーピンは、ハリー、ロン、ハーマイオニーに向かって話し続けた。

「私たちは同学年だったんだ。それに――つまり――ウム――お互いに好きになれなくてね。セブルスはとくにジェームズを嫌っていた。妬《ねた》み、それだったと思う。クィディッチ競技《きょうぎ》のジェームズの才能をね。……とにかく、セブルスはある晩《ばん》、私が校医のポンフリー先生と一緒《いっしょ》に校庭を歩いているのを見つけた。ポンフリー先生は私の変身のために『暴《あば》れ柳《やなぎ》』のほうに引率《いんそつ》していくところだった。

シリウスが――その――からかってやろうと思って、木の幹《みき》のコブを長い棒で突つけば、あとをつけて穴に入ることができるよ、と教えてやった。そう、もちろん、スネイプは試してみた。――もし、スネイプがこの屋敷《やしき》までつけてきていたなら、完全に人狼《じんろう》になりきった私に出会っていただろう。――しかし、君のお父さんが、シリウスのやったことを聞くなり、自分の身の危険《きけん》も顧《かえり》みず、スネイプのあとを追いかけて、引き戻《もど》したんだ。……しかし、スネイプは、トンネルの向こう端《はし》にいる私の姿をちらりと見てしまった。ダンブルドアが、けっして人に言ってはいけないと口止めした。だが、その時から、スネイプは私が何者なのかを知ってしまった……」

「だからスネイプはあなたが嫌いなんだ」

ハリーは考えながら言った。

「スネイプはあなたもその悪ふざけにかかわっていたと思ったわけですね？」

「そのとおり」

ルーピンの背後の壁《かべ》のあたりから、冷たい嘲《あざけ》るような声がした。

セブルス・スネイプが「透明《とうめい》マント」を脱ぎ捨て、杖《つえ》をぴたりとルーピンに向けて立っていた。

第19章

CHAPTER NINETEEN
The Servant of Lord Voldemort

ヴォルデモート卿の召使い

ハーマイオニーが悲鳴《ひめい》をあげた。ブラックはさっと立ち上がった。ハリーはまるで電気ショックを受けたように飛び上がった。

「『暴《あば》れ柳《やなぎ》』の根元でこれを見つけましてね」

スネイプが、杖《つえ》をまっすぐルーピンの胸に突きつけたまま、「透明《とうめい》マント」を脇《わき》に投げ捨てた。

「ポッター、なかなか役に立ったよ。感謝する……」

スネイプは少し息切れしてはいたが、勝利の喜びを抑《おさ》えきれない顔だった。

「我輩《わがはい》がどうしてここを知ったのか、諸君《しょくん》は不思議に思っているだろうな?」

スネイプの目がギラリと光った。

「君の部屋に行ったよ、ルーピン。今夜、例の薬を飲むのを忘れたようだから、我輩がゴブレットに入れて持っていった。持っていったのは、まことに幸運だった……我輩にとってだがね。君の机に何やら地図があってね。一目見ただけで、我輩に必要なことはすべてわかった。君がこの通路を走っていき、姿を消すのを見たのだ」

「セブルス――」

ルーピンが何か言いかけたが、スネイプはかまわず続けた。

「我輩は校長に繰《く》り返し進言《しんげん》した。君が旧友《きゅうゆう》のブラックを手引きして城に入れているとね。ルーピン、これがいい証拠《しょうこ》だ。いけ図々《ずうずう》しくもこの古巣《ふるす》を隠れ家に使うとは、さすがの我輩も夢にも思いつきませんでしたよ――」

「セブルス、君は誤解《ごかい》している」

ルーピンが切羽《せっぱ》詰《つ》まったように言った。

「君は、話を全部聞いていないいんだ。――説明させてくれ。――シリウスはハリーを殺しにきたのではない――」

「今夜、また二人、アズカバン行きが出る」

スネイプの目がいまや狂気《きょうき》を帯びて光っていた。

「ダンブルドアがどう思うか、見物ですな……ダンブルドアは君が無害だと信じきっていた。わかるだろうね、ルーピン……**飼《か》いならされた**人狼《じんろう》さん……」

「愚《おろ》かな」ルーピンが静かに言った。

「学生時代の恨《うら》みで、無実の者をまたアズカバンに送り返すというのかね？」

バーン！

スネイプの杖から細い紐《ひも》が蛇《へび》のように噴《ふ》き出て、ルーピンの口、手首、足首に巻きついた。ルーピンはバランスを崩《くず》し、床に倒れて、身動きできなくなった。怒りの唸《うな》り声をあげ、ブラックがスネイプを襲《おそ》おうとした。しかし、スネイプはブラックの眉間《みけん》にまっすぐ杖を突きつけた。

「やれるものならやるがいい」スネイプが低い声で言った。

「我輩《わがはい》にきっかけさえくれれば、確実に仕留《しと》めてやる」

ブラックはぴたりと立ち止まった。二人の顔に浮かんだ憎《にく》しみは、甲乙《こうおつ》つけがたい激《はげ》しさだった。

ハリーは金縛《かなしば》りにあったようにそこに突っ立っていた。誰を信じてよいかわからなかった。ロンとハーマイオニーをちらりと見た。ロンも、ハリーと同じくらいわけがわからない顔をして、ジタバタもがくスキャバーズを押さえつけるのに奮闘《ふんとう》していた。しかし、ハーマイオニーはスネイプのほうにおずおずと一歩踏《ふ》み出し、恐々《こわごわ》言った。

「スネイプ先生——あの——この人たちの言い分を聞いてあげても、害はないのでは、あ、ありませんか？」

「ミス・グレンジャー。君は停学処分《ていがくしょぶん》を待つ身ですぞ」

スネイプが吐《は》き出すように言った。

「君も、ポッターも、ウィーズリーも、許容《きょよう》されている境界線《きょうかいせん》を越《こ》えた。しかもお尋《たず》ね者の殺人鬼《さつじんき》や人狼《じんろう》と一緒《いっしょ》とは。君も一生に一度ぐらい、黙《だま》っていたまえ」

「でも、もし——もし、誤解《ごかい》だったら——」

「**黙れ、このバカ娘*！*」

スネイプが突然《とつぜん》狂ったように、喚《わめ》きたてた。

「**わかりもしないことに口を出すな*！***」

ブラックの顔に突きつけたままのスネイプの杖先《つえさき》から、火花が数個パチパチと飛んだ。ハーマイオニーは黙りこくった。

「復讐《ふくしゅう》は蜜《みつ》より甘い」スネイプが囁《ささや》くようにブラックに言った。

「おまえを捕《つか》まえるのが我輩であったらと、どんなに願ったことか……」

「お生憎《あいにく》だな」ブラックが憎々しげに言った。

「しかしだ、この子がそのネズミを城まで連れていくなら――」ブラックはロンを顎《あご》で指した。「――それならわたしはおとなしくついて行くがね……」

「城までかね？」スネイプがいやに滑《なめ》らかに言った。

「そんなに遠くに行く必要はないだろう。『柳《やなぎ》』の木を出たらすぐに、我輩が吸魂鬼《ディメンター》を呼べばそれですむ。連中は、ブラック、君を見てお喜びになることだろう。……喜びのあまりキスをする。そんなところだろう……」

ブラックの顔にわずかに残っていた色さえ消え失《う》せた。

「聞け――最後まで、わたしの言うことを聞け」

ブラックの声がかすれた。

「ネズミだ――ネズミを見るんだ――」

しかし、スネイプの目には、ハリーがいままで見たこともない狂気《きょうき》の光があった。もはや理《り》性《せい》を失っている。

「来い、全員だ」

スネイプが指を鳴らすと、ルーピンを縛《しば》っていた縄目《なわめ》の端《はし》がスネイプの手元に飛んできた。

「我輩《わがはい》が人狼《じんろう》を引きずっていこう。吸魂鬼《ディメンター》がこいつにもキスしてくれるかもしれん——」

ハリーは我《われ》を忘れて飛び出し、たった三歩で部屋を横切り、次の瞬間《しゅんかん》ドアの前に立ちふさがっていた。

「どけ、ポッター。おまえはもう十分規則《きそく》を破っているんだぞ」スネイプが唸《うな》った。

「我輩がここに来ておまえの命を救っていなかったら——」

「ルーピン先生が僕《ぼく》を殺す機会《きかい》は、この一年に何百回もあったはずだ。僕は先生と二人きりで、何度も吸魂鬼《ディメンター》防衛術《ぼうえいじゅつ》の訓練を受けた。もし先生がブラックの手先だったら、そういう時に僕を殺してしまわなかったのはなぜなんだ？」

「人狼がどんな考え方をするか、我輩に推《お》し量《はか》れとでも言うのか」

スネイプが凄《すご》んだ。

「どけ、ポッター」

「恥を知れ！」ハリーが叫《さけ》んだ。

「学生時代に、からかわれたからというだけで、話も聞かないなんて——」

「黙《だま》れ！　我輩に向かってそんな口のきき方は許さん！」

スネイプはますます狂気《きょうき》じみて叫んだ。

「蛙《かえる》の子は蛙だな、ポッター！　我輩はいまおまえのその首を助けてやったのだ。ひれ伏《ふ》して感謝するがいい！　こいつに殺されれば、自業自得《じごうじとく》だったろうに！　おまえの父親と同じような死に方をしたろうに。ブラックのことで、親も子も自分が判断《はんだん》を誤《あやま》ったとは認めない高慢《こうまん》さよ。――さあ、どくんだ。さもないと、**どかせてやる。どくんだ、ポッター！**」

ハリーは瞬時《しゅんじ》に意を決した。スネイプがハリーのほうに一歩も踏《ふ》み出さないうちに、ハリーは杖《つえ》をかまえた。

「**エクスペリアームス！　武器よ去れ！**」

ハリーが叫んだ――が、叫んだのはハリーだけではなかった。ドアの蝶番《ちょうつがい》がガタガタ鳴るほどの衝撃《しょうげき》が走り、スネイプは足元から吹っ飛んで壁《かべ》に激突《げきとつ》し、ズルズルと床に滑《すべ》り落ちた。髪《かみ》の下から血がタラタラ流れてきた。ノックアウトされたのだ。

ハリーは振り返った。ロンとハーマイオニーも、ハリーとまったく同時にスネイプの武器を奪《うば》おうとしていたのだ。スネイプの杖は高々と舞《ま》い上がり、クルックシャンクスの脇《わき》のベッドの上に落ちた。

「こんなこと、君がしてはいけなかった」

ブラックがハリーを見ながら言った。

「わたしに任《まか》せておくべきだった……」

ハリーはブラックの目を避《さ》けた。果たしてやってよかったのかどうか、ハリーにはいまだに自信がなかった。

「先生を攻撃《こうげき》してしまった……先生を攻撃して……」

ハーマイオニーは、ぐったりしているスネイプを怯《おび》えた目で見つめながら、泣きそうな声を出した。

「ああ、私たち、ものすごい規則《きそく》破りになるわ――」

ルーピンが縄目《なわめ》を解《と》こうともがいていた。ブラックが素早《すばや》く屈《かが》み込《こ》み、解き放《はな》した。ルーピンは立ち上がり、紐《ひも》が食い込んでいた腕《うで》のあたりをさすった。

「ハリー、ありがとう」ルーピンが言った。

「僕《ぼく》、まだあなたを信じるとは言ってません」ハリーが反発した。

「それでは、君に証拠《しょうこ》を見せる時が来たようだ」ブラックが言った。

「君――ピーターを渡《わた》してくれ。さあ」

ロンはスキャバーズをますますしっかりと胸に抱きしめた。

「冗談《じょうだん》はやめてくれ」ロンが弱々しく言った。

「**スキャバーズなんか**に手を下すために、わざわざアズカバンを脱獄《だつごく》したって言うのかい？つまり……」

ロンは助けを求めるようにハリーとハーマイオニーを見上げた。

「ねえ。ペティグリューがネズミに変身できたとしても――ネズミなんて何百万といるじゃないか――アズカバンに閉じ込められていたら、どのネズミが自分の探してるネズミかなんて、この人、どうやったらわかるって言うんだい？」

「そうだとも、シリウス。まともな疑問だよ」

ルーピンがブラックに向かってちょっと眉根《まゆね》をよせた。

「あいつの居場所《いばしょ》を、**どうやって**見つけ出したんだい？」

ブラックは骨が浮き出るような手を片方ローブに突っ込み、クシャクシャになった紙の切れ端《はし》を取り出した。しわを伸ばし、ブラックはそれを突き出してみんなに見せた。

一年前の夏、「**日刊予言者新聞**《にっかんよげんしゃしんぶん》」に載《の》ったロンと家族の写真だった。そして、そこに、ロンの肩に、スキャバーズがいた。

「いったいどうしてこれを？」雷《かみなり》に打たれたような声でルーピンが聞いた。

「ファッジだ」ブラックが答えた。

「去年、アズカバンの視察《しさつ》に来た時、ファッジがくれた新聞だ。ピーターがそこにいた。一面に……この子の肩に乗って……わたしにはすぐわかった。……こいつが変身するのを何回見たと思う？　それに、写真の説明には、この子がホグワーツに戻《もど》ると書いてあった……ハリーのいるホグワーツへと……」

「何たることだ」

ルーピンがスキャバーズから新聞の写真へと目を移し、またスキャバーズのほうをじっと見つめながら静かに言った。

「こいつの前脚《あし》だ……」

「それがどうしたって言うんだい？」ロンが食ってかかった。

「指が一本ない」ブラックが言った。

「まさに」

ルーピンがため息をついた。

「なんと単純明快《たんじゅんめいかい》なことだ……**なんと小賢《こざか》しい**……あいつは自分で切ったのか？」

「変身する直前にな」ブラックが言った。

「あいつを追いつめた時、あいつは道行く人全員に聞こえるように叫《さけ》んだ。わたしがジェームズとリリーを裏切《うらぎ》ったんだと。それから、わたしがやつに呪《のろ》いをかけるより先に、やつは隠し持った杖《つえ》で道路を吹き飛ばし、自分の周《まわ》り五、六メートル以内にいた人間を皆殺しにした。

――そして素早《すばや》く、ネズミがたくさんいる下水道に逃げ込《こ》んだ……」

「ロン、聞いたことはないかい？」ルーピンが言った。

「ピーターの残骸《ざんがい》で一番大きなのが指だったって」

「だって、たぶん、スキャバーズはほかのネズミとけんかしたか何かだよ！　こいつは何年も家族の中で〝お下がり〟だった。たしか――」

「十二年だね、たしか」

ルーピンが言った。

「どうしてそんなに長生きなのか、変だと思ったことはないのかい？」

「僕《ぼく》たち――僕たちが、ちゃんと世話してたんだ！」ロンが答えた。

「いまはあんまり元気じゃないようだね。どうだね？」ルーピンが続けた。

「私の想像だが、シリウスが脱獄《だつごく》してまた自由の身になったと聞いて以来、やせ衰《おとろ》えてきたのだろう……」

「こいつは、その狂った猫が怖《こわ》いんだ！」

ロンは、ベッドでゴロゴロ喉《のど》を鳴らしているクルックシャンクスを顎《あご》で指《さ》した。

それは違う、とハリーは急に思い出した。……スキャバーズはクルックシャンクスに出会う前から弱っているようだった……ロンがエジプトから帰って以来ずっとだ……ブラックが脱獄して以来ずっとだ……。

「この猫は狂ってはいない」

ブラックのかすれ声がした。骨と皮ばかりになった手を伸ばし、ブラックはクルックシャンクスのふわふわした頭を撫《な》でた。

「わたしの出会った猫の中で、こんなに賢《かしこ》い猫はまたといない。ピーターを見るなり、すぐ正体を見抜いた。わたしに出会った時も、わたしが犬でないことを見破った。わたしを信用するまでにしばらくかかった。ようやっと、わたしの狙《ねら》いをこの猫に伝えることができて、それ以来わたしを助けてくれた……」

「それ、どういうこと？」ハーマイオニーが息をひそめた。

「ピーターを、わたしのところに連れてこようとした。しかし、できなかった。……そこでわたしのためにグリフィンドール塔《とう》への合言葉《あいことば》を盗《ぬす》み出してくれた……誰か男の子のベッド脇《わき》の小机《こづくえ》から持ってきたらしい……」

ハリーは話を聞きながら、混乱《こんらん》して、頭が重く感じられた。そんなバカな……でも、やっぱり……。

「しかし、ピーターは事《こと》の成り行きを察知《さっち》して、逃げ出した。……この猫は——クルックシャンクスという名だね？——ピーターがベッドのシーツに血の痕《あと》を残していったと教えてくれた。……たぶん自分で自分を噛《か》んだのだろう……そう、死んだと見せかけるのは、前にも一度うまくやったのだし……」

この言葉でハリーはハッと我《われ》に返った。

「それじゃ、なぜピーターは自分が死んだと見せかけたんだ？」

ハリーは激《はげ》しい語調で聞いた。

「おまえが、僕《ぼく》の両親を殺したと同じように、自分をも殺そうとしていると気づいたからじゃないか！」

「違う。ハリー——」ルーピンが口を挟《はさ》んだ。

「それで、今度は止《とど》めを刺《さ》そうとしてやってきたんだろう！」

「そのとおりだ」ブラックは殺気《さっき》立った目でスキャバーズを見た。

「それなら、僕はスネイプにおまえを引き渡《わた》すべきだったんだ！」ハリーが叫《さけ》んだ。

「ハリー」

ルーピンが急《せ》き込《こ》んで言った。

「わからないのか？　私たちは、ずっと、シリウスが君のご両親を裏切《うらぎ》ったと思っていた。ピーターがシリウスを追いつめたと思っていた。――しかし、それは逆だった。わからないかい？　**ピーター**が君のお父さん、お母さんを裏切《うらぎ》ったんだ。――シリウスが**ピーター**を追いつめたんだ――」

「**嘘《うそ》だ！**」

ハリーが叫《さけ》んだ。

「**ブラックが『秘密《ひみつ》の守人《もりびと》』だった！　ブラック自身があなたが来る前にそう言ったんだ。こいつは、自分が僕の両親を殺したと言ったんだ！**」

ハリーはブラックを指差《ゆびさ》していた。ブラックはゆっくりと首を振った。落ち窪《くぼ》んだ目が急に潤《うる》んだように光った。

「ハリー……わたしが殺したも同然《どうぜん》だ」ブラックの声がかすれた。

「最後の最後になって、ジェームズとリリーに、ピーターを守人にするように勧《すす》めたのはわたしだ。ピーターに代えるように勧《すす》めた……わたしが悪いのだ。たしかに……二人が死んだ夜、わたしはピーターのところに行く手はずになっていた。ピーターが無事かどうか、確かめにいくことにしていた。ところが、ピーターの隠れ家に行ってみると、もぬけの殻《から》だ。しかも争った跡《あと》がない。どうもおかしい。わたしは不吉な予感がして、すぐ君のご両親のところへ向かった。そして、家が壊《こわ》され、二人が死んでいるのを見た時——わたしは悟《さと》った。ピーターが何をしたのかを。わたしが何をしてしまったのかを」

涙声になり、ブラックは顔をそむけた。

「話はもう十分だ」

ルーピンの声には、ハリーがこれまで聞いたことがないような、情《なさ》け容赦《ようしゃ》のない響《ひび》きがあった。

「本当は何が起こったのか、証明《しょうめい》する道は唯一《ただひと》つだ。ロン、**そのネズミをよこしなさい**」

「こいつを渡《わた》したら、何をしようというんだ?」

ロンが緊張《きんちょう》した声でルーピンに聞いた。

「無理《むり》にでも正体を現させる。もし本当のネズミだったら、これで傷《きず》つくことはない」

ルーピンが答えた。

ロンはためらったが、とうとうスキャバーズをさし出し、ルーピンが受け取った。スキャバーズはキーキーと喚《わめ》き続け、のた打ち回り、小さな黒い目が飛び出しそうだった。

「シリウス、準備《じゅんび》は？」ルーピンが言った。

ブラックはもう、スネイプの杖《つえ》をベッドから拾い上げていた。ブラックが、ルーピンとジタバタするネズミに近づいた。涙で潤《うる》んだ目が、突然《とつぜん》燃え上がったかのようだった。

「一緒《いっしょ》にするか？」ブラックが低い声で言った。

「そうしよう」

ルーピンはスキャバーズを片手にしっかりつかみ、もう一方の手で杖を握《にぎ》った。

「三つ数えたらだ。いち――に――**さん！**」

青白い光が二本の杖からほとばしった。一瞬《いっしゅん》、スキャバーズは宙に浮き、そこに静止した。小さな黒い姿が激《はげ》しく捩《よじ》れた。――ロンが叫び声をあげた。――ネズミは床にボトリと落ちた。もう一度、目も眩《くら》むような閃光《せんこう》が走り、そして――。

木が育つのを早送りで見ているようだった。頭が床からシュッと上に伸び、手足が生《は》え、次の瞬間《しゅんかん》、スキャバーズがいたところに、一人の男が、手を捩《よじ》り、後ずさりしながら立っていた。クルックシャンクスがベッドで背中の毛を逆立《さかだ》て、シャーッ、シャーッと激《はげ》しい音を出し、唸《うな》った。

小柄《こがら》な男だ。ハリーやハーマイオニーの背丈《せたけ》とあまり変わらない。まばらな色あせた髪《かみ》はくしゃくしゃで、てっぺんに大きな禿《は》げがあった。太った男が急激《きゅうげき》に体重を失って萎《しな》びた感じだ。皮膚《ひふ》はまるでスキャバーズの体毛と同じように薄汚《うすよご》れ、尖《とが》った鼻や、ことさら小さい潤《うる》んだ目には何となくネズミ臭《くさ》さが漂《ただよ》っていた。男はハァハァと浅く、速い息遣《いきづか》いで、周《まわ》りの全員を見回した。男の目が素早《すばや》くドアのほうに走り、また元《もど》に戻ったのを、ハリーは目撃《もくげき》した。

「やあ、ピーター」

ネズミがにょきにょきと旧友《きゅうゆう》に変身して身近に現れるのをしょっちゅう見慣れているかのような口ぶりで、ルーピンが朗《ほが》らかに声をかけた。

「しばらくだったね」

「シ、シリウス……リ、リーマス……」

ペティグリューは、声までキーキーとネズミ声だ。またしても、目がドアのほうに素早く走った。

「友よ……なつかしの友よ……」

ブラックの杖腕《つえうで》が上がったが、ルーピンがその手首を押さえ、たしなめるような目でブラックを見た。それからまたペティグリューに向かって、さりげない軽い声で言った。

「ジェームズとリリーが死んだ夜、何が起こったのか、いまおしゃべりしていたんだがね、ピーター。君はあのベッドでキーキー喚《わめ》いていたから、細かいところを聞き逃《のが》したかもしれないな――」

「リーマス」

ペティグリューがあえいだ。その不健康そうな顔から、ドッと汗が噴《ふ》き出すのをハリーは見た。

「君はブラックの言うことを信じたりしないだろうね。……あいつはわたしを殺そうとしたんだ、リーマス……」

「そう聞いていた」

ルーピンの声は一段と冷たかった。

「ピーター、二つ、三つ、すっきりさせておきたいことがあるんだが、君がもし――」

「こいつは、またわたしを殺しにやってきた！」

ペティグリューは突然《とつぜん》ブラックを指差《ゆびさ》して金切《かなき》り声《ごえ》をあげた。人差し指がなくなり、中指で指しているのをハリーは見た。

「こいつはジェームズとリリーを殺した。今度はわたしも殺そうとしてるんだ。……リーマス、助けておくれ……」

暗い底知れない目でペティグリューを睨《にら》みつけたブラックの顔が、いままで以上に骸骨《がいこつ》のような形相《ぎょうそう》に見えた。

「少し話の整理がつくまでは、誰も君を殺しはしない」ルーピンが言った。

「整理？」

ペティグリューはまたキョロキョロとあたりを見回し、その目が板張《いたば》りした窓を確かめ、一つしかないドアをもう一度確かめた。

「こいつがわたしを追ってくるとわかっていた！　こいつがわたしを狙《ねら》って戻《もど》ってくるとわかっていた！　十二年も、わたしはこの時を待っていた！」

「シリウスがアズカバンを脱獄《だつごく》するとわかっていたと言うのか？」

ルーピンは眉根《まゆね》をよせた。

「いまだかつて脱獄した者は誰もいないのに？」

「こいつは、わたしたちの誰もが、夢の中でしか叶《かな》わないような闇《やみ》の力を持っている！ペティグリューの甲高《かんだか》い声が続いた。

「それがなければ、どうやってあそこから出られる？　おそらく『名前を言ってはいけないあの人』がこいつに何か術を教え込《こ》んだんだ！」

ブラックが笑いだした。ぞっとするような、虚《うつ》ろな笑いが部屋中に響《ひび》いた。

「ヴォルデモートがわたしに術を？」

ペティグリューはブラックに鞭《むち》打たれたかのように身を縮《ちぢ》めた。

「どうした？　懐《なつ》かしいご主人様《しゅじんさま》の名前を聞いて怖気《おじけ》づいたか？」ブラックが言った。

「無理《むり》もないな、ピーター。昔の仲間はおまえのことをあまり快く思っていないようだ。違うか？」

「何のことやら――シリウス、君が何を言っているのやら――」

ペティグリューはますます荒い息をしながらモゴモゴ言った。いまや汗だくで、顔がテカテカしている。

「おまえは十二年もの間、**わたしから**逃げていたのではない。ヴォルデモートの昔の仲間から逃げ隠れしていたのだ。アズカバンでいろいろ耳にしたぞ、ピーター。……みんなおまえが死んだと思っている。さもなければ、おまえはみんなから落とし前をつけさせられたはずだ……わたしは囚人《しゅうじん》たちが寝言《ねごと》でいろいろ叫《さけ》ぶのをずっと聞いてきた。どうやらみんな、裏切《うらぎ》り者がまた寝返って自分たちを裏切ったと思っているようだった。ヴォルデモートはおまえの情《じょう》報《ほう》でポッターの家に行った……そこでヴォルデモートが破滅《はめつ》した。ところがヴォルデモートの仲間は、一網打尽《いちもうだじん》でアズカバンに入れられたわけではなかった。そうだな？　まだその辺にたくさんいる。時を待っているのだ。悔《く》い改めたふりをして……。ピーター、その連中が、もしおまえがまだ生きていると風《かぜ》の便《たよ》りに聞いたら――」

「何のことやら……何を話しているやら……」

ペティグリューの声はますます甲高くなっていた。袖《そで》で顔を拭《ぬぐ》い、ルーピンを見上げて、ペティグリューが言った。

「リーマス、君は信じないだろう――こんなバカげた――」

「はっきり言って、ピーター、なぜ無実の者が、十二年もネズミに身をやつして過ごしたいと思ったのかは、理解に苦しむ」

感情の起伏《きふく》を示さず、ルーピンが言った。

「無実だ。でも怖《こわ》かった！」

ペティグリューがキーキー言った。

「ヴォルデモート支持者《しじしゃ》がわたしを追っているなら、それは、大物の一人をわたしがアズカバンに送ったからだ――スパイのシリウス・ブラックだ！」

ブラックの顔が歪《ゆが》んだ。

「よくもそんなことを」

ブラックは、突然《とつぜん》、あの熊のように大きな犬に戻《もど》ったように唸《うな》った。

「わたしが？　ヴォルデモートのスパイ？　わたしがいつ、自分より強く、力のある者たちにへこへこした？　しかし、ピーター、おまえは――おまえがスパイだということを、なぜ初めから見抜けなかったのか。迂闊《うかつ》だった。おまえはいつも、自分の面倒《めんどう》を見てくれる親分にくっついているのが好きだった。そうだな？　かつてはそれが我々《われわれ》だった……わたしとリーマス……それにジェームズだった……」

ペティグリューはまた顔を拭《ぬぐ》った。いまや息も絶《た》え絶《だ》えだった。

「わたしが、スパイなんて……正気の沙汰《さた》じゃない……けっして……どうしてそんなことが言えるのか、わたしにはさっぱり――」

「ジェームズとリリーはわたしが勧《すす》めたからおまえを『秘密《ひみつ》の守人《もりびと》』にしたんだ」

ブラックは歯噛《はが》みをした。その激《はげ》しさに、ペティグリューはたじたじと一歩下がった。

「わたしはこれこそ完璧《かんぺき》な計画だと思った……目眩《めくら》ましだ……ヴォルデモートはきっとわたしを追う。おまえのような弱虫の、能なしを利用しようとは夢にも思わないだろう。……ヴォルデモートにポッター一家を売った時は、さぞかし、おまえの惨《みじ》めな生涯《しょうがい》の最高の瞬間《しゅんかん》だったろうな」

ペティグリューはわけのわからないことをつぶやいていた。ハリーの耳には、「とんだお門《かど》違《ちが》い」とか「気が狂ってる」とかが聞こえてきたが、むしろ気になったのは、ペティグリューの蒼《あお》ざめた顔と、相変《あいか》わらず窓やドアのほうにちらちら走る視線《しせん》だった。

「ルーピン先生」ハーマイオニーがおずおず口を開いた。

「あの――聞いてもいいですか？」

「どうぞ、ハーマイオニー」ルーピンが丁寧《ていねい》に答えた。

「あの――スキャバーズ――いえ、この――この人――ハリーの寮《りょう》で三年間同じ寝室《しんしつ》にいたんです。『例《れい》のあの人』の手先なら、いままでハリーを傷《きず》つけなかったのは、どうしてかしら？」

「そうだ！」

ペティグリューが指の一本欠けた手でハーマイオニーを指差《ゆびさ》し、甲高《かんだか》い声をあげた。

「ありがとう！　リーマス、聞いたかい？　ハリーの髪《かみ》の毛一本傷つけてはいない！　そんなことをする理由がありますか？」

「その理由を教えてやろう」

ブラックが言った。

「おまえは、自分のために得になることがなければ、誰のためにも何もしないやつだ。ヴォルデモートは十二年も隠れたままで、半死半生《はんしはんしょう》だと言われている。アルバス・ダンブルドアの目と鼻の先で、しかもまったく力を失った残骸《ざんがい》のような魔法使いのために、殺人などするおまえか？　『あの人』の下《もと》に馳《は》せ参《さん》ずるなら、『あの人』がお山の大将《たいしょう》で一番強いことを確かめてからにするつもりだったろう？　そもそも魔法使いの家族に入り込んで飼《か》ってもらったのは何のためだ？　情報《じょうほう》が聞ける状態《じょうたい》にしておきたかったんだろう？　え？　おまえの昔の保護者《ほごしゃ》が力を取り戻し、またその下に戻っても安全だという事態《じたい》に備《そな》えて……」

ペティグリューは何度か口をパクパクさせた。話す能力をなくしたかに見えた。

「あの――ブラックさん――シリウス？」ハーマイオニーがおずおず声をかけた。

ブラックは飛び上がらんばかりに驚いた。こんなに丁寧《ていねい》に話しかけられたのは、遠い昔のことで、もう忘れてしまったというように、ハーマイオニーをじっと見つめた。

「お聞きしてもいいでしょうか。ど――どうやってアズカバンから脱獄《だつごく》したのでしょう？　もし闇《やみ》の魔術《まじゅつ》を使ってないのなら」

「ありがとう！」

ペティグリューは息を呑《の》み、ハーマイオニーに向かって激《はげ》しく頷《うなず》いた。

「そのとおり！　それこそ、わたしが言いた――」

ルーピンが睨《にら》んでペティグリューを黙《だま》らせた。ブラックはハーマイオニーに向かってちょっと顔をしかめたが、聞かれたことを不快に思っている様子ではなかった。自分もその答えを探しているように見えた。

「どうやったのか、自分でもわからない」

ゆっくりと考えながらブラックが答えた。

「わたしが正気を失わなかった理由は唯一《ただひと》つ、自分が無実だと知っていたことだ。これは幸福な気持ではなかったから、吸魂鬼《ディメンター》はその思いを吸い取ることができなかった……しかし、その想《おも》いがわたしの正気を保った。自分が何者であるか意識《いしき》し続けていられた……わたしの力を保たせてくれた……だからいよいよ……耐《た》えがたくなった時は……わたしは独房《どくぼう》で変身することができた……犬になれた。吸魂鬼は目が見えないのだ……」

ブラックはゴクリと唾《つば》を飲んだ。

「連中は人の感情を感じ取って人に近づく……わたしが犬になると、連中はわたしの感情が――人間的でなくなり、複雑《ふくざつ》でなくなるのを感じ取った……しかし、連中はもちろんそれを、ほかの囚人《しゅうじん》と同じくわたしも正気を失ったのだろうと考え、気にもかけなかった。とはいえ、わたしは弱っていた。とても弱っていて、杖《つえ》なしには連中を追い払うことはとてもできないと諦《あきら》めていた……」

「そんな時、わたしはあの写真にピーターを見つけた……ホグワーツでハリーと一緒《いっしょ》だということがわかった。……闇の陣営《じんえい》が再び力を得たとの知らせが、ちらとでも耳に入ったら、行動が起こせる完璧《かんぺき》な態勢《たいせい》だ……」

ペティグリューは声もなく口をパクつかせながら、首を振っていたが、まるで催眠術《さいみんじゅつ》にかかったようにブラックを見つめ続けていた。

「……味方の力に確信《かくしん》が持てたら、とたんに襲《おそ》えるよう準備万端《じゅんびばんたん》だ……ポッター家《け》最後の一人を味方に引き渡《わた》す。ハリーをさし出せば、やつがヴォルデモート卿《きょう》を裏切《うらぎ》ったなどと誰が言おうか？　やつは栄誉《えいよ》をもって再び迎え入れられる……」

「だからこそ、わたしは何かをせねばならなかった。ピーターがまだ生きていると知っているのはわたしだけだ……」

ハリーはウィーズリー氏と夫人とが話していたことを思い出した。

「看守《かんしゅ》が、ブラックは寝言《ねごと》を言っていると言うんだ……いつも同じ寝言だ……『あいつはホグワーツにいる』って」

「まるで誰かがわたしの心に火を点《つ》けたようだった。しかも吸魂鬼《ディメンター》はその思いを砕《くだ》くことはできない……幸福な気持ではないからだ……妄執《もうしゅう》だった……しかし、その気持がわたしに力を与えた。心がしっかり覚めた。そこである晩《ばん》、連中が食べ物を運んできて独房《どくぼう》の戸を開けた時、わたしは犬になって連中の脇《わき》をすり抜けた……連中にとって獣《けもの》の感情を感じるのは非常に難《むずか》しいことなので、混乱《こんらん》した……わたしはやせ細っていた。とても……鉄格子《てつごうし》の隙間《すきま》をすり抜けられるほどやせていた……わたしは犬の姿で泳ぎ、島から戻《もど》ってきた……北へと旅し、ホグワーツの校庭に犬の姿で入り込《こ》んだ……それからずっと森に棲《す》んでいた……もちろん、一度だけクィディッチの試合を見にいったが、それ以外は………。ハリー、君はお父さんに負けないぐらい飛ぶのがうまい……」

ブラックはハリーを見た。ハリーも目を逸《そ》らさなかった。

「信じてくれ」

かすれた声でブラックが言った。

「信じてくれ、ハリー。わたしはけっしてジェームズやリリーを裏切《うらぎ》ったことはない。裏切るくらいなら、わたしが死ぬほうがましだ」

ようやくハリーはブラックを信じることができた。喉《のど》がつまり、声が出なかった。ハリーは頷《うなず》いた。

「だめだ！」

ペティグリューは、ハリーが頷いたことが自分の死刑宣告《しけいせんこく》でもあるかのように、ガックリと膝《ひざ》をついた。そのままにじり出て、祈《いの》るように手を握《にぎ》り合わせ、這《は》いつくばった。

「シリウス――わたしだ……ピーターだ……君の友達の……まさか君は……」

ブラックが蹴飛《けと》ばそうと足を振ると、ペティグリューは後ずさりした。

「わたしのローブは十分に汚《よご》れてしまった。この上おまえの手で汚されたくはない」

ブラックが言った。

「リーマス！」

ペティグリューはルーピンのほうに向き直り、哀《あわ》れみを請《こ》うように身を捩《よじ》りながら金切《かなき》り声《ごえ》をあげた。

「君は信じないだろうね……計画を変更《へんこう》したなら、シリウスは君に話したはずだろう？」

「ピーター、私がスパイだと思ったら話さなかっただろうな」ルーピンが答えた。

「シリウス、たぶんそれで私に話してくれなかったのだろう？」

ペティグリューの頭越《ご》しに、ルーピンがさりげなく言った。

「すまない、リーマス」ブラックが言った。

「気にするな。わが友、パッドフット」ルーピンは袖《そで》をまくり上げながら言った。

「その代わり、私が**君を**スパイだと思い違いしたことを許してくれるか？」

「もちろんだとも」

ブラックのげっそりした顔に、ふと、微《かす》かな笑みが漏《も》れた。ブラックも袖をまくり上げはじめた。

「一緒《いっしょ》にこいつを殺《や》るか？」

「ああ、そうしよう」ルーピンが厳粛《げんしゅく》に言った。

「やめてくれ……やめて……」

ペティグリューがあえいだ。そして、ロンのそばに転《ころ》がり込んだ。

「ロン……わたしはいい友達……いいペットだったろう？　わたしを殺させないでくれ、ロン。お願いだ……君はわたしの味方だろう？」

しかし、ロンは思いっきり不快そうにペティグリューを睨《にら》んだ。

「自分のベッドにおまえを寝かせてたなんて！」

「やさしい子だ……情《なさ》け深《ぶか》いご主人様《しゅじんさま》……」

ペティグリューはロンのほうに這《は》いよった。

「殺させないでくれ……わたしは君のネズミだった……いいペットだった……」

「人間の時よりネズミのほうがさまになるなんていうのは、ピーター、あまり自慢《じまん》にはならない」

ブラックが厳《きび》しく言った。ロンは痛みでいっそう蒼白《そうはく》になりながら、折《お》れた足を、ペティグリューの手の届かないところへと捻《ねじ》った。ペティグリューは膝《ひざ》を折ったまま向きを変え、前にのめりながらハーマイオニーのローブの裾《すそ》をつかんだ。

「やさしいお嬢《じょう》さん……賢《かしこ》いお嬢さん……あなたは――あなたならそんなことをさせないでしょう……助けて……」

ハーマイオニーはローブを引《ひ》っ張《ぱ》り、しがみつくペティグリューの手からもぎ取り、怯《おび》えきった顔で壁際《かべぎわ》まで下がった。

ペティグリューは、止めどなく震《ふる》えながら、跪《ひざまず》き、ハリーに向かってゆっくりと顔を上げた。

「ハリー……ハリー……君はお父さんに生き写しだ……そっくりだ……」

「ハリーに話しかけるとは、どういう神経《しんけい》だ？」ブラックが大声を出した。**「ハリーに顔向けができるか？　この子の前で、ジェームズのことを話すなんて、どの面《つら》下げてできるんだ？」**

「ハリー」

ペティグリューが両手を伸ばし、ハリーに向かって膝《ひざ》で歩きながら囁《ささや》いた。

「ハリー、ジェームズならわたしが殺されることを望まなかっただろう……ジェームズならわかってくれたよ、ハリー……ジェームズならわたしに情けをかけてくれただろう……」

ブラックとルーピンが大股《おおまた》にペティグリューに近づき、肩をつかんで床の上に仰向《あおむ》けに叩《たた》きつけた。ペティグリューは座り込《こ》んで、恐怖《きょうふ》にひくひく痙攣《けいれん》しながら二人を見つめた。

「おまえは、ジェームズとリリーをヴォルデモートに売った」

ブラックも体を震わせていた。

「否定《ひてい》するのか？」

ペティグリューはわっと泣きだした。おぞましい光景だった。育ちすぎた、頭の禿《は》げかけた赤ん坊が、床の上ですくんでいるようだった。

「シリウス、シリウス、わたしに何ができたというのだ？　闇《やみ》の帝王《ていおう》は……君にはわかるまい……あの方には君の想像もつかないような武器がある……わたしは怖《こわ》かった。シリウス、わたしは君や、リーマスやジェームズのように勇敢《ゆうかん》ではなかった。わたしはやろうと思ってやったのではない……あの『名前を言ってはいけないあの人』が無理《むり》やり――」

「**嘘《うそ》をつくな！**」

ブラックが割れるような大声を出した。

「**おまえは、ジェームズとリリーが死ぬ一年も前から、『あの人』に密通《みっつう》していた！　おまえがスパイだった！**」

「あの方は――あの方は、あらゆるところを征服《せいふく》していた！」

ペティグリューがあえぎながら言った。

「あの方を拒《こば》んで、な、何が得られたろう？」

「史上でもっとも邪悪《じゃあく》な魔法使いに抗《あらが》って、何が得られたかって？」

ブラックの顔には凄《すさ》まじい怒りが浮かんでいた。

「それは罪もない人々の命だ、ピーター！」

「君にはわかってないんだ！」

ペティグリューが哀《あわ》れっぽく訴《うった》えた。

「シリウス、わたしが殺されかねなかったんだ！」

「**それなら、死ねばよかったんだ**」ブラックが吠《ほ》えた。

「**友を裏切《うらぎ》るくらいなら死ぬべきだった。我々《われわれ》も君のためにそうしただろう**」

ブラックとルーピンが肩を並べて立ち、杖《つえ》を上げた。

「おまえは気づくべきだったな」ルーピンが静かに言った。

「ヴォルデモートがおまえを殺さなければ、我々が殺すと。ピーター、さらばだ」

ハーマイオニーが両手で顔を覆《おお》い、壁《かべ》のほうを向いた。

「**やめて！**」

ハリーが叫《さけ》んだ。ハリーは駆《か》け出して、ペティグリューの前に立ちふさがり、杖に向き合った。

「殺してはだめだ」ハリーはあえぎながら言った。「殺しちゃいけない」

ブラックとルーピンはショックを受けたようだった。

「ハリー、このクズのせいで、君は両親を亡《な》くしたんだぞ」ブラックが唸《うな》った。

「このへこへこしているろくでなしは、あの時、君も死んでいたら、それを平然《へいぜん》と眺《なが》めていたはずだ。聞いただろう。小汚《こぎたな》い自分の命のほうが、君の家族全員の命より大事だったのだ」

「わかってる」ハリーはあえいだ。

「こいつを城まで連れていこう。僕《ぼく》たちの手で吸魂鬼《ディメンター》に引き渡《わた》すんだ。こいつはアズカバンに行けばいい……殺すことだけはやめて」

「ハリー！」

ペティグリューが息を呑《の》んだ。そして両腕でハリーの膝《ひざ》をひしと抱いた。

「君は――ありがとう――こんなわたしに――ありがとう――」

「放《はな》せ」

ハリーは汚《けが》らわしいとばかりにペティグリューの手をはねつけ、吐《は》き捨《す》てるように言った。

「おまえのために止めたんじゃない。僕の父さんは、親友が――おまえみたいなもののために――殺人者《さつじんしゃ》になるのを望まないと思っただけだ」

誰一人動かなかった。物音一つたてなかった。ただ、胸を押さえたペティグリューの息が、ゼイゼイと聞こえるだけだった。ブラックとルーピンは互いに顔を見合わせていた。それから二人同時に杖を下ろした。

「ハリー、君だけが決める権利《けんり》を持つ」ブラックが言った。

「しかし、考えてくれ……こいつのやったことを……」

「こいつはアズカバンに行けばいいんだ」ハリーは繰《く》り返し言った。

「あそこがふさわしい者がいるとしたら、こいつしかいない……」

ペティグリューはハリーの陰《かげ》で、まだゼイゼイ言っていた。

「いいだろう。ハリー、脇《わき》に退《の》いてくれ」ルーピンが言った。

ハリーは躊躇《ちゅうちょ》した。

「縛《しば》り上げるだけだ。誓《ちか》ってそれだけだ」ルーピンが言った。

ハリーが脇《わき》にどいた。今度はルーピンの杖《つえ》の先から、細い紐《ひも》が噴《ふ》き出て、次の瞬間《しゅんかん》、ペティグリューは縛られ、さるぐつわを噛《か》まされて床の上でもがいていた。

「しかし、ピーター、もし変身したら」

ブラックも杖をペティグリューに向け、唸《うな》るように言った。

「**やはり**殺す。いいね、ハリー？」

ハリーは床に転《ころ》がった哀れな姿を見下ろし、ペティグリューに見えるように頷《うなず》いた。

「よし」

ルーピンが急にテキパキとさばきはじめた。

「ロン、わたしはマダム・ポンフリーほどうまく骨折を治すことができないから、医務室《いむしつ》に行くまでの間、包帯《ほうたい》で固定しておくのが一番いいだろう」

ルーピンはさっとロンのそばに行き、屈《かが》んでロンの足を杖で軽く叩《たた》き、「**フェルーラ！ 巻け！**」と唱《とな》えた。副《そ》え木《ぎ》で固定したロンの足に包帯が巻きついた。ルーピンが手を貸してロンを立たせ、ロンは恐る恐る足に体重をかけたが、痛さに顔をしかめることもなかった。

「よくなりました。ありがとう」ロンが言った。

「スネイプ先生はどうしますか？」

ハーマイオニーが、首うなだれて伸びているスネイプを見下ろしながら、小声で言った。

「こっちは別に悪いところはない」

屈《かが》んでスネイプの脈を取りながら、ルーピンが言った。

「君たち三人とも、ちょっと——過激《かげき》にやりすぎただけだ。スネイプはまだ気絶《きぜつ》したままだ。ウム——我々《われわれ》が安全に城に戻《もど》るまで、このままにしておくのが一番いいだろう。こうして運べばいい……」

ルーピンが「**モビリコーパス！　体よ動け！**」と唱えた。手首、首、膝《ひざ》に見えない糸が取りつけられたように、スネイプの体が引っ張《ひ》り上《ぱ》げられ、立ち上がった。頭部はまだぐらぐらと据《す》わり心地悪そうに垂《た》れ下がったままで、まるで異様《いよう》な操《あやつ》り人形だ。足をぶらぶらさせ、床から数センチ上に吊《つ》るし上げられていた。ルーピンは「透明《とうめい》マント」を拾い上げ、ポケットにきちんとしまった。

「誰か二人、こいつとつながっておかないと」

ブラックが足の爪先《つまさき》でペティグリューを小突《こづ》きながら言った。

「万一のためだ」

「わたしがつながろう」ルーピンだ。

「僕《ぼく》も」

ロンが片足を引きずりながら進み出て、乱暴に言った。

ブラックは空中からひょいと重い手錠《てじょう》を取り出した。再び、ペティグリューは二本足で立ち、その左腕《ひだりうで》はルーピンの右腕に、そして右腕はロンの左腕につながれていた。ロンは口を真《ま》一文字《いちもんじ》に結んでいた。スキャバーズの正体を、ロンはまるで自分への屈辱《くつじょく》と受け取ったように見えた。クルックシャンクスがひらりとベッドから飛び降《お》り、先頭に立って部屋を出た。瓶《びん》洗いブラシのような尻尾《しっぽ》を誇《ほこ》らしげにきりっと上げながら。

第20章

CHAPTER TWENTY
The Dementors' Kiss

吸魂鬼のキス

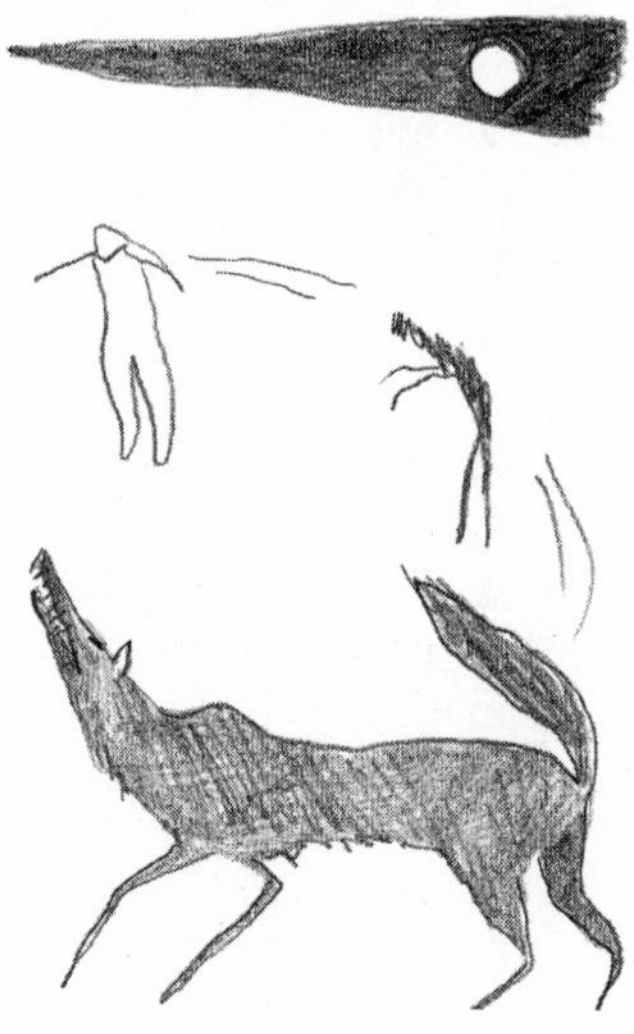

こんな奇妙《きみょう》な群れに加わったのはハリーにとって初めてだった。クルックシャンクスが先頭に立って階段を下り、そのあとをルーピン、ペティグリュー、ロンが、まるでムカデ競走のようにつながって下りた。シリウスがスネイプの杖《つえ》を使ってスネイプ先生を宙吊《ちゅうづ》りにし、不気味《ぶきみ》に宙を漂《ただよ》うスネイプ先生の爪先《つまさき》が、階段を一段下りるたびに階段にぶつかった。ハリーとハーマイオニーがしんがりだった。

トンネルを戻《もど》るのがひと苦労だった。ルーピン、ペティグリュー、ロンの組は横向きになって歩かざるをえなかった。ルーピンはペティグリューに杖を突きつけたままだ。ハリーからは、三人が一列《いちれつ》になって、歩きにくそうにトンネルを横這《よこば》いしていくのが見えた。先頭は相変《あいか》わらずクルックシャンクスだ。

ハリーは、シリウスのすぐ後ろを歩いていた。スネイプがシリウスによって宙吊りにされたまま、三人の前を漂っていたが、ガクリと垂《た》れた頭が、低い天井《てんじょう》にぶつかってばかりいた。ハリーは、シリウスがわざと避《よ》けないようにしているような気がした。

「これがどういうことなのか、わかるかい？」

トンネルをのろのろと進みながら、出し抜けにシリウスがハリーに話しかけた。

「ペティグリューを引き渡《わた》すということが」

「あなたが自由の身になる」

「そうだ……」

シリウスが続けた。

「しかし、それだけではない。――誰かに聞いたかも知らないが――わたしは君の名付け親《なづけおや》でもあるんだよ」

「ええ、知っています」

「つまり……君の両親が、わたしを君の後見人《こうけんにん》に決めたのだ」

シリウスの声が緊張《きんちょう》した。

「もし自分たちの身に何かあればと……」

ハリーは次の言葉を待った。シリウスの言おうとしていることが、自分の考えていることと同じだったら？

「もちろん、君が叔父《おじ》さんや叔母《おば》さんとこのまま一緒《いっしょ》に暮《く》らしたいというなら、その気持はよくわかるつもりだ。しかし……まあ……考えてくれないか。わたしの汚名《おめい》が晴れたら……もし君が……別の家族がほしいと思うなら……」シリウスが言った。

ハリーの胸の奥で、何かが爆発《ばくはつ》した。

「えっ？――あなたと暮らすの？」

思わずハリーは、天井から突き出している岩にいやというほど頭をぶっつけた。

「ダーズリー一家と別れるの？」

「むろん、君はそんなことは望まないだろうと思ったが」

シリウスが慌《あわ》てて言った。

「よくわかるよ。ただ、もしかしたらわたしと、と思ってね……」

「とんでもない！」

ハリーの声は、シリウスに負けず劣らずかすれていた。

「もちろん、ダーズリーのところなんか出たいです！　住む家はありますか？　僕《ぼく》、いつ引《ひっ》越《こ》せますか？」

シリウスがくるりと振り返ってハリーを見た。スネイプの頭が天井《てんじょう》をゴリゴリこすっていたが、シリウスは気にも留《と》めない様子だ。

「そうしたいのかい？　本気で？」

「ええ、本気です！」ハリーが答えた。

シリウスのげっそりした顔が、急に笑顔になった。ハリーが初めて見る、シリウスの本当の笑顔だった。その笑顔がもたらした変化は驚異的《きょういてき》だった。骸骨《がいこつ》のようなお面の後ろに十歳《さい》若返った顔が輝《かがや》いて見えるようだった。ほんの一瞬《いっしゅん》、シリウスはハリーの両親の結婚式で快活《かいかつ》に笑っていたあの人だ、とわかる顔になった。

トンネルの出口に着くまで、二人はもう何も話さなかった。クルックシャンクスが最初に飛び出した。木の幹《みき》のあのコブを押してくれたらしい。

ルーピン、ペティグリュー、ロンのひと組が這《は》い上がっていったが、獰猛《どうもう》な枝の音は聞こえてこなかった。

シリウスはまずスネイプを穴の外に送り出し、それから一歩下がって、ハリーとハーマイオニーを先に通した。ついに全員が外に出た。

校庭はすでに真っ暗だった。明りといえば、遠くに見える城の窓からもれる灯《ひ》だけだ。無言で、全員が歩きだした。ペティグリューは相変《あいか》わらずゼイゼイと息をし、時折《ときおり》ヒーヒー泣いていた。

ハリーは胸が一杯《いっぱい》だった。ダーズリー家《け》を離《はな》れるんだ。父さん、母さんの親友だったシリウス・ブラックと一緒《いっしょ》に暮らすんだ。……ハリーはぼーっとした……ダーズリー一家に、テレビに出ていたあの囚人《しゅうじん》と一緒に暮らすと言ったら、どうなるかな！

「ちょっとでも変なまねをしてみろ、ピーター」

前のほうで、ルーピンが脅《おど》すように言った。ペティグリューの胸に、ルーピンの杖《つえ》が横から突きつけられていた。

みんな無言でひたすら校庭を歩いた。窓の灯《ひ》が徐々《じょじょ》に大きくなってきた。スネイプは顎《あご》をガクガクと胸にぶっつけながら、相変わらず不気味《ぶきみ》に宙を漂《ただよ》い、シリウスの前を移動していた。

すると、その時——。

雲が切れた。突然《とつぜん》校庭にぼんやりとした影《かげ》が落ちた。一行《いっこう》は月明《つきあか》りを浴《あ》びていた。

スネイプが、ふいに立ち止まったルーピン、ペティグリュー、ロンの一団《いちだん》にぶつかった。シリウスが立ちすくんだ。シリウスは片手をさっと上げてハリーとハーマイオニーを制止《せいし》した。ハリーは、ルーピンの黒い影のような姿を見た。その姿は硬直《こうちょく》していた。そして、手足が震《ふる》えだした。

「どうしましょう——あの薬を今夜飲んでないわ！　危険《きけん》よ！」

ハーマイオニーが絶句《ぜっく》した。

「逃げろ」

シリウスが低い声で言った。

「逃げろ！　早く！」

しかし、ハリーは逃げなかった。ロンがペティグリューとルーピンにつながれたままだ。ハリーは前に飛び出した。が、シリウスが両腕《りょううで》をハリーの胸に回してぐいと引き戻《もど》した。

「わたしに任《まか》せて——**逃げるんだ！**」

恐ろしい唸《うな》り声がした。ルーピンの頭が長く伸びた。体も伸びた。背中が盛《も》り上がった。顔といわず手といわず、見る見る毛が生《は》えだした。手は丸まって鉤爪《かぎづめ》が生えた。クルックシャンクスの毛が再び逆立《さかだ》ち、たじたじと後ずさりしていた——。

狼人間《おおかみにんげん》が後ろ足で立ち上がり、バキバキと牙《きば》を打ち鳴らした時、シリウスの姿もハリーのそばから消えていた。変身したのだ。巨大な、クマのような犬が躍《おど》り出た。狼人間が自分を縛《しば》っていた手錠《てじょう》を捻《ね》じ切った時、犬が狼人間の首に食らいついて後ろに引き戻《もど》し、ロンやペティグリューから遠ざけた。二匹は、牙《きば》と牙とががっちりと噛《か》み合い、鉤爪が互いを引き裂《さ》き合っていた――。

ハリーはこの光景に立ちすくみ、その戦いに心を奪《うば》われるあまり、他のことには何も気づかなかった。ハーマイオニーの悲鳴《ひめい》で、ハリーはハッと我《われ》に返った――。

ペティグリューがルーピンの落とした杖《つえ》に飛びついていた。包帯《ほうたい》をした足で不安定だったロンが転倒《てんとう》した。バンという音と、炸裂《さくれつ》する光――そして、ロンは倒れたまま動かなくなった。またバンという音――クルックシャンクスが宙を飛び、地面に落ちてクシャッとなった。

「エクスペリアームス！　武器よ去れ！」

ペティグリューに杖を向け、ハリーが叫《さけ》んだ。ルーピンの杖が空中に高々と舞《ま》い上がり、見えなくなった。

「動くな！」

ハリーは前方に向かって走りながら叫んだ。

遅《おそ》かった。ペティグリューはもう変身していた。だらりと伸びたロンの腕《うで》にかかっている手錠を、ペティグリューの禿《は》げた尻尾《しっぽ》がシュッとかいくぐるのを、ハリーは目撃《もくげき》した。草むらを慌《あわ》てて走り去る音が聞こえた。

ひと声高く吠《ほ》える声と低く唸《うな》る声とが聞こえた。ハリーが振り返ると、狼人間が逃げ出すところだった。森に向かって疾駆《しっく》していく。

「シリウス、あいつが逃げた。ペティグリューが変身した！」

ハリーが大声をあげた。

シリウスは血を流していた。鼻面《はなづら》と背に深手を負っていた。しかし、ハリーの言葉に、素早《すばや》く立ち上がり、足音を響《ひび》かせて校庭を走り去った。その足音もたちまち夜のしじまに消えていった。

ハリーとハーマイオニーは、ロンに駆《か》けよった。

「ペティグリューはいったいロンに何をしたのかしら？」

ハーマイオニーが囁《ささや》くように言った。ロンは目を半眼《はんめ》に見開き、口はだらりと開いていた。生きているのは確かだ。息をしているのが聞こえる。しかし、ロンは二人の顔がわからないようだった。

「さあ、わからない」

ハリーはすがる思いで周《まわ》りを見回した。ブラックもルーピンも行ってしまった。……そばにいるのは、宙吊《ちゅうづ》りになって、気を失っているスネイプだけだ。

「二人を城まで連れていって、誰かに話をしないと」

ハリーは目にかかった髪《かみ》をかき上げ、筋道《すじみち》立てて考えようとした。

「行こう——」

しかし、その時、暗闇《くらやみ》の中から、キャンキャンと苦痛を訴《うった》えるような犬の鳴き声が聞こえてきた。

「シリウス」

ハリーは闇を見つめてつぶやいた。

一瞬《いっしゅん》、ハリーは意を決しかねた。しかし、いまここにいても、ロンには何もしてやることができない。しかもあの声からすると、ブラックは窮地《きゅうち》に陥《おちい》っている――。

ハリーは駆《か》けだした。ハーマイオニーもあとに続いた。甲高《かんだか》い鳴き声は湖のそばから聞こえてくるようだ。二人はその方向に疾走《しっそう》した。全力で走りながら、ハリーは寒気《さむけ》を感じたが、その意味には気づかなかった――。

キャンキャンという鳴き声が急にやんだ。湖のほとりにたどり着いた時、それがなぜなのかを二人は目撃《もくげき》した。――シリウスは人の姿に戻《もど》っていた。うずくまり、両手で頭を抱《かか》えている。

「やめろおおお」

シリウスが呻《うめ》いた。

「やめてくれえええええ……頼む……」

そして、ハリーは見た。吸魂鬼《ディメンター》だ。少なくとも百人が、真っ黒な塊《かたまり》になって、湖の周《まわ》りからこちらに、滑《すべ》るように近づいてくる。ハリーはあたりをぐるりと見回した。いつもの氷のように冷たい感覚が体の芯《しん》を貫《つらぬ》き、目の前が霧《きり》のようにかすんできた。四方八方の闇の中から、次々と吸魂鬼《ディエメンター》が現れてくる。三人を包囲《ほうい》している……。

「ハーマイオニー、何か幸せなことを考えるんだ！」

ハリーが杖《つえ》を上げながら叫《さけ》んだ。目の前の霧《きり》を振り払おうと、激《はげ》しく目を瞬《しばた》き、内側から聞こえはじめた微《かす》かな悲鳴《ひめい》を振り切ろうと、頭を振った——。

僕《ぼく》は名付《なづ》け親《おや》と暮らすんだ。ダーズリー一家と別れるんだ。

ハリーは、必死《ひっし》で、シリウスのことを、そしてそのことだけを考えようとした。そして、唱《とな》えはじめた。

「エクスペクト・パトローナム、守護霊よ来たれ！　エクスペクト・パトローナム！」

ブラックは大きく身震《みぶる》いして引っくり返り、地面に横たわり動かなくなった。死人のように蒼白《あおじろ》い顔だった。

シリウスは大丈夫《だいじょうぶ》だ。僕はシリウスと行く。シリウスと暮らすんだ。

「エクスペクト・パトローナム！　ハーマイオニー、助けて！　エクスペクト・パトローナム！」

「エクスペクト——」

ハーマイオニーも囁《ささや》くように唱えた。

「エクスペクト——エクスペクト——」

しかし、ハーマイオニーはうまくできなかった。吸魂鬼が近づいてくる。もう三メートルと離《はな》れていない。ハリーとハーマイオニーの周《まわ》りを、吸魂鬼が壁《かべ》のように囲《かこ》み、二人に迫《せま》ってくる……。

「エクスペクト・パトローナム！」

ハリーは、耳の中で叫ぶ声をかき消そうと、大声で叫んだ。

「エクスペクト・パトローナム！」

杖の先から、銀色のものがひと筋流れ出て、目の前に霞《かすみ》のように漂《ただよ》った。と同時に、ハリーは隣《となり》のハーマイオニーが気を失うのを感じた。ハリーは独《ひと》りになった。……たった一人だった……。

「エクスペクト――エクスペクト・パトローナム――」

ハリーは膝《ひざ》に冷たい下草を感じた。目に霧がかかった。渾身《こんしん》の力を振りしぼり、ハリーは記《き》憶《おく》を失うまいと戦った。――シリウスは無実だ――無実なんだ――**僕たちは大丈夫だ――僕はシリウスと暮らすんだ――**。

「エクスペクト・パトローナム！」

ハリーはあえぐように言った。

形にならない守護霊の弱々しい光で、ハリーは、吸魂鬼がすぐそばに立ち止まるのを見た。吸魂鬼は、ハリーが創《つく》り出した銀色の靄《もや》の中を通り抜けることができなかった。マントの下から、ヌメヌメした死人《しびと》のような手がスルスルと伸びてきて、守護霊を振り払うかのような仕種《しぐさ》をした。

「やめろ――**やめろ**――」

ハリーはあえいだ。

「あの人は無実だ……エクスペクト――エクスペクト・パトローナム――」

吸魂鬼《ディメンター》たちが自分を見つめているのを感じた。ザーザーという息が邪悪《じゃあく》な風のようにハリーを取り囲んでいる。一番近くの吸魂鬼がハリーをじっくりと眺《なが》め回した。そして、腐乱《ふらん》した両手を上げ――フードを脱いだ。

目があるはずのところには、虚《うつ》ろな眼窩《がんか》と、のっぺりとそれを覆《おお》っている灰色の薄《うす》いかさぶた状《じょう》の皮膚《ひふ》があるだけだった。しかし、口はあった。……がっぽり空《あ》いた形のない穴が、死に際《ぎわ》の息のように、ザーザーと空気を吸い込《こ》んでいる。

恐怖《きょうふ》がハリーの全身を麻痺《まひ》させ、動くことも声を出すこともできない。守護霊は揺《ゆ》らぎ、果てた。

真っ白な霧《きり》が目を覆った。戦わなければ……**エクスペクト・パトローナム**……何も見えない……すると、遠くのほうから、聞き覚えのあるあの叫《さけ》び声が聞こえてきた……**エクスペクト・パトローナム**……霧の中で、ハリーは手探りでシリウスを探し、その腕《うで》に触《ふ》れた……あいつらにシリウスを連れていかせてなるものか……。

しかし、べっとりした冷たい二本の手が、突然《とつぜん》ハリーの首にがっちりと巻きついた。無理《むり》やりハリーの顔を仰向《あおむ》けにした……ハリーはその息を感じた……僕《ぼく》を最初に始末するつもりなんだ……腐《くさ》ったような息がかかる……耳元で母さんが叫んでいる……生きている僕が、最期《さいご》に聞く声が母さんの声なんだ――。

するると、その時、ハリーをすっぽり包み込んでいる霧を貫《つらぬ》いて、銀色の光が見えるような気がした。だんだん強く、明るく……。ハリーは自分の体が、うつ伏《ぶ》せに草の上に落ちるのを感じた。

うつ伏せのまま身動きする力もなく、吐《は》き気がし、震《ふる》えながらハリーは目を開けた。目も眩《くら》むような光が、あたりの草むらを照らしていた。……耳元の叫び声はやみ、冷気は徐々《じょじょ》に退《ひ》いていった……。

何かが、吸魂鬼を追い払っている……何かがハリー、シリウス、ハーマイオニーの周《まわ》りをぐるぐる回っている……ザーザーという吸魂鬼の息がしだいに消えていった。吸魂鬼が去っていく……暖かさが戻《もど》ってきた……。

あらんかぎりの力を振りしぼり、ハリーは顔をほんの少し持ち上げた。そして、光の中に、湖を疾駆《しっく》していく動物を見た。

汗でかすむ目を凝《こ》らし、ハリーはその姿が何かを見極《みきわ》めようとした。……それは一角獣《ユニコーン》のように輝《かがや》いていた。薄《うす》れゆく意識《いしき》を奮《ふる》い起こし、ハリーはそれが向こう岸に着き、走る脚並《あしな》みを緩《ゆる》め、止まるのを見つめていた。眩《まぶゆ》い光の中で、ハリーは一瞬《いっしゅん》、誰かがそれを迎えているのを見た……それを撫《な》でようと手を上げている……何だか不思議に見覚えのある人だ……でも、まさか……。

ハリーにはわからなかった。もう考えることもできなかった。最後の力が抜けていくのを感じ、頭がガックリと地面に落ち、ハリーは気を失った。

第21章

CHAPTER TWENTY-ONE
Hermione's Secret

ハーマイオニーの秘密

「言語道断《ごんごどうだん》……あろうことか……誰も死ななかったのは奇跡《きせき》だ……こんなことは前代未聞《ぜんだいみもん》……いや、まったく、スネイプ、君が居合《いあ》わせたのは幸運だった」

「恐れ入ります、大臣閣下《だいじんかっか》」

「マーリン勲章《くんしょう》、勲二等《くんにとう》、いや、もし私が口やかましく言えば、勲一等ものだ」

「まことにありがたいことです、閣下」

「ひどい切り傷《きず》があるねえ……ブラックの仕業《しわざ》、だろうな?」

「実は、ポッター、ウィーズリー、グレンジャーの仕業です、閣下……」

「**まさか!**」

「ブラックが三人に魔法をかけたのです。我輩《わがはい》にはすぐわかりました。三人の行動から察《さっ》しますに、『錯乱《さくらん》の呪文《じゅもん》』でしょうな。三人はブラックが無実である可能性《かのうせい》があると考えていたようです。三人の行動に責任はありません。しかしながら、三人がよけいなことをしたため、ブラックを取り逃がしたかもしれないわけでありまして……三人は明らかに、自分たちだけでブラックを捕《つか》まえようと思ったわけですな。この三人は、これまでもいろいろとうまくやり遂《お》せておりまして……どうも自分たちの力を過信している節《ふし》があるようで……。それに、もちろん、ポッターの場合、校長が特別扱《あつか》いで、相当な自由を許してきましたし――」

「ああ、それは、スネイプ……なにしろ、ハリー・ポッターだ……我々《われわれ》はみな、この子に関してはは多少甘いところがある」

「しかし、それにしましても――あまりの特別扱いは本人のためにならぬのでは？　我輩、個人的には、ほかの生徒と同じように扱うよう心がけております。そこでですが、ほかの生徒であれば、停学《ていがく》でしょうな――少なくとも――友人をあれほどの危険《きけん》に巻き込んだのですから。閣下、お考えください。校則《こうそく》のすべてに違反《いはん》し――しかもポッターを護《まも》るために、あれだけの警戒措置《けいかいそち》が取られたにもかかわらずですぞ――規則を破り、夜間、人狼《じんろう》や殺人者と連《つる》んで――。それに、ポッターは、規則を犯《おか》して、ホグズミードに出入りしていたと信じるに足《た》る証拠《しょうこ》を我輩はつかんでおります――」

「まあまあ……スネイプ、いずれそのうち、またそのうち……あの子はたしかに愚《おろ》かではあった……」

ハリーは目をしっかり閉じ、横になったまま聞いていた。なんだかとてもふらふらした。聞いている言葉が、耳から脳に、のろのろと移動するような感じで、なかなか理解できなかった。手足が鉛《なまり》のようだった。まぶたが重くて開けられない……ここに横たわっていたい。この心地よいベッドに、いつまでも……。

「一番驚かされたのが、吸魂鬼《ディメンター》の行動だよ……どうして退却《たいきゃく》したのか、君、本当に思い当たる節はないのかね、スネイプ？」

「ありません、閣下。我輩の意識が戻《もど》った時には、吸魂鬼は全員、それぞれの持ち場に向かって校門に戻るところでした……」

「不思議千万《ふしぎせんばん》だ。しかも、ブラックも、ハリーも、それにあの女の子も――」

「全員、我輩《わがはい》が追いついた時には意識《いしき》不明でした。我輩は当然、ブラックを縛《しば》り上げ、さるぐつわを噛《か》ませ、担架《たんか》を作り出して、全員をまっすぐ城まで連れてきました」

しばし会話が途切《とぎ》れた。ハリーの頭は少し速く回転するようになった。それと同時に、胸の奥が、ざわめいた。

ハリーは目を開けた。

何もかもぼんやりしていた。誰かがハリーのメガネをはずしたのだ。ハリーは暗い病室に横たわっていた。部屋の一番端《はし》に、校医のマダム・ポンフリーがこちらに背中を向けて、ベッドの上に屈《かが》み込《こ》んでいるのがやっと見えた。ハリーは目を細めた。ロンの赤毛がマダム・ポンフリーの腕の下に垣間《かいまみ》見えた。

ハリーは枕《まくら》の上で頭を動かした。右側のベッドにハーマイオニーが寝《ね》ていた。月光がそのベッドを照らしている。ハーマイオニーも目を開けていた。緊張《きんちょう》で張《は》りつめているようだった。ハリーも目を覚ましているのに気づいたハーマイオニーは、唇《くちびる》に人差し指を当て、それから病室のドアを指差《ゆびさ》した。廊下《ろうか》にいるコーネリウス・ファッジとスネイプの声が、半開きになったドアから入り込んでいた。

マダム・ポンフリーが、きびきびと暗い病室を歩き、今度はハリーのベッドにやってくる。ハリーは寝返りを打ってそちらを見た。マダム・ポンフリーはハリーが見たこともないような大きなチョコレートをひと塊手《かたまり》にしていた。ちょっとした小岩のようだ。

「おや、目が覚めたんですか！」

キビキビした声だ。チョコレートをハリーのベッド脇《わき》の小机に置き、マダム・ポンフリーはそれを小さいハンマーで細かく砕《くだ》きはじめた。

「ロンは、どうですか？」ハリーとハーマイオニーが同時に聞いた。

「死ぬことはありません」

マダム・ポンフリーは深刻《しんこく》な表情で言った。

「あなたたち二人は……ここに入院です。わたしが大丈夫《だいじょうぶ》だというまで。――ポッター、何をしてるんですか？」

ハリーは上半身を起こし、メガネを掛《か》け、杖《つえ》を取り上げていた。

「校長先生にお目にかかるんです」ハリーが言った。

「ポッター」マダム・ポンフリーがなだめるように言った。

「大丈夫ですよ。ブラックは捕《つか》まえました。上の階に閉じ込められています。吸魂鬼《ディメンター》が間もなく『キス』を施《ほどこ》します――」

「**えーっ！**」

ハリーはベッドから飛び降《お》りた。ハーマイオニーも同じだった。しかし、ハリーの叫《さけ》び声が、廊下まで聞こえたらしく、次の瞬間《しゅんかん》、コーネリウス・ファッジとスネイプが病室に入ってきた。

「ハリー、ハリー、何事だね？」ファッジが慌《あわ》てふためいて言った。

「寝《ね》てないといけないよ――ハリーにチョコレートをやったのかね？」

ファッジが心配そうにマダム・ポンフリーに聞いた。

「大臣《だいじん》、聞いてください！　シリウス・ブラックは無実です！　ピーター・ペティグリューは自分が死んだと見せかけたんです！　今夜、ピーターを見ました！　大臣、吸魂鬼《ディメンター》にあれをやらせてはだめです。シリウスは――」

しかし、ファッジは微《かす》かに笑いを浮かべて首を振っている。

「ハリー、ハリー、君は混乱している。あんな恐ろしい試練《しれん》を受けたのだし。横になりなさい。さあ。すべて我々《われわれ》が掌握《しょうあく》しているのだから……」

「**してません！**」ハリーが叫《さけ》んだ。「**捕《つか》まえる人を間違えています！**」

「大臣、聞いてください。お願い」

ハーマイオニーも急いでハリーのそばに来て、ファッジを見つめ、必死《ひっし》に訴《うった》えた。

「私もピーターを見ました。ロンのネズミだったんです。『動物もどき《アニメーガス》』だったんです、ペティグリューは。それに――」

「おわかりでしょう、閣下《かっか》？」スネイプが言った。

「『錯乱《さくらん》の呪文《じゅもん》』です。二人とも……ブラックは見事に二人に術をかけたものですな……」

「**僕《ぼく》たち、錯乱してなんかいません！**」ハリーが大声を出した。

「大臣！　先生！」

マダム・ポンフリーが怒った。

「二人とも出ていってください。ポッターはわたしの患者《かんじゃ》です。患者を興奮《こうふん》させてはなりません！」

「僕、興奮してません。何があったのか、二人に伝えようとしてるんです」

ハリーは激《はげ》しい口調《くちょう》で言った。

「僕の言うことを聞いてさえくれたら――」

しかし、マダム・ポンフリーは、突然《とつぜん》大きなチョコレートの塊《かたまり》をハリーの口に押し込み、むせ込《こ》んでいる間に、間髪《かんはつ》を入れずハリーをベッドに押し戻《もど》した。

「さあ、大臣、**お願いです**。この子たちは手当てが必要です。どうか、出ていってください――」

再びドアが開いた。今度はダンブルドアだった。ハリーはやっとのことで口一杯《いっぱい》のチョコレートを飲み込み、また立ち上がった。

「ダンブルドア先生、シリウス・ブラックは――」

「なんてことでしょう！」

マダム・ポンフリーは癇癪《かんしゃく》を起こした。

「病室をいったい何だと思っているんですか？　校長先生、失礼ですが、どうか――」

「すまないね、ポピー。だが、わしはミスター・ポッターとミス・グレンジャーに話があるんじゃ」

ダンブルドアが穏《おだ》やかに言った。

「たったいま、シリウス・ブラックと話をしてきたばかりじゃよ――」

「さぞかし、ポッターに吹き込んだと同じお伽噺《とぎばなし》をお聞かせしたことでしょうな？」

スネイプが吐《は》き捨てるように言った。

「ネズミが何だとか、ペティグリューが生きているとか――」

「さよう、ブラックの話はまさにそれじゃ」

ダンブルドアは半月《はんげつ》メガネの奥から、スネイプを観察していた。

「我輩《わがはい》の証言《しょうげん》は何の重みもないということで？」スネイプが唸《うな》った。

「ピーター・ペティグリューは『叫《さけ》びの屋敷《やしき》』にはいませんでしたぞ。校庭でも影《かげ》も形もありませんでした」

「それは、先生がノックアウト状態《じょうたい》だったからです！」

ハーマイオニーが必死《ひっし》になった。

「先生はあとから来たので、お聞きになっていない――」

「ミス・グレンジャー。**口出しするな！**」

「まあ、まあ、スネイプ」

ファッジが驚いてなだめた。

「このお嬢《じょう》さんは、気が動転《どうてん》しているのだから、それを考慮《こうりょ》してあげないと――」

「わしは、ハリーとハーマイオニーと三人だけで話したいのじゃが」

ダンブルドアが突然《とつぜん》言った。

「コーネリウス、セブルス、ポピー――席をはずしてくれないかの」

「校長先生！」

マダム・ポンフリーが慌《あわ》てた。

「この子たちは治療《ちりょう》が必要なんです。休息が必要で――」

「事《こと》は急を要する」ダンブルドアが言った。「どうしてもじゃ」

マダム・ポンフリーは口をきっと結んで、病棟の端《はし》にある自分の事務所《じむしょ》に向かって大股《おおまた》に歩き、バタンとドアを閉めて出ていった。ファッジはベストにぶら下げていた大きな金の懐中時《かいちゅうど》計《けい》を見た。

「吸魂鬼《ディメンター》がそろそろ着いたころだ。迎えに出なければ。ダンブルドア、上の階でお目にかかろう」

ファッジは病室の外で、スネイプのためにドアを開けて待っていた。しかし、スネイプは動かなかった。

「ブラックの話など、一言《ひとこと》も信じてはおられないでしょうな？」

スネイプはダンブルドアを見据《みす》えたまま、囁《ささや》くように言った。

「わしは、ハリーとハーマイオニーと三人だけで話したいのじゃ」

ダンブルドアが繰《く》り返した。

スネイプがダンブルドアのほうに一歩踏み出した。

「シリウス・ブラックは十六の時に、すでに人殺しの能力を露《あらわ》にした」

スネイプが息をひそめた。

「お忘れになってはいますまいな、校長？　ブラックはかつて我輩《わがはい》を殺そうとしたことを、忘れてはいますまい？」

「セブルス、わしの記憶力は、まだ衰《おとろ》えてはおらんよ」ダンブルドアは静かに言った。

スネイプは踵《きびす》を返し、ファッジが開けて待っていたドアから肩をいからせて出ていった。ドアが閉まると、ダンブルドアはハリーとハーマイオニーのほうを向いた。二人が同時に、堰《せき》を切ったように話しだした。

「先生、ブラックの言っていることは本当です。――僕《ぼく》たち、**本当に**ペティグリューを**見たんです**――」

「――ペティグリューはルーピンが狼《おおかみ》に変身した時逃げたんです」

「ペティグリューはネズミです――」

「ペティグリューの前脚《あし》の鉤爪《かぎづめ》、じゃなかった、指、それ、自分で切ったんです――」

「ペティグリューがロンを襲《おそ》ったんです。シリウスじゃありません――」

しかし、ダンブルドアは手を上げて、洪水《こうずい》のような説明を制止《せいし》した。

「今度は君たちが聞く番じゃ。頼むから、わしの言うことを途中で遮《さえぎ》らんでくれ。なにしろ時間がないのじゃ」

静かな口調《くちょう》だった。

「ブラックの言っていることを証明するものは何ひとつない。君たちの証言だけじゃ。――十三歳《さい》の魔法使いが二人、何を言おうと、誰も納得《なっとく》はせん。あの通りには、シリウスがペティグリューを殺したと証言する目撃者《もくげきしゃ》が、いっぱいいたのじゃ。わし自身、魔法省《まほうしょう》に、シリウスがポッターの『秘密《ひみつ》の守人《もりびと》』だったと証言した」

「ルーピン先生が話してくださいます――」どうしても我慢《がまん》できず、ハリーが口を挟《はさ》んだ。

「ルーピン先生はいまは森の奥深くにいて、誰にも何も話すことができん。再び人間に戻《もど》るころにはもう遅《おそ》すぎるじゃろう。シリウスは死よりも惨《むご》い状態《じょうたい》になっておろう。さらに言うておくが、狼人間《おおかみにんげん》は、我々《われわれ》の仲間うちでは信用されておらんからの。狼人間が支持《しじ》したところでほとんど役には立たんじゃろう――それに、ルーピンとシリウスは旧知《きゅうち》の仲でもある――」

「でも――」

「**よくお聞き、ハリー。**もう遅すぎる。わかるかの？　スネイプ先生の語る真相《しんそう》のほうが、君たちの話より説得力《せっとくりょく》があるということを知らねばならん」

「スネイプはシリウスを憎《にく》んでいます」

ハーマイオニーが必死《ひっし》で訴《うった》えた。

「シリウスが自分にバカな悪戯《いたずら》を仕掛《しか》けたというだけで――」

「シリウスも無実の人間らしい振舞《ふるま》いをしなかった。『太った婦人《レディ》』を襲《おそ》った。――グリフィンドールにナイフを持って押し入った。――生きていても死んでいても、とにかくペティグリューがいなければ、シリウスに対する判決《はんけつ》を覆《くつがえ》すのは無理《むり》というものじゃ」

「でも、ダンブルドア先生は、僕《ぼく》たちを信じてくださってます」

「そのとおりじゃ」

ダンブルドアは落ち着いていた。

「しかし、わしは、ほかの人間に真実を悟《さと》らせる力はないし、魔法大臣《まほうだいじん》の判決を覆すことも……」

ハリーはダンブルドアの深刻《しんこく》な顔を見上げ、足下の地面がガラガラと急激《きゅうげき》に崩《くず》れていくような気がした。ダンブルドアなら何でも解決できる、そういう思いに慣《な》れきっていた。ダンブルドアが何にもないところから、驚くべき解決策《かいけつさく》を引き出してくれると期待していた。それが、違う……最後の望みが消えた。

「必要なのは」ダンブルドアがゆっくりと言った。そして、明るい青い目がハリーからハーマイオニーへと移った。

「**時間じゃ**」

「でも——」

ハーマイオニーは何か言いかけた。そして、ハッと目を丸くした。

「**あっ！**」

「さあ、よく聞くのじゃ」ダンブルドアはごく低い声で、しかも、はっきりと言った。

「シリウスは、八階のフリットウィック先生の事務所《じむしょ》に閉じ込《こ》められておる。西塔《にしとう》の右から十三番目の窓じゃ。首尾《しゅび》よく運べば、君たちは、今夜、一《ひと》つといわずもっと、罪なきものの命を救うことができるじゃろう。ただし、二人とも、忘れるでないぞ。**見られてはならん。**ミス・グレンジャー、規則《きそく》は知っておろうな——どんな危険《きけん》を冒《おか》すのか、君は知っておろう……**誰にも——見られては——ならんぞ**」

ハリーには何がなんだかわからなかった。ダンブルドアは踵《きびす》を返し、ドアのところまで行って振り返った。

「君たちを閉じ込めておこう」ダンブルドアは腕時計《うでどけい》を見た。

「いまは——真夜中五分前じゃ。ミス・グレンジャー、三回引っくり返せばよいじゃろう。幸運を祈《いの》る」

「幸運を祈る？」

ダンブルドアがドアを閉めたあとで、ハリーは繰《く》り返した。

「三回引っくり返す？　いったい、何のことだい？　僕《ぼく》たちに、何をしろって言うんだい？」

しかし、ハーマイオニーはローブの襟《えり》のあたりをゴソゴソ探っていた。そして中からとても長くて細い金の鎖《くさり》を引《ひ》っ張《ぱ》り出した。

「ハリー、こっちに来て」

ハーマイオニーが急《せ》き込《こ》んで言った。

「早く！」

ハリーはさっぱりわからないまま、ハーマイオニーのそばに行った。ハーマイオニーは鎖を突き出していた。ハリーはその先に、小さなキラキラした砂時計《すなどけい》を見つけた。

「さあ――」

ハーマイオニーはハリーの首にも鎖をかけた。

「いいわね？」ハーマイオニーが息を詰《つ》めて言った。

「僕たち、何してるんだい？」ハリーにはまったく見当がつかなかった。

ハーマイオニーは砂時計を三回引っくり返した。

暗い病室が溶《と》けるようになくなった。ハリーはなんだか、とても速く、後ろ向きに飛んでいるような気がした。ぼやけた色や形が、どんどん二人を追い越《こ》していく。耳がガンガン鳴った。叫《さけ》ぼうとしても、自分の声が聞こえなかった――。

やがて固い地面に足が着くのを感じた。するとまた周《まわ》りの物がはっきり見えだした——。誰もいない玄関《げんかん》ホールに、ハリーはハーマイオニーと並んで立っていた。正面玄関の扉《とびら》が開いていて、金色《こんじき》の太陽の光が、流れるように石畳《いしだたみ》の床に射《さ》し込んでいる。ハリーがくるりとハーマイオニーを振り返ると、砂時計の鎖が首に食い込んだ。

「ハーマイオニー、これは——？」

「こっちへ！」

ハーマイオニーはハリーの腕《うで》をつかみ、引っ張って、玄関ホールを急ぎ足で横切り、箒置《ほうきお》き場の前まで連れてきた。箒置き場の戸を開け、バケツやモップの中にハリーを押し込み、そのあとで自分も入って、戸をバタンと閉めた。

「何が——どうして——ハーマイオニー、いったい何が起こったんだい？」

「時間を逆戻《ぎゃくもど》りさせたの」

真っ暗な中で、鎖をハリーの首からはずしながら、ハーマイオニーが囁《ささや》いた。

「三時間前まで……」

ハリーは暗い中で自分の足の見当をつけて、いやというほどつねった。相当痛かった。ということは、奇々怪々《ききかいかい》な夢を見ているというわけではない。

「でも——」

「シッ！　聞いて！　誰か来るわ！　たぶん——たぶん私たちよ！」

ハーマイオニーは箒《ほうき》置《お》き場の戸に耳を押しつけていた。

「玄関ホールを横切る足音だわ……そう、たぶん、私たちがハグリッドの小屋に行くところよ!」

「つまり」ハリーが囁《ささや》いた。

「僕《ぼく》たちがこの中にいて、しかも外にも僕たちがいるってこと?」

「そうよ」ハーマイオニーの耳はまだ戸に張《は》りついている。

「絶対《ぜったい》私たちだわ……あの足音は多くても三人だもの……それに、私たち『透明《とうめい》マント』をかぶってるから、ゆっくり歩いているし――」

ハーマイオニーは言葉を切って、じっと耳を澄《す》ました。

「私たち、正面の石段を下りたわ……」

ハーマイオニーは逆《さか》さにしたバケツに腰掛《か》け、ピリピリ緊張《きんちょう》していた。ハリーはいくつか答えがほしかった。

「その砂時計《すなどけい》みたいなもの、どこで手に入れたの?」

「これ、『逆転時計《タイムターナー》』っていうの」ハーマイオニーが小声で言った。

「これ、今学期、学校に戻《もど》ってきた日に、マクゴナガル先生にいただいたの。授業《じゅぎょう》を全部受けるのに、今学期、ずっとこれを使っていたわ。誰にも言わないって、マクゴナガル先生と固く約束したの。先生は魔法省《まほうしょう》にありとあらゆる手紙を書いて、私に一個入手《にゅうしゅ》してくださったの。私が模範生《もはんせい》だから、勉強以外には絶対《ぜったい》これを使いませんって、先生は魔法省に、そう言わなければならなかったわ……。私、これを逆転させて、時間を戻していたのよ。だから、同時にいくつもの授業を受けられたの。わかった？　でも……」

「ハリー、**ダンブルドアが私たちに何をさせたいのか、私、わからないわ**。どうして三時間戻せっておっしゃったのかしら？　それがどうしてシリウスを救うことになるのかしら？」

ハリーは影《かげ》のようなハーマイオニーの顔を見つめた。

「ダンブルドアが変えたいと思っている何かが、この時間帯に起こったに違いない」

ハリーは考えながら言った。

「何が起こったかな？　僕たち三時間前に、ハグリッドのところへ向かっていた……」

「いまが、その三時間前よ。私たち、**たしかに**、ハグリッドのところに向かっているわ。**たったいま**、私たちがここを出ていく音を聞いた……」

ハリーは顔をしかめた。精神《せいしん》を集中させ、脳みそを全部絞《しぼ》りきっているような感じがした。

「ダンブルドアが言った……僕たち、一つといわずもっと、罪なき命を救うことができるって……」

ハリーはハッと気がついた。

「ハーマイオニー、僕たち、バックビークを救うんだ！」

「でも――それがどうしてシリウスを救うことになるの？」

「ダンブルドアが――窓がどこにあるか、いま教えてくれたばかりだ。――フリットウィック先生の事務所《じむしょ》の窓だ！　そこにシリウスが閉じ込《こ》められている！　僕《ぼく》たち、バックビークに乗って、その窓まで飛んでいき、シリウスを救い出すんだよ！　シリウスはバックビークに乗って逃げられる――バックビークと一緒《いっしょ》に逃げられるんだ！」

暗くてよくは見えなかったが、ハーマイオニーの顔は、怖《こわ》がっているようだった。

「そんなこと、誰にも見られずにやり遂《と》げたら、奇跡《きせき》だわ！」

「でも、やってみなきゃ。そうだろう？」

ハリーは立ち上がって戸に耳を押しつけた。

「外には誰もいないみたいだ……さあ、行こう……」

ハリーは戸を押し開けた。玄関《げんかん》ホールには誰もいない。できるだけ静かに、急いで、二人は箒置《ほうきお》き場を飛び出し、石段を下りた。もう影《かげ》が長く伸び、禁《きん》じられた森の木々の梢《こずえ》が、さっきと同じように金色《こんじき》に輝《かがや》いていた。

「誰かが窓から覗《のぞ》いていたら――」

ハーマイオニーが、背後の城の窓を見上げて上ずった声を出した。

「全速力で走ろう」ハリーは決然《けつぜん》と言った。

「まっすぐ森に入るんだ。いいね？　木の陰《かげ》かなんかに隠れて、様子を窺《うかが》うんだ――」

「いいわ。でも温室を回り込んで行きましょう！」

ハーマイオニーが息を弾《はず》ませながら言った。

「ハグリッドの小屋の戸口から見えないようにしなきゃ。じゃないと、私たち、自分たちに見られてしまう！　ハグリッドの小屋に私たちがもう着くころだわ！」

ハーマイオニーの言ったことがよく呑《の》み込めないまま、ハリーは全力で走りだした。ハーマイオニーがあとに続いた。野菜畑《やさいばたけ》を突っ切り、温室にたどり着き、その陰でひと呼吸入れてから、二人はまた走った。全速力で、「暴《あば》れ柳《やなぎ》」を避《さ》けながら、隠れ場所となる森まで駆《か》け抜けた。

木々の陰に入って安全になってから、ハリーは振り返った。数秒後、ハーマイオニーも息を切らしてハリーのそばにたどり着いた。

「これでいいわ」ハーマイオニーがひと息入れた。

「ハグリッドのところまで忍んでいかなくちゃ。見つからないようにね、ハリー……」

二人は森の端《はし》を縫《ぬ》うように、こっそりと木々の間を進んだ。やがて、ハグリッドの小屋の戸口が垣間《かいま》見え、戸を叩《たた》く音が聞こえた。二人は急いで太い樫《かし》の木の陰に隠れ、幹《みき》の両脇《りょうわき》から覗《のぞ》いた。ハグリッドが、青ざめた顔で震《ふる》えながら、戸口に顔を出し、誰が戸を叩いたのかとそこら中を見回した。そして、ハリーは自分自身の声を聞いた。

「僕たちだよ。『透明《とうめい》マント』を着てるんだ。中に入れて。そしたらマントを脱ぐから」

「来ちゃなんねえだろうが！」

ハグリッドはそう囁《ささや》きながらも、一歩下がった。それから急いで戸を閉めた。

「こんな変てこなこと、僕《ぼく》たちいままでやったことないよ！」ハリーが夢中で言った。

「もうちょっと行きましょう」ハーマイオニーが囁いた。

「もっとバックビークに近づかないと！」

二人は木々の間をこっそり進み、かぼちゃ畑の柵《さく》につながれて、落ち着かない様子のヒッポグリフが見えるところまでやってきた。

「やる？」ハリーが囁いた。

「ダメ！」とハーマイオニー。

「いまバックビークを連れ出したら、委員会《いいんかい》の人たちはハグリッドが逃がしたと思うわ！外につながれているところを、あの人たちが見るまでは待たなくちゃ！」

「それじゃ、やる時間が六十秒くらいしかないよ」

不可能なことをやっている、とハリーは思いはじめた。

その時、陶器《とうき》の割れる音が、ハグリッドの小屋から聞こえてきた。

「ハグリッドがミルク入れを壊《こわ》したのよ」ハーマイオニーが囁いた。

「もうすぐ、私がスキャバーズを見つけるわ――」

たしかに、それから数分して、二人はハーマイオニーが驚いて叫《さけ》ぶ声を聞いた。

「ハーマイオニー」ハリーは突然《とつぜん》思いついた。

「もし、僕たちが――中に飛び込んで、ペティグリューを取《と》っ捕《つか》まえたらどうだろう――」

「ダメよ！」ハーマイオニーは震《ふる》え上がって囁いた。

「わからないの？　私たち、もっとも大切な魔法界の規則《きそく》を一つ破っているところなのよ！　時間を変えるなんて、誰もやってはいけないことなの。だーれも！　ダンブルドアの言葉を聞いたわね。もし誰かに見られたら――」

「僕たち自身と、ハグリッドに見られるだけじゃないか！」

「ハリー、あなた、ハグリッドの小屋に自分自身が飛び込《こ》んでくるのを見たら、どうすると思う？」

「僕――たぶん気が狂ったのかなと思う。でなければ、何か闇《やみ》の魔術《まじゅつ》がかかってると思う――」

「**そのとおりよ！**　事情が理解できないでしょうし、自分自身を襲《おそ》うこともありうるわ！　わからないの？　マクゴナガル先生が教えてくださったの。魔法使いが時間にちょっかいを出したとき、どんなに恐ろしいことが起こったか……。何人もの魔法使いが、ミスを犯《おか》して、過去や未来の自分自身を殺してしまったのよ！」

「わかったよ！　ちょっと思いついただけ。僕、ただ考えて――」

しかし、ハーマイオニーはハリーを小突《こづ》いて、城のほうを指差《ゆびさ》した。ハリーは首を少し動かして、遠くの正面玄関《げんかん》をよく見ようとした。ダンブルドア、ファッジ、年老いた委員会のメンバー、それに死刑執行人《しけいしっこうにん》のマクネアが石段を下りてくる。

「まもなく私たちが出てくるわよ！」ハーマイオニーが声をひそめた。

まさに、間もなく、ハグリッドの小屋の裏口《うらぐち》が開き、ハリーは自分自身と、ロンとハーマイオニーがハグリッドと一緒《いっしょ》に出てくるのを見た。木の陰《かげ》に立って、かぼちゃ畑の自分自身の姿を見るのは、いままで感じたこともない、まったく奇妙《きみょう》な感覚だった。

「大丈夫《だいじょうぶ》だ、ビーキー。大丈夫だぞ……」

ハグリッドがバックビークに話しかけている。それから　ハリー、ロン、ハーマイオニーに向かって「行け。もう行け」と言った。

「ハグリッド、そんなことできないよ――」

「僕《ぼく》たち、本当は何があったのか、あの連中に話すよ――」

「バックビークを殺すなんて、だめよ――」

「行け！　おまえさんたちが面倒《めんどう》なことになったら、ますます困る！」

ハリーが見ていると、かぼちゃ畑のハーマイオニーが「透明《とうめい》マント」をハリーとロンにかぶせた。

「急ぐんだ。聞くんじゃねえぞ……」

ハグリッドの小屋の戸口を叩《たた》く音がした。死刑執行人《しけいしっこうにん》の一行《いっこう》の到着《とうちゃく》だ。ハグリッドは振り返り、裏戸を半開きにして小屋の中に入っていった。ハリーには、小屋の周《まわ》りの草むらがところどころ踏みつけられるのが見えたし、三組の足音が遠のいていくのが聞こえた。自分と、ロンと、ハーマイオニーが行ってしまった。……しかし、木々の陰《かげ》に隠れているほうのハリーとハーマイオニーは、小屋の中で起こっていることを、半開きの裏戸を通して聞くことができた。

「獣《けだもの》はどこだ？」マクネアの冷たい声がする。

「外――外にいる」ハグリッドのかすれ声だ。

マクネアの顔がハグリッドの小屋の窓から覗《のぞ》き、バックビークをじっと見たので、ハリーは見えないように頭を引っ込めた。それからファッジの声が聞こえた。

「ハグリッド、我々《われわれ》は――その――死刑執行の正式な通知を読みあげねばならん。短くすますつもりだ。それから君とマクネアが書類《しょるい》にサインする。マクネア、君も聞くことになっている。それが手続きだ――」

マクネアの顔が窓から消えた。いまだ。いましかない。

「ここで待ってて」ハリーがハーマイオニーに囁《ささや》いた。「僕がやる」

再びファッジの声が聞こえてきた時、ハリーは木陰《こかげ》から飛び出し、かぼちゃ畑の柵《さく》を飛び越え、バックビークに近づいた。

「『危険生物処理委員会《きけんせいぶつしょりいいんかい》』は、ヒッポグリフのバックビーク、以後被告《ひこく》と呼ぶ、が、六月六日の日没時《にちぼつじ》に処刑《しょけい》さるべしと決定した――」

瞬《まばた》きをしないよう注意しながら、ハリーは以前に一度やったように、バックビークの荒々しいオレンジ色の目を見つめ、お辞儀《じぎ》した。バックビークは鱗《うろこ》で覆《おお》われた膝《ひざ》を曲げていったん身を低くし、また立ち上がった。ハリーは、バックビークを柵《さく》に縛《しば》りつけている綱《つな》を解《と》こうとした。

「……**死刑は斬首《ざんしゅ》とし、委員会の任命《にんめい》する執行人《しっこうにん》、ワルデン・マクネアによって執行され……**」

「バックビーク、来るんだ」ハリーがつぶやくように話しかけた。

「おいで、助けてあげるよ。そーっと……そーっと……」

「**以下を証人《しょうにん》とす。ハグリッド、ここに署名《しょめい》を……**」

ハリーは全体重をかけて綱を引《ひ》っ張《ぱ》ったが、バックビークは前脚《あし》で踏《ふ》ん張《ば》った。

「さあ、さっさと片づけましょうぞ」

ハグリッドの小屋から委員会のメンバーのひょろひょろした声が聞こえた。

「ハグリッド、君は中にいたほうがよくはないかの――」

「いんや、俺《おれ》は――俺はあいつと一緒《いっしょ》にいたい……あいつを独《ひと》りぼっちにはしたくねえ――」

小屋の中から足音が響《ひび》いてきた。

「**バックビーク、動いてくれ！**」ハリーが声を殺して促《うなが》した。

ハリーはバックビークの首にかかった綱をぐいっと引いた。ヒッポグリフは、イライラと翼《つばさ》をこすり合わせながら歩きはじめた。森までまだ三メートルはある。ハグリッドの裏戸《うらど》から丸見えだ。

「マクネア、ちょっと待ちなさい」ダンブルドアの声がした。「君も署名せねば」

小屋の足音が止まった。ハリーが綱を手繰《たぐ》り込《こ》むと、バックビークは嘴《くちばし》をカチカチ言わせながら、少し脚を速めた。

ハーマイオニーの青い顔が木の陰《かげ》から突き出していた。

「ハリー、早く！」ハーマイオニーの口の形がそう言っていた。

ハリーにはダンブルドアが小屋の中でまだ話している声が聞こえていた。もう一度綱をぐいっと引いた。バックビークは諦《あきら》めたように早脚《はやあし》になった。やっと木立《こだち》のところに着いた。

「早く！　早く！」

ハーマイオニーが木の陰《かげ》から飛び出して、呻《うめ》くように言いながら、自分も手綱《たづな》を取り、全体重をかけてバックビークを急《せ》かした。ハリーが肩越《ご》しに振り返ると、もう視界《しかい》が遮《さえぎ》られるところまで来ていた。ハグリッドの裏庭《うらにわ》はもう見えなくなっていた。

「止まって！」ハリーがハーマイオニーに囁《ささや》いた。

「みんなが音を聞きつけるかも――」

ハグリッドの裏戸がバタンと開いた。ハリー、ハーマイオニー、バックビークは、じっと音をたてずにたたずんだ。ヒッポグリフまで耳をそばだてているようだった。

静寂《せいじゃく》……そして――。

「どこじゃ？」委員会のメンバーの、ひょろひょろした声がした。

「ここにつながれていたんだ！　俺《おれ》は見たんだ！　ここだった！」死刑執行人がカンカンに怒った。

「これは異《い》なこと」ダンブルドアが言った。どこかおもしろがっているような声だった。

「ビーキー！」ハグリッドが声をつまらせた。

シュッという音に続いて、ドサッと斧《おの》を振《ふ》り下ろす音がした。死刑執行人《しけいしっこうにん》が癇癪《かんしゃく》を起こして斧を柵《さく》に振り下ろしたらしい。それから吠《ほ》えるような声がした。そして、前のときには聞こえなかったハグリッドの言葉が、すすり泣きに混じって聞こえてきた。

「いない！　いない！　よかった。かわいい嘴《くちばし》のビーキー、いなくなっちまった！　きっと自分で自由になったんだ！　ビーキー、賢《かしこ》いビーキー！」

バックビークは、ハグリッドのところに行こうとして綱《つな》を引っぱりはじめた。ハリーとハーマイオニーは綱を握《にぎ》り直し、踵《かかと》が森の土にめり込むほど足を踏《ふ》ん張ってバックビークを押さえた。

「誰かが綱を解《ほど》いて逃がした！」死刑執行人が歯噛《はが》みした。「探さなければ。校庭や森や――」

「マクネア、バックビークが盗まれたのなら、盗人《ぬすっと》はバックビークを歩かせて連れていくと思うかね？」

ダンブルドアはまだおもしろがっているような声だった。

「どうせなら、空を探すがよい……ハグリッド、お茶を一杯《いっぱい》いただこうかの。ブランディをたっぷりでもよいの」

「は――はい、先生さま」ハグリッドは、うれしくて力が抜けたようだった。

「お入りくだせえ、さあ……」

ハリーとハーマイオニーはじっと耳をそばだてた。足音が聞こえ、死刑執行人がブツブツ悪態《あくたい》をつくのが聞こえ、戸がバタンと閉まり、それから再び静寂《せいじゃく》が訪《おとず》れた。

「さあ、どうする？」ハリーが周《まわ》りを見回しながら囁《ささや》いた。

「ここに隠《かく》れていなきゃ」ハーマイオニーは張《は》りつめているようだった。「みんなが城に戻《もど》るまで待たないといけないわ。それから、バックビークに乗ってシリウスのいる部屋の窓まで飛んでいっても安全だ、というまで待つの。シリウスはあと二時間ぐらいしないとそこにはいないのよ……ああ、とても難《むずか》しいことだわ……」

ハーマイオニーは振り返って、恐々《こわごわ》森の奥を見た。太陽がまさに沈もうとしていた。

「移動しなくちゃ」ハリーはよく考えて言った。「『暴《あば》れ柳《やなぎ》』が見えるところにいないといけないよ。じゃないと、何が起こっているのかわからなくなるし」

「オッケー」ハーマイオニーが、バックビークの手綱《たづな》をしっかり握りながら言った。「でも、ハリー、忘れないで……私たち、誰にも見られないようにしないといけないのよ」

暗闇《くらやみ》がだんだん色濃《こ》く二人を包む中、二人は森のすそに沿って進み、「柳」が垣間《かいま》見える木立《こだち》の陰《かげ》に隠れた。

「ロンが来た！」突然《とつぜん》ハリーが声をあげた。

黒い影が、芝生《しばふ》を横切って駆《か》けてくる。その声が静かな夜の空気を震《ふる》わせた。

「スキャバーズから離《はな》れろ――離れるんだ――スキャバーズ**こっちへ**おいで――」

それから、どこからともなく、もう二人の姿が現れるのが見えた。ハリー自身とハーマイオニーがロンを追ってくる。そしてロンがスライディングするのを見た。

「**捕**《つか》**まえた！** とっとと消えろ、いやな猫め——」

「今度はシリウスだ！」ハリーが言った。「柳《やなぎ》」の根元から、大きな犬の姿が躍《おど》り出た。犬がハリーを転《ころ》がし、ロンをくわえるのを二人は見た……。

「ここから見てると、よけいひどく見えるよね？」

ハリーは犬がロンを木の根元に引きずり込《こ》むのを眺《なが》めながら言った。

「アイタッ——見てよ、僕《ぼく》、いま、木に殴《なぐ》られた。——君も殴られたよ——。**変てこな**気分だ——」

「暴《あば》れ柳《やなぎ》」はギシギシと軋《きし》み、低いほうの枝を鞭《むち》のように動かしていた。二人は自分たち自身が木の幹《みき》にたどり着こうとあちこち走り回るのを見ていた。そして、木が動かなくなった。

「クルックシャンクスがあそこで木のコブを押したんだわ」ハーマイオニーが言った。

「僕たちが入っていくよ……」ハリーがつぶやいた。「僕たち、入ったよ」

みんなの姿が消えたとたん、「柳」はまた動きだした。その数秒後、二人はすぐ近くで足音を聞いた。ダンブルドア、マクネア、ファッジ、それに年老いた委員会《いいんかい》のメンバーが城へ戻《もど》るところだった。

「私たちが地下通路に降《お》りたすぐあとだわ！ **あの時に**、ダンブルドアが一緒《いっしょ》に来てくれていたら……」

ハーマイオニーが言った。

「そしたら、マクネアもファッジも一緒についてきてたよ」ハリーが苦々《にがにが》しげに言った。

「賭《か》けてもいいけど、ファッジは、シリウスをその場で殺せって、マクネアに指示《しじ》したと思うよ」

四人が城の階段を上って見えなくなるまで、二人は見つめていた。しばらくの間、あたりには誰もいなかった。そして――。

「ルーピンが来た！」ハリーが言った。もう一人誰かの姿が石段を下り、「柳」に向かって走ってくる。ハリーは空を見上げた。雲が完全に月を覆《おお》っている。

ルーピンが折《お》れた枝を拾って、木の幹のコブを突つくのが見えた。木は暴れるのをやめ、ルーピンもまた木の根元の穴へと消えた。

「ルーピンが『マント』を拾ってくれてたらなぁ。そこに置きっぱなしになってるのに……」

ハリーはそう言うと、ハーマイオニーのほうに向き直った。

「もし、いま僕が急いで走っていってマントを取ってくれれば、スネイプはマントを手に入れることができなくなるし、そうすれば――」

「ハリー、**私たち、姿を見られてはいけないのよ！**」

「君、どうして我慢《がまん》できるんだい？」ハリーは激《はげ》しい口調《くちょう》でハーマイオニーに言った。

「ここに立って、なるがままに任《まか》せて、何にもしないで見てるだけなのかい？」

ハリーはちょっと戸惑《とまど》いながら言葉を続けた。

「僕《ぼく》、『マント』を取ってくる！」

「ハリー、ダメ！」

ハーマイオニーが、ハリーのローブをつかんで引き戻《もど》した。間一髪《かんいっぱつ》。ちょうどその時大きな歌声が聞こえた。ハグリッドだ。城に向かう道すがら、足元をふらつかせ、声を張《は》りあげて歌っている。手には大きな瓶《びん》をブラブラさせていた。

「でしょ？」ハーマイオニーが囁《ささや》いた。**「どうなってたか、わかるでしょ？　私たち、人に見られてはいけないのよ！　だめよ、バックビーク！」**

ヒッポグリフはハグリッドのそばに行きたくて、必死《ひっし》になっていた。ハリーも手綱《たづな》をつかみ、バックビークを引き戻そうと引《ひ》っ張《ぱ》った。二人はハグリッドがほろ酔《よ》いの千鳥足《ちどりあし》で城のほうに行くのを見ていた。ハグリッドの姿が見えなくなった。バックビークは逃げようと暴れるのをやめ、悲しそうに首うなだれた。

それからほんの二分も経《た》たないうちに、城の扉《とびら》が再び開き、スネイプが突然《とつぜん》姿を現し、「柳《やなぎ》」に向かって走りだした。

スネイプが木のそばで急に立ち止まり、周《まわ》りを見回すのを、二人で見つめながら、ハリーは拳《こぶし》を握《にぎ》りしめた。スネイプが「マント」をつかみ、持ち上げて見ている。

「汚《けが》らわしい手で触《さわ》るな」ハリーは息をひそめ、歯噛《はが》みした。

「シッ！」

スネイプはルーピンが「柳」を固定するのに使った枝を拾い、それで木のコブを突き、「マント」をかぶって姿を消した。

「これで全部ね」ハーマイオニーが静かに言った。

「私たち全員、あそこにいるんだわ……さあ、あとは、私たちがまた出てくるまで待つだけ……」

ハーマイオニーは、バックビークの手綱の端《はし》を一番手近の木にしっかり結びつけ、乾《かわ》いた土の上に腰を下ろし、膝《ひざ》を抱きかかえた。

「ハリー、私、わからないことがあるの……どうして、吸魂鬼《ディメンター》はシリウスを捕《つか》まえられなかったのかしら？　私、吸魂鬼がやってくるところまでは覚えてるんだけど、それから気を失ったと思う……ほんとに大勢《おおぜい》いたわ……」

ハリーも腰を下ろした。そして自分が見たことを話した。一番近くにいた吸魂鬼がハリーの口元に口を近づけたこと、その時大きな銀色の何かが、湖の向こうから疾走《しっそう》してきて、吸魂鬼を退却《たいきゃく》させたこと。

説明し終わった時、ハーマイオニーの口元が微《かす》かに開いていた。

「でも、それ、なんだったの？」

「吸魂鬼《ディメンター》を追い払うものは、たった一つしかありえない」ハリーが言った。

「本物の守護霊《パトローナス》だ。強力な」

「でも、いったい誰が？」

ハリーは無言だった。湖の向こう岸に見えた人影《ひとかげ》を、ハリーは思い返していた。あれが誰だと思ったか、ハリーは自分ではわかっていた……でも、そんなことが**ありうる**だろうか？

「どんな人だったか見たの？」ハーマイオニーは興味津々《きょうみしんしん》で聞いた。

「先生の一人みたいだった？」

「ううん。先生じゃなかった」

「でも、本当に力のある魔法使いに違いないわ。あんなに大勢《おおぜい》の吸魂鬼を追い払うんですもの……守護霊がそんなに眩《まばゆ》く輝《かがや》いていたのだったら、その人を照らしたんじゃないの？　見えなかったの――？」

「ううん、僕《ぼく》、見たよ」ハリーがゆっくりと答えた。「でも……僕、きっと、思い込んだだけなんだ……混乱《こんらん》してたんだ……そのすぐあとで気を失ってしまったし……」

「**誰だと思ったの？**」

「僕――」

ハリーは言葉を呑《の》み込《こ》んだ。言おうとしていることが、どんなに奇妙《きみょう》に聞こえるか、わかっていた。

「僕、父さんだと思った」

ハリーはハーマイオニーをちらりと見た。今度はその口が完全にあんぐり開いていた。ハーマイオニーはハリーを、驚きとも哀《あわ》れみともつかない目で見つめていた。

「ハリー、あなたのお父さま――あの――**お亡《な》くなりになったのよ**」

ハーマイオニーが静かに言った。

「わかってるよ」ハリーが急いで言った。

「お父さまの幽霊《ゆうれい》を見たってわけ？」

「わからない……ううん……実物があるみたいだった……」

「だったら――」

「たぶん、気のせいだ。だけど……僕の見たかぎりでは……父さんみたいだった……。僕、写真を持ってるんだ……」

ハーマイオニーは、ハリーが正気を失ったのではないかと、心配そうに見つめ続けていた。

「バカげてるって、わかってるよ」

ハリーはきっぱりと言った。そしてバックビークのほうを見た。バックビークは虫でも探しているのか、土をほじくり返していた。しかし、ハリーは本当はバックビークを見ていたのではなかった。

ハリーは父親のこと、一番古くからの三人の友人のことを考えていたのだ。……ムーニー、ワームテール、パッドフット、プロングズ……今夜、四人全員が校庭にいたのだろうか？　ワームテールは死んだと、みんなが思っていたのに、今夜現れた――父さんが同じように現れるのが、そんなにありえないことだろうか？　湖の向こうに見たものは幻《まぼろし》だったのか？　あまりに遠くて、姿がはっきり見えなかった。……でも、一瞬《いっしゅん》、意識《いしき》を失う前に、ハリーは確信を持ったのだ……。

頭上の木の葉が、微《かす》かに夜風にそよいだ。月が、雲の切れ目から現れては消えた。ハーマイオニーは座ったまま、「柳《やなぎ》」のほうを見て待ち続けた……。

そして、ついに、一時間以上経《た》ってから……。

「出てきたわ！」ハーマイオニーが囁《ささや》いた。

二人は立ち上がった。バックビークは首を上げた。ルーピン、ロン、ペティグリューが根元の穴から、窮屈《きゅうくつ》そうに這《は》い登って出てきた。次はハーマイオニーだった……それから、気を失ったままのスネイプが、不気味《ぶきみ》に漂《ただよ》いながら浮かび上がってきた。そのあとはハリーとブラックだ。全員が城に向かって歩きだした。

ハリーの鼓動《こどう》が速くなった。ちらりと空を見上げた。もう間《ま》もなく雲が流れ、月を露《あらわ》にする……。

「ハリー」ハーマイオニーがつぶやくように言った。まるでハリーの考えを見抜いたようだった。

「じっとしていなきゃいけないのよ。誰かに見られてはいけないの。私たちにはどうにもできないことなんだから……」

「じゃ、またペティグリューを逃がしてやるだけなんだ……」ハリーは低い声で言った。

「暗闇《くらやみ》で、どうやってネズミを探すっていうの？」

ハーマイオニーがぴしゃりと言った。

「私たちにはどうにもできないことよ！　私たち、シリウスを救うために時間を戻《もど》したの。ほかのことはいっさいやっちゃいけないの！」

「**わかったよ！**」

月が雲の陰《かげ》から滑《すべ》り出た。校庭の向こう側で、小さな人影《ひとかげ》が立ち止まったのが見えた。それから、二人はその影の動きに目を止めた――。

「ルーピンがいよいよだわ」ハーマイオニーが囁《ささや》いた。「変身している――」

「ハーマイオニー！」ハリーが突然《とつぜん》呼びかけた。「行かないと！」

「だめよ。何度も言ってるでしょ――」

「違う。割り込むんじゃない。ルーピンがまもなく森に駆《か》け込《こ》んでくる。僕《ぼく》たちのいるところに！」

ハーマイオニーが息を呑《の》んだ。

「早く！」大急ぎでバックビークの綱《つな》を解《ほど》きながら、ハーマイオニーが呻《うめ》いた。

「早く！　ねぇ、どこへ行ったらいいの？　どこに隠れるの？　吸魂鬼《ディメンター》がもうすぐやってくるわ――」

「ハグリッドの小屋に戻ろう！　いまは空《から》っぽだ――行こう！」

二人は転《ころ》げるように走り、バックビークがそのあとを悠々《ゆうゆう》と走った。背後から狼人間《おおかみにんげん》の遠吠《とおぼ》えが聞こえてきた……。

小屋が見えた。ハリーは戸の前で急停止《きゅうていし》し、ぐいっと戸を開けた。電光石火《でんこうせっか》、ハーマイオニーとバックビークがハリーの前を駆《か》け抜けて入った。ハリーがそのあとに飛び込み、戸の錠前《じょうまえ》を下ろした。ボアハウンド犬のファングが吠《ほ》えたてた。

「シーッ、ファング。私たちよ！」

ハーマイオニーが急いで近よって耳の後ろをカリカリ撫《な》で、静かにさせた。

「危《あぶ》なかったわ！」ハーマイオニーが言った。

「ああ……」

ハリーは窓から外を見ていた。ここからだと、何が起こっているのか見えにくかった。バックビークは、またハグリッドの小屋に戻れてとてもうれしそうだった。暖炉《だんろ》の前に寝そべり、満足げに翼《つばさ》をたたみ、ひと眠りしそうな気配だった。

「ねえ、僕《ぼく》、また外に出たほうがいいと思うんだ」ハリーが考えながら言った。

「何が起こっているのか、見えないし――いつ行動すべきなのか、これじゃわからない――」

ハーマイオニーが顔を上げた。疑っているような表情だ。

「僕、割り込《こ》むつもりはないよ」ハリーが急いで言った。「でも、何が起こっているか見えないと、シリウスをいつ救い出したらいいのかわからないだろ？」

「ええ……それなら、いいわ……私、ここでバックビークと待ってる……でも、ハリー、気をつけて――狼人間がいるし――吸魂鬼も――」

ハリーは再び外に出て、小屋に沿って回り込んだ。遠くでキャンキャンという鳴き声が聞こえた。吸魂鬼がシリウスに迫《せま》っているということだ……自分とハーマイオニーが、もうすぐシリウスのところに駆《か》けつけるはずだ……。

ハリーは湖のほうをじっと見た。胸の中で、心臓がドラムの早打ちのように鳴っている。あの守護霊《しゅごれい》を送り出した誰かが、もうすぐ現れる……。

ほんの一瞬《いっしゅん》、ハリーは決心がつかず、ハグリッドの小屋の戸の前で立ち止まった。**姿を見られてはならない**。でも、見られたいのではない。自分が見るほうに回りたいのだ……どうしても知りたい……。

でも、吸魂鬼がいる。暗闇《くらやみ》の中から湧《わ》き出るように、吸魂鬼が四方八方から出てくる。湖の周《まわ》りを滑《すべ》るように……しかしハリーが立っているところからは遠ざかるように、湖の向こう岸へと動いている……それならハリーは吸魂鬼に近づかなくてもすむはずだ……。

ハリーは走りだした。父親のことしか頭になかった……もしあれが父さんだったら……知りたい、確かめなければ……。

だんだん湖が近づいてきた。しかし、誰もいる気配がない。向こう岸に、小さな銀色の光が見えた――自分自身が守護霊《しゅごれい》を出そうとしている――。

水際《みずぎわ》に木の茂みがあった。ハリーはその陰《かげ》に飛び込み、木の葉を透《す》かして必死《ひっし》に目を凝《こ》らした。向こうでは、微《かす》かな銀色の光がふっと消えた。恐怖《きょうふ》と興奮《こうふん》がハリーの体を貫《つらぬ》いた。――いまだ――「早く」ハリーはあたりを見回しながらつぶやいた。

「父さん、どこなの？　早く――」

しかし、誰も現れない。ハリーは顔を上げて、向こう岸の吸魂鬼《ディメンター》の輪《わ》を見た。一人がフードを脱いだ。救い主が現れるならいまだ――なのに、今回は誰も来ていない――。

ハリーはハッとした――わかった。父さんを見たんじゃない――**自分自身**を見たんだ――。

ハリーは茂みの陰《かげ》から飛び出し、杖《つえ》を取り出した。

「**エクスペクト！　パトローナム！**」ハリーは叫《さけ》んだ。

すると、杖の先から、ぼんやりした霞《かすみ》ではなく、目も眩《くら》むほどまぶしい、銀色の動物が噴《ふ》き出した。ハリーは目を細めて、何の動物なのか見ようとした。馬のようだ。暗い湖の面《おも》を、向こう岸へと音もなく疾走《しっそう》していく。頭を下げ、群《むら》がる吸魂鬼に向かって突進《とっしん》していくのが見える……今度は、地上に倒れている暗い影の周《まわ》りを、ぐるぐる駆《か》け回っている。吸魂鬼が後ずさりしていく。散り散りになり、暗闇《くらやみ》の中に退却《たいきゃく》していく……いなくなった。

守護霊が向きを変えた。静かな水面《みなも》を渡り、ハリーのほうに緩《ゆる》やかに走りながら近づいてくる。馬ではない。一角獣《ユニコーン》でもない。牡鹿《おじか》だった。空にかかる月ほどに眩《まばゆ》い輝《かがや》きを放《はな》ち……ハリーのほうに戻《もど》ってくる……。

それは、岸辺《きしべ》で立ち止まった。大きな銀色の目でハリーをじっと見つめるその牡鹿は、柔らかな水辺《みずべ》の土に、蹄《ひづめ》の跡《あと》さえ残していなかった。それはゆっくりと頭を下げた。角《つの》のある頭を。そして、ハリーは気づいた……。

「**プロングズ**」ハリーがつぶやいた。

震《ふる》える指で、触《ふ》れようと手を伸ばすと、それはふっと消えてしまった。

手を伸ばしたまま、ハリーはその場にたたずんでいた。すると、突然《とつぜん》背後で蹄の音がして、ハリーは胸を躍《おど》らせた。——急いで振り返ると、ハーマイオニーが、バックビークを引《ひ》っ張《ぱ》って、猛烈《もうれつ》な勢いでハリーのほうに駆《か》けてくる。

「**何をしたの？**」ハーマイオニーが激《はげ》しく問い詰めた。

「何が起きているか見るだけだって、あなた、そう言ったじゃない！」

「僕《ぼく》たち全員の命を救っただけだ……。ここに来て——この茂みの陰《かげ》に——説明するから」

何が起こったのか、話を聞きながら、ハーマイオニーはまたしても口をポカンと開けていた。

「誰かに見られた？」

「ああ。話を聞いてなかったの？　僕《ぼく》が僕を見たよ。でも、僕は父さんだと思ったんだ！　だから大丈夫《だいじょうぶ》！」

「ハリー、私、信じられない。――あの吸魂鬼《ディメンター》を全部追い払うような守護霊《しゅごれい》を、あなたが創《つく》り出したなんて！　それって、とっても、**とっても**高度な魔法なのよ……」

「僕、できるとわかってたんだ。だって、さっき一度出したわけだから……僕の言っていること、何か変かなあ？」

「よくわからないわ――ハリー、スネイプを見て！」

茂みの間から、二人は向こう岸をじっと見た。スネイプが意識《いしき》を取り戻《もど》した。担架《たんか》を作り、ぐったりしているハリー、ハーマイオニー、ブラックをそれぞれその上に載《の》せた。四つ目の担架には、当然ロンが載っているはずだが、すでにスネイプの脇《わき》に浮かんでいた。それから、スネイプは杖《つえ》を前に突き出し、担架を城に向けて運びはじめた。

「さあ、そろそろ時間だわ」

ハーマイオニーは時計を見ながら緊張《きんちょう》した声を出した。

「ダンブルドアが病棟《びょうとう》のドアに鍵をかけるまで、あと四十五分くらい。シリウスを救い出して、それから、私たちがいないことに誰かが気づかないうちに病室に戻っていなければ……」

二人は空行く雲が湖に映《うつ》るさまを見ながら、ひたすら待った。周《まわ》りの茂みが夜風《よかぜ》にサヤサヤと囁《ささや》き、バックビークは退屈《たいくつ》して、また虫ほじりを始めた。

「シリウスはもう上に行ったと思う？」

ハリーが時計を見ながら言った。そして城を見上げ、西塔《にしとう》の右から窓の数を数えはじめた。

「見て！」ハーマイオニーが囁《ささや》いた。「あれ、誰かしら？　お城から誰か出てくるわ！」

ハリーは暗闇《くらやみ》を透《す》かして見た。闇の中を、男が一人、急いで校庭を横切り、どこかの門に向かっている。ベルトのところで何かがキラッと光った。

「マクネア！　死刑執行人《しけいしっこうにん》だ！　吸魂鬼を迎《むか》えにいくところだ。いまだよ、ハーマイオニー――」

ハーマイオニーがバックビークの背に両手をかけ、ハリーが手を貸してハーマイオニーを押し上げた。それからハリーは灌木《かんぼく》の低い枝に足をかけ、ハーマイオニーの前に跨《また》がった。ハリーはバックビークの綱《つな》を手繰《たぐ》りよせ、バックビークの首の後ろに一度回してから首輪《くびわ》の反対側に結びつけ、手綱《たづな》のようにしつらえた。

「いいかい？」ハリーが囁いた。「僕につかまるといい――」

ハリーはバックビークの脇腹《わきばら》を踵《かかと》で小突《こづ》いた。

バックビークは闇を裂《さ》いて高々と舞《ま》い上がった。ハリーはその脇腹を膝《ひざ》でしっかり挟《はさ》んでいた。巨大な翼《つばさ》が自分の膝下で力強く羽撃《はばた》くのを感じた。ハーマイオニーはハリーの腰にぴったりしがみついていた。

「ああ、だめ――いやよ――ああ、私、**ほんとに、**これ、いやだわ――」

ハーマイオニーがそうつぶやくのが聞こえた。

ハリーはバックビークを駆《か》りたてた。音もなく、二人は城の上階へと近づいていた……。手綱《たづな》の左側をぐいっと引くと、バックビークが向きを変えた。ハリーは次々とそばを通り過ぎる窓を数えようとした——。

「ドウ、ドウ！」ハリーは力のかぎり手綱を引きしめた。

バックビークは速度を落とし、二人は空中で停止《ていし》した。ただ、バックビークは空中に浮かんでいられるように翼《つばさ》を羽撃《はばた》かせ、そのたびに上に下にと、一、二メートル揺《ゆ》らぎはしたが。

「あそこだ！」

窓に沿って上に浮き上がった時に、ハリーはシリウスを見つけた。バックビークの翼が下がった時、ハリーは手を伸ばし、窓ガラスを強く叩《たた》くことができた。

ブラックが顔を上げた。呆気《あっけ》に取られて口を開くのが見えた。ブラックは弾《はじ》けるように椅子《いす》から立ち上がり、窓際《まどぎわ》に駆《か》けよって開けようとしたが、鍵《かぎ》が掛《か》かっていた。

「退《さ》がって！」ハーマイオニーが呼びかけ、杖《つえ》を取り出した。左手でしっかりとハリーのローブをつかまえたままだ。

「**アロホモラ！**」

窓がパッと開いた。

「ど——どうやって——？」

ブラックはヒッポグリフを見つめながら、声にならない声で聞いた。

「乗って――時間がないんです」

ハリーはバックビークの滑《なめ》らかな首の両脇《りょうわき》をしっかりと押さえつけ、その動きを安定させた。

「ここから出ないと――吸魂鬼《ディメンター》がやってきます。マクネアが呼びにいきました」

ブラックは窓枠《まどわく》の両端《りょうたん》に手をかけ、窓から頭と肩とを突き出した。やせ細っていたのが幸いだった。すぐさま、ブラックは片足をバックビークの背中にかけ、ハーマイオニーの後ろに跨《また》がった。

「よーし、バックビーク、上昇《じょうしょう》！」ハリーは手綱をひと振りした。

「塔《とう》の上まで――行くぞ！」

ヒッポグリフはその力強い翼を大きく羽撃かせ、西塔のてっぺんまで、三人は再び高々と舞い上がった。バックビークは軽い爪音《つまおと》をたてて胸壁《きょうへき》に囲まれた塔頂《とうちょう》に降《お》り立ち、ハリーとハーマイオニーは、すぐさまその背中から滑《すべ》り降りた。

「シリウス、もう行って。早く」息を切らしながらハリーが言った。「みんなが、まもなくフリットウィック先生の事務所《じむしょ》にやってくる。あなたがいないことがわかってしまう」

バックビークは首を激《はげ》しく振り、石の床に爪を立てて引《ひ》っ掻《か》いていた。

「もう一人の子は、ロンはどうした？」シリウスが急《せ》き込《こ》んで聞いた。

「大丈夫《だいじょうぶ》――まだ気を失ったままです。でも、マダム・ポンフリーが、治《なお》してくださるって言いました。早く――行って！」

しかし、ブラックはまだじっとハリーを見下ろしたままだった。

「なんと礼を言ったらいいのか――」

「**行って！**」ハリーとハーマイオニーが同時に叫《さけ》んだ。

ブラックはバックビークを一回《ひと》りさせ、空のほうに向けた。

「また会おう」ブラックが言った。「君は――本当に、お父さんの子だ。ハリー……」

ブラックはバックビークの脇腹《わきばら》を踵《かかと》で締《し》めた。巨大な両翼《りょうよく》が再び振り上げられ、ハリーとハーマイオニーは飛びのいた……ヒッポグリフが飛翔《ひしょう》した……乗り手とともに、ヒッポグリフの姿がだんだん小さくなっていくのを、ハリーはじっと見送った。……やがて雲が月にかかった……二人は行ってしまった。

第22章

CHAPTER TWENTY-TWO
Owl Post Again

再びふくろう便

「ハリー！」

ハーマイオニーが時計を見ながらハリーの袖《そで》を引《ひ》っ張《ぱ》った。

「誰にも見つからずに病棟《びょうとう》まで戻《もど》るのに、十分きっかりしかないわ。――ダンブルドアがドアに鍵《かぎ》を掛《か》ける前に――」

「わかった」食い入るように空を見つめていたハリーが、やっと目を離《はな》した。

「行こう……」

背後のドアから滑《すべ》り込《こ》み、二人は石造《いしづく》りの急な螺旋《らせん》階段を下りた。階段を下りきったところで人声がした。二人は壁《かべ》にぴったりと身をよせて耳を澄《す》ませた。ファッジとスネイプのようだ。階段下の廊下《ろうか》を、早足で歩いている。

「……ダンブルドアが四《し》の五《ご》の言わぬよう願うのみで」スネイプだ。「『キス』は直ちに執行《しっこう》されるのでしょうな？」

「マクネアが吸魂鬼《ディメンター》を連れてきたらすぐにだ。このブラック事件は、始めから終わりまで、まったく面目《めんぼく》まるつぶれだった。魔法省《まほうしょう》がやつをついに捕《つか》まえた、と『日刊予言者新聞《にっかんよげんしゃしんぶん》』に知らせてやるのが、私としてもどんなに待ち遠しいか……。スネイプ、新聞が君の記事をほしがると、私はそう思うがね……それに、あの青年、ハリーが正気に戻れば、『予言者新聞』に、君がまさにどんなふうに自分を助け出したか、話してくれることだろう……」

ハリーは歯を食いしばった。スネイプとファッジが二人の隠れている場所を通り過ぎる時、スネイプがにんまりしているのがちらりと見えた。二人の足音が遠ざかった。ハリーとハーマイオニーは、ちょっと間をおいて、二人が完全にいなくなったのを確かめ、それから、二人と反対の方向に走りだした。階段を一つ下り、二つ下り、また別の廊下を走り――その時、前方で、クァックァッと高笑いが聞こえた。

「**ピーブズだ！**」ハリーはそうつぶやくなり、ハーマイオニーの手首をつかまえた。

「ここに入って！」

二人は左側の、誰もいない教室に大急ぎで飛び込んだ。間一髪《かんいっぱつ》だった。ピーブズは上機嫌《じょうきげん》で、大笑いしながら、廊下をぷかぷか移動中らしい。

「何ていやなやつ」ハーマイオニーがドアに耳を押しつけながら、小声で言った。

「吸魂鬼がシリウスを処分《しょぶん》するっていうんで、あんなに興奮《こうふん》してるのよ……」

ハーマイオニーが時計を確かめた。

「あと三分よ、ハリー！」

二人はピーブズのさもご満悦《まんえつ》な声が遠くに消えるのを待って、部屋からそっと抜け出し、また全速力で走りだした。

「ハーマイオニー――ダンブルドアが鍵を掛ける前に――もし病室に戻らなかったら――どうなるんだい？」ハリーがあえぎながら聞いた。

「考えたくもないわ！」ハーマイオニーがまた時計を見ながら呻《うめ》くように言った。

「あと一分！」

二人は病棟《びょうとう》に続く廊下《ろうか》の端《はし》にたどり着いた。

「オッケーよ――ダンブルドアの声が聞こえるわ」ハーマイオニーは緊張《きんちょう》していた。

「ハリー、早く！」

二人は廊下を這《は》うように進んだ。ドアが開いた。ダンブルドアの背中が現れた。

「君たちを閉じ込《こ》めておこう」ダンブルドアの声だ。

「いまは、真夜中五分前じゃ。ミス・グレンジャー、三回引っくり返せばよいじゃろう。幸運を祈《いの》る」

ダンブルドアが後ろ向きに部屋を出てきて、ドアを閉め、杖《つえ》を取り出して、あわや魔法で鍵《かぎ》を掛《か》けようとした。大変だ。ハリーとハーマイオニーが前に飛び出した。ダンブルドアは顔を上げ、長い銀色の口髭《くちひげ》の下に、にっこりと笑いが広がった。

「さて？」ダンブルドアが静かに聞いた。

「やりました！」ハリーが息せき切って話した。

「シリウスは行ってしまいました。バックビークに乗って……」

ダンブルドアは二人ににっこり微笑《ほほえ》んだ。

「ようやった。さてと――」ダンブルドアは部屋の中の音に耳を澄《す》ました。

「よかろう。二人とも出ていったようじゃ。中にお入り――わしが鍵を掛けよう――」

ハリーとハーマイオニーは病室に戻《もど》った。ロン以外は誰もいない。ロンは一番端のベッドでまだ身動きもせず横たわっている。背後でカチャッと鍵が掛かる音がした時には、二人はベッドに潜《もぐ》り込み、ハーマイオニーは「逆転時計《タイムターナー》」をローブの下にしまい込んでいた。次の瞬間《しゅんかん》、マダム・ポンフリーが事務室《じむしつ》から出てきて、つかつかとこちらにやってきた。

「校長先生がお帰りになったような音がしましたけど？　これで、わたくしの患者《かんじゃ》さんの面《めん》倒《どう》を見させていただけるんでしょうね？」

ひどくご機嫌斜《きげんなな》めだった。ハリーとハーマイオニーは、さし出されるチョコレートを黙《だま》って食べたほうがよさそうだと思った。マダム・ポンフリーは二人を見下ろすように立ちはだかり、二人が食べるのを確かめていた。しかし、チョコはほとんどハリーの喉《のど》を通らなかった。ハリーもハーマイオニーも、神経《しんけい》をピリピリさせ、耳をそばだてて、じっと待っていたのだ。するとは、二人がマダム・ポンフリーのさし出す四個目のチョコレートを受け取ったちょうどその時、遠くで怒り狂う唸《うな》り声が、どこか上のほうからこだまのように聞こえてきた。

「何かしら？」マダム・ポンフリーが驚いて言った。

怒声《どせい》が聞こえた。だんだん大きくなってくる。マダム・ポンフリーがドアを見つめた。

「まったく――全員を起こすつもりなんですかね！　いったい何のつもりでしょう？」

ハリーは何を言っているのか聞き取ろうとした。声の主たちが近づいてくる――。

「きっと『姿《すがた》くらまし』を使ったのだろう、セブルス。誰か一緒《いっしょ》に部屋に残しておくべきだった。こんなことが漏《も》れたら――」

「**ヤツは断じて『姿くらまし』をしたのではない！**」

スネイプが吠《ほ》えている。いまやすぐそこまで来ている。

「**この城の中では『姿くらまし』も『姿現し』もできないのだ！　これは──断じて──何か──ポッターが──絡《から》んでいる！**」

「セブルス──落ち着け──ハリーは閉じ込《こ》められている──」

バーン。

病室のドアが猛烈《もうれつ》な勢いで開いた。

ファッジ、スネイプ、ダンブルドアがつかつかと中に入ってきた。ダンブルドアだけが涼《すず》しい顔だ。むしろかなり楽しんでいるようにさえ見えた。ファッジは怒っているようだった。スネイプのほうは逆上《ぎゃくじょう》していた。

「**白状《はくじょう》しろ、ポッター！**」スネイプが吠えた。「**いったい何をした？**」

「スネイプ先生！」マダム・ポンフリーが金切《かなき》り声《ごえ》を上げた。

「場所をわきまえていただかないと！」

「スネイプ、まあ、無茶《むちゃ》を言うな」ファッジだ。「ドアには鍵《かぎ》が掛《か》かっていた。いま見たとおり──」

「**こいつらがヤツの逃亡《とうぼう》に手を貸した。わかっているぞ！**」

スネイプはハリーとハーマイオニーを指差《ゆびさ》し、喚《わめ》いた。顔は歪《ゆが》み、口角泡《こうかくあわ》を飛ばして叫《さけ》んでいる。

「いい加減《かげん》に静まらんか！」ファッジが大声を出した。「辻褄《つじつま》の合わんことを！」

「閣下《かっか》はポッターをご存知《ぞんじ》ない！」スネイプの声が上ずった。

「こいつがやったんだ。わかっている。こいつがやったんだ――」

「もう充分じゃろう、セブルス」ダンブルドアが静かに言った。

「自分が何を言っているのか、考えてみるがよい。わしが十分前にこの部屋を出た時から、このドアにはずっと鍵が掛かっていたのじゃ。マダム・ポンフリー、この子たちはベッドを離《はな》れたかね？」

「もちろん、離れませんわ！」マダム・ポンフリーが眉《まゆ》を吊《つ》り上げた。

「校長先生が出てらしてから、わたくし、ずっとこの子たちと一緒《いっしょ》におりました！」

「ほーれ、セブルス、聞いてのとおりじゃ」ダンブルドアが落ち着いて言った。

「ハリーもハーマイオニーも同時に二カ所に存在することができるというのなら別じゃが。これ以上二人を煩《わずら》わすのは、何の意味もないと思うがの」

グラグラ煮《に》えたぎらんばかりのスネイプは、その場に棒立《ぼうだ》ちになり、まずファッジを、そしてダンブルドアを睨《にら》みつけた。ファッジは、キレたスネイプに完全にショックを受けたようだったが、ダンブルドアはメガネの奥でキラキラと目を輝《かがや》かせていた。スネイプはくるりと背を向け、ローブをシュッと翻《ひるがえ》し、病室から嵐《あらし》のように出ていった。

「あの男、どうも精神《せいしん》不安定じゃないかね」

スネイプの後ろ姿を見つめながら、ファッジが言った。

「私が君の立場なら、ダンブルドア、目を離《はな》さないようにするがね」

「いや、不安定なのではない」ダンブルドアが静かに言った。

「ただ、ひどく失望《しつぼう》して、打ちのめされておるだけじゃ」

「それは、あの男だけではないわ！」ファッジが声を荒《あら》らげた。「『日刊予言者新聞《にっかんよげんしゃしんぶん》』はお祭り騒ぎだろうよ！　わが省《しょう》はブラックを追いつめたが、やつはまたしても、わが指の間からこぼれ落ちていきおった！　あとはヒッポグリフの逃亡《とうぼう》の話が漏《も》れれば、ネタは充分だ。私は物笑いの種《たね》になる！　さてと……もう行かなければ。省のほうに知らせないと……」

「それで、吸魂鬼《ディメンター》は？」ダンブルドアが聞いた。

「学校から引《ひ》き揚《あ》げてくれるのじゃろうな？」

「ああ、そのとおり。連中は出ていかねばならん」

ファッジは狂ったように指で髪《かみ》を掻《か》きむしりながら言った。

「罪もない子どもに『キス』を執行《しっこう》しようとするとは、夢にも思わなかった……まったく手におえん……まったくいかん。今夜にもさっさとアズカバンに送り返すよう指示《しじ》しよう。ドラゴンに校門を護《まも》らせることを考えてはどうだろうね……」

「ハグリッドが喜ぶことじゃろう」

ダンブルドアはハリーとハーマイオニーにチラッと笑いかけた。ダンブルドアがファッジと病室を出ていくと、マダム・ポンフリーがドアのところに飛んでいき、また鍵《かぎ》を掛《か》けた。独《ひと》りで怒ったようにブツブツ言いながら、マダム・ポンフリーは医務室《いむしつ》へと戻《もど》っていった。

病室の向こう端《はし》から、低い呻《うめ》き声が聞こえた。ロンが目を覚ましたのだ。ベッドに起き上がり、頭をかきながら、周《まわ》りを見回している。

「ど――どうしちゃったんだろ？」ロンが呻いた。「ハリー？　僕《ぼく》たち、どうしてここにいるの？　シリウスはどこだい？　ルーピンは？　何があったの？」

ハリーとハーマイオニーは顔を見合わせた。

「君が説明してあげて」そう言って、ハリーはまた少しチョコレートを頬《ほお》ばった。

ハリー、ロン、ハーマイオニーは翌日《よくじつ》の昼に退院したが、その時城にはほとんど誰もいなかった。うだるような暑さの上、試験が終わったとなれば、みんなホグズミード行きを十分に楽しんでいるというわけだ。しかし、ロンもハーマイオニーも出かける気になれず、ハリーと三人で校庭をぶらぶら歩きながら、昨晩《さくばん》の大冒険《だいぼうけん》を語り合った。そして、シリウスやバックビークはいまごろどこだろうと思案をめぐらせた。湖のそばに座り、大イカが水面《みなも》で悠々《ゆうゆう》と触手《しょくしゅ》をなびかせているのを眺《なが》めながら、ハリーはふと向こう岸に目をやり、会話の糸口を見失った。牡鹿《おじか》があそこからハリーのほうに駆《か》けよってきたのは、ほんの昨日《きのう》の夜のことだった……。

三人の上を影《かげ》がよぎった。見上げると、目をとろんとさせたハグリッドが、テーブルクロスほどあるハンカチで顔の汗を拭《ぬぐ》いながら、にっこり見下ろしていた。

「喜んでちゃいかんのだとは思うがな、なんせ、昨晩《さくばん》あんなことがあったし」

ハグリッドが言った。

「いや、つまり、ブラックがまた逃げたりなんだりで。——だがな、知っとるか?」

「なーに?」三人ともいかにも聞きたいふりをした。

「ビーキーよ! 逃げおった! あいつは自由だ! 一晩《ひとばん》中お祝いしとったんだ!」

「すごいじゃない!」ハーマイオニーは、ロンがいまにも笑いだしそうな顔をしたので、咎《とが》めるような目でロンを見ながら、相槌《あいづち》を打った。

「ああ……ちゃんとつないどかなかったんだな」

ハグリッドは校庭の向こうのほうをうれしそうに眺《なが》めた。

「だがな、朝んなって心配になった。……もしかして、ルーピンに校庭のどっかで出くわさなんだろうかってな。だが、ルーピンは昨日《きのう》の晩は、何も食ってねえって言うんだ……」

「何だって?」ハリーがすぐさま聞いた。

「なんと、まだ聞いとらんのか?」

ハグリッドの笑顔がふと陰《かげ》った。周《まわ》りに誰もいないのに、ハグリッドは声を落とした。

「アー——スネイプが今朝、スリザリン生全員に話したんだ……俺《おれ》は、もうみんな知っていると思っていたんだが……ルーピン先生は狼人間《おおかみにんげん》だ、となそれに昨日《きのう》の晩は、ルーピンは野《の》放《ばな》し状態《じょうたい》だった、とな。いまごろ荷物をまとめておるよ。当然」

「**荷物をまとめてるって？**」ハリーは驚いた。「どうして？」

「いなくなるんだ。そうだろうが？」

そんなことを聞くのがおかしいという顔でハグリッドが答えた。

「今朝一番で辞《や》めた。またこんなことがあっちゃなんねえって、言うとった」

ハリーは慌《あわ》てて立ち上がった。

「僕《ぼく》、会いにいってくる」ハリーがロンとハーマイオニーに言った。

「でも、もし辞任《じにん》したなら――」

「――もう私たちにできることはないんじゃないかしら――」

「かまうもんか。それでも僕、会いたいんだ。あとでここで会おう」

ルーピンの部屋のドアは開いていた。ほとんど荷造りがすんでいる。水魔《グリンデロー》の水槽《すいそう》が空《から》っぽになっていて、そのそばに使い古されたスーツケースがふたを開けたまま、ほとんど一杯《いっぱい》になって置いてあった。ルーピンは机に覆《おお》いかぶさるようにして何かしていた。ハリーのノックで初めて顔を上げた。

「君がやってくるのが見えたよ」

ルーピンが微笑《ほほえ》みながら、いままで熱心に見ていた羊皮紙《ようひし》を指《さ》した。「忍《しの》びの地図《ちず》」だった。

「いま、ハグリッドに会いました。先生がお辞《や》めになったって言ってました。嘘《うそ》でしょう?」

「いや、本当だ」ルーピンは机の引き出しを開け、中身を取り出しはじめた。

「**どうしてなんですか?** 魔法省《まほうしょう》は、まさか先生がシリウスの手引きをしたなんて思っているわけじゃありませんよね?」

ルーピンはドアのところまで行って、ハリーの背後でドアを閉めた。

「いいや。私が君たちの命を救おうとしていたのだと、ダンブルドア先生がファッジを納得《なっとく》させてくださった」ルーピンはため息をついた。

「セブルスはそれでプッツンとキレた。マーリン勲章《くんしょう》をもらい損《そこ》ねたのが痛手だったのだろう。そこで、セブルスは——その——**ついうっかり**、今日の朝食の席で、私が狼人間《おおかみにんげん》だと漏《も》らしてしまった」

「たったそれだけでお辞めになるなんて!」

ルーピンは自嘲的《じちょうてき》な笑いを浮かべた。

「明日のいまごろには、親たちからのふくろう便《びん》が届きはじめるだろう。——ハリー、誰も自分の子供が、狼人間に教えを受けることなんて望まないんだよ。それに、昨夜《さくや》のことがあって、私も、そのとおりだと思う。誰か君たちを噛《か》んでいたかもしれないんだ。……こんなことは二度と起こってはならない」

「先生は、いままでで最高の『闇《やみ》の魔術《まじゅつ》に対する防衛術《ぼうえいじゅつ》』の先生です！　行かないでください」

ルーピンは首を振り、何も言わなかった。そして引き出しの中を片づけ続けた。ハリーが、どう説得《せっとく》したらルーピンを引き止められるかと、あれこれ考えていると、ルーピンが言った。

「校長先生が今朝、私に話してくれた。ハリー、君は昨夜、ずいぶん多くの命を救ったそうだね。私に誇《ほこ》れることがあるとすれば、それは、君が、それほど多くを学んでくれたということだ。君の守護霊《パトローナス》のことを話しておくれ」

「どうしてそれをご存知《ぞんじ》なんですか？」ハリーは気を逸《そ》らされた。

「それ以外、吸魂鬼《ディメンター》を追い払えるものがあるかい？」

何が起こったのか、ハリーはルーピンに話した。話し終えた時、ルーピンがまた微笑《ほほえ》んだ。

「そうだ。君のお父さんは、いつも牡鹿《おじか》に変身した。君の推測《すいそく》どおりだ……だから私たちはプロングズと呼んでいたんだよ」

ルーピンは最後の数冊の本をスーツケースに放《ほう》り込《こ》み、引き出しを閉め、ハリーのほうに向き直った。

「さあ――昨夜『叫《さけ》びの屋敷《やしき》』から、これを持ってきた」ルーピンはそう言うと、ハリーに「透明《とうめい》マント」を返した。「それと……」ちょっとためらってから、ルーピンは「忍《しの》びの地図《ちず》」もさし出した。

「私はもう、君の先生ではない。だから、これを君に返しても別に後ろめたい気持はない。私には何の役にも立たないものだ。それに、君とロンとハーマイオニーなら、使い道を見つけることだろう」

ハリーは地図を受け取ってにっこりした。

「ムーニー、ワームテール、パッドフット、プロングズが、僕《ぼく》を学校から誘《さそ》い出したいと思うだろうって、先生、そうおっしゃいました。……おもしろがってそうするだろうって」

「ああ、そのとおりだったろうね」ルーピンは、もうスーツケースを閉めようとしていた。「ジェームズだったら、自分の息子《むすこ》が、この城を抜け出す秘密《ひみつ》の通路を一つも知らずに過ごしたなんてことになったら、大いに失望しただろう。これは間違いなく言える」

ドアをノックする音がした。ハリーは急いで「忍びの地図」と「透明《とうめい》マント」をポケットに押し込んだ。

ダンブルドア先生だった。ハリーがいるのを見ても驚いた様子もない。

「リーマス、門のところに馬車が来ておる」

「校長、ありがとうございます」

ルーピンは古ぼけたスーツケースと、空《から》になった水魔《グリンデロー》の水槽《すいそう》を取り上げた。

「それじゃ――さよなら、ハリー」ルーピンが微笑《ほほえ》んだ。

「君の先生になれてうれしかったよ。またいつかきっと会える。校長、門までお見送りいただかなくて結構《けっこう》です。一人で大丈夫《だいじょうぶ》です……」

ハリーは、ルーピンが一刻《いっこく》も早く立ち去りたがっているような気がした。

「それでは、さらばじゃ、リーマス」

ダンブルドアが重々しく言った。ルーピンは水魔の水槽を少し脇《わき》によけてダンブルドアと握手《あくしゅ》できるようにした。最後にもう一度ハリーに向かって頷《うなず》き、ちらりと笑顔を見せて、ルーピンは部屋を出ていった。

ハリーは主《あるじ》のいなくなった椅子《いす》に座り、ふさぎ込《こ》んで床を見つめていた。ドアが閉まる音が聞こえて見上げると、ダンブルドアがまだそこにいた。

「どうしたね？　そんなに浮かない顔をして」ダンブルドアが静かに言った。

「昨夜《さくや》のあとじゃ。自分を誇《ほこ》りに思ってよいのではないかの」

「何にもできませんでした」ハリーは苦《にが》いものを噛《か》みしめるように言った。

「ペティグリューは逃げてしまいました」

「何にもできなかったとな？」ダンブルドアの声は静かだ。

「ハリー、それどころか大きな変化をもたらしたのじゃよ。君は、真実を明らかにするのを手伝った。一人の無実の男を、恐ろしい運命から救ったのじゃ」

恐ろしい。何かがハリーの記憶《きおく》を刺激《しげき》した。以前よりさらに偉大《いだい》に、より恐ろしく……トレローニー先生の予言《よげん》だ！

「ダンブルドア先生――昨日《きのう》、『占《うらな》い学』の試験《しけん》を受けていた時に、トレローニー先生がとっても――とっても変になったんです」

「ほう？」ダンブルドアが言った。「アー――いつもよりもっと変にということかな？」

「はい……声が太くなって、目が白目になって、こう言ったんです……今夜、真夜中《まよなか》になる前、その召使《めしつか》いは自由の身となり、ご主人様《しゅじんさま》のもとに馳《は》せ参《さん》ずるであろう……こうも言いました。闇《やみ》の帝王《ていおう》は、召使いの手を借り、再び立ち上がるであろう」

ハリーはダンブルドアをじっと見上げた。

「それから先生はまた、普通というか、元に戻《もど》ったんです。しかも自分が言ったことを何も覚えてなくて。あれは――あれは先生が本当の予言をしたんでしょうか？」

ダンブルドアは少し感心したような顔をした。

「これは、ハリー、トレローニー先生はもしかしたら、もしかしたのかも知れんのう」

ダンブルドアは考え深げに言った。

「こんなことが起ころうとはのう。これでトレローニー先生の本当の予言は全部で二つになった。給料《きゅうりょう》を上げてやるべきかの……」

「でも――」ハリーは呆気《あっけ》にとられてダンブルドアを見た。どうしてダンブルドアはこんなに平静《へいせい》でいられるんだろう？

「でも――シリウスとルーピン先生がペティグリューを殺そうとしたのに、僕《ぼく》が止めたんです！　もし、ヴォルデモートが戻ってくるとしたら、僕の責任です！」

「いや、そうではない」ダンブルドアが静かに言った。

「『逆転時計《タイムターナー》』の経験《けいけん》で、ハリー、君は何かを学ばなかったかね？　我々《われわれ》の行動の因果《いんが》というものは、常に複雑《ふくざつ》で、多様《たよう》なものじゃ。だから、未来を予測するというのは、まさに非常に難《むずか》しいことなのじゃよ……。トレローニー先生は――おお、先生に幸《さいわ》いあれかし――その生き証《しょう》人《にん》じゃ。君は実に気高いことをしたのじゃ。ペティグリューの命を救うという」

「でも、それがヴォルデモートの復活《ふっかつ》につながるとしたら！――」

「ペティグリューは君に命を救われ、恩《おん》を受けた。君は、ヴォルデモートの下《もと》に、君に借りのある者を腹心《ふくしん》として送り込んだのじゃ。魔法使いが魔法使いの命を救うとき、二人の間にある種の絆《きずな》が生まれる……。ヴォルデモートが果たして、ハリー・ポッターに借りのある者を、自分の召使いとして望むかどうか疑わしい。わしの考えはそうはずれてはおらんじゃろ」

「僕、ペティグリューとの絆なんて、ほしくない！　あいつは僕の両親を裏切《うらぎ》った！」

「これはもっとも深遠《しんえん》で不可解《ふかかい》な魔法じゃよ。ハリー、わしを信じるがよい……いつか必ず、ペティグリューの命を助けて本当によかったと思う日が来るじゃろう」

ハリーにはそんな日が来るとは思えなかった。ダンブルドアはそんなハリーの思いを見通しているようだった。

「ハリー、わしは君の父君《ちちぎみ》をよう知っておる。ホグワーツ時代も、そのあともな」ダンブルドアがやさしく言った。「君の父君も、きっとペティグリューを助けたに違いない。わしには確信《かくしん》がある」

ハリーは目を上げた。ダンブルドアなら笑わないだろう。――ダンブルドアにになら話せる……。

「昨日《きのう》の夜……僕《ぼく》、守護霊《しゅごれい》を創《つく》り出したのは、僕の父さんだと思ったんです。あの、湖の向こうに僕自身の姿を見た時のことです……僕、父さんの姿を見たと思ったんです」

「無理《むり》もない」ダンブルドアの声はやさしかった。

「もう聞き飽《あ》きたかも知れんがの、君は**驚くほど**ジェームズに生き写しじゃ。ただ、君の目だけは……母君《ははぎみ》の目じゃ」

ハリーは頭《かぶり》を振ってつぶやいた。

「あれが父さんだと思うなんて、僕、どうかしてた。だって、父さんは死んだってわかっているのに」

「愛する人が死んだ時、その人は永久に我々《われわれ》のそばを離《はな》れると、そう思うかね？　大変な状況《じょうきょう》にある時、いつにも増して鮮明《せんめい》に、その人たちのことを思い出しはせんかね？　君の父君は、君の中に生きておられるのじゃ、ハリー。そして、君が本当に父親を必要とする時に、もっともはっきりとその姿を現すのじゃ。そうでなければ、どうして君が、**あの**守護霊を創り出すことができたじゃろう？　プロングズは昨夜《さくや》、再び駆《か》けつけてきたのじゃ」

ダンブルドアの言うことを呑《の》み込《こ》むのに、一時《いっとき》が必要だった。

「シリウスが、昨夜、あの者たちがどんなふうにして『動物もどき《アニメーガス》』になったか、すべて話してくれたよ」ダンブルドアは微笑《ほほえ》んだ。

「まことに天晴《あっぱ》れじゃ――わしにも内緒《ないしょ》にしていたとは、ことに上出来《じょうでき》じゃ。そこでわしは、君の創り出した守護霊が、クィディッチのレイブンクロー戦でミスター・マルフォイを攻《こう》撃《げき》した時のことを思い出しての。あの守護霊は非常に独特《どくとく》の形をしておったのう。そうじゃよ、ハリー、君は昨夜、父君に会ったのじゃ……君の中に、父君を見つけたのじゃよ」

ダンブルドアは部屋を出ていった。どう考えてよいのか混乱《こんらん》しているハリーを独《ひと》りあとに残して。


シリウス、バックビーク、ペティグリューが姿を消した夜に、何が起こったのか、ハリー、ロン、ハーマイオニー、ダンブルドア校長以外には、ホグワーツの中で真相《しんそう》を知るものは誰もいなかった。学期末が近づき、ハリーはあれこれとたくさんの憶測《おくそく》を耳にしたが、どれ一つとして真相に迫《せま》るものはなかった。

マルフォイはバックビークのことで怒り狂っていた。ハグリッドが何らかの方法で、ヒッポグリフをこっそり安全なところに運んだに違いないと確信し、あんな森番に自分や父親が出し抜かれたことが癪《しゃく》の種《たね》らしかった。一方パーシー・ウィーズリーはシリウスの逃亡《とうぼう》について雄《ゆう》弁《べん》だった。

「もし僕が魔法省《まほうしょう》に入省《にゅうしょう》したら、『魔法警察庁《まほうけいさつちょう》』についての提案《ていあん》がたくさんある！」

たった一人の聞き手――ガールフレンドのペネロピーに、そうぶち上げていた。

天気は申し分なし、学校の雰囲気《ふんいき》も最高、その上、シリウスを自由の身にするのに、自分たちがどんなに不可能に近いことをやり遂《と》げたかもよくわかってはいたが、ハリーはこれまでになく落ち込《こ》んだムードで学期末を迎《むか》えようとしていた。

ルーピン先生がいなくなってがっかりしたのはハリーだけではなかった。「闇《やみ》の魔術《まじゅつ》に対する防衛術《ぼうえいじゅつ》」でハリーと同じクラスだった全生徒が、ルーピンが辞《や》めたことで惨《みじ》めな気持になっていた。

「来年はいったい誰が来るんだろ？」シェーマス・フィネガンも落ち込んでいた。

「吸血鬼《バンパイヤ》じゃないかな」ディーン・トーマスは、そのほうがありがたいと言わんばかりだ。

ルーピン先生がいなくなったことだけが、ハリーの心を重くしていたわけではない。ともすると、ついトレローニー先生の予言《よげん》を考えてしまうのだった。いったいペティグリューはいまごろどこにいるのだろう。ヴォルデモートのそばで、もう安全な隠れ家を見つけてしまったのだろうか。そんな思いが頭を離《はな》れない。しかし、一番の落ち込みの原因は、ダーズリー一家のもとに帰るという思いだった。ほんの小半時《こはんとき》、あの輝《かがや》かしい三十分の間だけ、ハリーはこれからシリウスと暮らすのだと信じていた……両親の親友と一緒《いっしょ》に……本当の父親が戻《もど》ってくることの次にすばらしいことだ。シリウスからの便《たよ》りはなく、便りのないのは無事な証拠《しょうこ》だし、うまく隠れているからなのだとは思ったが、もしかしたら持てたかもしれない家庭のことを考えると、そしていまやそれが不可能になったことを思うと、ハリーは惨めな気持になるのだった。

学期の最後の日に、試験《しけん》の結果が発表された。ハリー、ロン、ハーマイオニーは全科目合格だった。「魔法薬学《まほうやくがく》」もパスしたのにはハリーも驚いた。ダンブルドアが中に入って、スネイプが故意《こい》にハリーを落第させようとしたのを止めたのではないかと、ハリーはぴんときた。この一週間のスネイプのハリーに対する態度《たいど》は、鬼気迫《ききせま》るものがあった。ハリーに対する嫌悪感《けんおかん》がこれまでより増すことなど不可能だと思っていたのに、大ありだった。ハリーを見るたびに、スネイプの薄《うす》い唇《くちびる》の端《はし》の筋肉がひくひく不快な痙攣《けいれん》を起こし、まるでハリーの首を絞《し》めたくて指がムズムズしているかのように、しょっちゅう指を曲げ伸ばししていた。

パーシーはN・E・W・T《いもり》テストで一番の成績《せいせき》だったし、フレッドとジョージはそれぞれ、O・W・L《ふくろう》テストでかなりの科目をスレスレでパスした。一方グリフィンドール寮《りょう》は、主《おも》にクィディッチ優勝戦の目覚ましい成績のおかげで、三年連続で寮杯《りょうはい》を獲得《かくとく》した。そんなこんなで、学期末の宴会《えんかい》は、グリフィンドール色の真紅《しんく》と金色《こんじき》の飾りに彩《いろど》られ、グリフィンドールのテーブルはみんながお祝い気分で、一番にぎやかだった。ハリーでさえ、次の日にダーズリーのところへ帰省《きせい》することも忘れ、みんなと一緒に、大いに食べ、飲み、語り、笑い合った。

翌朝《よくあさ》、ホグワーツ特急がホームから出発した、ハーマイオニーがハリーとロンに驚くべきニュースを打ち明けた。

「私、今朝、朝食の前にマクゴナガル先生にお目にかかったの。『マグル学』をやめることにしたわ」

「だって、君、百点満点の試験に三百二十点でパスしたじゃないか！」ロンが言った。

「そうよ」ハーマイオニーがため息をついた。

「でも、また来年、今年みたいになるのには耐《た》えられない。あの『逆転時計《タイムターナー》』、あれ、私、気が狂いそうだった。だから返したわ。『マグル学』と『占《うらな》い学』を落とせば、また普通の時間割になるの」

「君が僕《ぼく》たちにもそのことを言わなかったなんて、いまだに**信じられないよ**」ロンが膨《ふく》れっ面《つら》をした。「僕たち、君の**友達**じゃないか」

「**誰にも**言わないって約束したの」

ハーマイオニーがきっぱり言った。それからハリーのほうを見た。ハリーは、ホグワーツが、山の陰《かげ》に入って見えなくなるのを見つめていた。この次に目にするまで、まる二ヵ月もある……。

「ねえ、ハリー、元気を出して！」ハーマイオニーもさびしそうだった。

「僕、大丈夫《だいじょうぶ》だよ」ハリーが急いで答えた。「休暇《きゅうか》のことを考えてただけさ」

「ウン、僕もそのことを考えてた」ロンが言った。「ハリー、絶対《ぜったい》に僕たちのところに来て、泊《と》まってよ。僕、パパとママに話して準備《じゅんび》して、それから話電《フェリトン》する。話電の使い方がもうわかったから――」

「ロン、電話《テレフォン》よ」ハーマイオニーが言った。

「まったく、**あなたこそ**来年『マグル学』を取るべきだわ……」

ロンは知らんぷりだった。

「今年の夏はクィディッチのワールド・カップだぜ！　どうだい、ハリー？　泊《とま》りにおいでよ。一緒《いっしょ》に見にいこう！　パパ、たいてい役所から切符が手に入るんだ」

この提案《ていあん》は、効果てきめんで、ハリーは大いに元気づいた。

「ウン……ダーズリー家《け》じゃ、喜んで僕を追い出すよ。……とくにマージ叔母《おば》さんのことがあったあとだし……」

ずいぶん気持が明るくなり、ハリーはロン、ハーマイオニーと何回か「爆発《ばくはつ》スナップ」に興《きょう》じた。やがて、いつもの魔女がワゴンを引いてきたので、ハリーは盛《も》り沢山《だくさん》のランチを買い込《こ》んだ。ただし、いっさいチョコレート抜きだった。

午後も遅《おそ》い時間になって、ハリーにとって本当に幸せな出来事《できごと》が起こった……。

「ハリー」ハリーの肩越《かたご》しに何かを見つめながら、ハーマイオニーが突然《とつぜん》言った。

「そっちの窓の外にいるもの、何かしら？」

ハリーは振り向いて窓の外を見た。何か小さくて灰色のものが窓ガラスの向こうでピョコピョコ見え隠《かく》れしている。立ち上がってよく見ると、それはちっちゃなふくろうだった。小さい体には大きすぎる手紙を運んでいる。本当にチビのふくろうで、走る汽車の気流に煽《あお》られ、あっちへふらふら、こっちへふらふら、でんぐり返ってばかりいる。ハリーは急いで窓を開け、腕《うで》を伸ばしてそれをつかまえた。ふわふわのスニッチのような感触《かんしょく》だった。そーっと中に入れてやった。ふくろうはハリーの席に手紙を落とすと、コンパートメントの中をブンブン飛び回りはじめた。任務《にんむ》を果たして、誇《ほこ》らしく、うれしくてたまらない様子だ。ヘドウィグは気に入らない様子で、嘴《くちばし》をカチカチ鳴らし、威厳《いげん》を示した。クルックシャンクスは椅子《いす》に座り直し、大きな黄色い目でふくろうを追っていた。それに気づいたロンが、ふくろうをさっとつかんで、危険《きけん》な目線から遠ざけた。

ハリーは手紙を取り上げた。ハリー宛《あて》だった。乱暴に封《ふう》を破り、手紙を読んだハリーが、叫《さけ》んだ。「シリウスからだ！」

「えーっ！」ロンもハーマイオニーも興奮《こうふん》した。「読んで！」

ハリー、元気かね？

君が叔父《おじ》さんや叔母《おば》さんのところに着く前にこの手紙が届きますよう。叔父さんたちがふくろう便《びん》に慣れているかどうかわからないしね。

バックビークもわたしも無事隠《かく》れている。この手紙が別の人の手に渡《わた》ることも考え、どこにいるかは教えないでおこう。このふくろうが信頼《しんらい》できるかどうか、少し心配なところがあるが、しかし、これ以上のが見つからなかったし、このふくろうは熱心にこの仕事をやりたがったのでね。

吸魂鬼《ディメンター》がまだわたしを探していることと思うが、ここにいれば、わたしを見つけることはとうてい望めまい。もうすぐ何人かのマグルにわたしの姿を目撃《もくげき》させるつもりだ。ホグワーツから遠く離《はな》れたところでね。そうすれば城の警備《けいび》は解《と》かれるだろう。

短い間しか君と会っていないので、ついぞ話す機会《きかい》がなかったことがある。ファイアボルトを贈《おく》ったのはわたしだ――。

「ほら！」ハーマイオニーが勝《か》ち誇《ほこ》ったように言った。「ね！　ブラックからだって言ったとおりでしょ！」

「ああ、だけど、呪《のろ》いなんかかけてなかったじゃないか。え？」ロンが切り返した。「アイタッ！」

チビのふくろうは、ロンの手の中でうれしそうにホーホー鳴いていたが、指を一本かじったのだ。自分では愛情を込《こ》めたつもりらしい。

クルックシャンクスがわたしに代わって、注文をふくろう事務所《じむしょ》に届けてくれた。君の名前で注文したが、金貨《きんか》はグリンゴッツ銀行の711番金庫――わたしのものだが――そこから引き出すよう業者に指示した。君の名付け親《なづけおや》から、十三回分の誕生日《たんじょうび》をまとめてのプレゼントだと思ってほしい。

去年、君が叔父《おじ》さんの家を出たあの夜に、君を怖《こわ》がらせてしまったことも許してくれたまえ。北に向かう旅を始める前に、ひと目君を見ておきたいと思っただけなのだ。しかし、わたしの姿は君を驚かせてしまったことだろう。

来年の君のホグワーツでの生活がより楽しくなるよう、あるものを同封《どうふう》した。

わたしが必要になったら、手紙をくれたまえ。君のふくろうがわたしを見つけるだろう。また近いうちに手紙を書くよ。

シリウス

ハリーは封筒《ふうとう》の中をよく探した。もう一枚羊皮紙《ようひし》が入っている。急いで読み終えたハリーは、まるでバタービールを一本、一気飲《いっきの》みしたかのように急に温かく満ち足りた気分になった。

わたくし、シリウス・ブラックは、ハリー・ポッターの名付《なづ》け親《おや》として、ここに週末のホグズミード行《いき》の許可《きょか》を、与えるものである。

「ダンブルドアだったら、これで十分だ！」

ハリーは幸せそうに言った。そして、もう一度シリウスの手紙を見た。

「ちょっと待って。追伸《ついしん》がある……」

よかったら、君の友人のロンがこのふくろうを飼《か》ってくれたまえ。ネズミがいなくなったのはわたしのせいだし。

ロンは目を丸くした。チビふくろうはまだ興奮《こうふん》してホーホー鳴いている。

「こいつを飼うって？」

ロンは何か迷っているようだった。ちょっとの間、ふくろうをしげしげと見ていたが、それから、驚くハリーとハーマイオニーの目の前で、ロンはふくろうをクルックシャンクスのほうに突き出し、臭《にお》いを嗅《か》がせた。

「どう思う？」ロンが猫に聞いた。「間違いなくふくろうなの？」

クルックシャンクスが満足げにゴロゴロと喉《のど》を鳴らした。

「僕《ぼく》にはそれで十分な答えさ」ロンがうれしそうに言った。「こいつは僕のものだ」

キングズ・クロス駅までずっと、ハリーはシリウスからの手紙を何度も何度も読み返した。ハリー、ロン、ハーマイオニーが九と四分の三番線ホームから柵《さく》を通って反対側に戻《もど》ってきた時も、手紙はハリーの手にしっかりと握《にぎ》られていた。ハリーはすぐにバーノン叔父《おじ》さんを見つけた。ウィーズリー夫妻《ふさい》から十分に距離《きょり》を置いて、疑わしげに二人をちらちら見ながら立っていた。ウィーズリー夫人がハリーをお帰りなさいと抱きしめた時、この夫婦《ふうふ》を疑っていた叔父さんの最悪の推測《すいそく》が、やっぱりそうだ、と確認されたようだった。

ハリーがロンとハーマイオニーに別れを告げて、カートにトランクとヘドウィグの籠《かご》を載《の》せ、バーノン叔父さんのほうへ歩きだし、叔父さんがいつもの調子でハリーを迎えた時、ロンがその後ろ姿に大声で呼びかけた。

「ワールド・カップのことで電話するからな！」

「そりゃなんだ？」ハリーがしっかり握りしめたままの封筒《ふうとう》を見て、叔父さんが凄《すご》んだ。

「またわしがサインせにゃならん書類《しょるい》なら、おまえはまた――」

「違うよ」ハリーは楽しげに言った。「これ、僕《ぼく》の名付《なづ》け親《おや》からの手紙なんだ」

「名付け親だと？」バーノン叔父さんがしどろもどろになった。

「おまえに名付け親なんぞいないわい！」

「いるよ」ハリーは生き生きしていた。

「父さん、母さんの親友だった人なんだ。殺人犯《さつじんはん》だけど、魔法使いの牢《ろう》を脱獄《だつごく》して、逃亡中《とうぼうちゅう》だよ。ただ、僕といつも連絡《れんらく》を取りたいらしい……僕がどうしてるか、知りたいんだって……幸せかどうか確かめたいんだって……」

バーノン叔父さんの顔に恐怖《きょうふ》の色が浮かんだのを見てにっこりしながら、前のほうでヘドウィグの鳥籠をカタカタさせ、ハリーは駅の出口へ向かった。どうやら、去年よりはずっとましな夏休みになりそうだ。

読者へのラブ・レター

北京の国際会議場に備えつけられたコンピュータの前で、私は思わず歓声をあげた。一九九九年九月一日のことだった。スクリーンには純白のふくろうが浮かび上がり、そのあとから紅色の汽車が現れた。「ホグワーツ魔法魔術学校付属友の会校」のホームページが立ち上がった瞬間だ。ハリーの物語では、新学期の始まる日、九月一日に、キングズ・クロス駅、九と四分の三番線からホグワーツ特急が出発する。それに合わせてホームページを立ち上げようと、当時チューリヒ滞在中だった池上小湖さんと、通訳の仕事で北京に来ていた私と、たった二人で立ち上げたホームページだった。この日に間に合わせようと、私は仕事の合間に原稿を書き、池上さんは幾晩も徹夜してホームページをデザインした。コンピュータの画面は、中国語のワープロソフトだったため、文字化けしていたが、色彩の美しい素晴らしい画面だった。ついに「友の会」発足！　第一巻「ハリー・ポッターと賢者の石」の発売が三ヵ月後に迫っていた。

「なにか手伝わせてください」という池上さんのメールから始まった「友の会」プロジェクトだったが、発足当初の会員は二十人足らず。静山社のスタッフ数名と、翻訳、編集チームのメンバー、それに、児童文学に関心のあるグループの主要メンバーが会員になってくださり、それぞれハンドル名と称するメール上の名前を決めて、ホームページとeメールだけでつながる会として発足した。私の会員番号は、はじめ一、〇〇〇番と決めた。一、〇〇〇人も集まれば嬉しいと思ったからだ。それが今は会員数一六、〇〇〇を超え、私の番号はX番になった。

会則は校則と称し、一切の商業的行為を禁じている。退学処分もありうる厳しい校則だ。目的はハリーの世界を十分に楽しむための情報交換で、「職員」と称する会員が純粋にボランティアで会を運営している。初めは会員同士が顔を合わせることもなかったが、ハロウィーンとハリーの誕生日には有志が集うことにした。誕生日を祝ってもらえないハリーのために、友の会がケーキを準備し、ハロウィーンではみんな仮装し、ホグワーツ校顔負けの豪華な手料理を持ち込んで、大人も子供もファンタジックな一時を楽しむ。こんなに立派な会になったのは、会長の池上小湖さん、副会長の大原慈省さんはじめ、献身的な職員のみなさんのおかげだ。（なお、二〇〇四年九月に友の会は、組織を再編成した）。

ハリー・ポッターの人気を支えるのは、友の会会員をはじめ、ハリーを心から愛する読者だ。二〇〇一年五月現在、「愛読者カード」は四万通になり、毎日葉書や手紙が山のように静山社に届く。三〇〇万部買っていただいて、そのうち一・三％以上の方からカードを送っていただいたことになる。これだけ多くの愛読者カードが戻ってくるのは異例のことらしい。通常は一％でも良い方だと聞いている。カードのほかに、「葉書では書ききれません」と手紙が届く。大きな鉛筆の字で「ぼくのハリー」と書いたかわいい手紙や、ロマンチックな便箋にびっしり書き込まれたものもあれば、丁寧な字で折り目正しく書かれた封書もある。イラストの力作も多く、静山社が展覧会場と化し、一面に愛読者の絵が飾られることもある。ハリーの名入りのビーズ・ネックレス、ハリー・ポッターの本を学校に持っていくための手提げ袋、手作りのかわいいふくろう、グリフィンドールの寮歌、そして新鮮な野菜まで、思いがけないプレゼントが届くたびに、読者のみなさんがハリーを楽しんでくださっている姿が目に浮かび、静山社のスタッフは興奮し、幸せな気分で一杯になる。

こうした熱心な愛読者から、「早く第三巻を出してください」とお電話やらお手紙をいただく。その声に励まされて、忙しかったこの一年間を乗り切ることができた。やっと第三巻「ハリー・ポッターとアズカバンの囚人」をお届けできる。原書が一年に一冊というペースなので、日本語版もそれに合わせ、ハリーの成長を一年ごとに追っていくつもりだが、熱心な愛読者のみなさんにとっては、一年も待たされるのは、本当に首が長くなる思いだったに違いない。しかし、翻訳はこれ以上早くはできない。一字一句を練り上げる作業に時間がかかるのは当然のことだが、実はページ数が巻を追うごとに増えてゆく。原書では、第一巻二二四ページ、第二巻二五六ページ、第三巻三一八ページ、そして来年日本語版を出す予定の第四巻「ハリー・ポッターと炎のゴブレット」は、なんと第一巻の三倍の長さ、六三六ページもある。第四巻の翻訳作業はすでに始まっているし、一年後にはずしりと重い本をお届けするので、今から腕の筋肉を鍛えておいていただきたい。

ハリー・ポッター・シリーズは、第一巻からすでに「子供の本としては長すぎる」といわれ、子供は長編を読まないといわれていた。しかし、このシリーズは、すべての常識を覆し、子供は大人が思っているよりずっと賢く、ずっと素晴らしい感性を持っていることを証明した。イギリスで第三巻が発売になったとき、子供が学校を休んで書店に行ったりしないよう、下校時間に合わせて三時四十五分に売り出しを開始したのは有名な話で、大人も子供も書店前に行列する姿が新聞やテレビで紹介された。

ハリー・ファンタジーの世界、第三巻、これも長編だ。今回の読みどころは、ハリーの魔法使いとしての成長ぶりだろう。ルーピン先生という名教師を得て、ハリーたちは初めて「闇の魔術に対する防衛術」をまともに勉強する。しかもハリーは特訓を受けて、難しい術を体得する。魔法学校に入学したばかりの三年前、ハリーは自分が何者なのかもわからず、自分が有名であることを重荷に感じていた。三年生になったハリーは、「生まれたままの自分」ではなく「学び、選び取った自分」を確立している。過去の思い出を自分の意思で断ち切ることで、ハリーはおそろしいディメンターを退ける魔法も使えるようになったし、クィディッチでも勝利を得た。

しかし、孤児ハリーの両親を慕う気持ちは、これまでにも増して、痛いほど伝わってくる。二十一章で、ハリーは初めて父親に、いや父親の思い出に出会う。ダンブルドアはそんなハリーの気持ちをやさしく見守る。二十二章に、賢人ダンブルドアの心温まる言葉がある。「愛した人が死んだとき、その人が完全に君のそばを離れると思うのかね?」さらに、ハリーがどん底の苦しみを味わっているときに、そっと寄り添い、励ます二人の親友、ロンとハーマイオニー。愛と友情と勇気のテーマは第三巻にも溢れている。

七巻続く壮大な筋立ての物語には、第一巻から既に多くの伏線が引かれてきた。第三巻ではそうした伏線が一本の太い糸に縒られ、かなりはっきりと全体の筋道が見えてきた。ハリーが大人になっていくためには、過去の謎を解き明かさなければならない。そのため第三巻の十七章、十八章では、過去の出来事の長い説明が続く。明確な翻訳になるように精一杯努力した部分だ。しかしイギリスやアメリカの子供たちは、その長い説明を難なくクリアして、第三巻が一番面白いという。これまで大人は子供の理解力や判断力を過小評価してきたのではないかと思う。第三巻の難解と思える部分を、日本の子供たちもきっと乗り越えてくれるだろう。十九章からは、また手に汗握る冒険が始まり、最終章の二十二章まで一気に読ませてくれる。

この一年は、ハリー・ポッター・ブームが本格的になり、たくさんの賞もいただいた。出版人としての夢が一度にかなったような一年間だった。しかし、マスコミに取り上げられたり、講演会を依頼されたりで、翻訳の時間が思うように取れない時期があった。ハリーが多くの人に知られるようになるのは嬉しいし、ハリーの魅力を伝えるのは私の大切な役目だと思っているが、そのしわ寄せで、今年のゴールデン・ウィークは一歩も外に出ずに翻訳を練り上げる作業に没頭した。あの週のお天気がどうだったのかさえまったく覚えていない。

しかし、私を机に縛りつけ、一日十二時間以上コンピュータの前に座らせたのは、単なる義務感や締め切りだけではない。ハリーの世界が相変わらず私を虜にしているのだ。翻訳を読み直し、ハリーの世界に深く入り込んでゆけばいくほど、二年前のあの興奮がまた心を揺さぶる。「生き残った男の子、ハリー・ポッターに乾杯！」第一章の最後の文を読んだとき体が震えた、あの瞬間が蘇る。あれから二年。十三歳のハリーは見事に成長し、不安定な子供時代を過ぎ、自分が何者なのかをしっかり把握しはじめている。両親を裏切ったブラックに対する激しい怒り。それにもかかわらずブラックを殺すことができなかったやさしさ。卑怯なペティグリューでさえ、ハリーは殺さなかった。ハリーは烈しさと、やさしさと、思慮深さを備えた素晴らしい少年になった。

第四巻はこれまでの三倍の長さの超大作だが、それは、一巻から三巻までの流れが第四巻に注ぎ込み、ハリーの少年時代が第四巻で終りを告げるからだ。第四巻のハリーはますます素晴らしい青年へと成長する。大人としてのハリーの活躍が第五巻から始まるだろう。第三巻を読み終えて、第四巻が待ち遠しい読者のみなさん。後一年、これまでの三巻を読み直して、ハリーの成長ぶりを振り返りながら第四巻を待っていてください。ではこれからの一年のために、全国のみなさんと一緒に杯を上げましょう。

「成長したハリー・ポッターに乾杯！」

二〇〇一年　六月吉日

松岡佑子

エクスペクト・パトローナム！——携帯版によせて

欧米の都市の名前には、セントやサンから始まるものがたくさんある。サンフランシスコ、セントルイス、サンノゼ、サンパウロ、サンジェルマン、サンモリッツ、サンクトペテルスブルグ……。その都市を守る守護聖人の名前だ。アイルランドには国全体の守護聖人がいる。セント・パトリック。毒虫や蛇を追い払って、かの地に人が住めるようにしたという伝説がある。三月十七日は聖パトリックの日として、アイルランドの祝日だ。

日本の村々にも鎮守の神様があり、家付きの神様がいる。弘法大師に守られたという伝承や、天狗や蛇や、時には魔物が守護神になる言い伝えがある。伝説や伝承は単なる空想の産物とは言いきれない。ハーマイオニーがいみじくも言ってくれた。「先生、……伝説というのは、必ず事実に基づいているのではありませんか？」（第二巻「ハリー・ポッターと秘密の部屋」第九章）。国によって、文化によって守護神の名前や姿は変わっても、何かに守られるという伝承がどこにでも残っているのは、それが人間の根源的な潜在意識を反映しているからなのだろう。

J・K・ローリングは、人の心の奥深いところに潜むそんな願望のようなものを、パトローナス、つまり守護霊という形で見事に表現してくれた。私にとって「アズカバンの囚人」の圧巻は、守護霊の登場だ。「逆転時計」を使うことで、吸魂鬼に襲われる現在のハリーと、過去の時間に戻ってそれを救うハリーとが、過去とも現在ともつかない不思議な時間帯で出会い、二人のハリーを結びつけるかのように、光り輝く神秘的な雄鹿の守護霊が登場する。

吸魂鬼に襲われ、意識が薄らいでいくハリーの目に映った疾駆する守護霊の姿が、その場面を翻訳している私の目にもありありと見えた。まるで私自身が「憂いの篩」に吸い込まれ、ハリーの記憶を見ているかのように、生々しい体験だった。そしてそのときハッと気づいた。私にも守護霊がいる……。

若くして愛する母親を多発性硬化症で失ったJ・K・ローリングは、ダンブルドアの口を借りてこう言っている。「……それほどまでに深く愛を注いだということが、たとえ愛したその人がいなくなっても、永久に愛されたものを守る力になるのじゃ。……」(「ハリー・ポッターと賢者の石」第十七章)。生活保護を受けながら、コーヒー店の片隅で第一巻の「賢者の石」を書きながら、ローリングは常に母親の愛を感じていたに違いない。挫けそうになるたびに、「がんばるのよ」という母親の声を聞いていたに違いない。

「賢者の石」を翻訳し、出版の準備をしていたときの私は、志半ばで倒れた亡夫の声を聞いていた。この出版が失敗したら……という弱気な気持ちが頭をもたげるたびに、自分でも理解できないほどの力が体中に漲り、しっかり肝が据わったのは、その声のおかげだった。「失敗したら、私は尼寺に行く！」というのが、その頃の私の口癖で、静山社のスタッフは今でもそれを語り草にして笑う。しかし、あの当時の私は、本当に背水の陣を敷いていた。失敗したら第二巻の「秘密の部屋」を出版する資金がなかった。シェークスピアのハムレットの台詞をもじって茶化しながら、失敗したら本当に髪を下ろして尼寺に行く心境だった。「全力を尽くせば必ずよい結果が出る」と信じることができたのは、目に見えない力に支えられていたからに違いない。「大丈夫だから。がんばれ」という亡夫の声が聞こえていたからに違いない。

呪文を唱えたら、私の守護霊はどういう姿で現れてくれるのだろう。夫は卯年の生まれだったから、兎かもしれない――静山社の会社のロゴは兎にしてある。

誰にでも守護霊はいる。しかし、どんな困難に直面したときにでも幸せな気分になれる訓練を積まないと、守護霊を呼び出すことはできない。第十二章でハリーが守護霊の呪文の手ほどきを受ける場面で、ルーピン先生がこう言っている。「何か一つ、一番幸せだった思い出を、渾身の力で思いつめたときに、初めてその呪文が効く」。

苦しいときにそれを跳ね返す力を自分の心の中に奮い起こすこと。それがとりもなおさず守護霊なのだ。呪文は自分の中からその力を引き出すきっかけを与えてくれるにすぎない。苦しいとき、悲しいとき、がんばらなければならないとき、目を瞑って幸せなことを考えてみよう。心の深いところに下りていって、体中に力が漲ってくるまで静かに考えてみるといい。それから唱えてみよう。

エクスペクト・パトローナム！　守護霊よ来たれ！

翻訳中に、私は何度もこの呪文を唱える。第七巻を出し終えるまで、あと何回、何百回、何千回この呪文を唱えることになるのだろう……まだまだ道は遠い。
私の守護霊、光り輝く兎よ、出でよ！

二〇〇四年十月吉日

松岡佑子

「ハリー・ポッターとアズカバンの囚人」携帯版は、地球環境への影響に極力配慮して制作しております。これは、物語の中でホグワーツ城を囲む鬱蒼とした「禁じられた森」を描く作者　J・K・ローリングの願いでもあります。

松岡佑子（まつおか　ゆうこ）

同時通訳者、翻訳家。国際基督教大学（ICU）卒、モントレー国際大学院大学（MIIS）国際政治学修士。AIIC（国際会議通訳者協会）会員。スイス在住。

ICU卒業後、海外技術者研修協会常勤通訳。上智大学講師、MIIS客員教授として通訳教育の経験も深い。国際労働機関（ILO）では1981年以来年次総会の通訳。

ハリー・ポッターの翻訳者として講演も多く、エッセイストとしても活躍中。日本ペンクラブ会員。ハリー・ポッターシリーズに続く翻訳にジュリア・ゴールディング著『サイレンの秘密』（静山社）がある。

亡夫の意志を継ぎ、日本ALS協会を支援して、2006年ALS国際会議を横浜で開催した。

＊ALS（筋萎縮性側索硬化症）

ハリー・ポッターとアズカバンの囚人 <携帯版>

2004年11月25日　初版第1刷発行
2009年12月16日　初版第5刷発行

著者	J・K・ローリング
訳者	松岡佑子
	© 2004　YUKO MATSUOKA
翻訳協力	ジェリー・ハーコート 宇尾史子／村松夏子
扉・イラスト	ダン・シュレシンジャー
デザイン・レイアウト	小関　潤
編集・制作	木田　恒
発行者	松岡佑子
発行所	株式会社　静山社 〒102-0073　東京都千代田区九段北1-15-15 TEL 03（5210）7221 FAX 03（5210）7220
DTP制作・印刷・製本所	凸版印刷株式会社

ISBN978-4-915512-55-1　　落丁・乱丁はお取り替えいたします。